清詩話全編

嘉慶期二

張寅彭 編纂　姚蓉 點校

上海古籍出版社

第二册目次

明湖花影詩話

明湖花影詩話提要

《明湖花影詩話》一卷，據嘉慶間刊本點校。撰者王嘯岩，名訢，字曉樓，以號行。山西榆次人。諸生。有《嘯岩吟草》等。按王氏有《明湖花影》三卷，《詩話》即其中之一，所記多爲嘉慶三、四、五年間事。王氏先曾流連於金陵秦淮河脂粉地，後至濟南，數年間又遍交大明湖花柳巷中人，遂有此專記北妓之作。「明湖花影」者，即此之謂也。王氏落拓名士，略通詩樂，以窮老之身與諸妓游，以拙直之辭寫艷事，品花鑑玉，有情無欲，嘗盡世態炎涼而悲憫之懷不减，乃至不辭與妓女同流、同傳，亦可謂一特立獨行之士矣。近人周作人曾著文表彰之。

明湖花影詩話

古涂王氏嘯岩編次

花影之有詩話也，説花影，非説詩也。詩話何以説花影也？説花影而援引古人之句，一也。採文人贈諸姬詩詞之佳者，二也。諸姬中有知詩者，或採其自作一二首、一二句，或誦他人一二首、一二句以存之者，三也。又有嘯岩平日所贈諸姬詩詞未及載《明湖花影》者，四也。大率憶及者書，書而付梓，無先後之序也。知其人者詳，不知者但存其句，無棄取之私也。嘗謂《世説新語》於正史外絢染名公卿，得畫家頰上三毫法。余於《花影詩話》又欲向諸名人欬唾之餘，摭其片玉寸珠，光我鄙册。他日者湖海相逢，或與良朋歡然道故，或因是書而識所不識者，未知以余爲知言也否。

天下之有形者，不能無聲。猿之啼樹間也，子規之叫月下也，秋蛩吟草，蚯蚓鳴泥，皆天籟也。余老矣，窮愁交迫，既不能和其聲，以鳴國家之盛，又不敢放厥聲，以肆窮途之哭。天涯老屋，旦夕偷生，幾欲求爲樹間猿、月下子規、草之蛩、泥之蚯蚓，而不可得。幸得湖上諸姬，以消旅窗淳悶，幸亦甚矣。然意興實不過濃，而詩詞又懶於雕琢。工部云：「老去詩篇渾漫與，春來花鳥莫深愁。」可爲鄙集下一注脚。

嘯岩編次《明湖花影》既成，將授梓。客有謂嘯岩者曰：「子是書出，而淫蕩之名入矣。」余曰：「此書即淫蕩，而斷無有以淫蕩校我者，何也？經術大儒，胸羅八荒，放眼千古，視此書直如蟭螟耳，野馬耳，其光焰不過螢羽之末，小之而不我校也。其次經生家，經經緯史，揣摩應世文字，視此書不過如《搜神》《艷異》説部稗史之流，外之而不我校也。惟有僞道學、村學究之二人者，勢將裂眥豎髮，痛罵我淫蕩，剌剌不休。然我作是書時，心頭眼底，一片冰霜，何暇略與置辨。又甘受之，而先不與之校也。第恐天涯海角，或有俠骨禪心、風流放達之士，看破我此書字字是艷，却字字是愁，當不免放聲哭，嘯岩願與之同聲一哭也。然工部『庾信平生最蕭瑟，暮年詩賦動江關』，是又與古人同聲哭者。」

歷下妓多坦率。初見時，意殊冷，然稍洽，便極口插科打諢，淫諜嫚罵，而自以爲托於相愛。余竊鄙之。嘗謂漢李延年歌曰：「北方有佳人，絶世而獨立。一顧傾人城，再顧傾人國。」夫既絶世獨立矣，則其冷也固宜。而曰傾國傾城，抑何其絢赫也。然其中門筍處，惟用兩「顧」字。可見佳人只是一味淡遠，並未嘗撼城、撼國，而國與城早自傾也。科諢淫諜嫚駡，直是花面登場，扮演村姬雜劇，未免醜態。明湖妓中有數人雅得此意，識者自能辨之。

大明湖爲珍珠諸泉之滙澤，瀰漪十里，歷下亭在焉，其旁多麗人居。都會中，湖山風物之雅，唯建業秦淮可與並稱佳麗。余舊有《秦淮曲》，附録於此，欲使勝地有鄰，而諸姬不寂寞也。其辭曰：「樂遊苑裏飛花片，雞鳴埭口清秋燕。春來秋去愁煞人，莫惜千金買良宴。秦淮終古西向流，輕橈短棹沙棠舟。仙裾飄飄雲裏出，二十四樓樓上頭。明眸善睞秋水寂，此時遊人歸不得。五陵年少多黄金，六院佳人本南國。將進酒，哀音繁，樓高月迴春風寒。絡繹行觴琥珀動，樵牛炰鼈胹熊蹯。胹熊蹯，爲君餐。三重酎，爲君壽。脉脉結同心，同心還扣扣。熱腸聊厚大不薄，紅燭高燒夜如晝。東鄰玉笛吹涼州，西舍琵琶江上秋。涼州入破聞者戚，欲絶冰絃如太息。暮暮朝朝花月香，景陽宮井無銀床。往時舊院久零落，白門頓脱孤墳荒。鏡裏紅顔留不住，庭前合種相思樹。及時行樂幾許，莫使青春等閒度。君不見雨花臺上花不飛，後庭玉樹今何處。」此戊午稿也。

雙魁既脱籍，始易其名惺惺。姬相人有特識，憐才，與之語，騞然知大體。每向余誦相善者所贈詩，率多寒士短章。檢其篋，豪貴花牋、錦幖狼籍，而姬不知也。猶憶其常誦二絶云：「記得初逢眼眷青，自慙何事動娉婷。緣卿同我漂零樣，風裏楊花水上萍。」「温柔性格更嬌癡，不索纏頭只索詩。泥我親裁紅豆曲，殘燈夜雨夢回時。」詩佳，但不知爲誰作也。

名妓翻經，老僧釀酒，言非本色而有趣也。素蘭雅好静，每兀坐若入定者。别來五六月，又聞人謂素蘭已適良人去，不知何時參破東坡一指禪也。嘗憶余偕竹坡過其家，素蘭方習静起，竹坡以《好事近》詞戲贈之曰：「花落綺春殘，寶篋冰綃初試。芳素雅宜幽谷，更蘭花小字。蒲團纔見水澄秋，着些兒心事。立起纖纖無那，這凌波誰似。」余極爲稱賞。

向余雅善玉花，二年來不復見矣。庚申春，余自臨邑來濟，聞玉花亦來。趨而往，見壁間題二絶云：「十里明湖一逕斜，藍田不隱玉生花。羞鴉鬢裊秋蓮寂，擔得風流向若耶。」「韵絶嬌憨學不來，盼人秋水小瀠洄。花間一自拈紅豆，肯把情苗别處栽？」方讀時，固知是竹坡作也。

明湖諸妓中，余唯愛玉花之痴，而不掩其艷也。花晨月夕，瀹茗焚香，往往剪裁姿韵，吟小詞以暢情味。然過而不留者不少，偶憶及一作，必略叙而存之，亦鍾情深矣。初得小榮之次日，有《一落索》又一體詞曰：「碧玉枝頭春嫩。正日長人困。一番相見一番羞，想昨夜、燈前時分。　欲掩粉腮香印。緩撩鬆鬢。倚欄打疊睡濃姿，小步向、花間趁。」又戲題小榮《萬里春》一詞云：「千嬌百媚，儘温柔滋味。也虧伊、小小身材，恁般兒可意。　別箇誰如你，你今嵌，我心窩裏。最難忘、枕上幽香，伴玉樓人醉。」

文芳初來濟，有艷名。余獨愛其温雅，若内家嬌，嘗以李義山「藍田日暖玉生烟」句品題之。韵樓因請余爲賦，而自填《菩薩蠻》小詞以和。一時騷壇旗鼓争妍鬥靡，酒半醺時援筆，一觴一詠，未及醉而脱稿，亦快事也。其《菩薩蠻》詞曰：「香温玉軟群芳妬，一叢芍藥籠烟霧。擕手玉欄干，應教夜不寒。　秋蓮纖步引，載得風流穩。花氣逼春綃，輸他一段嬌。」余賦中亦有「玉在山而木潤，花着雨而香飄」句。蓋俱是在温雅處着筆，欲爲文芳寫生耳。

凡選姿艷麗者難於樸，雅靚者難於温，風流者難於本色而柔緩。惟韓阿金能以一憨字貫串諸美，令人愈久而愈覺其致之深。竹坡生者，韶雅少年，獨偎戀金不少倦。余嘗多其知人，又酷愛其贈阿金《金鳳鈎》詞，曰：「何曾把翠眉皺。是極樂、種來紅豆。淺匀漫掠，自然香艷，花裏殢春春瘦。　拈香深夜添金獸。常伴我、牡丹時候。夜闌人静，曉風殘月。多少小娘情竇。」余以爲妙處在字字是阿金也。又余與金雅稱素心交，而《花影》絶句有云：「我是眠香金粉蝶，飛飛常護寶釵兒。」蓋亦鍾情語也。

詠人物詩，如畫家之用皴法。不可生下筆，須曲取，遠取，緩取，旁面、側面取，對面取，不着緊要處取。極匠心獨運之能，而後神肖。神一肖，無不肖矣。如寫白用霜雪字，寫紅用胭脂字，寫香用蘭麝字，寫綺麗用金玉錦繡字，何嘗非白、非紅、非香、非綺麗？然而終不肖者，神未得故也。前韓阿金持花箋一幅，上題二絶句，謂是一少年所贈。余見之，乃曰：「此人非久狎汝者。」金問故。余曰：「此生大能用筆，而僅得初見之汝也，故知之。」金笑而以爲然。今尚記其辭云：「曉起梳頭出拜遲，枣花簾子立多時。書空濃笑真無賴，卿太憨生我太痴。」「酒散人歸月已横，輕塵短夢尚關情。生憎屋角成金字，每一抬頭憶小名。」

「蘧蘧夢醒月昏黄，春鎖花陰第幾房。祇恐鄰家勾引去，夜深來作探花郎。莫怨天涯草不芳，王孫歸去費商量。春心不是無關鎖，大抵情癡總類狂。」此阿金扇上詩也。扇上畫數蝶，戲於平蕪，筆墨楚楚。金每出此扇同余把玩，問爲誰所贈，不言，然意若愛其人而及物者。余不忍没其情，故録而存之，但不知是舊句否。

問蕖之狎玉珍也，九年不易其志。今玉珍年漸長，而情愛愈篤。余每謂其情之癡處，可以愧天下之厭故喜新、有初鮮終者。爲輯其七律一，《鳳凰臺上憶吹簫》詞一。「罡風吹墮許飛瓊，惆悵人前浪得名。千古有誰傷薄命，一身何事最關情。卿無自苦長相憶，我見猶憐太瘦生。坐對青燈消藥裹，九年心跡總凄清。」「牽惹新愁，乍回舊夢，魂消湖上楊枝。記見來仿佛，嫩緑如眉。却又盈盈裊裊，抹盡垂垂，玉梅東閣，天付與幽香，恐怕風吹。道有人折了、燕子鶯兒。宜人笑，春方暈處，月欲圓時。贈，可誤心期。那禁柔情萬縷，看承處、但有天知。慎莫使，舞腰瘦却，悔覓春遲。」

詩要在剪裁處不著色相，便覺味美於回。如《題張蓉官小照》七律，通首就蓉身上著筆，只第五句言情貼到自己，亦妙於伸縮耳。詩曰：「唤起流鶯曉夢中，枕痕微褪鬢雲鬆。簾紋乍漾釵光冷，花蘂初醒露氣濃。半縷花魂纏蛺蝶，滿奩秋水貯芙蓉。繡襦記與青兒傳，第一風情可似儂。」又《醉花陰》詞曰：「朦朧霧影沉妝閣，殘夢先鶯覺。夜雨過庭陰，唤起雙鬟，檢點花開落。怎耐輕寒羅袖薄，人比花還弱。底事上眉梢，一段春愁，壓損闌干角。」此詞妙處只是换頭數語靈動。其言「人比花還弱」正周旋「壓損闌干」句也，其言「壓損闌干角」正加倍寫「一段春愁」也。《西廂記》：「遍人間煩惱填胸臆，量這般大小車兒，如何載得起。」余極爲心折，此可謂善學古人矣。

「鬓髩搓烟玉骨柔，自拈針線撇閒愁。白蓮開日相逢乍，一桁軟風香滿樓。」此余初見玉娥時口號也。

孫杏林以經術湛深之彦，而寄情奩艷，雅似温、李、冬郎，抑何韵也。所愛小玉、冷倩，而致壁間詩詞多出杏林手，有絶句若干首最佳。今僅憶其六焉。「花蹴湘簾燕子樓，緑波春水遶前頭。相逢記得消魂處，弓樣鞋兒手自兜。」「香玉雕成弱柳枝，遠山螺子印相思。春宵一刻原無價，十二連城萬首詩。」「私語燈前月又來，憐香痴絶似憐才。分明一種關心處，荳蔻梢頭紅玉杯。」「曾憐小病卧黄昏，爲覓金丹到石門。一粒可教眉黛展，春風依舊苧蘿村。」「退紅衫子攬朝暉，風景抛人迅若飛。纔是落花隨水去，一叢蝴蝶看來稀。」「芳心博得幾人憐，須待來時憶昔年。密字錦箋如可待，大都春雨杏花天。」又《燭影摇紅》詞一闋云：「月鏤雲裁，澹容停妥温如玉。杏花殘後鳳城來，初聽紅羅曲。生怕榴花炫目，近春蘭、美人幽谷。夜凉風細，螺黛三分，湘紋六幅。簾幙低垂，金猊寶劑噴來馥。百般香艷擁春嬌，恰似天台宿。弱柳長條嫩緑，莫等待、秋聲簌簌。他年湖上，記取樽前，魚牋細讀。」觀諸作，杏林之愛小玉可謂至矣。但不知異日者，何以了此番緣分也。

玉花不工言詞，而態不掩其心曲。自十七歲與余别，今重逢，年十九矣。每於無人時談心曲，輒至神氣塞咽，慧珠定而不轉，蓋惜余貧且老也。乃作《相逢行》贈之：「玉花玉花今十九，惜别前年曾記否？鶯花寒食屬芳序，折我勞勞亭上柳。卿作盤渦水上萍，我爲人間喪家狗。悲歌悵飲躍馬去，江北江南幾回首。一别悠悠經兩年，相逢又值清明前。丹唇華的宛如昔，意態大抵歸安閒。攜手蘭房愬胸臆，欲言不言聲梗塞。聞余小詩傷别緒，滿眼雲羅淚堪摘。烏螺髻子偎懷亂，嬌彈春衫弱無力。雨後飛英蹴畫簾，新愁舊恨青眉尖。呢喃細語花梢燕，欲與琵琶訴哀怨。我本天涯失志人，關河消蝕餘年神。感卿此意淚霑臆，枯桑海水誰相親。汝年十九且不小，憐余飄零惜余老。屏營執手在旦夕，珍重風塵佳會少。玉液瓊漿五斗傾，醉來贈爾相逢行。哀音啾啾若子夜，天中皓月窺新聲。」

陳蔚園與王繡兒甚相得，款接有體，言辭有節。蓋蔚園以少年雅尚矜重，繡兒故知其意，以恬淡應之。故歷久而人不知其情好之篤。己未秋，蔚園自他縣來，繡兒撰小筵滌塵。未幾復旋里，繡兒餞之。當是時，兩人悽慘之氣，不減於情秋，而繡兒尤甚。蔚園乃出席，取筆札填《惜餘春慢》詞别之，曰：「霜染疏林，烟排遠岫，歸路一千餘里。明湖東去，記取伊家，緑樹畫樓烟裏。曾與幾許綢繆，舞蝶香魂，名花嬌蘂。怕西風、一拍驪歌，聲遠回頭而已。　中秋後、小撰金筵，玉聯珠比，纔把征衫塵洗。桂偏斂馥，菊漸流黄，又早吴頭楚尾。此回無限柔腸，聊與攜樽，登山臨水。願重逢，都是芳年，這别離應歡喜。」玩此詞結處，慰藉獨深，又無兒女齷齪態。蔚園可謂情深，而言有體矣。

人謂狎妓亦有緣分，此言非不近理。吾友羅芥室，丰裁偉雅，而情極癡。初得阿金，不相善。得阿寶，如膠之投漆也。夫金嬌憨而寶波峭，金宜爲芥室得者，乃不善金，而獨拳拳於阿寶，其緣分之謂歟？於阿寶處得芥室詩若干首，今備録之，從芥室志也。其《贈阿寶》絶句四首，曰：「約束嬌憨短繡襦，釵頭嬝嬝小身軀。寶兒不合隋宫老，贏得袁家記事珠。」「風花歷盡十餘年，就裏如何一見憐。無限芳心催玉指，四絃聲裏愬顛連。」「一泓秋水翠波流，半彈冰綃玉骨柔。别有嬌憨描不得，也粧男子也梳頭。」「蓮塘一泒蘂初芳，生怕清秋早結房。若果有情須記取，愛蓮君子是三郎。」芥室行三，故云，亦可想見其癡矣。又《留别》二詩曰：「人間何處訪雲英，夢裏羅浮百感生。一曲驪歌千里月，金槽紅淚斷腸聲。」「無限春山送客愁，不堪回首十三樓。與卿共盼相逢日，細數天邊月幾鈎。」蓋芥室臨行時，與阿寶約不久將復來東也。

構思之清捷者，雖醞釀不深，亦快人心目也。一日，阿金小飲醉，憨媚之態可掬。客有指金者，謂是絶妙題，願諸君賦之。時座上三二人方凝想間，韵樓朗吟一律曰：「宜春髻子薄羅衣，笑倩人扶醉後歸。盼我欲前還欲却，憐卿無是更無非。三分螺黛迎風展，一樹梅花帶雨肥。畫舫若逢蘇内翰，滿湖春水活禪機。」衆極稱賞，遂擱筆。

嘗於玉珍處見二絶句，字勢瀟洒，末書「七傻子」三字。曰：「兩載妝臺只小留，匆匆相送白蘋洲。相思記取明湖水，可入江潮一樣流。」「夜静遥知人未眠，離魂不斷藕絲牽。郵亭枕上瀟瀟雨，幾度紅粧繞夢邊。」蓋玉珍昔年得意人也。

杜石溪，豪邁人也。軒豁有度，儕輩間不輕往來。然遇奇偉士，必誠敬禮之。後因際遇不偶，悒鬱中寄情花柳，幾遍閲明湖畔佳麗，鮮當意者。後得惺惺，大悦。姬亦若雅知石溪意者，故縱所欲得者以窮石溪。凡服食器用，取精用宏，歷數月，所糜累數百十金，終無難色。一日與余雅集姬所，見余所著文有古押衙、石季倫等字，慨然曰：「之二人，我皆能爲者。」神色間有動姬意，而姬默然。當是時，余固知姬心許石溪久矣。未幾，姬果爲石溪得，蓋姬固慧且豪，有特識而深沉者也。語云「惺惺惜惺惺」，其是之謂歟。有石溪初見姬時口占二絶，附録於此。「亭亭玉骨領群芳，宋玉墻東擬短長。正是晚風扶素月，小梅花下試新粧。」「傾城傾國恰生生，夢裏尋芳到玉京。眼底水萍天付與，三生石上想前盟。」細讀此詩，雖鍾情語，亦宿分也。猶憶石溪初得姬時，嘗與戲曰：「冒辟疆得董小宛，誠大快事，其如冀北之群何？」相與一笑。

歷城鄭柳田，疏宕不羈，有異才，隱居南郭。對景則吟詩，得秋旻清迥意。又隱於畫，畫成家，頗不耐爲俗人作。長貧寂寞，而瀟洒出塵壒外，蓋山林逸品也。嘗向余盛稱詩妓劉瘦吟，初不加意，乃摘「七載春風消粉黛，一燈秋雨泣琵琶」句，爲余誦之。余曰：「詩固佳，恐好事者爲之耳。」柳田力辨，且誦其《春夜對月》詩：「簾捲窗前月色華，梅花繞屋影横斜。盈階如水人閒望，今夜春愁知幾家。」曰：「是作我親見其抽毫構思者。」至是始識瘦吟。

己未嘉平，余初見劉瘦吟。瘦吟執禮甚恭謹，款洽間，又似曾相識者。問之，乃曰：「久慕君，今得一見，幸矣。然見而無以加我，猶不見也。」乃出所爲《瘦吟樓詩》一册質余，果如柳田言，略爲指説而去。後數日大雪，以所居近闕而往。瘦吟方含毫邈然，見余曰：「此來大佳，小詩初脱稿，其毋吝天龍一指也。」其詩曰：「簾外清暉入曉嚴，因風柳絮上茅簷。粧臺手怯盤鴉冷，碧玉搔頭溜指尖。飛上珠簾不見痕，一庭清影失黄昏。更無人唱《陽春》曲，白閣紅鑪深閉門。」余極賞其清佳，爲依韵和之：「金猊香冷曉風嚴，六出飛瓊拂畫簷。我自看花卿詠絮，春愁應不上眉尖。千尺飄來淡有痕，眩摇銀海望將昏。詩成人倚梅花立，瘦却當年寇白門。」

思藴脱籍後，柳田懷思頗切。時托短章以見意，前後所得詩不下數十首。余僅得其《湖上見憶》二絶，亦非一時作也。「湖干風景記依稀，竹裏聽蟬月下歸。自注：思藴有「竹裏蟬吟覺晝長」之句。剩有荷花千萬朵，野鴛鴦已背人飛。」又：「花隄柳岸去年游，小院琵琶聲最幽。此日重來春正好，水邊何處瘦吟樓。」思藴，即瘦吟。瘦吟樓，思藴所居也。

又憶及柳田詩一首：「月上東廊夜已遲，挑燈煖酒復談詩。而今相隔蓬山遠，記否當年問字時。」蓋亦是劉思藴去後見懷作也。

張繡官工琵琶，倩雅停妥，余雅知之，而儕輩中心艷而稱之者殊少。適敝篋中檢得周問蕖《鬟雲鬆》詞一闋，乃題繡官作也，亟爲標出。詞曰：「玉華雲、金粟雨，一霎西風，吹到黄昏住。半捲筠簾烟散縷，有個人兒，却把新聲度。 彈雙鬟、偎阿母，低唱香詞，彷彿陽關句。此際深情深幾許，驀忽雞窗，曙詞亦有致。」

雙雙韶艷有情，與俞猗園甚相得。幽房曲洞，小語温存，輒至竟日不倦。或教雙雙習吴歈，或小飲，興至，吟詩一二章。嘗爲余誦，尚記其四首焉。「不是嬌痴不是憨，一顰一笑慣雙南。丰神約略曾相識，風裏垂楊雨後嵐。」「杏紅衫子碧油車，綺陌風微細路斜。約在清明後相見，畫秋千外小桃花。」「一篙烟舫泛明湖，載得春嬌入畫圖。膩語不勞雙燕子，送人歸去到姑蘇。」「香灺更闌寶穗低，小槽紅豆摘柔荑。雙聲細揭《甘州》遍，人倚高樓月自西。」詳詩意，有攜遊，有即事，有別後見憶，蓋非一時作也。

於玉花壁上，見唐萍樹題句：「扶上海棠春醉月，吹來楊柳水搓風。」又小書數語于旁曰：「倩榮花史秀可餐懷，艷能到骨。昔年相見，弱不勝衣；今日重逢，憨能學舞。果釘樽酒，敢坐相思；玉局彈棊，終留陳迹。偶偕子晉吹笙之鶴，來聽白門待月之琴。眉語柳邊，足挑花下。雖揚州之夢，已覺十年；而歷下之評，必酬七字。」余未識萍樹，味其言，知其人之婉而風也，故備録之。

張屈甫以不得於世，肆志於酒，又因酒而寄意温柔，亦可憐也。屈甫人豪爽，無谿徑，故於明湖諸妓中無他愛，愛張蓉官。蓉官者，亦不得於人，而深自岸異者也。余嘗見其深夜對蓉娘一律，爲之欷嘘不置。云：「蘆荻西風子夜虚，緑樽紅袖閉門居。憐卿若大還留客，悔我丁年早讀書。寶帳音塵吹白髮，唾壺悲感動香裾。三宵漏永天涯寂，於意云何且告余。」

往歲余過江南，途次逢劇暑。野店頗幽潔，偶興，呼妓來佐飲。至，則二十餘麗人也。盛粧炫目，起居承奉如婢子。見案上陳筆札，問曰：「君能詩否？」余曰：「暇亦爲之。且問卿知詩否？」曰：「不知。而愛事善吟者。」乃研墨拭箋，請余爲即事詩。爲吟《短歌行》曰：「奔馬不及遲日，流水不回隴頭。人生能幾時，胡爲終日愁。愁來何驅之，濁醪與清謳。南有倡家婦，自名爲揚州。揚州年幾何？二十差有餘。頭上四起髻，青眉的雙珠。足下五絲履，一步三躊躕。羅衣約芳素，顧盼良自殊。斟我玉壺酒，盈盈捧索郎。揮我白蓮扇，意似郭密香。清言結偶歡，不必施與嫱。莫陳《塞上曲》，但歌《陌上桑》。明日溝水頭，各自東西流。人生能幾時，胡爲終日愁。」吟畢，姬笑曰：「固知君老作手也。」厚擲纏頭而去。今編次《明湖花影》，往事依依，用存其句，以志今昔之感。

庚申清明後，偶過玉花處散步。適午夢未回，不忍驚覺，乃拈毫小吟二絶句：「鞦韆紅日轉平階，春掩香羅髻墜釵。夢裏不知人在側，錦幃纖露鳳頭鞋。」「半鈎銀蒜鎖柔香，輕薄東風醉海棠。坐久欲歸歸不得，怕伊醒後大聊浪。」詩成，玉花起，爲一再吟，笑而藏之。

聞有妓愛素者，於庚申正月自東昌來歷下，姿態艷絶。秀水金陀生見而賞之，即日招賓客飲，酒闌，贈以詞。未幾即去。金陀生雅有異才，不輕許可。至今讀其詞，猶令人神往焉，惜余未之見也。所贈《金縷曲》詞曰：「一縷花香細。乍相逢、臉波紅溜，背人旖旎。就月籠燈端相遍，莫是龍眠畫裏？便畫也、無此娟麗。楚夢湘雲空摹寫，但盈盈竚立凌烟水。蓮一朵，差堪擬。　華堂十隊笙歌沸。覼靈心、攜來小座，藕絲偷繫。可惜梁園游倦客，不是錦衣驄騎。只杯酒、便成千里。一語丁寧休忘却，到潯陽江口須相避。洒不起，傷心淚。」

金樵雲儒雅多才，余既識之，恨相得晚。其詩稿中有長律三首并序，讀之始知向固與小妓韓阿金善，既而疏，詩乃既疏後作也。然意旨婉約，情深而不怒，何其雅也。其辭曰：「虹橋疏柳，曾縮行蹤；胥浦寒潮，記浮遠夢。青驄油壁，碾紫陌之香塵；桂檝蘭橈，載清宵之明月。憶曩時之繾綣，人笑顛狂；迨此日而追維，我嗤鄭重。紅牋十幅，全題錦字之詩；梔子滿林，遍扣同心之結。豈知樊川別後，已緑葉之成陰；崔護重來，只桃花之依舊。低徊往事，感慨係之。今者薄游歷下，小住明湖。重登選佛之場，續赴尋芳之約。萬花叢裏，俄驚竹外一枝；衆香國中，忽現臺邊九品。如韓金孃者，可謂傑出時流，名傾齊國也已。春風一面，早拈紅豆之花；秋色平分，再賦定情之什。每雙棲而顧影，比玉能温；時一笑於披幃，如花欲活。並蘭香之竟體，步去誰纖；謂蘭喜。同葵影之傾陽，顰來孰媚。謂雙葵。徵歌索笑，階前之芍藥翩反；度曲飛觴，林外之黄鸝睍睆。斯真有室皆春，無心不醉者矣。然而好事有多磨之感，彩雲生易散之愁。身似萍蓬，腸非木石。縱春城饒蠲忿之花，而幕府豈忘憂之館。相思有曲，聽彈江上琵琶；懊惱成歌，試撫風前鄰篴。爰成小引，略叙情懷云爾。」「何必相逢定是仙，箇中真箇有深緣。十年虎阜春如錦，二月琴河花盡然。故國歡場成短夢，清宵旅思入新篇。繞湖弱柳垂垂發，又繫情絲到酒邊。」「夢裏神山畫不如，衣香花影兩模糊。終應隔水逢仙子，未必無郎似小姑。屋果鎔金宜翡翠，網非鑄鐵漏珊瑚。鮫綃莫謾抛紅淚，怎及驪龍頷下珠。」「如鏡明湖印遠岑，鏡中人似月升沉。碧桃銷恨鍾情淺，紅豆相思入骨深。衣上異香偷未得，枕邊仙路夢難尋。萬重好到蓬山頂，不用狂心但苦心。」

近於來娘壁間，偶見吴秋鶴題二絶句，云：「只合添香伴讀書，人前莫怪太生疏。百花橋畔評花譜，郁李穠桃總不如。」「香霧輕籠白縠衣，素馨花發晚風微。碧幮湘簟凉如水，怕有鶼鶼入夢飛。」竊以爲是來娘知己語。當是時，余方讀秋鶴詞，神韻風骨，不減宋人。近時作者，頗多求其守調嚴、設色雅，運情幽逸者不可多得，惟秋鶴知其三昧。爲心折之，乃記而録其句，以存大雅之一斑云。

疏影品格高雅，聲價獨冠一時。龍説岩論次諸美，首屈一指焉。贈以詞曰：「不枉人推第一，恰似天生俊逸。風流瀟洒見來稀，太虧伊。　解愛江郎綵筆，憐取相如病渴。無情翻勝有情痴，味回時。」此調湯臨川《添字昭君怨》也。

無錫薛繩祖，落拓風流，往往同二三知己步行院，得意者必以小詞口占贈之，一時號爲老顛。今猶記其數闋焉。其贈王繡兒《點絳唇》曰：「葉底花梢，聲聲訴出想思調。顧郎常到，趁阿奴年少。　美景良辰，咱也追歡笑。時偏巧，同卿放棹，正桂香飄了。」贈張繡官《醉花陰》曰：「素手纖纖真活脱，斜抱琵琶撥。半面倚冰絃，待展歌喉，把行雲細遏。　樓頭昨夜吹還發，有洞簫清越。何處最消魂，携手更闌，偎傍中宵月。」

周問蕖題珊珊處二絶句曰：「揚州夢斷水雲寒，又向鴛湖强自寬。種得梨花一樹雪，夜深和月捲簾看。」「恰稱冰綃粧淺淡，肯教紅玉鏤鉛華。人間信有量才尺，蘂榜新傳及第花。」二詩意不可絶倒。

前余得玉娥，時爲大悦之。以小病，就寢其榻而不御。詩以遺之：「垂老憐香別一天，薄羅如霧玉如烟。羞將峽雨吹紅豆，留得溪風看白蓮。努力休忘前夕夢，有時應結再生緣。華林大雅今餘幾，悔不相逢早數年。」時庚申又四月八日。

雙雙嬌婉輕盈，麗人中如意珠也。余以其度曲爲濟南獨步，故列爲藝品冠。而俞猗園轉以爲雙雙憾，乃爲詩以諷之。其詩曰：「評花莫笑未居優，藝品猶叨一字搜。澹掃自甘參末座，清歌偏許擅嬌喉。雙聲關塞凌秋迥，午夜琵琶繞指柔。仙露滴松風入竹，賞音也作釣詩鈎。」「敢隨名卉鬥千紅，袖月衫雲自托烘。白面直堪金作勒，青絲還與玉爲籠。温同趙氏分雙産，媚擬施家合一叢。出本汙泥能不染，翩翩饒有六郎風。」「難將慧劍絶情痴，一任惺惺惜所之。比目自來無小別，交柯今始有真知。佳人南國矜濃艷，名士西園重綺思。漫道藕絲連復斷，如環曾證月明時。」時又有古松陵桃源漁者，題雙雙傳後三首，用猗園韵也。「曲到青峰藝最優，平章風月句還搜。兩行翠袖居何品，一串明珠在此喉。絮絮鶯啼憐柳嫩，飜飜蝶拍愛荑柔。饒梁雖未稱三日，剩有餘音盪玉鈎。」「兩靨常因一笑紅，頰潮不藉口脂烘。風流直擬烏巾覆，灑落寧將碧釧籠？花譜無雙留隻影，烟鬟有隊出千叢。亭亭小向階前立，錯認宜男倚晚風。」「見説徵歌泥且痴，雙雙命意不他之。纏綿似繭情何極，宛轉如蕉心可知。挂去緑蘿看倚托，拋來紅豆數相思。所鍾畢竟推吾輩，百丈晴絲獨繫時。」

桃源漁者，吴人名宿也。聞余有《明湖花影》之作，索觀之，與文芳傳頗稱賞，乃題二絶句於後。「細薰芍藥圖紈扇，小製葡萄寫練裙。自是前生多慧業，月華爲采水爲文。」「情思婆娑花弄影，丰姿恬澹雪含香。假饒不出并州剪，空谷幽蘭只自芳。」又《十六字令》二闋，仿獨木橋體，曰：「文。脱盡村來便是文。文如綺，新樣出奇文。」「芳。除却《騷經》總不芳。芳自潄，清絶異群芳。」余向亦聞漁者名，讀其詩文，雄博奥衍，爲心折者久之。昨過訪，其爲人磊落有度，今而後，客窗風雨之餘，又益一素心友耳。

吾鄉一清子極愛憐雙。其居處相距三四里，雖風雨中必過訪之，鍾情何如也。嘗有詩贈之曰：「納綻紅衣歌正圓，翻雲剪水自澄鮮。錦鴦慣覆田田葉，彩鳳常飛瓣瓣蓮。閒敲並蘂落銀釭，戲解連環對綺窗。聞説謝家才思好，明珠擬佩一雙雙。」蓋憐雙一名蓮雙也。

（張宇超點校）

甌北詩話

甌北詩話提要

《甌北詩話》十二卷，據嘉慶間湛貽堂刻本點校。撰者趙翼（一七二七—一八一四），字雲崧，號甌北，江蘇陽湖人。乾隆二十六年探花，歷官至貴西兵備道。有《甌北全集》。《清史稿》卷四八五有傳。此書當時人多稱爲「十家詩話」，蓋就前十卷而言。甌北史家兼詩人，此書又爲其晚年見識，故甚可聽。如十家之選，除太白一家承上外，杜、韓、白、蘇、陸、遺山、青丘、梅村、初白，則皆爲鋪陳發露，所謂「詩史」、所謂可盡天下之情事者，誠能一眼覷定唐宋以下之詩流主脈矣。其選國朝詩人爲吳、查，而非王、朱，謂梅村體「秘訣實從《長慶集》得來」，初白功力直接香山、放翁云云，皆此意，洪亮吉、梁章鉅輩之指摘未能搔著癢處也。其論諸家亦自有主旨，每能從大處與前賢立異，而無不穩。如論少陵真本領在「語不驚人死不休」，此出乎性靈所固有，而非關學力；論昌黎本色「仍在文從字順中，不專以奇險見長」；論香山之坦易較勝於韓、孟之奇警，「世徒以輕俗訾之，此不知詩者」；論東坡則賞其「才分之高，不在功力之苦」；論放翁「趨向大方家」，其「詩外之事盡入詩中」轉勝東坡。諸如此類，一歸於性情曉暢。又好揭櫫各家之「創體」、「創格」、「創句」，而不滿遺山「蘇門若有功臣在，肯放公詩百態新」之説。凡此皆與同時之袁隨園「性靈」説聲氣相應，然甌北運其史家之才識，持論轉較隨園爲整飭。論詩之餘，又必究各家之人事公案，如杜、蘇好營造，香山之俸禄、出身貧寒易於知足，放翁好作大言乃時、地使然之類，皆原原本本，言而有據。崔旭《念堂詩話》謂「猶其著《二十二史劄記》手段，與他家詩話迥別，余擬目之曰十家詩評」，甚是。此書卷十二末「古今詩互有優劣」一則，内「今甲子歲」、「昨歲畢秋帆總督湖廣，未奏凱而殁」云云，秋帆卒於嘉慶二年丁巳，何年時之不接也？必有一誤。此書頗著影響，故版本甚夥，要無大别。

甌北詩話小引

少日閲唐、宋以來諸家詩不終卷，而己之才思湧出，遂不能息心凝慮，究極本領，不過如世之選家，略得大概而已。晚年無事，取諸家全集，再三展玩，始知其真才分、真境地，覺向之所見，猶僅十之二三也。因竊自愧悔，使數十年前，早從此尋繹，得識各家獨至之處，與之相上下，其才高者可以擴吾之才，其功深者可以進吾之功，必將挫籠參會，自成一家。惜乎老至耄及，精力已衰，不復能與古人争勝。然猶幸老而從事於此，雖不能力追，而尚能見到，差勝於終身不窺堂奥者。因念世之有才者何限，度亦如余之輕心掉過，必待晚而始知，則何如以余晚年所見，使諸才人早見及之，可以省數十年之孰視無睹。是於余雖不能有所進，而於諸才人實大有所益也。爰就鄙見所及，略爲標舉，以公諸同好焉。

嘉慶七年五月，甌北老人趙翼識。

甌北詩話卷一

陽湖趙翼雲崧

李青蓮詩

李青蓮自是仙靈降生。司馬子微一見，即謂其「有仙風道骨，可與神遊八極之表」。賀知章一見，亦即呼爲「謫仙人」。放還山後，陳留採訪使李彦允爲請於北海高天師授道籙。其神采必有迥異乎常人者。詩之不可及處，在乎神識超邁，飄然而來，忽然而去，不屑屑於雕章琢句，亦不勞勞於鏤心刻骨，自有天馬行空，不可羈勒之勢。若論其沉刻則不如杜，雄鷙亦不如韓。然以杜、韓與之比較，一則用力而不免痕迹，一則不用力而觸手生春，此仙與人之别也。

青蓮一生本領，即在五十九首《古風》之第一首，開口便説《大雅》不作，騷人斯起，然詞多哀怨，已非正聲；至揚、馬益流宕，建安以後，更綺麗不足爲法；迨有唐文運肇興，而已適當其時，將以删述繼獲麟之後。是其眼光所注，早已前無古人，後無來者，直欲於千載後上接《風》、《雅》。蓋自信其才分之高，趨向之正，足以起八代之衰，而以身任之，非徒大言欺人也。

青蓮集中古詩多，律詩少。五律尚有七十餘首，七律只十首而已。蓋才氣豪邁，全以神運，自不屑束縛於格律對偶，與雕繪者争長。然有對偶處，仍自工麗；且工麗中别有一種英爽之氣，溢出行墨之外。如：「洗兵條支海上波，放馬天山雪中草。」《戰城南》「天兵照雪下玉關，虜箭如沙射金甲。」《胡無人》「邊月隨弓影，胡霜拂劍花。」《塞上曲》「笛奏龍吟水，簫鳴鳳下空。」《宫中行樂》何嘗不研鍊，何嘗不精采耶？惟七律究未完善。內有《送賀監歸四明》及《題崔明府丹竈》二首，尚整練合格，其他殊不足觀，且有六句爲一首者。蓋開元、天寶之間，七律尚未盛行，至德以後，賈至等《早朝大明宫》諸作，互相琢磨，始覺盡善，而青蓮久已出都，故所作不多也。

詩家好作奇句警語，必千錘百鍊而後能成。如李長吉「石破天驚逗秋雨」，雖險而無意義，祇覺無理取鬧。至少陵之「白摧朽骨龍虎死，黑入太陰雷雨垂」，昌黎之「巨刃摩天揚」、「乾坤擺礌硠」等句，實足驚心動魄，然全力搏兔之狀，人皆見之。青蓮則不然。如：「撫頂弄盤古，推車轉天輪。」「女媧戲黄土，團作愚下人。散在六合間，濛濛如沙塵。」《上雲樂》「舉手弄清淺，誤攀織女機。」《遊泰山》「一風三日吹倒山，白浪高於瓦官閣。」《横江詞》皆奇警極矣，而以揮灑出之，全不見其錘鍊之迹。其他刻露處，如：「長風入短袂，兩手如懷冰。」《新平少年》「客土植危根，逢春猶不死。」《樹中草》「蟪蛄啼青松，安見此樹老。」《擬古》「羅幃舒卷，似有人開。明月直入，無心可猜。」《獨漉篇》「莫捲龍鬚席，從他生網絲。且留琥珀枕，或有夢來時。」《白頭吟》皆人所百思不到，而入青蓮手，一若未經構思者。後人從此等處悟入，可得其真矣。

青蓮工於樂府。蓋其才思横溢，無所發抒，輒借此以逞筆力，故集中多至一百十五首。有借舊題以寫己懷、述時事者。如：《將進酒》之與岑夫子、丹丘生共飲。《門有車馬行》有云：「嘆我萬里遊，飄飄三十春。空談帝王略，紫綬不掛身。」《梁甫吟》專咏吕尚、酈生，以見士未遇時爲人所輕，及成功而後見。《天馬歌》以馬喻己之未遇，冀人薦達。此借舊題以自寫己懷者也。《猛虎行》全叙安禄山之亂，有「秦人半作燕地囚，胡馬翻銜洛陽草」等句。此借舊題以寫時事者也。其他則皆題中應有之義，而别出機杼，以肆其才。乃説詩者必曲爲附會，謂某詩以某事而作，某詩以某人而作。詩人遇題觸景，即有吟咏，豈必皆有所爲耶？無所爲，則竟不作一字耶？即如《蜀道難》，本亦樂府舊題，而黄山谷誤信舊注，以爲刺章仇兼瓊之有異志；宋子京又據范攄《雲溪友議》，以爲嚴武帥蜀，不禮於故相房琯，并嘗欲殺杜甫，故此詩爲房、杜危之。不知章仇在蜀，正當天寶之初，中外晏安，臣僚貼服，豈有所顧慮？青蓮《答杜秀才》有云「聞君往年遊錦城，章仇尚書倒屣迎」，則章仇并能下士者，更無從致譏。至嚴武先後鎮蜀，在肅、代兩朝，而青蓮天寶初入都，即以此詩受賀知章之賞識，其事在嚴武帥蜀前且二十年，其爲附會，更不待辨。又如《胡無人》一首中，有「太白入月敵可摧」之句，適與禄山被殺之讖相符，説者又謂此詩預決禄山之死。不知「太白入月」，本天官家占驗之法，豈專指禄山？且此篇上文，但言戎騎窺邊，漢兵殺敵之事，初不涉漁陽一語也。即此二首觀之，可破穿鑿之論矣。

李陽冰序謂唐初詩體，尚有梁、陳宫掖之風，至青蓮而大變，掃盡無餘。然細觀之，宫掖之風，究未掃盡也。蓋古樂府本多托於閨情女思，青蓮深於樂府，故亦多征夫怨婦惜别傷離之作，然皆含蓄有古意。如《黄葛篇》之「蒼梧大火流，暑服莫輕擲。此物雖過時，是妾手中跡」；《勞勞亭》之「春風知别苦，不遣柳條青」；《春思》之「春風不相識，何事入羅幃」，皆醖藉吞吐，言短意長，直接《國風》之遺。

少陵已無此風味矣。

《古詩》五十九首非一時之作，年代先後亦無倫次，蓋後人取其無題者彙爲一卷耳。如第十四首述用兵開邊之事，譏明皇黷武，則天寶初年事也。第十九首「俯視洛陽川，茫茫走胡兵」，則安禄山陷東都時也。二十四首鋪張鬬鷄之賈昌，則開元中事也。三十四首「渡瀘及五月，將赴雲南征」，則鮮于仲通用兵雲南時事也。三十七首「而我竟何辜，遠身金殿旁」，則自供奉翰林後放還山時作也。長洲許元祐指第十四首即以爲征雲南，而并欲改詩中「三十六萬人」爲「二十六萬」，謂雲南之師實二十萬人也。不知此篇開首即云「胡關饒風沙」，又有「天驕毒威武」等句，皆指塞外戎虜，何嘗有一字涉南蠻耶？

青蓮少好學仙，故登真度世之志，十詩而九。蓋出於性之所嗜，非矯托也。然又慕功名，所企羡者，魯仲連、侯嬴、酈食其、張良、韓信、東方朔等。總欲有所建立，垂名於世，然後拂衣還山，學仙以求長生。如《贈裴仲堪》云：「明主倘見收，烟霄路非遐。時命若不會，歸應鍊丹砂。」《從駕温泉贈楊山人》云：「待吾盡節報明主，然後相攜卧白雲。」《贈衛尉張卿》云：「功成拂衣去，摇曳滄洲旁。」《贈韋秘書》云：「終與安社稷，功成去五湖。」《别從甥高五》云：「成功解相訪，溪水桃花流。」《登謝安墩》云：「功成拂衣去，歸入武陵源。」其視成仙得道，若可操券致者，蓋其性靈中所自有也。

青蓮詩文最多，自李陽冰作序時，已謂「當時著述，十喪其九；今所存者，皆得之他人」云。故集中轉有贋作，爲後人攙入者。黄山谷云：「《長干行》二首，『妾髮初覆額』，太白自作也；『憶妾深閨裹』，李益尚書作也。太白如富貴人，終不作寒乞語，他人則自露小家氣象耳。」又集中《去婦詞》一首，實即顧況《棄婦詞》，後人增數句而編入李集者。然此猶皆唐人所作，故置之李集中，亦不甚相遠。又有五代時人所作，而亦混收入者。東坡云：「唐末五代，文章衰陋，詩有貫休，書有亞棲，村俗之氣，大抵相似。近日曾子固編《太白集》，有《贈僧懷素草書歌》及『笑矣乎』、『悲來乎』數首，皆貫休以下詩格，必非太白所作，不知曾公何以信爲真作也？」是東坡已別之甚嚴。今按贋作尚不止此。《少年行》末幅云：「男兒百年且樂命，何須徇書受貧病！男兒百年且榮身，何須徇節甘風塵！衣冠半是征成士，窮儒浪作林泉民。遮莫枝根長百丈，不如當代多還往。遮莫姻親連帝城，不如當身自簪纓。」試以青蓮他詩讀之，有此村氣耶？東坡讀太白《姑熟十咏》，大笑曰：「贋物敗矣，豈有李白作此語者！」見陸放翁《入蜀記》。

青蓮自翰林被放還山，固不能無怨望，然其詩尚不甚露懟憾之意。如《贈蔡舍人雄》云：「遭逢聖明主，敢進興亡言。白璧竟何辜，青蠅遂成冤。」《贈崔司户》云：「布衣侍丹墀，密勿草絲綸。才微惠渥重，讒巧生緇磷。」《答王十二寒夜獨酌》云：「一談一笑失顔色，蒼蠅貝錦喧謗聲。」《贈宋少府》云：「早懷經濟策，特受龍顔顧。白玉棲青蠅，君臣忽行路。」皆不過謂無罪被謗而出耳。獨《雪讒詩》有云「彼〔婦〕人之猖狂，不如鵲之彊彊」，則指讒者也；「彼婦人之淫昏，不如鶉之奔奔」，則指楊妃也。其下并以妲己、褒姒爲比，甚至以吕后之私審食其，秦后之嬖嫪毒，喻楊妃之淫穢，則更指斥醜行，毫無顧忌。青蓮胸懷浩落，不屑屑於恩怨，何至誹謗如此？恐亦非其真筆也。

青蓮避安禄山之亂，南奔江左後，爲永王璘招入幕中，坐累得罪之事，就其詩核之，亦有可得其次第者。《扶風豪士歌》云：「洛陽三月飛胡沙」，「白骨相撐如亂麻。我亦東奔向吳國」，「來醉扶風豪士家。」按天寶十四載十一月，禄山反，十二月陷洛陽，其曰「三月」，則十五載之春，自洛南奔也。《猛虎行》「竄身南國避胡塵」之下，即云「昨日方爲宣城客」，是南奔先至宣城也。又有《亂後將避地剡中贈崔宣城》詩，則至宣城後本欲入剡。然《贈王判官》云：「大盜割鴻溝，如風掃秋葉。吾非濟代人，且隱屏風叠。」則入剡未果，即往廬山也。後有《贈江夏太守》詩，自叙被永王璘招致入幕之事，云「半夜水軍來」，「迫脅上樓船」，是璘至尋陽始招致之，而《舊唐書》謂白謁見璘於宣城者，非也。青蓮本學縱横術，以功名自許，其從璘，正欲藉以立功。故所作《永王東巡歌》第二首，即云「但用東山謝安石，爲君談笑静胡沙」，已隱然以謝安自許。是時璘未有異志，及見所至富饒，始有窺江左意，然猶未敢顯言。青蓮固未知之，故第五首云「諸侯不救河南地，更喜賢王遠道來」，方美其能勤王；末章云「南風一掃胡塵静，西入長安到日邊」，猶望其成功，入京奏凱也。即所云「雲夢開朱邸，金陵作小山」，「小山」、「朱邸」，亦是藩王之事。且《在水軍宴與幕府諸公》詩云：「願與四座公，静談《金匱篇》。」「所冀旄頭滅，功成追魯連。」亦正以討賊爲志也。然則謂青蓮有從亂之意，固不待辨也。獨是璘初未顯言，及採訪使李希言平牒，璘乃借端發怒，使渾惟明襲希言，李廣琛趨廣陵，則已顯然爲逆。詩中有「王出三山按五湖」之句，是已隨璘自金陵東下，豈猶不知其悖逆，直至璘敗丹陽始奔逃耶？蓋已入璘軍中，前後左右莫非璘兵，遂不能自脱，必至敗亂時，始可得間逃出耳。然其《南奔》詩云：「主將動讒疑，王師忽離畔。」「賓御如浮雲，從風各消散。」似反謂李廣琛等之反正歸國者爲離畔，其愚亦甚矣！且其自洛陽南奔詩有云：「張良未遇韓信貧，劉項存亡在兩臣。暫到下邳受兵略，來投漂母作主人。」又云：「蕭曹曾作沛中吏，攀龍附鳳會有時。」是直欲因亂而圖風雲際會。且《永王東巡歌》內有云：「我王戰艦輕秦漢，卻似文皇欲渡遼。」則竟以太宗比璘，其語言亦太不檢矣！宜其身陷重罪，雖以崔涣、宋若思之辨雪，終不免夜郎之行也。

青蓮胸懷灑落，雖經竄徙，亦不甚哀痛，惟《上崔涣百憂章》有「星離一門，草擲二孩」之語，最爲慘切，蓋在獄中作也。及流夜郎途次，别無悲悴語。至江夏陪薛明府宴興德寺，已有詩紀遊。又遇張謂出使夏口，沔州牧杜某、漢陽宰王某觴之於南湖，張謂請名此湖，青蓮即名之曰郎官湖。《西塞驛寄裴隱》云：「空將澤畔吟，寄爾江南管。」《贈辛判官》云：「我愁遠謫夜郎去，何日金鷄放赦回？」《贈劉都使》云：「而我謝明主，銜哀投夜郎。歸家酒債多，門客粲成行。」「所求竟無緒，裘馬欲摧藏。」則被謫後賓客尚多，而欲其資助以償酒債。《贈常侍御》云：「登朝若有言，一訪南遷賈。」《贈易秀才》云：「蹉跎君自惜，竄逐我因誰？」「感激平生意，勞歌寄此辭。」皆無侘傺無聊之感。至《永華寺寄尋陽群官》云：「天命有所懸，安得苦愁思。」《别賈舍人》云：「何必兒女仁，相看淚成行。」則更能自排遣矣。及半道赦歸，即有「我且爲君槌碎黄鶴樓，君亦爲我倒翻鸚鵡洲」之句。又《漢陽病酒寄王明府》云：「去歲左遷夜郎道」，「今年敕放巫山陽。」其下即云：「願掃鸚鵡洲，與君醉千場。」「莫惜連船沽美酒，千金一擲買群芳。」其豪氣依然如故也。

青蓮救郭子儀，及坐永王璘事，得子儀救解，此見樂史序中，謂「白有知鑒，客并州時，識汾陽王郭子儀於行伍，爲脱其刑責而獎重之。及白坐永王璘事，子儀請以己官爵贖其罪，上許之，而免誅」云。《新唐書》本傳亦載之。然青蓮集中無一字與子儀往來者。當其繫獄時，以詩上崔涣、宋若思求雪。如果有德於子儀，豈無一字乞援？即或道遠不相及，而子儀救釋之後，何又無一字述其恩、記其事？則此事之有無，未可信也。集中有《贈郭將軍》一首，云：「將軍少年出武威，入掌銀臺護紫微。」此又非子儀履歷，當另是一人。

《贈張相鎬》詩云：「卧病宿松山，蒼茫空四鄰。」「聞君自天來，目張氣益振。」按張鎬以宰相兼河南節度使，出師河南，在至德二載之秋，而永王璘之敗，在是年之春。璘敗，青蓮即亡奔宿松，被繫尋陽獄，安得以詩贈鎬？豈亡奔宿松時，尚未被繫，聞鎬將至，以詩干之耶？

青蓮雖有志出世，而功名之念，至老不衰。集中有留别金陵諸公詩，題云《聞李太尉大舉秦兵百萬出征懦夫請纓冀申一割之用半道病還》。按李光弼爲太尉，在上元元年，統八道行營，鎮臨淮。青蓮於乾元二年赦歸，是時已在金陵矣。一聞光弼出師，又欲赴其軍自効，何其壯心不已耶！或欲自雪其從璘之累耶？

《贈泗州僧伽歌》云：「真僧法號號僧伽，有時與我論三車。」末云：「嗟予落魄江淮久，罕遇真僧説空有。」按《傳燈録》：「僧伽大師，唐高宗時，在泗州建普光王寺。中宗景龍二年，遣使迎至京師，命住大薦福寺。三年三月三日示寂，敕命就薦福寺漆身起塔，忽臭氣滿城，帝默許送還泗州，即異香騰馥。」是僧伽示寂，在景龍三年也。而薛仲邕所編《青蓮年譜》，青蓮生於武后聖曆二年，則景龍三年僅十一歲，豈能即與僧伽論三車？且云落魄江淮已久，則必非十餘歲時也。《傳燈録》所記年歲，或當有誤。《年譜》據曾鞏序，謂青蓮年六十四；而李陽冰誌青蓮之死，在寶應元年。由寶應元年逆溯六十四年，當是聖曆二年所生。然青蓮代宋若思薦己表云：「前翰林供奉李白，年五十七，爲永王璘脅行，道中奔亡，臣及崔涣推覆，實爲無辜。」按永王璘之敗，在至德二載，青蓮奔亡繫尋陽獄，宣慰大使崔涣及中丞宋若思驗出之。若思之薦之，即在此時也。是年年五十七，則寶應元年之卒，實只六十一歲。恐《年譜》亦誤。豈薦表少填三年，如宋時之有實年、官年耶？放翁又謂「《僧伽歌》太白舊集本無之，乃宋次道再編時貪多務得之過也」。

青蓮妻許氏，見曾鞏序。謂白自蜀至楚，雲夢許氏者，高宗時宰相圉師之家，以女妻白，因留雲夢三年。青蓮《上安州裴長史》亦云：「楚有七澤，遂來觀焉。許相公家見招，妻以女孫，便憩息於此，至移三霜。」是青蓮娶許氏之明證也。乃集中有《流夜郎至烏江别宗十六璟》一首云：「我非東牀人，令姊忝齊眉。」「適遭雲羅解，翻謫夜郎悲。」拙妻莫邪劍，及比二龍隨。慚君湍波苦，千里遠從之。」似青蓮竄時，宗氏妻與之偕行，而氏弟璟送之者，則又有一宗氏妻矣。然此詩上文云：「君家全盛日，台鼎何陸離。」又似故相之後。此不可解也，豈刻本誤「許」爲「宗」耶？或許氏妻先亡，繼娶宗氏耶？按青蓮先有《送内尋廬山女道士李騰空》詩；及在尋陽獄，又有《寄内詩》云：「多君同蔡琰，流淚請曹公。」流夜郎後，又有《寄内詩》云：「北雁春歸看欲盡，南來不得豫章書。」則其妻又留居豫章，而未嘗從行。然則宗十六之姊如雙劍之相隨者，又何人也？集中有《留别西河劉少府》詩云：「余亦如流萍，隨波樂休明。自有兩少妾，雙騎駿馬行。」此是客并州時作，與此無涉。

青蓮少時，曾爲無賴子所困，得陸調救解。集中有贈調詩云：「我昔鬬鷄徒，連延五陵豪。邀遮相組織，呵嚇來煎熬。君開萬人叢，鞍馬皆辟易。告急清憲臺，脱余北門厄。」此亦其逸事也。

杜少陵曾官拾遺，青蓮亦曾有此官。劉全白撰墓碣云：「代宗登極，廣拔幽滯，君亦拜拾遺。聞命之後，君即逝矣。」《新唐書》亦載之。既聞命而卒，則及身曾受此官。是青蓮亦可稱李拾遺也。按李、杜同時，據年譜及諸傳序，青蓮卒於寶應元年，年六十四，少陵卒於大曆五年，年五十九。是杜小于李十三歲。其卒也，亦後于李八年。

甌北詩話卷二

陽湖趙翼雲崧

杜少陵詩

杜少陵一生窮愁，以詩度日，其所作必不止今所傳古體三百九十首，近體一千六首而已。使一無散失，後人自可即詩以考其生平，惜乎遺落過半！韓昌黎所謂「平生千萬篇」，「雷電下取將。流落人間者，泰山一毫芒」，此在唐時已然矣。幸北宋諸公，搜羅掇拾，彙爲全編。吕汲公因之作年譜，略次第其出處之歲月，頗得大概。黄鶴、魯訔之徒，乃又爲之年經月緯，一若親從少陵遊歷者，則未免穿鑿附會，宜常熟本之笑其愚也。然常熟本開卷即以《贈韋左丞》爲第一首，謂「此首布置最得正體，前賢皆録爲壓卷」云。然此詩乃詣京師考試報罷，將出都之作，則天寶六七載事也。王洙本則以《遊龍門奉先寺》爲首。龍門在河南，公遊東都，在開元之末，則此詩自在前。然公先在其父閑兖州官舍，有《登兖州城樓》詩，云「東郡趨庭日」，則又在遊東都之前，自應列在卷首，而以《望嶽》、《遊南池》、《宴歷亭》諸詩次之。今王洙本亦仍在《奉先寺》後。又《前出塞》爲秦、隴兵赴交河而作，尚是開元中事；《後出塞》爲東都兵赴薊門而作，末章明言安禄山將反，先脱身逃歸，則是天寶十四載之事，此當在首卷《兵車行》之後。而王洙本及常熟本皆入秦州詩内，謂在秦州時追述者。此有何據耶？皆編次之誤也。

宋子京《唐書・杜甫傳贊》，謂其詩「渾涵汪茫，千彙萬狀，兼古人而有之」，大概就其氣體而言。此外，如荆公、東坡、山谷等，各就一首一句，嘆以爲不可及，皆未説著少陵之真本領也。其真本領仍在少陵詩中「語不驚人死不休」一句。蓋其思力沉厚，他人不過説到七八分者，少陵必説到十分，甚至有十二三分者；其筆力之豪勁，又足以副其才思之所至，故深人無淺語。微之謂其薄《風》、《雅》，該沈、宋，奪蘇、李，吞曹、劉，掩顔、謝，綜徐、庾，足見其牢籠萬有。秦少游并謂其不集諸家之長亦不能如此，則似少陵專以學力集諸家之大成。明李崆峒諸人，遂謂李太白全乎天才，杜子美全乎學力，此真耳食之論也！思力所到，即其才分所到，有不如是則不快者。此非性靈中本有是分際，而盡其量乎？出於性靈所固有，而謂其全以學力勝乎？今姑摘數條於此，有沉著至十分者，有奇險至十二三分者，略爲舉隅，學者可類推矣。

一題必盡題中之義，沉著至十分者，如《房兵曹胡馬》，既言「竹批雙耳」、「風入四蹄」矣，下又云：「所向無空闊，真堪托死生。」《聽許十一彈琴》詩，既云「應手錘鉤，清心聽鏑」矣，下又云：「精微穿溟涬，飛動摧霹靂。」以至稱李白詩「筆落驚風雨，詩成泣鬼神」，稱高、岑二公詩「意愜關飛動，篇終接混茫」，稱姪勤詩「詞源倒流三峽水，筆陣獨掃千人軍」。《登慈恩寺塔》云：「俯視但一氣，焉能辨皇州？」《赴奉先縣》云：「朱門酒肉臭，路有凍死骨。」《北征》云：「夜深經戰場，寒月照白骨。」《述懷》云：「摧頹蒼松根，地冷骨未朽。」此皆題中應有之義，他人説不到，而少陵獨到者也。

有題中未必有此義，而冥心刻骨，奇險至十二三分者，如《望嶽》之「盪胸生層雲，決眥入歸鳥」；《登慈恩寺塔》之「七星在北户，河漢聲西流」；《三川觀水漲》之「聲吹鬼神下，勢閲人代速」；《送韋評事》之「鳥驚出死樹，龍怒拔老湫」；《劉少府畫山水障》之「反思前夜風雨急，乃是蒲城鬼神入。元氣淋漓障猶濕，真宰上訴天應泣」；《韋偃畫松》之「白摧朽骨龍虎死，黑入太陰雷雨垂」；《鐵堂峽》之「徑摩蒼穹蟠，石與厚地裂」；《木皮嶺》之「仰干塞大明，俯入裂厚坤」；《桃竹杖》之「路幽必爲鬼神奪，拔劍或與蛟龍争」。《登白帝城樓》之「扶桑西枝封斷石，弱水東影隨長流」，扶桑在東而曰「西枝」，弱水在西而曰「東影」，正極言其地之高，所眺之遠。皆題中本無此義，而竭意摹寫，寧過無不及，遂成此意外奇險之句，所謂十二三分者也。至於尋常寫景，不必有意驚人，而體貼入微，亦復人不能到。如東坡所賞「四更山吐月，殘夜水明樓」、「暗飛螢自照，水宿鳥相呼」等句，若不甚經意，而已十分圓足，益可見其才力之獨至也。

自初唐沈、宋諸人創爲律體，於是五字七字中争爲雄麗之語，及盛唐而益出。如賈至《早朝大明宫》之作，少陵、王維、岑參等皆有和詩，詩中皆有傑句是也。杜詩五律，究以「江山有巴蜀，棟宇自齊梁」一聯爲最。東西數千里，上下數百年，盡納入兩個虚字中，此何等神力！其次則「星臨萬户動，月傍九霄多」，亦有氣勢。至岳陽樓之「吴楚東南坼，乾坤日夜浮」，古今無不推爲絶唱。然春秋時洞庭左右皆楚地，無吴地也。若以孫吴與蜀分湘水爲界，則當云「吴蜀東南坼」。且以天下地勢而論，洞庭尚在西南，亦難指爲東南。少陵從蜀東下，但覺其在東南故耳。又七律中「五更鼓角聲悲壯，三峽星河影動摇」、「錦江春色來天地，玉壘浮雲變古今」，亦是絶唱。然换卻「三峽」、「錦江」、「玉壘」等字，何地不可移用？則此數聯亦不無可議；祇以此等氣魄從前未有，獨創自少陵，故群相尊奉爲劈山開道之始祖，而無異詞耳。自後亦竟莫有能嗣響者。東坡舉歐陽公「蒼波萬古流不極，白鳥雙飛意自閒」、「萬馬不嘶聽號令，諸蕃無事樂耕耘」，及坡自作「令嚴鐘鼓三更月，野宿貔貅萬竈烟」、「露布朝馳玉關塞，捷書夜到甘泉宫」，謂可以繼之，然聲調已稍減。元人《月夜登樓》一聯「大地山河微有影，九天風露寂無聲」，近時朱竹垞「絶頂蛟龍晴有氣，虚堂神鬼晝無聲」，似較勝宋人也。鄙作《觀西廠烟火》云：「九邊塵静平安火，上苑春開頃刻花。」亦頗近之。他如《滇南從軍》云：「一軍皆甲晨聽令，萬馬無聲夜踏邊。」《宿馬山祥符寺》云：「半夜月明鴉鵲警，九霄風急斗星摇。」似亦有力，然不能切定何地。若切定地里，又能聲出金石，則惟陳恭尹《廣州鎮海樓》一聯「五嶺北來山到地，九州南盡水連天」，雖少陵亦當視爲畏友也。

杜詩又有獨創句法，爲前人所無者。如《何將軍園》之「緑垂風折笋，紅綻雨肥梅」、「雨抛金鎖甲，苔卧緑沈槍」，《寄賈嚴二閣老》之「翠乾危棧竹，紅膩小湖蓮」，《江閣》之「野流行地日，江入度山雲」，《南楚》之「無名江上草，隨意嶺頭雲」，《新晴》之「碧知湖外草，晴見海東雲」，《秋興》之「香稻啄餘鸚鵡粒，碧梧棲老鳳凰枝」。古詩内亦有創句者。如《宿贊公房》之「明燃林中薪，暗汲石底井」，《白縣高齋》之「上有無心雲，下有欲落石」，《鄭典設自施州歸》之「攀緣懸根木，登頓入矢石」，《閬山歌》之「松浮欲盡不盡雲，江動將崩未崩石」，以及《石龕》之「熊羆咆我東，虎豹號我西。我後鬼長嘯，我前狨又啼」，皆是創體。至如《杜鵑行》之「西川有杜鵑，東川無杜鵑，涪萬無杜鵑，雲安有杜鵑」，此究是題下注語，而論者引樂府「魚戲荷葉南，魚戲荷葉北」，以爲杜詩所仿，則又信杜太過矣。試思「西川」四句，與全首詩中意有何關涉耶？

李杜詩垂名千古，至今無人不知，然當其時則未也。惟少陵則及身預知之。其《贈王維》不過曰「中允聲名久」，贈高適不過曰「美名人不及」而已，獨至李白則云：「千秋萬歲名，寂寞身後事。」其自負亦云：「丈夫垂名動萬年，記憶細故非高賢。」似已預識二人之必傳千秋萬歲者。贈鄭虔雖亦有「名垂萬古知何用」之句，然猶是泛論也。此外更無有許以不朽者。蓋其探源泝流，自《風》、《騷》以及漢、魏、六朝諸才人，無不悉其才力而默相比較，自覺己與白之才，實屬前無古人，後無來者。是以一語吐露，而不以爲嫌。所謂「文章千古事，得失寸心知」也。按是時，青蓮及身才名，本已震爆一世，李陽冰序謂其詩一出，今古文集遏而不行，則名滿天下可知。而少陵雖流離困阨中，名亦與之相埒，元微之序所謂時人稱爲李杜者也。同時已有任華者，推奉二公，特作兩長篇，一寄李，一寄杜，而不及他人。是可見二公之同時齊名矣。其後韓昌黎亦李、杜並尊，《調張籍》云：「李杜文章在，光燄萬丈長。」《石鼓歌》云：「少陵無人謫仙死，才薄其奈石鼓何！」《醉留東野》云：「昔年曾讀李白杜甫詩，長恨二人不相從。」《酬盧雲夫》云：「遠追甫白感至誠。」《感春》詩云：「近憐李杜無檢束，爛熳長醉多文辭。」是其於二公固未嘗稍有軒輊。至元白，漸申杜而抑李。微之序杜集云：是時李白亦以能詩名，然至於「鋪陳終始，排比聲韻，大或千言，少猶數百，詞氣豪邁而風調清深，屬對律切而脱棄凡近，則李尚不能窺其籓籬，况堂奥乎」。香山亦云：李白詩才奇矣，然不如杜詩「可傳者千餘首。貫穿今古，覼縷格律，盡善盡工，又過於李焉」。自此以後，北宋諸公皆奉杜爲正宗，而杜之名遂獨有千古。然杜雖獨有千古，而李之名終不因此稍減。讀者但覺杜可學而李不敢學，則天才不可及也。

黄山谷謂「少陵夔州以後詩，不煩繩削而自合」，此蓋因集中有「老去漸於詩律細」一語，而妄以爲愈老愈工也。今觀夔州後詩，惟《秋興八首》及《咏懷古跡五首》細意熨貼，一唱三嘆，意味悠長；其他則意興衰颯，筆亦枯率，無復舊時豪邁沉雄之概。入湖南後，除《岳陽樓》一首外，并少完璧，即《岳麓道林》詩爲當時所推者，究亦不免粗莽，其他則拙澀者十之七八矣。朱子嘗云：「魯直只一時有所見，創爲此論。今人見魯直説好，便都説好，矮人看場耳。」斯實杜詩定評也。

集中咏杜鵑共有三首，其編在入蜀後者，王洙及常熟本皆以爲感明皇被李輔國遷居西内而作。其曰「雖同君臣有舊禮，骨肉滿眼身羈孤」，末云「萬事反覆何所無，豈憶當殿群臣趨」，固似爲明皇而發；而夔州以後又有《杜鵑》二首，亦道其前爲帝王，死後魂化爲鳥，生子不自哺，寄百鳥巢，百鳥猶爲哺之，而嘆其昔年曾居深宫，嬪嬙左右，如花之紅，與前一首同一意也。此已在大曆年間，明皇崩已久，豈又爲之寄慨耶？説詩者未可逞己意而好爲議論也。

《八哀詩》中《張曲江》一首，但言其立朝孤介，及出鎮荆州以後，專以風雅爲後進領袖，而不及其他。按《朝野僉載》：「曲江先論安禄山有反相，因其討奚、契丹兵敗，張守珪執送京師，曲江即判曰：『穰苴出師，先誅莊賈；孫武習戰，猶戮宫嬪。守珪法行於軍，禄山不宜免死。』帝特謂曲江曰：『卿無以王衍知石勒故事，而害忠良。』遂特赦之。其後帝在蜀，思曲江之先見，遣使祭之於韶州。」是曲江生平，此一事最關國事之大。乃杜詩中絶無一字及之，即新、舊《唐書》曲江本傳及守珪、禄山傳亦不載，豈出於傳聞而非實事耶？然劉禹錫疏有云「罪謫官員，雖量移不得與内地，此例自九齡建議。故雖有識禄山必反之先見，而終身無子」云。禹錫距天寶不甚相遠，且形之章疏，則此事又人所共見聞，而非鑿空撰出者。不知杜詩中何以遺之，而新、舊兩書亦不説及也？《資治通鑑》卻載明皇遣人祭曲江事。

「朱門酒肉臭，路有凍死骨」，此語本有所自。《孟子》：「狗彘食人食而不知檢，塗有餓莩而不知發。」《史記·平原君傳》：「君之後宫婢妾，被綺縠，餘粱肉，而民衣褐不完，糟糠不厭。」《淮南子》：「貧民糟糠不接於口，而虎狼饜芻豢；百姓短褐不完，而宫室衣錦繡。」此皆古人久已説過，而一入少陵手，便覺驚心動魄，似從古未經人道者。

書生窮眼，偶值聲伎之宴，輒不禁見之吟咏，而力爲鋪張。杜集中如《陪諸公子丈八溝納涼》則云：「公子調冰水，佳人雪藕絲。」陪李梓州泛江，有伎樂，則戲爲艷曲云：「江清歌扇底，野曠舞衣前。」陪王侍御宴通泉，攜酒泛江，有伎，則云：「復攜美人登彩舟，笛聲憤怨哀中流。」《戎州宴楊使君東樓》則云：「座從歌伎密，樂任主人爲。」江上獨步尋花，至黄四娘家，則云：「黄四娘家花滿蹊，千朵萬朵壓枝低。」皆不免有過望之喜，而其詩究亦不工。如《陪李梓州艷曲》云：「使君自有婦，莫學野鴛鴦。」固已毫無醖藉。《戲惱郝使君》云：「願攜王趙兩紅顔，再騁肌膚如素練。」則更惡俗，殺風景矣。

古人流寓，往往先營居宅。杜詩云：「杜曲幸有桑麻田。」又《寄河南韋尹》一首，自注「甫有故廬在偃師，公頻有訪問」云。是杜曲、偃師，皆有少陵田宅，不知何以寄妻子於鄜州？蓋因禄山之亂，河南、長安所在被兵故耳。因妻子在鄜，而托贊上人爲覓栖止之所。先擇東柯谷，次及西枝村，卒結茅於同谷。未幾入蜀，結廬於浣花江上。其後入巫峽，又有「前江後山根」之居。已而巫峽敝廬贈崔侍御，而至夔州，先寓西閣，旋卜居赤甲，又遷瀼西，再遷東屯。此數年中，課辛秀伐木，遣信行修水筒，催宗文樹鷄栅，使獠奴阿段尋水源，使張望補稻畦水，其辛勤較成都十倍矣。後將出峽，則以果園四十畝贈南卿兄而去。以後流落湖、湘，并無突黔之地矣。後來東坡亦略似之，黄州則有臨皋亭、雪堂之居，惠州則有白鶴觀之居，儋州則又結茅與黎人雜居，亦隨地營宅。然坡以遷謫難必歸期，故然。少陵則偃師、杜曲尚有家可歸，且身是郎官，赴京尚可補選，乃不作歸計，處處卜居，想以攜家不能遠涉之故。甚矣妻子之累人也！

古人作畫，多在素壁。少陵《題玄武禪師屋壁》所謂「何年顧虎頭，滿壁畫滄洲」是也。又有題玄元皇帝廟吴道子所畫五聖像云：「冕旒俱秀發，旌旆盡飛揚。」通泉觀薛少保畫壁，縣署後壁亦有薛少保畫鶴，韋偃亦爲少陵寓齋畫馬於壁，少陵皆有詩，可考也。至如《劉少府畫山水障》，及贈韋偃詩「我有一匹好東絹」，「請君放筆爲直幹」，則縑素矣。按《韵語陽秋》：「沙州龍興寺吴道子畫，一壁作維摩示疾，文殊來問；一壁作太子遊四門，釋迦降魔。」又張彦遠《名畫記》：「西京唐安寺菩提院北壁《降魔變相》，道子畫也。」《東齋記》亦載蜀有大慈寺壁畫《明皇按樂十眉圖》。東坡咏王維畫，亦云：「今觀此壁畫。」又詩云：「應似畫師吴道子，高堂巨壁寫《降魔》。」是皆壁畫故事。放翁有《嘉祐寺觀壁間文與可墨竹》詩。

宋子京修《唐書》，好取材於小説。《杜甫傳》云：甫嘗醉登嚴武之牀，呼其父字。武欲殺之，冠鈎於簾者三，其母救之，乃止。劉後村據杜《哭嚴僕射歸櫬》，及《八哀詩》中有武一首，《諸將》詩中亦有「正憶往時嚴僕射」一首，謂杜、嚴二公交情如此，豈有欲殺之理？此固確論也。然杜在嚴幕，亦實有不得意之處。如《立秋日院中有作》云：「窮途愧知己，暮齒借前籌。已費清晨謁，那成長者謀。」《到村》云：「暫酬知己分，還入故林棲。」《遣悶呈鄭公》云：「曉入朱扉啓，昏歸畫角終。不成尋別業，未敢息微躬。」《池上晚眺》云：「何補參軍乏，歡娱到薄躬。」《宿府》云：「已忍伶俜十年事，强移棲息一枝安」。《投院内諸公》云：「白頭趨幕府，深覺負平生。」又《去矣行》一首云：「野人曠蕩無靦顔，豈可久在王侯間！」則明明有「逝將去汝」之嘆。蓋二公少時，本以文字及戚誼深相交契。武初鎮蜀，杜來依之，彼此以故人相接，歡然無間。及再鎮蜀，表杜爲工部員外郎，參謀幕府，則已爲其屬官。武氣岸自負，房琯以故相爲其屬州刺史，即以屬禮待之。想其於杜，亦不復能如前此之闊略禮節。而杜猶以故人自待，不免稍有取嫌之處。觀杜《卻還張舍人織成褥段》云：「嘆息當路子，干戈尚縱横。掌握有權柄，衣馬自肥輕。李鼎死岐陽，實以驕貴盈。來瑱賜自盡，氣豪直阻兵。」杜區區一幕僚，何必引節鎮大官自戒？此蓋借以諷武之驕恣，而杜之鬱鬱不得意，亦可想見於言外矣。且既爲幕僚，其同官中必有相嫉妬者。杜呈嚴詩云：「束縛酬知己，蹉跎效小忠。周防期稍稍，太簡遂匆匆。」所謂「周防」者，非有所猜疑乎？又《莫相疑》一首云：「晚將末契托年少，當面輸心背面笑。寄語悠悠世上兒，不争好惡莫相疑。」是必同官中有間之於武者。纖微芥蔕，固所不免也。至於武死而哭其歸櫬，追憶交舊而列武於《八哀》詩中，則以生平交契之深，受惠之厚，固莫如武，而從前一時小小嫌疑，自不復介懷。讀詩者專信宋子京固非，專信劉後村謂二公始終無纖毫間隙，亦不必也。

士當窮困時，急於求進，干謁貴人，固所不免。如李白《上韓荆州書》，韓退之《上宰相書》，皆是也。杜集如贈汝陽王及韋左丞詩，因其有知己之雅，故作詩投贈，自無可議。至其《贈翰林張垍》云：「倘憶山陽笛，悲歌在一聽。」《上韋左相見素》云：「爲公歌此曲，涕淚在衣襟。」《贈田舍人》云：「揚雄更有《河東賦》，惟待吹噓送上天。」《送田九判官》云：「麾下賴君才並入，獨能無意向漁樵！」《贈沈八丈》云：「徒懷貢公喜，颯颯鬢毛蒼。」幾於無處不乞援。然張垍等猶皆同氣類之人也，鮮于仲通則楊國忠之黨，並非儒臣，而贈詩云：「有儒愁餓死，早晚報平津。」哥舒翰，武夫也，高適爲其掌書記，杜送高詩：「請君問主將，安用窮荒爲？」是固已薄翰之貪功邀寵矣；而贈翰詩則又諛之以「開府當朝傑，論兵邁古風」，末又云「防身一長劍，將欲倚崆峒」，若不勝其乞哀者。可知貧賤時自立之難也。

詩人之窮，莫窮於少陵。當其遊吴、越，遊齊、趙，少年快意，裘馬清狂，固尚未困阨。天寶六載，召試至長安，報罷之後，則日益饑窘，觀其詩可知也。《雨過蘇端端爲具酒》則云：「濁醪必在眼，盡醉抒懷抱。」《晦日尋崔戢李封》則云：「晚定崔李交，會心真罕儔。每過得酒傾，二宅可淹留。」《病後過王倚留飲》則云：「惟生哀我未平復，爲我力致美肴膳。」而所食者，不過香粳、冬葅、土酥、豕肉而已。鄭重感謝，謂「主人情味晚誰似，令我手脚輕欲旋」。《程録事還鄉攜酒饌來就別》則云：「内愧不突黔，庶羞以賙給。素絲挈長魚，碧酒隨玉粒。」亦不過魚、酒、稻米也。與妻子徒步至彭衙，有孫宰留宿具飯，則云：「誓將與夫子，永結爲弟昆。」甚至向姪佐索米，則云「已應春得細」，「正想滑流匙」。又云：「甚聞霜薤白，重惠意如何？」則并乞及葱薤矣。在同谷親拾橡栗，至斸黄精不獲而歸，對兒女長嘆，其景況可想也。惟入蜀以後，前後在浣花草堂一二年，稍免饑寒。崔明府見訪，嚴鄭公出郊，尚能留飲。夔州以後，又生事不給。《王十五前閣會》則云：「病身虚俊味，何幸飫兒童！」孟倉曹餽酒醬二物，則有詩誌惠。甚至園官送菜，而嘆其以苦苣馬齒掩乎嘉蔬。迨至湖南，則更流徙丐貸，朝不謀夕，遂以牛肉白酒，一醉飽而殁。天以千秋萬歲名榮之於身後，而斗粟尺縑，偏靳之於生前，此理真不可解也。或謂詩必窮而後工，此亦不然。觀集中《重經昭陵》、《高都護驄馬》、《劉少府山水障》、《天育驃騎》、《玉華宫》、《九成宫》、《曹霸丹青》、《韋偃雙松》諸傑作，皆在不甚饑窘時。氣壯力厚，有此巨觀，則又未必真以窮而後工也。

杜詩「蹉跎金蝦蟆，出見蓋有由」。至尊顧而笑，王母不肯收。」按唐人陸勳《集異志》：「高宗患頭風，莫能療。有宫人陳姓者，世業其術，帝令其合藥。方置藥爐，忽一蝦蟆躍出，色如黄金，背有朱書『武』字，帝命放於苑池。」《集異志》本小説家，而少陵用之，想是實事。可見唐人小説，非盡無稽。後來東坡亦用徐佐卿等事，蓋少陵開其先矣。

甌北詩話卷三

陽湖趙翼雲崧

韓昌黎詩

韓昌黎生平所心摹力追者，惟李杜二公。顧李杜之前，未有李杜，故二公才氣横恣，各開生面，遂獨有千古。至昌黎時，李杜已在前，縱極力變化，終不能再闢一徑。惟少陵奇險處，尚有可推擴，故一眼覷定，欲從此闢山開道，自成一家。此昌黎注意所在也。然奇險處亦自有得失。蓋少陵才思所到，偶然得之；而昌黎則專以此求勝，故時見斧鑿痕迹。有心與無心異也。其實昌黎自有本色，仍在文從字順中，自然雄厚博大，不可捉摸，不專以奇險見長。恐昌黎亦不自知，後人平心讀之自見。若徒以奇險求昌黎，轉失之矣。

游韓門者，張籍、李翺、皇甫湜、賈島、侯喜、劉師命、張徹、張署等，昌黎皆以後輩待之。盧仝、崔立之雖屬平交，昌黎亦不甚推重。所心折者，惟孟東野一人。薦之於鄭餘慶，則歷叙漢、魏以來詩人，至唐之陳子昂、李白、杜甫，而其下即云：「有窮者孟郊，受才實雄鶩。」固已推爲李杜後一人。其贈東野詩云：「昔年曾讀李白杜甫詩，長恨二人不相從。吾與東野生並世，如何復躡二子蹤？我願化爲雲，東野化爲龍。」是又以李、杜自相期許。其心折東野，可謂至矣。蓋昌黎本好爲奇崛奡皇，而東野盤空硬語，妥帖排奡，趣尚略同，才力又相等，一旦相遇，遂不覺膠之投漆，相得無間，宜其傾倒之至也。今觀諸聯句詩，凡昌黎與東野聯句，必字字爭勝，不肯稍讓；與他人聯句，則平易近人。可知昌黎之於東野，實有資其相長之功。宋人疑聯句詩多係韓改孟，黄山谷則謂韓何能改孟，乃孟改韓耳。此語雖未免過當，要之二人工力悉敵，實未易優劣。昌黎作《雙鳥詩》，喻己與東野一鳴，而萬物皆不敢出聲。東野詩亦云：「詩骨聳東野，詩濤湧退之。」居然旗鼓相當，不復謙讓，至今果韓、孟並稱。蓋二人各自忖其才分所至，而預定聲價矣。東坡《讀孟郊詩》則云：「初如食小魚，所得不償勞。又似煮彭螁，竟日嚼空螯。要當鬬僧清，未足當韓豪。」元遺山《論詩絶句》云：「東野窮愁死不休，高天厚地一詩囚。江山萬古潮陽筆，合在元龍百尺樓。」亦抑孟而伸韓。

盤空硬語，須有精思結撰。若徒撏撦奇字，詰曲其詞，務爲不可讀以駭人耳目，此非真警策也。昌黎詩如《題炭谷湫》云：「巨靈高其捧，保此一掬慳。」謂湫不在平地，而在山上也。「吁無吹毛刃，血此牛蹄殷。」謂時俗祭賽此湫龍神，而已未具牲牢也。《送無本師》云：「鯤鵬相摩窣，兩舉快一噉。」形容其詩力之豪健也。《月蝕詩》：「帝箸下腹嘗其皤。」謂烹此食月之蝦蟆，以享天帝也。思語俱奇，真未經人道。至如《苦寒行》云「啾啾窗間雀」，「所願晷刻淹。不如彈射死，卻得親炰燖」。謂雀受凍難堪，翻願就炰炙之熱也。《竹簟》云：「倒身甘寢百疾愈，卻願天日恒炎曦。」謂因竹簟可愛，轉願天不退暑，而長卧此也。此已不免過火，然思力所至，寧過毋不及，所謂矢在弦上，不得不發也。至如《南山詩》之「突起莫間簉」、「詆訐陷乾竇」、「仰喜呀不仆」、「堛塞生怐愗」、「達枿壯復湊」；《和鄭相樊員外》詩之「稟生肖勦剛」、「烹斡力健倔」、「黽判錯衮黻」、「呀豁疚掊掘」；《征蜀》詩之「剟膚浹痍瘡，敗面碎剠刮」、「巖鈎踔狙猿，水漉雜鱣鮪。投奔鬧碚礐，填隍崴傸偺」、「爇堞熇歊熺，抉門呀拗闔」、「跧梁排鬱縮，闖竇揳窟窔」；《陸渾山火》之「盂池波風肉陵屯」、「電光磩磹頳目暖」，此等詞句，徒聱牙轄舌，而實無意義，未免英雄欺人耳。其實《石鼓歌》等傑作，何嘗有一語奥澀，而磊落豪横，自然挫籠萬有。又如《喜雪獻裴尚書》、《咏月和崔舍人》以及《叉魚》、《咏雪》等詩，更復措思極細，遣詞極工，雖工於試帖者，亦遜其稱麗。此則大才無所不辦，並以見詩之工，固在此不在彼也。

昌黎古詩用韻，有通用數韻者，有專用一韻者。《六一詩話》謂：「其得韻寬，則泛入旁韻，乍還乍離，出入回合，不可拘以常格，如《此日足可惜》之類。得韻窄，則不復旁出，而因難見巧，愈險愈奇，如《病中贈張十八》之類。譬如善馭馬者，通衢廣陌，縱横馳騁，惟意所之；至於蟻封水曲，又疾徐中節，不少蹉跌。此天下之至工也。」今按《此日足可惜》一首，通用東、冬、江、陽、庚、青六韻；此外如《元和聖德詩》，通用語、麌、馬、有、哿五韻；《孟東野失子》詩，通用先、寒、删、真、文、元六韻，餘可類推。其用窄韻，亦不止《病中贈張十八》一首。如《陪杜侍御遊湘西兩寺》一首，又《會合聯句》三十四韻，洪容齋謂除「蠓」、「蛹」二字，《韵略》未收，餘皆不出二腫之内。今按「蠓」、「蛹」二字，《唐韵》本收在二腫，則皆本韵也。

聯句詩，王伯大以爲古無此體，實創自昌黎。沈括則謂：「虞廷《賡歌》，漢武《柏梁》，已肇其端。晉賈充與妻李氏遂有連句。六朝以前謂之「連句」，見《梁書》及《南史》。其後陶、謝諸公，亦偶一爲之。何遜集中最多，然皆寥寥短篇，且文義不相連屬，仍是各人之製而已。」是古來原有此體，特長篇則始自昌黎耳。今觀韓集中《會合聯句》，則昌黎及孟郊、張籍、張徹四人所作；《石鼎聯句》，則軒轅彌明、侯喜、劉師命所作，獨無昌黎名，或謂彌明即昌黎托名也；《鄖城夜會聯句》，則昌黎與李正封所作；其他如《同宿》一首，《納涼》一首，《秋雨》一首，《雨中寄孟幾道》一首，《征蜀》一首，《城南》一首，《遠遊》一首，《鬬鷄》一首，皆韓、孟二人所作。大概韓、孟俱好奇，故兩人如出一手；其他則險易不同。然即二人聯句中，亦自有利鈍。惟《鬬鷄》一首，通篇警策。《遠遊》一首，亦尚不至散漫。《征蜀》一首，至一千餘字，已覺太冗，而段落尚覺分明。至《城南》一首，則一千五六百字，自古聯句，未有如此之冗者。以《城南》爲題，景物繁富，本易填寫，則必逐段勾勒清楚，方醒眉目。乃游覽郊墟，憑弔園宅，侈都會之壯麗，寫人物之殷阜，入林麓而思遊獵之娱，過郊壇而述禋祀之肅。層叠鋪叙，段落不分，則雖更增千百字，亦非難事，何必以多爲貴哉！近時朱竹垞、查初白有《水碓》及《觀造竹紙》聯句，層次清澈，而體物之工，抒詞之雅，絲絲入扣，幾無一字虚設。恐韓、孟復生，亦嘆以爲不及也。

自沈、宋創爲律詩後，詩格已無不備。至昌黎又斬新開闢，務爲前人所未有。如《南山詩》内鋪列春夏秋冬四時之景，《月蝕詩》内鋪列東西南北四方之神，《譴瘧鬼》詩内歷數醫師、炙師、詛師、符師是也。又如《南山詩》連用數十「或」字，《雙鳥詩》連用「不停兩鳥鳴」四句，《雜詩》四首内一首連用五「鳴」字，《贈别元十八》詩連用四「何」字，皆有意出奇，另增一格。《答張徹》五律一首，自起至結，句句對偶，又全用拗體，轉覺生峭。此則創體之最佳者。

昌黎不但創格，又創句法。《路旁堠》云：「千以高山遮，萬以遠水隔。」此創句之佳者。凡七言多上四字相連，而下三字足之。乃《送區弘》云：「落以斧引以纆徽。」又云：「子去矣時若發機。」《陸渾山火》云：「溺厥邑囚之崑崙。」則上三字相連，而下以四字足之。自亦奇闢，然終不可讀。故集中只此數句，以後亦莫有人仿之也。

《元和聖德詩》叙劉闢被擒，舉家就戮，情景最慘。曰：「解脱攣索，夾以砧斧。婉婉弱子，赤立傴僂。牽頭曳足，先斷腰膂。次及其徒，體骸撐拄。末乃取闢，駭汗如寫。揮刀紛紜，争刌膾脯。」蘇轍謂其「少醞藉，殊失《雅》、《頌》之體」，張栻則謂「正欲使各藩鎮聞之畏懼，不敢爲逆」，二説皆非也。才人難得此等題以發抒筆力，既已遇之，肯不盡力摹寫，以暢其才思耶？此詩正爲此數語而作也。

《南山詩》古今推爲傑作。《潛溪詩話》記「孫莘老謂《北征》不如《南山》，王平甫則謂《南山》不如《北征》，各不相下。時黄山谷年尚少，適在座，曰：『若論工巧，則《北征》不及《南山》；若書一代之事，與《國風》、《雅》、《頌》相表裏，則《北征》不可無，《南山》雖不作可也。』其論遂定」云。此固持平之論，究之山谷所謂工巧，亦未必然。凡詩必須切定題位，方爲合作；此詩不過鋪排山勢及景物之繁富，而以險韵出之，層叠不窮，覺其氣力雄厚耳。世間名山甚多，詩中所咏，何處不可移用，而必於南山耶？而謂之「工巧」耶？則與《北征》固不可同年語也。

昌黎詩亦有晦澀俚俗，不可爲法者。《芍藥歌》云：「翠莖紅蘂天力與，此恩不屬黄鍾家。」所謂「黄鍾家」，果何指耶？《答孟郊》云：「弱拒喜張臂，猛拏閑縮爪。見倒誰肯扶，從嗔我須敨。」則竟寫揮拳相打矣，未免太俗。

昌黎詩中律詩最少。五律尚有長篇及與同人唱和之作，七律則全集僅十二首。蓋才力雄厚，惟古詩足以恣其馳驟，一束於格式聲病，即難展其所長，故不肯多作。然律中如《咏月》、《咏雪》諸詩，極體物之工，措詞之雅；七律更無一不完善穩妥，與古詩之奇崛判若兩手。則又其隨物賦形，不拘一格之能事。

昌黎以主持風雅爲己任，故調護氣類，宏奬後進，往往不遺餘力。如薦孟郊於鄭相，薦侯喜於盧郎中，可類推也。其於友誼亦最篤。先與柳宗元、劉禹錫交好；及自監察御史貶陽山令，實以上疏言事，柳、劉洩之於王伾、王叔文等，故有此遷謫。然其赴江陵詩云：「同官盡才俊，偏善柳與劉。或慮言語泄，傳之落冤讎。二子不宜爾，將疑斷還不？」是猶隱約其詞，而不忍斥言。及柳、劉得罪南竄，昌黎憂其水土惡劣，作《永貞行》云：「吾嘗同僚情豈勝，具書所見非妄徵。」則更惓惓於舊日交情，無幸災樂禍之語。迨昌黎貶潮州，柳尚在柳州，昌黎《贈元協律》詩，謂「吾友柳子厚，其人藝且賢」，且有《答柳州食蝦蟇》等詩。既死，猶爲之作《羅池廟碑》。是昌黎與宗元始終無嫌隙，亦可見其篤於故舊矣。

昌黎以道自任，因孟子距楊墨，故終身亦闢佛老。其於世之求仙者，固謂「吾寧屈曲在世間，安能從汝巢神山」矣。《諫佛骨》一表，尤見生平定力。然平日所往來，又多二氏之人。如送張道士有詩，送惠師、靈師、澄觀、文暢、大顛皆有詩文。或疑其交遊無檢，與平日持論互異；不知昌黎正欲借此以暢其議論。如謝自然白日昇天，則嘆其爲妖魅所惑，化爲異物；華山女説法動人，則譏其煽誘少年，争來聽講；於澄觀則欲「收歛加冠巾」；於惠師則云「吾疾游惰者，憐子愚且淳」；於靈師亦云「方將歛之道，且欲冠其顛」；於文暢則草序排訐。惟於大顛無貶詞，則以其頗聰明識道理；於張道士亦無貶詞，則以其上書言事，不用而歸，固異乎尋常黄冠者流也。賈島本爲僧，名無本，因昌黎言，且棄僧服而舉進士。然則與二氏之人往來，亦復何害！並非以空谷寂寥，見似人者而喜也。

《示兒》詩自言辛勤三十年，始有此屋，而備述屋宇之塏爽，妻受誥封，所往還無非公卿大夫，以誘其勤學，此已屬小見。《符讀書城南》一首，亦以兩家生子，提孩時朝夕相同，無甚差等；及長而一龍一豬，或爲公相，勢位赫奕，或爲馬卒，日受鞭笞，皆由學與不學之故。此亦徒以利禄誘子，宜宋人之議其後也。不知舍利禄而專言品行，此宋以後道學諸儒之論，宋以前固無此説也。觀《顔氏家訓》、《柳氏家訓》，亦何嘗不以榮辱爲勸誡耶？

甌北詩話卷四

陽湖趙翼雲崧

白香山詩

中唐詩以韓、孟、元、白爲最。韓、孟尚奇警，務言人所不敢言；元、白尚坦易，務言人所共欲言。試平心論之：詩本性情，當以性情爲主。奇警者，猶第在詞句間爭難鬬險，使人蕩心駭目，不敢逼視，而意味或少焉。坦易者，多觸景生情，因事起意，眼前景、口頭語，自能沁人心脾，耐人咀嚼。此元、白較勝於韓、孟。世徒以輕俗訾之，此不知詩者也。元、白二人才力本相敵，然香山自歸洛以後，益覺老幹無枝，稱心而出，隨筆抒寫，並無求工見好之意，而風趣横生，一噴一醒，視少年時與微之各以才情工力競勝者，更進一籌矣。故白自成大家，而元稍次。

香山詩凡數次訂輯，其《長慶集》經元微之編次者，分諷諭、閒適、感傷三類。蓋其少年欲有所濟於天下，而托之諷諭，冀以流聞宫禁，裨益時政；閒適、感傷，則隨時寫景、述懷、贈答之作，故次之。其自序謂：「志在兼濟，行在獨善。諷諭者，兼濟之義也；閒適、感傷者，獨善之義也。」大指如此。至《後集》則長慶以後，無復當世之志，惟以安分知足、玩景適情爲事，故不復分類，但分格詩、律詩二種，隨年編次而已。今流傳諸本，雖不免有前後錯雜之處，然大概尚仍其舊。

香山詩名最著，及身已風行海内，李謫仙後一人而已。觀其與微之書云：自長安至江西，三四千里，凡鄉校、佛寺、逆旅、行舟之中，往往有題其詩者；士庶、僧道、孀婦、處女之口，往往有誦其詩者。軍使高霞寓邀妓侑客，妓曰：「我读得白學士《長恨歌》，豈他比哉？」由是增價。漢南主人宴客，諸妓見香山至，指曰：「此《秦中吟》、《長恨歌》主到矣。」微之序其集，亦曰：「觀寺、郵堠牆壁之上無不書，王公、妾婦、牛童、馬走之口無不道，至於繕寫摹勒，衒賣於市。又鷄林賈人求市頗切，云其國宰相每以百金换一篇，有甚僞者亦能辨之。」是古來詩人，及身得名，未有如是之速且廣者。蓋其得名，在《長恨歌》一篇。其事本易傳，以易傳之事，爲絶妙之詞，有聲有情，可歌可泣，文人學士既嘆爲不可及，婦人女子亦喜聞而樂誦之。是以不脛而走，傳遍天下。又有《琵琶行》一首助之。此即無全集，而二詩已自不朽，況又有三千八百四十首之工且多哉！

中唐以後，詩人皆求工於七律，而古體不甚精詣，故閲者多喜律體，不喜古體。惟香山詩，則七律不甚動人，古體則令人心賞意愜，得一篇輒愛一篇，幾於不忍釋手。蓋香山主於用意，用意則屬對排偶轉不能縱横如意；而出之以古詩，則惟意所之，辨才無礙。且其筆快如并剪，鋭如昆刀，無不達之隱，無稍晦之詞；工夫又鍛鍊至潔，看是平易，其實精純。劉夢得所謂「郢人斤斲無痕迹，仙人衣裳棄刀尺」者，此古體所以獨絶也。然近體中五言排律，或百韵，或數十韵，皆研鍊精切，語工而詞贍，氣勁而神完，雖千百言亦沛然有餘，無一懈筆。當時元、白唱和，雄視百代者正在此。後世卒無有能繼之，此又不徒以古體見長也。

大凡才人好名，必創前古所未有，而後可以傳世。古來但有和詩，無和韵。唐人有和韵，尚無次韵；次韵實自元白始。依次押韵，前後不差，此古所未有也。而且長篇累幅，多至百韵，少亦數十韵，争能鬭巧，層出不窮，此又古所未有也。他人和韵，不過一二首，元白則多至十六卷，凡一千餘篇，此又古所未有也。以此另成一格，推倒一世，自不能不傳。蓋元白覰此一體爲歷代所無，可從此出奇，自量才力，又爲之而有餘，故一往一來，彼此角勝，遂以之擅場。微之《上令狐相公書》謂：「同門生白居易，愛驅駕文字，窮極聲韵，或千言，或五百言。小生自揣，不能有以過之，往往戲排舊韵，别創新詞，名爲次韵，蓋欲以難相挑耳。」白與元書亦謂：「敵則氣作，急則計生。」「以足下來章，惟求相困；故老僕報語，不覺太誇。」觀此可以見二公才力之大矣。今兩家次韵詩具在，五言排律，實屬工力悉敵，不分勝負；惟古詩往往和不及唱。蓋唱先有意而後有詞，和者或不能别有新意，則不免稍形支絀也。然二人創此體後，次韵者固習以爲常，而篇幅之長且多，終莫有及之者，至今猶推獨步也。又如聯句一種，韓、孟多用古體，惟香山與裴度、李絳、李紳、楊嗣復、劉禹錫、王起、張籍皆用五言排律，此亦創體。按香山與微之唱和，有《元白唱和因繼集》；與夢得有《劉白唱和集》。在杭州時，崔元亮在湖州，微之在越州，有《三州唱和集》；在洛時，劉夢得在蘇州，有《吴洛寄和集》。又與裴令公等遊賞，有《洛中集》。

五言排律，長篇亦莫有如香山之多者。《渭上退居一百韵》，謫江州有《東南行一百韵》；微之以《夢遊春七十韵》見寄，廣爲一百韵報之；又《代書詩寄微之一百韵》、《赴忠州舟中示弟行簡五十韵》、《和微之投簡陽明洞五十韵》、《想東游五十韵》、《逢蕭徹話長安舊遊五十韵》、《叙德抒情上宣城崔相公四十韻》、《新昌新居四十韻》；此外如三十、二十韻者，更不可勝計。此亦古來所未有也。

香山於古詩、律詩中又多創體，自成一格。如《洛陽有愚叟》五古內：「檢點盤中飯，非精亦非糲。檢點身上衣，無餘亦無闕。天時方得所，不寒又不熱。體氣正調和，不饑亦不渴。」《哭崔晦叔》五古內：「丘園共誰卜？山水共誰尋？風月共誰賞？詩篇共誰吟？花開共誰看？酒熟共誰斟？」連用疊調，此一體也。《洛下春遊》五排內：「府中三遇臘，洛下五逢春。春樹花珠顆，春塘水麴塵。春娃無氣力，春馬有精神。」連用五「春」字，此一體也。和詩中有與原唱同意者，則曰和；與原唱異意者，則曰答。如和微之詩十七章內有《和思歸樂》、《答桃花》之類，此一體也。律詩內《偶作寄皇甫朗之》一首，本是五排，其中忽有數句云：「歷想爲官日，無如刺史時。」下又云：「分司勝刺史，致仕勝分司。何況園林下，欣然得朗之。」排偶中忽雜單行，此又一體也。《酒庫》五律云：「野鶴一辭籠，虛舟長任風。送愁還鬧處，移老入閒中。身更求何事，天將富此翁。此翁何處富，酒庫不曾空。」第七句忽單頂第六句說下；《雪夜小飲贈夢得》七律一首，下半首云：「久將時背稱遺老，多被人呼作散仙。呼作散仙應有以，曾看東海變桑田。」亦以第七句單頂第六句說下，又一體也。《別淮南牛相公》五排一首，自首至尾，每一句說牛相，一句自說，自注云：「每對雙關，分叙兩意。」此又一體也。至如六句成七律一首，青蓮集中已有之。香山最多，而其體又不一。如《忠州種桃杏》云：「無論海角與天涯，大抵心安即是家。路遠誰能念鄉曲，年深兼欲忘京華。忠州且作三年計，種杏栽桃擬待花。」前後單行，中間成對，此六句律正體也。《櫻桃花下招客》云：「櫻桃昨夜開如雪，鬢髮今年白似霜。漸覺花前成老醜，何曾酒後更顛狂。誰能聞此來相勸，共泥春風醉一場。」此前四句作兩聯，末二句不對也。《蘇州柳》云：「金谷園中黄嫋娜，曲江亭畔碧婆娑。老來處處遊行遍，不似蘇州柳最多。飛絮拂頭條拂面，使君無計奈春何！」此前二句作對，後四句不對也。《板橋路》云：「梁苑城西二十里，一渠春水柳千條。若爲此地今重過，十五年前舊板橋。更苦玉顔橋上别，不知消息到今朝。」此通首不對，而亦編在六句律詩中，又一體也。七言律《贈皇甫朗之》一首：「艷陽時節又蹉跎，遲暮光陰復若何？一歲中分春日少，百年通計老時多。多中更被愁牽引，少裏兼遭病折磨。賴有銷憂治悶藥，君家醇酎我狂歌。」此以第五六句頂第三四句説下，又一體也。蓋詩境愈老，信筆所之，不古不律，自成片段，雖不免有恃老自恣之意，要亦可備一體也。

香山《長慶集》以諷諭、閒適、感傷三類分卷，而古調、樂府、歌行各體，即編於三類之内；後集不復分此三類，但以格詩、律詩分卷。古來詩未有以「格」稱者，大曆以後始有。「齊梁格」、「元和格」，則以詩之宗派而言；「轆轤格」、「進退格」，則律詩中又增限制，無所謂「格詩」也。兹乃分格、律二種，其自序謂「邇來復有格律詩」，《洛中集記》亦曰：「分司東都以來，賦格律詩凡八百首。」《序元少尹集》亦曰：「著格詩若干首，律詩若干首。」是「格」與「律」對言，實香山創名，此外亦無有人稱格詩者。既以「格」與「律」相對，則古體詩、樂府、歌行俱屬格詩矣。而俗本於後集十一卷之首格詩下復繫「歌行」、「雜體」字樣，是直以格詩又爲古詩中之一體矣。汪立名辨之甚晰。

香山詩恬淡閒適之趣，多得之于陶、韋。其《自吟拙什》云：「時時自吟咏，吟罷有所思。蘇州及彭澤，與我不同時。此外復誰愛？惟有元微之。」又《題潯陽樓》云：「常愛陶彭澤，文思何高玄。又怪韋蘇州，詩情亦清閒。」此可以觀其趣向所在也。晚年自適其適，但道其意所欲言，無一雕飾，實得力於二公耳。集中有《效陶潛體詩十六首》，又有《別韋蘇州》一首。按香山自叙：「年十四五時，遊蘇、杭間，見太守甚尊，不得從遊宴之列。」則於左司年輩本不相及，何得有辭別之作？此詩必非香山所作，或他人詩攙入耳。

唐人五言古詩，大篇莫如少陵之《北征》，昌黎之《南山》。二詩優劣，黄山谷已嘗言之。然香山亦有《遊王順山悟真寺》一首，多至一千三百字，世顧未有言及者。今以其詩與《南山》相校，《南山詩》但儱侗摹寫山景，用數十「或」字，極力刻畫；而以之移寫他山，亦可通用。《悟真寺》詩則先寫入山，次寫入寺；先憩賓位，次至玉像殿，次觀音巖，點明是夕宿寺中。明日又由南塔路過藍谷，登其巔；又到藍水環流處，上中頂最高峰，尋謁一片石、仙人祠；迴尋畫龍堂，有吴道子畫、褚河南書。總結登歷，凡五日。層次既極清楚，且一處寫一處景物，不可移易他處。較《南山詩》似更過之。又《北征》、《南山》皆用仄韵，故氣力健舉；此但用平韵，而逐層鋪叙，沛然有餘，無一語冗弱，覺更難也。而詩人不知，則以香山有《長恨》、《琵琶》諸大篇膾炙人口，遂置此詩於不問耳。

《長恨歌》自是千古絶作。其叙楊妃入宫，與陳鴻所傳選自壽邸者不同，非惟懼文字之禍，亦諱惡之義，本當如是也。惟方士訪至蓬萊，得妃密語歸報上皇一節，此蓋時俗訛傳，本非實事。明皇自蜀還長安，居興慶宫，地近市廛，尚有外人進見之事。及上元元年，李輔國矯詔遷之於西内，元從之陳玄禮、高力士等皆流徙遠方，左右近侍悉另易人，宫禁嚴密，内外不通可知。且鴻《傳》云：上皇得方士歸奏，其年夏四月即晏駕。則是寳應元年事也。其時肅宗卧病，輔國疑忌益深，關防必益密，豈有聽方士出入之理？即方士能隱形入見，而金釵、鈿盒，有物有質，又豈馭氣者所能攜帶？此必無之事，特一時俚俗傳聞易於聳聽，香山竟爲詩以實之，遂成千古耳。

《琵琶行》亦是絶作。然身爲本郡上佐，送客到船，聞鄰船有琵琶女，不問良賤，即呼使奏技，此豈居官者所爲？豈唐時法令疎闊若此耶？蓋特香山藉以爲題，發抒其才思耳。然在鄂州，又有《夜聞歌者》一首云：「歌罷繼以泣，泣聲通復咽。尋聲見其人，有婦顔如雪。」「借問誰家婦，歌泣何凄切？一問一沾襟，低眉終不説。」則聞歌覓人，竟有其事，恬不爲怪矣。

香山歷官所得俸入多少，往往見於詩。爲校書郎云：「俸錢萬六千，月給亦有餘。」盩厔尉云：「吏禄三百石，歲晏有餘糧。」京兆户曹參軍云：「俸錢四五萬，月可奉晨昏。廩禄二百石，歲可盈倉囷。」江州司馬云：「官品至第五，俸錢四五萬。」太子賓客分司云：「俸錢七八萬，給受無虚月。」刑部侍郎云：「秋官月俸八九萬。」太子少傅云：「月俸百千官二品，朝廷僱我作閒人。」刑部尚書致仕云：「半俸資身亦有餘。」又云：「俸隨日計錢盈貫，禄逐年支歲滿囷。」又有詩云：「壽及七十五，俸霑五十千。」此可當《職官》、《食貨》二志也。

香山詩不惟記俸，兼記品服。初爲校書郎，至江州司馬，皆衣青緑，有《春去》詩云「青衫不改去年身」，《寄微之》云「折腰俱老緑衫中」，及《琵琶行》所云「江州司馬青衫濕」是也。行軍司馬則衣緋，有《寄李景儉唐鄧行軍司馬》云：「四十著緋軍司馬。」爲刺史，始得著緋，有《忠州初著緋答友人》詩，有《謝裴常侍贈緋袍魚袋》詩。由忠州刺史除尚書郎，則又脱緋而衣青，有詩云：「便留朱紱還鈴閣，卻著青袍侍玉除。」時微之已著緋，故贈詩云：「笑我青袍故，饒君茜綬殷。」及除主客郎中知制誥、加朝散大夫，則又著緋，而微之已衣紫，故贈詩云：「我朱君紫綬，猶未得差肩。」除秘書監，始賜金紫，有《拜賜金紫》詩云：「紫袍新秘監，白首舊書生。」太子少傅品服亦同，故詩云：「勿謂身未貴，金章照紫袍。」此又可抵《輿服志》也。

《雲溪友議》引《本事集》謂：「香山有妓樊素善歌，小蠻善舞，嘗爲詩云：『櫻桃樊素口，楊柳小蠻腰。』」是樊素、小蠻本兩人也，然香山集無此詩。其鬻駱馬、遣楊柳枝，見於《不能忘情吟》者，曰：「駱反厩，素反閨。」「素兮素兮，爲我歌《楊柳枝》」，「我與爾歸醉鄉去來。」則但有樊素而無所謂小蠻者。按香山詩云：「菱角執笙簧，谷兒抹琵琶，紅綃信手舞，紫綃隨意歌。」自注：「菱、谷、紅、紫，皆小蠻名。」又《春晚尋夢得》詩云：「還攜小蠻去，試覓老劉看。」自注：「小蠻，酒榼名。」則所謂「小蠻」者，乃歌妓及宴具之通稱，非一人專名也。然《別柳枝》詩云：「兩枝楊柳小樓中。」又詩云：「去歲樓中別柳枝。」自注：「樊、蠻也。」二妓皆以柳枝目之。又《天寒晚起》詩云：「十年貧健是樊蠻。」則又實有樊素、小蠻二人。意當時善歌《柳枝》者，素之外又有一人，舊以通稱之「小蠻」呼之，而無專名耳。香山有《代羅樊二妓招舒著作》詩，劉夢得答香山亦云：「今朝停五馬，不是爲羅敷。」則能唱《柳枝》之小蠻，當即羅姓也。

香山舉進士試《窗中列遠岫》，省試《玉水記方流詩》，皆無足觀。不過浮詞敷演，初未清切摹寫；在今時試帖中，尚屬劣等。豈貞元詩家猶未有刻畫一派耶？全集中亦不免有拙句、率句，複調、複意。如《西樓喜雪》云：「散麴遮槐市，堆花壓柳橋。」又云：「北市風生飄散麴。」以「散麴」喻雪，何異「撒鹽」？《答杜相公以詩見寄》云：「剪截五言須用鉞。」以其官節度，秉旄鉞也；然太生硬。《寄元九》云：「若不九重中掌事，即須千里外抽身。」《贈夢得》云：「頭垂白髮我思退，脚踏青雲君欲忙。」《題池西小樓》云：「雖貧眼下無妨樂，縱病心中不與愁。」《贈夢得》云：「無情一任他春去，不醉爭消得日長。」又云：「政事素無爭學得，風情舊有且將來。」又《代夢得吟》云：「世上爭先從儘汝，人間鬭在不如吾。」當時有「元輕白俗」之誚，蓋爲此等句也。又有句法相同者。《且遊》一首云：「遊得且須遊。」《題西池小樓》云：「春來遊得且須遊。」《酬牛相公見戲》云：「眼看狂不得，狂得且須狂。」《杭州官舍》云：「起嘗一甌茗，行讀一卷書。」《偶作》二首內云：「或飲茶一盞，或吟詩一章。」《首夏病間》云：「或飲一甌茗，或吟兩句詩。」《咏意》云：「或吟詩一章，或飲茶一甌。」《咏所樂》云：「或開書一篇，或飲酒一巵。」《池上篇》亦云：「時飲一杯，或吟一篇。」此句法之重複者也。又有詞意相同者。《傷友》一首，謂貧賤至交，及貴則棄若路人；而《寓意》五首內，又將此意作一首。《贈同座》云：「花叢便不入，猶自未甘心。」《病假》云：「與春無分未甘心。」《病入新正》又云：「便休心未服，更試一春看。」此一意凡三見。《對紅葉》云：「醉貌如霜葉，雖紅不是春。」《與劉明府共飲》云：「貌偷花色老暫去。」一意凡兩見。《贈蕭殷二協律》云：「我有大裘君未見，寬廣和暖如陽春。」「若令在郡得五考，與君展覆杭州人。」《布裘》詩又云：「安得萬里裘，蓋裹周四垠。」《新製綾襖》又云：「争得大裘長萬丈，與君都蓋洛陽城。」一意亦三見。《薔薇花一叢獨死》云：「乾坤無厚薄，草木自榮衰。」《初到江州寄翰林諸公》云：「雨露施恩無厚薄，蓬茅隨分有榮枯。」一意凡兩見。《曲江感秋》云：「榮名與壯齒，相避如朝暮。時命始欲來，年顔已非故。」《短歌行》云：「耳目聾暗後，堂上調絲竹。牙齒缺落時，盤中堆酒肉。」「榮華與少壯，相避如寒燠。」《日漸長》云：「年顔盛壯名未成，官職欲高身已老。」《有感》云：「貧賤當壯年，富榮臨暮齒。」一意凡四見。《哭劉敦質》云：「愚者多貴壽，賢者獨賤迍。」《和微之》云：「真宰倒持生殺柄，閒物命長人短命。松枝上鶴蓍下龜，千年不死仍無病。」《傷楊弘貞》云：「顔子既短命，楊生亦早捐。誰識天地心，獨與龜鶴年。」《嘆老》云：「人生不滿百，不得長歡樂。誰會天地心，千齡與龜鶴！」《哭王質夫》云：「江南有毒蟒，江北有妖狐，皆享千年壽，多於王質夫。不識彼何德，不識此何辜。」一意凡六見。蓋詩太多，自不免有此病也。

香山有《過洞庭湖》詩，謂大禹治水，何不盡驅諸水直注之海，而留此大浸佔湖南千里之地？若去水作陸，又可活數百萬生靈，增入司徒籍。豈禹時苗頑不用命，遂不能興此役耶？此書生之見，好爲議論，而不可行者也。萬山之水，奔騰而下，其中途必有停瀦之處，始不衝溢爲患。如江西之有鄱陽，江南之有巢湖、洪澤湖、太湖，隨時容納，以緩其勢，故爲害較少。黄河之水，無地停蓄，遂歲歲爲患。若令蜀江出峽後即挾衆水直趨東海，其間吴、楚經由之地，横潰衝決，將有更甚於黄河者。香山但發議以騁其詩才，而不知見笑於有識也。

香山出身貧寒，故易於知足。少年時《西歸》一首云：「馬瘦衣裳破，別家來二年。憶歸復愁歸，歸無一囊錢。」《朱陳村》詩云：「憶昨旅遊初，迨今十五春。孤舟三入楚，羸馬四經秦。晝行有饑色，夜寢無安魂。」可見其少時奔走衣食之苦矣。故自登科第，入仕途，所至安之，無不足之意。由京兆户曹參軍丁母憂，退居渭上村，云：「新屋五六間，古槐八九樹。」已若稍有寧宇。江州司馬雖以謫去，然《種櫻桃》詩云：「上佐近來多五考，少應四度見花開。」忠州刺史雖遠惡地，然《種桃杏》詩云：「忠州且作三年計，種杏栽桃擬待花。」是所至即以數年爲期，未嘗求速化。自忠州歸朝，買宅於新昌里，雖湫隘而有小園，詩云：「門閭堪作蓋，堂室可鋪筵。」已覺自適。及刺杭州歸，有餘貲，又買東都履道里楊憑宅，有林園池館之勝，遂有終焉之志。尋授蘇州刺史，一年即病免歸，授刑部侍郎，不久又病免歸，除河南尹，三年又病免歸，除同州刺史，亦稱病不拜，皆爲此居也。直至加太子少傅，以刑部尚書致仕，始終不出洛陽一步。可見其苟合苟完，所志有限，實由於食貧居賤之有素；汔可小康，即處之泰然，不復求多也。然其知足安分在此，而貧儒驟富，露出措大本色，亦在此。纔謫江州，遇李、馬二妓，即贈以詩。盧侍御席上，小妓乞詩，輒比之雨中神女月中仙。迨歷守杭、蘇，無處不挾妓出遊，李娟、張態、商玲瓏、謝好、陳寵、沈平、心奴、胡容等，見於吟咏者，不一而足。遊虎丘則云：「搖曳雙紅旆，娉婷十翠娥。」遊洞庭則云：「十隻畫船何處宿，洞庭山脚太湖心。」俱不覺沾沾自喜，鳴其得意。其後歸朝、歸洛，並有自置妓樂，如菱角、谷兒、紅綃、紫綃、樊素、小蠻等，嘗親爲教演，所謂「新樂錚鏦教欲成」，「蒼頭碧玉盡家生」，則歌舞多奴婢矣。教而未成，則云：「老去將何遣散愁？新教小玉按

《梁州》。」《答蘇庶子》云：「不敢邀君無別意，管絃生澀未堪聽。」教成後則云：「管絃漸好新教得，羅綺雖貧不外求。」又云：「等閒池上留賓客，隨事燈前有管絃。」又云：「三嫌老醜換蛾眉。」以色衰而别換佳麗，則更求精於色藝，非聊爾充數者。甚至與留守牛相公家妓樂合宴，云：「兩家合奏洞房夜，八月連陰秋雨時。」又向裴令公借南莊，攜家妓讌賞，云：「擬提社酒攜村妓，擅入朱門莫怪無？」可見其家樂直可與宰相、留守比賽精麗。而見之詩篇，津津有味，適自形其小家氣象。所謂「不得當年有，猶勝到老無」者，固暮年消遣之一事耶！

《新唐書》本傳謂二李黨事，互相傾軋。楊虞卿與居易姻家，而善於李宗閔；居易懼以黨人見斥，乃移病還東都，是太和初年也。《舊唐書》謂居易「流落江湖四五年，幾淪蠻瘴，自是宦情衰落，無意於出處」，則元和十年謫江州後也。今以其詩考之，則退休之志，不惟不始於太和，並不始於元和十年，而元和之初已早有此志。是時授拾遺，入翰林，年少氣鋭，本欲有以自見於世。故論王鍔以賂謀宰相，論裴均不當違制進奉，論李師道不當掠美以私財代贖魏徵宅，論吐突承璀不當以中使統兵，論元稹不當以中使謫官，皆侃侃不撓，冀以裨益時政。然已爲當事者側目，始知仕途險艱，早有林下樂志之想。觀其在江州寄微之書「昔與微之在朝，同蓄退休之心，迨今十年。淪落老大，追尋前約，且訂後期」，可知同在禁近時，早有此約矣。謫江州，有《自誨》一首，謂年已四十四，即活至七十，亦不過二十六年，「惟當饑而食，渴而飲，晝而興，夜而寢，何必捨此而遑遑他求？此尤其思退之本懷也。惟因家事落然，不能無藉於禄仕，其見之吟咏者，亦自不諱。在江州云：「欲作妻孥計，須營伏臘資。」自忠州歸，買宅新昌里，即云：「囊中貯餘俸，郭外買閒田。」然究不能贍足，則云：「非無解掛簪纓意，未有支持伏臘資。」初至杭州，尚云：「欲將閒送老，須著病辭官。更待年終後，支持歸計看。」及三年去任，宦囊已豐，則云：「三年請祿俸，頗有餘衣食。乃至僮僕間，皆無凍餒色。」又云：「渭北莊猶在，錢塘俸尚殘。如能便歸去，亦不至饑寒。」買履道里新居，云：「移家入新宅，罷郡有餘資。」後刺蘇州，又云：「一日又一日，自問何留滯？爲貪逐日俸，擬作歸田計。」去蘇州後，又云：「僮僕減來無冗食，資糧算外有餘錢。攜將貯作丘中計，猶免饑寒得數年。」自是以太子賓客分司東都，遂不復外出，年纔五十八耳。笙歌遊賞，娱情送老，固宦成之樂事，不足爲怪。而回視元和初年，與微之相約退休，可謂不負初心。非真因二李黨起，始引身遠害也。有祿以贍其家，有才以傳於後，香山自視，固已獨有千古，權位勢利，曾不足當其一唾，豈徒以明哲保身爲得策耶？微之既與香山早有成約，其後急於入相，頓忘夙心，至與裴度相軋，貽譏清議；則其與香山早約時，本非真意，故不能踐言耳。葉少藴云：「樂天與楊虞卿爲姻家，而不累於楊；與元微之、牛僧孺相厚，而不累於元、牛；與裴晉公相善，而不因晉公以進；與李德裕素不協，而不爲德裕所忌。惟不汲汲於進，是以能安於去就、愛憎之場也。」然則香山退休之志雖不因黨禍，而因退休得免黨禍，則亦未嘗無因也。

唐人最重座主門生之誼，今皆見香山集中。有《賀楊僕射致仕後楊侍郎門生合宴席上作》，則門生宴座主之父也。又有《與諸同年賀座主新拜太常同宴蕭尚書亭子》，自注：「座主於蕭尚書下及第。」則座主之座主也。按香山於貞元十六年在中書舍人高郢下第四人及第，試《性習相遠近賦》、《玉水記方流詩》，則座主郢也。而郢在禮部侍郎蕭昕下第九人登第，實寶應二年癸卯；迨郢拜太常時，幾四十年矣。昕自癸卯放進士之後，二十四年丁卯，以禮部尚書再知貢舉，今又十三年。見門生之下，又有門生，可謂耆宿盛事。《全唐詩話》記：「楊於陵僕射入覲，其子嗣復率兩榜門生迎於潼關，歸宴於新昌里第，元、白俱在座。楊汝士詩最後成，中有『文章舊價留鸞掖，桃李新陰在鯉庭』之句，自誇壓倒元白。」即此會也。惟白詩謂楊僕射致仕有此宴，而《詩話》謂入覲有此宴，稍不同，自當以香山詩爲正。香山又有《送牛相公出鎮淮南》詩云：「何須身自得，將相是門生。」牛相，即僧孺也。自注「元和初，牛相公應制策登第，余爲翰林考覈官」云。後僧孺以宰相留守洛中，香山方居履道里，過從甚密。牛嘗宴香山於府第，香山詩云：「政事堂中老丞相，制科場裏舊將軍。」此又座主門生故事。今香山集皆有之，亦可以備科第典故。《新唐書・楊嗣復傳》謂於陵自洛入朝，嗣復率門生出迎。

元和中，方士燒鍊之術盛行，士大夫多有信之者。香山作廬山草堂，亦嘗與鍊師郭虛舟燒丹，垂成而敗，明日而忠州刺史除書至，故《東坡志林》謂「世間、出世間不能兩遂」也。觀其與虛舟詩云：「泥壇方合矩，鑄鼎圓中規。二物正訢合，厥狀何怪奇。綢繆夫婦體，狎獵魚龍姿。心塵未潔浄，火候遂參差。先生彈指起，姹女隨烟飛。藥竈今夕罷，詔書明日追。」正指此事。亦可見燒鍊時，果有陰陽配合之象，所以易動人也。《勸酒》詩云：「丹砂見火去無迹。」《不二門》詩云：「亦曾燒大藥，消息乖時候。至今殘丹砂，燒乾不成就。」蓋自此以後，遂不復留意。《答張道士》云：「丹砂一粒不曾嘗。」又《答張道士見譏》云：「賢人易狎須勤飲，姹女難禁莫漫燒。張道士輸白道士，一杯沆瀣便逍遥。」《思舊》云：「服氣崔常侍晦叔，燒丹鄭舍人居中，共期生羽翼，那忽化灰塵。」自云：「惟知趁杯酒，不解鍊金銀。」《感舊》云：「退之服硫磺，一病竟不痊。微之鍊秋石，未老身溘然。惟余不服食，老命反遲延。但耽葷與血，不識汞與鉛。」是香山不惑於服食之説審矣。乃晚年又有《燒藥不成命酒獨酌》詩云：「白髮逢秋王，丹砂見火空。不能留姹女，争免作衰翁？」又與李侍郎結道友，以藥術爲事，而李長逝，悼以詩云：「金丹同學都無益。」是晚年又嘗留意於此，宜陳後山有「自笑未竟人復吁」之誚也。香山性情本無拘滯，人以爲可，亦姑從之，然終未嘗以身試耳。

香山《九老圖》故事，《新唐書》謂：「居易與胡杲、吉旼、鄭據、劉真、盧真、張渾、狄兼謨、盧貞讌集，皆高年不事者，人慕之，繪爲《九老圖》。」此未考香山集也。其自序《七老會》詩，謂：「胡、吉、劉、鄭、盧、張六賢，皆多年壽，余亦次焉，在履道坊合成尚齒之會。七老相顧，以爲希有，各賦七言六韵一章以紀之，時會昌五年三月二十一日也。秘書監狄兼謨、河南尹盧真，以年未七十，雖與會而不及列。」《後序》又云：「其年夏，又有二老李元爽、僧如滿，年貌絶倫，亦來斯會，續命書姓名年齒，寫其形貌，附於圖右，與前七老題爲《九老圖》。」是七老内無狄、盧二人，增元爽、如滿爲九老也。今汪立名本并考諸人官位、年壽，及詩附於後，較爲詳核，惟「吉旼」作「吉皎」稍異，今並載之：「前懷州司馬安定胡杲年八十九，衛尉卿致仕馮翊吉皎年八十八，前磁州刺史廣平劉真年八十七，前右龍武軍長史滎陽鄭據年八十五，前侍御史内供奉范陽盧貞年八十三，前永州刺史清河張渾年七十七。洛中遺老李元爽年一百三十六，僧如滿年九十五。此二人無詩，香山各作一絶句贈之。」宋元豐五年，文潞公以太尉留守西京，時富韓公以司徒致仕。公慕白樂天「九老會」，乃集洛中卿大夫年德高者爲「耆英會」，就資聖院建大厦，曰耆英堂。閩人鄭奂繪像堂中。時富公年七十九，潞公與司封郎中席汝言皆七十七，朝議大夫王尚恭七十六，太常少卿趙丙、秘書監劉几、衛州防禦使馮行己七十五，天章閣待制楚建中、朝議大夫王慎言皆七十二，大中大夫張問、龍圖閣直學士張燾皆七十。時宣徽使王拱宸留守北京，貽書願與斯會，年七十一。獨司馬温公年未七十，潞公素重其人，用唐九老狄兼謨故事，請入會。見朱子《名臣言行録》。

香山與韓昌黎同時，年位亦相等。然昌黎集僅有《同張籍遊曲江寄白舍人》詩一首；香山集有《和韓侍郎苦雨》一詩，《同韓侍郎遊鄭家池小飲》一詩，《久不見韓侍郎》一詩，《和韓侍郎題楊舍人林亭》一詩，《和韓侍郎張博士遊曲江見寄》一詩，又《老戒》一首，内云：「我有白頭戒，聞於韓侍郎。」此外更無贈答之作。而與張籍往還最熟，贈籍詩云：「昔我爲近臣，君常稀到門。今我官職冷，惟君往來頻。問其所與遊，獨言韓舍人。其次即及我，我愧非其倫。」蓋白與韓本不相識，籍爲之作合也。香山集中與張籍詩最多，自其爲太祝、爲博士、爲水部員外，皆見集中。其交之久可知。此外韓門弟子樊宗師、李翺，亦見香山集。

香山在忠州，城東有坡，嘗種花於其上。故有《東坡種花》詩：「持錢買花柳，城東坡上栽。」又有《步東坡》詩云：「朝上東坡步，夕上東坡步，東坡何所愛，愛此新成樹。」蘇子瞻在黄州以「東坡」爲號，蓋本於此。子瞻生平敬慕香山，屢形吟咏，如《贈善相程傑》云：「我似樂天君記取。」《送程懿叔》云：「我甚似樂天，但無素與蠻。」入侍邇英云：「定似香山老居士。」守杭州云：「出處依稀似樂天。」洪容齋所謂「子瞻景仰香山者不止一再言之，非東坡之名偶爾暗合」也。

北人用黍作酒，南人用糟蒸酒，皆曰「燒酒」。此二字亦見香山集中。在忠州，《荔支樓對酒》云：「荔支新熟鷄冠色，燒酒初開琥珀香。」又《咏家醖》云：「色洞玉壺無表裏。」此即今之燒酒也。今人愛陳酒，古人則愛新酒，亦見香山集。有《家釀新熟每嘗輒醉答妻姪》等詩，《對新家醖》詩，《和微之嘗新酒》詩，《雪中酒熟攜訪吴秘監》詩。又憶皇甫朗之云：「新酒此時熟，故人何日來？」又答皇甫云：「最恨潑醅新熟酒，迎冬不得共君嘗。」《耳順吟》云：「閒開新酒嘗數盞。」《水齋》云：「新酒客來方宴飲，舊堂主在重歡娱。」《書紳》云：「新酒始開甕，舊穀猶滿囷。」《池上小舟》云：「牀前有新酒，獨酌還獨嘗。」《冬初酒熟》云：「一甕新醅酒。」《偶吟》云：「舊詩多忘卻，新酒且嘗看。」《罷府尹將歸》云：「更憐家醖迎春熟，一甕醍醐待我歸。」《閒居》云：「揭甕偷嘗新熟酒。」甚至《府中夜賞》云：「閒留賓客嘗新酒，醉領笙歌上小舟。」《牛相公見過》云：「貧家何所有，新酒兩三杯。」是宴貴客亦用新酒矣。

香山集有《青氊帳》詩二十韵，中有云：「有頂中央聳，無隅四嚮圓。」又云：「北製因戎創，南移逐虜遷。」按其製，頂高體圓，來自戎俗，即今「蒙古包」也。但今製用白氊而朱其頂，香山所咏，則純用青氊耳。

才人未有不愛名，然莫有如香山之甚者。所撰詩文，曾寫五本：一送廬山東林寺經藏堂，一送蘇州南禪寺經藏内，一送東都聖壽寺鉢塔院律庫樓，一付姪龜郎，一付外孫談閣童。此香山所自記也。《舊唐書》謂其集送江州東西二林寺及香山聖善寺，《春明退朝録》謂寄藏廬山東林寺、龍門香山寺，蓋皆摘舉之詞。後高駢在淮南，寄語江西廉使，取東林本而有之。香山寺本，經亂亦不復存。履道宅後爲普明僧院，唐明宗子秦王從榮施大字經藏於院，又寫香山本置經藏中。以香山詩筆之精當，處處有鬼神呵護，豈患其不傳？乃及身計慮及此，一如杜元凱欲刻二碑，一置峴山之巔，一沉襄江之底。才人名心如此！今按李、杜集多有散落，所存不過十之二三，而香山詩獨全部流傳，至今不缺，未必非廣爲藏貯之力也。

甌北詩話卷五

陽湖趙翼雲崧

蘇東坡詩

以文爲詩，自昌黎始；至東坡益大放厥詞，別開生面，成一代之大觀。今試平心讀之，大概才思橫溢，觸處生春，胸中書卷繁富，又足以供其左旋右抽，無不如志。其尤不可及者，天生健筆一枝，爽如哀梨，快如并剪，有必達之隱，無難顯之情，此所以繼李杜後爲一大家也。而其不如李杜處，亦在此。蓋李詩如高雲之游空，杜詩如喬嶽之矗天，蘇詩如流水之行地。讀詩者於此處著眼，可得三家之真矣。

坡詩不尚雄傑一派，其絶人處在乎議論英爽，筆鋒精鋭，舉重若輕，讀之似不甚用力，而力已透十分，此天才也。試即其詩略爲舉似，五古如：「讀書想前輩，每恨生不早。紛紛少年場，猶得見此老。」《哭刁景純》「餘光幸分我，不死安可獨。」《答陳季常》「丈夫貴出世，功名豈人傑。」《和陶詩》「年來萬事足，所欠惟一死。」《海外歸贈鄭秀才》七古如：「當其下筆風雨快，筆所未到氣已吞。」《題王維吴道子畫》「世人豈不碩且好，身雖未病中已虧。此叟神完中有恃，談笑可卻千熊羆。至今兀坐寂不語，與昔未死無增虧。」《題揚惠之塑維摩像》「雖無尺箠與寸刃，口吻排擊含風霜。」《送劉道原》「顔公變法出新意，細筋入骨如秋蠅。徐家父子亦秀絶，字外出力中藏稜。」《墨妙亭詩》「耕田欲雨刈欲晴，去得順風來者怨。若使人人禱輒遂，造物應須日千變。」《泗州僧伽塔》「我從山水窟中來，尚愛此山看不足。」《游道場山何山》「世上小兒誇疾走，如君相待今安有！」《往富陽李節推先行留風水洞見待》「黄鷄催曉不須愁，老盡世人非我獨。」《與宗同年飲》「覺來落筆不經意，神妙獨到秋毫顛。」《題吴道子畫》「長松千尺不自覺，企而羨者蓬與蒿。」《趙閲道高齋詩》「脚力盡時山更好，莫將有限趁無窮。」《登玲瓏山詩》此皆坡詩中最上乘，讀者可見其才分之高，不在功力之苦也。

坡詩有云：「清詩要鍛錬，方得鉛中銀。」然坡詩實不以鍛錬爲工，其妙處在乎心地空明，自然流出，一似全不著力，而自然沁入心脾，此其獨絶也。今第就七言律論之，如：「天外黑風吹海立，浙東飛雨過江來。」《有美堂暴雨》「人未放歸江北路，天教看盡浙西山。」《游杭州詩》「令嚴鐘鼓三更月，野宿貔貅萬竈烟。」《郊壇侍祠》「弄風驕馬跑空立，趁兔蒼鷹掠地飛。」《常山小獵》「龍捲魚蝦并雨落，人隨鷄犬上墻眠。」《江漲》「露布朝馳玉關塞，捷書夜報甘泉宫。」《洮西捷報》此數聯固坡集中最雄偉之作，然非其至也。「人似秋鴻來有信，事如春夢了無痕。」《與潘郭二生同遊憶去歲舊跡》「官事無窮何日了，菊花有信不吾欺。」《次張十七贈子由》詩「倦客再遊今老矣，高僧一笑故依然。」《書普菴長老壁》「門外想無千斛米，墓中知有百年人。」《送李邦直赴史館》「屬纊家無十金産，過車巷哭六州民。」《陸詵挽詩》「請看行路無從涕，盡是當年不忍欺。」《徐君猷輓詩》「江上秋風無限浪，枕中春夢不多時。」《次蔣潁叔韵》「舊遊似夢徒能説，遷客如僧豈有家？」《酬黄師是送酒》「醉眼有花書字大，老人無睡漏聲長。」《夜直玉堂》「佐卿豈是歸來鶴，次律寧非過去僧？」《惠州白鶴觀新居將成》「相與齧氊持漢節，何妨振履出商音。」《海外歸答鄭介夫》「當日無人送臨賀，至今有廟祀潮州。」《北歸過嶺》此數十聯乃是稱心而出，不假雕飾，自然意味悠長，即使事處，亦隨其意之所欲出，而無牽合之迹。此不可以聲調格律求之也。又如《和荆公絶句》云：「春到江南花自開。」在儋耳，夜過諸黎之家，云：「中原北望無歸日，鄰火村春自往還。」覺千載下猶有深情，何必以奇警雄驁見長哉！

詩人遇成語佳對，必不肯放過。坡公尤妙於剪裁，雖工巧而不落纖佻，由其才分之大也。如：「時復中之徐邈聖，無多酌我次公狂。」《贈孫莘老》「休驚歲歲年年貌，且對朝朝暮暮人。」《寄陳述古》「三過門間老病死，一彈指頃去來今。」《過永樂長老已卒》「豈意日斜庚子後，忽驚歲在巳辰年。」《孔長源輓詩》「大木百圍生遠籟，朱絃三嘆有遺音。」《答仲屯田》「君特未知其趣耳，臣今時復一中之。」《戲徐君猷孟亨之皆不飲酒》「何人可復問季孟，與子不妨中聖賢。」《與王定國會飲》「豈意青州六從事，化爲烏有一先生。」《章質夫寄酒六壺書到酒不到》「曲無和者應思郢，論少卑之且借秦。」《答劉貢父李公擇》「多情白髮三千丈，無用蒼皮四十圍。」《宿州次劉涇韵》「前身自是盧行者，後學過呼韓退之。」《答周循州》「信命不須歌去汝，逢人未免嘆猶吾。」《答葉致遠》此等詩雖非坡公著意之作，然自然湊泊，觸手生春，亦見其學之富而筆之靈也。

坡公熟於《莊》、《列》諸子及漢、魏、晉、唐諸史，故隨所遇，輒有典故以供其援引，此非臨時檢書者所能辦也。如《送鄭户曹》詩：「公業有田常乏食，廣文好客竟無氊。」則皆用鄭姓故事。嘲張子野買妾，所引「鬢長九尺」、「鶯鶯」、「燕燕」、「柱下相君」、「後堂安昌」等，皆用張姓故事。《戲徐君猷孟亨之不飲》，則通首全用徐邈、孟嘉故事。不特此也，《賀黄魯直生子而其母微》則云：「進饌客争起。」又云：「但使伯仁長，還興絡秀家。」用《晉書》裴秀母賤，嫡母嘗使進饌，客以秀故，皆驚起。又周顗母絡秀謂顗曰：「我屈爲汝家妾，爲門户計耳。汝若不與吾家爲親，吾亦何惜餘生。」顗從命，由是李氏遂爲方雅之族也。《和周邠長官》詩：「頗憶呼盧袁彦道，難邀駡坐灌將軍。」時邠有服，故所用「呼盧」、「駡坐」，皆服中故事也。《答孫侔》云：「蔣濟謂能來阮籍，薛宣真欲吏朱雲。」侔與王荆公素善，及荆公爲相，數年不復相聞，故用阮籍不應濟之辟、朱雲不肯留宣東閣事也。《以雙刀遺子由》則云：「惟有王玄通，階庭秀芝蘭。知子後必大，故擇刀所便。」用《晉書》王祥以吕虔刀遺其弟覽故事也。《和子由送梁左藏》詩則云：「問羊他日到金華。」用黄初平兄尋初平到金華叱石成羊故事，謂他日己尋子由，同證仙籍也。《與子由同轉對》則云：「晉陽豈爲一門事。」用《唐書》温大雅與弟彦博對掌華近，唐高祖曰「我起晉陽，爲卿一門」故事也。《賀陳述古弟章生子》則云：「參軍新婦賢相敵。」用《晉書》王渾妻言：「新婦得配參軍，生子當不啻如此。」參軍王淪，乃渾之弟也。《送王巽姪震知蔡州》則云：「君歸助獻納，坐繼岑與温。」則用《唐書》岑文本及其姪長倩、温大雅及其弟彦博同在機近故事，望其叔姪同入禁林也。哭任遵聖，望其子成立，則云：「他年如入洛，生死一相訪。」惟有王濬沖，心知中散狀。」用《晉書》嵇康死後，其子紹入洛，王戎特推奬之故事也。文與可爲王執中作墨竹，囑其勿令人題，俟東坡來題之。與可没八年，坡還朝，執中以此來乞題，則云：「誰言生死隔，相見如龔隗。」用《晉書》隗照善筮，將死，以版授其妻，五年後有龔姓者奉使過此，以此索其金；至期，果有龔使過，妻以版索金，龔亦善筮，爲筮之曰：「吾不負金，汝夫自有金，知吾善《易》，故書版措意耳。」果如言而得金於屋東壁。以喻與可預囑待己來題，今果如所囑也。孔常父來訪，坡適宴客，遣人邀孔同飲，孔已上馬馳去；明日有詩來，坡和之云：「豈復見吾横氣機，遣人追君君絶馳。」則用《莊子》季咸相壺子，壺子曰：「是殆見吾横氣機也。」明日又來見，立未定，自失而去，使列子追之不及，壺子曰：「已失矣，吾勿及矣。」此又與常父馳去，追之不及相似也。以上數條，安得有如許切合典故，供其引證？自非博極群書，足供驅使，豈能左右逢源若是？想見坡公讀書，真有過目不忘之資，安得不嘆爲天人也。

東坡大氣旋轉，雖不屑屑於句法、字法中别求新奇，而筆力所到，自成創格。如《百步洪》詩：「有如兔走鷹隼落，駿馬下注千丈坡，斷絃離柱箭脱手，飛電過隙珠翻荷。」形容水流迅駛，連用七喻，實古所未有。又如《答章傳道》云：「欲將駒過隙，坐待石穿溜。」《游徑山》云：「肯將紅塵脚，暫著白雲屨。」《泛舟城南》云：「能爲無事飲，可作不夜歸。」《孔毅父妻輓詞》云：「那將有限身，長瀉無窮涕。」《哭子遯》云：「仍將恩愛刃，割此衰老腸。」「欲除苦海浪，先乾愛河水。」《送魯元翰》云：「聊乘應舍筏，直溯無生源。」《栖賢三峽橋》云：「長輸不盡谿，欲滿無底竇。」《答王晉卿欲奪仇池石》云：「守子不貪寶，完我無瑕玉。」《送黄師是》云：「願君五袴手，招此半菽魂。」《答李端叔謝送牛戩畫》云：「知君論將口，似予識畫眼。」《和陶歸園田居》云：「以彼無盡燈，寫我有限年。」《趙景貺以洞庭春色酒見餉》云：「應呼釣詩鉤，亦號掃愁帚。」此雖隨筆所至，自成創句，所謂「風行水上，自然成文」，然未免句法重疊。若《浚井》之「上除青青芹，下洗鑿鑿石」，《白鶴新居鑿井不得泉使工再鑿》云：「豐我粲與謬，利汝椎與鑽。」《和陳傳道雪中觀燈》云：「未忍便傾澆別酒，且來同看照愁燈。」則又不泥一格矣。又《與趙景貺陳履常同過歐陽叔弼小齋》云：「夢回聞剥啄，誰乎趙陳予。」句法之奇，自古未有，然老横莫有敢議其拙率者，可見其才大無所不可也。當時亦共駭此句。歐陽季默曰：「長官請客，吏問客目，答曰：『主簿、少府、我。』可作佳對。」亦可見文人游戲之韵事。

孔毅父集古人句成詩贈坡，坡答曰：「天邊鴻鵠不易得，便令作對隨家鷄。」又云：「路旁拾得半段槍，何必開爐鑄矛戟。」又云：「不如默誦千萬首，左抽右取談笑足。」又云：「千章萬句卒非我，急走捉君應已遲。」似譏集句非大方家所爲。然坡又有集淵明《歸去來辭》作五律十首，則不惟集句，且集字矣。坡又有《題織錦迴文》三首，此外又《迴文》八首，大方家何至作此狡獪？蓋文人之心，無所不至，亦遊戲之一端也。《戲孫公素懼内》詩云：「披扇當年笑温嶠，握刀晚歲戰劉郎。不須戚戚如馮衍，便與時時説李陽。」則仍典雅不作惡戲。《代妓贈别》云：「蓮子擘開須見憶，楸枰著盡更無棋期。破衫會有重縫逢處，一飯何曾忘卻匙時。」此本是古體，如「石闕生口中，銜碑不得語」之類，非另創體也。劉監倉家作餅，坡曰：「爲甚酥？」潘邠老家釀酒甚薄，坡曰：「莫錯著水否？」因集成句曰：「已傾潘子錯著水，更覓君家爲甚酥。」則一時戲笑，村俚之言，亦並入詩。又有口喫詩，因武昌西山多槲葉，其旁即元結湖，多荷花，因題句云：「玄鴻横號黄槲峴，皓鶴下浴紅荷湖。」座客皆笑，請再賦一首。坡詩云：「江干高居堅關扃，犍耕躬稼角掛經。高竿繫舸菰茭隔，笳鼓過軍鷄狗驚。解襟顧景各箕踞，擊劍賡歌幾舉觥。荆笄供饋愧攬聒，乾鍋更戛甘瓜羹。」又《和正甫一字韵》詩云：「故居劍閣隔錦官，柑果薑蕨交荆菅。奇孤甘掛汲古綆，僥覬敢揭鈎金竿。己歸耕稼供藁秸，公貴幹蠱高巾冠。改更句格各蹇吃，姑固狡獪加間關。」此二詩使口吃者讀之，必至滿堂噴飯；而坡游戲及之，可想見其風趣湧發，忍俊不禁也。

坡詩放筆快意，一瀉千里，不甚鍛鍊。如少陵《登慈恩寺塔》云：「俯視但一氣，焉能辨皇州？」以十字寫塔之高，而氣象萬千。東坡《真興寺閣》云：「山川與城郭，漠漠同一形。市人與鴉鵲，浩浩同一聲。」以二十字寫閣之高，尚不如少陵之包舉，此鍊不鍊之異也。又少陵《出塞》詩：「落日照大旗，馬鳴風蕭蕭。」覺字句外別有幽、燕沉雄之氣。坡公《五丈原懷諸葛公》詩：「吏士寂如水，蕭蕭聞馬撾。」雖形容軍容整肅，而魄力不及遠矣。

昌黎之後，放翁之前，東坡自成一家，不可方物。昌黎好用險韵，以盡其鍛鍊；東坡則不擇韵，而但抒其意之所欲言。放翁古詩好用儷句，以炫其絢爛；東坡則行墨間多單行，而不屑於對屬。且昌黎、放翁多從正面鋪張；而東坡則反面、旁面，左縈右拂，不專以鋪叙見長。昌黎、放翁使典亦多正用；而東坡則驅使書卷入議論中，穿穴翻簸，無一板用者。此數處似東坡較優。然雄厚不如昌黎，而稍覺輕淺；整麗不如放翁，而稍覺率略。此固才分各有不同，不能兼長也。

元遺山《論詩》云：「蘇門若有功臣在，肯放公詩百態新？」此言似是而實非也。「新」豈易言，意未經人説過則新，書未經人用過則新。詩家之能新，正以此耳。若反以新爲嫌，是必拾人牙後，人云亦云；否則抱柱守株，不敢踰限一步，是尚得成家哉？尚得成大家哉？

東坡旁通佛老。詩中有仿《黄庭經》者，如《辨道歌》、《真一酒歌》等作，自成一則。至於摹仿佛經，掉弄禪語，以之入詩，殊覺可厭。不得以其出自東坡，遂曲爲之説也。如錢道人有「認取主人翁」之句，坡演之云：「主人若苦令儂認，認主人人竟是誰？」又云：「有主還須更有賓，不如無鏡自無塵。只從半夜安心後，失卻當年覺痛人。」《過温泉》詩：「石龍有口口無根，自在流泉誰吐吞？若信衆生本無垢，此泉何處覓寒温？」《和柳子玉》詩：「説静故知猶有動，無閒底處更求忙？」《答寶覺》詩：「從來無脚不解滑，誰信石頭行路難？」《記夢》詩：「圓間有物物間空，豈有圓空入井中？不信天形真個樣，故應眼力自先窮。連環易解如神手，萬竅猶號未濟風。稽首問天天不語，本來誰礙更求通。」《題榮師湛然堂》詩：「卓然精明念不起，兀然灰槁照不滅。方定之時慧在定，定慧照寂非兩法。妙湛總持不動尊，默然真入不二門。語息則默非對語，此話要將《周易》論。諸方人人把雷電，不容細看真頭面。欲知妙湛與總持，更問江東三語掾。」此等本非詩體，而以之説禪理，亦如撮空，不過仿禪家語録機鋒，以見其旁涉耳。惟《書焦山綸長老壁》云：「法師住焦山，而實未嘗住。我來輒問法，法師了無語。法師非無語，不知所答故。」又《聞辨才復歸上天竺》詩云：「寄詩問道人，借禪以爲詼。何所聞而去？何所見而回？道人笑不答，此意安在哉！昔年本不住，今者亦無來。」此二首絶似《法華經》、《楞嚴經》偈語，簡净老横，可備一則也。

大概東坡詩有所作，即刊刻流布，故一時才名震爆，所至風靡；而忌之者因得臚列以坐其罪，故得禍亦由此。今即以「烏臺詩案」而論，其詩之入於爰書者，非一人一時之事；若非刻有卷册，忌者亦何由逐處採輯，彙爲一疏，以劾其狂謬？如「讀書萬卷不讀律，致君堯舜終無術」，則《送子由》詩也。「贏得兒童語音好，一年强半在城中」、「豈是聞韶解忘味，爾來三月食無鹽」，則倅杭時入山村詩也。

「滄海若知明主意，應教斥鹵變桑田」，則《看潮》詩也。「根到九泉無曲處，世間惟有蟄龍知」，則咏王秀才家雙檜詩也。此見於奏章者也。其他如「古稱爲郡樂，漸恐煩敲搒」，則《送錢藻出守婺州》詩也。「至今天下士，去莫如子猛」，則送子由乞官出京詩也。「横前坑穽衆所畏，布路金珠誰不裹」，則《送蔡冠卿守饒州》詩也。「羨子去安閒，吾邦正喧鬨」，則廣陵贈劉貢父詩也。「坐使鞭箠環呻呼，追胥連保罪及孥」，則《和李杞寺丞》詩也。「顛狂不用酒，酒盡會須醒」，則《和劉道原》詩也。「近來愈覺世議隘，每到寬處差安便」，則《游徑山》詩也。「世事漸艱吾欲去」，則《游風水洞》詩也。「奈何效燕蝠，屢欲争晨暝」，則亦徑山詩也。「殺人無驗終不快，此恨終身恐難了」，則送陳睦、張若濟詩也。「草茶無賴空有名，張禹縱賢非骨鯁」，則《和錢安道建茶》詩也。「況復連年苦饑饉」，則《寄劉孝叔》詩也。「紛紛不足怪，悄悄徒自傷」，則《答黄魯直》詩也。「荒林蜩蚻亂，廢沼蛙蟈淫」，則《答張安道》詩也。「疲民尚作魚尾赤，數罟未除吾穎泚」，則《次潛師放魚》詩也。「扶顛未可責由求」，則《答周開祖》詩也。以上數十條，爲李定、舒亶、張璪、何正臣、王琰等所周内鍛鍊者，皆在「詩案」中。豈非其詩早已流布，故得臚列以成其罪耶？按李定、舒亶劾疏，亦只「兒童語音好」及「讀書不讀律」、「斥鹵變桑田」、「三月食無鹽」數條，王珪所奏，亦只咏檜「蟄龍」一條，其餘則逮赴獄時所質訊者，何以詳備若此？按施元之謂坡得罪後，有司移取杭州境内所留詩，謂之「詩帳」。又坡《上文潞國書》謂：「被逮時，家口在船，被有司率吏卒窮搜。」豈「詩案」中各條，得自杭州「詩帳」耶？抑舟中所搜獲耶？坡《與孫子發書》云：「賈人好利，每取拙文刊刻市賣。」則「詩案」中詩，或得之坊刻也。

東坡一生以才得名，亦以才得禍。當熙寧初，王安石初行新法，舉朝議論沸騰，劉貢父出倅海陵，坡送之詩云：「君不見阮嗣宗，臧否不掛口。莫誇舌在齒牙牢，是中惟可飲醇酒。」是固知當時語言文字之必得禍矣。及身自判杭，則又處處譏訕新法，見之吟咏，致有「烏臺詩案」，幾至重辟。後黄州赦回，值神宗升遐之後，途次揚州，作詩題壁，又有「山寺歸來聞好語，野花啼鳥亦欣然」之句。此何時而作此詩耶？還朝後爲學士，發策試館職，則又以王莽、曹操爲問。其掌二制，更奮筆攘袂於竄逐諸小人，謫詞申明罪狀，略無包荒，以致群小側目，即朔黨、洛黨等號爲君子者，亦群起而攻之。先擊去其所薦引黄魯直、王定國、秦少游、歐陽叔弼等以撼之，賈易、趙君錫遂摘其「山寺聞好語」之句，以爲幸先帝厭代。賴宣仁后辨明，得乞郡去。其《送錢越州》詩云：「年來齒頰生荆棘，習氣因君又一言。」《答趙景貺》云：「或勸莫作詩，兒輩工織紋。」蓋至是始悔其得禍之由，已無及矣。其後身遭貶竄，萬里投荒，猶曩日之餘毒也。或疑坡既早見及此，何以作詩草制，不加檢點，稍爲諸人留餘地？蓋才人習氣，落筆求工，必盡其才而後止，所謂「矢在弦上，不得不發」也。然如咏檜而及地下之「蟄龍」，當遏密之後而有「花鳥欣然」之語，亦太不檢矣。

東坡詩文，及身已盛行。當徽宗禁錮蘇、黄集甚嚴，至有藏於衣褐，間道出京，爲邏人所獲者。紹興中，洪景盧在英州，坡集已漫漶，忽得一翻刻本，爲之暢然。事見《容齋隨筆》。後一二十年，陸放翁又得一翻刻本，亦喜而跋之。是南渡四五十年，坡集已兩翻板，可見其流布之盛也。當時注家有永嘉王梅溪、司諫施元之二本。王本既分其門，又別其類，以致割裂顛倒，晚年之作，或入於少時，使讀者無從別其前後；然其書流傳最久。施本刻於嘉泰中，陸放翁爲之序，乃元之及吴郡顧禧共注，而元之子宿又加核訂者。其本係隨年之先後，編訂成編；顧元、明以來，久已淹没。本朝康熙中，宋漫堂始得之，而又多殘缺。漫堂囑毘陵邵子湘爲之補訂，而後出處老少之跡粲然可觀，王本遂不行。是時朱竹垞於宋、邵所訂施注雖有「老鼠搬薑」之諷，然施注之善，終不可没也。蓋注蘇詩，不難於徵典故，而難於考時事。東坡歷熙寧、元豐、元祐、紹聖，數十年間，朝局屢更，其仕而黜，黜而起，起而又遠竄，皆有關於國事；一時交游之人，奸賢邪正，亦多與朝政相繫。當元之注詩，在南渡高、孝間，耳目尚接，每題下或詳其人，或記其事，或引事以證詩，或因詩以存人。迄今六百餘年，讀者猶藉以考見，真蘇氏之功臣也。即如放翁序所舉難注者三條：施注中有「緑衣公言」一條，謂坡妾朝雲因黄師是仕宦不進，有後言，故坡於師是詩中述之。其説與放翁所聞無異，且加詳焉。足見其得於父老之傳聞，非徒以數典爲能事者。又《定州立春小集戲李端叔》末云：「須煩李居士，重説後三三。」此詩方叙讌遊，忽用「後三三」語，殊無來歷。顧禧云：「聞之强行父，謂營妓有董九者，爲端叔所昵，故坡詩及之。」其説今在施本中。亦可見施本之詳核，雖瑣事亦不遺漏矣。又《次王雄州還朝》云：「老李威名八十年。」王本謂景德中，初與契丹和，選將守邊，以李允則知雄州，凡十四年。詩中「老李」指此。此則施本所無，而王本獨詳之，則王本亦未可盡廢也。近時查初白及吾友馮星石鴻臚又有《補注》、《合注》之刻，則又皆於施注之外，援據宋人雜説、傳記以增訂之，更足與施注互相發明也。放翁有《送施武子通判》詩云：「初入修門鬢未秋，安期千里接英游。退歸久散前三衆，邁往欣逢第一流。共道升沉方異趣，豈知氣類肯相求！龍鍾不得臨江别，目斷西陵烟雨舟。」陳鵠《耆舊續聞》：「黄魯直詩，專以退聽齋爲主；此外有好詩，俱刪削不載。轉不如姑胥居世英刊《東坡全集》殊有叙也。」然則，《東坡集》在宋時又有居世英翻刻本。

東坡所至好營造。守徐州時，值河決，澶淵泛濫，到徐城不浸者三版。悉力捍禦，城得無患。水既落，乃拆項羽霸王廳材，築黄樓於城東門。諸名人王定國、秦少游、黄魯直及弟子由等，作詩賦以張之。及守杭州，而西湖已涸爲葑田，乃奏以救荒餘錢萬緡、糧萬石，並請得百僧度牒，募民取湖中所積葑爲隄，長三十里，以通南北往來。即今蘇公隄是也。又欲自浙江之石門鑿運河，引上游之水，並江爲岸，以達於龍山之大慈浦；自浦北抵小嶺，鑿六十五丈，以達於古河；由古河四里以達於龍山運河，以避浮山之險。既奏聞，會内召，役遂止。其守潁州也，又濬潁之西湖，與趙德麟、陳履常共事，未成而改知揚州，德麟卒成之。後謫居惠州，又捐犀帶助道士鄧守安作城外東新橋，并致書子由。子由婦史以所得内賜金錢數千施僧，希固築西新橋。及遊香積寺，見其下有谿水，可築閘轉輪爲水碓，又囑縣令督成之。是東坡所至，必有營造，斯固其利物濟人之念得爲即爲之，要亦好名之心，欲藉勝跡以傳於後。韓魏公作相州堂，歐陽公作平山堂，均此志也。至今杭之蘇堤，固已千載不朽；潁之西湖，亦尚有知公遺跡者；徐州黄樓雖已無存，而其名尚在人耳目間。名流之用心深矣！

東坡襟懷浩落，中無他腸，凡一言之合，一技之長，輒握手言歡，傾蓋如故，而不察其人之心術，故邪正不分，而其後往往反爲所累。如李公擇、王定國、王晉卿、孫莘老、黄魯直、秦少游、晁補之、張文潛、趙德麟、陳履常等，固終始無間，甚至有爲坡遭貶謫，亦甘之如飴者。其他則一時傾心寫意，其後背而陷之者甚多。如坡過壽州，李定出餞，坡有詩贈之，頗稱莫逆；而元豐中以詩語劾坡者，即李定爲首。坡守密、徐二州時，與王邦直唱和甚多，謂邦直詩「如醇酒盎然，能起我病」，并比之清廟圭璋。然邦直後與鄧温伯、章惇等鋭意紹述，貶竄正人；東坡七年瘴海，推原禍始，實自邦直發之。坡與章惇尤厚善，集中《送章七出守湖州》有詩云：「早歲歸休心共在，他年相見話偏長。」又有《次章子厚飛英留題》等詩。後惇與司馬温公同相，惇以戲侮困温公，尚賴坡解紛。則坡之於惇，可稱密友。後惇貶逐元祐正人，各以其名字定配地，子瞻貶儋，子由貶雷，皆惇所爲也。坡與林希亦厚善。坡之守杭，實替希。及坡召還，希又來替。集中倡和甚多。坡去杭，希因杭人之意，榜其所築堤曰「蘇公堤」。坡除起居舍人，力辭於宰相蔡確，謂林希舊同館，且年長，宜膺此選。是二人之交厚矣。及紹聖初，章惇當國，方治元祐黨人，欲使希典書命。希欣然，復爲中書舍人，自司馬温公及坡等數十人皆爲謫詞，極其醜詆，遂累遷同知樞密院；後奪職卒。坡自海南歸，《與子由書》云：「子中病傷寒，十餘日便卒，所獲幾何，遺臭無窮，哀哉！」此皆坡素交，而其後反噬者也。此外如葉濤、唐坰、鄧潤甫等，亦皆平日交遊，末路相背者，更不可數計。

東坡才名震爆一世，故所至傾動，士大夫即在謫籍中，猶皆慕與之交，而不敢相輕。其在黄州也，黄守徐君猷、通判孟亨之甚投契，倡酬往返，俱載集中。君猷没，坡哭之以詩，祭之以文，皆極哀痛，則平日交情可知也。其在惠州，惠守詹範亦傾意相接，時有詩往來。嘗攜酒過坡，坡亦攜白酒、鱸魚過之，食槐葉冷淘，爲一時佳話。坡《與徐得之書》云：「詹守，君子人也。極蒙他照管，仍不輟。携酒具來相就。」而循州守周彦質在郡二年，與坡書問無虚日。白鶴新居成，二守又同過焉。彦質去官，至惠州，爲坡留半月，乃去。坡有詩送之，具述其事。而其時表兄程正輔以使節至，與坡同遊白水山、碧落洞、香積寺，輒流連旬日。孫叔静提舉廣東常平，更極周旋。今《大全集》所載與叔静書札，雖至親不過也。至儋耳，軍使張中館之於行衙，所以相待亦甚至。嘗邀坡子過弈棋，而坡坐視，竟日不倦。坡詩云：「卯酒無虚日，夜棋有達晨。」蓋紀實也。後湖南提舉董必察訪廣西，遣使過海，逐出坡於官舍，坡遂買地，苫茅以居；而中亦因此坐黜。其去儋時，坡以詩送之，至一送、再送、三送，蓋感其意之厚也。至於林下交游，更有相從患難，至死而不悔者。在黄州，陳季常居岐亭，相距百四十里，坡過之者三，季常過坡者七。去黄時，季常遠送至九江，坡留别詩，叠韵至五首。又有潘邠老在黄州，多從坡遊，坡去黄，以所築雪堂付之。及竄嶺外，蘇州定慧寺長老守欽，使其徒卓契順不遠五千里來問安。又有吴子野者，訪坡於惠州，相依二年，及渡海，又從坡於儋耳，又送坡北歸，卒於途。而蜀人巢元修，先訪坡於黄州，坡起用後，不復相聞。及坡兄弟南竄，元修徒步訪子由於雷，又欲過海訪坡。子由止之，不從，竟卒於途。又有王介石者，儋州助坡築屋五間，躬泥水之役，苦甚於奴隸。此數人者，非有所求，徒以向慕之誠，相從於流離顛沛中，不忍捨去，坡之得人心如此！然諸人因此得附見姓名於坡集中，至今不沫，亦豈非得所托哉！

東坡買田陽羡，在通判杭州時，以公事往來常、潤道中，早有此舉。集中有《寄杭守陳述古》詩云：「惠泉山下土如濡，陽羡溪頭米勝珠。」「莫怪江南苦留滯，經營身計一生迂。」正指此事也。謫黄州後，有量移之命。坡即上疏，自言饑寒，有田在常州，願往居之，可見早有此田。故其後在朝，與晉陵胡完夫、宜興蔣穎叔過從最密，并有次完夫韵詩，謂某已卜居毗陵，與完夫有閭里之約，是坡有意居常州矣。然所謂卜居者，尚非實事。當其往來常、潤時，有《除夜宿常州城外》詩。其自杭州通判移守密州也，以熙寧七年秋末去杭，而潤州道上過除夕，有詩可考，是此時但有田而無宅。其自黄州量移，上書求居常州，有放歸陽羡之命，事在元豐八年正月。未幾，神宗晏駕，哲宗即位，坡過揚州，作「山寺歸來聞好語」之句，被劾；奏辨謂此詩乃四月中作，去先帝厭代已兩月，是四月尚在揚州。集中有《與孟震同游常州僧舍》及《贈常州報恩長老》詩，補遺詩中又有《遊常州太平寺蒼蔔亭》及《太平寺淨土院觀牡丹》詩，蓋即是時。自揚州歸常州，尚見牡丹，則四月初旬也。四月歸常州，五月即復朝奉郎、知登州，則在常不過一二月耳。其後出守杭州，自杭還朝，雖往來過常，然俱未有留居之迹。自後守潁、守揚、守定以及南遷，固無從再至常矣。直至建中靖國元年，自嶺外赦歸，五月至真州，病暴下，乃至常。據方勺《泊宅編》謂：「東坡先到宜興，以五百緡買宅。夜與邵民瞻步月，聞老婦哭聲。詢之，以賣宅將徙故，即坡所買宅也，乃折券不復居；而往常州，借顧塘橋孫氏宅寓焉。七月二十八日，遂卒於寓。」然則坡居常不過元豐八年之四月、五月，及建中靖國元年之五月至七月而已。

按東坡自海外北歸，到雷州，《與鄭靖老書》云：「某意欲歸蜀，若不能歸，則杭州爲佳。」又《與謝民師書》：「不住許下，則歸陽羨。」是卜居尚未定也。到虔州，始有定居常州之意。《與錢濟明常州人書》云：「此行決往常州，不知郡中有屋可典買否？聞霍大夫虔守言，常州東門外裴氏宅出賣，乞爲一問其直。度力所能，徑往議之，當與公杖履相從也。」同時又《與蘇伯固書》云：「住處非舒即常。聞舒州有一官莊可買，已遣人問之矣。」是亦尚未定居也。及至南康，接子由書，始定歸許之計。《與王幼安書》云：「子由勸歸潁昌，已決計從之。」又《與程德孺書》：「近得子由書，苦勸相聚，不忍違之，已決計往許。約程四月末可到真州，不知德孺可因巡按常、潤，來同遊金山否？又乞其借漕司一坐船，泊常州城下，俟遣兒子邁往宜興取行李乘來。」又《與錢濟明書》云：「某本欲居常，因子由苦勸歸許，以此未定。承示孫君宅子，甚感其意，且爲多謝。」先托濟明覓宅，濟明爲借得孫氏宅覆之，故有此謝。蓋即顧塘橋宅也。到太平州，又有《與胡郎修仁常州人，坡之壻。書中所云小二娘者，坡之女也。書》云：「須一到金山，但無由至常州相晤。」是太平途次，尚欲歸許也，然是時仍有居常之意。途中《與滕達道湖州守書》云：「某至楚、泗間，當入一文字，乞居常州；若得請，則從公有期。」是此時雖有赴許之約，仍有居常之思。觀其《與黄師是子由姻家書》云：「聞子由亦甚窘，不忍以三百指累之。」蓋改計居常，實爲此耳。及至真州後，《與子由書》云：「兄已決計從弟之言。適程德孺來會金山，一二親故在坐，皆言地近京師，必不可往，將又致排擊，不靜。今已決計居常州，借得一孫氏宅子，極佳，且此休息。」自是居常之計始定。蓋先本有田在陽羨，坡貶嶺外時，其家屬已在陽羨僦居。坡在惠時，《與曹司勳書》「某惟少子隨侍，餘皆在宜興」是也。到惠之二年，長子邁始從陽羨挈眷屬到惠，則已視陽羨爲故鄉；且親友有錢濟明、胡修仁等逢迎，頗不寂寞；而是時舉家在舟中，已半年，又時屆盛暑，急思得一息肩之地，遂居常也。按錢濟明先爲借孫氏宅，坡《與子由書》亦云「常州孫氏宅極佳」；則自真州到常，應即入居孫宅，何以方勺《泊宅編》又云先到宜興買宅，因老婦哭徙而折券還之，始來居孫宅耶？或傳聞之悮也。

又按：途中又有《與湖守滕達道書》云：「承示宜興田，已問去，若得稍佳者，當扁舟往視，遂一至湖見公。然事未可料，若得請居常，當至治下攪擾數月也。」尋又《與賈耘老亦湖州人書》云：「某已買田陽羨，當上章，若許於此安置，將築室以老焉。」又《與千之姪書》：「近於陽羨買得少田，今奏乞居常，得邸報，已許之矣。」是未奏之前，已在陽羨買田。坡先有田在陽羨，至此時，又增買。《與王定國書》云：「近在常，買得一小莊田，歲可得百石。似可足食。」坡是年四月末到真州，五月因病至常州，六月上章致仕，乞居常州之奏，當即在此時。七月之末，即捐館。則陽羨增買田畝之事，當在五月中初到常州時也。

烏臺詩案：元豐二年三月二十七日，御史何大正《續通鑑綱目》作「何正臣」。疏劾蘇軾，自徐州移守湖州，謝表内有云：「愚不識時，難以追陪新進；老不生事，或能收養小民。」以爲語含諷刺；并謂「軾詩文傳於人者甚衆，今獨取鏤版而鬻於市者進呈」。是坡詩早有刻本行世，故大正得據以入奏也。然是時奉旨，但送中書。按坡作《張氏園亭記》：「余自徐州移守吴興，由宋登舟，三日而至。」正是三月二十七日所作，而大正即以是日掇《湖州謝表》劾奏。蓋三月初奉有移守湖州之命，即上表謝。徐距京不遠，故表一出，即聞於京師。可見坡之名震爆一時，凡有所作，無不争先睹之爲快，而其一脱稿即付梓，俾大正得據以劾奏，亦太急於自炫矣。七月二日，御史舒亶又歷舉其詩中「贏得兒童語音好，一年强半在城中」、「讀書萬卷不讀律，致君堯舜終無術」、「東海若知明主意，應教斥鹵變桑田」、「豈是聞韶解忘味，爾來三月食無鹽」等句，指爲謗訕，亦以「印行四册進呈」，奉旨亦但送中書。是日，御史中丞李定又劾奏，始奉旨送御史臺根勘。七月二十八日，中使皇甫遵到湖追攝，以八月十八日赴臺獄。自八月二十日至十一月二日，凡訊十一次。其訊先有問目，問自來所作文字有無忌觸。坡所供，有即在朝旨降到册内者，亦有不在册内者。蓋御史臺置獄後，即先行文，坡所歷官之處，凡有詩文，俱令申送。如北京留守司送到軾寄黄庭堅詩文，杭州送到軾《遊風水洞》等詩，王詵申送《開運鹽河》詩。坡亦不知所備，故不得不和盤托出。可見是時李定、舒亶輩鍛鍊周内，幾欲置之重辟，亦危矣哉！然如坡詩譏切，實亦肆無忌憚。幸而神宗無意殺之，僅責授黄州團練副使，以了此局耳。

坡詩不以鍊句爲工，然亦有研鍊之極，而人不覺其鍊者。如「年來萬事足，所欠惟一死」、「饑來據空案，一字不堪煮」、「周公與管蔡，恨不茅三間。人間無正味，美好出艱難」、「劍米有危炊，氊針無穩坐」、「舌音漸獠變，面汗嘗騂羞」、「雲碓水自舂，松門風爲關」、「潛鱗有飢蛟，掉尾取渴虎」，此等句在他人雖千鎚萬杵，尚不能如此爽勁，而坡以揮灑出之，全不見用力之迹，所謂天才也。

王宗稷編《東坡年譜》「至和二年，坡年二十，有晁美叔求交於坡」云，蓋據坡詩：「我年二十無朋儔，君來叩門如有求，醉翁遺我從子游。翁如退之蹈軻丘，尚欲放子出一頭。」故以是年爲美叔結交之始也。然坡年二十，尚在成都見張安道。至嘉祐二年，年二十二，方試禮部，受知於歐公。美叔以歐公命來交坡，實在是年。若坡年二十時，歐公尚未識坡，何由命美叔來交？宗稷徒以「我年二十無朋儔」之句，遂以其事繫於是年。不知詩人叙事，原只舉大數，豈可泥於一字一句，即以爲據？況坡自注此詩，謂嘉祐初，而《年譜》反入之至和二年耶？

東坡《送王雄州還朝》詩，有「老李威名八十年」之句。王梅溪注：「景德中，初與契丹和，以李允則知雄州，凡十四年。」詩中老李，正指此也。但梅溪詩注，尚不能甚詳。今按張舜民《畫墁録》：「南北通和約，兩界不得非時葺城郭。李允則知雄州，欲展城而難於背約，乃作銀香爐置城外土地祠，使人竊去，遂大喧鬨，搜捕紛然，移書北境，遂興工起築，展城而大之。又建浮屠九層，下瞰幽、薊，如指諸掌。」此可見允則守邊之遠慮也。

《葉石林詩話》：「李方叔廌，以文受知於東坡。元祐初，坡知貢舉，意在必得廌以冠多士。得章持卷，疑爲廌，遂以爲魁。既拆號，悵然。故有詩送廌云：『生平漫説《古戰場》，過眼還迷《日五色》。』廌自是學亦不進，不自愛惜。嘗以書責坡，坡亦稍薄之。竟不第而死。」張邦基《墨莊漫録》并謂：「田衍、魏泰，寓居襄陽，人畏其吻。諺曰：『襄陽二害，田衍、魏泰。』未幾，廌來寓，人更憎之，續曰：『近日多魔，又添一廌。』」是廌晚節終不振，且取嫌於坡矣。然張表臣《珊瑚鈎詩話》載：坡死，廌誄之曰：「道大莫容，才高爲累。皇天后土，鑒生平忠義之心；名山大川，還千古英靈之氣。識與不識，莫不盡傷；聞所未聞，吾將安放！」則廌之於坡，始終感激傾倒。石林謂坡亦薄之者，謬也。

坡在惠州，《白鶴觀新居將成》詩云：「佐卿豈是歸來鶴，次律寧非過去僧？」《遊羅浮和子過》詩云：「汝當奴隸蔡少霞，我亦季孟山玄卿。」按唐明皇射沙苑，偶中一鶴，帶箭飛去。後明皇幸蜀，偶憩一寺，壁有掛箭，即御箭也。僧云：「昔有徐佐卿者留此箭，俟箭主來還之。」乃知鶴即佐卿所化也。蔡少霞夢入仙都，書《蒼龍溪新宫銘》，其文乃紫陽真人山玄卿所撰，見薛用弱《集異記》。房次律悟前身爲智永禪師，亦見柳子厚《龍城録》。皆唐人小説也。想坡公遭遷謫後，意緒無聊，借此等稗官脞説遣悶，不覺闌入用之，而不知已爲後人開一方便法門矣。

甌北詩話卷六

陽湖趙翼雲崧

陸放翁詩

古來作詩之多，莫過於放翁，今就其子子虡所編八十五卷計之，已九千二百二十首。然放翁六十三歲在嚴州刻詩，已將舊稿痛加删汰。六十六歲家居，又删訂詩稿，自跋云：「此予丙戌以前詩十之一也，在嚴州再編，又去十之九。」然則，丙戌以前詩，存者才百之一耳。子虡刻全集時，亦跋云：「先君在嚴州刻詩，多所去取，所遺詩存者尚有七卷。」今在遺稿内。今合計全集及遺稿，實共一萬餘首。每一首必有一意；就一首中，如近體每首二聯，又一句必有一意。凡一草、一木、一魚、一鳥，無不裁剪入詩，是一萬首即有一萬大意，又有四萬小意。自非才思靈敏，功力精勤，何以得此？信古來詩人未有之奇也。

放翁詩凡三變。宗派本出於杜，中年以後，則益自出機杼，盡其才而後止。觀其《答宋都曹》詩云：「古詩三千篇，删去才十一。《詩》降爲《楚騷》，猶足中六律。天未喪斯文，杜老乃獨出。陵遲至元白，固已可憤嫉。」《示子遹》詩云：「我初學詩日，但欲工藻繢。中年始稍悟，漸欲窺宏大。數仞李杜墻，常恨欠領會。元白纔倚門，温李真自鄶。」此可見其宗尚之正。故雖挫籠萬有，窮極工巧，而仍歸雅正，不落纖佻。此初境也。後又有自述一首云：「我昔學詩未有得，殘餘未免從人乞。力孱氣餒心自知，妄取虛名有慚色。四十從戎駐南鄭，酣宴軍中夜連日。打毬築場一千步，閱馬列廄三萬匹。華燈縱博聲滿樓，寶釵艷舞光照席。琵琶絃急冰雹亂，羯鼓手勻風雨疾。詩家三昧忽見前，屈宋在眼元歷歷。天機雲錦用在我，剪裁妙處非刀尺。世間才傑固不乏，秋毫未合天地隔。放翁老死何足論，《廣陵散》絶還堪惜。」是放翁詩之宏肆，自從戎巴、蜀而境界又一變。及乎晚年，則又造平淡，并從前求工見好之意亦盡消除，所謂「詩到無人愛處工」者，劉後村謂其「皮毛落盡」矣。此又詩之一變也。

宋詩以蘇、陸爲兩大家。後人震於東坡之名，往往謂蘇勝於陸，而不知陸實勝蘇也。蓋東坡當新法病民時，口快筆鋭，略少含蓄，出語即涉謗訕。「烏臺詩案」之後，不復敢論天下事。及元祐登朝，身世俱泰，既無所用其無聊之感；紹聖遠竄，禁錮方嚴，又不敢出其不平之鳴。故其詩止於此，徒令讀者見其詩外尚有事在而已。放翁則轉以詩外之事盡入詩中。時當南渡之後，和議已成，廟堂之上，方苟幸無事，諱言用兵，而士大夫新亭之泣，固未已也。於是以一籌莫展之身，存一飯不忘之誼，舉凡邊關風景、敵國傳聞，悉入於詩。雖神州陸沉之感，已非時事所急，而人終莫敢議其非。因得肆其才力，或大聲疾呼，或長言永嘆，命意既有關係，出語自覺沉雄。此其詩之易工一也。東坡自黄州起用後，敭歷中外，公私事冗，其詩多即席、即事，隨手應付之作，且才捷而性不耐煩，故遺詞或有率略，押韻亦有生硬。放翁則生平仕宦，凡五佐郡、四奉祠，所處皆散地，讀書之日多，故往往有先得佳句，而後標以題目者。如《寫懷》、《書憤》、《感事》、《遺悶》，以及《山行》、《郊行》、《書室》、《道室》等題，十居七八，而酬應贈答之作，不一二焉。即如《紀夢》詩，核計全集，共九十九首。人生安得有如許夢？此必有詩無題，遂托之於夢耳。心閒則易觸發，而妙緒紛來；時暇則易琢磨，而微疵盡去。此其詩之易工二也。由斯以觀，其才之不能過於蘇在此，其詩之實能勝於蘇亦在此。試平心以兩家詩比較，當不河漢其言矣。

放翁以律詩見長，名章俊句，層見叠出，令人應接不暇。使事必切，屬對必工；無意不搜，而不落纖巧；無語不新，而不事塗澤，實古來詩家所未見也。然律詩之工，人皆見之，而古體則莫有言及者。抑知其古體詩，才氣豪健，議論開闢，引用書卷，皆驅使出之，而非徒以數典爲能事。意在筆先，力透紙背，有麗語而無險語，有艷詞而無淫詞，看似華藻，實則雅潔，看似奔放，實則謹嚴，此古體之工力更深於近體也。或者以其平易近人，疑其少鍊；抑知所謂鍊者，不在乎奇險詰曲、驚人耳目，而在乎言簡意深，一語勝人千百。此真鍊也。放翁工夫精到，出語自然老潔，他人數言不能了者，只用一二語了之。此其鍊在句前，不在句下，觀者并不見其鍊之迹，乃真鍊之至矣。試觀唐以來古體詩，多有至千餘言、四五百言者；放翁古詩，從未有至三百言以外，而渾灝流轉，更覺沛然有餘，非其鍊之極功哉？至近體之刮垢磨光，字字穩愜，更無論矣。又放翁古今體詩，每結處必有興會、有意味，絶無鼓衰力竭之態；此固老壽享福之徵，亦其才力雄厚，不如是則不快也。今就近體中摘句於後，使人見其功力之精。古詩難於摘句，讀者可觀其有氣有意，有書有筆，則得之矣。

律詩摘句。使事五律：「李侯有佳句，樂令善清言。」《懷杜伯高》「進愧門三戟，歸無畝一鍾。」《放慵》

「道士青精飯，先生烏角巾。」《長生觀》「蟻穿珠九曲，蜂釀蜜千房。」《淳化寺》「摩詰病説法，虞卿貧著書。」《病中》「人如釣渭叟，地似避秦村。」《訪隱者》「賀監稱狂客，劉伶贈醉侯。」《立秋前一日作》「腰下蘇秦印，囊中趙壹錢。」《夜酌》「獨卧維摩室，誰同彌勒龕？」《初寒獨居》「未恨名風漢，惟求拜醉侯。」《自述》「身已風中葉，人方飯後鐘。」《東莊》「我亦輕餘子，君當恕醉人。」《醉賦》「帶箭歸飛鶴，搘牀不瞑龜。」《答客》「相法無侯骨，生年值酒星。」《雜興》「寧甘結韈繫，不作拜車塵。」《野興》「馬非求路寢，木豈願犧尊？」《對酒作》「食非依漂母，菜不仰園官。」《窮居》「陌上金羈馬，墳前石琢麟。」《對酒作》「蝶入三更枕，龜搘八尺牀。」《山房》。

使事七律：「奴愛才如蕭穎士，婢知詩似鄭康成。」此放翁之父所作，而放翁足成之者。「吏進飽諳箝紙尾，客來苦勸摸牀稜。」《自咏》「秋風棄扇知安命，小炷留燈悟養生。」《獨學》「人立飛樓今已矣，浪翻孤月尚依然。」《白帝城懷杜少陵》「前日已傳天狗墜，今年寧許佛貍生。」《客言岐隴間事》「也知世少蘇司業，難得官如阮步兵。」《獨飲》「報國雖思屍馬革，愛身未肯價羊皮。」《示獨孤生》「生希李廣名飛將，死慕劉伶作醉侯。」《江樓醉中》「宿負本宜輸左校，寬恩猶許補東隅。」《書懷》「階前汗血洮河馬，架上奇毛海國鷹。」《夢成都》「曳杖不妨呼小友，還家便恐見來孫。」《遊柯山觀爛柯遺跡》「性本自然非截鶴，器非大任愧函牛。」《醉題》「但知禮豈爲我設，莫管客從何處來。」《避俗臺》「魚腸寶劍餘蛟血，鴉嘴金鋤帶藥香。」《贈林使君》「酒錢覓處無司業，齋日多來似太常。」《無酒肉》「夢中有客徵殘錦，地下無爐鑄横財。」《哭王季夷》「已忘作賦遊梁苑，但憶銜枚入蔡州。」《雪中》「盡除曼衍魚龍戲，不禁芻蕘雉兔來。」《過御園》「繆從學道肱三折，不遇知音尾半焦。」《自咏》「正嘆船如天上坐，那知人自日邊來。」《王給事使回》「家無釵澤窮馮衍，身著裙襦老管寧。」《感興》「青衫曾奏三千牘，白首猶思丈二殳。」《雪夜》「世無魯國真男子，心憶高陽舊酒徒。」《衰病》「從宦只思乘下澤，忤人常悔讀《南華》。」《感懷》「才高狗監無人薦，句好鷄林有客傳。」《贈江參議》「文辭博士書驢券，職事參軍判馬曹。」《讀書》「亡羊未恨補牢晚，搏虎深知攘臂非。」《曉出》「怨謗相乘成市虎，技能已盡愧黔驢。」《感懷》「貴人自作宣明面，老子曾聞正始音。」《感事》「人欲見擠真砭石，身寧輕用作投瓊。」《夢斷》「生無鮑叔能知己，死有要離與卜鄰。」《書嘆》「公路晚悲身至此，令威歸嘆塚纍然。」《夜坐達旦》「馬慵立仗寧辭斥，蘭偶當門敢怨鋤。」《感昔》「未害朵頤臨肉俎，但妨叩齒誦仙經。」《齒動摇》「種檀正可三年大，愛竹何曾一日無。」《山居即事》「中安煮藥膨脝鼎，旁設安禪曲盝牀。」《火閣》「愛身每戒玉抵鵲，養氣要如刀解牛。」《遣興》「越石壯心鷄喔喔，子卿歸信雁悠悠。」《獨酌》「此身幸已脱虎口，有手但能持蟹螯。」《對酒》「國家科第與風漢，天下英雄惟使君。」《追憶發解舊事》「過堂未悟鐘將釁，睨柱寧知璧偶全？」《書齋壁》「只知秋菊有佳色，那問荒鷄非惡聲！」《雜興》「病酒相如無奈渴，清言叔寶不勝羸。」《北窗》「拙宦雖無齊虜舌，早歸亦免楚人鉗。」《自述》「共知陂壞行當復，敢恨臺高既已傾？」《復湖》「偶亡塞馬寧非福？太察淵魚恐不祥。」《高枕》「名酒過於求趙璧，異書渾似借荆州。」《借書乞酒不得》「佩刀但可償黄犢，作字誰能换白鵝？」《秋聲》「浮雲每嘆成蒼狗，空谷誰能縶白駒？」《過胡基仲墓》「泥巷有人尋杜甫，雪廬無吏問袁安。」《歲晚》「生擬入山隨李廣，死當穿塚傍要離。」《醉題》「尚饒靈運先成佛，那計辛毘不作公。」《遣興》「難似車登蛇退嶺，險如路過馬當祠。」《書懷》「未尋内史流觴地，又近龐公上塚時。」《春晚》「狐妖從汝作人立，金價在吾如土輕。」《道室述懷》「厚價異時空市骨，大呼從昔不成盧。」《題北窗》「萬事不禁劉毅擲，諸人誰著祖生鞭？」《湖上》「戀戀綈袍誰復念，便便癡腹敢辭嘲？」《閒咏》「老羆尚欲身當道，乳虎何疑氣食牛。」《秋晚》「虚名僅可欺橫目，戇論曾經犯逆鱗。」《野興》「頭少二毛真篤老，口無縱理亦長饑。」《九月十日夜獨坐》「佛書恐非《易》《論語》，王迹其在《詩》《春秋》。」《蕩蕩》「强弩夾射馬陵道，屋瓦大震昆陽城。」《大風雨》「不求客恕陶潛醉，肯受人憐范叔寒。」《遣懷》「客散茶甘留舌本，睡餘書味在胸中。」《晚興》「不憂豎子居肓上，已見嬰兒出面門。」《病中作》「心如老馬雖知路，身似鳴蛙不屬官。」《自述》「學士誰陳《平蔡雅》，將軍已上《取燕圖》。」《聞蜀盗已平》「未忘麈尾清談興，尚讀蠅頭細字書。」《閒中》「買飯猶勝乞墦客，看耕僭學勸農官。」《郊行》「雖無客共樽中酒，何至僧鳴飯後鐘！」《枕上作》

寫懷五律：「病侵强健日，閒過聖明時。」《骨相》「忍窮安晚境，留病壓災年。」《病中》「春當三月半，狂勝十年前。」《題酒家》「月能從我醉，風欲駕人仙。」《夜飲》「放言詩酒聖，著論笑錢愚。」《閒中樂事》「老猶嗤佞佛，貧亦諱言錢。」《自勉》「衆中容後死，險處得先歸。」《莫笑》「老去才難盡，窮來志益堅。」《自述》「老幸傳家事，狂猶爲國憂。」《夜賦》「今古無窮事，江湖未死身。」《醉賦》「算貧先放鶴，嫌鬧併疎僧。」《孤村》「病無詩一字，窮賴酒三升。」《夜賦》「酒狂寧限老，詩思正須窮。」《夜坐》「人笑謀生拙，天教到死閒。」《衡門》「都門下第客，山寺退居僧。」《貧甚》「老病頻辭客，嬉遊不出村。」《窮居》「病蘇身漸健，秋近夜微涼。」《小集》「似客猶居里，如僧未出家。」《獨處》「出尋鄰叟語，歸讀古人書。」《遂初》「睡憑書介紹，愁賴酒驅除。」《晚坐》「貧憂償酒券，懶悔許僧碑。」《寫照》「壯年閒處老，佳日病中過。」《老境》「交遊無輩行，懷抱有曾玄。」《閒居》「身備鄉三老，家傳子一經。」《自喜》「素壁圖嵩華，明窗讀《老》《莊》。」《築舍》「已老學猶力，久窮詩未工。」《蜀嘆》「我存人盡死，今是昨皆非。」《偶作》「行思絶大漠，歸但醉新豐。」《枕上》「五斗方需禄，千金且愛身。」《送子坦赴官》「不動成羆卧，微勞學鳥伸。」《病中》「强健關天幸，逍遥似地仙。」《閒述》「死邊常得活，鬧處偶容歸。」《幽居》「采藥九蒸晒，朝真三沐薰。」《幽居》「貧廢兒孫學，慈生僕妾頑。」《病中》「樂哉容膝地，著此曲肱翁。」《初冬》「雲閒忘出岫，葉落喜歸根。」《寓嘆》「身叨鄉祭酒，孫爲國添丁。」《卧病雜題》「丹靈驅竪子，神定出嬰兒。」《道室》「直嫌繩尚曲，重覺鼎猶輕。」《銘座》

寫懷七律：「無才藉作長閒地，有懣留爲劇飲資。」《寄友》「身似野僧猶有髮，門如村舍强名官。」《成都歲暮》「此生竟出古人下，有志尚如年少時。」《自嘲》「舊學極知難少貶，吾儕持此欲安歸！」《寄陳魯山》「大事豈堪重破壞，窮人難與共功名。」《晨起》「四海道途行大半，百年光景近中分。」《西樓獨酌》「時平壯士無功老，鄉遠征人有夢歸。」《春殘》「老病已全惟欠死，貪嗔雖斷尚餘癡。」《病起》「位卑未敢忘憂國，事定猶須待闔棺。」《病起書懷》「甑炊地碓新春米，衣拆天吴舊繡圖。」《歸耕》「此生一笑常難必，此樂他年未易忘。」《芳華樓夜飲》「青山是處可埋骨，白髮向人羞折腰。」《出西門》「《比紅》有句狂猶在，染白無方老已成。」《夜酌》「流年速似一彈指，更事多於三折肱。」《親舊》「雖有數椽常似客，僅存一肉未成僧。」《排悶》「敢恨帝城如日遠，喜聞天語似春温。」《至嚴州得請免入覲》「酒寧剩欠尋常債，劍不虚施細碎讐。」《西村醉歸》「著書幸可俟後世，對客從嗔卧大牀。」《村居》「窮空敢恨寒無褐？憂患原因出有車。」《歲暮》「浮生亦念古有死，壯氣要使胡無人。」《閒居》「家爲逆旅相逢處，身在嚴裝欲發中。」《病中作》「黄旗萬里無侯骨，紅燭千杯有酒腸。」《幽居雜咏》「志士淒涼閒處老，名花零落雨中看。」《病起》「飯足便休慵念禄，丹成不服怕登仙。」《讀山谷詩》「藥來賊境靈何用，米出胡奴死不炊。」《感興》「樓船夜雪瓜州渡，鐵馬秋風大散關。」《書憤》「香浮鼻觀烹茶熟，喜動眉間煉句成。」《登北榭》「驚回萬里關河夢，滴碎孤臣犬馬心。」《夜雨》「千艘衝雪函關曉，萬竈連雲駱谷秋。」《縱筆》「癡人自作浮生夢，腐骨那須後世名。」《晚述》「殘生已與灰俱冷，舊友誰如几可憑。」《夜賦》「家近右軍觴咏地，身如太史滯留時。」《醉後》「流年不貸人皆老，造物無私我自窮。」《幽居》「虹穿道室爐丹熟，龍吼空山匣劍歸。」《贈道士》「天下可憂非一事，書生無地效孤忠。」《溪上作》「身世蠶眠將作繭，形容牛老已垂胡。」《七十》「史册誤人悲壯志，關河回首負初期。」《懷南鄭》「秋氣已高殊可喜，老懷多感自無歡。」《獨酌》「老皆有死豈獨我，士固多窮寧怨天？」《書劍》「寓世已爲當去客，愛書更付未來生。」《讀書》「天理直須閒處看，人謀常向巧中疎。」《閒咏》「門無客至惟風月，案有書存但《老》《莊》。」《閒中》「樽中無酒但清坐，架上有書猶縱觀。」《夜坐》「身外豈關吾輩事，鏡中暗換昔年人。」《閒賦》「羸軀垂老將焉往，公論猶存似可憑。」《枕上》「棄官正爲愚無用，謝客新緣病有名。」《野堂》「髮無可白方爲老，酒不能賒始覺貧。」《七十有四》「早知虚起彈冠意，悔不常爲秉燭遊。」《憶昔》「豈知鶴髮殘年叟，猶讀蠅頭細字書。」《書感》「老已爲民猶學問，向雖作吏半山林。」《舊學》「補衣未竟迫秋露，待飯不來聞午鐘。」《不出門吟》「陳編時見古成敗，舊友不知今在亡。」《排悶》「貧甚不爲明日計，興來猶作少年狂。」《晚步》「人生十事九敗意，春事三分二已空。」《春雨》「外物不移方是學，俗人猶愛未爲詩。」《朝饑示子聿》「熟思豈是天貧我，妄計還憂鬼笑人。」《苦貧》「流汗未乾衣上雨，大聲已發鼻端雷。」《午睡》「遺經在櫝傳家學，大字書墻作座銘。」《自述》「兒能解事甘藜藿，婢苦無薪睨㡚㢝。」《苦貧》「造物偶容窮不死，衆人共養老無能。」《暮歸作》「孤忠要有天知我，萬死當思後視今。」《讀史》「折除富貴惟身健，補貼光陰有夜長。」《冬暮》「舌自生肥忘玉食，腰常忘帶況金圍。」《昨非》「凡心未免更詩字，習氣猶思議古人。」《自責》「名姓已隨身共隱，文詞終與道相妨。」《遣興》「賣困不靈仍喜睡，送窮無術又來歸。」《開歲》「天爲念貧偏與健，人因見懶悮稱高。」《獨酌》「一無可恨得歸老，寸有所長能忍窮。」《野望》「邪正古來觀大節，是非死後有公言。」《觀史》「令尹閱人三仕已，太山在我一毫芒。」《醉舞》「三徑就荒俱已老，一樽相屬永無期。」《哭張季長》「胸中那可有一事，天下故應無兩人。」《初歸雜咏》「造物與閒兼與健，鄉人知老不知年。」《村居》「多聞只解爲身累，後死空令見事多。」《對酒作》「貸米未回愁竈冷，讀書有課待窗明。」《秋曉》「風勢槁面寒無褐，雷轉饑腸飯有沙。」《志學》「家塾讀書須十紙，山園上樹莫千回。」《示諸孫》「春寒例謝常來客，老病猶貪未見書。」《初春書懷》「天將耄齒償貧悴，身受虚名坐謗傷。」《陌上》「鏡裏鬢無添白處，樽前顏有暫丹時。」《老甚》「混俗豈須名赫赫，耐嘲惟可腹便便。」《舟中作》「客從謝事歸時散，詩到無人愛處工。」《理夢中作》「濁酒可求敲野店，舊題猶在拂頽墻。」《旅舍》「貧猶自力常謀醉，病不能閒且賦詩。」《自近村歸》「春炊不繼兒啼飯，烹飪無方客絮羹。」《村居》「詩才退後愁强韻，眼力衰來怯細書。」《老境》「單複篝衣時脱著，甜酸園果半青黄。」《夏日》「便死也勝千百輩，少留更住兩三年。」《病起》「呼童不應自生火，待飯未來還讀書。」《遣懷》「身遊與世相忘地，詩到令人不愛時。」《山房》「淡交喜得山栖友，傑作疑非火食人。」《簡邢德言》「花經風雨人方惜，士在江湖道益尊。」《春曉》「目前雖有小得失，天下豈無公是非。」《垂釣作》「啄吞自笑如孤鶴，導引何妨效五禽。」《閒咏》「多病更知身是贅，九原那恨死無名。」《春感》「雖慚江左雄繁郡，且看人間矍鑠翁。」《嚴州大閱》「扶持後死知天幸，容養無能荷國恩。」《秋夜齋中》「槁面暫朱知酒釅，曲身成直賴爐温。」《夜寒》「虚名定作陳驚座，好句真慚趙倚樓。」《封渭南伯》

寫景五律：「浪蹴半空白，天浮無盡青。」《海中宿雨初霽》「天逼星辰大，霜清劍佩寒。」《夢仙》「酒盡瓶枵腹，爐寒客曲身。」《寒甚》「雨昏鷄共懶，米盡鼠同饑。」《村居》「月昏天有暈，風軟水無痕。」《村夜》「天回河絡角，海闊斗闌干。」《夜歸》「風生雲盡散，天闊月徐行。」《夜坐》「病樹有彫葉，殘蟬無壯聲。」《秋懷》「三家小聚落，兩姓世婚姻。」《隸西》「木落山盡出，鐘鳴僧獨歸。」《過吉澤》「經行橋獨木，佇立路三叉。」《野望》「野父編龍具，樵兒習《兔園》。」同上「銅燈立雁趾，石鼎揭龍頭。」《書室》「荒園抛鬼飯，高几置神鵝。」《賽神》「荒陂船護鴨，斷岸笛呼牛。」《小立》「墓掃鴉銜肉，人過鷺導船。」《郊行》「犉牛將犢過，雄雉挾雌飛。」《山行》「漏從閒處永，風自遠來凉。」《官舍》「婦汲惟陶器，民居半草菴。」《憶南鄭》「舞簡村巫醉，塗朱野女粧。」《驛壁》「藤絡將頹石，松號不斷風。」《明覺寺》「地瘦竹無葉，風乾茅有聲。」《井研道中》「月正樹無影，露濃荷有聲。」《徙倚》「茶鼎聲號蚓，香盤火度螢。」《道室》「蟲鎪葉成篆，風蹙水生紋。」《巢山》「霜郊熊撲樹，雪路馬蒙氊。」《感舊》「零落花隨水，輪囷筍突籬。」《園中》「染丹梨半頰，斫雪蟹雙螯。」《村味》「燐飛乘月暗，梟語似人呼。」《夏夜》「蟻知軍陣法，蟲作緯車聲。」《秋懷》「冰梨頳似頰，霜栗大如拳。」《對食》

寫景七律：「十里溪山最佳處，一年寒暖適中時。」《近游》「山重水複疑無路，柳暗花明又一村。」《遊西山村》「七澤蒼茫悲故國，《九歌》哀怨有遺音。」《塔子磯》「船上急灘如退鷁，人緣絶壁似飛猱。」《過東瀼灘》「地臨秦雍川原壯，水下荆揚日夜流。」《歸次漢中》「雲埋廢苑呼鷹地，雪暗荒郊射虎天。」《書事》「蟬依疎柳長吟處，燕委空巢大去時。」《社日》「空山霜葉無行跡，半嶺天風有嘯聲。」《丈人觀》「攫飯饑烏占寺鼓，避人飛鼠上經幢。」《永慶寺》「山縈細棧疑無路，樹絡崩崖欲壓人。」《普寧寺》「凄涼蛩伴草根語，憔悴鵲從天上歸。」《秋雨》「農事漸興人滿野，夜霜寒重雁横空。」《横塘》「殘燈無燄穴鼠出，槁葉有聲村犬行。」《冬夜》「未霜村舍秋先冷，無月江邊夜自明。」《秋夜》「小樓一夜聽春雨，深巷明朝賣杏花。」《雨霽》「津吏報增三尺水，山僧歸入萬重雲。」《秋雨》「燈影動摇風不定，船聲鞺鞳浪初生。」《宿漁浦》「挐榼人沽村市酒，打包僧趁寺樓鐘。」《故山》「里儒朱墨開冬學，廟史牲牢祝歲穰。」《北窗》「病骨未成松下土，老身常伴渡頭雲。」《舟中作》「蟋蟀獨知時令早，芭蕉正得雨聲多。」《秋興》「雲歸時帶雨數點，木落又添山一峰。」《晚眺》「荒隄經雨多牛跡，村舍無人有碓聲。」《郊行》「巢乾燕乳蟲供哺，花過蜂閒蜜滿房。」《初夏》「民有袴襦知歲樂，亭無桴鼓喜時康。」《郊居》「樹杪忽明知月上，竹梢微動覺風生。」《池上》「圜鞷坎坎迎神社，大字翩翩寫酒旗。」《閒遊》「穀賤窺籬無狗盜，夜長暖足有貍奴。」《歲暮》「童誇犢健浮溪過，婦閔蠶饑負葉歸。」《初夏》「水淺游魚渾可數，山深藥草半無名。」《山行》「遠火微茫知夜績，長歌斷續認歸樵。」《泛舟》「風高木葉危將脱，月上天河澹欲無。」《南堂夜坐》「重簾不捲留香久，古硯微凹聚墨多。」《書室》「溪鳥低飛畫橋外，路人相值緑陰中。」《門前小立》「霜野草枯鷹欲下，江天雲濕雁相呼。」《郊行》「曉樹好風鶯獨語，夜窗細雨燕相依。」《山居》「舟行十里畫屏上，身在四山紅雨中。」《出遊》「寒鴉陣黑疑雲過，老木聲酣認雨來。」《書喜》「酒坊飲客朝成市，佛廟村伶夜作場。」《年豐》「庭花無影月當午，簷樹有聲風報秋。」《夜景》「天宇淡青成卵色，水波微皺作靴紋。」《題庵壁》「微雨已收雲盡散，衆星俱隱月徐行。」《秋夜》「鬅鬙暗樹類奇鬼，突兀黑雲如壞山。」《湖塘雷雨》「野火已亡秦相篆，江濤猶托伍胥神。」《秋望》「月色横分窗一半，秋聲正在樹中間。」《枕上》「客送輪囷霜後蟹，僧分磊落社前薑。」《幽居》「紫蟹迎霜盈徑尺，白魚脱網重兼斤。」《示客》「山口正銜初出月，渡頭未散欲歸雲。」《舟中》「天宇更無雲一點，譙門初報鼓三通。」《上元夜》「虎印雪泥餘過跡，樹經野火有空腔。」《懷梁益舊遊》「棋枰窗下時聞雹，丹竈巖間夜吐虹。」《道室》「十里織成無罅錦，半天留得未殘霞。」《出觀桃花》「官賦早輸無吠犬，農功已畢有閒牛。」《出遊》「細徑僧歸雲外寺，疎燈人語酒家樓。」《夜歸》「獨木架成新略彴，一峰買得小嶙峋。」《閉門》「風從蘋末蕭蕭起，月過花陰故故遲。」《石帆夏日》「一棹每隨潮上下，數家相望埭東西。」《漁父》「暑退忽驚秋漸晚，夜長已與晝中分。」《秋夕》「群魚聚散忽無跡，孤蝶去來如有情。」《夏晝》「漁艇往來春浪碧，人家高下夕陽紅。」《近村》「出有兒孫持几杖，歸從鄰曲話桑麻。」《茅舍》「樓臺到處靈和柳，簾幕誰家子晉笙？」《小市》「夜雨漲深三尺水，曉寒留得一分花。」《小園》「瓶花力盡無風墮，爐火灰深到曉温。」《曉坐》「紅顆帶芒收晚稻，緑苞和葉摘新橙。」《霜天晚興》「旱餘蟲鏤園蔬葉，寒淺蜂争野菊花。」《西村》「丹砂巖際朝暾日，枸杞雲間夜吠人。」《采藥》「燕雛掠地飛無力，梅子臨池墜有聲。」《夏日》「棲鵲自驚移别樹，流螢相逐度横塘。」《夏夜》「團臍磊落吴江蟹，縮項輪囷漢水鯿。」《小酌》「屏圍燕几成山字，簟展涼軒作水紋。」《書室》

放翁生於宣和，長於南渡。其出仕也，在紹興之末，和議久成，即金海陵南侵潰歸，孝宗鋭意出師，旋以宿州之敗，終歸和議。其時朝廷之上，無不以畫疆守盟，息事寧人爲上策；而放翁獨以復讐雪耻，長篇短咏，寓其悲憤。或疑書生習氣，好爲大言，借此爲作詩地。今閲全集，始知非盡虚矯之氣也。其《跋周侍郎奏稿》云：「南渡初，先君歸山陰，一時賢公卿與先君遊者，言及靖康北狩，無不流涕哀慟。」又《跋傅給事帖》云：「紹興中，士大夫言及國事，無不痛哭，人人思殺賊。」是放翁年十餘歲時，早已習聞先正之緒言，遂如冰寒火熱之不可改易。且以《春秋》大義而論，亦莫有過於是者，故終身守之不變。入蜀後，在宣撫使王炎幕下，經臨南鄭，瞻望鄠、杜，志盛氣鋭，真有唾手燕、雲之意。其詩之言恢復者，十之五六。出蜀以後，猶十之三四。至七十以後，正值開禧用兵，放翁方治東籬，日吟咏其間，不復論兵事。其詩有云：「不須强預國家憂，亦莫妄陳帷幄籌。」是固無復有功名之志矣。然其《感中原舊事》云：「乞傾東海洗胡沙。」《老馬行》云：「中原旱蝗胡運衰，王師北伐方傳詔。一聞戰鼓意氣生，猶能爲國平燕趙。」則此心猶耿耿不忘也。臨殁猶有「王師北定中原日，家祭無忘告乃翁」之句，則放翁之素志可見矣。

放翁之不忘恢復，未免不量時勢，然亦多悮於傳聞之不審。在蜀時，金之邊將，時有蠟書來報宣威幕府，具言其國虚實。見南鄭詩内自注。彼以蠟書來利賞賜，自必詭言禍敗，以中吾所喜，肯以實告耶？淳熙十一年，金世宗如會寧，命太子守國，而放翁有《聞虜酋遁歸漠北》詩。十二年，又有《感秋》詩，自注：「聞虜酋自香草淀入秋山，蓋遠遁矣。」不知金國每年巡歷春水、秋山，自其常制。金世宗最號賢君，國中稱「小堯舜」。其時朝政清明，邊圉乂安，有何事而遁歸漠北、遁入秋山耶？可見鄰國傳聞之訛，易於聳聽，而放翁輒輕信之。其後慶元四年，又有詩：聞金虜亂，淮以北民苦徵調，皆望王師之至。可見邊疆紛紛，好言敵國有釁，此韓侂胄所以輕率用兵致敗也。開禧二年，吴曦反，以蜀地降金；三年，安丙誅曦，稍復蜀地。而放翁詩有「解梁已報偏師入」，自注云：「見邸報，西師已復關中郡縣。」又有《聞西師復華州》詩。是時關中郡縣及華州何曾能復？而已見之邸報。則邸報且不足信，況傳聞耶？

放翁自蜀東歸，正值朱子講學提倡之時，放翁習聞其緒言，與之相契。家居，有《寄朱元晦提舉》詩、《謝朱元晦寄紙被》詩，又《寄題朱元晦武夷精舍》詩，所謂「有方爲子换凡骨，來讀晦翁新著書」也。及朱子卒，放翁祭之以文云：「某有捐百身、起九原之心，傾長河、決東海之淚。路修齒耄，神往形留。」是可見二公道義之交矣。時僞學之禁方嚴，放翁不立標榜，不聚徒衆，故不爲世所忌。然其優遊里居，嘯咏湖山，流連景物，亦足見其安貧守分，不慕乎外，有昔人「衡門泌水」之風。是雖不以道學名，而未嘗不得力於道學也。其集中亦有以道學入詩者，如《冬夜讀書》云：「六經萬世眼，守此可以老。多聞竟何爲，綺語期一掃。」又有云：「雖嘆吾何適，猶當尊所聞。從今倘未死，一日亦當勤。」《平昔》云：「皎皎初心質天地，兢兢晚節蹈淵冰。」《書懷》云：「平生學六經，白首頗自信。所覬未死間，猶有分寸進。」《示兒》云：「聞義貴能徙，見賢思與齊。」又云：「《易經》獨不遭秦火，字字皆如見聖人。汝始弱齡吾已耄，要當致力各終身。」可見其晚年有得，非隨聲附和，以道學爲名高者矣。至其詩之清空一氣，明白如話，而無迂腐可厭之習，則又其餘事也。

放翁與楊誠齋同以詩名。誠齋專以俚言俗語闌入詩中，以爲新奇。放翁則一切掃除，不肯落其窠臼。蓋自少學詩，即趨向大方家，不屑屑以纖佻自貶也。然間亦有一二語似誠齋者。如《晚步》云：「寓跡個中誰耐久，問君底事不歸休？」《饑坐》云：「落筆未妨詩衮衮，閉門猶喜氣揚揚。」《老學菴》云：「名譽不如心自肯。」《醉中走筆》云：「過得一日過一日，人間萬事不須謀。」《自咏》云：「作個生涯君勿笑。」《新作籬門》云：「雖設常關果是麽？」《自詒》云：「愈老愈知生有涯，此時一念不容差。」《遺興》云：「關上衡門那得愁。」此等詩派，南宋時盛行，在放翁則爲下劣詩魔矣。

放翁萬首詩，遣詞用事，少有重複者。惟晚年家居，寫鄉村景物，或有見於此，又見於彼者。《老境》云：「智士固知窮有命，達人元謂死爲歸。」《寓嘆》又云：「達士共知生是贅，古人嘗謂死爲歸。」《晨起》云：「大事豈堪重破壞，窮人難與共功名。」《客思》又云：「壯士有心悲老大，窮人無路共功名。」《夜坐》云：「風生雲盡散，天闊月徐行。」《夜坐》又一首云：「湖平波不起，天闊月徐行。」《冬夜》云：「殘燈無燄穴鼠出，槁葉有聲村犬行。」《枕上作》又云：「孤燈無燄穴鼠出，枯葉有聲村犬行。」《郊行》云：「民有袴襦知歲樂，亭無桴鼓喜時平。」《寒夜》又云：「市有歌呼知歲樂，亭無桴鼓喜時平。」《羸疾》云：「羸疾止還作，已過秋暮時。但當名百藥，那更謁三醫。」《題藥囊》又云：「殘暑纔屬爾，新秋還及兹。真當名百藥，何止謁三醫。」此則未免太複。蓋一時湊用完篇，不及改換耳。

朱子嘗言：「放翁能太高，迹太近，恐爲有力者所牽挽。」《宋史》本傳因之，輒謂其「不能全晚節」。此論未免過刻。今按嘉泰二年，放翁起修孝宗、光宗兩朝實録，其時韓侂胄當國，自係其力。然放翁自嚴州任滿東歸後，里居十二三年，年已七十七八，祠禄秩滿，亦不敢復請，是其絶意於進取可知。侂胄特以其名高而起用之，職在文字，不及他務，且藉以報孝宗恩遇，原不必以不就職爲高。甫及一年，史事告成，即力辭還山，不稍留戀，則其進退綽綽，本無可議。即其爲侂胄作《南園記》、《閲古泉記》，一則勉以先忠獻之遺烈，一則諷其早退，此亦有何希榮附勢、依傍門户之意？而論者輒藉爲口實，以訾議之，真所謂小人好議論，不樂成人之美者也。今二記不載文集，僅於逸稿中見之，蓋子遹刻放翁文集時，侂胄被誅未久，爲世詬厲，故有所忌諱，不敢刻入，未必放翁在時，手自削去也。詩集中仍有《韓太傅生日》詩，並未删除，則知二記本在文集中，蓋因其乞文而應酬之，原不必諱耳。

放翁不以書名，而草書實横絶一時。其《自題醉中所作草書》云：「酒爲旗鼓筆刀槊，勢從天落銀河傾。」《醉中作草書》云：「醉草今年頗入微，卷翻狂墨瘦蛟飛。」《睡起作帖數行》云：「古來翰墨事，著意更可鄙。跌宕三十年，一日造此理。不知筆在手，而況字落紙？三叫投紗巾，作歌誌吾喜。」《學書》一首云：「九月十九柿葉紅，閉門學書人笑翁。世間誰許一錢直，窗底自用十年功。老蔓纏松飽霜雪，瘦蛟出海拏虚空。即今譏評何足道，後五百年言自公。」《暇日弄筆》云：「草書學張顛，行書學楊風。平生江湖心，聊寄筆硯中。龍蛇入我腕，疋素忽已窮。餘勢尚隱轔，此興嗟誰同！」《雜興》詩云：「紙欲窮時瘦蛟舉，已看雷雨跨蒼茫。」《草書歌》云：「吾廬宛在水中沚，車馬喧闐那到耳。一堂翛然卧雲曠，蟬聲未斷蟲聲起。有時寓意筆硯間，跌宕奔騰作詼詭。徂徠松盡玉池墨，雲夢澤乾蟾滴水。心空萬象提寸毫，睥睨醉僧窺長史。聯翩昏鴉斜著壁，鬱曲瘦蛟蟠入紙。神馳意造起雷雨，坐覺乾坤真一洗。小兒勸我當自珍，勿爲門生書棐几。」《夜起作書自題》云：「一朝此翁死，千金求不得。」

是放翁於草書工力，幾於出神入化。惜今不傳，且無有能知其善書者，蓋爲詩名所掩也。杜少陵亦無書名，然《杜詩詳注》云：「胡儼在内閣，見子美親書《衛八處士》詩，字甚怪偉。『驚呼熱中腸』作『嗚呼熱中腸』。」

放翁目力亦絶人。五十歲《秋夜讀書戲作》云：「也知賦得寒儒分，五十燈前見細書。」五十三歲詩：「燈前目力雖非昔，猶課蠅頭二萬言。」六十歲詩：「細書時讀眼猶明。」六十九歲詩：「目瞭未妨觀細書。」七十五歲詩：「年過七十眼猶明，天公成就老書生。」七十六歲詩：「目光焰焰夜穿帳。」又：「細書如蟻眼猶明。」七十七歲詩：「老夫垂八十，巖電尚爛爛。孤燈觀細字，堅坐常夜半。」又云：「一齒已摇猶決肉，雙眸雖澀尚耽書。」直至七十九，史局告成，將致仕，始言「目昏頗廢書」，作詩記其始，是七十九目力方稍減也。八十二歲《老態》詩亦云：「似見不見目愈衰，欲墮不墮齒更危。」然又云：「目昏大字亦可讀，齒摇猶能決濡肉。」則亦尚未大害。又七十七歲有記，記：「中夜睡覺，兩目每有光，如初日，歷歷照物。昔晁文公自謂善養生之驗，予則偶然耳。」又八十二歲十一月廿七記：「夜分披衣，神光自兩眥出，若初日，室中皆明。」此又神光湧現，不可思議者。又先生齒牙亦堅利，七十七歲始一齒動摇，餘皆堅甚，戲作云：「病齒原知不更全，漂浮杌棿已三年。一朝正使終辭去，大嚼猶能盡彘肩。」又詩云：「摇齒復牢堪決肉，枯顱再茁已勝簪。」八十一歲墮第三齒，有詩。至八十五歲臘月五日始落第一牙，距易簀僅數日耳。然則先生具壽者相，得天獨厚，爲一代傳人，豈偶然哉！

甌北詩話卷七

陽湖趙翼雲崧

陸放翁年譜小引

《放翁集》向無年譜。然身閲六朝，歷官中外，仕而已，已而仕，出處之迹既屢更；且所值之時，當宋南渡，戰與和局亦數變，使非有譜以標歲月，則讀者於先生之身與世，將茫無端緒。幸先生詩自入蜀以後四十卷，係手自編訂；四十卷之後，至八十五卷，則其子子虡當先生在時即隨年記録，故歲序差可考。而文集中碑記之類，亦多書明年月官位，可以稽其時地。昔王宗稷作《蘇文忠年譜》，悉本《東坡大全集》詮次之。今余亦彷此例，就《劍南詩集》、《渭南文集》及《家世舊聞》、《老學庵筆記》等書，次其先後，蓋已十得八九。惟入蜀以前少年之作，所存無幾，難於懸揣。然事迹亦往往散見於詩文，因亦就其可知者繫於某年之下，并略載時事，以相印證，庶讀者可以一覽瞭如云。

陸放翁年譜

宋徽宗宣和七年乙巳

先生生於是年十月十七日，在淮上舟中。是日平旦，大風雨。及先生生而雨止。見先生慶元元年詩題。又有詩云：「少傅奉詔朝京師，艤舟生我淮之湄。」按先生先世自嘉興徙錢塘，吴越時又徙山陰之魯墟，世業農。宋祥符中，陸軫始以進士起家，仕至吏部郎中，直昭文館，贈太傅，是爲先生高祖。軫生珪，官國子博士，贈太尉，是爲先生曾祖。珪生佃，仕至尚書左丞，贈太師、楚國公，是爲先生之祖。《宋史》有傳。佃生宰，字元鈞，則先生父也。見先生文集及《家世舊聞》。其官位不可考。按先生《跋向薌林帖》云：「先少師使淮南，實與薌林爲代。」《跋周侍郎奏稿》云：「余生於宣和末年，先少師以畿輔轉輸餉軍澤潞，寓家於滎陽。」又云：「先君以御史徐秉哲論罷，南來壽州。」則先生父蓋嘗官提舉、轉運等職。《跋楚公奏稿》云：「此先少師紹興中命筆吏傳録者。」又作《陳彦聲墓誌》云：「建炎四年，先君會稽公奉祠洞霄宫。」則南渡後曾有祠禄。又《跋朝制要覽》及《持老語録》，皆云「先君會稽公」。則其官階及勳封可見也。惟文集稱「先少師」，詩集稱「先少傅」，微有不同。然「師」、「傅」同一階，蓋皆應得之封耳。

欽宗靖康元年丙午

二年丁未　　二帝北行。

高宗建炎元年　　即靖康二年五月，即位，改元。

二年戊申

三年己酉　　金兵南下，帝航海。

四年庚戌　帝歸臨安，金立劉豫爲子皇帝。

先生年七歲。按《陳彦聲墓誌》云：「建炎四年，金兵南來，先君欲避無所。聞東陽陳彦聲以俠稱，乃挈家依之。居三年，乃歸。」《跋周侍郎奏稿》云：「先君自徐秉哲論罷後，南來壽春。又自淮徂江，間關兵間。及歸山陰舊廬，則某年已稍長矣。」開禧中有詩追記云：「家本徙壽春，遭亂建炎初。南來避狂寇，乃復遇强胡。亂定不敢歸，三載東陽居。」蓋先生生而遭亂，其父挈之避兵，由壽州過江，又僑居東陽者三年。至紹興二三年，始歸山陰。

紹興元年辛亥

二年壬子

三年癸丑

四年甲寅

先生年十歲。按《跋周侍郎奏稿》云：「先君歸山陰，一時賢公卿與先君遊者，言及靖康北狩，無不流涕哀慟。」又《跋傅給事帖》云：「紹興中，某甫成童，見當時士大夫言及國事，無不痛哭，人人思殺賊。」蓋皆此數年中事。先生生平以復讐爲念，蓋自幼習聞先正之言，至老不變也。又嘉泰元年有詩，謂：「某十許歲，即往來雲門諸山。」

五年乙卯　金太宗崩，熙宗立。徽宗殂於金。

六年丙辰

先生年十二，能詩文，以蔭補登仕郎。本傳。按先生父南渡後，不見有仕宦之迹，蓋以祠禄致仕，所得恩蔭也。

七年丁巳　金廢劉豫。

先生年十三，《跋陶淵明集》云：「吾年十三四時，侍先少傅居城南小隱。」

八年戊午　相秦檜，先已罷相，至是再相。與金議和。

九年己未　金人歸河南、陜西地。

十年庚申　金復取河南、陜西。

先生年十六，初赴舉場。按先生《燈籠》詩云：「我年十六遊名場，靈芝借榻棲僧廊。」又《跋范元卿書後》云：「紹興庚申、辛酉間，予年十六七，與陳公實及予從兄伯山、仲高，葉晦叔、范元卿，皆同場屋。」

十一年辛酉　和議成。

先生年十七，尚從師受業。與許子威輩同從鮑季和先生，晨興，必具袍帶而出。見嘉泰元年詩自注。

十二年壬戌　金人歸徽宗、鄭后、邢后之喪及韋太后。

十三年癸亥

先生年十九，以舉進士試南省，至臨安。見嘉泰三年詩自注。

十四年甲子

先生年二十，作《司馬温公佈被銘》。自注：「予年二十歲所作。今傳以爲秦少游作者，非也。」又作《菊枕》詩。見丁未歲詩注。是年上元，在都城從舅光州通判唐仲俊觀燈。見嘉泰二年詩自注。

十五年乙丑

十六年丙寅

十七年丁卯

先生年二十三。按先生《跋韓非子》云：「紹興丁卯，先君年六十時，所得吴棫才老本。」先生是年父尚在，而入仕後未見有丁父艱之事，蓋其父殁於此數年中。

十八年戊辰

十九年己巳

金完顔亮弑熙宗而自立。

二十年庚午

二十一年辛未

二十二年壬申

二十三年癸酉

金遷都於燕。

先生年二十九。兩浙轉運使陳阜卿爲考試官，秦檜孫塤以右文殿修撰就試，直欲首送。阜卿得先生文，擢置第一，塤次之。檜大怒。

二十四年甲戌

先生年三十，試禮部被黜。時陳阜卿亦幾得禍。

二十五年乙亥　秦檜死。

二十六年丙子　欽宗殂於金。

二十七年丁丑

先生年三十三。作《雲門壽聖院記》，尚無官位，但書「吴郡陸某記」。

二十八年戊寅

先生年三十四。官福建寧德縣主簿。先生有《謝内翰啓》云：「仕由資蔭。」蓋先生十二歲所得恩蔭，至是始選主簿也。是歲作《寧德縣城隍記》，繫銜書「迪功郎主簿」。見文集。按先生赴任，由温州入閩，有《題江心寺》、《泛瑞安江》及《平陽驛觀梅》等詩。

二十九年己卯

先生年三十五，在寧德。按先生《跋盤澗圖》云：「紹興己卯、庚辰之間，予爲福州决曹掾，與閩縣大夫張仲欽甚相得。」

三十年庚辰

先生年三十六。以薦者除敕令所删定官，遷大理司直，兼宗正簿。本傳。《盤澗圖跋》云：「紹興己卯、庚辰，予爲福州决曹。」是是年春間，尚在寧德也。《祭周益公文》云：「紹興庚辰，予始至行在，與益公相遇，遂定交。」則以除敕令所入都也。先生自閩歸途，亦從温、處經行，有詩記其事，云：「自來福州，詩酒殆廢；今北歸，至永嘉括蒼，無日不醉。」又有詩記紹興庚辰遊謝康樂石門，王仲信爲作《石門瀑布圖》。皆自閩歸杭之遊跡也。

三十一年辛巳　金主亮南侵，被弒於瓜洲。金世宗立，入都於燕。

先生年三十七，在敕令所，遷樞密院編修官。按本傳謂「孝宗即位，遷樞密院編修官」，而先生子子虡跋語云：「紹興辛巳，及事高宗，累遷樞密使編修。」是樞院乃高宗所授。先生《挽汪茂南》詩云：「往者紹興末，江淮聞戰鼙。」自注：「先相公汪澈督師荆、襄，招予幕府；會留樞屬，不克行。」又《跋陳魯公所草親征詔》云：「辛巳、壬午之間，予爲西府掾。」西府，即樞院也。是樞院之遷，在紹興無疑。又《史館書事》詩云紹興辛巳，嘗蒙恩賜對，先生奏：楊存中不宜掌禁旅，非宗室外家，不宜封王。皆在是年。又《上執政書》，論文章關於道術。見文集。

三十二年壬午　高宗傳位於孝宗。

先生年三十八，自敕令所罷歸。孝宗即位。在六月。以史浩、黄祖舜薦，召見，賜進士出身，擢太上皇帝聖政所檢討官。本傳。按先生《跋曾文清奏稿》云：「紹興末，文清居會稽，予自敕局罷歸，無三日不見。」又作《復齋記》，亦稱是年自都下還里。蓋是春夏間事。其因薦召用，雖不載月日，然是年十一月，上疏請信詔令，治其尤阻格者，計已在檢討任可知。皆孝宗初即位未改元之歲也。又丙午《歲晚書懷》詩自注：「紹興末，予官玉牒所。」蓋因修《聖政記》，故兼是官。有《玉牒所迎駕》詩。

孝宗隆興元年癸未

先生年三十九，在檢討任。正月二十一日，二府請先生撰《致夏國主書》。二月二日，又請作省劄，招諭中原士民。見文集。金蒙城邢珪侵邊，殺我義民，既而被擒，朝議將置大辟。先生上書，謂彼能爲其國盡力，宜免誅，以示中國禮義。閬州奏慶雲見，先生上書宰執，勿受其圖。和議將成，又上書二府，當與金人約：建康、臨安皆建都地。俱見文集。按先生《復齋記》又謂：「隆興元年，某自都還里，始與仲高遇。」又《王彦光見訪并送茶》詩云：「邇英帷幄舊儒臣，肯顧荒山野水濱。遥想解酲須底物，隆興第一壑源春。」則是年似又曾歸里。按先生方任檢討，何以又返山陰？豈乞假暫歸耶？

二年甲申

先生年四十。時曾覿、龍大淵用事，先生爲樞密張燾言，燾遽以聞。上詰語所自來，以先生對。上怒，出先生通判建康，尋易隆興府。本傳。按本傳先通判建康，今集中並無建康詩，豈不久即調京口耶？先生《跋張敬夫書》謂：「甲申佐郡京口，張忠獻浚以督軍過焉，故常與其子敬夫遊。」按浚殁於是年八月，則先生通判京口，必在春夏矣。又序《京口倡和詩》，謂「隆興二年閏十一月，韓无咎來省親於潤，予時通判郡事，故與倡和」云。

乾道元年乙酉

先生年四十一。在鎮江。有《鎮江府城隍忠祐廟碑記》。

二年丙戌

先生年四十二。自鎮江移官，通判豫章。即本傳所云隆興府。《上陳安撫啓》云：「佐州北固，麥甫及於再嘗；易地南昌，瓜未期而先代。」七月，舟行星子縣，半日至吴城。見詩集。本傳謂：「言者論先生交結黨人，力説張浚用兵，遂免歸。」先生在蜀，有詩云：「少年論兵實狂妄，諫官劾奏當竄殛。」正指此事也。先生《幽棲》詩自注：「乾道丙戌，始卜居鏡湖之三山。」而慶元三年《春盡遣懷》詩自注則云：「予以乾道乙酉卜築湖上。」蓋乙酉買宅，丙戌罷官歸，始入居之。嘉泰甲子有詩云：「曩得京口俸，始卜湖邊居。」乙酉正在京口。以京口俸買宅，正是年也。入居則丙戌耳。《開東園之路》詩云：「憶自南昌返故鄉，移家來就鏡湖涼。」是自南昌歸始居之證。

三年丁亥

先生年四十三。正月十四日作《崇恩禪院記》，繫銜但書「通直郎」，而無職任，已罷官故也。

四年戊子

五年己丑

先生年四十五。是年十二月，差通判夔州。見《入蜀記》。

六年庚寅

先生年四十六。以閏五月起行，十月二十七日到夔州。《將赴夔府書懷》云：「自從南昌免，五歲嗟不調。」蓋自丙戌至庚寅，凡五閱歲矣。

七年辛卯

先生年四十七。春間監夔州試，有《試院呈同舍》詩，有《將出院》及《拆號前一日作》等詩。作《王侍郎生祠記》，繫銜書「左奉議郎通判軍州主管學事、兼管内勸農事」。

八年壬辰

先生年四十八。以夔州通判將滿任，上書虞丞相，預乞一官，得就禄。見文集。會王炎宣撫川、陜，辟爲幹辦公事。本傳。按先生是年作《静鎮堂記》，繫銜書「左承議郎權四川宣撫使幹辦公事、兼檢法官」，蓋已作幕僚、去夔州任矣。《送范西叔序》云：「乾道壬辰，予至益昌，始識范東叔。後月餘，與其兄西叔爲僚於宣威幕府。」是年，北遊南山，望鄠、萬年縣，皆以幕僚出使。見《静鎮堂記》及《東樓集序》。

九年癸巳

先生年四十九。自成都、唐安至漢嘉，四十日復還成都。尋攝蜀州，有《初到蜀州寄成都諸友》詩。入夏，又攝嘉州。先生《跋岑嘉州集》云：「乾道癸巳，予自唐安别駕來攝嘉州。」八月，作《漢嘉郡藏丹洞記》。官舍多奇石，取作假山，名西齋曰小山堂。見詩集。

淳熙元年甲午

先生年五十。秋間攝蜀州事，有《蜀州大閲》詩。按是年《秋夜讀書》詩云：「别駕生涯似蠹魚。」又《與吕周輔教授遊大邑諸山》云：「廣文别乘官俱冷。」蓋皆以通判攝州事也。冬又往榮州攝事。蓋幕僚係辟用，而本品仍是通判。

二年乙未

先生年五十一，在榮州。得制置司檄，催赴參議官任。正月十日離榮州，有詩。范成大來帥蜀，又辟爲參議官。以文字交，不拘禮法，人譏其頽放，因自號放翁。本傳。

三年丙申

先生年五十二。作《范待制集序》及《籌邊樓記》，繫銜書「朝奉郎成都府路安撫司參議官、兼四川制置使司參議官」。是年，有《飯保福院》詩云：「飽飯即知吾事了，免官初覺此身閒。」又《閒中偶題》詩：「七千里外新閒客，十五年前舊史官。」《病中戲書》云：「免從官乞假，且喜是閒身。」又有《蒙恩奉祠桐柏》詩云：「罪大初聞收郡印，恩寬俄許領家山。」蓋緣事不復攝州，别領桐柏祠禄。

四年丁酉

先生年五十三。由桐柏祠禄換授主管台州崇道觀。見《銅壺閣記》及《彭州貢院記》。是歲，范成大還朝，先生有詩送行。秋間得都下八月報書，牧叙州，有詩。然以後無叙州詩，但有《東歸有日書懷》詩及《遣興》詩，自注：「予將赴僰道，被命東歸。」蓋吏部選叙州，而朝旨令赴行在也。後有《上書乞祠》詩，述此云：「聖君終省記，萬里忽乘驛。」

五年戊戌

先生年五十四。離蜀東歸。有《賞海棠》詩云：「吉日不留春已老，歸舟已具客將行。」又明年《憶蜀中》詩云：「去年忝號召，五月觸瞿塘。」蓋以春暮出蜀，仲夏過峽也。子虡跋語謂：「戊戌春，孝宗念其久外，趣召東下。」蓋是去年還叙州之後。又先生《乞祠》詩：「遠客遊窮塞，亭障秋蕭瑟。聖君終省記，萬里忽乘驛。」是東歸實出於内召。先生有《謝王樞密啓》云：「斐然妄作，本以自娱；流傳偶至於中都，鑒賞遂塵於乙覽。」蓋先生在蜀，有詩傳入都，孝宗聞之，故特召還也。《謝錢參政啓》云：「一麾在巴、蜀之間，萬里促宣、温之對。清光咫尺，睿賞再三。略有司資格之常，備奉使詢謀之選。方憂官謗，又辱詔追。半道遣行，雖嘆棲遲之薄命；頻年省記，要爲比數於諸公。」據此，則召還後曾賜對便殿，即膺出使之命。未幾有詔別用，尋遣往閩中。按先生此次入閩，官階無考。子虡跋語云：「先君凡五佐郡。」則此乃通判建安也。以詩集考之，秋間便道歸里，作一月留。見明年己亥在建安《憶家》詩。《歸雲門》詩云：「徵官行矣閩山去，又寄千巖夢想中。」此行從衢州入閩，有《仙霞嶺》、《漁梁驛》諸詩。其官舍在建安。見詩集。

六年己亥

先生年五十五。春夏在建安，多不得意，屢見於詩。仲夏，先發書畫還故山，有詩。尋去官，有《初發建安》詩云：「吾行迨及晚秋時。」歸途由武夷山過信州鉛山縣，至衢州，奏乞祠，留衢待命，除提舉江南西道常平茶鹽公事，賜緋魚袋。即在衢起行，十二月，至江西，有《弋陽縣》、《饒撫道中》等詩。治在撫州。見《撫州廣壽禪院記》。是冬，奏《筠州反坐百姓陳彦通訴人吏冒役狀》。見文集。

七年庚子

先生年五十六。秋冬自臨川至高安，十一月被命詣行在。見《廣壽禪院記》。按本傳：「以發粟賑民，爲給事中趙汝愚所駁，遂與祠。」過嚴州得請，免入奏，仍除外官。遂便道歸山陰。俱見詩集。是年，在臨川時自作《放翁贊》。見文集。以後皆家居。

八年辛丑

先生年五十七。自庚寅至辛丑，始見九日於故山。見詩集。是年，有《寄朱元晦提舉》詩，以年荒，望其來賑糶也。

九年壬寅

先生年五十八。築堂曰書巢，自作記。又追作《成都古楠記》，自注：「時已去蜀。」其繫銜書「朝奉大夫主管成都府玉局觀」。有詩云：「放翁白髮已蕭然，黃紙新除玉局仙。」

十年癸卯

先生年五十九。有《寄題朱元晦武夷精舍》詩。

十一年甲辰

先生年六十。有《聞虜酋遁歸漠北》詩。按是歲金世宗如會寧，命太子守國；明年，始回燕京。曰「遁歸」者，傳聞之訛也。

十二年乙巳

先生年六十一。是歲有《秋懷》詩，自注：「聞虜酋行帳爲壯士所攻，幾不免。」又《感秋》詩自注：

「聞虜酋自香草淀入秋山，蓋遠遁矣。」按金世宗最爲賢君，國中稱「小堯舜」；而傳聞於宋如此，可見鄰國訛傳之不可信。此開禧輕率用兵所以致敗也。

十三年丙午

先生年六十二。差知嚴州府，赴行在入見。《天封寺記》云：「予以新定牧入奏行在。」是因除授後始入都。有《延和殿退朝口號》。自注：「庭奏姓名，上自東廂出御坐。」七月三日，到嚴州任。

十四年丁未　高宗崩。

先生年六十三，在嚴州。是歲始刻詩。見子虡跋語。

十五年戊申

先生年六十四，在嚴州。四月，以任將滿，奏乞仍就玉局祠禄，未報。七月十日歸家。見詩集。尋除軍器少監，入都。本傳。有《宿監中作》及《致齋監中》詩。

十六年己酉　孝宗傳位於光宗。金世宗崩，章宗即位。

先生年六十五，遷禮部郎中兼實録院檢討官。按本傳以此官繫於紹熙元年；然先生詩集，是年有《儀曹直廬》、《南省宿直》及《史院書事》詩，十一月，作《明州阿育王碑記》，繫銜已書「朝議大夫尚書禮部郎中兼實録院檢討官」，則淳熙末已爲是官。其冬，以口語被斥歸，作《風月軒自記》。十年間兩坐罷斥，皆以詩，謂之嘲咏風月，故以名其軒。

光宗紹熙元年庚戌

先生年六十六。以後皆家居。是年，又删訂詩稿，自跋云：「此予丙戌以前詩十之一也，在嚴州再編，又去十之九。」然則丙戌以前詩，存者百之一耳。又子虡跋云：「戊申、己酉以後詩，公自大蓬謝事歸，命子虡編爲四十卷，親加校定後，復題其籤曰《劍南詩續稿》。」子虡跋云「先君在新定所編前稿，於舊詩多所去取。其所遺詩，存者尚有七卷。前稿行已久，不敢復雜之卷中，故别其名曰《遺稿》」云。又云：「自此以後至捐館，通前爲八十五卷。」是歲，先生自號九曲老樵。見《跋鄭俠謝昌國書後》。

二年辛亥

先生年六十七。作《建寧府尊勝院記》及《紹興府修學記》，繫銜書「中奉大夫提舉建寧府武夷山沖祐觀」。見文集。

三年壬子

先生年六十八。作《天封寺記》，繫銜「提舉沖祐」之下，增「山陰縣開國男、食邑三百户」。九月，上書乞再任沖祐。十一月得請，有《拜敕口號》。自注：「祠禄錢帛粟絮，共歲計千緡有奇。予以官視大卿，故俸給皆增於舊。」又云：「往時使闕者，例得茶三斤，予未嘗沾及也。」又《夜賦》一首：「窮賴三升酒。」自注：「郡中月給酒九斗，日恰得三升。」又《寄張季長書》：「近歲裁損濫恩，所謂十色錦者，所存無幾。」觀此，可見宋時祠禄之厚矣。

四年癸丑

五年甲寅　孝宗崩，光宗病不能執喪；皇子嘉王擴即位，是爲寧宗。

先生年七十。取舍東地一畝，種花數十株，名曰小園。被命再領沖祐，有詩。又有《孝宗皇帝挽詩》。

寧宗慶元元年乙卯

二年丙辰

先生年七十二。又拜再領祠官之命，有詩云：「悮恩四領幔亭秋。」九月，作《吕居仁集序》，繫銜書「中大夫提舉沖祐觀」，蓋中奉大夫進中大夫。「張季賢書來，以大蓬見稱，以予寄禄官視昔秘書監也。」

三年丁巳

先生年七十三。夫人王氏殁，年七十一。有子子虡，烏程丞；子龍，武康尉；餘子惔、子坦、子布、子聿。孫元敏、元禮、元簡、元用、元雅。曾孫阿喜。按《説郛》記先生初娶某氏，情好甚篤，以不得於姑，出去。後遇於沈氏園，殆不勝情。作詩有云：「傷心橋下春波緑，猶見驚鴻照影來。」後年老，再過沈園，猶有「此身行作稽山土，猶望遺蹤一泫然」之句。今夫人王氏，則前妻出後所再娶也。是年，有《謝朱元晦寄紙被》詩。

四年戊午

先生年七十四。祠禄滿，不敢復請。是年有詩《聞金虜亂淮以北皆望王師之至》。是時金北方多警，傳聞於宋，開禧用兵之謀所由起也。

五年己未

先生年七十五。乞致仕，有《五月七日拜致仕敕口號》。又《述懷》詩：「四叨優老禄，十送故鄉春。」按致仕後，尚有半俸之給。先生詩：「坐糜半俸猶多愧，月費公朝二萬錢。」以後繫銜，但書

「中大夫致仕山陰縣開國男食邑三百户」，而無「提舉沖祐」之稱，緣已罷祠禄也。是歲朱子卒，先生有祭文，甚哀。

六年庚申　光宗崩。

先生年七十六。作《居室記》云：「舊食祠禄，秩滿，不敢請。又二年，遂請老。法當得祠禄，亦不敢言。」尋賜龜紫，有詩紀恩。作《趙秘閣文集序》，繫銜書「中大夫直華文閣致仕、賜紫金魚袋」。

嘉泰元年辛酉

先生年七十七。子布自蜀中歸。

二年壬戌

先生年七十八。有《食不足》詩，自注：「卿監致仕，當得分司禄；然須自請，今置之。頃有赦令，賜致仕者粟、帛、羊、酒，郡中亦格不行。」會孝宗、光宗《兩朝實録》及《三朝史》未就，詔起先生同修國史實録院同修撰，免奉朝請。本傳。入都開局，皆有詩。尋又兼秘書監。自言三作史官，皆新開局也。作《婺州稽古閣記》，繫銜書「中大夫直華文閣提舉佑神觀」。蓋起用後又畀祠禄。有《自嘲》詩：予仕宦幾五十年，歷崇道、玉局、沖祐，今又忝佑神之命，以修國史兼秘書監，居六官宅。又有詩：「枉辱三華組。」自注：「國史、實録及策府也。」是歲，子虡赴金壇丞，子龍赴吉州掾，有詩寄二子云：「大兒新作鶴林遊，仲子經年戍吉州。」

三年癸亥

先生年七十九。四月，修史成，進御。是夕，宿道山堂之東直舍。陞寶謨閣待制，有《辭寶謨舉曾黯自代疏》。即上章致仕，不允。又上章固辭，乃授太中大夫，仍前寶謨閣待制、提舉江州太平興國宫。遂以五月初東歸。見文集。受外祠敕，有詩。自記云：「壬戌六月十四日入都，癸亥五月十四日去國，中間有閏月，蓋相距正一年矣。」已致仕，奉都省劄子「致仕官得薦舉」，乃舉臨安縣鞏豐、隨州教授王田、監南岳廟趙蕃。按致仕後《謝丞相啓》云：「致仕許歸，已荷乾坤之造；異恩及幼，更霑雨露之私。」蓋致仕恩例，又蔭一子也。

四年甲子　韓侂胄定議伐金。

先生年八十。以後皆家居。有《聞虜亂》、《送辛幼安入都》等詩。是歲，送子虡官吳門，送子坦官鹽官市徵，送子修官於閩，皆有詩。子遹亦將赴官，以兄弟皆出，遂輟行。周彦文遣畫工來寫先生像，先生自作贊。

開禧元年乙丑

先生年八十一。闢舍東隙地，插竹爲籬，名曰東籬，自作記。時方用兵，而先生年已老，故有詩云：「不須强預國家憂，亦莫妄陳帷幄籌。」「昔如埋劍常思出，今作閒雲不計程。」然尚有《出塞》四首，望王師之克捷也。是歲，子龍自江西歸。

二年丙寅　吴曦反，以蜀地降金。郭倪復泗州，又攻宿州、唐州，皆敗歸。金人入寇。

先生年八十二。有詩云：「五處暌離父子情。」自注：「子虡調官行在，子龍阻風西陵，子修在閩，子坦在海昌，予與子布、子遹家居。」又有《力耕》詩云：「殘俸月無三萬錢。」自注：「子遹編予詩四十八卷，卷有百篇。」蓋即《劍南詩》四十卷後之四十五卷也。時已四十八卷，且開禧二年以後，尚有三年，又每卷有百篇，而今併爲四十五卷，每卷皆不及百篇，蓋子虡編刻時，又有刪併耳。是歲，方用兵，故先生有《聞西師復華州》及《觀邸報》詩「上蔡臨淮奏捷頻」等句。

三年丁卯　安丙誅吴曦，復所獻金地。史彌遠誅韓侂胄。

先生年八十三。恩封渭南伯，食邑八百户。子虡調官淮西，子龍官東陽丞，子坦調彭澤丞。是年，作《李虞部詩集序》，繫銜書「太中大夫寶謨閣待制致仕、渭南縣開國伯、食邑八百户、賜紫金魚袋」。陳伯子遣畫工來寫先生像，先生自作贊。

嘉定元年戊辰　和議成。

先生年八十四。有詩「傳家六兒子，其四今皓首」，自注：「大兒新年六十二，仲子六十，季亦近六十。」是年二月以後，半俸亦不復請。

二年己巳

先生年八十五，終於家。是年有《自笑》一首，自注：「臘月五日，湯沐按摩幾半日，是早，第一牙脱去。」此後尚有詩七首。則先生之卒，在臘底也。然不詳何日。

甌北詩話卷八

陽湖趙翼雲崧

元遺山詩

元遺山才不甚大，書卷亦不甚多，較之蘇、陸，自有大小之别。然正惟才不大、書不多，而專以精思鋭筆，清錬而出，故其廉悍沉摯處，較勝於蘇、陸。蓋生長雲、朔，其天稟本多豪健英傑之氣；又值金源亡國，以宗社丘墟之感，發爲慷慨悲歌，有不求而自工者，此固地爲之也，時爲之也。同時李冶，稱其「律切精深，有豪放邁往之氣。樂府則清雄頓挫，用俗爲雅，變故作新，得前輩不傳之妙」。郝經亦稱其「歌謡跌宕，挾幽、并之氣，高視一世。以五言雅爲工，出奇於長句、雜言，揄揚新聲，以寫怨思」。《金史》本傳亦謂其「奇崛而絶雕刻，巧縟而謝綺麗」。是數説者，皆可得其真矣。

蘇、陸古體詩，行墨間尚多排偶，一則以肆其辨博，一則以侈其藻繪，固才人之能事也。遺山則專以單行，絶無偶句；構思窅渺，十步九折，愈折而意愈深、味愈雋，雖蘇、陸亦不及也。七言律則更沉摯悲涼，自成聲調。唐以來律詩之可歌可泣者，少陵十數聯外，絶無嗣響，遺山則往往有之。如《車駕遁入歸德》之「白骨又多兵死鬼，青山原有地行仙」、「蛟龍豈是池中物，蟣蝨空悲地上臣」；《出京》之

「只知壩上真兒戲，誰謂神州竟陸沉」；《送徐威卿》之「蕩蕩青天非向日，蕭蕭春色是他鄉」；《鎮州》之「只知終老歸唐土，忽漫相看是楚囚」。日月盡隨天北轉，古今誰見海西流」；《還冠氏》之「千里關河高骨馬，四更風雪短檠燈」；《座主閑閑公諱日》之「贈官不暇如平日，草詔空傳似奉天」，此等感時觸事，聲淚俱下，千載後猶使讀者低徊不能置。蓋事關家國，尤易感人。惜此等傑作，集中亦不多見耳。

郝經作《遺山墓誌》，謂其詩共五千五百餘篇；爲古樂府以寫新意者，又百餘篇；以今題爲樂府者，又數十百篇，是遺山詩共五千七百餘篇。乃世罕有其全集，今所存者，惟康熙中無錫華希閔刻本。魏學誠作序，謂其購得善本而鋟之，卷首載元初徐世隆、李治二序，於元世祖仍擡起頂格，是必彷元初初刻本。然詩僅一千三百四十首，則所存者，祇五分之一而已。豈元初嚴忠傑等初刻時即爲删節耶？抑華氏翻刻時删去耶？竊意遺山詩既有五千六七百首，則其遭遇國變，感慨滄桑，必更有許多傑作，而今祇有此數，豈不可惜哉！又，遺山修飾詞句，本非所長，而專以用意爲主，意之所在，上者可以驚心動魄，次亦沁人心脾。今華氏刻本内第十三四卷，率多題畫絶句，别無佳思；而郝經所謂五千餘首者，竟不得睹其全矣！不知世間尚有全集否，當更求之。

拗體七律，如「鄭縣亭子澗之濱」、「獨立縹緲之飛樓」之類，《杜少陵集》最多，乃專用古體，不諧平仄。中唐以後，則李商隱、趙嘏輩，創爲一種以第三第五字平仄互易，如「溪雲初起日沉閣，山雨欲來風滿樓」、「殘星幾點雁横塞，長笛一聲人倚樓」之類，别有擊撞波折之致。至元遺山，又創一種拗在第五六字，如「來時珥筆誇健訟，去日攀車餘淚痕」、「太行秀發眉宇見，老阮亡來樽俎閒」、「雞豚鄉社相勞苦，花木禪房時往還」、「肺腸未潰猶可活，灰土已寒寧復燃」、「市聲浩浩如欲沸，世路悠悠殊未涯」、「冷猿挂夢山月暝，老雁叫群江渚深」、「春波淡淡沙鳥没，野色荒荒烟樹平」、「青山兩岸多古木，平地數峰如畫屏」、「長虹夜飲海欲竭，老雁叫群秋更哀」、「東門太傅多祖道，北闕詩人休上書」之類，集中不可枚舉，然後人習用者少。

遺山複句最多。如《懷州城晚望少室》云「十年舊隱抛何處，一片傷心畫不成」，《重九後一日作》云「重陽擬作登高賦，一片傷心畫不成」，《題家山歸夢圖》云：「卷中正有家山在，一片傷心畫不成」，《雪香亭雜咏》十五首内有云「賦家正有蕪城筆，一段傷心畫不成」；《玄都觀桃花》云「人世難逢開口笑，老夫聊發少年狂」，《同嚴公子東園賞梅》云「佳節屢從愁裏過，老夫聊發少年狂」；《此日不足惜》篇「就令一朝便得八州督，争似高吟大醉窮朝晡」，《送李參軍》詩内又有云「就令一朝便得八州督，争似綵衣起舞春斑斕」；《桐州與仕卿飲》一聯「風流豈落正始後，詩卷長留天地間」，《題梁都運所得故家無盡藏詩卷》亦有此聯；《田不伐望月婆羅門引》云「兩都秋色皆喬木，三月阿房已焦土」，《存没》一首又云「兩都秋色皆喬木，一代名家不數人」，《答樂舜之》云「兩都喬木皆秋色，耆舊風流有幾人」；《東山四首》有「天公老筆無今古，枉著千金買范寬」，《胡壽之待月軒》詩又有「天公老筆無今古，枉卻坡詩説右丞」；《錢過庭烟溪獨釣圖》「緑簑衣底玄真子，不解吟詩亦可人」，《息軒秋江捕魚圖》又有「緑簑衣底玄真子，可是詩翁畫不成」；《臺山十咏》内有云「惡惡不可惡惡可，未要《雲門》望太平」，《贈劉君用可菴二首》内一首云「惡惡不可惡惡可，笑殺田家老瓦盆」，次首云：「惡惡不可惡惡可，大步寬行老死休」;《寄希顔》末句「共舉一杯持兩螯」,《送曹壽之平水》亦用此句作結。此複句之最多者也。已見《陔餘叢考》。

遺山在汴梁圍城中,自天興二年春,崔立以城降蒙古,後四月二十九日始得出京;而二十二日,已先有書上蒙古相耶律楚材,自稱「門下士」,詩文俱有月日可考。此不可解。時楚材爲蒙古中書令,遺山在金,由縣令累遷郎曹,平日料無一面,而遽干以書,已不免未同而言。即楚材慕其名,素有聲氣之雅,然遺山仕金,正當危亂,尤不當先有境外之交。此二者,皆名節所關,有不能爲之諱者。豈蒙古曾指名取索,如趙秉文之類耶?抑汴城之降在正月,至四月,則已百餘日;此百餘日中,楚材早慕其名,先寄聲物色,因有感恩知己之誼耶?又按楚材奉蒙古主命,親至汴,來索其弟思忠等,遺山蓋即是時與楚材投契故也。

遺山以崔立功德碑一事,大不理於衆口。金哀宗天興元年冬,帝自汴京出,謀復河北,留完顔奴申、完顔習捏阿不等總諸軍守京師。及帝攻衛州敗,奔歸德,汴城中食盡,群議欲奉帝庶長兄荆王監國,以汴降蒙古,庶救一城之命。或以告二相,二相未敢專決。西面元帥崔立遂因民之怨,殺二相於尚書省,劫荆王以汴京降。其時立黨獻媚者,謂立此舉,活百萬生靈,應作碑以紀。此功德碑之説所由起也。按《金史・王若虚傳》謂:「立黨翟奕,以功德碑屬若虚,若虚曰:『學士代王言,此碑謂之代王言可乎?』奕不能奪,乃召太學生爲之。」此本遺山所作若虚墓誌,《金史》據以爲傳。是若虚與遺山均無與也。《若虚傳》又云:「若虚辭免後,召太學生劉祁、麻革到省,元好問即遺山。時爲郎中,謂祁等曰:

『衆議屬二君，其毋辭！』祁不得已，爲草定，以示好問。好問意未愜，乃自爲之，然止直敘其事而已。」據此，則碑文係祁先作，好問改作。然郝經有《辨磨甘露碑》詩云：「國賊反城自爲功，萬段不足仍推崇。勒文頌德召學士，濬南先生付一死。即若虛。林希更不顧名節，兄爲起草弟親刻。省前便磨《甘露碑》，書丹即用丞相血。百年涵養一塗地，父老來看暗流涕。數尊黄封幾斛米，賣卻家聲都不計。盜據中國責金源，吠堯極口無靦顔。作詩爲告曹聽翁，且莫獨罪元遺山。」是已辯明碑文非遺山所作，其作者姓名雖未直斥，而托之於林希兄弟，希本北宋人，爲章惇所用，肆詆正人者。郝詩借以引喻作碑文者耳。然既有作文之人，則非遺山可知。但《若虛傳》謂遺山改作，止直叙其事，而郝詩中仍有「盜據中國」等語，豈遺山所作不曾用，而仍用太學生所作耶？郝詩所云「林希兄弟」，是此碑必有兄弟二人共爲之者。遺山《外家上梁文》備述此事，有云：「蜀家降款，具存李昊之世修；趙王禪文，何與陸機之手迹？伊誰受賞，於我嫁名。」是當時作文者已受賞，而後反嫁名於遺山。又云：「追韓之騎甫還，射羿之弓隨轂。」自注云：「予北渡後，獻書中令君，薦諸名士，而造謗者，即書中所薦之人也。」考遺山《上耶律楚材書》，薦士凡五十四人，其中有兄弟二人並列者，惟渾源劉祁及其弟郁，則郝詩所云「林希兄弟」，必指祁、郁而言。而祁作《歸潛志》，又力辨非己作，而委之遺山。《歸潛志》謂：「禮部召余及麻信之入省，首領官張信之、元裕之以碑文爲屬，余等辭不獲命，乃歸草定，付裕之。越數日，又召至省，鎖門，裕之謂碑文今日當畢事。於是，裕之屬草既成，王從之及余爲定數字，銘詞則從之、裕之及存余舊數字，碑序則全裕之筆也。」下又云「其文皆衆筆，非余全文，彼欲嫁名於余，余安得辭？後數日，首領官奉立命，齋告身三通付余輩，特賜進士出身」云云。觀此，可見《崔立碑》本祁起草，好問改定，又彼此嫁名，各自剖辨，而卒不能掩也。想見當時共以此碑爲諂附逆賊，故各諱言耳。然遺山於此事終有干涉，其《上梁文》先叙圍中食盡待斃之狀云：「窮甚析骸，死惟束手。人望荆兄之通好，義均紀季之附庸。謀則僉同，議當孰抗？」爰自「上書宰相」，所謂「試微軀於萬仞不測之淵」，至於「喋血京師，亦嘗保百族於群盗垂涎之日」。是請荆王監國，以汴城降，既係遺山先上書執政；《金史・奴申傳》并載遺山語甚詳。及崔立肆逆，又嘗保護多人，免於凶害。則其於立，情分素熟，可知也。即《王若虚傳》所云：「召劉祁、麻革至省，遺山以衆議咸屬二君爲囑。」是遺山已爲之關説，原不必論碑文之作與否矣。

遺山仕於金，官至尚書省左司員外郎。郝經《墓誌》謂入翰林知制誥，蓋兼官也。國變後，以詩文重名，爲海内魯靈光者，幾三十年。客東平嚴實幕下最久。以國亡史作，己所當任，聞累朝實録在順天張萬户家，乃往請於張，願以身任編纂之責，爲樂夔所阻而止。於是構野史亭於家，凡金君臣事蹟，採訪不遺，至百餘萬言。所著《壬辰雜編》等書，爲後來修《金史》者張本。其心可謂忠且勤矣！雖崔立功德碑一事不免爲人訾議，然始終不仕蒙古，時尚未建國號，故但稱蒙古。則確有明據。故郝經所撰《墓誌》及《金史》本傳，皆云「金亡不仕」，是可謂完節矣。乃李冶、徐世隆二序，俱以其早死不得見用於元世祖爲可惜，此真無識之論也。設使遺山後死數年，見用於中統、至元中，亦不過入翰林、知制誥，號稱内相而已，豈若「金亡不仕」四字，垂之史册哉！余嘗題其集云：「無官未害餐周粟，有史深愁失楚弓。」頗道著遺山心事矣。

高青丘詩

詩至南宋末年，纖薄已極，故元、明兩代詩人又轉而學唐，此亦風氣循環往復，自然之勢也。元末明初，楊鐵崖最爲巨擘。然險怪仿昌谷，妖麗仿温、李，以之自成一家則可，究非康莊大道。當時王常宗已以「文妖」目之，未可爲後生取法也。惟高青丘才氣超邁，音節響亮，宗派唐人，而自出新意，一涉筆即有博大昌明氣象，亦關有明一代文運。論者推爲開國詩人第一，信不虚也。李志光作《高太史傳》，謂其詩「上窺建安，下逮開元，至大曆以後則藐之」，此亦非確論。今平心閲之：五古、五律，則脱胎於漢、魏、六朝及初、盛唐；七古、七律，則參以中唐；七絶並及晚唐。要其英爽絶人，故學唐而不爲唐所囿。後來學唐者，李、何輩襲其面貌，彷其聲調，而神理索然，則優孟衣冠矣；鍾、譚等又從一字一句，標舉冷僻，以爲得味外味，則幽獨君之鬼語矣。獨青丘如天半朱霞，映照下界，至今猶光景常新，則其天分不可及也。

李青蓮詩，從未有能學之者，惟青丘與之相上下，不惟形似，而且神似。青蓮樂府及五古，多主叙事，不著議論，蓋用古人「意在言外」之法。此古詩正體也。青丘樂府及《擬古》十二首、《寓感》二十首、《秋懷》十首、《咏隱逸》十六首，亦只叙題面，不復於題面内推究意義，發揮議論。如咏向長，則但説長之畢婚嫁、遊名山；咏周黨，則但説黨之辭徵聘、樂田里。而一種邁往高逸之致，自見於楮墨之外。此正是學青蓮處。七古内如《將進酒》、《將軍行》、《贈金華隱者》、《題天池石壁圖》、《登陽山絶頂》、《春初來》、《憶昨行》等作，置之青蓮集中，雖明眼者亦難别擇。昔司馬子微謂青蓮有仙風道骨，而青丘《贈陶篷先生》亦云：「謂予有仙契，泥滓非久淪。」蓋二人實皆有出塵之才，故相契在神識間耳。然青丘非專學青蓮者，如《游龍門》及《答衍師見贈》等作，骨堅力勁，則竟學杜。《太湖》及《天平山》、《游城西》、《贈楊滎陽》、《寄王孝廉乞貓》等作，長篇强韵，層出不窮，無一懈筆，則又學韓。《送徐七往蜀山書舍》，古體帶律，奇峭生硬，更與昌黎之《答張徹》如出一手。集中本有《效樂天體》一首，又《聽教坊舊妓郭芳卿弟子陳氏歌》一首，亦神似長慶。《中秋玩月張校理宅》，又似李義山。《玉波冷雙蓮》及《鳳臺曲》、《神絃曲》、《秦筝曲》、《待月詞》、《春夜詞》、《黑河秋雨引》，又似温飛卿。《蔡經宅》及《書夢贈徐高士》、《送李外史》等作，又皆似《黄庭經》。可見其挫籠萬有，學無常師也。即如身當元季，沉淪江村，身未歷殿陛，目未覩典章，一旦召修《元史》，列於朝班，其詩即典切瑰麗，雖賈至、岑參等《早朝大明宫》之作，不能遠過。此非其天才卓絶，過目即脗契，而能若是乎？惜乎年僅三十九，遽遭摧殞，遂未能縱横變化，自成一大家。然有明一代詩人，終莫有能及之者。今姑摘其七律數首於後，觀者可識其才力矣。

「重臣分陝出朝端，賓從威儀盡漢官。四塞河山歸版籍，百年父老見衣冠。潼關月落聽鷄度，華岳雲開立馬看。知爾西行定回首，如今江左是長安。」《送沈左司從汪參政分省陝西》「城苑秋風蔓草深，豪華都向此銷沉。趙佗空有稱尊意，劉表初無弭亂心。半夜危樓俄縱火，十年高塢漫藏金。廢興一夢誰能問，回首青山落日陰。」《吳城感舊》，蓋咏張士誠也。「書成一代存殷鑒，朝列千官備漢儀。」《奉天殿進元史》「白下有山皆繞郭，清明無客不思家。」《清明日呈館中諸公》「遠客帆檣秋水外，殘兵鼓角夕陽中。」《寄題安慶城樓》「賜履已分無棣遠，舞戈還見有苗來。」《送鄭都司赴大將軍行營》「用儒幸際千年會，造士欣爲一縣師。」《送殷孝章赴咸陽教諭》「春回廢苑還芳草，人渡空江正落潮。」《送顧軍諮還梁溪》「不假五丁開道遠，俄看萬甲積山齊。」《聞王師下蜀》

此等詩氣調才力不減於唐，而典麗細切更過之，前、後七子所未夢見也。

《青丘子歌》一首，自言其作詩之憔悴專一，有云：「朝吟忘其饑，暮吟散不平。頭髮不暇櫛，家事不及營。兒啼不知憐，客至不果迎。向水際獨坐，林間獨行。斲元氣，搜元精，冥茫八極遊心兵。微如懸破蝨，壯若屠長鯨。高攀天根探月窟，犀照牛渚萬怪呈。」是其功力之精至，可謂極矣。然集中惟《登西城門》云：「并吞何時休，百骨易寸土。」《題畫鷹》云：「秋筋束老骨，天寒勢逾矯。」《太湖》云：「聲吹地將浮，勢擊山欲壞。」此數句最爲警策，其他亦少有驚心動魄者。蓋其用力全在使事典切，琢句渾成，而神韻又極高朗，此正是細膩風光，看是平易，實則洗鍊功深。觀唐以來詩家，有力厚而太過者，有氣弱而不及者；惟青丘適得詩境中恰好地步，固不必石破天驚，以奇傑取勝也。

青丘詩亦有複句。如《次韻西園公咏梅》云：「春後春前曾獨採，江南江北每相思。」而《和衍師咏梅》第三首亦有此二句，但改「採」爲「探」耳。《次韻陳留公見貽湖上之作》有云：「葉應隨鳥散，山欲趁波流。」而《月夜遊太湖》排律內亦有此二句。《晚尋呂山人》有云：「君家最可認，隔樹有書聲。」而

《題畫贈内弟周思恭》亦云：「君家還可認，爲有讀書聲。」《送思上人》有云：「野飯晨留鉢，城鐘夜到船。」而《送衍師》亦云：「村中乞米晨留鉢，城外聞鐘夜到船。」但變五言爲七言耳。《咏樵》有云：「伐木驚禽起，穿雲畏虎過。」又一首《咏樵》云：「穿雲衝過虎，伐樹起棲禽。」皆未免重複。已見《陔餘叢考》。至如《咏梅》九首内，以「雪滿山中高士卧，月明林下美人來」爲佳句，而第五首「翠袖佳人依竹下，白衣宰相住山中」，此則雖不複詞，而窠臼仍複。

青丘詩有《吹臺集》、《缶鳴集》、《江館集》、《鳳臺集》、《婁江吟稿》、《姑蘇雜咏》等編，洪武中未敢梓行。景泰時有徐庸字用理者，彙而刻之，共一千七百七十餘首，名之曰「大全集」。青丘詩之在世者，惟此本最爲完備，然編次尚多錯互。既分體爲卷，自不專在編年，然分體中亦須隨其年之先後，閲者始了然。今則中年之作，或雜於少時；元季之作，又入於明初，使人悶悶。如《送張進士會試》有云：「邇來國運屬中圮，争慕死節羞生全。潯陽老守鬚污赤，山東大帥魂沉淵。」蓋指李黼、董摶霄等殉難之事，則元季詩也，而皆編在《始歸江上夜聞吴生歌》之後，中有云：「解紱今年别紫宸，歸舟江上又逢君。」則青丘已應召修史，擢户部侍郎辭歸矣。其後又有《送張員外從軍越中》之作，有云：「明朝若上越王臺，應有中原陸沉嘆。」又有《送王稹赴大都路》等詩，則又是元季所作。如此類者，不一而足。前後倒置，不勝披尋。至如五排及七律，皆以明初在朝之作冠於首，而先後里居、客居詩編在前；五律又以在朝之作編在中間，而里居、客居詩分列前後；七絶又將《車駕享太廟還宫》等作編在卷後，體例皆不畫一。固明人習氣，好以承明著作壓卷，以爲冠冕。然五七古則又以里居、客居詩編在前；五律又以在朝之作編在中間，而里居、客居詩分列前後；七絶又將《車駕享太廟還宫》等作編在卷後，體例皆不畫一。

明人刻書，不加考訂，往往如此。

青丘之死，據《堯山堂外紀》，謂其有《題宮女圖》云：「小犬隔花空吠影，夜深宮禁有誰來？」明祖聞而銜之，故及於禍。李志光所作傳，則謂啓謝事歸里，適魏觀守蘇，甚禮遇啓，啓不得已，爲其上客，遂連蹇以死，傳作于洪武乙卯，故并不言被誅。則青丘似專爲魏觀所累。惟《明史》本傳謂「啓嘗賦詩，有所諷刺，帝嗛之未發。歸家，以觀改修郡治，啓爲作《上梁文》，帝怒，遂腰斬於市」，是青丘先以詩召嫌，而禍發於觀之《上梁文》也。按青丘又有《題畫犬》一首云：「莫向瑶階吠人影，羊車半夜出深宮。」則更不止「隔花吠影」之句矣。獨是張士誠有浙右時，群彦多受其官，青丘獨屏居吴淞江上，其不仕於僭僞，已有卓識。及洪武初召修《元史》，史成，令授諸王經，旋擢户部侍郎，青丘畏禍，力辭而歸，可謂明哲保身矣。乃又以詩文召禍，何其不自檢耶？按《上梁文》不可見，而集中尚有《郡治上梁》詩一首，云：「郡治新還舊觀雄，文梁高舉跨晴空。南山久養干雲器，東海初生貫日虹。欲與龍庭宣化遠，還開燕寢賦詩工。大材今作黄堂用，民庶多歸廣庇中。」

志光所作傳，謂「啓與饒介爲詩文交，最相契。他定交者，又有王彝、楊基、杜寅、張憲、張羽、周砥、王行、宋克、徐賁，皆不羈才」云。《明史・王行傳》載「北郭十才子」，則高啓、王行、徐賁、高遜志、唐肅、宋克、余堯臣、張羽、吕敏、陳則。今按青丘《懷十友詩》，則張羽、楊基、王行、宋克、徐賁、王彝、余堯臣、陳則、吕敏及僧道衍。而與賁贈答尤多：五古有《同徐山人賁過妙蓮佛舍》一首，《懷徐七》一首，《雨中留徐七》一首，《送徐七往蜀山書舍》一首，《次徐山人與倪雲林贈答詩韵》一首；七律内有

《期徐七遊靈巖》一首，《答徐記室病中作》一首，《徐記室北歸見訪南渚》一首；七絶内有《戲和徐七卧聞鄰家酒槽聲之作》一首，《寒夜逢徐七》一首，《讀徐七北郭集》一首，《徐記室謫鍾離歸同登東丘亭》一首，《徐記室客京師余至京而記室已歸》一首。此可見二人踪跡之密也。此外，則道衍亦最厚。五古内有《答道衍見贈》一首；七古内有《和衍上人觀梅》一首；五律内有《賦得履送衍上人》一首；七律内有《衍師見訪鍾山里第》一首，《送衍師還相川》一首，《咏梅次衍師韵》一首。是時道衍方以詩與諸才士角逐名場，固未知後來爲佐命功臣也。

甌北詩話卷九

陽湖趙翼雲崧

吴梅村詩

高青丘後，有明一代，竟無詩人。李西涯雖雅馴清澈，而才力尚小。前、後七子當時風行海內，迄今優孟衣冠，笑齒已冷。通計明代詩，至末造而精華始發越。陳卧子沉雄瑰麗，實未易才；意理粗疏處，尚未免英雄欺人。惟錢、吴二老，爲海内所推，入國朝稱兩大家。顧謙益已仕我朝，又自托於前朝遺老，借陵谷滄桑之感，以掩其一身兩姓之慚，其人已無足觀，詩亦奉禁，固不必論也。梅村當國亡時，已退閒林下，其仕於我朝也，因薦而起，既不同於降表僉名；而自恨濡忍不死，跼天蹐地之意，没身不忘，則心與跡尚皆可諒。雖當時名位聲望稍次於錢，而今日平心而論，梅村詩有不可及者二：一則神韵悉本唐人，不落宋以後腔調，而指事類情，又宛轉如意，非如學唐者之徒襲其貌也；一則庀材多用正史，不取小説家故實，而選聲作色，又華艷動人，非如食古者之物而不化也。蓋其生平，於宋以後詩本未寓目，全濡染於唐人，而己之才情書卷又自能瀾翻不窮；故以唐人格調寫目前近事，宗派既正，詞藻又豐，不得不推爲近代中之大家。若論其氣稍衰颯，不如青丘之健舉；語多疵累，不如青丘之清雋；而感愴時事，俯仰身世，纏綿悽惋，情餘於文，則較青丘覺意味深厚也。

梅村身閲鼎革，其所咏多有關於時事之大者。如《臨江參軍》、《南廂園叟》、《永和宮詞》、《雒陽行》、《殿上行》、《蕭史青門曲》、《松山哀》、《雁門尚書行》、《臨淮老妓行》、《楚兩生行》、《圓圓曲》、《思陵長公主挽詞》等作，皆極有關係。事本易傳，則詩亦易傳。梅村一眼覷定，遂用全力結撰此數十篇，爲不朽計，此詩人慧眼，善於取題處。白香山《長恨歌》，元微之《連昌宮詞》，韓昌黎《元和聖德詩》，同此意也。

王阮亭選梅村詩共十二首，陳其年選十七首，此特就一時意見所及，尚非定評。梅村之詩最工者，莫如《臨江參軍》、《松山哀》、《圓圓曲》、《茸城行》諸篇，題既鄭重，詩亦沉鬱蒼涼，實屬可傳之作。其他閒情別趣，如《松鼠》、《石公山》、《縹緲峰》、《王郎曲》，摹寫生動，幾於色飛眉舞。《直溪吏》、《臨頓兒》、《蘆洲》、《馬草》、《捉船》等，又可與少陵《兵車行》、《石壕吏》、《花卿》等相表裏，特少遜其遒鍊耳。

梅村古詩勝於律詩，而古詩擅長處，尤妙在轉韵。一轉韵，則通首筋脈倍覺靈活。如《永和宮詞》，方叙田妃薨逝，忽云：「頭白宮娥暗顰蹙，庸知朝露非爲福。宮草明年戰血腥，當時莫向西陵哭。」又如《王郎曲》，方叙其少時在徐氏園中作歌伶，忽云：「十年芳草長洲緑，主人池館空喬木。王郎三十長安城，老大傷心故園曲。」《雁門尚書行》已叙其全家殉難，有幼子漏刃，其兄來秦攜歸，忽云：「回首潼關廢壘高，知公於此葬蓬蒿。」益覺迴顧蒼茫。此等處，關棙一轉，別有往復迴環之妙。其秘訣實從《長慶集》得來；而筆情深至，自能俯仰生姿，又天分也。惟用韵太泛濫，往往上下平通押。如《遇劉雪舫》，則真、文、元、庚、青、蒸、侵通押，《游石公山》，則支、微、齊、魚通押。他類此者甚多，未免太不檢矣。按《洪武正韻》有東無冬，有陽無江，於《唐韻》多所併省；豈梅村有意遵用，以存不忘先朝之意耶？

七律不用虛字，全用實字，唐時賈至等《早朝大明宮》諸作，已開其端。少陵「五更鼓角」、「三峽星河」、「錦江春色」、「玉壘浮雲」數聯，杜樊川「深秋簾幕千家雨，落日樓臺一笛風」，趙渭南「殘星幾點雁橫塞，長笛一聲人倚樓」，陸放翁「樓船夜雪瓜洲渡，鐵馬秋風大散關」，皆是也。然不過寫景。梅村則並以之叙事，而詞句外自有餘味，此則獨擅長處。如《贈袁韞玉》云：「西州士女《章臺柳》，南國江山《玉樹花》。」十四字中，無限感慨，固爲絶作。他如《揚州感事》云：「將軍甲第櫜弓卧，丞相中原拜表行。」《弔衞紫岫殉難》云：「埋骨九原江上月，思家百口隴頭雲。」《送遼左故人》云：「樂浪有吏崔亭伯，遼海無家管幼安。」「桑麻亭障行人斷，松杏山河戰骨空。」《贈淮撫沈清遠》云：「去國丁年遼海月，還家甲第浙江潮。」《雜感》云：「金城將吏耕黄犢，玉壘山川祭碧鷄。」「鷄豚絶壁人烟少，珠玉空江鬼哭高。」《贈陳定生》云：「茶有一經真處士，橘無千絹舊清卿。」《送永城吴令》云：「山縣尹來三月雨，人家兵後十年耕。」《送安慶朱司李》云：「百里殘黎半商賈，十年同榜盡公卿。」《送李書雲典試蜀中》云：「兵火才人羈旅合，山川奇字亂離搜。」《送顧倩來典試粤東》云：「使者干旌開五管，諸生禮樂化三苗。」《送曹秋岳謫粤東》云：「海外文章龍變化，日南風俗鳥軥輈。」《寄房師周芮公》云：「廣武登臨狂阮籍，承明寂寞老揚雄。」此數十聯，皆不著議論，而意在言外，令人低徊不盡。其他如《宴孫孝若山樓》云：「明月笙歌紅燭院，春山書畫緑楊船。」《西泠閨咏》云：「紫府蕭閒詩博士，青山遺逸女尚書。」《無題》云：「千絲碧藕玲瓏腕，一卷芭蕉宛轉心。」《投督府馬公》云：「江山傳箭旌旗色，賓客圍棋劍履聲。」《長安雜咏》云：「奉轡射生新宿衛，帶刀行炙舊名王。」《滇池鐃吹》云：「朱鳶縣小輸賨布，白象營高掛柘弓。」「魚龍異樂軍中舞，風月蠻姬馬上簫。」《送曹秋岳官廣東左轄》云：「五管清秋開使節，百蠻風静據胡牀。」《送林衡者歸閩》云：「征途鷓鴣聲中雨，故國桄榔夢裏天。」《送隴右道吴贇皇》云：「城高赤坂魚鹽塞，日落黄河鳥鼠秋。」《送友人出牧》云：「壯士驪山秋送戍，豪家渭曲夜探丸。」《送楊猶龍按察山西》云：「紫貂被酒雲中火，鐵笛迎秋塞上歌。」《送朱遂初憲副固原》云：「荒祠黑水龍湫暗，絶坂丹崖鳥道盤。」《聞台州警》云：「雁積稻粱池萬頃，猿知擊刺劍千年。」此數十聯，雖無言外意味，而雄麗華贍，自是佳句。《送馮子淵總戎》云：「十二銀筝歌芍藥，三千練甲醉葡萄。」《俠少》云：「柳市博徒珠勒馬，柏堂筝妓石華裙。」《訪吴永調》云：「南州師友江天笛，北固知交午夜砧。」《觀蜀鵑啼劇》云：「親朋形影燈前月，家國音書笛裏風。」《雲間公讌》云：「三江風月尊前醉，一郡荆榛笛裏聲。」此則雜湊成句耳。其病又在專用實字，不用虚字，故掉運不靈，斡旋不轉，徒覺堆垛，益成呆笨。如《贈陳之遴謫戍遼左》云：「曾募流移耕塞下，豈遷豪傑實關中。」何嘗不典切生動耶？

《過維揚弔少司馬衛紫岫》一首，自注：「韓城人，余同官同年，死揚難。」按此即《明史・高傑傳》中衛胤文也。福王時，傑移駐徐州，朝議以胤文與傑同鄉，命兼兵科給事中，監其軍；而不著其死揚州之難。《史可法傳》歷載同時死事者數十人，亦無胤文姓名。按《可法傳》謂高傑死後，胤文承馬士英指，疏誚可法；則修史者或因其黨於士英，故並其死事亦削而不書耶？梅村與胤文同時，弔其殉難，必非無據。今正史不載，獨賴梅村一詩，得傳死節於後，不可謂非胤文之幸矣。陳濟生《紀略》：「牛金星以胤文既削髮，何又來報名希用，令人拔其餘毛。」則《明史》不立傳，以其曾降賊也。

梅村熟於兩《漢》、《三國》及《晉書》、《南》、《北史》，故所用皆典雅，不比後人獵取稗官叢説，以炫新奇者也。如《弔衞胤文》云：「非關衞瓘需開府，欲下高昂在護軍。」正指其監護高傑軍，而暗切兩人姓氏。《送杜弢武》云：「非是雋君辭霍氏，終然丁掾感曹公。」弢武避難江南，適梅村悼亡，欲以女爲梅村繼室，梅村辭之；故用雋不疑辭霍光之婚，及曹操欲以女妻丁儀，因曹丕言而止，皆議婚不成故事也。可謂典切矣！然亦有與題不稱，而强爲牽合者。如《永和宫詞》咏田貴妃事，有云：「聞道群臣譽定陶，獨將多病憐如意。」本謂田妃有子慈煥，因寵特鍾愛，故以趙王如意爲喻。然定陶，漢成帝從子，入繼正統；崇禎帝自有太子，何必以定陶作襯？且太子久定，嫡庶間並無參商，何必以如意爲比？又云：「漢家伏后知同恨，只少當年一貴人。」此言周后殉難時，田妃已先死也；然周后奉旨自盡，何得以曹操之弒伏后爲比？《雒陽行》叙福王初封河南，有云：「渭水東流别任城。」漢光武子尚，魏武子彰，皆封任城王，皆濟寧州地，與渭水何涉？《揚州》詩：「荳蔻梢頭春十二，茱萸灣口路三千。」按杜牧詩「娉娉嫋嫋十三餘，荳蔻梢頭二月初」，無所謂「春十二」也。《雜感》内「取兵遼海哥舒翰，得婦江南謝阿蠻」，本以降將哥舒翰比吴三桂，然翰無取兵遼海之事；以阿蠻比圓圓，然阿蠻本新豐人，非江南産。《贈袁韞玉》之「盧女門前烏桕樹，昭君村畔木蘭舟」，盧女無烏桕樹故事，昭君無木蘭舟故事，但採掇字面鮮麗好看耳。王阮亭詩「景陽樓畔文君井，明聖湖頭道韞家」，亦同此體。蓋當時風氣如此。竹垞、初白則無此病矣。集中如此類者，不一而足。梅村好用詞藻，不免爲詞所累，其自謂「鏤金錯采，不能到古人自然高妙之處」，正以此也。又有用事錯悮者。《補禊鴛湖》云：「春風好景定昆池。」昆明池在長安，唐安樂公主請之不得，乃自開大池，號定昆池。此與鴛湖何涉？又《戲贈》一首有云：「何綏新作婦人裝。」按服婦人衣者，何晏也，見《宋書・五行志》；而《晉書》何綏，乃何遵子，初無婦人裝故事。《觀棋》一首有云：「博進知難賭廣州。」《宋書》：羊元保與文帝賭郡，勝，遂補宣城太守。是宣州，非廣州也。《咏鰲魚》云：「自慚非食肉，每飯望休兵。」食魚無休兵典故，況鰲魚耶？亦覺無謂。此皆隨手闌入，不加檢點之病。

梅村出處之際，固不無可議，然其顧惜身名，自懟自悔，究是本心不昧。以視夫身仕興朝，彈冠相慶者，固不同；比之自諱失節，反託於遺民故老者，更不可同年語矣。如赴召北行，過淮陰，云：「我是淮王舊鷄犬，不隨仙去落人間。」《遺悶》云：「故人往日燔妻子，我因親在何敢死！憔悴而今至於此，欲往從之愧青史。」臨殁云：「故人慷慨多奇節。爲當年沉吟不斷，草間偷活。脱屣妻孥非易事，竟一錢不值何須説！」至今讀者猶爲悽愴傷懷。余嘗題其集云：「國亡時已養親還，同是全生跡較閒。幸未名登降表內，已甘身老著書間。訪才林下程文海，作賦江南庾子山。剩有沉吟偷活句，令人想見淚痕潸。」似覺平允之論也。

梅村當福王時，有北來太子一事，舉朝信以爲真。左良玉因此起兵討馬士英，朝臣無不稱快，梅村亦同此心也。故《揚州》詩内有「東來處仲無他志」之句，謂良玉跡似王敦，而心非爲逆。及良玉死，其幸舍客蘇崑生來江南，士大夫猶以良玉故而矜寵之。梅村贈以詩云：「西興哀曲夜深聞，絶似南朝汪水雲。回首岳侯墳下路，亂山何處葬將軍？」則并以岳忠武比良玉，毋乃擬非其倫矣。

梅村詩從未有注。近時黎城靳榮藩字介人，以十年之功，爲之箋釋，幾於字櫛句梳，無一字無來歷。其於梅村同時在朝、在野往還贈答之人，亦無不考之史傳；史傳所不載，考之府、縣志；府、縣志所不載，採之叢編脞説及故老傳聞，一一詳其履歷，其心力可謂勤矣。昔施元之注東坡詩，任淵注山谷詩，距蘇、黄之殁，僅五六十年，已爲難事。介人注梅村詩，在一百餘年之後，覺更難也。且梅村身閲興亡，時事多所忌諱，其作詩命題，不敢顯言，但撮數字爲題，使閲者自得之。如《雜感》、《雜咏》、《即事》、《咏史》、《東萊行》、《雒陽行》、《殿上行》之類，題中初不指明某人某事，幾於無處捉摸。介人則因詩以考史，援史以證詩，一一疏通證明，使作者本指，顯然呈露。如《臨江參軍》之爲楊廷麟參盧象昇軍事也，《永和宫詞》之爲田貴妃薨逝也，《雒陽行》之爲福王被難也，《後東皋草堂歌》之爲瞿式耜也，《鴛湖曲》之爲吴昌時也，《茸城行》之爲提督馬逢知也，《蕭史青門曲》之爲寧德公主也，《田家鐵獅歌》之爲國戚田弘遇也，《松山哀》之爲洪承疇也，《殿上行》之爲黄道周也，《臨淮老妓行》之爲劉澤清故妓冬兒也，《拙政園山茶》及《贈遼左故人》之爲陳之遴也，《畫蘭曲》之爲卞玉京妹卞敏也，《銀泉山》之爲明神宗朝鄭貴妃也，《吾谷行》之爲孫暘戍遼左也，《短歌行》之爲王子彦也。又，律詩中有一題數首者，亦各首注其所指。如《即事》十首内第四首「列卿嚴譴赴三韓」，謂指陳之遴；第八首「無事漫提歐冶劍，有心長放吕嘉船」，謂指耿精忠玩寇自恣；第九首「老臣裹革平生志，往事傷心尚鐵衣」，謂指洪承疇先爲前朝經略，至本朝又爲川、湖、雲、貴經略；第十首「全家故國空從難，異姓真王獨拜恩」，謂指吴三桂以平西王率師在蜀。又《雜感》内第四首亦指三桂，第五首指瞿式耜。他如《鴛湖閨咏》之爲黄皆令，《無題》四首之爲卞敏，亦皆確切有據。至如《和友人走馬詩》，因第二首「君是黄驄最少年，驊騮凋喪使人憐。當時指望勳名貴，後世誰知書畫傳」，始悟其爲楊龍友而作。龍友，貴陽人，雖昵於馬士英，而素工書畫。又因下半首云「十載鹽車悲道路，一朝天馬蹴風烟」，以證龍友先官江寧令，爲御史詹兆恒劾罷，至南渡時起兵，擢至巡撫。末句云「軍書已報韓擒虎，夜半新林早著鞭」，則乙酉五月，龍友方率兵在京口與我軍相持，而我軍已乘霧潛濟，如韓擒虎之入新林，陳人猶不知也。此等體玩詩詞，推見至隱，非好學深思，心知其意，而能若是乎？梅村詩一日不滅，則靳注亦一日並傳，無疑也。

梅村詩本從「香奩體」入手，故一涉兒女閨房之事，輒千嬌百媚，妖艷動人。幸其節奏全仿唐人，不至流爲詞曲。然有意處則情文兼至，姿態横生；無意處雖鏤金錯采，終覺膩滯可厭。惟國變後《贈袁韞玉》云：「西州士女《章臺柳》，南國江山《玉樹花》。」及被薦赴召，路過淮陰云：「我是淮王舊鷄犬，不隨仙去落人間。」此數語俯仰身世，悲痛最深，實足千載不朽。

《後東皋草堂歌》，蓋作於順治七年，瞿式耜殉節桂林之後。式耜以弘光乙酉赴廣西巡撫任。其家在常熟，有嚴栻等倡義守城，各鄉兵已屯駐瞿園。即東皋，見《海角遺編》。福山人所作，不著氏名。是時，雖有搜捕逆紳之令，幸洪承疇以大學士招撫江南，故與式耜丙辰同榜進士，陰保護之，見式耜孫昌文《粵行紀事》。舉家得無恙。詩所謂「可憐雙戟中丞家，門帖凄涼題賣宅。有子單居持户難，棄擲城南尺五山」者，蓋是時式耜子嵩錫懼家門遭禍，不得不門帖賣宅，爲韜晦避難計，然未嘗易主也。若在順治七年以前，則式耜方以大學士、臨桂伯留守桂林，西南半壁，倚爲長城，事之成敗，尚未可知。梅村縱不敢望其捲土重來，亦豈逆知其必敗，而咏以花木移於鄰家，杉松植於僧舍，極形容荒涼廢壞之狀耶？況此詩云：「我來草堂何處宿，挑燈夜把長歌續。」是梅村作詩時，東臯尚爲瞿氏所有。據昌文謂「家徒壁立，僅存東臯百畝，易銀貿貨，入粵爲迎喪資」，此已在順治九年，昌文已奉其祖父母遺骸歸，在途次，而家中不知，鬻東臯爲迎柩計。始行賣宅。梅村詩當作於是時也。後查初白《弔春暉堂》詩：即東臯。「戰後河山非故國，記中花木尚平泉。」似康熙十八九年尚屬瞿氏，名臣之世澤長矣。

陳濟生《再生紀略》，程源《孤臣紀哭》，徐夢得《日星不晦録》及《紳志略》、《燕都日記》，不著撰人氏名。皆謂明崇禎十七年三月十九日京城陷，襄城伯李國禎見李自成，要以三事：一，祖宗陵寢不可毁；一，葬先帝以帝后之禮；一，太子諸王不可害。賊皆諾之。及葬畢，國禎即自殺。是皆謂其能殉節者。弘光中，並有贈謚，在正祀武臣七人之内。然記載各有不同：或曰自縊，或曰自殺，或曰藥死，或曰即死於帝后殯所，或曰送至昌平，藁葬訖，死於陵旁。獨王士德《崇禎遺録》謂：「城陷後，國禎欲突崇文門，不得出；奔朝陽門，孫如龍已降賊將張能，能勸之降，國禎遂降於能。能羈之，令輸金；國禎願至家搜括以獻，而家已爲他賊所據，遂被擒。拷掠折足，以荆筐曳回，是夜自縊死。而弘光之有贈謚，乃其門客輩訛傳到南都，得倖邀卹典也。」是同一死也，一則謂其殉節，一則謂其拷贓，將奚從？惟梅村《遇劉雪舫》詩有云「寧爲英國死，不作襄城生」，而論乃定。梅村赴召入都，距國變時未久，國禎之死，尚在人耳目間，固不敢輕爲誣衊也。《明史・李濬傳》後：「闖賊勒國禎降，國禎解甲聽命；責賄不足，被拷折足，自縊。」是蓋據梅村詩爲證，然則梅村亦可稱詩史矣。按英國謂張輔裔孫世澤。襲爵後，爲闖賊所殺。

《下相極樂菴讀同年北使時詩卷》：「蘭若停驂灑墨成，過江持節事分明。上林飛雁無還表，頭白山僧話子卿。」所謂同年者，不知何人。靳注謂左懋第與梅村辛未同年進士，弘光乙酉，以兵部侍郎使於我朝，不屈而死，故云「飛雁無還表」，而比其節於蘇武也。

《倣唐人本事詩》：「錦袍珠絡翠兜鍪，軍府居然王子侯。自寫赫蹏金字表，起居長信閣門頭。」「藤梧秋盡瘴雲黃，銅鼓天邊歸旐長。遠愧木蘭身手健，替耶征戰去他鄉。」靳注謂「爲定南王孔有德女四貞作」。按有德取桂林後，即鎮守粵西。順治九年，爲李定國所敗，自焚死。特恩賜葬，卹典極隆。其子爲定國所擄；四貞脱歸京師，朝廷念其父功，命照和碩格格食俸，通籍宫禁。見《八旗通志》及瞿昌文《粵行紀事》。後嫁孫延齡，爲撫蠻將軍，仍鎮粵西。延齡從吴三桂反，四貞勸其反正，并代爲乞降，許之。靳注謂此詩正咏四貞事。「軍府居然王子侯」，則有德爲藩王時，其子女皆貴重，爲王子、王女也。寫表起居，謂通籍宫禁，得自奏事也。其後從逆及反正等事，梅村已卒，固不及知之。其第四首：「新來夫壻奏兼官，下直更衣禮數寬。昨日校旗初下令，笑君不敢舉頭看。」豈嫁延齡鎮粵時，自恃驕貴，與其夫同演武於教場耶？

靳榮藩論梅村，謂「大家手筆，興與理會。若穿鑿附會，或牽合時事，强題就我，則作者之意反晦」，此真通人之論也。乃其注梅村詩，則又有犯此病者。梅村五古如《讀史雜詩》四首、《咏古》六首，七古如《行路難》十八首，皆家居無事，讀書得間所作，豈必一一指切時事？而榮藩謂《讀史》第一首刺阮大鋮，其二刺薛國觀，其四刺孫可望。《行路難》之其三謂刺唐王，其九謂刺張至發，其十七謂刺福王。而按之原詩，無一切合者。阮大鋮固魏閹餘黨，然何至以曹操比之，謂東漢壞於閹，而操本閹人曹騰之後，竟移漢祚。又如咏公孫述遣刺客連殺來歙、岑彭二大將，而刺客之名不傳，此與朝事何涉，而謂其刺勳臣之不能爲國禦侮。又如《行路難》第三首：「龍子作事非尋常，奪棗争梨天下擾。」此本咏晉八王之亂，而以爲咏明末唐王聿鍵。試思聿鍵先以起兵勤王，被錮鳳陽，福王赦出後，監國於閩中，何曾有骨肉相争之事？雖同時魯王以海亦僭立於紹興，然方與聿鍵相約固守，未嘗相攻也。惟聿鍵敗死後，其弟聿鐭遁廣東自立，與桂王逼處，稍有相競；然不逾時，即爲我軍所執，亦無暇與桂王交兵，何得以「奪棗争梨天下擾」爲指此事耶？至隆武時靖江王亨嘉反桂林，爲丁魁楚、陳邦傳擒獲，則甫起事即敗，亦未有骨肉相争之事。皆難强爲附會也。注中如此類者甚多。此則過欲示其考覈之詳，而不知轉失本指。所謂必求其人以實之，則鑿矣。又如《滇池鐃吹》四首，乃順治十五年收雲南凱歌。詩中方侈言勳伐，而以第一首末句「誰唱太平滇海曲，桃椰花發去年紅」，謂預料吴三桂之將爲逆。是時三桂方欲立功，至十八年尚率兵入緬，取永明王獻捷，豈早有逆萌？然其爲人狡譎陰悍，則已人所共知。伏讀《御批通鑑輯覽》，如見肺肝，則謂梅村早見及此，亦可。

《雜感》第一首内「聞説朝廷罷上都」，靳注謂順治八年，裁宣府巡撫，併入宣大總督。然宣府豈上都耶？按順治七年，攝政王以京師暑熱，欲另建京城於灤州，派天下錢糧一千六百萬，是年王薨，世祖章皇帝特詔：免此加派，其已輸官者，准抵次年錢糧。所謂「罷上都」，正指此事也。靳注誤。

《避亂》第六首：「曉起譁兵至，戈船泊市橋。草草十數人，登岸沽村醪。不知何將軍，到此貪逍遥。」按此係順治二年，太湖中明將黄蜚、吴之葵、魯游擊，吴江縣吴日生，好漢周阿添、譚章等，糾合洞庭兩山，同起鄉兵，俱以白布纏腰爲號；後入城，圍巡撫土國寶，爲國寶所敗，散去。此事見《海角遺編》。福山人所著，不著姓名。靳注亦不之及。

《長安雜咏》内第二首：「燈傳初地中峰變，經過流沙萬里來。代有異人爲教出，鳩摩天付不凡材。」靳注謂：「道忞，潮陽林氏子，棄弟子員出家，爲天童密雲悟和尚法嗣。順治己亥，徵至京，住齋宫萬壽殿，敕封宏覺國師。」按此詩乃指西藏達賴喇嘛入覲之事。達賴喇嘛相傳爲如來後身，每涅槃後，仍世世轉輪爲佛。凡蒙古、喀爾喀、厄魯特無不尊之，視前代之大寶法王不啻也。順治中，自西藏不遠萬里入覲，故比之鳩摩羅什，謂西域神僧也。此豈道忞足以當之耶？況上有「經過流沙萬里來」之句耶？靳注誤。忞公受封後，回至江南，與當事往還，聲勢烜赫。有月律禪師薄之曰：「伊胸中只有『國師大和尚』五字。」見《居易録》。

《讀史偶述》第十二首：「松林路轉御河行，寂寂空煩宿鳥驚。七載金縢歸掌握，百僚車馬會南城。」南城，本明英宗北狩歸所居。本朝攝政王以爲府第，朝事皆王總理，故百僚每日會此。順治七年，王薨，故云「七載金滕」也。靳注竟不之及。

《揚州》第三首：「東來處仲無他志，靳注謂以王敦比左良玉兵東下。北去深源有盛名。」謂以殷浩比高傑北討。按良玉兵東下，以救太子、討馬士英爲名，比之王敦，頗切當。殷浩素有盛名，時人比之管、葛，豈高傑可比耶？梅村蓋以深源比史可法。首句云：「盡領通侯位上卿，三分淮蔡各專征。」豈非可法以閣部開府揚州，領高傑、劉澤清、劉良佐、黄得功等四將，各任專征之責？而靳注以高傑當之，殊誤。

《雜感》第四首：「珠玉空江鬼哭高。」靳注謂潼川府中江縣有郪江，一名玉江；又蓬溪縣有珠玉溪，皆蜀中地。不知此乃指張獻忠亂蜀時，聚金銀寶玉，測江水深處，開支流以涸之，於江底作大穴，以金寶填其中，仍放江流復故道，名之曰「水藏」。所謂「珠玉空江鬼哭高」也。見《明史・流賊傳》及沈荀蔚《蜀難叙略》。又《劫灰録》：「獻忠北去後，一舟子詣副將楊展告之，展令長槍探於江中，遇木鞘，則釘而出之，數日，高與城等。展使人買米於黔、楚諸省，招集流移，資其耕作，由是一軍獨雄於川中，展自稱『錦江伯』。」

七律《即事》十首内，第八首「無事漫提歐治劍，有心長放吕嘉船」，靳又謂刺鄭芝龍。按芝龍本海盜，明崇禎初，降明，授遊擊。唐王聿鍵僭號時，倚爲柱石。我朝兵入閩，芝龍即棄王來降，意欲即令其鎮守八閩，兼取廣東，則其功當封拜。而我朝定閩後，即挾芝龍入京，未嘗令其留鎮。則靳注所云刺芝龍者，實屬無著。自順治三年博洛、圖賴等擒斬唐王之後，鄭彩等又出没海上，往往闌入爲祟。

總督則張存仁、陳錦、李率泰等，巡撫則佟國鼐等，領兵官則陳泰棟、阿賴、耿繼茂、哈哈木、濟度、伊爾德等，各有戰功，所謂「放呂嘉船」，究未知屬誰。順治十一年，擾漳、泉，台州總督李率泰畏葸無功，以濟度代之，則所謂「放呂嘉船」者，蓋指率泰，靳注謂刺鄭芝龍何耶？又梅村《送友人從軍入閩》詩：「胡牀對客招虞寄，羽扇麾軍逐呂嘉。」則姚啓聖等之收功矣。

《讀史偶述》第十三首：「異物每邀天一笑，自鳴鐘應自鳴琴。」按順治元年，修政立法，西洋人湯若望進渾天毬一座，地平、日晷、窺遠鏡各一具，并輿地屏圖，更請諸曆悉依西洋法推算，從之。十五年，又進相拒曆，所謂「自鳴鐘」、「自鳴琴」，蓋即是時所進，創見以爲神技也。靳注亦不之及。

《偶得》第二首：「一自赤車收趙李，探丸無復五陵豪。」按此乃順治九年世祖拏獲京師大猾李應試、潘文學二人正法之事。應試混名黃膗李三，元本前明重犯，漏網出獄，專養强盜，交結官司，役使衙蠹，盜賊競輸重賄，鋪户亦出常例，崇文門税務自立規條，擅抽課錢。潘文學自充馬販，潛通賊線，挑聚壯馬，接濟盜賊，文武官多有與投刺會飲者。住居外城，多造房屋，分照六部，外來人有事某部，即投某部房内。後拏獲時，審訊惡跡，寧完我、陳之遴皆默無一語，鄭親王詰之，對曰：「李三巨惡，誅之則已；若不正法，之遴必被其害。」此二人豪猾之惡跡也。靳注亦不之及。王阮亭《池北偶談》：「黃膗李正法後，其黨某猶巨富，造屋落成宴客，宋荔裳亦在坐，有『頭口牙』、『手脚眼』之對。潘文學開騾馬牙行，京師人謂騾馬曰『頭口』，故有『頭口牙行』之稱。其黨某造堂醮客，其墻壁尚有留缺處，以便工匠着脚，故謂之『手脚眼』。」

甌北詩話卷十

陽湖趙翼雲崧

查初白詩

與梅村同時，而行輩稍次，有南施北宋兩家。愚山以儒雅自命，稍嫌腐氣。荔裳則全學晚唐，無深厚之力。此外，吴漢槎有高調，無餘味。其名位聲望爲一時山斗者，莫如王阮亭。然阮亭專以神韻爲主，如《秦淮雜詩》有感於阮大鋮《燕子箋》事云：「千載秦淮嗚咽水，不應仍恨孔都官。」《儀徵柳耆卿墓》云：「殘月曉風仙掌路，何人爲弔柳屯田？」醖藉含蓄，實是千古絶調。然專以神韻勝，但可作絶句，而元微之所謂「鋪陳終始，排比聲韻，豪邁律切」者，往往見絀，終不足八面受敵爲大家也。其次，朱竹垞亦負海内重名，至今猶朱、王並稱，莫敢軒輊。然竹垞不專以詩傳，且其詩初學盛唐，格律堅勁，不可動摇，中年以後，恃其博奥，盡棄格律，欲自成一家，如《玉帶生歌》諸篇，固足推倒一世，其他則頹唐自恣，不加修飾，究非風雅正宗。故梅村後，欲舉一家列唐、宋諸公之後者，實難其人。惟查初白才氣開展，工力純熟，鄙意欲以繼諸賢之後，而聞者已掩口胡盧。不知詩有真本領，未可以榮古虐今之見，輕爲訾議也。今試平心閲初白詩，當其少年，隨黔撫楊雍建南行，其時吴逆方死，餘孽尚存，官軍恢復黔、滇，兵戈殺戮之慘，民苗流離之狀，皆所目擊，故出手即帶慷慨沉雄之氣，不落小家。

入京以後，角逐名場，奔走衣食，閲歷益久，鍛鍊益深，氣足則調自振，意深則味有餘，得心應手，幾於無一字不穩愜。其他摹寫景物，脱口渾成，猶其餘技也。惟書卷較少，故稍覺單薄；且少年急於求知，投贈公卿，動千百言，殊嫌繁冗，兼自減身分，此則其詩之可議者。要其功力之深，則香山、放翁後一人而已。或謂：古來作詩之多，莫有如香山、放翁者。初白詩之多，亦略相等。君得毋徒震於其多，而遂欲躋之二公之列乎？是不然也。詩之工拙，全在才氣、心思、工夫上見，豈徒以多爲貴？且詩之工，亦何嘗不自多中得來？正惟作詩之多，則其中甘苦曲折，無不經歷，所謂深人無淺語也。今姑別擇其上乘者，古體則標其題，近體則摘其句，閲者可一覽瞭如矣。

五古：《與韜荒兄竟陵分手後作詩以寄》、《早發齊天坡》、《連下銅鼓魚梁諸灘》、《麻陽田家》、《送汪寓昭南歸》、《曉出沙窩門》、《寒食行》、《瘦俗》、《大雨同胡朏明登湖樓》、《拔白詩》、《遊雲岫不果》、《大風至劉婆磯》、《石鐘山》、《由關門石登大林峰》、《三峽橋》、《玉峽亭觀瀑》、《月夜步入鄰菴》、《鄧尉看梅》、《和唐實君憎蠅詩》、《裂帛湖》、《上元夜姜西溟招飲》、《翁康飴寓齋看芍藥》、《樅陽僧舍消暑》第四第六首、《大通舟中看雨》、《雪後蒙陰道中》、《得樹樓初成》第二第六七八首、《秋感》六首、《水碓聯句》、《度紫谿嶺》、《觀造竹紙聯句》、《天游觀萬峰亭》、《連雨不止和陶詩》第三四七首、《池上看雨》、《苦雨》第五首、《送女詞》二首、《鵲雛爲猫所攫》、《種竹》、《齒痛》、《咏庭前花木》第一第三首、《湯婆子歌》、《乞假候旨寓舍雜蒔花木》、《題故汶州太守潘君畫像》、《畫叉》、《初到家》二首、《西林菴浴》、《偕同人赴座主許大宗伯之招》、《副相揆公惠人參一斤》、《家僮以梅水滌硯申諭之》、《庭前新設日棚》、

《夜不寐步至曉》、《苦旱》、《遊秦駐山》第二第六首、《讀莊子内篇》八首、《腰痛自嘲》、《古詩四章》、《望七星巖》、《雙石》、《陽朔縣》。

七古：《洪武銅砲歌》、《海螺峰歌》、《天擎洞歌》、《麻陽運船行》、《送王兔菴學博赴安順》、《烏山戰象歌》、《水西行》、《班師行》、《中山尼》、《過羅飯牛禮洲草堂》、《金章宗手植松》、《冬日張園雅集》、《送王阮亭祭告南海》、《送畢鐵嵐督學貴州》、《酬別鄭寒村》、《慈壽寺》、《閘口觀罾魚者》、《題鄒毅仁書劍圖》、《二虎歌》、《五老峰觀海綿歌》、《自題廬山紀遊後》、《斷硯歌和姜西溟》、《鷹坊歌》、《送唐實君游江西》、《題崔白健翮鏖風圖》、《韓莊閘望嶧山湖》、《嚴灘早發》、《逆旅行》、《題項霜田讀書秋樹根圖》、《宣德素鼎歌》、《豫讓橋》、《夷門行》、《朱仙鎮岳忠武祠》、《董文敏臨天馬賦酬峤老》、《自河南攜牡丹歸不待其開又出門以詩紀別》、《敬亭山懷梅耦長》、《題朱字緑南岳考》、《常山山行》、《焦石塘抵鉛山兩岸山石獰劣戲作歌》、《食江瑶柱》、《壽山石歌》、《高斯億畫竹》、《初上灘》、《逆水逆風歌》、《箭孔灘》、《牛頭牛尾灘》、《蓮花灘》、《鼠灘》、《梨嶺廟古松爲火所焚作歌》、《海塘行》、《打魚歌》、《陳六謙出示唐宋各石刻》、《題初白菴圖》、《觀無忌興祖騎驢》、《額勒蘇臺大獵》、《上親射石熊》、《東宫召觀殺虎》、《賜觀侍衛殺虎》、《秀野草堂圖歌》、《曉仙謡》、《長林豐草圖》、《聖安寺同人納涼分韵》、《貫休畫應夢羅漢像》、《題淳熙修内司官帖後》、《題蔣樹存繡谷圖》、《題蘇齋圖》、《得石軒歌》、《題雲岫觀日出圖》、《題吴寶崖荘山讀書圖》、《桃枝竹杖歌》、《莊書田笠屐圖》、《題潤木閉門采詩圖》、《院長以赤藤杖見贈》、《十月朔五更鷹窠頂觀日出》、《舶趠風歌》、《到湖上不及訪諦輝禪師詩以代柬》、《樟樹鷺巢歌》、《題龍尾山僧舍》、《邀諸兄弟賞菊》、《嚴陵釣臺詩》、《清遠峽飛來寺》、《下湞陽香爐清遠三峽》、《南海神廟》、《清涼山莊圖》、《題羅浮山圖》、《平蠻歌爲靈川樓敬思作》。

五律：「恍疑天四合，長見日當中。」《渡洞庭湖》「寺貧僧乞食，臺古佛蒙塵。」《東山寺》「死方開國運，生不點朝班。」《康郎山功臣廟》「開常先七夕，名許拆雙星。」《牽牛花》「一徑踏殘葉，半庭猶夕陽。」《白雲觀》「遠火欲投岸，孤城將掩門。」《夜至當湖》「人投曾宿店，鼠瞰未吹燈。」《旅店題壁》「俯視風斯下，端居户正南。」《高嶺菴》「座中無俗客，管内有名山。」《遊武夷贈崇安孔令》「品方瑶柱美，肌愛玉環肥。」《荔支》「竹身焚忽爆，花面炙多癥。」《久旱》「舌在柔何益，脣亡想更寒。」《落齒》「樹氣船船露，燈光寺寺樓。」《舟夜》「雲隨風脚黑，天逼浪頭青。」《風雨泊舟》「老柳飛揚絮，枯梅頃刻花。　氣沉千里雁，寒噤幾村鴉。」《大雪》「萬年三月節，四海一家春。」「堯階三尺土，舜樂五絃琴。」「不息天行健，無私帝好生。」「與民同後樂，爲政必先勞。」皆《萬壽詩》「四時無改火，五夜必騰光。」《夜亮木》「風雲開萬里，日月夾雙睛。」《御馬》「數椽天一角，萬歲字中央。」《恩賜扁額》「出當時有道，瑞叶壽無疆。」《圍場獲白鹿》「優倍三年俸，榮踰萬選錢。」《恩賜白金》「細泉冰底咽，枯草燒餘萌。」《山行》「運雖經鼎革，詔特禁芻蕘。」《明祖陵》「少聞差省事，多笑豈無情。」《耳聾》「比扇三秋棄，如童五尺長。」《青奴》「天孤一輪月，星散萬家燈。」《夜坐》「寒無蟲可語，暖被鴨先知。」《春冰》「一株婆律火，半榻祖師禪。」《斗室》「攜家千里近，得邑萬山中。」《送友宰泰順》「事關同列忌，公視一官輕。」「不聞廷辯語，自拜乞休章。」《送張景峰罷官歸》「遠疑雙幹合，高被四鄰知。」「張王貧官氣，遮藏陋室基。」《雙槐》「好官如歲酒，推讓少年人。」《同人小酌》「健添居士足，高出老僧頭。」《晚香長老贈杖》

「老友他鄉盡，吾生去日多。」《趙北口懷故友姜西溟》「簑笠平生夢，蹉跎直至今。」《商家林買草笠》「後至無奔馬，前飛及片鴻。」《順風掛帆》「指水言猶在，登山力已微。爲報江神道，無田我亦歸。」《重經金山作》「中秋晴日少，樂事故園多。」《中秋與兒輩小飲》「有生逢聖代，無禄及親年。」《西阡焚黄》「雨狂風正惡，勿厭草堂低。」《燕來巢》「好花如子弟，笑擁白頭人。」《與子姪飲海棠花下》「賤日蒙青眼，流年感白頭。」《重過徐大司寇墓》「晨餐甘脱粟，夕爨付勞薪。此意天應諒，吾非媚竈人。」《祭竈》「敢料成童日，吾猶月告存。」《第六孫生》「婢牽蘿補屋，奴縛草爲船。」《家事》「好風香世界，涼影月樓臺。」《南堂桂》「讀書新得少，見夢故人多。」《世棄》「用巫真下策，勿藥得中醫。」《病》「留之竟安用，棄爾似無恩。改作吾何望，茅簷去負暄。」《敝裘》「兒孫粗識字，兄弟繼歸田。此外非吾事，隨人望有年。」《元旦喜晴》「世乏三年艾，家無五尺童。用行吾與爾，形影略相同。」《贈杖》「四海誰知己？餘生又哭君。」《聞愷功歿》「終始全臣節，安危動主思。」《韶州風度樓》「老僧如燕子，乞食語呢喃。」《觀音巖下泊舟》「地平山斷續，潮滿岸東西。」《胥口村》「一水趨湘急，孤城入楚深。」《醴陵縣》

七律：「舳艫轉粟三千里，燈火沿流一萬家。」《舟泊京口》「人來小雨初晴後，秋在垂楊未老間。」《監利道中》「天寒落日千群馬，葉盡疎林萬點鴉。」《登南郡城樓》「尸陀林下烏争肉，瘦棘花邊鬼瞰燈。」《北溶驛》「參天有勢松何健，肖物能工石亦妍。」《沅州》「鵝鴨池荒餘棄壘，漁樵人少但空村。」「超石諸營兒作戲，射生别帳妓成圍。」《銅仁書懷》「英雄混跡疑無賴，風雨高歌覺有神。」《寄友》「石光敲火三年過，銅柱無名萬里來。」《黔中接家書》「一縣葡萄秋釀酒，千家砧杵月臨邊。」《寄晉中諸友》「浴鐵甲分秋練白，蠟丸書傍劍花紅。」「鸚鵡夢銷江上草，鷓鴣啼老日南花。」皆《黔中寄友》「人來天際斜陽影，馬踏雲中落葉聲。」《重過齊天坡》「赤幟千人争趙壁，火牛百道走燕軍。危時莫以烽爲戲，我意方憂玉亦焚。」《觀夜燒》「燕雀君臣空殿宇，蜉蝣身世閱滄桑。」《黔陽雜詩》，指吴逆已死。「雨腥雙袖弓刀血，風静諸山草木兵。」《送秦望兄東歸》「草木連天人骨白，關山滿眼夕陽紅。」《黔靈山》「盜賊烽銷諸郡僻，英雄祠入亂山多。」《送友入蜀》「急雨淋浪茅店外，亂山高下馬蹄前。」《平越道中》「菜把恩羞叨地主，薦章名幸脱徵君。」《黄晦木乞資買山》「君臣如此猶嗟命，絳灌何人乃忌才。《治安》敢擬長沙策，直爲先生痛哭來。」《賈傅祠》「偶然不速來三客，如此相思閲五年。」《同人讌集》「出處心情三聘後，滄桑人物兩朝前。」《贈黄梨洲》「百家小聚還成縣，三面無城卻傍山。」《桐廬》「沙磧涼生蕎麥雨，茅檐香過棗花風。」《伴城》「出郭人如秋澹蕩，入山天愛雨霏微。」《遊西山》「身名似此真無忝，進退何人綽有餘。」《送魏環極予告歸》「放艇有人春載酒，打門無吏夜催租。」《石隖山莊》「失路又成三歲别，賣文何補一家貧。」《次德尹韵》「飽經世味貪歸路，老傍時名狎少年。」《送友》「簾閣日長棋算劫，荷陰人去鶴看船。」「同來我亦辭巢燕，暫止人猶愛屋烏。」《黄晦木至都》「南北豈堪頻送别，去留等是未還家。」《送聲山姪之湖口》「來參講幄三千士，及聽聲華四十年。」《上大司成徐蘋村》「壽母有詩存《魯頌》，世家無例闕班書。」《曲阜顔母壽詩》「舊家春燕烏衣巷，故國秋風覆盎門。」《武陵楊長蒼贈别》「即論世道寧無補，欲報君恩況有期。」《送楊少司馬終養南歸》「花氣清如初過雨，樹陰濃愛未經霜。」《寄園紀游》「可憐半世爲兄弟，兩度相逢在路歧。」《喜德尹弟至都》「金甌社稷銷兵裏，玉斧關河聚米前。」「贊皇世業《平泉記》，樞密新堂《晝錦》詩。」《壽梁大司馬》「莫問生涯流轉跡，賤貧何事不曾經。」《遇錢田間於都下》「殘冰裂石頹兼岸，春水如油滑上篙。」《白瀞縣》「歡場易醒繁華夢，貧女羞簪富貴花。」《聞同人登科有寄》「宦情自領升沉外，物望同歸進退間。」《翁大司空請假還山》「餘生削跡誰知己，往事傷心我負公。」《哭朱大司空》「風露一天人擁被，櫓枝摇夢過春江。」《渡揚子江》「到岸帆檣烟羃羃，隔河簾閣雨濛濛。」《齊門夜泊》「老饕不要園官送，直擬從君攫畫歸。」《題陸漢標墨菜圖》「湖海尚疑豪氣在，姓名翻藉布衣傳。」《劉改之墓》「人間尚有君憐我，每過南湖作小留。」《别徐淮江》「豈知地少雲多處，别有橙黄橘緑天。」《渡太湖至東山》「放眼不知何處盡，置身直覺此峰高。」《登莫釐峰》「氣吞湖海豪猶昔，老閲滄桑骨已仙。」《贈錢田間》「招隱莫分山大小，卜居難定瀼東西。」《朱鴻雪移居詩》「頹唐老境詩無格，汗漫遊踪累有家。」《哀至》「菰蒲深處一枝櫓，摇入漁人夢裏來。」《舟曉》「桂樹叢荒招隱伴，楊花風墮倦遊人。」《和友人韵》「兩家前輩多凋謝，又對兒孫感白頭。」《竹溪書屋》「四海平交無行輩，兩朝軼事有文章。」「語雜詼諧皆典故，老傳著述豈初心。」《贈錢田間》「青山繞屋無修竹，紅袖當爐有杏花。」《樅陽旅店》「憐他性命如針細，也與官家辦稅錢。」《魚苗船》「群入家鷄終不亂，飛隨野鶴便能高。」《錦鷄》「枯比老僧初入定，輕如羽客乍登仙。誰云解脱非生理，始信飛鳴是後天。」《蟬蜕》「氣蒸遠水浮天動，血染殘霞照夜明。」《秋暑》「秋陰非雨亦非霧，嵐氣似烟還似雲。」《金竹坪》「陰森前後三重殿，突兀西南五老峰。」《白鹿洞》「有此别離成我老，無多才調感君憐。」《别朱恒齋》「同是庚寅吾獨老，始憐衣上十年塵。」《題陳揚言小照》「戰後河山非故國，記中花木尚《平泉》。」《瞿相國春暉園》「菰蒲放鴨空灘雨，楊柳騎牛隔浦烟。」《渌水亭》「莫認園丁作園主，種花人是賣花人。」《豐臺》「殘荷落瓣魚鱗活，高柳飄絲鷺頂涼。」《青龍橋》「清泉自愛江湖去，流出紅牆便不還。」《玉泉山》「青旗賣酒竿竿影，紅袖騎驢幅幅紗。」《清苑道中》「雨雪暗侵摇落候，冰霜偏老别離人。」《送弟德尹》「自編永叔《歸田録》，誰上何蕃伏闕書？」《送座主徐公南歸》「國門他日曾懸價，駔儈何人敢賣官？」《門神詩》「亭臺縱好須賢主，子弟多才必世家。」《李文衆家園》「柳綿渡港船船雪，麥浪翻田岸岸風。」《閘河》「忽飛瀑布簾垂地，旋滴珍珠酒壓槽。」《阻牐》「故道視同甌脱地，小兒争唱復陂謡。」《新河》「春事無如三月好，人情特去一官難。」《和徐大司寇修禊詩》「讀書已悔生涯悮，還望孤兒讀父書。」《哭王載安》「岎山客到茶如雪，箬水船移酒似淮。」「蒼烟野渡初迴棹，燈火河房半捲簾。」《游碧浪湖》「一雁下投天盡處，萬山浮動雨來初。」《揚州早發》「三年刻楮將安用？一技雕蟲壯不爲。」《示疵。」《敝裘》「向風嘶馬程程北，背雪飛鴻片片南。」《寶婺樓》「敢援齊相狐裘例，尚可隨身十五年。」「家貧舊物無多在，不忍吹毛更索撲愷功》「眼空江表衣冠族，摇筆猶能殺腐儒。」「亂餘賓客搜亡命，赦後英雄耻故鄉。隨身一掬瀾翻淚，不哭窮途哭戰場。」《題白夅山人詩》「巧穿針孔玲瓏影，吹透冰肌綽約風。」「射角星芒殊睒睒，照人風骨自稜稜。」《料絲燈》「倒篋易償鄰叟值，顧名原合腐儒餐。」「渾忘肉食聊名儉，偶佐村沽亦足豪。」《豆腐》「十年失計仍爲客，一醉無名特借花。」《同人看杏花》「翠幕雲遮天四角，紅燈人在樹中央。」《陸澹成招飲丁香花下》「共傳清節胡威絹，自有家風趙抃琴。」《送趙二聞分巡兗東》「畫師正恐妨魚樂，不著飛來白鷺鷥。」《題畫扇》「輿圖西漢中山國，恩澤先朝外戚侯。」《新樂縣有感》「貧兒好作遊仙夢，怪事偏傳小説家。」《邯鄲旅壁》「天垂曠野名都壯，地入中原戰壘多。」《渡漳河》「篋底有金貧肯借，人間無路老方知。」《哭蔣度臣》「空倉雀鼠千村賦，故壘牛羊四戰塵。」《汴梁雜詩》「渡江船上人争看，桃葉桃根恐不如。」《自河南攜牡丹種南歸》「時來將相皆同里，淚落英雄有故鄉。」《歌風臺》「想像承平光景好，風流邊將畫蛾眉。」《題三娘子圖》「春波門外春帆影，君是還家我別家。」《與魏禹平話別》「雄關地脈來千里，古郡山頭有萬家。」《登安慶城樓》「豪除湖海陳登氣，老傍江關庾信名。」「萬事到頭難逆料，獨行何地不相思。」《與任可話別》「紅葉晚燒諸寺赤，碧天秋縱兩峰青。」《登孤山》「寒比蟄蟲宜墐户，忙如巢燕正爭泥。」《寶應隄上居民》「勞人相傍貪同伴，客路頻經漸少詩。」《王家營陸行》「橋邊雪意詩催就，鬢上冰花氣結成。」《曉行》「九衢塵淨月如水，一隊遊人一隊魚。」《京師上元夜》「高樓下瞰岸百尺，美酒大書旗一竿。」《衡水橋店小飲》「墻缺雲流山影去，樹頭風截雨聲來。」《樓上看雨》「《五經》自課佳兒讀，半刺曾嫌俗客通。」「閒追昨夢驚彈指，老剩貧交幸到頭。」《過徐淮江》「夜月魂歸吾望汝，半年猶護種花泥。」「不特我憐人亦爾，空欄客過立多時。」《傷庭前牡丹》「一窗歸夢芭蕉雨，六月驚心《蟋蟀》詩。」《喜雨》「科名得路人餘幾，子弟能文事最難。」《留別楊浴菴》「人從井底盤旋上，天向關門豁達開。」《仙霞關》「誰遣州名屬流寓，卻疑此地竟無人。」《嚴陵》「雞爭野老場邊粟，鼠嚙先生案上書。 荔支飽啖吾知分，此福從來有折除。」「篋空笑貯加餐字，吾老羞爲乞米人。」《垂橐而歸家人告米盡》「野老豈知身入畫，滿田春雨自扶犂。」《山陰道喜雨》「誰司水族加恩簿，開過桃花未打魚。」「也道城中粧束好，碧波迴眼看梳頭。」《西湖櫂歌詞》「翠華小駐非無意，要使宮人識采桑。」《南巡歌》《查浦書屋圖》絶句四首，皆佳。「此理年來看爛熟，建蘭盆上稗花開。」《蘭盆生稗草》「貪趁槐陰成久坐，歸來衣上帶青蟲。」《即事》「圍爐炊火兒烹藥，薄雪鈎簾婢上燈。」《冬夜》「慇懃聽唱《公無渡》，不爲風波也合休。」《題陳叔毅桃葉渡江圖》「一夜花光如積雪，誤他啼鳥到天明。」《白丁香花下》「心如井底無波水，雲肖城頭没骨山。」《荊州兄移寓》「官秩稍增秦博士，文章獨闢漢西京。 卻笑武皇親制策，牧羊牧豕盡公卿。」《董子祠》「繡谷好風鶯歷歷，緑陰微雨燕雙雙。」「開徑自來原屬蔣，入林從此又交咸。」《蔣樹存集繡谷》「我與鷺鷥同照影，白頭相對立多時。」《獨行池上》「借取薰衣香一瓣，懺余成佛爾成仙。」《吴船花燭詞爲談未菴作》「道是故吾吾不識，那將顔狀問他人。」「故交大半已黄土，剩爾人間作白頭。」《展閲舊時小照》「露草燈明鷄喔喔，風林月黑馬蕭蕭。」《秋山曉行》「忽聞風雨來天半，知是君王落筆聲。」「萬鈞腕力皆天授，欲補虞戈一筆難。」「不似當年《淳化閣》，帝王法帖本無多。」《敬觀宸翰》「宫中詩句元才子，天下神仙李鄴侯。」《贈揆院長》「雲開閶闔趨冠佩，風過江湖識姓名。」《臚傳恭紀》「曾陪鼓篋三千士，重到橋門二十年。 較他儕輩承恩早，獨在青衫未换前。」《文廟釋褐》「此意旁人猶感涕，那教身受不生悲。」《送高江村》「明珠吐暈泥沙外，爝火分光日月邊。」「潭空秋水清無底，壺貯春冰薄有痕。 曾經隔霧看花後，老戀餘光盡主恩。」《賜眼鏡》「感踰學士蓬池膾，味壓詩人丙穴腴。 短簷蓑袂平生夢，臣本烟波一釣徒。」《賜鮮魚》「好是萬株紅葉滿，已經霜後未經風。」《舒庫里口》「六合一家寧恃險，九邊三面總無關。」「牛羊白散千屯雪，草木青回萬竈烟。」《扈從興安嶺》「萬鈞腕力强于弩，朝射熊羆夜賦詩。」《從獵》「雉堞連雲軍角壯，虎牙憑險戍旗閒。」《古北口》「循環豈易充臣數，祝聖惟當轉佛名。 長恐維鵜譏不稱，也如老馬錫繁纓。」《恩賜數珠》「鄉風未敢分僚友，家祭先應薦祖宗。 卻爲思親成感涕，君恩歸遺已無從。」《除夕恩賜羊鹿等》「蔓引龍蛇皆上走，花披瓔珞總交垂。」《紫藤花》「親老詎應虚子職，天高原自近人情。」「星漢文章唐許國，臚雲名第宋安陽。」「館閣清才傳子弟，蓬壺歸路著神仙。」皆《陳乾齋乞假省親》「燥濕推恩慚厚庇，短長稱意荷終身。

從今聽雨聽風候，傫直堪誇柮榾人。」《恩賜哆囉雨衣》「一軒傍水看雲起，萬木無風待雨來。」《喜雨》「除卻入朝須起早，兩鰥何事不如僧。」《與余扶九同寓道院》「明燈照壁何愁蠍，緑樹當門定有蟬。」《王給諫移寓》「耕鑿萬方民擊壤，簫韶九奏帝垂裳。」《恩賜新刻御製》「騶虞囿小樵無禁，鈎盾田寬歲有秋。」《南海子》「松聲落澗風泉合，藥氣浮山露草香。」《曉過青石梁》「峰皆似染供屏幛，樹不論年絕斧斤。」《黃甲營》「偶分高士籬邊色，仍是仙人洞裏花。」《金絲桃》「炎涼氣隔無三伏，覆載恩深抵萬間。」《蒙賞官房》「石吻仰噴泉作霧，雲根倒拔樹干霄。」《樺榆溝》「巖壑不須多架構，下因流水上因山。」《行宮後苑》「千峰雪作漫天霧，萬帳風兼動地雷。」《伊蘇河》「盡消伏莽山無樹，不斷靈源地湧泉。聖朝不畫長城界，一道平岡是九邊。」《興安嶺》「踏遍峰峰沙似雪，始知身到白龍堆。」《校獵歸》「今日重蒙天一笑，白頭還戀舊青氊。」《戴青氊大帽上顧而笑》「丹青妙合將軍畫，聲價高踰都護驄。院中例借知應免，皁裏齊驅學漸工。」《賜馬》「大抵無峰無好樹，一峰不與一峰同。」「不知濕氣消何處，萬竈炊烟萬帳燈。」「忽見萬松齊落葉，人言山後是陰山。」皆《木蘭作》「四山雷轉車聲外，萬帳燈浮水氣中。」《扈從密雲大雨》「一門老去仍同爨，八座歸來只舊廬。」《吳總憲請假歸里》「自覺温能回黍谷，或云下必有砂牀。」《温泉》「風雲噓吸千尋表，日月回環一竅中。」《玲瓏山》「馬足聲乾千澗葉，雁群寒警一裘霜。」「沙磧人歸黃落後，山家烟起翠微中。」皆《隨圍塞上作》「官馬散隨黃犢卧，戍兵秋較老農閒。」《隨獵歸途》「一家飽暖踰初望，百里絃歌盡國恩。成就汝爲無過吏，保全家是舊清門。」《至兒建東鹿縣署》「此中閉置疑新婦，一笑那知是老翁。」《坐巾車題旅店》「與誰好作江湖伴，憐汝亦從關塞來。殘月曉催千片落，長天寒曳一繩開。」《新雁》「今日漁蓑堪入畫，天公原不薄歸人。」

《大雪過瓜洲》「夜雨一篙平岸水，春蒲十幅渡河帆。」《清江舟中》「驛路馬嘶泥滑滑，野田雉雊麥漸漸。」《送駕自龍潭抵江寧》「早年同學晚同官，永訣俄從小別拚。哭有餘哀何日盡，死無遺恨古來難。」《哭聲山姪》「時平久罷中原戍，地險猶沿五代名。」《清流關》「羊角旋風隨曲曲，磨牛陳跡轉團團。」《磨盤嶺》「濁漳最是無情物，送盡繁華只此聲。」《鄴下雜咏》「青山濛濛作雲氣，白浪滚滚留沙痕。」《渡漳河》「同槽厩馬無蹄嚙，典謁家僮互使令。怪底群情皆貼妥，多緣君與我忘形。」《與汪紫滄同寓》「風清李泌神仙骨，帝錫張華博物名。茗碗登堂無俗客，籃輿扶路有門生。」《壽朱竹垞》「誰能不領園林趣，每到君家愛少留。」《陳南麓掛雲書屋》「城空鼓角聲初動，月出樓臺勢盡低。」《月夜》「石如解聽無生話，風豈能摇久定心。」《塔鈴聲》「羊角團團多借勢，馬頭滚滚似趨名。」《咏塵》「頗訝渡河冰易泮，不知吹鬢雪難消。」《春風》「飛鴻印雪原無跡，倦馬辭槽又一嘶。怪底老懷多戀戀，西山多在短墻西。」《移居別寓》「舊巢未掃痕猶在，賜馬相隨骨漸高。」《由南書房出赴書局》「鷗鷺不争車馬道，自遮荷蓋領雛眠。」《過玉蝀橋》「緑野天開裴令墅，冶城人識謝公墩。」《甲秀園》「比似天邊一行雁，飛鳴食宿總同群。」《與汪紫滄同年接駕》「身如舊賜天閑馬，暮齒猶餘見獵心。」同上「詩如老將渾無敵，花到殘年亦少朋。」《同人看菊小飲》「居民老不知兵革，耕遍松桓舊戰場。」《送湯西崖赴奉天丞》「笑把屠蘇甘最後，白頭何事肯先人。」「枯枰三百多平路，莫鬬新翻巧手棋。」《除夕》「燈火參差亭北面，管絃清脆月三更。」《陶然亭公讌》「高士累朝多合傳，佳人絶代少同時。」《早梅插入菊瓶中》「不管小桃攀折苦，競携春色入城來。」《寒食詞》「入關雨後蹄雙躞，粥市朝來尾一金。」《揆愷功從口外寄欒卿》「人情舊雨來賓客，家信秋風報子孫。」《將移寓》「出塞雙鵰盤遠勢，入關萬馬壯秋聲。」《登密雲縣城樓》「回首神傷三黜後，過車腹痛十年餘。」《哭杜大宗》「閣道風清千步輦，慶霄日麗九層壇。」《郊壇侍祠》「老鶴林端排霧出，高雲天上作霖歸。」「《流水》一彈真絶調，朱絃三嘆有遺音。」《送陳澤州相國予告歸》「舊遊屈指誰還在，我是當時末座人。」《重經朱大司空花莊》「竹篙撐到水窮處，臘雪不香春雪香。」《題探春圖》「征衣長短曾蒙賜，箧笥三年倍感恩。」《赴西苑送駕》「舊巢天上重來燕，殘局燈前未了棋。」《修書竣重入南書房》「菰蔣幸有單棲處，莫入群中更作奴。」《聞孤雁》「累朝豈少文章禍，聖主終全侍從臣。莫怪兩家憂喜共，十年同事分相親。」《汪紫滄出獄》「家承曲阜先師學，郡領陶唐古帝都。」《送孔彝仲出守平陽》「繁華肯鬬春三月，澹蕩偏宜水一方。」《明相國自怡園荷花舊授經處今將去官歸故云》「得免徒行猶有愧，更争先路欲何求？冗官只算騎驢客，老向天街閱八騶。」《有笑余乘驢車者》「更上一層宜有閣，特開西面爲看山。」《顧俠君招飲晚翠閣》「人指所居爲福地，天留此老應文星。」《祝胡東樵壽》「便作小同呼也得，可憐花甲一周天。」「慚愧比渠多兩世，滿頭白髮望曾孫。」《德尹弟六十生子》「雪點旌旗秋出塞，風傳鼓角夜臨關。」《題天山坐鎮圖》「故應天與佳山水，生長山鄉宦水鄉。」《送盛東田出宰興化》「可憐孫又爲人父，二十年前膝上雛。」《得長孫舉子信》「夜似小年寒漸信，病非一日老方知。」《歲暮雜詩》「後來或者居人上，先處無如占地寛。」《弈棋》「讀書自要師前輩，知己誰能托後生？」「敢誇願大難成佛，肯舐丹餘早得仙。」「樗本不材良匠棄，屠非絶技善刀藏。」「鐘鳴漏盡人誰覺，又聽門前過早朝。」皆《歲暮將歸作》「館閣文章天上草，門墻桃李日南春。」《送海天植視學雲南》「貧思飽暖原奇福，老戀桑榆亦至情。」「若是登真須拔宅，良常何敢獨爲仙。」《將歸別弟潤木》「被他三品閒鷗笑，出没成群聽象奴。」《洗象詞》「感深紈扇秋風篋，夢散宮衣舊日香。」《次韻留别廖若村》「齒序余慚居客右，詩成君肯讓誰先。眼前看是尋常事，或有人從異日傳。」《張匠門席上作》「萬事蹉跎羊視後，一帆迢遞雁争先。」《叠前韵留别》「畫裏烟波鷗境界，燈前風雨雁程途。」「雲步改遷尋丈地，《霓裳》吹散大羅天。」《次汪紫滄送别韵》「久無書寄孤鴻外，曾記身穿萬馬中。」《大雪》「兩山鐘磬東西寺，十里烟波遠近帆。」《遊硖石精舍》「只消一夜東風力，扶起花頭五百枝。」「道是吾鄉第一花，花時無客不矜誇。兩朝二百年門第，得似君家有幾家？」《葆光居賞牡丹》「上界神仙風肅肅，下方樓閣雨濛濛。羽人何福能消受，長在晨霏夕靄中。」《南山道院》「厭逢俗客談時事，閒與鄉人結善緣。」「高人入社同招隱，大老還鄉例好禪。」《和許大宗伯》「一片緑陰行不到，家家門外有黄鸝。」「老農信口言皆驗，比似兒孫閱歷多。」《村家四月詞》「出波鱗甲飛如活，透骨玻璃冷放光。」《古鏡》「身憂天下原非分，老覺浮生亦有涯。」《雨後》「半月前期傳父老，一家喜氣到兒童。」「行處聚觀傾里巷，有時問答到樵漁。」「報答朝恩還有處，白頭相見祝年豐。」《許宗伯等赴敝村齒會》「陋邦笑我詩同鄶，雅量輸君酒到齊。」「行處人言星聚五，坐來吾忝齒居三。」《齒會》「勞動里中羊酒賀，一家遂有兩閒人。」《聞弟德尹官滿將歸》「耗磨毛遂囊中穎，零落江淹夢裏花。」《秃筆》「病不求醫吾有命，老方學《易》世無師。」《隙光》「芥納須彌中有地，杯浮滄海四無鄰。」《芥舟》「兩湖地主今誰在，每到徒增感舊詩。」《過鴛湖》「正自不嫌山少肉，肉山無此好毛尖。」《龍井茶》「他生行脚緣猶在，又入騎驢度嶺圖。」《過庾嶺》「天上故人開府出，田間野老輟耕來。」「兩袖有風驅瘴癘，百蠻無警静波瀾。」「節鉞威名行地遠，文章壇坫比官高。」「浪跡又看經萬里，著書何敢望千秋！」「天下迂儒猶剩我，平生知己孰逾公？」《到廣州贈大中丞佟陶菴》「獨客遠來朋舊少，貧官没後子孫賢。」《訪梁藥亭故居》「翠輦幾經偏霸主，素馨偏識故宮人。」《花田》「牛李恩讐初植黨，京攸父子互爭權。」《分宜感事》「輕負嶺南三百顆，此行剛看荔支花。」《歸家》

詩寫性情，原不專恃數典，然古事已成典故，則一典已自有一意，作詩者借彼之意，寫我之情，自然倍覺深厚，此後代詩人不得不用書卷也。吳梅村好用書卷，而引用不當，往往意爲詞累。初白好議論，而專用白描，則宜短節促調，以遒緊見工，乃古詩動千百言，而無典故驅駕，便似單薄。故梅村詩嫌其使典過繁，翻致膩滯，一遇白描處，即爽心豁目，情餘於文；初白詩又嫌其白描太多，稍覺寒儉，一遇使典處，即清切深穩，詞意兼工。此兩家詩之不同也。如初白與朱竹垞各咏甘泉漢瓦，兩詩相較：竹垞詩光怪陸離，令人不敢逼視；初白詩平易近人，便難爭勝。至與竹垞《水碓聯句》、《觀造竹紙聯句》，各搜典故，運用刻劃，工力悉敵，莫可軒輊。有書無書之異，了然可見矣。

初白古詩，微嫌冗長。其遒鍊者，如《送王兔菴學博赴安順》、《送王阮亭祭告南海》、《送畢鐵嵐督學貴州》、《二虎歌》、《自題廬山紀游後》、《夷門行》、《朱仙鎮岳忠武祠》等作，豪健爽勁，氣足神完，宋以來無此作也。《水西行》、《五老峰及觀海綿》、《賜覲侍衛殺虎》、《樓敬思平蠻歌》等作，雖氣力沛然有餘，究須删節。至如《董文敏天馬賦酬岍老》及《五更鷹窠頂觀日出》等作，則興會所到，酣嬉淋漓，力大於身，雖長而不覺其冗矣。

初白近體詩最擅長，放翁以後，未有能繼之者。當其年少氣鋭，從軍黔、楚，有江山戎馬之助，故出手即沉雄踔厲，有幽、并之氣。中年遊中州，地多勝蹟，益足以發抒其才思，登臨懷古，慷慨悲歌，集中此數卷爲最勝。內召以後，更細意熨貼，因物賦形，無一字不穩愜。五律如《韶州風度樓》弔張曲江云：「公進《千秋録》，開元極盛時。知幾同列少，去國一身遲。終始全臣節，安危動主思。高樓瞻畫像，風度儼鬚眉。」此等格律氣味，雖置之唐賢集中，莫能優劣也。七律如《與汪紫滄同寓》下半首云：「同槽厩馬無蹄齧，典謁家僮互使令。怪底群情皆貼妥，多緣君與我忘形。」《將去官歸有笑其乘驢車者》下半首云：「得免徒行猶有愧，更争先路欲何求？冗官只算騎驢客，老向天街閲八騶。」此種眼前瑣事，隨手寫來，不使一典，不著一詞，而情味悠然，低徊不盡，較之運古鍊句者更進矣。又如《長告將歸過别揆愷功園中看荷花》云：「繁華肯鬬春三月，澹蕩偏宜水一方。」以花自比，正喻夾寫，句中有意，句外有味，此畫中神品也。

以初白律詩與放翁相較：放翁使事精工，寫景新麗，固遠勝初白。然放翁多自寫胸臆，非因人因地，曲折以赴，往往先得佳句，而足成之；初白則隨事隨人，各如其量，肖物能工，用意必切，其不如放翁之大在此，而較放翁更難亦在此。

甌北詩話卷十一

陽湖趙翼雲崧

明妃詩

古來咏明妃者，石崇詩「我本漢家子，將適單于庭」、「昔爲匣中玉，今爲糞上英」，語太村俗。惟唐人「今日漢宮人，明朝胡地妾」二句，不着議論，而意味無窮，最爲絶唱。其次則杜少陵「千載琵琶作胡語，分明怨恨曲中論」，同此意味也。又次則白香山「漢使若回煩寄語，黄金何日贖蛾眉？君王若問妾顏色，莫道不如宮裏時！」就本事設想，亦極清雋。其餘皆説和親之功，謂因此而息戎騎之窺伺。有曰：「禍胎已入虜廷去，玉關寂寞無天驕。」有曰：「妾身雖苦免主憂，猶勝專寵亡人國。」有曰：「冶容若使留漢宮，卜年未必盈四百。」此皆好爲議論，其實求深反淺也。王荆公詩「意態由來貌不成，當時枉殺毛延壽」，此但謂其色之美，非畫工所能形容，意亦自新；乃張綸《林泉隨筆》謂其與「禍胎」句同意，何耶？明人有云：「一自蛾眉别漢宮，琵琶聲斷戍樓空。金錢買取龍泉劍，寄與君王斬畫工。」此則下第舉子藉以詈試官，非真咏明妃也。趙秉文《題明妃出塞圖》：「無情漢月解隨人，羞向天涯照妾身。聞道將軍侯萬户，已將功業畫麒麟。」此亦咏其和戎之功，而詞旨特醞藉。至王元節云：「環珮魂歸青塚月，琵琶聲斷黑河秋。漢家多少征西將，泉下相逢也合羞。」則淺露矣。楊一清改官後不得意，《咏昭君》云：「君王不是無恩澤，妾自無錢買畫師。」又一詩：「驪山舉火因褒氏，蜀道蒙塵爲太真。能使明妃嫁胡虜，畫師應是漢忠臣。」此意較新。見李詡《戒菴漫筆》。

韋蘇州

曾季貍《艇齋詩話》，謂「前人論詩，不知有韋蘇州，至東坡而後發此秘，遂以配陶淵明」云。按韋蘇州同時人劉太真與韋書云：「顧著作來，知足下郡齋讌集。何以情致暢茂，趣逸如此！宋、齊間沈、謝、吳、何，始精於意理，緣情體物，得詩人之旨。後之傳者少矣。惟足下制其横流，師摯之始，《關雎》之亂，於足下之文見之。」是韋詩已爲同時人所貴。其後白香山又宗陶、韋，有詩云：「時時自吟咏，吟罷有所思：蘇州及彭澤，與我不同時。」又云：「甞愛陶彭澤，文思何高玄！又怪韋蘇州，詩情亦清閑。」是香山亦已推韋詩以比彭澤，不待東坡始重之也。坡詩云：「樂天長短三千首，却愛韋郎五字詩。」亦明説香山之重韋，豈至坡始發其秘耶？《舊唐書》：「白樂天與元微之書云：『韋蘇州歌行，清麗之外，頗近興諷，其五言又高雅閒澹，自成一家，今之秉筆者誰能及之？然蘇州在時，人亦未甚愛重，必待身死後則愛之。』」

杜牧詩

杜牧之作詩，恐流於平弱，故措詞必拗峭，立意必奇闢，多作翻案語，無一平正者。方嶽《深雪偶談》所謂「好爲議論，大概出奇立異，以自見其長」也。如《赤壁》云：「東風不與周郎便，銅雀春深鎖二喬。」《題四皓廟》云：「南軍不袒左邊袒，四老安劉是滅劉。」《題烏江亭》云：「勝敗兵家事不期，包羞忍恥是男兒。江東子弟多才俊，捲土重來未可知。」此皆不度時勢，徒作異論，以炫人耳，其實非確論也。惟《桃花夫人廟》云：「細腰宫裏露桃新，脈脈無言度幾春。至竟息亡緣底事？可憐金谷墜樓人！」以緑珠之死，形息夫人之不死，高下自見；而詞語蘊藉，不顯露譏訕，尤得風人之旨耳。皮日休《館娃宫懷古》云：「越王大有堪羞處，只把西施賺得吴。」亦是翻新，與牧之同一蹊徑。

皮日休

孫光憲《北夢瑣言》：皮日休於咸通中上書，請以《孟子》爲學科，其略云「臣聞聖人之道，不過乎經；經之降，不過乎史；史之降，不過乎子。子不異道者，《孟子》也。捨是而諸子者，皆聖人之賊也。請廢莊、列之書，以《孟子》爲主，有能通其義者，其科選並同明經」云。按唐以前《孟子》雜於諸子中，從未有獨尊之者。昌黎始推尊之，然亦未請立學。皮日休乃獨請設科取士，是能於諸子淆雜之中別出手眼，别其爲儒學之宗，其有功於道學甚鉅。日休又著《鹿門隱書》及《文藪》、《雜著》等，皆論道極有見解。薛崗《天爵堂筆餘》亦甚推尊之。乃《劉貢父詩話》謂日休見輕於歸氏子弟，嘗以皮鞠作詩嘲日休曰：「八片尖皮砌作毬，火中燂了水中揉。一包閑氣如常在，惹踢招拳卒未休。」是固已爲人所侮慢。又賈似道《悦生隨抄》，記黄巢喜讖語，以唐帝改元廣明，謂「唐」去「丑」、「口」而著「黄」、「明」，爲己受命之祥，故又令皮日休作讖。詞云：「欲知聖人姓，田八二十一；欲知聖人名，果頭三屈律。」巢以爲譏己，遂殺之。《新唐書》亦謂陷於巢賊，僞署爲學士，使之作讖語，賊疑其謾己，遂及禍。是日休嘗受巢僞官，何其失節若此！豈文人之心，能見道而不能守，固如是耶？《南部新書》却載其令終，無從賊事，或謂據其家墓碑也。

蘇子美　梅聖俞

宋詩初尚西崑體，後蘇子美、梅聖俞輩出，遂各出新意，凌鑠一時，而二家又各不同。歐陽公嘗謂：「子美筆力豪儁，以超邁横絶爲奇；聖俞覃思精微，以深遠閒淡爲意。各極所長，雖善論者不能優劣也。」歐嘗有詩贈二人云：「子美氣尤雄，萬竅號一噫。有時肆顛狂，醉墨灑滂霈。譬若千里馬，已發不可殺。盈前盡珠璣，一一難揀汰。梅翁事清切，石齒漱寒瀨。作詩三十年，視我猶後輩。文詞愈清新，心意雖老大。有如妖韶女，老自有餘態。近詩尤古硬，咀嚼苦難嘬。又如食橄欖，真味久愈在。蘇豪以氣鑠，舉世徒驚駭。梅窮獨我知，古貨今難賣。」此詩載公《歸田詩話》中，其傾倒於二公者至矣，而於梅尤所欽服。蓋梅嘗言：詩貴「意新語工，得前人所未道者，乃爲善也。必能狀難寫之景，如在目前，含不盡之意，見於言外，然後爲至」。歐公作詩之旨，亦與梅同，故尤推服也。歐又稱聖俞苦於吟咏，以閑遠古澹爲主，故構思極艱云。

聖俞寄蘇子美詩：「吾交有永叔，勁正語多要。嘗許吾二人，放檢不同調。其於文字間，苦硬與惡少。雖然趣尚殊，握手幸相笑。」又寄永叔云：「荷公知我詩，數數形美述。兹道日未湮，可與古爲匹。孟盧張賈流，其言不相昵。或多窮苦語，或特事豪逸。而於韓公門，取之不一律。乃輒存此心，欲使名譽溢。竊比於老郊，深愧言過實。然於世道中，固且異謗嫉。交情有若此，始可論膠漆。」

歐陽詩

歐陽以古文名家，其詩遂不大著。東坡舉其「萬馬不嘶聽號令，諸番無事樂耕耘」，以爲集中傑作，然非其至也。惟《崇徽公主和番詩》云：「玉顔自昔爲身累，肉食何人與國謀？」此何等議論，乃鎔鑄於十四字中，自然英光四射。又如《送杜岐公致仕》云：「貌先年老緣憂國，事與心違始乞身。」意更沉鬱深摯，即少陵集中，亦無可比擬也。

王荆公詩

荆公專好與人立異，其性然也。王介與荆公素好，因荆公屢召不起，後以翰林學士一召即赴，介寄以詩云：「草廬三顧動幽蟄，蕙帳一空生曉寒。」蓋諷之也。公答以詩，即云：「丈夫出處非無意，猿鶴從來不得知。」《登北高峰塔》云：「飛來峰上千尋塔，聞説鷄鳴見日升。不畏浮雲遮望眼，自緣身在最高層。」又《咏石榴花》云：「濃緑萬枝紅一點，動人春色不須多。」晏元獻有題竿伎詩：「百尺竿頭裊裊身，足騰跟掛駭旁人。漢陰有叟君知否？抱甕區區亦未貧。」公與文潞公同過其題，潞公爲低徊，公又題一絶云：「賜也能言未識真，誤將心許漢陰人。桔槔俯仰何妨事，抱甕區區老此身。」可見其處處別出意見，不與人同也。以上見《石林詩話》。晚歸金陵，題謝公墩云：「我名公字偶相同，我屋公墩在眼中。公去我來應屬我，不應名姓尚隨公。」或謂公好與人争，在朝則争新法，在野則與謝争墩。又咏詩云：「穰侯老擅關中事，長恐諸侯客子來。我亦暮年專一壑，每逢車馬便驚猜。」則不惟出而專朝廷，雖丘壑亦欲專之矣。以上見瞿佑《歸田詩話》。今即其生平得意句論之，公嘗以老杜「鈎簾宿鷺起，丸藥流鶯囀」爲高妙，遂彷之，作「青山捫蝨坐，黄鳥挾書眠」，自以爲不減杜。試思少陵此二句本已晦澀難解，不可以出自少陵，遂不敢議。乃荆公更從而效之，幾似「山」能「捫蝨」，「鳥」能「挾書」，成何語耶？咏明妃句「漢恩自淺胡自深，人生樂在相知心」，則更悖理之甚。推此類也，不見用於本朝，便可遠投外國；曾自命爲大臣者，而出此語乎？晚年又專求屬對之工，如「含風鴨緑鱗鱗起，弄日鵝黄裊裊垂」，「鴨緑」作水波，尚有「漢水鴨頭緑」之句可引；「鵝黄」則新酒亦可説，豈能專喻新柳耶？況柳已裊裊垂，則色已濃緑，豈尚鵝黄耶？又詩云：「名譽子真矜谷口，事功新息困壺頭。」又改云：「未愛京師傳谷口，但知鄉里困壺頭。」此不過以「谷口」、「壺頭」裁對成聯耳。「歲晚蒼官松也。纔自保，日高青女霜也。尚横陳。」亦不過以「蒼官」、「青女」作對。此皆字面上求工，而氣已懨懨不振。惟《芥隱筆談》記：荆公在歐陽公席上分韵，送裴如晦知吴江，蘇老泉得「而」字，已押「俟我著乎而」，荆公又押云：「采鯨抗波濤，風作鱗之而。」又云：「春風垂虹亭，一盃湖上持。傲兀何賓客，兩忘我與而。」此較有筆力，然亦可見争難鬬險，務欲勝人處。《陳後山詩話》云：「詩欲其好，則不能好矣。王介甫以工，蘇子瞻以新，黄魯直以奇，皆有意見好，非如杜子美奇、常，工、易，新、陳，自然無一不好也。」戴植《鼠璞》云：「王介甫但知巧語之爲詩，不知拙語亦詩也；山谷但知奇語之爲詩，不知常語亦詩也。」

黄山谷詩

北宋詩推蘇、黄兩家，蓋才力雄厚，書卷繁富，實旗鼓相當，然其間亦自有優劣。東坡隨物賦形，信筆揮灑，不拘一格，故雖瀾翻不窮，而不見有矜心作意之處。山谷則專以拗峭避俗，不肯作一尋常語，而無從容遊泳之趣。且坡使事處，隨其意之所之，自有書卷供其驅駕，故無捃摭痕跡。山谷則書卷比坡更多數倍，幾於無一字無來歷，然專以選才庀料爲主，寧不工而不肯不典，寧不切而不肯不奥，故往往意爲詞累，而性情反爲所掩。此兩家詩境之不同也。林艾軒論蘇、黄詩：「丈夫見客，大踏步便出去；若女子，便有許多妝裹。此坡、谷之别也。」見《許彦周詩話》。

劉夢得論詩，謂「無來歷字，前輩未嘗用」。孫莘老亦謂「杜詩無一字無來歷」。山谷嘗拈以示人，蓋隱以自道。又嘗跋《枯木道人賦》，謂：「閑居熟讀《左傳》、《國語》、《楚詞》、莊周、韓非諸書，欲下筆先體古人致意曲折處，久乃能自鑄偉詞，雖屈、宋不能超此步驟也。」又語楊明叔云「詩須以俗爲雅，以故爲新。百戰百勝，如孫、吴之用兵；棘端可以破鏃，如甘蠅、飛衛之射。此詩人之奇，昔得此秘於東坡，今舉以相付」云。此可見其得力之處矣。

自中唐以後，律詩盛行，競講聲病，故多音節和諧，風調圓美。杜牧之恐流於弱，特創豪宕波峭一派，以力矯其弊。山谷因之，亦務爲峭拔，不肯隨俗爲波靡，此其一生命意所在也。究而論之，詩果意思沉着，氣力健舉，則雖和諧圓美，何嘗不沛然有餘？若徒以生鬬争奇，究非大方家耳。山谷詩，如「世上豈無千里馬，人中難得九方皋」，《潛夫詩話》謂可爲律詩之法。又如「與世浮沉惟酒可，隨人憂樂以詩鳴」，此真獨闢蹊徑。至如洪龜父所賞：「蜂房各自開户牖，蟻穴或夢封侯王。」「黄流不解涴明月，碧樹爲我生涼秋。」此不過昔人未經道過，其實無甚意味。吴曾《能改齋漫録》記：「歐陽季默問東坡云：『山谷詩何處最好？』坡不答。季默舉其《雪詩》云：『夜聽疎疎還密密，曉看整整復斜斜。』亦佳耶？坡曰：『正是佳處。』」此雖東坡鑒賞，然終不免村氣矣。

《東坡詩話》：「讀魯直詩，如見魯仲連、李太白，不敢復論鄙事。雖若不適用，亦不無補於世也。」又云：「魯直詩文如蝤蛑、江瑶柱，格韵高絶，然不可多食，多食則發風動氣。」林季野云：「魯直詩未必篇篇俱佳，但格制高耳。」

魏泰《臨漢詩話》：「山谷詩專求古人未使之事，而又一二奇字綴葺而成，自以爲工，其實所見之僻也。故句雖新奇，而氣乏渾厚。」

《石林詩話》「魯直自矜一聯云：『人得交遊是風月，天開圖畫即江山。』以爲晚年最得意之句。然魯直自有『山圍燕坐圖畫出，水作夜窗風雨來』，其氣較健」云。按此二聯，亦不過取意稍新異，終無甚意味也。《陳後山詩話》謂：「魯直學杜，過於求奇，不如杜之遇物而奇也。三江、五湖，平漫千里，因風石乃奇耳。」

吕伯恭《紫微詩話》云：「范元實從山谷學詩，要字字有來處。」

李西涯《懷麓堂詩話》：「熊膰、鷄跖，筋骨有餘，肉味絶少，好奇者不能舍之，而不足厭飫天下。黄魯直詩，大抵如此。」

摘句

「年年歲歲花相似，歲歲年年人不同」，此劉希夷詩，無甚奇警，乃宋之問乞之不得，至以計殺之，何也？蓋此等句，人人意中所有，却未有人道過，一經説出，便人人如其意之所欲出，而易於流播，遂足傳當時而名後世。如李太白「今人不見古時月，今月曾經照古人」，王摩詰「勸君更盡一盃酒，西出陽關無故人」，至今猶膾炙人口，皆是先得人心之所同然也。余亦有一聯云「天邊圓月少，世上苦人多」，似亦不易之論。今摘取古來佳句沁人心脾者，隨所得筆之。

詩人佳句

蔡天啓與張文潛論韓、柳五言，以韓詩「暖風抽宿麥，清雨捲歸旗」，柳詩「壁空殘月曙，門掩候蟲秋」爲集中第一。歐陽公稱周朴詩「風暖鳥聲碎，日高花影重」、「曉來山鳥鬧，雨過杏花稀」，梅聖俞以嚴維「柳塘春水漫，花塢夕陽遲」，皆以爲佳句。然總不如温庭筠《曉行》詩「鷄聲茅店月，人跡板橋霜」，不着一虚字，而曉行景色都在目前，此真傑作也。賈島有「怪禽啼曠野，落日恐行人」，亦寫得孤客辛苦之狀，然已欠自然矣。

「天子旌旗分一半，八方風雨會中央。」劉禹錫送裴晉公留守東都詩，氣力函蓋，雖韓昌黎「將軍舊列司空貴，相國新兼五等崇」之句，亦不及也。「獨上高樓望帝京，鳥飛猶是半年程。青山似欲留人住，百匝千迴繞郡城。」李德裕貶崖州作。「長因送人處，憶得別家時。」張籍「一年將盡夜，萬里未歸人。」戴叔倫「不來相送處，恐有獨歸時。」徐道暉「鼉鼓三聲急，西山日又斜。黄泉無旅店，今夜宿誰家？」江爲《臨刑口占》「馬放降來地，雕盤戰後雲。」宋九僧詩「袖中諫疏朝天去，頭上宫花侍宴歸。」宋九僧詩「日上故陵烟漠漠，春歸空苑水潺潺。」錢希白《弔洛陽故城》詩「君王城上豎降旗，妾在深閨那得知？十四萬人齊解甲，更無一個是男兒！」花蕊夫人對宋太祖詩「燒葉爐中無宿火，讀書窗下有殘燈。」魏野「成家書滿屋，添口鶴生雛。」「妻喜栽花活，兒誇鬬草贏。」皆魏野詩。「雨網蛛絲斷，風枝鳥夢摇。」陳堯佐詩「諫草焚來應見史，黄金散盡只留書。」朱公綽《送劉諷致仕》詩「亞夫金鼓從天落，韓信旌旗背水陳。」梅聖俞《送夏鄭公出鎮長安》「雁外無書爲客久，蛩邊有夢到家多。」陳堯佐《年八十致仕》詩。「旌旗太乙三山外，車馬長楊五柞中。」王稚川詩，見山谷集。「青雲歧路遊將遍，白髮光陰得最多。」皆晁以道詩。「柏花十字裂，菱角兩頭尖。」「倒着衣裳迎户外，盡呼兒女拜燈前。」謝師厚退居於鄧，其妹壻奉使，紆道訪之，師厚作詩。「富貴極來惟嘆老，功名高後轉輕身。」錢希白《擬張籍上裴晉公》詩「久無行客爲下馬，但有牧童來放牛。」楊舜韶《過孫堅墓》詩「淺深紅白宜相稱，先後仍須次第栽。我欲四時攜酒去，莫教一日不花開。」歐陽公謫滁，令幕僚種花詩。「風蒲獵獵弄輕柔，欲立蜻蜓不自由。五月臨平山下路，藕花無數亂汀洲。」參寥詩「北堂無老信來稀，十載秋風雁自飛。今日滿頭生白髮，千山鄉路爲誰歸？」《舒州驛中題壁》，見趙德麟《侯鯖録》。「鸚鵡言猶在，琵琶事已非。傷心瘴江水，同渡不同歸。」蔡確謫新州，攜婢名琵琶及能言之鸚鵡同往。婢死而鸚鵡猶唤其名，乃作此詩。「鼙鼓轟轟聲徹天，中原廬井半蕭然。鶯花不管興亡事，妝點春光似昔年。」金人暫歸宋河南、陝西地，有人題於驛壁。「壞墻着雨蝸成字，古屋無人燕作家。」陳無己詩「夕陽山外山，春水渡旁渡。」戴石屏詩，得一句，經年始成對。「有客能吟丞相柏，無人敢伐召公棠。」燕人謁《韓魏公相州祠堂》詩「三分天下二分亡，猶把山川寸寸量。縱使一墟添一畝，也應不似舊封疆。」賈似道行推回田畝之令，有人作詩。「一抔未築珠宫土，雙匣親傳竺國經。只有東風知此意，年年杜宇哭冬青。」「空山急雨洗巖花，金粟堆邊起暮鴉。水到蘭亭轉嗚咽，不知真帖落誰家？」「橋山弓劍未成灰，玉匣珠襦一夜開。猶憶去年寒食節，天家一騎捧香來。」楊璉真伽發宋諸陵，有義士林景曦，爲丐者，以竹籮拾高、孝二帝骨，葬於東嘉，作此記事。「江南歲歲烽烟起，海上年年御酒來。如此烽烟如此酒，老夫懷抱幾時開？」張士誠既降元，元帝賜以龍衣御酒。適楊廉夫到蘇，士誠以御酒宴之，廉夫作詩。「月明漢水初無影，雪滿梁園尚未歸。趙家姊妹工相妬，莫向昭陽殿裏飛！」袁凱《白燕》詩「猶有交情兩行淚，西風吹上漢臣衣。」亦袁凱《題蘇李泣別圖》。「雲邊路遶巴山色，樹裏河流漢水聲。」浦長源詩「六朝舊恨斜陽外，南浦新愁細雨中。」楊孟載《春草》詩。「淮陰北面師降虜，其氣早已吞項羽。君得李祐釋不誅，早把元濟弄掌股。」蔡州咏李愬。「敬賢當遠色，治國先齊家。如何廢郭后，寵此陰麗華！糟糠之妻尚如此，貧賤之交何足恃！羊裘老子早見幾，却向桐江釣烟水。」方孝孺《題嚴陵釣臺》「一失足爲天下笑，再回頭是百年身。」錢福狀元以事被斥革，作此詩。「照天不夜梨花月，落地無聲柳絮風。」周伯春《雪》詩。「自嘆年來刺骨貧，吾廬今已屬西鄰。殷勤説與東園柳，他日相逢是路人。」天台宋氏，賣宅與鄰家，作此別屋。見仇遠《稗史》。「不鍊金丹不坐禪，不爲商賈不耕田。興來只寫青山賣，不使人間造孽錢。」唐寅詩「直插漁竿斜繫艇，夜深月上當竿頂。老漁爛醉喚不醒，滿船霜映簑衣影。」亦唐寅題畫詩。「白頭一老子，騎驢去飲水。岸上蹄踏蹄，水邊嘴對嘴。」吴小仙幼時題畫詩「新花枝勝舊花枝，從此無心念别離。可信秦淮今夜月，有人默坐數歸期。」有人遊京師，娶婦不歸，王孟端作詩諷之，其人掩泣而歸。「家住夕陽江上村，一灣流水繞柴門。種來松樹高於屋，借與春禽養子孫。」葉唐夫詩「美酒飲教微醉後，好花看到半開時。」李詡《戒菴漫筆》「與雲秋別寺，同月夜行船。」「草生橋斷處，花落燕來初。」皆僧德祥詩。「月暗花明揜竹房，輕寒漠漠透衣裳。清明院落無燈火，獨繞迴廊禮夜香。」僧圓至詩「蟭螟殺敵蚊眉上，蠻觸交争蝸角中。何異諸天觀下界，一微塵裏鬭英雄。」「荳苗鹿嚼解烏毒，艾葉雀銜奪燕巢。鳥獸不曾看《本草》，諳知藥性是誰教？」皆白居易詩。「寄將一幅剡溪藤，江面青山畫幾層。筆到斷崖泉落處，石邊添畫看雲僧。」一僧以此詩乞畫於沈石田，石田爲寫其意。「到處尋春不見春，芒鞵踏遍嶺頭雲。歸來笑撚梅花嗅，春在枝頭已十分。」一女尼詩，見江盈科《雪濤詩評》。「宴罷歸來海上山，月瓢承露浴金丹。夜深鶴透秋空碧，萬里西風一劍寒。」吕純陽詩，亦見《雪濤詩評》。「流水涓涓芹吐芽，織烏西飛客還家。深村無人作寒食，殯宮空對棠梨花。」東坡述鬼詩，見《侯鯖録》。「相思無路莫相思，風裏楊花只片時。惆悵深閨獨歸處，曉鶯啼斷緑楊枝。」女鬼詩，見《許彦周詩話》。「人間天上歸無處，且作陽臺夢裏人。」女鬼詩，見《夷堅志》。

甌北詩話卷十二

陽湖趙翼雲崧

七言律

心之聲爲言，言之中理者爲文，文之有節者爲詩。故《三百篇》以來，篇無定章，章無定句，句無定字，雖小夫室女之謳吟，亦與聖賢歌咏並傳，凡以各言其志而已。屈、宋變而爲騷，馬、班變而爲賦。蓋有才者以《三百篇》舊格不足以盡其才，故溢而爲此，其實皆詩也。自《古詩十九首》以五言傳，《柏梁》以七言傳，於是才士專以五七言爲詩。然漢、魏以來，尚多散行，不尚對偶。自謝靈運輩始以對屬爲工，已爲律詩開端；沈約輩又分别四聲，創爲蜂腰、鶴膝諸説，而律體始備。至唐初沈、宋諸人，益講求聲病，於是五七律遂成一定格式，如圓之有規，方之有矩，雖聖賢復起，不能改易矣。蓋事之出於人爲者，大概日趨於新，精益求精，密益加密，本風會使然，故雖出於人爲，其實即天運也。就有唐而論：其始也，尚多習用古詩，不樂束縛於規行矩步中，即用律亦多五言，而七言猶少，七言亦多絶句，而律詩猶少。故《李太白集》七律僅三首，《孟浩然集》七律僅二首，尚不專以此見長也。自高、岑、王、杜等《早朝》諸作，敲金戛玉，研練精切。杜寄高、岑詩，所謂「遥知對屬忙」，可見是時求工律體也。格式既定，更如一朝令甲，莫不就其範圍。然猶多寫景，而未及於指事言情，引用典故。少陵以窮愁寂寞之身，藉詩遣日，於是七律益盡其變，不惟寫景，兼復言情，不惟言情，兼復使典，七律之蹊徑，至是益大開。其後劉長卿、李義山、温飛卿諸人，愈工雕琢，盡其才於五十六字中，而七律遂爲高下通行之具，如日用飲食之不可離矣。西崑體行，益務數典，然未免傷於僻澀。東坡出，又參以議論，縱横變化，不可捉摸，此又開南宋人法門，然聲調風格，則去唐日遠也。

各體詩 已見《陔餘叢考》，今又增數格。

宋人詩，與人贈荅，多有切其人之姓，驅使典故，爲本地風光者。如東坡與徐君猷、孟亨之同飲，則以徐、孟二家故事，裁對成聯；《送鄭户曹》，則以鄭太、鄭虔故事，裁對成聯；又戲張子野娶妾，專用張家事點綴縈拂，最有生趣。自是，秦少游贈坡詩：「節旄零落氊餐雪蘇武，辨舌縱横印佩金蘇秦。」山谷贈坡詩：「人間化鶴三千歲蘇躭，海上看羊十九年蘇武。」皆以切合爲能事；然以蘇武比坡黄州之謫，尚可映帶，蘇秦、蘇躭，何爲者耶？山谷又有《題郭明甫西齋》云：「東京望重兩并州郭伋、郭丹，遂有汾陽整綴旒郭子儀。翁伯入關傾意氣郭解，林宗異代想風流郭泰。」此不過述其家世，於其人何與耶？

金李俊民有王籌堂壽詩，俱用王家典故，二首：「此生但覺醉鄉寬王績，誰謂蟎猶北海蟠猛。處處相迎皆倒屣粲，人人共喜欲彈冠陽。州應何日懸刀夢濬，山試今朝拄笏看子猷。仙馭未來緱氏鶴，月明吹徹玉笙寒王喬。」「烏衣歷歷是名家，人物於今比晉多。俗論不侵揮麈話衍，壯懷多副缺壺歌敦。雖無金埒堪調馬濟，賴有《黄庭》可換鵞羲之。見説長江欲飛渡濬，那須冰合望滹沱霸。」《詩苑類格》有「建除體」一種，以「建、除、滿、平、定、執、破、危、成、收、開、閉」十二字冠於句首，此本鮑照所創。又有「藥名詩」，王融所創，專用藥名嵌於句中，而不必句首。山谷每好彷之，其《贈晁无咎》用「建除體」，《荆州即事》八首用「藥名體」。又有《八音歌》贈晁堯民、鄭彦能、徐天隱各一首，金石等字，亦冠於句首。更有《二十八宿歌贈无咎》，以二十八字嵌於句内，則山谷創體也。最後《託宿逍遥觀》詩，專用字之偏傍一樣者，綴合成句：「逍遥近道邊皆走字，憩息慰憊懣皆心字。草萊荒蒙蘢皆草字，室屋壅塵坌皆土字。僮僕侍偪側皆人字，涇渭清濁混皆水字。」此亦山谷創體。蓋文人無所用心，遊戲筆墨，東坡口喫詩亦同此伎，所謂「爲之猶賢乎已」，固不必議其纖巧，近於兒戲也。

魏泰《臨漢詩話》：「楊察謫守信州，餞之者十二人，察於筵上作詩以謝，皆用十二故事。其詩曰：『十二天之數，今宵座客盈。位如星占野，人若月分卿。極醉巫山側，聯吟嶰琯清。他年爲舜牧，協力濟蒼生。』」

梅聖俞詩有全平全仄者，如「月出斷岸口」是也。趙秉文亦彷之：「末伏暑尚在，雨點落未落。夢覺起視夜，缺月掛屋角。」「殘星横斜河，晨鷄號天風。幽人窗中眠，紗廚明秋空。」麻知幾有叠語詩：「緼緼蠢蠢何等民，矯矯亢亢内守貞。昂昂藏藏獨異俗，落落莫莫不厭貧。歸歟歸歟且餬口，鳳兮鳳兮德衰久。樂云樂云無弦琴，命乎命乎一杯酒。匪饘匪鮪故爲藏，避言避世必也狂。至大至剛秣吾馬，爰清爰浄修我堂。用之捨之時所係，晉如摧如寧復計！暖然淒然任春秋，優哉游哉聊卒歲。」

詩以古人姓名藏句中

《葉石林詩話》：「王荆公有詩云：『老景春可惜，無花可留得。莫嫌柳渾青，終恨李太白。』以古人姓名藏句中，實屬創見。」按權德輿詩云：「藩宣秉戎寄，衡石崇位勢。年紀信不留，弛張良自愧。樵蘇則爲愜，瓜李斯可畏。不顧榮宦尊，每陳農畝利。家林類巖巘，負郭躬斂積。忌滿寵生嫌，養蒙恬勝智。疎鐘皓月曉，晚景丹霞麗。澗谷永不諼，山梁冀無累。頗符生肇學，得展禽尚志。從此直不疑，支離疏世事。」則唐人已有此體矣。

雙聲體

東坡有口喫詩「故居劍閣隔錦官」一首，又「郊居江干堅關扃」一首，使口喫者讀之，必噴飯也。然此本雙聲體，史繩祖《學齋呫嗶》載唐人姚合《洞庭蒲萄架詩》云：「葡藤洞庭頭，引葉漾盈摇。皎潔鈎高掛，玲瓏影落寮。陰烟壓廷屋，濛密夢冥苗。清秋青且翠，冬到凍都凋。」是唐人已有此體，非坡創也。

藥名體

《温公詩話》：「陳亞嘗以藥名入詩：『風雨前湖夜，軒窗半夏涼。』《贈乞雨自曝僧》云：『不雨若令過半夏，定應晒作葫蘆巴。』又《咏上元夜游人》云：『但看幾家牛領上，十家皮没五家皮。』」

詩病

詩有一首中用重韵者。任彦昇《哭范僕射》一詩三押「情」字，沈雲卿「天長地闊」一詩三押「何」字，王維「暮雲空磧」一首兩押「馬」字。「一從歸白社，不復到青門。青菰臨水映，白鳥向山翻。」「青」、「白」二字，一首中重出。《九成宫避暑》三四「衣上」、「鏡中」，五六「林下」、「巖間」，句法亦重出。岑嘉州「雲隨馬」、「雨洗兵」、「花迎蓋」、「柳拂旌」，一首中句法亦重。王世懋《藝圃擷餘》張謂《别韋郎中》詩，八句中五地名。盧象《雜詩》，八句中四地名。王昌齡《送朱越》一絶，四句中四地名。孟浩然《宴滎山人池亭》律詩，七句中用八人姓名。田藝衡《香宇詩談》謝惠連詩「屯雲蔽層嶺，驚風湧飛流。零雨潤墳澤，落雪灑林丘。浮氛晦崖巘，積素惑原疇」，六句句法相似。張正見詩「含香老顔駟，執戟異揚雄。

惆悵崔亭伯，幽憂馮敬通。王嬙没胡塞，班女棄深宫」，六句中引用六古人。王世懋、都穆、田藝衡皆以爲今人詩若此，必厭其重複，在古人正不若是拘也。然究是詩中之病。若李太白「峨嵋山月半輪秋，影入平羌江水流。夜發清溪向三峽，思君不見下渝州」，四句中用五地名，毫不見堆垛之迹。此則浩氣噴薄，如神龍行空，不可捉摸，非後人所能模仿也。駱賓王「林疑中散地，人似上皇時。芳杜湘君曲，幽蘭楚客詞」，二聯中用四典，亦不見其重叠，此又剪裁之妙。

古人句法，有不宜襲用者。白香山「東澗水流西澗水，南山雲過北山雲」，蓋脱胎於「東家流水入西鄰」之句，然已遜其醖藉。梅聖俞又仿之爲「南嶺禽過北嶺叫，高田水入低田流」，則磨牛之踏陳迹矣，乃歐陽公誦之不去口。黄山谷又仿之爲「野水自流田水滿，晴鳩卻唤雨鳩來」，周少隱《竹坡詩話》亦謂其「語意高妙」，而不知愈落窠臼也。邵長蘅《西湖詩》「南高雲過北高宿，裏湖水出外湖流」，亦同此病。

南宋人著述未入金源

宋南渡後，北宋人著述，有流播在金源者，蘇東坡、黄山谷最盛。南宋人詩文，則罕有傳至中原者，疆域所限，固不能即時流通。今就金源諸名人集考之：密國公完顔璹有「只因苦愛東坡老，人道前身趙德麟」之句；張仲經有《移居學東坡》八首；文伯起《小雪堂詩話》載坡詞數十首；孫安常并有東坡詞注；高士談有《次韵東坡定州立春》詩，又集坡詩贈程大本；趙秉文有《跋東坡石鐘山記墨蹟》，又和東坡《謫居三適》詩；張子羽有《次韵東坡跋周昉欠伸美人》詩；王若虚因人言文首東坡，詩首山谷，乃作四詩正之；劉從益有《和東坡守歲》詩；李屏山有《題東坡赤壁風月笛圖》，又謂東坡爲「文字禪」，山谷爲「祖師禪」；喬扆有「獨誦隔林機杼句」，則并及東坡之方外友參寥矣；趙秉文《除夜》詩云「小坡著號是前身」，則更及於坡之子叔黨矣；李灕《得第》詩云：「姓名偶脱孫山外，文字幸爲坡老知。誰念三生李方叔，欲將殘喘寄爐錘。」則并及坡之門下士李廌矣。而尤服膺坡、谷者，莫如元遺山。如《琴辨》一首，引谷詩云：「袖中正有南風手，誰爲聽之誰爲傳？」又引坡詩云：「琴裏若能知賀若，詩中應合愛陶潛。」《毛氏千秋録序》又引坡文云：「人無所不至，惟天不容僞。」遺山又特選蘇詩爲《東坡雅》，序而傳之。併樂府亦傾倒備至，謂「東坡聖處，非有意於文字之工，乃不得不然之爲工也」。見《新軒樂府引》。甚至蘇、黄字跡，亦所矜賞，謂「二公翰墨，片言隻字，皆未名之寶，百不爲多，一不爲少」。見《跋蘇黄帖》。是遺山之於蘇、黄，可謂染神刻骨矣。至南宋理學詩文諸名流，則流播於金源者甚少。趙秉文詩有「忠言唐介初還闕，道學東萊不假年」，是北人已有知吕東萊也。元遺山作《張良佐墓銘》，謂良佐得新安朱氏《小學》，以爲治心之要；又李屏山嘗取道學書就伊川、横渠、晦菴諸人所得而商略之，是北人已有知朱子也。《歸潛志》又謂屏山最愛楊萬里詩，曰：「活潑刺底，人難及也。」是北人并知有楊誠齋矣。獨陸放翁與朱子、誠齋同時，而金源諸名人集中，無有言及者。蔡元定、李仁甫、王伯厚諸人，亦不見北人集中也。

古今詩互有優劣

「水田飛白鷺，夏木囀黄鸝」，本李嘉祐詩，王摩詰添「漠漠」、「陰陰」四字，論者謂倍覺生動。今甲子歲，梅雨連旬，低田俱成巨浸，余亦用此二句云：「但見水田飛白鷺，不聞夏木囀黄鸝。」雖踵故事、拾唾餘，而形容雨多水大光景，似宛然在目。王荆公詩「名譽子真矜谷口，事功新息困壺頭」，「谷口」、「壺頭」，自以爲屬對工巧。昨歲畢秋帆總督湖、廣，值流賊俶擾，發兵勦捕，未奏凱而歿，余輓詩云：「羊祜惠猶留峴首，馬援功未竟壺頭。」不特「峴首」、「壺頭」成聯，而「羊祜」、「馬援」姓名，亦屬佳對；且切合時事，開闔俯仰，情餘於文，以視先得句而後安題者，亦似過之。李空同《咏十六夜月》云：「清虧桂闕一分影，寒落江門數尺潮。」當時京師士大夫莫不傳誦，然江潮十六七八最盛，何得反云「落」？且詩雖刻劃，終覺黏皮帶骨，無渾脱之致。余少時客中《八月十六夜對月》詩云：「佳節又看今歲過，清光還似昨宵多。」孰得孰失，必有能辨之者。

遺山當金哀宗天興二年壬辰，蒙古兵圍汴京，遺山在圍城中。未幾，哀宗奔蔡州。明年癸巳正月，崔立叛，以汴降蒙古。四月二十九日，遺山始出京，而二十二日，已有書上蒙古中書令耶律楚材，自稱「門下士」。余作遺山詩話，以其在金時與楚材素無一面，何以未同而言若此？今細閲遺山集，楚材有二兄，皆仕於金：一名辨才，官静難節度副使；一名思忠，官龍虎衛上將軍。楚材奉其主之命來索取，哀宗幸藉此可成和議，俱遣往。思忠誓不北行，投城濠死；辨才亦至真定而歿。是楚材曾親至汴京，蓋已聞遺山之名而物色之；遺山因有知己之感，與之投契，故有「門下士」之稱，非無因至前也。然律以境外之交，究不無可議。惟始終不仕新朝，尚爲完節耳。

（王天覺點校）

譚詩管見

譚詩管見提要

《譚詩管見》一卷，據嘉慶七年刊《厭原山人彙稿》本點校。撰者熊榮（一七三五——一八〇六），字對嘉，號雲谷。江西新建人。有《厭原山人彙稿》。熊氏平居山中，讀書自娱。此書乃其讀詩所得，有嘉慶六年辛酉裘行簡跋。始自《十九首》，歷魏晉南北朝、唐宋，迄於金元，稍具系統，明則止李三隨一人。論詩無甚特見，主張學律詩者以盛唐爲宗，中唐以下即不可取法，此指五律尚可，指七律則不啻悖反矣。又駁宋牧仲（犖），謂宋人多學香山而非少陵，而元詩修飾煅煉之工遠在宋人之上，或從自家心得來，然亦捨本逐末之論也。中有一則記其「己酉北行」事，時在乾隆五十四年。又云「年過花甲，每愛夜讀」，知作於晚年也。

題跋

詩學源流，前人言之詳矣。即古今各家詩話散見於諸書者，不下百數十種。見淺見深，要隨其性之所近，正不必彼此牴牾也。作文者辭達理舉，惟求其是，作詩寧獨不然？即玉溪生號爲「獺祭」，然亦必以意勝，醖釀深厚，正自托諷淵微。否則塗脂抹粉，滿幅詞華，而按其意趣，竟不解何謂，寧尚合於言志之旨歟？吾鄉熊對嘉先生，績學士也。居空山中，罕到廛市，讀書咏詩之外，别無所嗜。昨春余識之於架溪鄉，今冬廬墓次，先生出所著《消暇漫録》、《譚詩管見》以示。《消暇》一編，余既跋而識之矣，復細繹是編。溯自魏晉，以及元明，擇必精當，語必典贍，但取人之所長，而不攻人之短，非特詩學深，尤見所養到也。聞先生著作甚夥，家貧，無力倩人書。倘暇時寫出，容余先覩爲快否？嘉慶辛酉年仲冬下澣可亭弟裘行簡敬跋。

譚詩管見

龍津熊榮對嘉氏著

《古詩十九首》氣味深厚，音節雄渾，章法句法，若斷若續，别有神理，洵非出自一人之手。其丰韵骨力，不獨晉、宋、齊、梁高手不能企及，即建安諸子，亦瞠乎後焉。息心玩之，另有一段光景情境流露於工拙淺深之外，令人思之不置，味之不盡，非可以口舌傳也。

古詩必以漢、魏爲宗。蘇、李贈答，黄初七子，《三百篇》後，此爲權輿。六朝失之富麗，唐人失之卑靡，唯少陵《前後出塞》、《無家别》、《石壕吏》等篇，差可與古爲徒。

徐巨源曰：「古詩者，《風》之遺也。樂府者，《雅》、《頌》之遺也。蘇、李、《十九首》，變爲黄初、建安，爲《選》體，流爲齊、梁俳句，又變至唐近體，而古詩盡亡。樂府變爲趨、艷，雜以《捉搦》、《企喻》、《子夜》、《讀曲》之屬，流爲詩餘，流爲詞，詞變爲曲，而樂府盡亡。樂府亡，而以詞曲爲《風》；古詩亡，而以近體爲《雅》。古者《風》採之民間，《雅》、《頌》歌之朝廟。後世《風》變至近體，而應制用之。《雅》變至詞曲，而倡優習之。然則古今《風》、《雅》、《頌》，貴賤之用，反殊極矣。」此論確切不刊，非千古巨眼，不足以知之。

古樂府：「安得雙車輪，一夜生四角。」唐人云：「長安塵土中，馬蹄圓重重。郎馬蹄不方，何處尋郎踪。」俱是絶妙好言語。其意陸放翁《玻瓈江》並用之，云：「車輪無角那得住，馬蹄不方何處尋？」

但覺可喜，不爲剿襲。

左太沖《詠史》八首，其首章云：「弱冠弄柔翰，卓犖觀群書。」其立志早矣。又云：「雖非甲冑士，疇昔覽穰苴。」其藴釀深矣。「長嘯激清風，志若無東吴。左眄澄江湘，右盼定羌胡。功成不受爵，長揖歸田廬。」其襟懷遠矣。二章云：「馮公豈不偉，白首不見招。」所以感遇者深也。四章云：「言論準宣尼，辭賦擬相如。悠悠百世後，英名擅八區。」其所以私淑者遠，而自待良不薄也。五章云：「被褐出閶闔，高步追許由。振衣千仞岡，濯足萬里流。」幾於與古爲徒，有不可一世之概。六章云：「貴者雖自貴，視之若塵埃。賤者雖自賤，重之若千鈞。」孟子曰：「人之所貴者，非良貴也」，「萬物皆備於我矣，反身而誠，樂莫大焉」。皆此意也。七章云：「英雄有迍邅，由來自古昔。何世無奇才，遺之在草澤。」八章云：「飲河期滿腹，貴足不願餘。巢林棲一枝，可爲達士模。」其安命知足，又何如耶？古人立言不苟，有如是者。

《古詩十九首》句云：「胡馬依北風，越鳥巢南枝。」亦用舊句。《韓詩外傳》「代馬依北風，飛鳥揚故巢」，班定遠疏云：「狐死首丘，代馬依風。」

顔延年《還至梁城作》：「故國多喬木，空城凝寒雲」。五字中寫盡荒涼，不堪屬目。又《五君詠》，其詠嵇中散云：「鸞翮有時鎩，龍性豈能馴？」此語足盡康之生平，其知康深矣。又《陶徵士誄》云：「廉深簡潔，貞夷粹温。和而能峻，博而不繁。晨烟暮靄，春煦秋陰。陳書綴卷，置酒絃琴。」至今讀之，令人想見靖節之爲人，何要言之不煩也！又《車駕幸京口侍遊蒜山作》云：「春江壯風濤，蘭野茂稊英。」「壯」字可味，是幾經煅煉而出者，莫順口讀過，辜負前人苦心也。

古辭《長歌行》：「百川東到海，何時復西歸？少壯不努力，老大徒傷悲。」數語不獨音節古茂，詩中絶調，讀之如夢覺晨鐘，發人深省。有志者，其何以自處乎？

《君子行》古辭：「君子防未然，不處嫌疑間。瓜田不納履，李下不整冠。」此别嫌明微大道理，擴而充之，可以修身，可以立德。而第以詩讀之，淺矣。

古辭《飲馬長城窟行》：「枯桑知天風，海水知天寒。」二語樸拙淡老，洵爲古調。後人工則有之，而蒼渾萬不可及。枯桑無知，尚知天風；海水廣大，尚知天寒。人非水木，不能堪此，君子于役，寧不悲乎！

左太冲《招隱》「非必絲與竹，山水有清音」，又「峭蒨青葱間，竹柏得其真」。山水之樂，會心不遠，唯隱者乃能領取。竹柏之真，唯竹柏自得之。歲寒然後知松柏之後凋，嗚呼晚矣！

謝靈運《登池上樓》起句「潛虬媚幽姿，飛鴻響遠音」，超忽高華，固已。至「池塘生春草，園柳變鳴禽」，則天籟也，豈人工之所能及乎！

謝靈運《從斤竹澗越嶺溪行》「巘下雲方合，花上露猶泫」，人知其佳矣。「蘋萍泛沈深，菰蒲冒清淺」，其「冒」字之工，恐非淺學人所能窺也。

謝靈運「白雲抱幽石，緑篠媚清漣」、「石淺水潺湲，日落山照曜」、「雲日相輝映，空水共澄鮮」、「春晚緑野秀，巘高白雲屯」、「銅陵映碧澗，石磴瀉紅泉」諸句，寫山水之態，雲日之姿，盡妍極致，富麗清華。不惟後人莫及，即六朝人亦罕有其匹。

謝靈運《石壁精舍還湖中作》：「林壑斂暝色，雲霞收夕暉。芰荷迭映蔚，蒲稗相因依。」寫晚景工妙之至。又云：「慮淡物自輕，意愜理無違。」又《遊赤石進帆海》：「矜名道不足，適己物可忘。」俱是見道之言。而卒於廣州棄市，謝公毋亦第能言之也夫！

陶彭澤人品最高，超然物外，無所拘攣。故其吐屬蕭疎淡遠，盡從性情中流出。若無意於爲詩，而自成章理，穆然可誦，誠風雅中之的派也。後人唯韋蘇州、柳柳州得其旨趣，恍惚似之。

陶詩：「詩書敦宿好，林園無世情。」此語非陶公不能道。園林之不世情，全在恬淡清静中領略出來。顛倒醉夢，詩書且不知好，而況園林也夫！

陶詩：「弱齡寄事外，委懷在琴書。被褐欣自得，屢空常晏如。」始作鎮軍參軍，其吐屬即是如此，後爲彭澤令，不以五斗米折腰，解印綬歸，有以也！

應休璉《百一詩》：「下流不可處，君子慎厥初。」此語大關學問。士君子立身行己，不可不時時存此心。子〔貢〕曰：「紂之不善，不如是之甚也。是以君子惡居下流，天下之惡皆歸焉。」

劉公幹：「豈不罹凝寒，松柏有本性。」又云：「鳳凰集南嶽，徘徊孤竹間。」以松柏雖歲寒不改，鳳凰非竹實不食，松柏之品何如哉！士君子可以知所自處矣！

曹子建《七哀詩》「明月照高樓」一篇，其丰韵骨力，直可追踪《十九首》。深斯道者，味之自見。

曹子建《贈徐幹》：「良田無晚歲，膏澤多豐年。」子曰：「學也，禄在其中。」所以勉之者至矣。《贈王粲》云：「重陰潤萬物，何懼澤不周。誰令君不念，自使懷百憂。」知仲宣之多愁，慰之又何如耶？古人文章知己，志章款洽，情見乎辭。

盧子諒《覽古》：「捨生豈不易，處死誠獨難。」此即「慷慨赴死易，從容就義難」之意。死或重於泰山，或輕於鴻毛，古今來知所以處死者幾人哉？

阮嗣宗《詠懷》十七首多憂傷之詞，以身仕亂朝，常恐遇禍，雖其志在刺譏，而文多隱避。首章曰：「憂思獨傷心。」次章曰：「感激生憂思。」三章曰：「一身不自保，何況戀妻子。」六章曰：「感物懷殷憂，悄悄令心悲。」八章曰：「膏火自煎熬，多財爲患害。布衣可終身，寵禄豈足賴。」十一章曰：「羈旅無儔匹，俛仰懷哀傷。」十三章曰：「豈爲夸譽名，憔悴使心悲。」末章云：「一爲黄雀哀，涕下豈能禁。」祇今讀之，猶令人想見其壹邑咨嗟，憂生之不已也。横放猖狂，毋亦有所托也夫！

郭景純《遊仙》：「高臨風塵外，長揖謝夷齊。」又云：「左挹浮丘袖，右拍洪崖肩。借問蜉蝣輩，安知龜鶴年。」其胸中灑脱，超然塵外久矣，當非世網之所能加也。而卒於不免，何哉？

陸士衡《招隱》：「山溜何泠泠，飛泉漱鳴玉。」非枕石耽流，日覩飛湍出峽之勝者，不能道此。

謝叔源《遊西池》：「景昃鳴禽集，水木湛清華。」句亦可喜。

鮑明遠《行藥至城東橋》結句：「尊賢永照灼，孤賤長隱淪。容華坐消歇，端爲誰苦辛。」數語讀之酸心。糞蛆甘糞，庸有已乎？

殷仲文《南州桓公九井作》：「獨有清秋日，能使高興盡。景氣多明遠，風物自淒緊」，秋氣泬寥，人事增爽，興盡宜也。寶成膠折，則風物之凄緊可知矣。仲文其亦妙於語言哉。

沈休文《别范安成》「夢中不識路，何以慰相思」，唐人衍之云：「夢裏分明見關塞，不知何路向金微？」

嵇叔夜《幽憤》云：「唯此褊心，顯明臧否。昔慚柳惠，今愧孫登。」則康亦自知其行之僻矣。孫登謂其「才多識寡，難乎免於今之世也。」此語斷盡叔夜生平，康之愧也，宜哉！其欲采薇山阿，散髮巖岫，得乎？

嵇叔夜《贈秀才入軍》「左攬繁弱，右接忘歸」，出《新序》「楚王載繁弱之弓，忘歸之矢，以射兕於雲夢」。

何敬祖《贈張華》：「既貴不忘儉，處有能存無。鎮俗在簡約，樹塞焉足摹。」此不當作詩讀，以爲居宦者座右銘可也。

沈休文《遊沈道士館》：「遇可淹留處，便欲息微躬。山嶂遠重疊，竹樹近蒙籠。開襟濯寒水，解帶臨清風。」真率語，不見斧鑿之痕。

謝玄暉「大江流日夜，客心悲未央」、「秋河曙耿耿，寒渚夜蒼蒼」、「金波麗鳷鵲，玉繩低建章」，渾脱溜亮，典麗高華，得不以爲驚人句乎！後來唯杜工部有之。「天際識歸舟，雲中辨江樹」、「餘霞散成綺，澄江静如練」諸句，求之工部集中，亦不多得也。至「歲華春有酒，初服偃郊扉」，寫休沐之高閒，一結悠然不盡，真到境也。又《鼓吹曲》起句「江南佳麗地，金陵帝王州」，二語博大昌明，自然雄壯，前無作者，沾溉後人無限。又《遊東田》「遠樹曖阡阡，生烟紛漠漠。魚戲新荷動，鳥散餘花落」，寫景入細。

謝宣遠「頹陽照通津，夕陰曖平陸」，説晚景甚佳。

陶彭澤：「今我不爲樂，知有來歲否。」坡公謂此言真可爲惕然也。馬東籬云：「上床和襪履相別。」陳後山云：「夜床鞋脚別。」可見人之一身，如夢幻泡影，轉瞬即空，彼戚戚者何哉！

阮嗣宗：「寧與燕雀翔，不隨黄鵠飛。黄鵠志四海，失路將安歸。」此亦循分知足之言，爲世之不自忖量者發。元人許謙《春城晚步》：「騂騮騁駕路或迷，蜩鷽槍枋計非左。」亦此意也。

學律詩者必以唐爲宗主，於唐又必以盛唐爲師法。初唐如張曲江、陳拾遺、魏鄭公，以及王、楊、盧、駱，氣象喬皇，規模壯闊，實開一代之風氣。然以律體衡之，不無亂頭粗服之譏。盛唐則春容大雅，細意熨貼，不獨李太白、杜少陵、孟襄陽、岑嘉州、王摩詰、高達夫等卓然千古，其餘亦俱有温潤和平、晶融嚴密之致。蓋一時之氣運使之然也。中唐錢、劉、韓、柳、元、白，整贍高華，不亞盛唐，但其氣味微嫌薄弱，不能如李、杜、高、岑、王、孟之深厚耳。晚唐如李義山、杜牧之，力追工部，非不樹詞壇之幟，登大雅之堂，然餖飣末學，雖極繁富，終乏骨力。自檜以下，更無譏焉。

陳拾遺《感遇》「悲翠巢南海」一篇結云：「多材信爲累，歎息此珍禽。」讀之悚然骨驚，有樗櫟之思。意謂才多爲造物所忌，其信然歟？

羅大經曰：「太白詩『剗却君山好，平鋪湘水流』，子美詩『斫却月中桂，清光應更多』，二公所以爲詩人之冠冕者，胸襟闊大故也。此皆自然流出，不假安排。」楊誠齋云：「東坡詩『我持此石歸，袖中有東海』，亦此類也。」予謂李、杜之句，闊大洵有之，終不若坡公之理足也。後之談詩者，不識以爲然否？然太白之語，元人范德機《登岳陽樓》起句云：「誰能手鋪湘水平，剗却君山看洞庭。」亦自突兀可愛，不覺其襲。

李太白本蜀人，争之者又以爲山東人，各有所據。不知白固生於西蜀，仕於長安，家於東魯，嘗讀書於廬山，而卒於青山也。其《寄東魯二稚子》有云：「我家東魯側，誰種龜兹田。」又云：「裂素寫遠意，因之汶陽川。」則其以爲山東人者，亦非强聒也。

句中用重字，唯太白最佳。如「早卧早行君早起」、「冬夜夜寒覺夜長」，叠得最妙，不許後人輒效顰也。高達夫「慕君爲人與君好」、「愛君且欲君先達」、「送君還山識君心」，亦不覺複累。至常建「青絲素絲紅緑絲，織成錦衾當爲誰」，俱爲絶調。政難依樣畫葫蘆也。

李太白「山將落日去」，「將」字下得甚好。王半山「一水護田將緑繞」，亦同此一樣入妙。

李太白天才絶異，氣蓋一世，其於流輩，宜無所許可。然讀崔顥《黄鶴樓》詩，不敢與之相角，去而賦《金陵鳳凰臺》，格律氣勢，又與《黄鶴樓》詩酷相似。其虚心取善，爲何如耶！今人不師古而師心，自以爲是，宜其一無所成就也。

太白《鳳凰臺》與崔顥《黄鶴樓》，大略讀之，雖若不分瑜、亮，未易甲乙，然就中細按，畢竟崔詩高古自然，太白終嫌規橅，形迹未化。要之，白先有崔詩在胸中，思欲掩其上，而爲其所縛促耳。若去別咏，崔豈能望其項背乎！

駱賓王好用數目字，世謂之「算博士」。如《帝京篇》「秦塞重關一百二，漢家離宫三十六」、「三條九陌麗城隈，萬户千門平旦開」、「小堂綺帳三千户，大道青樓十二重」、「且論三萬六千是，寧知四十九年非」，《疇昔篇》「九陌争馳千里馬，三條競騖七香車」，《樂大夫挽詞》「百年三萬日，一别幾千秋」，《久戍邊城有懷京邑》「沙塞三千里，京城十二衢」等句，無一字不妥叶。後人效之，衹增其累，殊無可採。

杜工部《曲江》「一片花飛減却春」，已是可惜，「花飄萬點更愁人」，何況如此飄零，寧不愁人！「且看欲盡花經眼」，經眼之花，既看之欲盡；「莫厭傷多酒入唇」，入唇之酒，其可厭乎？「江上小堂巢翡翠」，是誰之堂，主人何在？「苑邊高冢卧麒麟」，是誰之墓，逝者可傷！亂離之後，景況如斯，所以傷也。「細推物理須行樂，何用浮名絆此身」，盛衰倚伏，物理大抵如斯。行樂可也，何用浮名之是務乎？杜詩章法、句法、字法，神理一片，如水到渠成，毫不費力。集唐詩之大成，即此可概其餘。

工部「水流心不競，雲在意俱遲」，與「片雲天共遠，永夜月同孤」，情在景中，景存情内，安閒自在，聲色臭味俱無，未易以迹象求也。後人千鎚百煉，求之愈工，而失之愈遠。

杜工部《登樓》「錦江春色來天地，玉壘浮名變古今」，景中有情。即續之云「北極朝廷終不改，西山寇盜莫相侵」，所謂身江湖而心懷廊廟者也。豈徒游目騁懷，模山範水而已哉？此他人之所以不及也。

工部《後出塞》「落日照大旗，馬鳴風蕭蕭」、「悲笳數聲動，壯士慘不驕」，許彦周謂此等力量，不容他人到。予謂此語不但他人不能道，二十字中，平沙萬幕，軍容號令，宛然在目，衹今讀之，令人凄然。

《車攻》詩「蕭蕭馬鳴，悠悠旆旌」，一諷詠之，其從容暇豫、安閒恬適之象，千百年如將見之。工部「馬鳴風蕭蕭」用其語而略爲點竄，遂成出塞之詩。武健威嚴，令人不堪卒讀。直欲令佳兵者悔然思返，毋徒以筆力高古賞之也。

工部《月夜》詩「遥憐小兒女，未解憶長安」，《杜臆》謂公本思家，偏想家人思己，已進一層。至念及兒女不能思，又進一層。此論誠是。然予謂「香霧雲鬟濕，清輝玉臂寒」，既念其髪濕，又憐其臂寒，腸中不知轉幾許車輪矣。其篤於伉儷，又何如哉！

工部「紅綻雨肥梅」，「肥」字新穎。然亦本乃祖審言「枝亞果新肥」脱出。家學淵源，即此可見。

岑嘉州《登慈恩塔》云：「秋色從西來，蒼然滿關中。五陵北原上，萬古青濛濛。」其《送杜佐下第歸陸渾别業》云：「正月今欲半，陸渾花未開。出關見青草，春色自東來。」隨時寫景，語意何等闊大，何等精妙，學者從容涵泳，落筆自然不膚不俗，然亦第爲知者道也。

岑嘉州《送胡象落第》起句：「看君年尚少，不第莫悽然。」其送《嚴維下第》開首亦云：「勿歎今不第，似君殊未遲。」只此一意，顛倒用之，各如其人，真意可掬，不是尋常寬慰話頭。蓋知之深而相期者遠也。故《送嚴》結句云：「江皋如有信，莫不寄新詩。」

孟襄陽《過故人莊》：「故人具雞黍，邀我至田家。緑樹邨邊合，青山郭外斜。開筵面場圃，把酒話桑麻。待到重陽日，還來就菊花。」此詩字字精當，句句自然，而且章法一線穿成。田家詩，當以此爲第一。

孟襄陽《臨洞庭湖詩》「八月湖水平，涵虚混太清」，一語寫盡洞庭，不容後人置喙。又續之曰「氣蒸雲夢澤，波撼岳陽城」，其氣象何如耶！此等力量，唯工部「吴楚東南坼，乾坤日夜浮」，足以敵之。劉長卿「叠浪浮元氣，中流没太陽」，語雖工而世不甚傳，概可知矣。

孟襄陽《萬山作》開首云：「垂釣坐盤石，水清心亦閒。」淡而有味，味之不盡。

崔顥《黄鶴樓》詩，章法流轉，氣勢雄大，直是前無古人。登覽詩無有出其右者。太白尚不敢與之相角，豈白之才不渠若耶？以此詩既得驪珠，無容置喙，餘子碌碌，妄思塗抹，多見其不知量耳。

王右丞《終南别業》云：「中歲頗好道，晚家南山陲。興來每獨往，勝事空自知。行到水窮處，坐看雲起時。偶然值林叟，談笑滯還期。」又《歸嵩山作》：「清川帶長薄，車馬去閒閒。流水如有意，暮禽相與還。荒城臨古渡，落日滿秋山。迢遞嵩高下，歸來且閉關。」二首若無意於爲詩，而安閒之致，淡泊之味，不求工而自工。真如出水芙蕖，天然去修飾也。老杜而下，有幾人哉？

《欒城遺言》云：「儲光羲詩，高處似陶淵明，平處似王摩詰。」讀之信然。及觀《田家》諸詠，似亦恬退自甘者。禄山反，卒受僞署，賊平貶死，何哉？毋亦其所自云「惻惻與心違」者乎！後人莫不詫而哀之。

高達夫《别從甥萬盈》結句「莫以山田薄，今春又不耕」，鍾伯敬謂「是前輩骨肉語」，信然。今人送贈後輩，能如此否？

高達夫「釣魚三十年，心中無所向」，及「駐眼看釣不移手」、「良久問他不開口」、「心無所營守釣磯」，寫得高隱身分，超出塵表，心地潔浄，一絲不挂，視世之營營者何如哉！

陶峴，盛唐人，詩不甚著名。其《西塞山下迴舟作》「鴉翻楓葉夕陽動，鷺立蘆花秋水明」，句甚煉，不似晚唐人組織太工，毫無骨力，鍾伯敬謂上句之妙在「動」字，下句之妙在「立」字。味之良然。

「遠鐘高枕後，清露捲簾時」，韋蘇州詩，淡而有味，此類是也。韋蘇州《寄李元錫》云：「身多疾病思田里，邑有流亡愧俸錢。」朱文公盛稱此詩。以唐人仕宦，多誇美州宅風土，此獨謂「身多疾病」、「邑有流亡」，賢矣！予謂仕宦而思田里者幾人，自知以俸錢爲愧者又幾人？韋蘇州人品，當不獨以淡詩見稱千古也。

張祜《金山寺》詩「僧歸夜船月，龍出曉堂雲。樹影中流見，鐘聲兩岸聞」，誠爲絶唱。孫魴極力繼之云：「天多剩得月，地少不生塵。過櫓妨僧定，飛濤濺佛身。誰言張處士，詩後更無人？」不惟「濺佛」之句，金山不如此之低，抑矜誇太甚，失詩人敦厚之旨。惟梅聖俞「山形無地接，寺界與波分」，真足爲處士之嗣音耳。若元人馮海粟「江流吴楚三千里，山壓蓬萊第一宫」，語雖雄傑，終嫌廓落。王荆公「天末海雲横北固，烟中沙岸似西興」，亦未能壓倒張處士也。

張承吉《詠玉環琵琶》一絶云：「宫樓一曲琵琶聲，滿眼雲山是去程。四顧段師非汝意，玉環休把恨分明。」讀者謂「玉環」是楊妃小字，此琵琶或妃子所御。考「玉環」者，睿宗所御琵琶，明皇置别榻帕覆之，未嘗持用。禄山犯京師，上欲遷幸，登華萼樓置酒，進玉環，命樂工賀懷智取調之，又命禪定僧段師彈之。段師用皮絃。

張承吉《華清宮》云：「紅樹蕭蕭閣半開，上皇曾幸此宮來。至今風俗驪山下，邨笛猶吹阿濫堆。」考《紀事》，驪宫小禽名「阿濫堆」，明皇御玉笛，採其聲翻爲曲，且名焉。遠近以笛争效之。

劉夢得「鶯到垂楊不惜聲」，佳句也，而宋人「水生看欲到垂楊」，足以敵之。毋謂古今人不相及也。

白樂天《李白墓》詩：「采石江邊李白墳，繞田無限草連雲。可憐荒塚窮泉骨，曾有驚天動地文。但是詩人多薄命，就中淪落不過君。」予謂此語不獨令太白地下心酸，普天下後世能詩者，讀之無不一齊下淚。

《堯山堂外紀》：「白樂天初至京，以所業謁顧著作況。況覩姓名，熟視曰：『長安米貴，居大不易。』及披卷，首篇云：『咸陽原上草，一歲一枯榮。野火燒不盡，春風吹又生。』乃嘆賞曰：『吟得個語，居亦何難。前言戲之耳。』因爲延譽，聲名遂振。」又云：「長安冰雪，至夏日則價等金璧。白詩名動閭閻，每需冰雪，論筐取之，不復償價，日日如是。」可見人貴抱負之不凡耳，而豈患知之無人乎！

白樂天云：「此身不欲多强健，强健多生人我心。」于良史云：「僻居人事少，多病道心生。」可知人生在世，心地最難乾净。一到病時或患難中，則萬念俱虚。人窮反本，信然哉！猶憶丁丑七月，就試旋里，舟中不戒，落水。長年駱文瑞下救登岸，爾時萬死一生，一切功名富貴，俱已置之度外，自謂直可作神仙。不六七日，人事糾纏，又居世網中矣，祇今尚未能回向也。奈何奈何！

白樂天《楊柳枝詞》：「一樹春風千萬枝，嫩於黄金軟於絲。永豐西角荒園裏，盡日無人屬阿誰。」

《雲溪友議》：「居易有妓樊素，善歌；小蠻，善舞。嘗爲詩曰：『櫻桃樊素口，楊柳小蠻腰。』年既高邁，而小蠻方豐艷，因《楊柳詞》以托意云。」録樂天《不能忘情吟并序》：「樂天既老，又病風，乃録家事。會經費，去長物。妓有樊素者，年二十餘，綽綽有歌舞態，善唱《楊枝》，人多以曲名之，由是名聞洛下。籍在經費中，將放之。馬有駱者，駔壯駿穩，乘之有年，籍在經物中，將鬻之。圉人牽馬出門，馬驤首反顧一鳴，聲音似知去而旋戀者。素聞馬嘶，慘然立且拜，婉孌有詞，詞畢泣下。予聞素言，亦愍默不能對，且命迴勒反袂。飲素酒，自飲一杯，快吟數十聲。聲成文，文無定句，句隨吟之短長也，凡二百五十五言。噫，予非聖達，不能忘情，又不至不及情者。事來攪情，情動不可柅，因自哂，題其篇曰《不能忘情吟》。」吟曰：「鬻駱馬兮放楊柳枝，掩翠黛兮頓金羈。馬不能言兮長鳴而却顧，楊柳枝再拜長跪而致辭。辭曰主乘此駱五年，凡千有八百日。銜橜之下，不驚不逸。素事主十年，凡三千有六百日。巾櫛之間，無違無失。今素貌雖陋，未至於衰摧；駱力猶壯，又無虺隤。即駱之力尚可以代主一步，素之歌亦可以送主一盃。一旦雙去，有去無迴。故素將去，其辭也苦；駱將去，其鳴也哀。此人之情也，馬之情也，豈主君獨無情哉？予俯而歎，仰而咍。且曰：駱駱爾勿嘶，素素爾勿啼。駱反廐，素反閨。吾疾雖作年雖頽，幸未及項籍之將死，何必一日之内棄騅兮而别虞兮。乃目素兮素兮，爲我歌《楊柳枝》。我姑酌彼金罍，我與爾歸醉鄉兮去來。」讀此序與詩，不佳樂天之能留素，而佳素之戀主，憐其老病，遣而不去也。然夢得詩曰：「春盡絮飛留不得，隨風好去落誰家？」樂天亦自云：「病與樂天相共住，春同樊素一時歸。」則是樊素亦竟去也。東坡南遷，侍兒王朝雲請從行。東坡佳之，作詩云：「不學楊枝別樂天。」朝雲其忠於樊素也夫！

裴令公贈馬樂天，相戲云：「君若有心求逸足，我還留意在名姝。」蓋引妾換馬，戲意亦有所屬也。故樂天答詩云：「安石風流無奈何？欲將乘驥換青娥。不辭便送東山去，臨老何人與唱歌？」二公亦可謂善謔者矣。

樂天《别柳枝》詩云：「兩枝楊柳小樓中，嫋娜多年伴醉翁。明日放歸歸去後，世間應不要春風。」《瀛奎律髓》：樂天爲病風痺，遣二妾，故有是作。「觴咏罷來賓閣閉，笙歌散後妓房空」，亦病中所賦。又明年，有「去歲樓中别柳枝」，自注云：「樊、蠻也。」二妓者，皆以「柳枝」目之云。

樂天《别柳枝》絶句，夢得繼和云：「春盡絮飛留不得，隨風好去落誰家？」樂天又復戲答云：「柳老春深日又斜，任他飛向别人家。誰能更學兒童戲，尋逐東風捉柳花。」

《容齋五筆》云：初讀樂天《感石上川字》詩，有陳結之，並無所經見，全不可曉。後觀其《對酒有感寄李郎中》詩「往年江外抛桃葉，去歲樓中别柳枝」，注云：「桃葉，結之也；柳枝，樊素也。」然後結之義始明。其《感舊詩》云：「閒撥船行尋舊池，幽情往事復誰知。太湖石上鐫三字，十五年前陳結之。」然則樂天之所屬意者，豈但小蠻、樊素已哉！

施肩吾字希聖，分水人。讀書五行俱下，太和中舉進士，後隱洪州西山。嘗作《浄居寺碑》及《三柱銘》，又集《西山會真記》五卷，取五行正體之數，每卷五篇，應一氣純陽之義。

肩吾，學道士也。自序云：「辛苦烟蘿松月之下，或時學龜息，飲而不食。腸胃無滓，形神益清。」

有詩云：「若數西山得道者，連予便是十三人。」亦可謂離塵出世之至矣。然「酒入四肢紅玉軟」、「笑摘青梅叫阿侯」、「減却桃花一片紅」諸詠，亦綺艷之極，似非學仙人吐屬，安知不墮泥犁地獄耶！要之，心不著物，語屬虚空，於文字何礙？

元次山詩沖淡古樸，憂時憫俗之意，往往形於篇什，不當僅以詩人目之也。拜道州刺史，流亡歸者萬餘，其古之遺愛歟？讀《忝官引》、《春陵行》，令人想見其爲人。

李公垂《憫農》詩云：「春種一粒粟，秋收萬顆子。四海無閑田，農夫猶餓死。」「鋤禾日當午，汗滴禾下土。誰知盤中飧，粒粒皆辛苦。」醇茂古樸，有《三百篇》之遺。吕温見之，卜其必爲宰相，後果如其言。

「十」字平音，唐詩「三十六所臨春殿，一一春風透管絃」，又「緑浪東西南北水，紅欄三百九十橋」，又「春城三百九十橋，夾岸朱樓隔柳條」，又「煩君一日殷勤意，示我十年感遇詩」。陳都云：「十」音當爲「諶」也，謂之長安語音。律詩不如此，則不叶矣。載楊升庵《丹鉛總録》。里中近有龔姓者，有十房，其「十」字讀爲「甚」字，以「甚房」呼之。人多不解所謂，故録出證之。

東林寺、西林寺，在廬山北；大姑山、小姑山，在廬山南彭蠡湖中。白香山詩云：「林對東西寺，山分大小姑。」精切可喜。予《廬山詩》亦有句云「七賢隨五老，九派接三湘」，每自負創獲，傳不傳，未可知也。七賢峰在五老峰之後，若肩隨之者。

李子田曰：古人贈送人詩，有與其人一不相關者，蓋其意起於彼，故其全章喻義屬彼，即謂贈彼矣。李白《贈任城盧主簿》云：「海鳥知天風，竄身魯門東。臨觴不能飲，矯翼思凌空。鐘鼓不爲樂，烟霜與誰同。歸飛未忍去，流淚謝鴛鴻。」此有一字明及盧主簿耶？今人諛人，家世科第、爵秩子孫、事功寵遇，班班咸具，而猶恐其時遺也，何論古法哉？古人爲人題物，亦不盡粘著其人。如宋之問《題張老松樹》云：「歲晚東巖下，周顧何悽惻。日落西山陰，衆草起寒色。中有喬松樹，使我長嘆息。百尺無寸枝，一生自孤直。」若今人爲之，必句句諛人，詩何得古耶！

白樂天「佛容爲弟子，天許作閒人」，天然有味，然唯樂天足以當之。世人貪嗔癡殺，種種相尋，即北面空王，能容其爲弟子乎？而且「生年不滿百，常懷千歲憂」，爲名爲利，役役窮年，不是閒人閒不得，天庸許之乎？

張籍《與韓文公書》曰：「執事多尚駁雜無實之説，使人陳之前以爲歡，有累於盛德。又商論之際，或不容人之短，如任私尚勝者，亦有所累也。況爲博塞之戲，與人競財乎？廢棄時日，不識其然，願絶博塞之好，棄無實之談。」昌黎博塞競財，畜絳桃、柳枝二妓，皆能歌舞。晚年服硫黄致斃。籍哭公詩，有「對彈琵琶」之句，好佞佛者，多藉此訾議之。周櫟園云：「名人適心娛目，偶一爲之，亦復何損。古之敦大節、建大業人，必不似後人泥塑木雕，日日面前畫太極圈子也。」少陵《今夕行》云：「今夕何夕歲云徂，更長燭明不可孤。咸陽客舍一事無，相與博塞爲歡娛。」則是少陵亦博塞矣，又何損於少陵！盛名之下，易生責備，願世人勿訾其小，且學其大。

大凡詠物詩，須是不粘不脱，寄托深遠，乃爲高手。東坡云：「作詩必此詩，定知非詩人。」此實可爲咏物之則。予謂不粘不脱，凡爲詩宜然。如拘泥太甚，絶無遠致，風人之旨，不若是也，縱極工穩，寧足當大方之昤？

許渾詩愛用「水」字，唐人譏之曰：「許渾千首濕。」鄭谷詩四十餘首有「僧」字，唐人有詩云：「鄭谷詩壇愛惹僧。」又曰：「詩裏無僧字不清。」此亦詩人趁熟用常，不自覺其相犯，而以爲有心爲之然哉？

李義山詩「新正未破剪刀閒」，言未入正月也。「破」字本沈佺期「別離頻破月」，又杜詩「二月已破三月來」。乃知古人用字，非率爾杜撰也。

許渾有「千首濕」之譏，唐諺曰：「許渾詩，李遠賦，休要做。」方虛谷以爲工有餘而韵不足，深加詆訶。放翁《小築篇》「寧愧詩人丁卯橋」，後山《和東坡渾字韵》「誰云作許渾」，則許丁卯之爲人揶揄，不獨唐代，而宋人更甚。其實許詩工整穩協，爲後人膾炙者極多，亦自成一家云。

賈長江《夏夜》詩「磬通多葉罅，月離片雲稜」，此等句奇辣生澀，嘔盡心血爲之。賈之所長在此，亦好奇之過也。姚少監、四靈、九僧，往往效之。

賈島與周賀本皆僧也，所爲僧寺詩，極能得其旨趣。其工入處，有他人所不能道者，如「鳥道緣巢影，僧鞋印雪踪」、「坐禪山店暝，補衲夜燈微」，不得以晚唐少之。九僧師法，得毋以其始皆爲僧，而卒爲傳人也歟？

姚武功與賈長江同時，詩品略相似，而其格稍卑於島。趙紫芝選其詩，取配賈島，以爲《二妙集》，蓋四靈之所宗也。可喜之句，如「看水閒依路，登山欲到天」、「未曉衝寒起，迎春忍病行」、「樹枝風掉軟，菜甲土浮輕」、「趁暖簷前坐，尋芳樹底行」、「愛花林下飲，戀草野中眠」，俱所不可廢者。

姚少監《游春》「晴野花侵路，春波水上橋」，又「弄日鶯狂語，迎風蝶倒飛」，不甚雕刻，自標新穎。晚唐諸人，恐不及也。

姚武功「買石得雲饒」，不可謂非可喜之句，然以視賈長江「引石動雲根」，殊欠自然。東坡云「我持此石歸，袖中有東海」，其氣象爲何如耶？莫謂古今人不相及。周賀「移石潤水回」，雖力學長江，未免牽强。

樂天《罷府歸舊居》中二聯云：「屈曲閒池沼，無非手自開。青蒼好竹樹，亦是眼看栽。」是隔句對，自成一體。爲律詩者，必不效此以爲工。

杜工部《秋盡》：「雪嶺獨看西日落，劍門猶阻北人來。」悲壯之極。而李義山「雪嶺未歸天外使，松州猶駐殿前軍」實祖之，氣概亦極相似。此其所以入老杜之籓籬也。

南唐孟歸唐，能詩，肄業廬山國學，常得《瀑布》詩：「練色有窮處，寒聲無盡時。」鄰舍生亦得此聯，遂交争之。助教不能辨，訟於江州，各以全篇意格定之，而歸唐爲勝。後歸京師，累遷大理丞，江州群吏往京師，猶指曰：「訟詩生也。」見《廬山雜記》。又豁達李老喜爲詩，所至輒自題寫，詩句鄙下，自稱「豁達李老」。常書人新素牆壁，主人憾怒，訴於官，杖之，拘使市石灰更圬墁訖，告官乃得縱舍。聞者哂之。見《劉貢父詩話》。一聯構訟，題壁被笞，大堪捧腹。

于良史《春山夜月》：「掬水月在手，弄花香滿衣。」自是佳句。世人稱之，良不誣也。然以視工部「水流心不競，雲在意俱遲」，神味大相逕庭。姚武功「嚼花香滿口，書竹粉沾衣」，又不如遠甚。

韓致光當崔、朱表裏亂國，獨守臣節不變，寧不爲相。而在翰苑無俸，竟忤全忠，貶濮州司馬。其《安貧》云：「謀生拙爲安蛇足，報國危曾捋虎鬚。」非虚語也。晚唐人品，此爲最優，不得以《香奩》少之。所爲詩，如「酒衝愁陣出奇兵」，及「細水浮花歸别澗，斷雲含雨入孤邨」，俱工雅清麗，味之不盡。杜荀鶴《贈秋浦張明甫》「人事旋生當路縣，吏才難展用兵時。農夫背上題軍號，賈客船頭插戰旗」，寫盡唐末亂離景況。此瑣事，書或不載，詩之可以爲史者，此類是也。故語雖俗，而不可廢。後荀鶴奴事朱温，與六臣比肩，斯文廉耻，真掃地矣。

己酉北行，途中得句：「沙堤蘆葦實，河水瓦瓶挑。」自以爲能寫風土，讀賈閬仙《題皇甫荀藍田廳》「竹籠拾山果，瓦瓶擔石泉」，更覺可喜，爽然自失。

僧無可《秋寄賈島》「聽雨寒更盡，開門落葉深」，此莫作對仗看，謂聽雨徹夜，而開門乃是落葉如雨，用意甚深，圓轉流動，不是尋常岐徑。

僧處默《勝果寺》詩「到江吴地盡，隔岸越山多」，識之者以爲田莊牙人。後山縮爲一句：「吴越到江分。」則更高矣。如「共君一夜話，勝讀十年書」，山谷亦縮爲「話勝十年書」。於此可悟减字之法。

僧貫休《秋寄李頻使君》「葉和秋蟻落，僧帶野風來。留客朝嘗酒，憂民夜畫灰」，詩意淡遠，身在緇門，而欲人留心民瘼，異矣。老依錢鏐，不肯改「一劍霜寒十四州」之句，其倔僵又何如耶？録《獻錢尚父》詩：「貴逼人來不自由，龍驤鳳翥勢難收。滿堂花醉三千客，一劍霜寒十四州。鼓角揭天霜氣冷，風波動地海山秋。東南永作金天柱，誰羨當年萬户侯。」内重一「霜」字，别無可改，亦是白璧微瑕。

魚玄機後爲女道士，善吟咏，多佳句。如「綺陌春望遠，瑶街秋興多」、「思婦機中錦，征人塞外天」、「畫壁燈光暗，幡竿日影斜」、「山捲珠簾看，愁隨芳草新」、「竹陰初月薄，江静晚烟濃」、「月色苔階净，歌聲竹院深」、「蕙蘭消歇歸春圃，楊柳東西絆客舟」、「聚散已悲雲不定，恩情須學水長流」、「雲情自鬱争同夢，仙貌長芳又勝花」。又《獄中》有句云：「明月照幽隙，清風開短襟。」又《賦江邊樹》：「葉鋪秋水面，花落釣人頭。」俱妥帖警煉，有唐女詩人，當以此冠。惜其不端，士君子少之。

宋初九僧詩體，皆學賈島、周賀，清苦工密，每篇中極有可喜之句。九人之中，惠崇爲最。方虚谷云：「『河分岡勢斷，春入燒痕青』，雖取前人二句合成此聯，爲人所詆，然善詩者，能合二人之句爲一聯，亦可。」非阿其所好。《隱居詩話》云：「歐陽文忠公《詩話》載宋朝詩僧九人，時號『九僧詩』，其間惠崇尤多佳句，有《百句圖》，刊石於長安，甚有可喜者。」

考九僧：僧希晝，九僧之一；僧保暹，九僧之二；僧文兆，九僧之三；僧行肇，九僧之四；僧簡長，九僧之五；僧惟鳳，九僧之六；僧惠崇，九僧之七；僧宇昭，九僧之八；僧懷古，九僧之九。凡此九人，詩皆學賈島、周賀，所謂頸聯人人著意，必得佳句方已。但不及賈之高、周之富耳。九僧詩，人或易之，不知其幾經鍛煉，幾許推敲，乃成一句一聯，不可忽也。如「帆影迷寒雁，經聲隱暮潮」、「塔古懸圖認，碑荒背燒尋」、「振錫林烟斷，添瓶澗月分」、「餘花留暮蝶，幽草戀殘陽」，此等句亦難能也。

九僧、四靈，詩體相似，規模雖覺狹隘，而清勁刻苦，自成一家，以視世之穠麗繁縟而骨力全無者大别。不然，當時名公巨卿，不惟不欲少之，而且群而學之，何哉？

僧元肇「鳥驚樵斧重，猿挂樹枝柔」，方虚谷云：「『重』字下得好，若『響』字便是小兒。」予謂此是見到之言，可識煉字之法。

方元英詩枯寂晦澀，品格在賈長江、姚武功之下。然其《寓居郝氏園林》云：「鶴盤遠勢投孤嶼，蟬曳殘聲過别枝。」不可謂非佳句，其傳世也宜。

考四靈：翁卷字續古，一字靈舒，詩曰《西巖集》。徐璣字文淵，一字致中，號靈淵，詩曰《泉山集》。徐照字道暉，號靈暉，詩曰《山民集》；趙師秀字紫芝，號靈秀，詩曰《天樂堂集》。乾、淳以來，尤、楊、范、陸爲四大詩家，自是始降而爲江湖之詩。葉水心適以文爲一時宗，自不工詩。而永嘉四靈從其説，改學晚唐，詩宗賈島、姚合。凡島、合同時漸染者，陰撏取摘用，驟名於時，而學之者不能有所加，日益下矣。名曰厭傍江西籬落，而盛唐一步不能少進。天下皆知四靈之爲晚唐，而鉅公亦或學之。趙昌父，韓仲止，趙蹈中、趙南塘兄弟，此四人不爲晚唐，而詩未嘗不佳。劉潛父初亦學四靈，後乃少變，務爲放翁，體用近人，而組織太巧，亦傷太冗。同時有趙庚仲，亦可出入四靈。翁靈舒《春日和劉明遠》「一階春草碧，幾片落花輕。知分貧堪樂，無營夢自清」，不惟出之自然，而且安分知足，居然見道。四靈中翁獨後死，其有由來也夫？姚武功云：「休官夢已清。」此中趣味，非熱中者所能知也。

薛能僻於詩，日賦一章，資性倨忤，於前人少所推許。間稱賈長江解詩，李青蓮及劉、白而下，無取也。予讀其詩，可喜者亦甚少。從事蜀州日，每短諸葛功業，且厚誣之，見於詩者不一。其亦「蚍蜉撼大樹」歟？多見其不知量也！

唐聶夷中《田家》詩：「二月賣新絲，五月糶新穀。醫得眼前瘡，剜却心頭肉。」此悲痛之辭，令人不堪卒讀。

《漫叟詩話》：「『王侯文采似於菟，洪甥人間汗血駒。相將問道城南隅，無屋止借船官居。』或云當作『官船居』，非也。庾子山賦：『風吹雲夢，凍合船官。』注：船官，官船也。凡讀人詩，不可以臆見擅改字。」予按：「船官」字不獨見子山賦，《水經》「肥水北入於淮」，注：「肥水西分爲二水，右即肥之故瀆，遏爲船官湖，以置舟艦也。肥水左瀆，又西石橋門北，亦曰草市門，外有石梁渡此湖，湖上有西昌寺。寺三面阻水，佛堂設三像，真容妙相，相服精偉，是蕭武帝所立也。寺西即船官坊。」則「船官」二字確有由來，非誤書也。

諸谿峒初不知歌，善歌自劉三妹始。三妹不知何時人，游戲得道於山谷，後與白鶴秀才匹，仙去。其歌有絶佳者，其《相思曲》云：「妹相思，不作風流到幾時。只見風吹花落地，不見風吹花上枝。」竟是絶妙好樂府。

劉潛父《十老詩》俱無足取，惟《老奴》云：「自從毀齒初成券，直至長鬚尚不冠。他時縱取封侯印，僅得君王踞厠看。」數語工妙。至《老兵》「金鎗常有些兒痛」，則打油、釘鉸之不若矣。

宋詹白雲《退居》：「無可奈何新白髮，不如歸去舊青山。須知百歲都爲夢，未信千金買得閒。」數語不當以詩視之，直以爲五夜晨鐘可也。

陳後山《夏日即事》：「窮多詩有債，愁極酒無功。」方虚谷以爲絶唱。

陳後山：「捲簾通燕子，織竹護雞孫。」自然可喜。姜特立「掃梁迎燕子，插竹護龍孫」，四靈「開門迎燕子，汲水得魚兒」，語句雖極相似，而插竹護笋，終是牽强，「迎」字亦遠不及「通」字。細按後山之句，理足而神超也。

陳後山《挽曾南豐》：「丘原無起日，江漢有東流。」此惟曾南豐足以當之。其《挽丞相温公》：「世方隨日化，身已要人扶。」山谷常誦此聯，以爲今人之詩，無出其右者。當非阿其所好。

韓仲止：「木筆豈非濃意態，石楠終是淡精神。」又：「峭寒寺院鐘聲起，昏暮人家燭影摇。」數語雖眼前風景，俱未經人道過。

梅聖俞《春寒》：「蝶寒方斂翅，花冷不開心。」又《寒食前一日》云：「晚雨竹間霽，春禽花上飛。」語雖淡，而清麗無匹。都官日課一詩，熟則生巧耳。

陳後山《寄潭州張芸叟》：「秋盤堆鴨脚，春味薦貓頭。」按鴨脚子，一名銀杏，俗謂之白果。葉似鴨掌，故初名鴨脚。宋初入貢，改名銀杏，形似小杏，核色白。梅堯臣詩：「鴨脚類緑李，其名因葉高。」又《詠李侯家鴨脚》詩「鴨脚生江南」，自注云：「京師無鴨脚，李駙馬自江南移植。」又名平仲，左思《吴都賦》：「枰櫏平仲。」劉成注：「平仲之木，實如銀。」陳藏器以爲銀杏，一名榔，一名大橐木。相如《上林賦》「椑櫨」注引郭璞曰：「椑，平仲木也。」又按貓頭，芍子也，春間始有。「春風取花去，酬我以清陰」，王半山《春晚即事》起句也。荆公詩工密圓匀，不事奇險，此獨落筆岸異，令人驚愕。乃知此老姿學兼優，無所不能。又《即事》云：「徑暖草如積，山晴花更繁。縱横一川水，高下數家邨。静憇雞鳴午，荒尋犬吠昏。歸來向人説，疑是武陵源。」坡公嘗親書此詩，亦愛之至。《詩話》載其自謂「武陵源」不好。以今觀之，語太俗，似不稱前。

王半山《葛溪驛》「病身最覺風霜早，歸夢不知山水長」，與張宛丘《自海至楚途寄馬金玉》「愁如夜月長隨客，身似飛鴻不記家」，圓熟瀏亮，自然真摯，如出之不經意者。此境正不易到，亦不易學。

陳後山「枕底波濤篷上雨，故將羈思到愁邊」，與范石湖「灘聲悲壯夜蟬咽，併入小窗供不眠」，語不相襲，而意味自同。

「短檠看細字，高枕忘平生」，此陳後山有得之言。大凡人到遲暮，不用短檠，每不欲看細字，亦不能看細字。一到枕上，千思百慮，眼不能合，誰是忘平生者乎？予年過花甲，每愛夜讀。烏絲紅紙，牛毛小楷，不用目鏡，一覩了然。落枕到鼻息如雷，不知漏盡。後山誠先得我心也。惜無此佳句，以自寫其平生耳。

蘇東坡，天人也。作詩初學劉夢得，頗涉譏刺。以荆公新法，天下不便，故勇於排之。而又不能忘情於詩，間有所斥，非敢怨君。元豐中，李定、何正臣、舒亶彈劾下獄，欲寘之死。至於今天下兒童走卒，能識字者，無不知有東坡，尊之如太山北斗。此三人姓名，士君子望而惡之。三人者，死而有知，欲寘東坡於死而不死，而反以成其名，或轉自悔其死之不早，以致遺臭於萬年也。然則人亦何樂而甘爲小人哉？東坡曰：「蝸延不滿殼，聊足以自濡。升高不知疲，竟作粘壁枯。」讀此，世之營營者，可以止矣。人生功名富貴，原有一定，其不當得而得者，亦其分之所自有也。尤而效之，徒自苦耳，其不淪於澌滅者幾何哉？

老將詩，劉後邨云：「偶逢麾下來猶識，欲説遼陽記不真。兒覓寶刀偏愛惜，奴吹蘆管輒悲辛。」衰颯之甚，書生語也。曹翰則云：「曾因國難披金甲，不爲家貧賣寶刀。臂弱尚嫌弓力軟，眼花猶識陣雲高。」此纔是英雄本色。

楊文公與劉子儀倡爲西崑體，組織華麗，盡變晚唐詩體、香山詩體，而效李義山。後學宗之，其弊至今未已。究之其詩，對仗亦有不工，用事多無道理。如劉子儀《南朝》云：「鐘聲但恐嚴妝晚，衣帶那知敵國輕。」「鐘聲」與「衣帶」不對。「衣帶」，一衣帶水，謂大江耳，而僅摘「衣帶」二字用之，豈可解乎？所謂無道理者，此類是也。子儀又有句云：「雨勢宫城闊，秋聲禁樹多。」人競稱之。予謂對句宛是唐音，不得以西崑少之，而出語不惟「闊」字無味，合五字觀之，殊不可解。

陸放翁《小飲梅花下作》「脱巾莫歎鬢成絲，六十年間萬首詩」，自注云：「予自十七八學詩，今六十年，得萬篇。」自古詩人吟咏之富，無出其右者，所以瀏亮妥貼，無體不備，熟則生巧耳。今之詩人，自撿篋笥，得如千篇，而欲成體成家，難矣！

放翁《醉中自贈》：「賦形未至欠壬甲。」相書：背有三甲，腹有三壬。三甲，疊字也；三壬，垂字也。乃知放翁隨處取才，如善戰者，草木皆兵。

放翁「生來不啜猩猩血，老去那營燕燕巢」，取猩猩者以酒醉之。猩猩明知是酒，相戒不飲，而卒爲所醉。以愛不能舍，故忘身以徇。世之爲猩猩者多矣，誰是不飲者乎？此放翁所以獨得天年，老壽爲詩人之冠也。

放翁云「天將强健報清貧」，又云「天爲念貧偏與健」，不諱貧而安健，其欣幸爲何如耶！然則貧何負於人，天之所以報之者厚矣，而戚戚何哉？

「窮忙」二字，俗語也，而放翁《幽居述事》用之：「上樹榜船雖老健，疏泉移竹亦窮忙。」甚覺可喜。又云：「細燒柏子供清座，明點松肪讀道書。」此皆八十以後之作，其脱洒何如！

子午谷，予意以丁卯橋對之，每沾沾自喜。讀放翁《小築》云：「雖無隱士子午谷，寧愧詩人丁卯橋。」乃知後人之所知，其有加於古人者幾何哉！

寶慶初，史彌遠廢立之際，錢塘書肆陳起宗之能詩，凡江湖詩人，皆與之善。宗之刊《江湖集》以售，劉潛夫《南岳藁》與焉。宗之賦詩有云：「秋雨梧桐皇子府，春風楊柳相公橋。」哀濟邸而誚彌遠，本放劉屏山句也。敖臞庵器之爲太學生時，以詩痛趙忠定丞相之死，韓侂胄下吏逮捕，亡命。韓敗，乃登第，致仕而老矣。或嫁「秋雨」、「春風」之句爲器之作。言者併列潛夫《梅詩》，以其結句有「東風謬掌花權柄，忘却孤高不主張」之句。劈《江湖集》板，二人皆坐罪。初彌遠議下大理逮治，鄭丞相清之在瑣闥，白彌遠中止，而宗之坐流配。於是詔禁士大夫作詩，如孫花翁惟信季蕃之徒寓在所，改業爲長短句。紹定癸巳，彌遠死，詩禁解。潛夫爲《病後訪梅》九絶句云：「夢得因桃却左遷，長源爲柳忤當權。幸然不識桃并柳，却被梅花累十年。」又云：「一言半句致魁台，前有沂公後簡齋。自是君詩無警策，梅花窮殺幾人來。」又云：「春信分明到草廬，呼兒沽酒買溪魚。從前弄月嘲風罪，即日金雞已赦除。」時潛夫廢閒恰十年矣。戲録梅花公案。

戲摘梅花詩佳句。錢起「晚溪寒水照，晴日數蜂來」。朱慶餘起句「天然根性異」。僧齊己「萬木凍欲折，孤根暖獨回。前邨深雪裏，昨夜一枝開」。崔道融「香中別有韵，清極不知寒」。王半山「遥知不是雪，時有暗香來」。宋莒公「無雙春外色，第一臘前香」。張宛丘「清香浸硯水，寒影伴書燈」。尤延之「桃李真肥婢，松筠共老蒼」。張澤民「有月色逾淡，無風香自生」，又「不是神仙骨，何緣冰玉姿」。林和靖「雪後園林纔半樹，水邊籬落忽横枝」、「疏影横斜水清淺，暗香浮動月黄昏」、「池水倒窺疎影動，屋簷斜入一枝低」。鄭毅夫「更無俗艷能相雜，唯有清香可辨真」。張宛丘「調鼎自期終有實，論花天下更無香」。陸放翁「冷淡合教閒處著，清癯難遣俗人看」。曾茶山「窗几數枝逾静好，園林一雪倍清新」。潘子賤「影含水月不受采，氣傲冰霜何待春」。尤延之「索笑幾回驚歲晚，相思一夜繞天涯」。趙昌父「定論要爲塵外物，細看那是世間花」。以上數十語，俱可喜者，或標其品格，或寫其神韵，真足令寒梅聲價增長窮巖，而紛紛桃李，何足數耶！

《西清詩話》：紅梅昔獨盛於姑蘇，晏元獻始移植西園第中。貴游賂園吏，得一枝分接，都下始有二本。元獻嘗賦詩曰：「若更遲開三二日，北人應作杏花看。」客曰：「公詩固佳，待北俗何賤也？」元獻笑曰：「顧傖父安得不然。」王君玉時以詩寄元獻云：「館娃宫北舊精神，粉瘦瓊寒露蕊新。園吏無端偷折去，鳳城從此有雙身。」王荆公小絶云：「春半花纔發，多因不耐寒。北人初未識，渾作杏花看。」苕溪漁隱謂介甫詩與元獻暗合，然介甫句意爲工。味之良然。

廬陵劉辰翁，字會孟，號須溪，於唐人諸集及李、杜、蘇、黄大家，皆有批點。又有批評《三字口義》及《世説新語》。士林服其賞鑒之精博，然不知其節行之高也。嘗見元人張孟浩贈詩云：「首陽餓夫甘一死，叩馬何曾罪辛己。淵明頭上漉酒巾，義熙以後爲全人。」蓋宋亡之後，劉公竟不出仕也。噫，其與伯夷、陶潛何異哉！須溪私印古篆「三代人物」四字，自許良不爲過。張孟浩蓋亦當時同志者。他如閩中之謝皋羽、徽州之胡餘學、慈溪之黄東發，自以爲中國遺人，不屈元朝者，不知其幾。宋朝待士之厚，其效可驗矣。

蕭德藻字東夫，號千巖，三山人。與楊誠齋同官湖湘，誠齋盛稱其詩，爲尤、蕭、范、陸。其《次韵傳惟肖》起句云：「竹根蟋蟀太多事，唤得秋來籬落間。」奇險峭拔，迥不猶人，非天姿高邁，沉酣古人，不能得此。五六一聯又云：「肝腸與世苦相反，巖壑嗔人不早還。」硬語盤空，苦心獨造，詩格實在尤、陸諸人之上。惜其年不永，傳者絶少云。

陳止齋「最貧看晚節，多病得初心」，二語不知唤醒多少人。蓋人窮返本，大抵皆然，故疾病勞苦、患難憂危，未有不呼天呼父母者。死生念切，本真不昧耳。

張司業《晚秋閒居》：「家貧長畏客，身老轉憐兒。」憂貧舐犢，大抵皆然。而隨即解之曰：「萬種皆閒事，一生能幾時。」則一切放下矣。達人見到之言，當不第以佳句目之也。

崔塗《屈原廟詩》：「本圖安楚國，不是怨懷王。」把三閭大夫一生心事和盤托出，昭然千古。一部《離騷》，以此十字括之可也。論古詩必如此，乃不苟作。

范石湖：「雪已許多猶不飲，梅今如此尚無詩。」又云：「月從雪後皆奇夜，天向梅邊有別春。」詠梅饒有別致，不加鏤刻，而聲價自高。不惟「冰肌玉骨」等語爲唐突西施，即「疎影」、「暗香」、「前邨深雪」，亦止得其神韵爾。

《東觀餘論》：高適年五十始爲詩，與李、杜抗行。杜正獻公暮年乃學草書，筆勢翩翩，遂逼魏、晉。孰謂秉燭不迨晝遊哉！苕溪漁隱曰：「正獻有《和孫珪祕丞説草書》云：『老來楷法不如初，試向閒齋習草書。落筆何曾見飛動，彫章早已過吹噓。伯英比聖功難到，懷素稱狂力有餘。若謂伊余堪繼踵，只應緣木可求魚。』黄魯直、蔡寬夫皆言正獻草書之工，今第無蓄之者，恨不一見之。」《蔡寬夫詩話》云：「杜正獻公年過七十，謝事，始學草書，遂盡其妙。今使人每見之，其英特秀爽，無所降屈之氣，猶若可想見者。」由此觀之，人不可以有年自廢。

蘇東坡《金山寺迴文》：「潮隨暗浪雪山傾，近浦漁舟釣月明。橋對寺門松徑小，檻當泉眼石波清。迢迢遠樹江天曉，靄靄紅霞晚日晴。遥望四山雲接水，碧波千點數鷗輕。」詞意迴轉自如，絶無牽强。張處士後，此其冠歟？

鞏仲至：「山入夏來差覺老，花從春去久無情。」思致新穎，人不解道。握管時能如此着想，即尋常語意，自能去腐生新。

秦隱君：「墜粟添新味，殘花帶老顔。」句亦可喜。可見世間道理是説不盡的，世間好言語亦豈古人盡之乎？總在自家領取，能説得出耳。

楊誠齋《題武惠妃傳》：「桂折秋風露折蘭，千花無朵可天顔。壽王不忍金閨冷，獨獻君王一玉環。」此詩大無道理，子雖賢孝，而可以婦獻父耶？

李義山《驪山有感》：「平明每幸長生殿，不從金車惟壽王。」又《龍池》：「夜半宴歸宮漏永，薛王沉醉壽王醒。」《鶴林玉露》謂其詞微而顯，得風人之旨。予謂尖新有之，温厚則未也。

鰲山道人，宋時嘗卧於廣西太平州學，諸生見而叱之。曰：「莫欺閒客，也會吟詩。」諸生授以紙筆，吟曰：「家住鰲頭最上山，偶然踪跡到塵寰。不妨名利場中卧，忙者自忙閒者閒。」此語煞是有味。

劉屏山《汴京記事》廿首，今録四章於此：「空嗟覆鼎誤前朝，骨朽人間駡未消。夜月池臺王傅宅，春風楊柳相公橋。」「萬炬銀花錦繡圍，景龍門外軟紅飛。凄涼但有雲頭月，曾照當時步輦歸。」「梁園歌舞足風流，美酒如刀解斷愁。憶得少年多樂事，夜深燈火上樊樓。」「輦轂繁華事可傷，師師垂老過湖湘。縷衣檀板無顔色，一曲當時動帝王。」丰致不減唐人。

吕居仁《兵亂後雜詩》「水水但争渡，城城各點兵。牛亡春奪種，馬死盡徒行」、「風雨無由障，牛羊自入廬」、「簷楹鏃可拾，草木血猶猩」、「六龍時䏁脆，百雉日孤危。報國寧無策，全軀各有詞」等句，不獨悲憫情深，忠憤悱惻，風旨逼近老杜，而爾日之時事，亦概可見矣。

陳羽《春日客舍晴原野望》云：「東風吹暖氣，消散入晴天。漸變池塘色，欲生楊柳烟。」寫早春風景，何等自然，慎毋以平淡忽之。

李咸用《春日詩》「古木一邊春」，的是好句，得未曾有。惜通首不稱耳。

嚴維「柳塘春水漫，花隖夕陽遲」，方虚谷謂「全於『漫』字、『遲』字上用工」。固是鍊字之法，而其神韻丰致，更令人味之不盡。句法如此，不但升堂，殆入室矣。

李中《春日野望》「暖風醫病草」，句意俱新。

汪浮溪《感秋》：「日邊人去雁行斷，江上秋高楓葉寒。」予《秋屏閣晚眺》：「丹砂萬壑神仙老，紅葉滿江秋水寒。」未知足以相敵否也？

葉謙齋云：「長安市肆壁上，畫一人，撫鬢倚樹而立。一道士題詩於上云：『一自離家入道門，始知身内有乾坤。眼前幾見冰山化，不及先生倚樹根。』此言看破宦局矣。」

升庵云：「余昔過岳陽樓，見一詩：『樓上元龍氣不除，湖中范蠡意何如？西風萬里一黄鵠，秋水半江雙白魚。鼓瑟至今悲二女，沉湘何處弔三閭？朗吟仙子無人識，騎鶴吹簫上碧虚。』視其姓名，則元人張翔，字雄飛，不知何地人也。雄飛在元不著詩名，然此詩實可傳。同時虞伯生、范德機皆有《岳陽樓》詩，遠不及也。」

《續詩話》載：「歐陽公云：九僧詩已亡。元豐元年秋，余遊萬安山玉泉寺，於進士閔交如舍得之。所謂九詩僧者，劍南希晝、金華保暹、南越文兆、天台行肇、沃州簡長、貴城惟鳳、淮南惠崇、江南宇昭、峩眉懷古也。直昭文館陳允集而序之。其美者亦止於世人所稱數聯耳。交如好治經，所爲奇僻，自謂得聖人微旨，先儒所不能到。貧無妻兒，不應舉，常寄食於僧舍，僧亦不厭苦之。始居龍門山，猶苦遊人往來，徙居萬安山，屏絶人事，專以治經爲事。凡數十年，用心益苦，而去人情益遠，衆非笑之，交如不變益堅。雖非中行，其志亦可憐也。」

海棠詩以東坡作爲絶唱，古今無有出其右者。詩云：「嫣然一笑竹籬間，桃李漫山總粗俗。自然富貴出天姿，不待金盤薦華屋。朱唇得酒暈生臉，翠袖捲紗紅映肉。林深露暗曉光遲，日暖風輕春睡足。雨中有淚亦悽愴，月下無人更清淑。」風流蘊藉，不但寫盡海棠柔艷，而品韵極高，真欲令花神含笑。坡老亦常喜與人寫，自以爲平生得意作也。鄭谷「穠麗最宜春著雨，妖嬈全在欲開時」，不如遠甚，他可知矣。

處士詩名。方虚谷云：「石屏戴復古，字式之，天台人。早年不甚讀書，中年以詩游諸公間，頗有聲。壽至八十餘，以詩爲生涯而成家。蓋江湖游士，多以星命相卜，挾中朝尺書，奔走閫臺郡縣餬口耳。慶元、嘉定以來，乃有詩人爲謁客者，龍州劉過改之之徒不一人，石屏亦其一也。相率成風，至不務舉子業，干求一二要路之書爲介，謂之闊匾。賦以詩篇，動獲數千緡，以至萬緡。如壺山宋謙父自遜一謁賈似道，獲楮幣二十萬緡，以造華居是也。錢塘湖山，此曹什伯爲群。阮梅峰秀實、林可山洪、孫花翁季蕃、高菊磵九萬，往往雌黄士大夫，口吻可畏，至於望門倒屣。石屏爲人則否，每於廣座中，口不談世事，縉紳多之。然其詩苦於輕俗，高處頗亦清健，不至如高九萬之純乎俗。如劉江邨灡最晚輩，本天台道士，能詩，還俗，磨瑩工密，自謂晚唐。予及識其人，今亦歸九泉，而處士詩名遂絶響矣。」

權德輿《題嚴陵釣臺》：「潛驅東漢風，日使薄者醇。焉用佐天子，持此報故人。」則知大賢心，不獨便其身。弛張有深致，耕釣陶天真。」此數語説得子陵身分甚高，心事獨隱，别有遠見，人不能知，真是子陵千古知己。釣臺詩，無有出其右者。後來范文正公《祠堂記》亦祇以「高」字尊之，而其深心妙用，似亦未能道出。至所傳《皂吏》詩云：「卓哉嚴子陵，大矣漢光武。子陵有釣臺，光武無寸土。」猶是范公之意，而感慨係之。

韓仲止《九日破曉携兒姪上前山竚立》佳甚，有句云：「露氣已濃清可掬，日華初出畫難成。」此景何日不在人前，却不能領味道出。又《風雨誦潘邠老詩》云：「從來野色供吟興，是處秋光合斷腸。」其悲壯激烈，令人讀之不勝感慨。

潘逍遥《落葉》：「幾番經夜雨，一半是秋風。」《秋日題瑯琊山寺》：「鐘聲晴徹廓，山色曉當門。深洞藏泉脉，懸崖露樹根。」《渭上秋夕閒望》：「殘陽初過雨，何樹不鳴蟬。極浦涵秋月，孤帆没遠烟。」俱幽秀爽麗，有賈長江、姚武功之風。

歐陽永叔《秋懷》：「西風酒旗市，細雨落花天。」於自然之中，出之淡雅，不著色相，此真歐公之詩。其文章如是，其人品亦復如是。

魏仲先《暮秋閒望》「壞簷巢燕少，積雨病蟬多」，佳矣，要不如滕元秀《秋晚》「屢遷憐蟋蟀，一敗笑芭蕉」爲絶妙之句。然或意有所指。

寇萊公《春日登樓》「野水無人渡，孤舟盡日横」，未嘗不自「野渡無人舟自横」衍之，而詩景自妙。説者以爲兆相業，却未必然。

陳簡齋名與義，字去非，爲詩與吕居仁輩俱登老杜之壇。初以《墨梅》詩見知徽廟。「客子光陰詩卷裏，杏花消息雨聲中」，又大爲高廟所賞。而「杏花」的是佳句，直可與「杏花春雨江南」並稱不朽也。

歐陽六一《送王平甫下第》：「朝廷失士有司恥，貧賤不憂君子難。」可謂善於語言矣。結句云：「自慙知子不能薦，白首胡爲侍從臣？」其好賢樂善，謙恭下士，是何如耶！

賀鑄字方回，《慶湖遺老詩集》每一詩，必自注所與之人、所作之地及歲月於題下。本武人，以蘇東坡、范百禄薦，授從事郎。其詞尤高，聲名藉甚。黄涪翁云：「解道江南腸斷句，世間唯有賀方回。」

孫莘老云：「千里暮山横紫翠，一鈎新月破黄昏。」「破」字極佳。徐鉉《喜李少保卜鄰》云：「井泉分地脈，砧杵共秋聲。」句極警煉閒遠，不亞唐人。梅都官「壁隙透燈光，籬根分井口」，亦覺可愛。

王荆公：「蕭蕭摶黍聲中日，漠漠春鋤影外天。」「摶黍」，黄鸝也。黍方熟時，鳴於桑間，或謂之黄鸝，見《詩》疏。「春鋤」，鷺也。《爾雅》曰「鷺，春鋤」，亦取其鷺之行步云。皮日休詩「數點春鋤烟雨微」。

林靈素，方士也，幸於徽宗。嘗諷蔡京，謂天降魔君，在世甚廣。京曰：「其人安在？」素曰：「相公是也。」徽宗金書黨人名姓，靈素對之稽首，上怪問之，對曰：「是皆天上星辰，焉得不敬？」隨作詩曰：「蘇黄不作文章客，童蔡翻爲社稷臣。數十年來無定論，不知奸黨是何人？」徽宗以詩示京，京惶愧請罪。觀此數事，以諫臣目之可也，寧得以方士忽之乎！「蘇黄」二語，《金詩選》中又以爲馬定國《薺堂題壁》之句，以此得名。又云：「世無蘇黄六七子，天斷文章三十年。」容考定。抑實林詩，而馬襲之歟？

《許彦周詩話》：「王豐父，岐公之子，其詩精密，人鮮知者。如『白髮衰天癸，丹砂養地丁』，意脈貫串，尚勝『三甲』、『六丁』之語，此所謂參禪中參活句也。又作《拄杖》詩：『老境得爲丘壑伴，醉鄉還勝子孫扶。』其風味雍容如此。」

「久雨寒蟬少，空山落葉深」，僧秘演句也。「深」字極其煅煉。石曼卿交之最久，歐陽公亦爲之序其詩集。名流許可，不無所見。

僧齊己《夏日草堂作》頸聯云：「静是真消息，吟非俗肺腸。」此語煞是清麗，爲僧徒所重，由來久矣。予謂「吟非俗肺腸」，夫人而知之矣；「静是真消息」，不但此語爲詩學真詮，躁心人不能領取，即吾儒十三經、廿二史，以及釋氏四大部，柱下五千言，非静能得其消息乎？此是讀書真種子語，毋徒以詩僧禪和目之也。

鞦韆非僧人所宜詠，詩即工，棄之可也。洪覺範詩鄙俗不堪，《瀛奎律髓》於著題中存之，得毋以其爲世所稱歟？他如劉後邨《老妓》，通首語意俱褻，亦復並列，何哉？

參寥子詩句句平雅有味，做成山林道人真面目。洪覺範詩虚驕之氣可掬，佳句雖多，却自是士人詩、官員詩。參寥乃真高僧禪客詩也。試取二人詩讀之，其長短各不相掩，有目者自能辨别。然覺範才高學富，要不得謂非一時人物，不可得而没也。

錫山顧奎光論金詩云「金踞西北并、幽、燕、冀之間，多忼慷悲歌之士。雍州厚重質直，故有夏聲。至於嵩、邙、汴、洛，戎馬馳驅，上下百年，興亡再見，南遷東狩，播越無常。故老遺臣，感廟社之丘墟，悼宫庭之禾黍，故其詩雄健而踔厲，清剛而激越，悲涼蒼莽。」今取《中州集》讀之，良然。

金詩華贍富麗，光采瀏亮，雖不及元人，而勁健悲壯，縱恣横溢，絶無一毫婠媚軟熟之態，其本色然也。譬如潑剌少年，雖極窮困，時露幽、并豪傑之概，令人望而生畏，不敢侮慢。此蓋關乎地脈之沉雄，風氣之强盛，非漸染使然也。

金詩崇尚不出蘇、黄，間亦規橅昌黎。其氣力勁健，筆姿駘宕，硬語盤空，倔僵楂牙，自開生面，非沉酣山谷，而能若是乎？遺山云「北人不拾江西唾」，毋亦高自位置，自昧從來？試看《中州集》，其間能擺脱江西籬落者幾人哉！士君子誦詩讀書，知人論世，不可不出之公道。得魚忘荃，卑人尊己，賢者亦不免歟？

金詩中氣骨蒼勁，體製最高者，固推劉迎、李汾，而無黨七古尤擅長。蒼老樸直之中，語語皆有關係。如《沙漫漫》云：「僕夫汝莫愁衣單，我但着衣思汝寒。」《修城行》云：「誰能一勞謀永逸，四壁依前護磚石。免令三歲二歲間，費盡千人萬人力。」此直可入老杜之藩籬，浪費筆墨，未易語此。

金人朱自牧《郊行》「小溪烟重偏宜柳，平野雲垂不礙花」，又《晚泊濟陽》「水邊畫角孤城暮，雲底殘陽遠樹明」，其新穎爲何如！以視「寒天展碧供飛鳥，落日留紅與斷霞」，雖戛戛生新，而痕迹不化。

金人劉彧《秋雨》：「棲鴉不動寒偎樹，過雁無聲冷貼雲。」體物賦景，精細不減唐人。學者從此體會得，竿頭自可進步。

金人劉少宣《元夜陰晦》「芙蓉城暖東風夜，楊柳樓深笑語春」，人競稱之，予謂不如「午風襟袖知秋早，甲夜欄杆得月遲」，爲更温雅雋永。

金人楊雲翼「鶴鳧長短無餘性，鵬鷃高低各一天」，至理達觀，見得透，説得出。世之不安本分，而勞勞不已者，毋亦自昧其性，不識所天也夫，悲哉！

金人劉瞻「厨香炊豆角，井臭落椿花」，元遺山以爲工於野逸，良然。

金人王元粹《春日詩》結語：「貧士寡徒侶，古來非獨今。」人皆稱之，謂其感慨蕴藉。予則喜其「讀《易》了一編，静見天地心」之句，此纔是讀書真種子有得之言。天地盈虚，陰陽消長大道理，莫備於《易》，莫精於《易》，非静而能得見乎？即一切學問，非静斷不能入理。

金人高廷玉《道出平州寒食憶家》有句云：「山重水複人千里，月苦風酸雁一聲。」含思悽惋，久客讀此，得毋淚乎！

金人杜佺，字真卿，武功人。《馬嵬道中》詩云：「垂柳陰陰水拍堤，春晴茅屋燕争泥。海棠正好東風惡，狼籍殘紅送馬蹄。」不獨風致嫣然，其意趣深遠，令人感生事外。

唐人下第詩「氣味如中酒，情懷似别人」，比擬極矣，却未説到至情至性。唯金步元舉《下第過榆次》「晨昏多負倚門親」，不惟下第者讀之凄然，其真摯實突過前人。

金人師柘《秋夜吟》云：「壯士暮年意，遊子中夜心。拊劍一太息，月暗天横參。」令人讀之，不勝遲暮之傷。又《陪遊北苑》：「草色明殘照，江聲入暮雲。」結響高華，居然唐調。

金人任詢《山居》：「種竹百千个，結茅三四間。稍通溪上路，不礙屋頭山。」又《南郊小隱》：「林間鳥語月微下，竹裏花飛春又深。」淡而有味，有王、孟之風。

高士談字子文，宋忻州户曹，仕金，爲翰林學士。著有《蒙城集》。其《題禹廟》詩云：「可憐風雨胼胝苦，後世山河屬外人。」聞者悲之。又《題棣棠》云：「閒庭隨分占年芳，裊裊青枝淡淡香。流落孤臣那忍看，十分深似御袍黄。」其故君舊國之思，未嘗一日忘也。

元遺山詩沉鬱高古，整贍清和，别出新意，自成一家。其獨絶處，如長江大河，渾浩流轉，曲折變化，縱其所如，真有龍跳天門，虎卧鳳闕之勢。不但獨步金、元，即在唐人中亦可高置一座，謂非間氣之所鍾耶！

遺山雖没於元世，未嘗受職，不得以元人目之。猶陶彭澤之爲晉遺民也。金詩《中州集》已括其全，而遺山實爲之弁冕，足以包舉衆家，群英領袖，靈光巋然。

遺山《題中州集後》云：「萬古詩人嘔肺肝，乾坤清氣得來難。」「清」之一字，爲詩文之素地，雖雄奇平淡，體各不同，無不以清爲之旨歸。金人之詩極清，雄古新麗中，一種清剛之氣，流露行間，令人觸目生愛，不能割舍。此其所長也。

傅與礪師法德機，詩筆簡秀。《秋興》五首，雖未易學步少陵，而整贍工穩，亦後來高手，元人中罕有其匹。其《寄弟》云：「每愁年長須經事，即恐家貧廢讀書。」此語真摯樸老，不可與易。令人讀之，爽然自失，彌復慨然。

郝伯常奉使，實欲通南北之交，爲宋人延一息之喘，而違其本心。故《月夜感懷》云：「變故空長策，蹉跎惜此心。」又《儀真館中雜題》云：「無邊木葉無窮恨，一夜秋容滿鏡中。」亦哀之至矣。

郝伯常每致恨石晉之割燕、雲與宋朝臣事金源之失策，故《入燕行》「九原喚起燕太子，一樽快與洗明月」。英雄豈以成敗論，千古志士推奇節」，其意可見。觀其《龍德故宫懷古》詩，雖盡節於元，而未始不乃心宋室也。至《白溝行》「千年猶怨桑維翰，五季那知魯仲連」，則直道其裏矣。識者哀之。

元人范德機《登岳陽樓》起句云：「誰能手鋪湘水平，剗却君山看洞庭。」其語雖自太白「剗却君山好，平鋪湘水流」化出，要自奡岸突兀，有飛泉出峽之勢。又《秋日集詠》云：「要知立志非多事，但使成言自一家。」自命不凡，即此可見。與虞、楊並稱，宜哉！

高克恭《過信州》云：「二千里地佳山水，無數海棠官道傍。風送落紅攙過馬，春風更比路人忙。」語意俱好，惜重一「風」字。元人此類甚多，不無白璧微瑕之歎。

戴表元字帥初，奉化人。宋咸淳中登進士，兵亂不仕。元大德中累薦不起，大節凛然。著有《剡源集》。其詩静細清新，如「短鬢丁年白，寒燈丙夜青」、「甃塹水温初荇葉，粉牆風細欲梨花」，風致近晚唐人。其《感舊歌者》一絶云：「牡丹紅豆艷春天，檀板朱絲錦色牋。頭白江南一樽酒，無人知是舊龜年。」評者謂有故國之思也。

方回字萬里，號虚谷，徽州歙縣人。宋景定中登第，知嚴州。降元，以爲建德路總管，大節已虧。著有《桐江集》。其詩宗法江西，失之粗勁，晚更自謂平易，却入鄙俚。《律髓》一書，體例近俗，議論太偏。以便淺學尋覽則可耳，不足當高明之盻也。

趙孟頫絶句云：「燕子不來花又落，一庭風月自黄昏。」此即義山「銀鑰却收金鎖合，月明花落又黄昏」之意。其丰致要自可喜，無相襲痕跡。

元鄭祐《送友還鄉》：「有官固當歸，無官歸亦好。」此語誠仕宦者五夜晨鐘，若能醒得，林下人多矣。

元人岑安卿《古意》：「爲學不苦心，虚談政何益。」是善讀書者。又《送姪之潮》云：「結交慎扳援。」《和李宰》云：「自獻殊未屑。」其氣骨可想。《傷心行》云：「白髮困青燈，紅妝泣秋雨。」令千古傷心人一齊下淚。

元高則誠《曉起》云：「慮淡趣常足。」此語唤醒世間多少人。凡人逐日勞勞，常形不足，亦覺其慮之多耳。

俞廷心爲元室忠臣之冠，「疾風知勁草，板蕩識誠臣」，非徒自靖，而且欲勉人。其《送劉伯温之江西廉使》結語云：「惟有凌霜柏，天寒可贈君。」亦蘧伯玉耻獨爲君子耳。於此知二十三人盡忠池之同日併命，非偶然也。豈慷慨赴死者比乎？

元政不綱，民生憔悴，郭静思云：「貧賤一身浮。」又云：「饑寒久已厭吾生。」士大夫如此，則百姓之流離困苦可知。華彦清云：「借問東君知得否，江南春色已無多。」「當年只記春猶在，不道山河又屬人。」丁鶴年云：「無錐可卓香巖地，有柱難擎杞國天。」「詩卷自書新甲子，藥壺别貯小乾坤。」「徙倚危欄倍惆悵，月中猶見舊山河。」感憤已極，而元社屋矣。

宋牧仲云：「宋詩沉僿，近少陵；元詩多輕揚，近太白。以晚唐論，則宋人學韓、白爲多，元人學温、李爲多。要亦娣姒耳。」予謂宋詩學少陵，惟山谷、無己、舜俞數君子，而近者絶少。元詩才情奮發有之，而以爲近太白，談何容易！宋人多學香山，學昌黎者亦少。元人愛學晚唐，其修飾煅煉之工，實遠出宋人之上。

方虚谷云：「自齊、梁、陳、隋以來，爲詩者專於風花雪月、草木禽魚，組織繪畫，無一句雅淡。至唐猶未盡革。而晚唐詩料，於琴棋僧鶴、茶酒竹石等物，無一篇不犯。昌黎大手筆，如《廣宣上人頻過》中四語云：『久爲朝士無裨補，空愧高僧數往來。學道窮年何所得，吟詩竟日不能迴。』却只如此枯淡平易，不用事，不狀景，不泥物，是可以非詩訾之乎？此體唯陳後山有之，惟趙昌父有之，學者不可不知也。」予謂此論爲詩家正法眼，故特爲拈出。

李三隨字無塵，一字居貞，汴曲中人。能爲詩，畫蘭有逸氣。張林宗、阮太沖諸先生酒座中，非此君弗懽也。四方同人之至者，咸願識無塵，與之唱酧。至今有道其姓字者，咸謂北有李無塵，如南之有馬湘蘭也。無塵詩如《長欄酌月》：「新調從人翻水國，古絃不敢按中州。」《合歡樓春集》：「花底歛襟依鶴步，歌中住拍讓鶯啼。」《譏窄衣》：「不識曹衣真出水，任他吴帶自當風。」《聽小紅箏歌》：「未是周郎獨顧誤，聲聲合拍已回眸。」《七夕分得王子喬返緱氏山》：「白鶴乍來巖際望，神仙亦有故園情。」《陶庵夜坐》：「杯沉雙影寂，酒壓一燈深。」《哭張烈女》：「自嫌我有淚，敢謂世無人。」皆楚楚有致。明崇禎壬午，無塵同此稿俱没於水中矣，惜哉！

（吴忱、楊君、王天覺點校）

香石詩説

香石詩説提要

《香石詩説》一卷，據民國四年求在我軒刊朱墨套印本點校。撰者黄培芳（一七七九—一八五九），字子實，號香石，廣東香山人。嘉慶九年副貢，官至内閣中書。有《嶺海樓詩鈔》。香石少即有詩名，與張維屏、譚敬昭合稱粤東三子。按此卷副題「癸亥歲答友人作」，知作於嘉慶八年癸亥。又卷末作者跋謂「另有《香石山房詩話》。此則因友人下詢，偶舉其概」云云。然與今本《詩話》比勘，僅論七律一則「劉公戫譬之如開硬弓」一語，及論七絶一則「語近情遥」一語同，餘皆不同。國朝論詩家瓣香漁洋、歸愚、蘀石一則，《香石詩話》中則分别論之，並未合論，且少抑歸愚，蘀石亦未顯在漁洋上。是皆有異。宣統二年黄映奎跋，謂此《詩説》手書原稿「涂乙點竄，細密若蠅頭」，知亦非率爾之作，然則未知《詩説》抑或《詩話》孰是也。惟論較《詩話》集中，故曰「詩説」。此稿一直未刊，百餘年後始付梓。

香石詩説 癸亥歲答友人作

夫子曰：「小子何莫學乎《詩》？」説詩其昉於此乎？由興觀群怨，以至於遠邇君父，並逮乎鳥獸草木，其説詳矣，其益大矣。他日，又以二《南》詔伯魚。而修齊治平，皆出於此。子所雅言，亦首於《詩》，夫子豈欺我哉！又曰：「温柔敦厚，詩教也。」温柔敦厚而不愚，則深於詩者。其明效大驗，已可略睹，此其故可不深長思乎？吕伯恭曰：「泛觀天壤之間，鳥鳴於春，蟲鳴於秋，而匹夫匹婦，歡悲勞佚，喜怒舒慘，動於天機不能已，而自泄其鳴於詩謡歌詠之間。」於是釋然喜曰：「天理之未鑿者，賴有以存。是固匹夫匹婦胸中之全經也。」程子曰：「天下之英才，不爲少矣，特以道學不明，故不得有所成就。」夫古之詩，如今之歌曲，雖閭里童稚，皆習聞之而知其説，故能興起。今雖老師宿儒，尚不能曉其義，况學者乎？是不得興於詩也。朱子注「思無邪」曰：「善者可以感發人之善心，惡者可以懲創人之逸志。」又注「成於樂」曰：「可以養人之性情，而蕩滌其邪穢，消融其渣滓。」夫詩固與樂相爲表裏者也，不幸樂既亡，學者不得成於樂，猶賴繫此詩歌一線，所以養天倪而發天機，興性情而善倫物，後世采風之典雖缺，而歷代之詩，釐然畢具，皆可以觀氣運之升降，人心之得失。今之詩由古之詩，其義一也。乃拘迂之儒，習見世之淫哇雜響，欲並此而輕棄之。一二號稱詩人者，又不觀其會通，舍本求末，皆失詩教之旨，可不歎哉！

詩原於《三百篇》，夫人盡知也。自漢、魏、唐、宋以來，其間好詩，無不一一可求合乎《三百》。鄙見論詩，持定此説。老生常談，不免爲世人所哂。然淵源一脈，外異中同，古今無别，確不可易。如杜詩「亦知戍不返，秋至拭清砧」一章，不過小小篇幅，而其代戍者之室家立言，試一諷詠，當時之勤兵勞民自見。此非即變《風》、《小雅》之遺乎？又如王摩詰之「遥知兄弟登高處，遍插茱萸少一人」，歸愚謂其有陟屺之思。近體且然，何況古體？舉一反三，妙由心悟。

得性情之真，不獨風教人倫之作，有所關係，即傍花隨柳，弄月吟風，會心不遠，亦足以暢寫天機。反是，則性情汩没，塗飾爲工，去風人遠矣！彼絺章繪句，專求單詞片語之佳者，雕蟲末技，淺之乎論詩矣。

既主性情，即不能不論風格。風即風神音韻，格即格律句調也。言之無文，雖有妙理至情，亦胡能達？所謂不以規矩，不能成方圓，此法之不容不講也。言法之書甚多，如嚴滄浪《詩話》、沈歸愚《説詩晬語》，皆純正不雜。沈示人法，嚴教人悟。以此種道夫先路，庶幾門徑不差。二書今刻《詩觸》内。

鄭板橋云：「題高則詩高，題矮則詩矮。」故雅人必無俗題，觀其題即知詩。命題必不可忽。命題大約貴簡當大雅。稱謂敘事，當有紀法，宜仿古人。若里社俗題，詠物小樣，以及氾濫酬應，人名滿紙，皆爲俗派。初學命題，如贈答、紀述，吊古、書懷之外，遺興即事、山居村居，春夜秋日、登臨賞眺等類，俱不失爲雅道。或先有詩而後有題，或先有題而後有詩，均無不可。至詩就，一時覓題不出，即以本詩首二字爲題亦得。

詩分唐、宋，聚訟紛紛。雖不必過泥，要之詩極盛於唐。以其醞釀深醇，有風人遺意。宋詩未免説盡，率直少味。至於明詩，雖稱復古，究於唐音有間。此又不可不知。

五古繼《毛詩》四言而作，自當以漢、魏之古厚爲宗。屢變而至老杜之長篇，體大思精，斯觀止矣。論者或以其才氣太盡少之，然正可備五古大篇一派也。名篇則自《古詩十九首》、蘇李贈答以後，如子建之《贈白馬王彪》、阮公之《詠懷》、景純之《遊仙》、太沖之《詠史》、以至伯玉、曲江之《感遇》、太白之《古風》，未易更僕數，而膾炙古今，亦不出此數者矣。家數，則漢人未可以專家求。魏代，則首推子建，餘子皆不能及。自時厥後，六朝之間，陶公斷推獨步，康樂遜之，宣城濯濯清姿，小謝似勝乎大謝。至翁覃溪先生示人入手，又專法乎二謝矣。唐之冠冕，則伯玉、曲江，而李、杜、王、孟，皆此體正軌。漁洋獨不選杜，其實無可厚非也。常建亦泠泠清音，後則韋蘇州一人，朱子稱其自在，氣象近道，意謂陶公亦不能過之。又以爲高於王、孟諸人，以其無聲色臭味也。至明代歸子慕，愚謂亦可接此淡遠之宗。樂府雖别具一格，其神理可以相參。李、杜能獨開生面，而長篇當以爲式。若夫蘇公《和子由園中草木》等作，中有句云：「有如采樵子，入洞聽琴築。歸來寫遺聲，猶勝人間曲。」數語實爲其詩寫照，然則又不可不參看東坡耳。朱子五言，得乾坤清氣，載道之音，其言藹如。即以格論，亦不在陶、韋之下。自五言以下，諸體當各集其長，陶治百家，自成一體。然能與人規矩，不能使人巧。神而明之，存乎其人。斷不可有宗法而無主氣也。

七古面目，至唐始備。即初唐諸子，多參律句，仍未可法，故必斷以李、杜爲大宗。夫詩至此體，不能不言才氣矣。然須間架有法，變化無方。源於《離騷》，以得其神光離合；參之參軍，以著其俊逸清新。原其訣，總不出「對疊銜接」四字，尤要在對仗。間以對仗，方不散渙。句調雖不一，自當以三平爲正調也。一句中，末三字平，倘四平，則反腔矣。若退之、樂天、長吉、義山、飛卿之徒，皆足爲副。至宋代子瞻，亦足繼李、杜而鼎立。永叔，荆公、放翁，並可參觀。山谷更落落獨造，幾與杜敵。金則遺山，才氣雄放而近於粗。元則道園，氣格清細而近於薄。明推季迪，頗得青蓮筆意。近賢如黄仲則，差能不愧古人，此亦不可少者也。樂府一道，古今體俱有，郭茂倩全部盡之矣。學者取而熟復之，根柢深茂，作詩音節自佳。如樂天、西涯輩，各擅新聲，要亦不能出古人範圍。先文裕公（諱佐），著有《樂典》，此體尤屬專精。至《文選》一書，固是詩賦權輿，初學尤當熟精其理。

五律濫觴魏、晉，亦至李唐其體始成。氣體無論，清雄各别，總以超拔爲妙。初唐首屈曲江，渾金璞玉，醇乎醇者也。盛唐則王、孟、李、杜，允稱正規焉。詩中惟此體最易工，故名家名篇，不可勝計。我粤鄺湛若，天才發越，於古今能獨樹一幟，直接武曲江，而爲南中之太白也。當代之士，翁山、愚山並工此體，西樵、漁洋時有妙處。近日我仲則，亦可謂入唐人之室者矣。

七律斷自有唐，前此庾信、江總，漸開其體，仍是七古之有對仗者耳。此體以雄辟高渾，通體動盪爲貴。才情聲律，俱不可少。劉公戩譬之如開硬弓，作者不過開六七分，開滿十分者，古今幾人耳。自有七律以來，未有賢於少陵者，千古讓其獨步，而以義山、東坡副之。王維、李頎、白居易、杜牧，俱有足觀。山谷、放翁，皆可並取。沈雲卿之《獨不見》、崔司勳之《黄鶴樓》等作，自是振起先聲者乎。

餘論七律，必參以蘇、黄風格，以二家時有一氣相生，彈丸脱手之樂。義山、放翁，均由杜出，而風容色澤，又各不同，故當兼學耳。至金之元好問，元之虞集，明之高啓、何大復、李夢陽、李東陽、陳恭尹，及先文裕公，國朝之王士正、吴偉業、查初白、朱彝尊，並宜博觀精選而熟復之。即後來之杭、厲二家，亦宜參觀。

五絶即五古之短篇，肇於漢、魏，盛於唐以後。王右丞、趙子昂尤長此體。大約其語近情遥，自與七絶相表裏，但須有古音古節，此與七絶稍别。諸體中，此獨易學而難工者也。

七絶，唐人以爲小樂府，被之管弦，故無出唐人之右者，自當以龍標、供奉爲最，李滄溟、王阮亭諸前輩，各有所推壓卷之作，約共十餘章。此外，名構多有合乎《三百》之旨者。至我朝王漁洋先生，獨標神韵，亦推名手。要而論之，語近情遥，含蓄不盡，爲得三昧。

長排格律精嚴，不可散漫，起伏頓挫中，而能對仗整齊，血脈流動，斯爲上乘。少陵變動開合，空諸作者。小杜（牧之）《華清宫》一首，能别開生面，秀偉絶倫，足爲老杜後勁。元、白雖滔滔百韵，無取冗長。近人如朱竹垞，五七言之外，更有三言三言詳載《樂府》、四言、六言、長短句之目。四言，惟古之逸詩，可繼《三百》，後之摹仿者，晋人能得清音。六言，則唐人每喜爲之，率不能工。若康樂、子山輩，亦已道夫先路也。長短句，乃七古之變調，其法該於七古矣。又有聯句一體，相沿以《柏梁臺》詩爲祖。而《列女傳》有云：「《式微》，二人之作。」則聯句始於《毛詩》矣。又以每句用韵爲柏梁體，不知虞廷賡歌，已見端矣。至於和韵體例，有單和本韵者，有全依韵脚者，皆無不可。總以詞達意顯，不爲韵縛，斯乃得之。古人盡有屢叠前韵者，不過一時誇多鬥巧，實非所尚。

初學既分體用功，各得蹊徑，此後尤當專稿。六朝以上無論已，斷自唐以後。鄙見所舉者：李青蓮集、杜工部集、韓昌黎集、白太傅集、李義山集、蘇文忠集、陸劍南集、高季迪集、鄺湛若集、王漁洋集、吴梅村集、查初白集，流覽此諸家，大能獲益。上可希乎大家，下亦不失名手。至選本之精醇，前人無能過於我朝者。如《御選唐宋詩醇》、王尚書之《五七言古詩選》、沈宗伯之《古詩源》、《唐詩别裁》，皆足津逮初學。他如《全唐詩》、《明詩綜》，備而且精，各極一代大觀，學者亟宜取覽。此外選本，雖不乏佳處，或偏而不舉，或繁而無當，從略可也。

國朝論詩前輩，宗匠固多，愚所瓣香，則有三人焉：王阮亭先生士正、沈歸愚先生德潛、錢蘀石先生載。歸愚之書，批示流布，故海内靡然宗之。然可以是入，不可以是終也。漁洋之書，似高一層矣，第不著評點，淺學之士，或昧其旨。至蘀石之論，心悟神解，其獨到處，往往發前人之所未發，方之王、沈，彌加精密。但外間頗少傳本，學者無從問津。近吾粤中，尤推馮魚山先生爲大宗。其持論之精正，獨出冠時。然先生平日不事標榜，且未著有成書，又孰從而窺之哉！昔人云：江山與詩人相爲對待，非詩人無以表江山之面目，非江山無以寫詩人之襟期。故必有第一等襟期，斯有第一等真詩。學者既已講求法律，又恐尺寸自繩，失之拘滯。試看舞雩沂水，豈有滯境耶？流水行雲，豈有滯機耶？須知平時精熟萬卷，下筆抛卻一切，戛戛獨造，汩汩然來，如羚羊掛角，無跡可尋，如天馬行空，不可羈靮。又如神龍變化，見首不見尾。空所依傍，無泥死法，怠乎純熟而化，斯爲至矣。

余自撰另有《香石山房詩話》。此則因友人下詢，偶舉其概。雖屬人云亦云，其中亦有不苟同於人者，要不過爲初學發凡，區區管窺之見云爾。

鐵城黄培芳子實甫識。

跋

右《詩説》一卷，先叔祖香石先生著。先生著書滿家，已多散佚，所存《詩説》，爲嘉慶癸亥手書。初稿塗乙點竄，細密若蠅頭，未易辨識，詎今已百餘祀矣。暇因鈔正付刊焉。昔姜石帚嘗自識其《詩説》曰：「《詩説》之作，非爲能詩者作也，爲不能詩者作，而使之能詩，能詩而後盡吾之説，是亦爲能詩者作也。」今觀先生識後語亦云：「不過爲初學發凡。」然「中有不苟同於人者」，其殆石帚之意歟？願與世之能詩者一參之。宣統二年庚戌臘月，從孫映奎敬跋。

（姚蓉點校）

香石詩話

香石詩話提要

《香石詩話》四卷，據嘉慶十五年嶺海樓刊本點校。撰者黄培芳，生平見《香石詩説》提要。此書有嘉慶十四年己巳自序，當即成於此時。論詩兼録詩，立場大抵在王漁洋神韻一路，及翁方綱維護漁洋方面，至謂《漁洋詩話》似《世説新語》，有晉人風，語甚妙。又記與覃溪過從，録其論詩之語。又頗取錢蘀石語，蓋錢論詩與覃溪相契，復深賞馮魚山（敏昌）。卷三記漁洋及錢、翁、馮同賞黄山谷，作者亦細析出山谷詩有「大筆」、「仙筆」、「沉著之筆」、「精深華妙之筆」諸佳，卷四又録譚康侯（敬昭）語，以山谷爲準的，論定宋金元各家詩之善與不善，可謂前後同趣。漁洋及覃溪曾先後視學廣東，影響南粤詩壇甚深，此皆是其遺響也。故於近人不取沈歸愚、袁子才，駁子才非議漁洋「一代正宗才力薄」乃自薄，非漁洋薄。然其持論雖云正宗，亦有模糊影響之處。如服膺錢蘀石七律，可謂具眼，而未及其七古，豈非遺其半。論七古却贊以「遠神」，論五古則又强調「沉著」，似未得兩體之旨；且七古無論長慶體、梅村體，竟失之眉睫。是皆局於漁洋神韻所致，所謂「清到骨」（其評法式善語）矣。此書表彰粤地詩人不遺餘力，尊馮敏昌爲盟主，同輩中則多録張維屏、譚敬昭等人，門人孔繼勳「吾粤之有詩話自《香石詩話》始」（《粤嶽草堂詩話》序）云云，即此之謂也。此書另有二卷本，僅及前二卷。

自序

《魯論》記夫子論《詩》最詳，此吾黨學《詩》之本，即古今詩話之祖也。詩話之作，固以論詩，兼以誌美。崔信明「楓落吴江冷」，單詞遂足千古，其在多乎？蓋有選家存歷代之詩，復有詩話盡詩人之緒，詩學可以不墜，而藝林之善可以不没矣。余偶掇拾所聞，成此一編，本無足述，門人輩愛而校録之，爰識數語於首。嘉慶己巳秋香石居士漫題。

香石詩話卷一

香山黄培芳

詩言性情，所貴情餘於語。張曲江《望月懷遠》云：「海上生明月，天涯共此時。」語極淺而情極深，遂爲千古絶調。

順德張玉洲孝廉錦麟，葯房太史錦芳弟也。著《少游草》。有句云：「野渡無人潮欲上，碧天如水雁初飛。」人呼「張碧天」。又《湖心亭》云：「三面青山四圍水，藕花香處笛船多。」又稱「張藕花」。余尤愛其《留侯》一律，起四語「感激飛椎日，從容進履時。飄然秦楚際，偶作帝王師」，此已括盡子房一生。

張葯房與黄仲則相友善，仲則嘗爲其跋《玉洲遺稿》，傾倒甚至，欷歔欲絶。仲則殁，葯房亦録其稿南歸，并弔以詩云：「吟魂招傍大江行，嗚咽濤聲雜雨聲。千里素車期范式，百年詩品付鍾嶸。」范式，謂洪穉存也。

仲則七律有超然獨造者，如「夕陽勸客登樓去，山色將秋遶郭來」、「人間别是銷魂事，客裏春非望遠天」是也。又《武昌雜詩》「郢中有客皆詞賦，楚國何峰不雨雲」、「江漢欲浮天地外，山川渾老戰争餘」、「更無老子連牀話，敢望仙人跨鶴飛」、「三春無樹非垂柳，五月不風猶落梅」，皆融鍊之至。《金陵别邵大仲游》云：「三千餘里五年遥，兩地同爲斷梗飄。縱有逢迎皆氣盡，不當離别亦魂銷。經過燕市仍吴市，相送皋橋又板橋。愁絶馱鈴催去急，白門烟柳晚蕭蕭。」此則筋摇脈動，到之極矣。《夜泊江口寄家兄》詩用美人，託始《風》、《騷》，後人或以況朋友，至漁洋山人則舉以儗其兄。《夜泊江口寄家兄》云：「揚子江頭月，流光千里餘。美人臨水别，隔歲幾行書。」

五律有不矜才氣，寫來恰好，非深得唐賢三昧者不能。余最愛曾賓谷先生燠《上方寺看梅》云：「山門掩修竹，殘雪在庭陰。此地罕人到，梅花香獨深。春生前代土，客感去年心。小飲竟成醉，徘徊月滿林。」

陳獨漉《坐雨詩》云：「蕭瑟北林聲，雲如萬馬行。坐中高閣雨，天外數峰晴。向浦帆光濕，依人燕羽輕。羅浮開一半，悽惻未歸情。」此五律最高之境，法律極細者。翁覃谿先生曾向張南山稱説。可見前輩鑒賞，别具心眼如此。

孫淵如星衍爲山東臬使，題詩云：「驄馬紅旌静不喧，來從玉宇帶高寒。三齊名士争投刺，一路青山送到官。使者車單如客過，聖人家近借書看。清時不用矜風節，慚愧儒冠换豸冠。」想見儒吏風流之概。

家愛廬孝廉壽棠辛酉秋公車南還，示余富莊驛壁女子詩云：「萬里飄零百劫哀，青衣江上别家來。朝雲暮雨番番看，一路山眉掃不開。」「深閨一命弱如絲，金鼓聲中怯幾時。妾恨也同花蕊恨，阿誰馬上是男兒？」「阿母音書隔故關，兒身除有夢飛還。年年手濯江邊錦，不瞉人間拭淚斑。」「稿砧望斷路盈盈，敲罷金釵憶定情。妾自馬嵬坡下住，此生只待卜他生。」「小婢嬌癡代理妝，窮途怕撿女兒箱。兒時愛譜《江南好》，恐到江南已斷腸。」「霧鬢風鬟一段魂，喘絲扶住幾黄昏？殘燈背寫傷心句，界亂啼痕與粉痕。」并叙：「妾生於劍外，死别刀環。鋒鏑之餘，全家失所。慈親信絶，夫婿音訛。依於所親，挈至薊州，遂偕南下。妾意稍遲玉碎，猶冀珠還。期秋扇之重圓，願春暉之永駐。流離數月，甫達此間。嗟乎！陌頭楊柳，總是離愁；門外枇杷，都非鄉景。望齊門而泣下，思蜀道以魂歸。阿鵑阿鵑，生何如死！扶病夜起，勉書數絶。郵程信宿，便入江南，當是薄命人斷送處也。嘉慶六年正月十九日蜀中女史鵑紅題。」施愚山集中亦有《新嘉驛女子詩》，然彼不過失意於嫡，此更遭難於兵，存之以誌厥哀。

昔余與方竹孫繩武登粵秀山，竹孫得句云：「南溟雲重天如墜，古寺風高塔欲摇。」寫景愛此奇拔之語。

欽州馮魚山先生敏昌少日在都時，初以詩謁嘉興錢籜石先生，大加奬許，評其詩卷有云：「嶺南自曲江後，諸子或存偏方之音，惟馮生力追正始。」余謂曲江極其醇，至先生極其大，皆當以一代論者也。

馮魚山先生徧游五岳，詩多，不具録，略摘句於此。其《遊華嶽登萬壽閣》云：「平添嶽勢三千仞，遥聳神霄百萬層。」《立秋日華頂作》：「白帝西來行萬里，黄河東去避三峰。」「高掌試看初日上，芙蓉新倚半天秋。」《歸渡茅津遇雨》：「洶洶黄流千里下，冥冥風雨二崤來。」其《遊嵩嶽出洛城寫望》云：「清洛一川映餘雪，平原千里受和風。」又云：「放眼還看天地中。」《謁中嶽祠》：「天外黄河真顧抱，地中温洛自縈迴。」其《遊岱嶽壺天閣》云：「雲鎖斷崖青不落，泉迴曲澗響疑應。」《日觀峰頂觀日出》：「千尋絳闕應鰲忭，九點齊州尚霧昏。」《歸途值雨小憩壺天閣》：「海雲將樹暗，岱雨落泉麤。」其《遊北岳登大茂山謁北嶽神祠》云：「并鎮《周官》從辨證，冬巡《虞典》自輝煌。」《塞上秋陰寫望》：「大漠無塵通去馬，長天如陣置平雲。」《大同寫望》：「紫塞秋風隨馬度，白登寒色壓城開。」其遊南嶽，有《祝融峰頂觀雲海歌》七古、《登岣嶁峰》五古，最爲傑作，篇長未録。其時遊嶽將及旬日，柳村以衡酒遠餉嶽頂，寄謝有云：「無物相隨何以報，仙壇折取萬年松。」亦足想見地主之風流、先生之高致。

陽山鄭貫亭侍御士超未第時，深爲魚山先生器重。既而通籍，爲諫官，正色立朝，能不負先生知人之鑑。後乞假還粤，而先生已捐館。彌留時猶呼侍御，思得一見。侍御親至羊城，經紀其喪。余贈以句云：「驄馬正從京國返，素車忽自故山來。」未幾，侍御還朝，亦下世矣。其哭先生詩最切至，爲備録之。「楓陛辭歸萬里行，竟來滄海哭先生。祇云蓬島三神近，誰信天南一柱傾。十載瓣香餘涕淚，九州推轂枉聲名。難堪元伯彌留頃，猶自呻吟待巨卿。」「儒林文苑孰當先，間氣應論五百年。真性瀰漫忠與孝，奇懷空闊海兼天。詩名李杜韓蘇後，題筆嵩衡泰華巔。一事竟遺千古恨，嶺南職志未成編。」「蘇湖模範久淪亡，大啓儒門振此鄉。屬志千秋惟絶業，論交四海一空囊。風流雲散都成恨，木壞山頹亦可傷。有道墳前碑待立，人間定有蔡中郎。」「書策頻年滯海濱，去留心跡總難陳。感恩長戀新天子，返國今無舊史臣。熱血灑空終萬古，狂瀾力障復何人。天涯此日歸丹旐，五嶺雲山慘不春。」

魚山先生於嘉慶己巳祀欽州鄉賢。

魚山先生愛才如命，同人中尤推張葯房太史。葯房有《送合浦李文穎遊大梁》詩云：「曾聞合浦葉，飛入洛陽城。君去沿江漢，何時達汴京？天涯師友誼，壯歲别離情。到日吹臺望，浮雲但北征。」先生從李君扇頭見之，以爲妙絶一時，假扇子去。是日適赴歌席，各顧曲。先生獨展扇子，俯首微吟。又見其《喜李藝園歸自河南》長古一篇，對客朗誦再三，翹首曰：「吾粤三家，有此一篇否？」客未及對，又曰：「在國朝諸名家中，可比某篇。」後葯房卒，先生序其《逃虚閣集》行世。

德慶温莊亭明經承恭工徐、庾之學，并長於詩。李雨村所稱「德慶之詩萃於温氏」者也。蜀中十度往返，《蜀遊集》中如《登韶州九成臺》云：「湖海有人牛馬走，笙鏞何處鳳凰來。」《登祝融峰》云：「湘注北流通上國，地迴南戒畫中原。」《登岳陽樓》云：「去國懷鄉餘此地，先憂後樂更何人？」《過楊升菴故里》云：「大禮問誰容范鎮，夜郎歸早讓青蓮。」《湘江懷古》云：「終古武關羞一國，有人溆浦放三年。」皆能自抒議論，體格亦高。又贈余句云：「看盡名山詩得助，交來湖海友俱豪。」

蜀中張玉溪懷溎、潘東庵元音皆負才名，温莊亭回粤，相與話别少陵草堂，各賦一詩。莊亭云：「此間莫笑醉題詩，悵望千秋有所思。風雅尚存來後輩，古人可惜不同時。心懷憂國誰無淚，客返他鄉我亦遲。前哲一般愁易感，凄涼不獨爲分離。」李雨村見曰：「莊亭得驪珠矣。」和作有云：「是日竟無餘子在，連朝未有不陰時。」是日蓋人日也。

許菊船刺史乃來令吾粤時，大有循良之目。嘗與同舟返仙城，余贈句云：「山如好友沿途送，官似澄江徹底清。」余受公國士之知，延入香山衙齋，課其弟乃普及次子、長孫。余有「問業齊三輩」

之語。

癸亥秋，余與同邑方竹孫、仁和戴若虛恩奎訪陸時鳴孝廉鐘亮於白雲山碧虛觀。時山中作「賽安期」之會，酒壚數十處，遊人雜沓。我輩獨酌於深院中，余句云：「閉門仙島寂，沽酒白雲深。」越日曉雨初晴，烟霞蓊蔚，草木皆香。行山徑中，得句云：「曉行人帶烟霞色，雨過山含草木香。」

粵秀山多産木棉，延連北郭，花時紅照天表。黎二樵簡稱爲海外第一花。其産於水際者尤奇。余嘗展墓肇郡，有《金溪即目》絶句云：「有客輕舟雲水邊，空濛載入蔚藍天。珊瑚影逐春流亂，十里清溪放木棉。」

木棉詩，余最喜杭大宗七絶云：「目極牂牁水亂流，低枝踠地入端州。最憐三月東風急，一路吹紅上驛樓。」

杭大宗先生主粵秀講席時，最折服先文裕公之學，增祀公及李忠簡二栗主於先賢堂，以配宋五子，因與先君子往還。後先君子入都，道經維揚，謁先生於安定書院，賦詩道故，云：「暌違十一載，相晤大江南。名士老彌憊，高人放愈憨。茂先稱博物，靖節解投簪。鹿洞留餘韵，遺經盡日談。」

先廣文翼堂公少即與馮魚山先生暨李勺海潮三諸君子稱詩羊城，文酒風流，極一時詞壇之盛。魚山先生嘗手録先廣文及諸君子詩，定爲《素心集》，如漁洋之《感舊》，待鋟行世。先生奉諱南歸，時先廣文久已捐館。其《訪李勺海》有句云：「百千路轉方停棹，三十餘年再叩門。」筆力沉頓，情見乎詞。

律句有借對之工天然入妙者，如張船山《詠懷舊游》云：「洞庭惡浪君山碧，樊口輕車我馬黃。」以「我馬」對「君山」是也。

白太傅《晚桃花》云：「一樹紅桃亞拂池，竹遮松蔭晚開時。非因斜日無由見，不是閒人那得知。寒地生材遺較易，貧家養女嫁常遲。春深欲落誰憐惜，白侍郎來折一枝。」手腕柔和，極層折吞吐之妙，與王右丞《酌酒與裴迪》皆七律中進一格者。近賢如歸愚尚書《題王蘭泉三泖漁莊圖》云：「魚扈連延接雁汀，伊人新勒《草堂銘》。三重湖泛天邊白，九點螺橫島外青。菰米飯炊香淡淡，《水仙操》動韵泠泠。往來時有樵夫迹，問答微言總性靈。」造響淵微，得味外味，信堪繼美前人。

詩貴獨造，如查初白「萬井雲烟扶小閣，四山雷雨動空城」，似得未曾有。

王、朱七律，氣體原佳，但初年皆有空調。若徒賞其清詞麗句，非知詩也。今各舉其至者一二首於後，自可隅反。漁洋《題趙承旨畫羊》云：「三百群中見兩頭，依然禿筆掃驊騮。朅來清遠吳興地，忽憶蒼茫勅勒秋。南渡銅駝猶戀洛，西歸玉馬已朝周。牧羝落盡蘇卿節，五字河梁萬古愁。」竹垞《羅浮蝴蝶》云：「猶記歸裝嶺外齎，炎天二月展金泥。衰年再見真難得，異物初生也不齊。偶落人間休悵望，但留花底莫東西。寄聲爲報垂虹長，好配新蛾與並栖。」此方是真實純熟之境。

作詩以真爲主，而有六要：曰正，曰大，曰精，曰鍊，曰熟，曰到。正者，取正路也；大者，法大家也；精者，戒粗腐也；鍊者，去淺率也；熟者，由成章至於純熟也；到者，由筆到臻於獨到也。章法成，筆力到，猶之淺也；純熟而獨到，則至矣。諸家無不期於熟，熟所同也；諸家各有獨到處，是則同而異也。

詩有正，必有奇，而奇不可以率。人有大家，亦有名家，而取法必貴上。先其正者、大者，而後旁通以博諸家之趣可也，合百家以自成一家可也。

詩之源在《三百》，無迷其途，無絶其源。

後人之詩無殊於《三百》者，外異中同也。其外雖異，其中自不可不同。

觀古人之詩，當掇其精英，棄其糟粕。糟粕不能棄，將亦不能得其精英矣。

宋人七絶每少風韵，惟姜白石能以韵勝。如《過垂虹》云：「自作新詞韵最嬌，小紅低唱我吹簫。曲終過盡松陵路，回首烟波十四橋。」漁洋亦瓣香此種。

《中州集》七律自以李長源汾爲冠。如遺山所引「清鏡功名兩行淚，浮雲親舊一囊錢」、「長河不洗中原恨，趙括元非上將才」數聯，已極其妙。

錢蘀石先生載論七律之法：三、四起處宜用實字接，方不虛弱；此處間用虛字接，則五、六務必用實接矣。若四句俱虛接，每至靡弱不振。又最要在第七句，得力在提振得起。嘗拈老杜《秋興》「魚龍寂寞秋江冷」句爲法，謂其沉頓而出，收攝而揮斥也。

高常侍適「聖代即今多雨露」，亦第七句之振起者。魚山先生謂老杜「西蜀地形天下險」，則更不止此矣。

七律有三頓句法，又有加倍寫法。三頓如老杜「風急天高猿嘯哀」二句是也，倍寫如「無邊落木」

一聯是也。「落木」、「長江」，既以「蕭蕭」、「滚滚」形之矣，更加「無邊」、「不盡」於上，非加倍寫法乎？要之只是疊：三頓是實疊之妙，倍寫是虛疊之妙。

錢䔉石云：「《三百篇》都是疊。」此語可參。

劉隨州《長沙過賈誼宅》云：「三年謫宦此棲遲，萬古惟留楚客悲。秋草獨尋人去後，寒林空見日斜時。漢文有道恩猶薄，湘水無情弔豈知。寂寂江山摇落處，憐君何事到天涯。」此詩頗膾炙人口，䔉石評其都是虛字，薄弱不可耐。蓋以篇中所用「此」、「惟」、「獨」、「空」、「猶」、「豈」處等虛字甚輕弱，全靠此等字周旋故也。作七律者不可不知此病。

陽春譚康侯孝廉敬昭天才超越，深於樂府、六朝及三李，如朱霞天半，又如姑射神人。詩品之妙，不可多得。於吾粤海雪山人之外，另樹一幟者。

康侯五言有自然入妙者，如「竟夕如人語，風聲在柳條」、「不知江畔月，先我到亭邊」是也。又有極工麗者，如《春草》云：「一碧自千里，四山多夕陽。」《初秋夕》云：「風秋驚落葉，月午静臨花。」有齊梁風致。

康侯七絶如《遊峽山淙碧軒》云：「撲面風沙萬里還，飛泉爲我洗塵顔。塵中自覺山中好，争奈山泉又出山。」《長沙客感》云：「凉月碧雲何處樓，倚樓長笛怨清秋。陌頭楊柳垂垂盡，不是天涯客亦愁。」驚心動魄，是唐人上乘之作。

康侯一日與余論老杜《秋興》「聽猿實下三聲淚，奉使虛隨八月槎」，嫌「虛」、「實」二字用得太板。

余謂實歷其境，故曰「實下」；虚擬其境，故曰「虚隨」。康侯頷之。余有《秋興評本》，爲課徒輯也。康侯見悦之，即向借鈔。吴雁山孝廉應逵亦不喜《秋興》，余示以評本，遂心折，手録而去。《隨園詩話》亦訕《秋興》，其持論似甚淺率，然《秋興》何多招人議耶？

「一水杳然去，萬花空際飛」，仁和汪漢郊家禧句。余與漢郊未嘗通問，漢郊因許生乃普寄小聯，索余作隸書。

對、叠、銜、接，是作七古之法，古大家未有出此四字之外者。

或問何謂雙單字法，曰：如工部《渼陂行》「黮慘」、「琉璃」、「散亂」、「啁啾」、「沈竿」、「續蔓」、「菱葉」、「荷花」、「湘妃」、「漢女」、「金支」、「翠旗」，皆雙字也；曰「歌」、曰「舞」、曰「有」、曰「無」、曰「雷」、曰「雨」、曰「神」、曰「靈」，皆單字也。又如「動影褭窕沖融間」一句中嵌入「褭窕」、「沖融」等雙字，「間」字便是單也。此即叠法，由三頓、五頓，至一字一頓，各極其變。多用此等句則不虚弱，最爲七古要法。

七古以多作對仗爲妙，讀老杜、韓、蘇諸公作自見。

七古有不可不對之處，老杜《短歌行贈王郎司直》云：「我能拔爾抑塞磊落之奇才。」下即對云：「豫章翻風白日動，鯨魚跋浪滄溟開。」蓋上句正提「奇才」，下二句接寫「奇才」，必對方見宏整。若此處用散體，摇筆數行，便涣散不凝鍊矣。又如《渼陂行》中幅云：「宛在中流渤海清，下歸無極終南黑。」得此二語對仗作停頓，精神百倍，亦如中流砥柱也。少陵七古最凝鍊，他家則未免抖散矣。即青蓮亦然，惟《江上吟》一首則極似杜，中間純用對仗，每兩句一意，在他人可衍作四段。

七古銜接之法有緊、有緩，又貴用立筆、挺筆。如少陵《高都護驄馬行》云「安西都護胡青驄」，此是直起；下句接云「聲價歘然來向東」，非此則不緊妙，不緊則敷衍而散漫矣。下云「此馬臨陣久無敵」，是立筆接上。中幅「雄姿」、「五花」二聯是對入後。「長安壯兒不敢騎」，又是挺上去。末云「青絲絡頭爲君老，何由却出横門道」，則放緩收以取聲。此皆自然之音節。

余嘗撰《國風詩法隅舉》，言後世騷詞歌行之句調音節，無不源於《三百篇》者。從兄虚谷先生謙《毛詩》中「關關」、「呦呦」，是字之叠也；「鼓瑟吹笙」、「吹笙鼓簧」，是句之叠也。子美《兵車行》，葎石謂其奇耦消納，全從《毛詩》得來，而紙上乃無一字。

余嘗評漁洋《三昧集》，或謂視二馮評《才調集》進一格。門人輩往往以爲枕中秘。

或問七古三平正調，余曰：「七古中能多用此調，音節自諧。」因舉浣花叟《觀公孫大娘弟子舞劍器行》示之，篇中如「驂龍翔」、「凝清光」、「傳芬芳」、「神揚揚」一路，皆三平正調也；獨「增惋傷」句「惋」字忽轉聲，因下段轉入仄韵，此處領起，殊有换羽移宫之妙。可知極變化，正極自然也。後來虞伯生《題日景初僉司畫》一首，通體用三平調，臨末「摩挲老目百不堪」，亦轉仄。下句「抽朝簪」三字，仍用三平唱收，深得其妙。

趙秋谷《聲調譜》中多拘滯迂拙不可通處，故子才非之。然子才所作七古往往落調，甚至不成章，似乎楚失而齊亦未爲得也。

人謂杜可學而李不可學，非也。有法則皆可學，嚴滄浪云：「少陵詩法如孫吴，太白詩法如李廣。」

世徒以飄忽了太白，不善學者亦徒索於飄忽。不知太白固有實際，當於其整頓筋節處觀之。余向有太白七古評本，每欲續評諸體，訂爲一編，名《李詩偶評》，將以繼沈宗伯《杜詩偶評》之後，不知他時能卒業否也。

仁和門人許生乃普年十四即撰有《粤遊草》。《登滕王閣》云：「萬古客來樓自在，六朝人盡水空流。」《守風》云：「響添高下浪，愁重别離人。吹斷故園夢，寒生獨夜春。」《安夏寄兄》云：「入夏清和草漸肥，江邨蝶懶野花稀。離家愈遠思逾切，惆悵春歸我未歸。」

番禺門人劉生廣智年未弱冠，論古有識，詩卷亦裒然成帙。《讀離騷》云：「秦楚縱横際，瀟湘放逐愁。投身魚腹日，進諫虎狼秋。一卷《離騷》作，千年大雅留。月明今夜讀，山鬼泣啾啾。」《立春前一日贈别蕭榮基》云：「春風一夜起，隄柳幾行生。欲待先攀贈，如何君已行。寒雲低海樹，細雨暗江城。不及臨歧送，遥遥離别情。」《三月三十作》云：「烟樹霏微雨似塵，海棠花落燕泥新。可憐隄畔千行柳，送盡行人又送春。」筆、意俱超。

嘉慶丙寅，余授徒粤秀山應元道院。小子學詩有可存者，内姪曹知懷《海上望三神山》云：「聞道三神海上山，烟波縹緲有無間。當年徐福乘舟去，不見乘舟掛席還。」鄺坤綸《大雨》云：「水聲連野䂬，雲色暗山樓。」段佩蘭《粤王臺》云：「東南一尉安偏土，秦漢中原有劫灰。」符塏《梅影》云：「别韵難從香裏覓，芳魂如許暗中知。」鄺霖《讀赤雅》云：「人爲窮愁工著述，天於邊徼謫神仙。」熙文姪《讀離騷》起句云：「萬古常醒客」，五字亦工。

戊辰余主講羊石書院，有黄生子安從余受古學，以詩爲贄。《春興》句云：「連夜鳥啼三月雨，惜花人送六朝春。」余以「觀碑」、「聽泉」二題課之，《觀碑》句云：「難捫碧落苔三尺，差識頭銜字數行。」《聽泉》句云：「響咽定知浮石礙，聲遲應爲落花深。」

「虚堂説劍邀奇士，小像焚香拜美人」。楊蓉裳句，京師好事者每書作聯。

詩有落落獨造，彌覺清真雋永，彼嗜奇好怪者不與焉。趙光禄文哲《冒雨行老秧田道中啼猿滿山率爾成詠》云：「一峰十萬樹，一樹四五猿。一猿千百聲，雜以風雨喧。一日十二時，一程三十里。一軍六千人，盡在猿聲裏。爾猿有何悲，子啼續母啼。爾本斷腸物，不關生别離。三朝復三暮，一鳴更一躍。好似征夫苦，翻唱《從軍樂》。」張南山云：「此詩至『盡在猿聲裏』，句意已足，於此處煞住，更覺渾然天籟。」

馮魚山先生七古大篇，陽開陰合，氣驚户牖。方竹孫稱其得力合杜、韓、蘇爲一源。余謂先生定當接武大家，非絺章繪句者所能望見也。嘉慶戊午秋，先生嘗用董子《繁露》法求雨，鄉人泐石紀其事。足見精誠所感，經術有用，匪獨詩工也。其中段云：「時天無雲日正赤，爍石流金當午刻。千人伏地同號呼，白汗如漿敢巾拭。香烟未斷風泠然，似有真靈下虚羃。悚惶面血無人色，凝望眼深還却立。忽然片雲從東來，連聲列缺轟雄雷。黑雲瀰空作深墨，白雨迸地昏塵埃。高臺臨風勢欲墮，千夫屏息顔如灰。九龍頭角屹相向，之而欲邇風霆上。雲中群龍倏下垂，倒正縱横同頡頏。桐魚鱗甲亦飛動，騰精欲激天河浪。地動山摇撼五岳，雲舒霧漲彌六合。空中百萬羽林槍，雲際千條金絡索。砉然大震一聲高，雨散雲收出天脚。南山飛瀑噴長虹，西澗急流争赴谼。千頃梯田盡膏潤，溝塍活水鳴東東。禾苗旱久未青色，蘇息已足覘神功。」可謂得意疾書，濡染淋漓。

魚山先生題畫詩亦力追大家，《觀擇石師爲曹慕堂太僕畫古中盤五松圖》句云：「想當經營下筆時，群仙在座飛千觥。滿堂烟霧白日晦，半天雷雨空山驚。前身畫師匪摩詰，萬古健筆非畢宏。」此大筆也。又《唐子畏摹趙文敏馬九十三疋爲徐仰之明府題》一首云：「子昂畫馬真權奇，文人妙筆非畫師。三百年後江南客，復有子畏工文詞。文詞繪事俱第一，信是風流才子筆。平生趙馬幾追踪，最有斯圖稱入室。九十三疋如雲烟，疏疏密密相後先。驊騮騄耳不復辨，令人想見分屯年。一人前進牽二疋，二疋肩隨五疋立。中間五馬來堂堂，更有黄馬堂堂出。此馬顧步何安舒，不落群後不争驅。奚官絡頭初試步，似待使君留駕車。後有四疋行小後，更有廿疋馳且驟。一疋滚塵五共槽，一疋聲鳴鵝鸛高。四疋回顧一疋望，未免心留芻豆上。怒者三疋蹄齧驚，喜者四疋交嘶鳴。九疋不喜亦不怒，行眠坐起循其故。向後相隨十四馬，八駿之儔六駿亞。最後五疋來何遲，五花一疋雄殿之。就中駒兒數有七，毛骨成時定逐日。可憐諸馬應天精，行地真看萬里程。千金欲購嗟無一，百疋何妨尚未成。獨惜斯人貌斯本，材具雖奇身坎壈。可中亭上舞天魔，何似玉堂承旨近。使君牧民求牧理，害馬皆除爲政美。黄堂五馬看一驄，白面專城佇千騎。憐才惜畫非無因，坐客題詩共有神。慚無杜老丹青筆，但作尋常行路人。」向來杜、蘇畫馬詩不過一二疋至十餘疋而止，此凡九十三疋，一一摹寫，盡態極妍，可謂極才人之能事。

「鶯啼中婦懶，蠶出小姑忙」，唐人許丁卯句，寫春日村居之景，别饒風致。隋魏彦深「出簾飛小燕，映户落殘花」，似晚唐人語；盧綸「白雲當嶺雨，黄葉遶階風」，又似六朝人語。

李郢《園居》起句云：「暮雨揚雄宅，秋風向秀園。」起得蒼深。趙嘏《旅次商山》三、四云：「斷崖如避馬，芳樹欲留人。」寫得幽秀。皆晚唐中有風骨者。

方子谷天根，吾邑名士也。詩、古文、詞、書畫、篆刻，無不精妙，素行尤爲士林矜式。年三十八，以茂才卒。其《秋夜即事》云：「秋意忽已動，露華清滿天。候蟲鳴暗壁，空籟答流泉。造物有摇落，吾生殊浩然。風簷坐明月，一撿白雲編。」《漫賦示弟繩武》云：「彭澤休官日，平原乞米時。蕭條海外集，慷慨劍南詩。等是心如水，都無境足羈。數公如可作，斟酌欲從誰？」二詩風格甚高。余少即心儀，未獲把臂。後與其從弟竹孫訂交，嘗偕竹孫弔君於天池菴，有句云：「十載神交生死外，百年涕淚弟兄多。」君詩散佚，竹孫搜存《風佩軒遺草》一卷。有《白蓮花》七律三十首，亦佳。又有《南漢宫詞》、《白雲山探梅賦》，馬嵰山先生刻之。

子谷子師訓年六歲，而子谷殁。竹孫撫遺孤甚至。師訓稍長，即好爲詩。有《冬曉登蓮峰望海》

五言二十韵，起四句云：「寒氣催晨起，驅寒讀古詩。徒增望洋嘆，陡憶看山期。」取勢曲折，筆力遒健。事竹孫如事父，言笑不苟，有乃父風。

彭竹林司馬翥，滇南人。宰吾邑時，刊有《海天吟詩稿》。身後無嗣，計亦殘佚矣。余少時略其佳者，投破錦囊中。《大洋歸舟》云：「真自蓬洲返，天邊即水邊。四方迷子午，一氣闔坤乾。日落無山處，舟行未雨前。通宵鰲背月，照我玉虛眠。」《渡江》云：「一氣奔吴會，千山下益州。」《渡河》云：「朝暾問官渡，大艑截洪流。」《舟夜》云：「天垂無際水，月戀欲歸舟。」《竹塢》云：「秋隨初雁遠，山入故鄉青。」《沅水舟中》云：「江楓冷雨啼山鬼，浦月芳蘭夢水仙。」《抵滇南會城》云：「縱横戰壘消殘碧，日夜昆明倒急流。」《廣州夜泊》云：「高齋幾處燒紅燭，香霧千門放素馨。」《雷州度歲》云：「客邸酒分新舊歲，天涯人共古今愁。」《詠眉》云：「六宫膩粉纖蛾掃，萬古春愁寶鏡知。」《載酒堂拜坡公像》云：「瀟灑山川載酒堂，寓公千載姓名香。可憐生事王荆國，老去江南弔夕陽。」方子谷曾受知司馬，拔冠一軍。

吾邑小欖鄉盛栽菊，遂成風俗。約十年一作賽菊之會，輒費金錢數千，備極文酒風流之盛。彭竹林司馬所謂「欖市花期韵欲仙」是也。

羊城西賣卜者周泰來，潮州人。曾以其詩稿介陳紹堂屬田西疇先生點定，未幾下世。《搜蠹魚》句云：「若容文字賊，恐失聖賢心。」先生深爲擊節。他如「竹瘦寧無節，花香不在名」、「柳烟微有色，蕉雨細無聲」、「雲水歷殘前度劫，江山吟老後來人」、「心懸故國帆懸月，人在他鄉月在天」、「風度村前三弄笛，人來林下一聲尨」，皆雅鍊可誦。先生屬録存之，以慰此老於泉下。

番禺平爾爾，奇士也。自營一塚，號曰「餘生」。并賦詩十首，句云：「雖無瑣子珊珊骨，却不空中咄咄書。」「若從流俗伊胡底，不合時宜孰與偕。」「野無遺逸難充隱，官自倥傯莫獻箋。」「治家莫作誅心論，知己何須刎頸交。」「芒鞋常訪三生石，竹笠閒簪一品花。」「代施雨露澆枯竹，小展經綸補舊簾。」「舉觴每大談天口，佞佛方低拜石頭。」「毅然自創餘生塚，勝事曾輸待死堂。」死後，吾友劉三山孝廉華東爲勒石墓側。

先君子著有《仰山堂詩鈔》，方竹孫序云：「吾邑詩人，自前明黄泰泉首創宗風，實爲中聲正軌。繼此則李尚書孫宸《建霞樓》一集，亦得乾坤清氣。近世劉松崖以遷謫之餘，作爲詩歌，沉鬱頓挫，可以起衰式靡。要之，中聲正軌足繼泰泉者，其翼堂先生乎？先生爲泰泉仍孫，其家學淵源，有自來也。」《渡黄河》云：「發源天上來，終古流湯湯。一瀉百千里，萬馬同奔揚。燭龍夜噴薄，蛟鼉共翱翔。陰風走沙石，廣武舊戰場。太行山色中，指顧何蒼茫。龍門至積石，通導如羊腸。險要不足數，吕梁與馬當。天府誓如帶，環圜固封疆。陵谷會遷變，安流此其常。我來河道順，亭午舟已杭。河伯何效靈，天子方當陽。」《舟泊閶門喜晤馮潛齋成修儀部附家信》云：「我去干秦日，君來解綬時。姑蘇明月夜，款款話相思。望闕情何極，歸舟興自遲。春風初戒道，錦鯉得相隨。」《昭君村》云：「粉黛鍾靈地，孤村傍水涯。玉關魂已度，楚澤夢爲家。幽恨埋青塚，香風育暮霞。凄清籬落夜，人尚泣琵琶。」《泊高郵》云：「山臨百雉小，水長一湖清。」《次静海縣》云：「田荒兵牧馬，日午市無人。」《遺懷》云：「問天疑夢夢，生我歎哀哀。」《公車留别兄弟》云：「不遑將禄養，安用竊時名。」《病起》云：「曉鶯花滿架，夜愛月當樓。」《平山堂》云：「登樓雨洗千峰出，倚檻風生五月寒。」《南海神廟》云：「波澄萬里天河碧，日浴三更水府紅。」《斷烟》云：「當面夕陽人不見，隔江秋水路多迷。」先生諱紹統，字燕勛，號翼堂。乾隆己卯舉人，官瓊州府教授。方繩武填諱。

先伯兄松谷先生諱沃楷，字式方，邑諸生，早卒。著有《松谷詩鈔》。《夕陽》云：「遠映滄江外，徐收古道中。」《擊柝》云：「欲醒塵世夢，何惜一人勞。」嘗撰《三十秋》詩，用上下平全韵。《秋夜》云：「蟲似言懷長對語，月原無意又臨窗。」《秋閨》云：「裁成錦字三秋雁，怯盡銀燈一夕懷。」《秋聲》云：「已覺鄉心千里斷，不知殘夢幾回驚。」《秋燈》云：「正堪拾葉煎香茗，猶得裁詩寄寺僧。」又云：「最是閨中懷恨處，花開花落信無憑。」《秋砧》云：「蟲聲咽砌雁橫塞，月色滿庭風在林。」此外又有「漏送寒聲出郡樓」之句，存之以示子弟。

從兄蔭亭先生沃棠少補博士弟子員，橐筆遊四方，著有《楚遊草》。時家明府步雲宰宜都，招之往，未至而明府卒。留滯踰歲始歸，故詩多慷慨之音。句云：「操刀技奏曾三月，踏海人來已百年。」「若話存亡原不定，可知得失更難評。」「半生對影多慚怍，垂暮依人負弟兄。」「壯志漸消知世故，老懷長感在閑情。」「天外孤鴻悲午夜，水邊雙鯉寫羈愁。」《再寓荆州》云：「故鄉久別忘爲客，異地尋芳欲寄題。」《秋聲》云：「閒庭月下燈昏候，古寺香消僧夢中。長夜吟哦追別恨，幾家砧杵動秋風。」《七夕》云：「雲漢迢遥鳷鵲駕，天風摇曳珮環來。」《詠月》云：「絶頂靈明嫌太露，終教邊幅不長圓。」此儻所謂窮而後工者耶！方竹孫跋云：「僕交香石也以詩，而香石却善飲；交蔭亭也以酒，而蔭亭又工吟。

黃氏二難，居然四美矣。顧香石風流人豪不待論，而世或以蔭亭之耽酒爲嫌。不知蔭亭胸中浩浩落落，無塊壘，無城府，以酒爲天，性情氣概，拔俗超塵，且胸懷經濟，有非迂儒庸士可企其萬一者。讀《楚遊》諸作，可以見其人矣。」

蔭亭兄客欽州時，屢過從魚山先生。嘗與任器堂具海舟送先生歸里，先生酬以詩云：「天馬山程百里勞，顧因間道一翔翺。路從碧海盤千折，人向青天坐一艘。康樂百人通嶠道，蘇公二客從臨皋。何如金斷平生友，借我帆風躡巨鼇。」

方竹孫少作有《偶然草》，早失去，不能記憶。間誦一二聯，《探梅》云：「人影忽隨山月上，笛聲徐度板橋來。」《破屋》云：「秋草閉門人跡少，晚風吹樹鳥聲疏。」

余弱齡時作有《詠懷》五古十首，嘗書便面，攜謁魚山先生於粵秀講院。先生適有疾，未見，先呈詩扇。先生就枕上展讀，輒疑是古來何人之作，胡向未之見耶？讀竟方知是鄙作，捶牀大贊。家人奔集，以爲先生疾作，先生曰：「吾賞詩耳。」次夕小愈，即招余往，并集子弟及門下高足，出詩扇遍示曰：「老夫當讓此子出一頭地。」因共論詩，上下今古，至漏四下方散。後每遇詞人，必出詩扇示之。

東坡七律有非他家所能者，如《太皇太后升遐挽詞二章》云：「巍然開濟兩朝勳，信矣才難十亂臣。原廟固應祠百世，先生何止活千人。和熹未聖猶貪位，明德雖賢不及民。月落風悲天雨泣，誰將椽筆寫光塵。」「未報山陵國士知，遶林松柏已猗猗。一聲慟哭猶無所，萬死酬恩更有時。夢裏天衢隘雲仗，人間雨淚變彤帷。《關雎》《卷耳》平生志，白首累臣正坐詩。」錢蘀石先生評云：「大筆淋漓，乃見先生之横絶古今。可以讀向工部，而使香山、玉溪聽之。」余《哭馮魚山先生》第四首云：「身後蒼茫付與誰，群賢經紀事堪悲。蓋棺定論真無愧，殉研鑴銘尚有辭。欲返靈車愁竭蹶，兼憂嗣子病支離。問存弔死情何限，況是淪亡大雅時。」張南山謂後四語沉頓極矣。又論七律云：「今人作詩只求清詞麗句，其味不深厚，只是未解『沉頓』二字。」

羅浮，仙山。諺云：「有約不到羅浮。」誠難到也。吾粵先輩如白沙子，徒託夢遊，終身不能一至。梁公實約黎維敬輩往觀滄海日出，舟行遇風雨大作，留止田舍三夕，卒不得往。遂疾作，竟以是終。近如馮魚山先生，天下名山大川，無不登涉，亦以未嘗一至羅浮爲歎。吾家粵洲祖則著書山中，文裕祖則闢泰泉精廬講學，弟子如黎維敬、李少偕率往遊焉。黎號瑶石，李號青霞，皆選勝以爲號也。公實亦公門下，竟不得往，豈非數耶？嘉慶丁卯、戊辰，余兩度往遊，《重遊》詩有云：「君看武陵叟，重來已迷津。我復遊仙山，寧非澹蕩人。」

浮山如人之肩背，至羅而不至浮，雖謂之失其肩背可也。余兩遊俱住浮山酥醪洞，洞天之勝，爲向來志乘所未詳。余搜崖剔谷，品題十餘處，雜書各體鑴石，大小凡百餘字。《歲暮重遊》詩云：「四百三十君，一見相歡然。問我來何暮，揮手開雲烟。行行入深處，猿鶴導我前。此來務縋幽，無失背與肩。泉石如有待，一一爲銘鐫。」并撰有《浮山小志》，吴穀人先生爲製序，道人江瀛濤校刊，藏山中。

羅浮看雲，最是妙境。余兩至俱值冬晴，雲氣頗少。後遊度歲山中，至己巳人日始歸。連日作雨，雲容萬狀，遂飽觀焉。詩云：「我欲飽看雲，天公催作雨。蓊鬱彌萬壑，變態紛可數。如翻渤海濤，忽曳長天組。一峰乍霾頭，一峰倐露股。雲生旋雲滅，峰峰互吞吐。雲中誰往還，隱隱聞仙語。願隨雲中君，飄然事高舉。」

杭州胡栗堂紹寧遊羅浮，遇黄野人。時余親見其事，紀於《浮山小志》。栗堂繪爲《遇仙圖》，其同里陳竹坪坦題七古一篇，後四語云：「吾謂神仙真少儔，胡生遇之胡不留？脱君再到羅浮去，知得神仙又遇不？」措詞灑脱。昔李西涯謂「詩中有仙，取其灑脱，若言仙而惑於怪誕，乃癡人説夢」，竹坪得此旨。《胡栗堂羅浮遇仙圖》，南海謝理圃太史蘭生筆也，并題四絶句，録其二云：「烟霄回首鶴孤飛，雲樹蒼茫夕照微。一語海風吹不斷，大羅天上記依稀。」「洞口山茶花正開，巨靈遺跡在瑶臺。入門一見如相識，招手丹丘歸去來。」皆實録也。

吾粤女郎乞巧，皆先期於初六夜。謝理圃《七夕》詩云：「香霧濛濛去天咫，七夕分明今夕是。昨宵記得夜三更，女郎下拜湘簾底。先澆豆葉養稻芽，又薦檳榔及椰子。素馨茉莉穿作燈，綵線紅絲結成綺。排筵滿意覬蛛絲，聯袂拈香到魚婢。幾回環珮響丁東，一曲木魚歌旖旎。怪他六夕當七夕，笑問閨人此何理。答言子夜即佳期，下界都宜頻送喜。機杼應停十二時，河漢初澄一泓水。仙心閒暇玉玲瓏，有巧何妨鳌女士。若教挽袖訴離愁，遑肯穿針奏長技。我聞此語重沉吟，靈匹有無空指似。又將好事移隔晨，轉似連宵會雙美。人心幻處更入幻，求巧何殊求丕祉。前期未必拾金梭，結伴空勞呼月姊。我今深夜獨遲回，亦欲與人同拜起。人盡迎神我送神，鸞輅催歸河水瀰。平生萬事後輸人，拙工之拙良有以。」

香石詩話卷二

香山黄培芳

乾隆庚戌，高宗純皇帝八旬萬壽，安南王入覲。番禺崔鼎來孝廉弼有詩十首，記其二云：「聖壽而今軼有虞，萬方臣妾效嵩呼。中原競奏鈞天樂，遠徼還窺蓋地圖。享國豈論商太戊，來庭争羡漢單于。南交本是羲和宅，親見臣陀謁帝都。」「代身無事鑄黄金，明時，安南工黎利、黎維潭俱以黄金鑄像，代身入朝。衔璧親看詣上林。騎象客來三島遠，纖綃人望五雲深。承恩鞮鞻皆殊渥，賜部《龜兹》盡好音。歸語麋泠諸父老，麋泠，交郡名。果然堯顙是當今。」

嘉慶戊辰冬杪，余再遊羅浮，度歲山中，與武林胡栗堂紹寧同住浮山酥醪觀。清晝無事，栗堂出成親王手蹟相示，乃嘉慶丁巳二月錢穀人先生旋里七古一首。其詩瀏漓頓挫，獨出冠時，足與浣花老相視而笑，不但其字爲書家第一也。余紀以詩，有云：「鳳翥鸞翔下衆仙，烟霏霧結摛春藻。」又云：「傑句應推海内雄，長篇劇愛河間好。」其全詩云：「憶昔金陀汪雲壑，懷抱向人真濩落。手把一編致我前，謂言當代詩人作。建安已來詩萬家，已與草木同泥沙。君知窮人是句律，且復與古争風花。雖無萬錢供箸下，幸有斗酒從人賒。酒中朋輩皆健者，弄筆亂抉詩萌芽。但遇深杯出肝肺，不知離别應天涯。徐陵庾信工隔句，子安義山旦莫遇。一夕初成《懷古篇》，千家合注《錢塘賦》。我於未面熟識君，叉手一揖先論文。書厨能行諒自愧，屋索空滿何足云。君還謂我詩多法，此語豈向他人聞。春風東來吹白雲，鄉心摇摇緑波紋。買舟便出東門道，襆被衝泥行李少。相送唯應數酒人，瓦瓶倒盡思芳草。捆書一歎腐儒寒，待閘多防津吏惱。假塗發興登太山，觸我舊夢窮躋攀。此行定逢張景巖，紫芝一葉童人顔。天際輕帆客歸矣，捧芝上壽庭闈喜。劇憐放筆弄湖山，也把爲官話閭里。君聽北港夜潮來，我正東華曙鐘起。又聞雲壑兩兒子，貧不能燈月照紙。呼來促坐與澆愁，暮歲聊分賣文米。」篇内「君還謂我詩多法」二語，信是解人可索，不足爲外人道也。

太史劉樸石師彬華早達，少時公車往來，爲詩甚夥，多不存稿。余及門時，録得數章。《東梁山》云：「風波無已時，天末峭帆飛。樵子入山去，白雲猶未歸。臨江望鄉國，回首見斜暉。寂寂東梁寺，晚鐘寒翠微。」《憶遊》云：「蘇隄二月春風顛，柳色碧於隄畔烟。十五女郎腰細裊，含情重撲孝廉船。」「搔首青天如可問，香鑪峰頂振衣回。此身合是江南客，會見匡盧面目來。」「掛席名山未忍忘，東梁飛過即西梁。黑甜初飽江聲吼，二水分流又漢陽。」「雪花風剪不勝情，楚尾吴頭十日程。燕子磯前重回首，寒烟漠漠秣陵城。」「北固金焦夾岸浮，飛鴉一點是揚州。竹西亭畔春歸後，爲問樊川夢覺不？」

順德温謙山舍人汝能著有《謙山詩文鈔》，洪稚存撰序，稱其「一見如舊相識，每劇談終日，脱略形骸，論古今天下事，娓娓不倦。予并奇其人，遂與之訂交焉。因盡覽其詩古文詞，無體不備，蓋出入於唐、宋諸大家而深臻其奥者也。其所與游，則吴榖人侍講、陳古華太守、張船山檢討、趙味辛中翰。諸君皆予宿契。退食之暇，詩酒招邀，互相酬唱。世俗貴遊之習，聲氣趨競之場，概不能染。」然後知謙山之詩與其爲人所以高出流品者，固别有在也。李秋田謂其詩才最捷，句如「瀑從雙壁合，客擁一橋寒」、「山連橫怪石，灘急斷回波」、「板橋留淡月，疏柳帶殘星」、「秋風吹馬背，人影落河干」、「寺藏修竹裏，客望佛燈來」、「舟浮一葉小，馬渡半溪寒」、「溪聲自千古，秋花開一林」、「到門僧煮茗，入室樹爲屏」、「僧袍黄似葉，客意淡如秋」、「山光隨棹轉，人影踏波來」，皆能以幽淡勝。謙山好義樂施，鄉閭倚重；刻書甚夥，有功藝林。近有《粤東文海》、《詩海》之選，尤爲大觀云。

温謙山在都時，與江西譚鐵笛子受往還。鐵笛一日醉卧，諸名士題詩其襟，淋漓殆遍，如大令之書羊欣裙也。鐵笛既寤，披此衣翱翔市上，旁若無人，其狂若此。鐵笛嘗贈謙山句云：「性閒如野鶴，詩淡似寒梅。」謙山用鐫印章。謙山有句云：「猶憶都門譚鐵笛，英雄兒女遍題詩。」

吾邑高守荃司馬飛龍《寄友》云：「柏子一爐琴一操，曲終燈盡雨連天。」懷人句寫得如許沉摯，與元微之「垂死病中驚坐起，暗風吹雨入松窗」同一動人心魄。

新會何紅藥殿春《遊衡岳》有句云：「三百餘里晚投宿，七十二峰青在天。」曾爲魚山先生所賞。又有《過鍾澤流故居》云：「三間茅屋寂無主，一樹野梅寒有花。」爲人傳誦。

仲則《月下雜感》云：「明月幾時有，人間何事無。傾城顧形影，壯士撫頭顱。」於月下之人獨拈此兩種，寫得倍覺動人。

子瞻謫吾粤，過石城，有《松明夜火》詩，後人爲建松明書院。吾邑李湫溪孝廉螢書司鐸石城，題句云：「萬里炎天剛七載，一宵寒火亦千秋。」又先君子題蘇祠門牓云：「金馬若教留學士，石城那得有坡仙。」

先君子翼堂公嘗司訓石城凡十八載，開仰山堂課士，自署聯云：「爲倫類中所當行之事；作天地間不可少之人。」教澤既久，遺愛頗深。余亦生於斯，有感舊句云：「鐘鼎林泉兩未成，懸弧此地感余生。故應別有難忘處，香石山人自署名。」余別字香石，取香人石産之義。

石城黎戶部民鐸，著有《汶塘集》。《梅關謁張文獻公》句云：「山川似改中原舊，人士依然風度閒。」又有「兩字相思轉玉環」之句，亦見工妙。

竹垞盛稱王次回彥泓香奩，歸愚選明詩不登次回，袁子才至作書難之，持論固偏，然香奩一體，往往是才人寄託之作，自不可抹殺。吾粵王蒲衣隼有《無題一百首》，極才士綺麗之詞，復不失風人蘊藉之旨。惜竹垞、子才輩未及見，故表而出之。起句如「欲撲流螢懶下階，願隨明月入君懷」、「彈罷朱絃《烏夜啼》，孤衾不暖辟寒犀」、「錦瑟聲聲操寡鳧，隔林別鶴不停呼」、「藕絲蠶繭信難量，別恨離愁一樣長」、「合歡枝上結相思，不斷纏綿是兔絲」、「願作檀郎馬足塵，暗隨鞭影得相親」、「佛會燒香禮塔稜，懷人心事一層層」，中聯如「彩鳳寶釵環茉莉，盤龍明鏡掛珊瑚」、「金管曾教修笛譜，銀缸相伴繡笙囊」、「鳳尾帶飄三島雪，藕絲裙剪十洲霞」、「半壺琥珀愁中醉，一幅鮫綃病裏題」、「離顏變石重雲掩，暗淚成珠半鏡知」、「靈犀舊恨銀笙月，小鳳新愁玉笛風」、「石蓮抛却嫌心苦，銀燭吹殘厭影孤」、「却扇暗窺飄帶影，隔花遥聽落釵聲」、「忍淚潛移金縷帶，含羞佯整玉河裳」、「吹簫斂笑低蟬鬢，度曲含羞點鳳鞋」、「愁中憶別心如醉，夢裏聞聲喚不應」、「每到嗔時偏見媚，但逢癡處益增憐」、「將上鈿車還照鏡，欲持羅扇更兜鞋」、「鈿盒同心難不碎，錦囊密語易成空」、「織錦愛挑雙縷線，開箱羞見合歡衫」，結句如「相逢白袷殘燈暗，裁破鴛鴦怨剪刀」、「侍兒亦解相思苦，偷種當歸與合歡」、「何由拔盡橋邊柳，免向人間管別離」、「鬥草消愁尋小妹，袖中贏得是相思」、「孤枕夢飛巫峽雨，背人偷看守宮砂」、「金徽誰道無情物，彈得離鸞一一飛」、「世間何處無離別，妬殺鴛鴦不解愁」、「却怪橋頭孤燕子，銜泥花下葬鴛鴦」、「獨有鳳凰樓上月，夜深猶爲照吹簫」、「已嫌柳絮傷離緒，化作浮萍不易尋」、「滅燭免羞孤影坐，窺人無奈月明何」、「最憐芍藥爲離草，遮却房前夜合花」、「寒燈也慰離愁苦，一到花開結並頭」、「吴中細布長多少，裁幅歸帆送遠人」、「相思不忍看紅豆，新月如鈎未得圓」、「沉吟獨倚闌干立，數盡秋江過去帆」、「人生那得長相見，天上黄姑也別離」、「絶代美人誰解賦，茂陵還有病相如」，皆情深韵遠。末二語是一百首總結，點出大指。竹垞論艷體詩，必琴瑟鐘鼓之樂少，寤寐反側之情多，然後可以追韓軼李，作者其知此意乎？至其措語之工，則又「月斧雲斤琢肺肝」矣。

翻案詩出以藴藉爲妙。徐巨源《題桃源圖》云：「落英芳草閉桑麻，客到驚聞世代賒。津路早知紅樹引，秦人應悔種桃花。」

薛濤《籌邊樓》云：「平臨雲鳥八窗秋，壯壓西川四十州。諸將莫貪羌族馬，最高層處見邊頭。」筆調高壯，意存諷喻，不圖女校書亦有此風格。

邑人簡竹窗隱於市，家貧，以磨豆腐爲業，與賣漿屠狗者伍。行歌道中，或與之論詩，則釋擔而談，忘其所有事也。傳其《征衣詞》云：「人人浪説封侯好，使妾殷懃束繡鞍。今日封侯人不見，秋風未到妾先寒。」有唐人神韵。

子才論阮亭詩，謂「一代正宗才力薄」。因思子才之詩，所謂才力不薄，只是誇多鬥巧，筆舌瀾翻，按之不免輕剽脆滑，此真是薄也。阮亭正宗，固不待論，其失往往在套，而不在薄。耳食者不察，從而和之，以爲定論，何哉？

論詩主一「新」字，未嘗不是，亦當有辨。不過如昔人所謂《離騷》用「芷蕙」、「虯螭」，不必假借於《毛詩》之「雎鳩」、「芣苢」；唐人用「江梅」、「岸柳」、「獨鶴」、「群鴉」，亦不必假借於《離騷》，不暇舍現在而他求耳。若不明此指，一味以輕脆佻滑爲新，子才倡之於前，雨村揚之於後，幾何不率風氣日流於卑薄，是可歎也。

甌北、子才一時并稱，就二家論詩觀之，固以甌北爲優。甌北所著《十家詩話》，能不失矩矱，不致詒悞後生，勝於《隨園詩話》矣。

蔣心餘亦與子才齊名，聲氣相孚，而其持論有與子才不同者。作某詩序云：「詩，上通乎道德，下止乎禮義。放其言之文，君子以興；循其道之序，聖人以成。此非半山之言與？自俗説尚摹擬襲取之術，但求工於聲律字句間，而昧詠歌之本。性情日媮，粉飾益僞，界畫時代，割據宗門。不知古人外異中同，猶之書家，肥瘦好醜雖殊，而筆鋒腕力則一也。甚至榮辱撓其外，得喪戕其中，雖極於妍麗，歐公所謂草木榮華之飄風，鳥獸好音之過耳，極心力之勞，遲速之間同歸泯滅。」觀此言不踰，則亦異乎恃其筆舌、放言高論者矣。

王蘭泉論子才云：「時吴越老成凋謝，子才來往江湖，從者如市。」余謂此固由老成凋謝，亦由其學輕浮，聰俊少年喜其易入。蓋子才之詩矜新鬥捷，用功一旬半月，即與之相肖。若使範以李、杜、韓、蘇，深山大澤，未易窺測，人亦未必從而趨之。

前人論詩，曰「温柔敦厚」，曰「博大昌明」，曰「清新俊逸」，曰「沉鬱頓挫」。雖非一説所能窮，要皆貴醞釀於胸，淋漓於手，不徒推敲句調之間。雨村云：「詩有三字訣，曰響、朗、爽。」此亦未盡。詩發乎聲，結響貴高，「響」字固不可少。然專向此三字索解，但得句調爽朗，即以爲工，未有不淺薄者。古之爽朗，孰如青蓮，何嘗不由醞釀深厚而出耶？

雨村時有辨正子才處。要之，其心摹手追，只在子才，宗旨同也。而所撰《詩話》，則又遜矣。阮亭獨標神韵，以爲宗主，固有偏而不舉之處，然不失風人藴藉之旨。學之而弊，刻鵠不成尚類鶩；若徒以輕剽爲工，直是畫狗矣。畫狗不成，更將何類耶？

談諧入詩話，不過偶然涉筆成趣。《漁洋詩話》時有晉人風，似《世説新語》。後之作者或失之濫，非淵明所謂「談諧無俗調」矣。

詩有故用古人字句點綴者，陸放翁《春行》句云：「猩紅帶露海棠濕，鴨緑平隄湖水明。」原注：「杜子美『曉看紅濕處，花重錦官城』，李太白『蜀江紅且明』。用『濕』字『明』字，可謂奪造化之功，世未有拈出者。」余《珠江舟行經蓮塘柳渡》有句云：「芙蓉出水鮮無際，楊柳非花態轉多。」出句用李青蓮「清水出芙蓉」，對句用梁元帝「楊柳非花樹」，屬對頗覺天然。

「屋角緑飛鄰樹雨，墻頭紅散落花風」，番禺文學田西疇師上珍句也。他如《粤秀山晚望》云：「山闉重海浪，城抱萬家烟。黄屋空衰草，紅雲剩暮蟬。」《秋夜館中書懷》云：「青燈慈母夢，黄葉故人心。」《九日展墓》云：「黄花重九日，白髮失雙親。」又有「寒鴉立古墻」、「星繁暑氣深」、「燈昏雁過樓」之句，皆培芳少時所熟誦者。先生博極群書，最熟史事，有《詠明史》十首。生平抱負經濟，通知時務，竟以貧病，賫志而没。嘗作《寓懷》八首以寄慨。著有《自鳴詩鈔》。

田西疇先生兼工詠物。《詠淚》云：「江南賦後頭全白，夔府秋深菊又黄。」《戲贈眼鏡》云：「憂能損目誰知我，力可回天賴有君。」「開卷不愁迷緑字，看花無復隔紅塵。」又有《雁字》十首，皆爲人傳誦。閩中進士吴賢相與畫師伊瘦人璋善，瘦人爲言西疇先生，吴大傾折。瘦人因以先生所貽研轉贈之。吴即手書集古一聯，馳寄入粤，云：「念我能書數字至，似君須向古人求。」并繫以詩，有云：「海天風雨時相憶，三歲君懷好在書。」千里神交，古人往往有此雅誼。

番禺劉月鋤明經廣禮髫齡即熟九經，稍長博覽載籍，長於麗體。學使者試，輒冠其曹。嘗撰四六序送秦小峴先生，先生贈詩，有「羨子才華爛若雲」之句。詩非所專，亦自斐然。余昔館其家，課其弟廣智輩。歲暮罷講，月鋤贈詩云：「終歲喜綢繆，蘭熏樂未休。壯懷周四海，偉業定千秋。世出真麟鳳，人呼任馬牛。誰能看意氣，百尺仰高樓。」

渭州趙渭川希璜官安陽令，有仙吏之目。常以鉛槧自隨，爲詩朝脱稿，暮已剞劂矣。魚山先生嘗誦其《羅浮》詩云：「羽化不可期，行行已天際。」二語甚高。

高要何叔度茂才元從魚山先生學詩，稱入室弟子。伊墨卿太守嘗徒步訪於隘巷間。余記其《羚羊峽》一聯云：「雨沈雙嶠合，雲動萬峰摇。」

順德黎二樵簡《羅浮》詩能獨開生面，《水簾洞》句云：「千百石疊迸，滙此一簾水。清寒先迎人，去此尚一里。」又「静極入山客，雲水勞未已」，善寫難狀之景。《華首臺後至洗衲石小記》云：「華首臺之路四五里，不見天日，葉翠滿衣，拂之不去。觀雨花橋之水，若積山怪雲，至臺臺平，至堂堂折。自香積厨沿筧得逕，爲合掌巖，巖左側落爲洗衲石。石故坦坦，飛泉照人，於是與同遊二子卧石上。時青天空寥，白雲未急，幽鳥一聲，山翠已落。」序次幽絶，未至其境者不知其妙。七言句如「短長道路供離别，少壯交遊半死生」，一句數層，極頓挫之致。方竹孫最賞之。

香山劉松崖鶴鳴，庚午賢書，官欽州廣文。以株連被逮，放楚，即其地授徒，名重湖湘。後釋歸，卒於家。識者悲其遇，而松崖顧自安，在楚益肆力爲詩。訪浣花之流寓，弔屈原之遺蹤，發其志於烟波浩渺間。其言又非徒歎老哀窮，一歸温柔敦厚，得性情之正，洵卓然大手也。五言如「九疑連去路，三載未歸人」、「流年看古樹，客夢滿寒皋」、「水光摇佛足，山果落人頭」、「年華催落葉，生意泛虚舟」、「雨餘蛙吠月，人定鼠窺燈」、「瀟湘新雨色，懷袖晚風清」，七言如「范滂有母終難割，張儉無家未可哀」、「劍當缺後猶聞吼，琴到焦時自發聲」、「長對洞庭天浩蕩，獨行湘水地分明」、「三春花事拋流水，千里家書動隔年」、「典去羊裘微恨早，傳來霜信恐成訛」、「蕭寺半浮烟水面，斷雲多住緑楊村」、「異地看雲逢過雁，清秋行樂感飛蓬」、「一盂麥飯天涯淚，數畝荒園世外田」、「寒氣未除還夜火，客懷難遣是晨鐘」、「百年事業惟高枕，四壁虚無緊閉門」，此類甚多。又《湘行絶句》云：「江魚不可食，腹内有《離騷》。湖南清麗地，一半屬湘君。」可謂清絶。《螢火》云：「獨抱秋明歎細微，井欄花徑故依依。囊中且住何妨事，勝向蕪城滿地飛。」寄託遥深，極得三昧。

古歙黄心菴承增輯《今詩所見》，刻劉松崖詩，并繫詩話云：「松崖寓澧近三十年，性恬静，垂簾一宇，掃地焚香，危坐終日，惟左右圖史而已。或偕一二知己，尋水望山，吟詠自適。晚年學益邃，問奇者日益衆。松崖口授指畫，日益不疲。蘭江人士決科能文者，多出其門，學者稱松崖先生。曩與余論詩，謂如建章宫千門萬户，當閱歷使遍，然後抉去藩籬，别尋妙悟。持論如此，是不僅以名家傳世者。」

有胡生秋薦，出便面求書。余未及握管，而胡生已逝。因補題一絶其上，還其家人焚之。詩云：「六角求書書未就，江天何意少微沉。題詩寄與泉臺上，一片延陵掛劍心。」

南海劉桃村有源，其從子廷棟遊余門，因轉以其詩屬余點定。警句如《大風渡鵝潭》云：「千帆如馬走青山。」《白桃花》云：「洗盡紅塵見一邨。」《過舊别處》云：「劉郎到此渾忘却，莫遣桃花送我船。」筆情秀逸。

柳宗元《封建論》：「草木榛榛，鹿豕狉狉。」按：「榛榛」，蕪梗也，本揚雄《反騷》「枳棘之榛榛兮」句，不知何時訛作「獉」。詩文家率用「狉獉」，承訛踵謬。字書實無「獉」字，韵本亦無之。近賢博雅如趙甌北長於考據，而其《水西雜紀》七絶，有「華風濡染變狉獉」之句，又五律《苗人》云：「獉狉略似人。」蓋亦失檢也。

劉桃村《訪龐子芳秀才龍田道中口號》云：「縱目非忘路，無村不入春。亂林時見馬，深巷始逢人。桃葉流三月，炊烟漾一津。遥看讀書處，花外隔紅塵。」清俊之氣可挹。子芳亦能詩者。

伊墨卿太守秉綬初除惠州，張船山太史爲書詩册贈行。《論古偶然作》云：「有志且求勾漏令，無功忍作赤松遊。詼諧未易窺方朔，家國安能誤鄴侯。一代榮名由我立，三生慧業要人修。塵勞便是神仙藥，何處蒼茫問十洲。」「上帝居然召長吉，世人誰竟殺青蓮？不真夭折非才鬼，豈有功名到謫仙？大坐無心看白晝，小詩隨意問青天。窗中嘒管江中月，萬古靈光在眼前。」「意氣我推王景略，功名誰似馬賓王。乖厓應變胸無竹，小杜談兵筆有霜。信史他年憑毁譽，奇才幾輩不疏狂。危言更惜陳同甫，智勇虚生死建康。」「未許干時許相時，風流儒雅亦吾師。一编温厚宣公疏，幾卷和平白傅詩。治亂難言歸諷諭，文章圖報戒新奇。中材趨向原無定，只仗賢豪爲轉移。」《種花畢口占一絶誌之》云：「自携鴉觜替園丁，零亂秋花補一庭。蛇虎鳥龍分隊伍，此中原有握奇經。」他詩不盡録。跋云：「墨卿同門以此册屬余隨意塗滿，以爲别後相思之助。走筆應命，不知數頁中齷齷齪齪是何物也。然老船狂態，雖隔數萬里，閲十萬年，常如在吾墨卿耳目中矣。到廣東，幸無向海水披閲，恐爲蛟龍攫去。」亦可謂大言矣。

吴松崖太守鎮狄道州人，著有《松花庵集》。有押「秋」字句云「疏桐連夜雨，寒雁幾聲秋」、「蘆花湘浦雪，風葉洞庭秋」、「看山雙槳暮，聽雨一篷秋」，一時稱爲「三秋居士」。

詩用「亂山」，前人有「官如春夢短，客比亂山多」，甚新穎。温莊亭《過歸峽》句云：「孤帆入亂山。」用來亦自奇警。

高要陸春圃樹英，乾隆庚子賢書，謁選試江南鹽城令，有政績。緣事戍邊，著《行戍吟》。《沙河》云：「輪臺西望路綿延，匹馬駸駸欲到天。雲際白沙沙際雪，不知何處有人烟。」不減李益。他如「海忽立人面，山都摇馬頭」、「敲冰人指落，鑿石馬蹄穿」、「馬與冰流争路走，人從風勢帶山飛」、「故人若問經行處，五月披裘過雪山」，皆非耳目間所有。

春圃少作有以神韻勝者，《九日峭陵道中》云：「馬首東來曉色澄，遠山如畫碧崚嶒。青帘白酒黄花路，無雨無風度二陵。」

錢塘葉詹巖道泰，乾隆己卯與仁和孫文靖同領鄉薦，選試粤西令，落職流寓粤東，著有《廣州雜詠百首》。文靖撫粤時，甚爲擊賞，欲序而刻之，未幾俱下世矣。詹巖生平與田西疇先生善，戊辰，先生已爲撰序，將繡板，未幾又捐館。余迺采入《嶺海樓叢書》，而囑瑞石鄺君九如任梓費，以畢先生之志。其自序用駢體，有云：「朝聞犀喘，訪金鎖於澄潭；暮聽猿啼，弔玉環於古洞。飲椰漿而似醴，習以成風；啖蒟醬而如飴，漸能從俗。」又云：「過陸賈之遺祠，憶翡翠文犀，自能柔遠；弔虞翻之舊宅，笑紫髯碧眼，未解憐才。」詩多，不盡録，摘采十數首於此：「大爆高懸錦簇花，鳴鑼割肉賽家家。金錢歲斂二月二，土地祠邊勝會譁。」「木棉花放滿山紅，烏桕枝枝曳晚風。裁就羽紗蝴蝶繭，清明不怕雨濛濛。」「四月槐花枝上黄，鼕鼕廟鼓集兒郎。園中蝴蝶無人撲，團扇都將拜藥王。」「稻花天氣賣禾蟲，黑葉離支五月紅。冬至魚生夏至狗，一年佳味見鄉風。」「客來呼婢送檳榔，紅蛤青蔞細裹嘗。薄醉問郎誰得似，却憐樊素品脂香。」「倭芙蓉是米囊花，異術天香國裹誇。湘竹薰烟郎共吸，銀燈繡榻體横斜。」「銀箏小調《摸魚歌》，檀板輕敲紅粉娥。不放雙眸緣底事，怕看司馬淚痕多。」「紅閨姊妹認相知，髻挽同心雙鬢垂。繡得鴛鴦雌作對，不堪腸斷嫁郎時。」「珍奇多聚大新街，翡翠明珠次第排。買得玉魚歸未晚，雙門才掛午時牌。」「荔枝嘗罷憶蘋婆，烏欖黄皮檬果多。郎道三廉酸似姊，笑郎甜似密波羅。」「呼鸞道上健兒游，歌舞岡前逐馬牛。日暮山城聞畫角，嗚嗚吹出漢時秋。」「十三行外水西頭，粉壁犀簾鬼子樓。風蕩彩旗飄五色，辨他日本與琉球。」此皆以文言道俗情，勝讀《風土記》也。

七律有以翻空對，彌見神力者。老杜「三分割據紆籌策」，對以「萬古雲霄一羽毛」是也。吴梅邨《蜀鵑啼》有云「失計未能全愛子」，是就本事言矣；下句忽翻空云「端居何用覓封侯」，便覺八面玲瓏，深得三昧。

魚山先生謂大家詩，不可以佳句求之。或以爲疑。余謂大家出語未嘗不警鍊，而不乞靈於此。只是篇法之妙，不見有句法；而所謂篇法之妙，又不徒沾沾於起承轉合。如蘀石翁謂「其神在空際，紙上無一字，方消得去」是也。魚山先生又云：「學詩徒向中、晚佳句索解，數日之内便可稱詩人。此種工夫，本無甚可説，稍知詩者，即能之矣。」

程鄉李秋田茂才光昭，次卿太史仲昭之從兄也。余先與次卿同遊馬嵊山先生之門，後數歲，乃識秋田，遂與相善。著有《鐵樹堂草》，自言專主心力，耻襲門面語。宋芷灣編修湘最激賞，題詞云：「古力深，古味出，古心亦出矣。『八荒捕古古在手，古鬼啼泣四座走』，作者何止代興！」秋田《懷芷灣》云：「自笑荒唐孰似余，荆州未識辱緘書。六年尚缺雙魚報，淚灑寒窗捕古餘。」

秋田有《論詩絶句》云：「汝曹原自愛身名，萬古江流欲與争。修到秋林作蟬噪，也須風露飽平生。」

南山同年番禺張南山維屏，髫齡即肆力於詩，年未三十，所作已卓然成家，海内名流甚器重之。南山鋭志於學，自經義、古文、駢體，以及詞曲、書法，靡不究心。嘗語余曰：「吞花卧酒，弄月嘲風，雖名士之曠懷，實少年之習氣。棄擲有用之精神，消磨難得之歲月，追念曩昔，殊可浩歎。」故年來少從事韵語，然於此事，精華博大，實有深造獨得之致。更善於鑒别，凡講説前人一篇，或商訂今人一集，俱有定識。與余交十餘年，論詩尤契。暇時晨夕過從，每論入深際，兩人相對，輒不知日之移晷，燭之見跋也。

南山在都門，與吴蘭雪博士嵩梁訂交。南山贈以詩云：「一卷《香蘇》冰雪詩，隨園有筆讓君持。金門索米功名薄，酒市論交邂逅奇。花月歡場胸有淚，江湖浪迹鬢成絲。冷官莫笑腰難折，憶向梅花拜倒時。」蘭雪有「滿身風雪拜梅花」之句。蘭雪和韵即以贈别云：「放膽文章刻意詩，窮愁性命共支持。千秋把臂交原篤，一第登天事亦奇。少日才名憎似錦，連宵别夢亂如絲。凌雲氣在終須吐，莫忘青衫掩淚時。」

近賢七古，余最喜黄仲則、馮魚山、蔣心餘。數公外，蘭雪亦推傑出。如《登岱》詩云：「懸流忽斷萬松舞，孫枝亦縛千年藤。」可謂大筆。又如《禮烈親王勒克馬歌》結句云：「路人今日尋靈蹟，一掬春波映夕陽。」可謂遠神。

王鐵夫最賞法時帆祭酒「淡花開不濃」之句，余則喜誦「黄葉打門響，青山生暮寒」二語。因論詩清如先生，可謂清到骨矣。

番禺盧茂才紹芳《詠司馬相如》云：「不朽文章惟諫獵，最傷風教是彈琴。」論頗暢朗。

仁和朱竹坡茂才鳳輝與余有金蘭之契，少工吟詠，《幽居遣興》云：「開窗放山入，欹枕看雲飛。好鳥聲不斷，幽花香更微。」《游顯寧寺》云：「野水通泉細，林花落地疏。」《柳枝詞》云：「梢頭緑遍人歸未，又向春江送去船。」《旅窗聽雨》云：「一燈寒無光，悽然不成寐。瀟瀟暮雨聲，並作離人淚。」《曉渡西湖》云：「四山與雲連，鶯語烟中樹。微波一鏡平，載入空濛去。」詩品雅近錢、郎。

程鄉顔湘帆茂才崇衡與李秋田同在龍山，襄《詩海》選事者。《寄楊秋衡讀書山寺》句云：「静鄰金粟佛，寒對白頭僧。」又「寒燈兩人讀，破竈一僧炊。」寫深山攻苦之狀如見。《西宫秋怨》云：「月轉天街玉漏微，前庭歌吹聽依稀。西宫夜静涼如水，只見隔簾螢火飛。」怨而不露，幽艷不減唐人。

李秋田尊人輝山茂才璋著有《叢桂山莊吟草》，佳句如《靈光寺》云：「洪泉大雷雨，列柏古龍蛇。」「燈微一龕佛，鐘打五更霜。」《仙湖寺》云：「山隨老禪定，泉與亂雲奔。」《静室》云：「峰雜鳥尋樹，菴孤僧入雲。」《舟中雜興》云：「流水耳邊注，青山江上行。」《家園雜興》云：「春色一園花柳媚，棋聲午夜婦姑閒。」「書聲宵静聯機響，劍氣天高拂酒星。」《歸舟將抵家》云：「略嫌微雨一帆滯，且喜青山三里迎。」皆能生新者。　生平最長五古，有陶、韋之風。

番禺劉三山孝廉華東磊落有奇氣，少與余訂交，贈余有「兩家相賞早忘貧」之句。年來淹留日下，跌宕不羈。《并州少年行》云：「結交屠狗亦王孫，腰劍離離古血痕。坐不垂堂堪喻大，家貧容易受人恩。」朝鮮使臣金正喜、尹載烈輩慕其名，多索詩、字而歸。

陳春谷夢照有《詠鴛鴦》句云：「一生怕見相思樹，終日惟依並蒂花。」時春谷年才十三，何情深乃爾。

武進湯雨生貽汾以世襲騎尉爲廣州守戎，詩畫俱工，有儒將風流之目。繪有《秋江罷釣圖》，如洪稚存、吴蘭雪諸詞人題詠殆遍。暇日與吾輩清集，《觀魚》句云：「人還碧海騎鯨去，我已滄江罷釣回。」其韵致如此。

門人朱生文溥《花田絶句》云：「昌華顯德總滄桑，無數山河鎖夕陽。惟有素馨田畔土，美人埋骨不埋香。」結句七字，可抵人千百語。《咏雪》云：「歉歲最宜滋壠麥，感時何止念邊兵。」《南河道中早發》云：「十里曉風傳鼓角，二分殘月在簾鈎。」《禪山雜咏》云：「一片畫簾齊不捲，半江流水動春燈。」《歲暮禪山道中》云：「江從何地盡，情較別時多。」多有可誦者。

余十三歲從田西疇先生學詩，《幽居遣興》句云：「廣裁花木待陽春。」先生以爲有「後天下之樂而樂」意。疊「春」字韵云：「時有花開即當春。」又句云：「日斜鴉影聚荒村。」當時皆契師意。石門馬嵰山師嘗刻余少作數首於《嶺海遊囊》中。句如「鳥銜青靄出，僧破白雲來」、「雙屐行春草，群山鎖夕陽」、「風恬林自静，雲在鶴長閒」、「偶然視飛鳥，相與片雲還」、「刪松通夜月，種竹繪秋風」、「隔岸人呼秋水渡，倚樓僧看夕陽山」，皆師所賞者。今諸詩或刪或佚，不盡存稿中。摘録於此，以誌不忘。

吾畏友鶴山吴仁齋應嶽邃於名理。有門人陳生槐林，幼慧，生而頂上有七小痣。六歲從仁齋學，背誦如流，聽聞即悟。仁齋啓以聖賢之訓、小學之書。槐林作論自勵，有「廣居可樂，正路堪由。當立志於大賢，曷存心於小技」之語，文不備録。學爲詩詞，天才横溢。嘗賦《遊仙詩》，有云：「天台山在海之涯，劉阮春遊興不賒。仙子相邀花外去，洞中飯已熟胡麻。」「歸把同心結付還，好將善語慰君顔。君王若問妾何在，説在蓬萊第一山。」「此身原是紫霞仙，策鳳鞭鸞上九天。塵世不堪回首望，如今滄海幾桑田。」未幾卒，竟成詩讖，年纔十六耳。仁齋惜之，爲立小傳。出其遺草，囑余點定，因表而存之。

番禺凌譽釗茂才揚藻能詩，選有《停雲集》，皆近人作。其中五七律尤佳。五律起句如「秋來人易怨，況乃久離家」劉未山《夜泊》、「朔風吹短髮，寒到白頭親」劉南溟《旅況》、「賈傅輕年少，馮公老若何」胡同謙《馮唐墓》、「一條紅葉路，直到野人家。甕底已無酒，籬邊猶放花」招桐坡《秋日山居》、「戍樓風落木，三度泊長橋。未遂青山隱，空成白社招」潘游亭《秋夜泊長橋作》，中聯如「送君今夜夢，重得到幽燕」胡同謙《送曾生入京》、「谿山歸素抱，雲樹入孤舟」仇竹嶼《舟中寄二樵》、「我正采芳杜，江頭春水深」黄夢餘《訪二樵不值》、「星低百蠻樹，月淡一城燈」蘇藍田《夜登粤秀山》、「征夫懷故國，落葉起新愁」劉未山《玉山縣夜泊》、「平蕪凝冷露，遠水暗流螢」劉南溟《夜月》、「細看啼淚處，回憶下針時」招桐坡《秋衫》、「春晴雲在樹，路小竹依人」黄珠江《訪友》、「君身如候雁，一歲幾長征」胡同謙《送人》、「樹杪下涼月，墻陰鳴候蟲」劉南溟《秋夜》、「關山遲雁足，風雪弊貂裘」黄珠江《寄人》，結句如「院静不逢人，春花自開落」蘇雲川《訪馮魚山不值》。七言句如「雨歇板橋流水畔，鳥啼山館夕陽中」蘇藍田《落花》、「九曲水從天上落，單車人向日邊來」劉未山《徐州渡河》、「遠目已空吳地闊，客愁真與楚天長」劉南溟《黃鶴樓》、「劍閣秋雲懷射虎，鏡湖夜月感聞雞」潘游亭《讀劍南集》、「故國夢魂思伏枕，山城烟月倦登樓」黃珠江《西遊雜詠》、「病身多似霜中樹，別久愁如雨後潮」王貞庵《答人》、「青山笑我無歸計，白髮催人屢出門」潘蔗境《曉發阻風》、「家聲清俊唐金鑑，經術精純漢玉杯」潘蔗境《寄張葯房教習咸安宮》。語俱工鍊，時有唐人風調。

先八世祖文裕公諱佐，著有《泰泉集》。《春夜大醉言志》詩云：「拔劍起舞臨高臺，北斗插地銀河迴。長空贈我以明月，天下知心惟酒杯。門前馬躍簫鼓動，栅上雞啼天地開。倦遊却憶少年事，笑擁如花歌《落梅》。」錢受之云：「末二語，公自注：『欲盡理還之喻。』」譚康侯云：「此詩直是徐庾樂府，在王、楊、沈、宋而上。」公爲前明一代理學名儒，論知先行後之旨，王陽明深爲折服。說者謂論學之醇正，過於陳白沙。著述之富，至三十種，邱瓊山亦不能及。翁覃溪先生視學吾粵時，每按臨他郡，返會城，必詣祠拜謁。全謝山、杭堇浦兩先生主講粵中，每舉公爲訓。公固不專以詩名，而其詩獨得中音正派。顧元言云：「詹事性尚沖和，韵含芳潤，譬之龍躍懸河，鳳鳴阿閣，輝映高絶，信足接武曲江。」陳師孔云：「泰泉摛詞酌雅，取材於西京，割正於李唐，研精於南宋。其言奥以文，其思婉而微，粹然一出於正。」張崇象云：「才伯博極群書，而能返約於心。其詩穎出流俗，質鉅而力雄。」屠文升云：「才伯詩會詮條貫，近體雄深麗逸，旨遠格精。樂府、古詩兼總古今，出規入矩。」朱竹垞云：「嶺表自南園五先生後，風雅中墜，文裕力爲起衰。如黎維敬、梁公實輩，皆其弟子。嘉靖中，南園後五先生，二子與焉。蓋嶺南詩派，文裕實爲領袖，其功不可泯也。」按：《華夫雜録》、《楚庭稗珠》、《粵臺徵雅》

諸書，參互考訂，後五先生皆出門下云。

文裕公上爲粵洲先生諱畿，贈編修，有至行，孝感於菟，通邵子之學。又上爲雙槐先生諱瑜，以賢書遊太學，上條陳六事疏，後官本省長樂令，稱循吏。論者謂以鄉人治鄉人，從古少有也。三世俱饒著述，并祀宫墻。雲間張北山先生恒列三先生入《儒林録》。雙槐先生詩散見於自著《歲鈔》中。《明詩綜》采二首。《井澳》云：在香山，宋端宗至此。「白雁過，江南破，更無一尺土可坐。自閩入廣隨波流，塵沙暗天天亦愁。黄蘆苦竹風颼颼，鷓鴣雨中啼不休。上有深井山，下有仙女澳。墨雲捲波白浩浩，漁舟不到御舟到。鱷魚鬐揚蛟尾掉，蒼天蒼天誰與告。」《城西劉王故院》云：「江水東流西日斜，劉王纂迹尚天涯。昌華苑外裙腰草，玉液池邊鼓吹蛙。隔隴牛羊聞牧笛，遥林烟火見漁家。當年翠輦曾遊地，留與東風長稻花。」粵洲先生著書羅浮山中，詩多編入《羅浮志》。如《雙髻峰》云：「緑雲雙綰似仙妝，山下梅花相映香。笙鶴不歸春寂寂，碧溪流水過羅陽。」《麻姑峰》云：「麻姑峰前山月明，麻姑山上綵雲生。群仙宴罷靈簫歇，惟見黄麟天上行。」《夜樂洞》云：「誰能雲卧三峰上，一枕羲皇萬境空。夜半碧雞驚夢覺，鈞天聲在日華中。」數詩皆不食人間烟火者。《雙槐》、《粵洲》二集，緣兵燹後遺佚，詩故不可多得。海内博雅君子或有名山藏本，幸鈔寄惠，奕世不忘。

雙槐先生與白沙陳子以道相契，嘗至白沙相訪，雨後躡草屨護鞋而往，相見大笑。談話竟日，各賦一詩而别。先生末句云：「吟弄不知春已暮，滿天風月玉臺巾。」蓋許以與點之意。白沙末句云：「與話平生燈火事，羞看白髮滿烏巾。」以先生老猶耽六籍也。

香石詩話卷三

香山黄培芳

《小倉山房詩集》，門人薛起鳳序，謂隨園先先論詩之旨，一見於集中《答歸愚宗伯書》，再見於《續詩品》三十二首。《續詩品》語近自然，自有佳處；《再與沈公書》則駁其明詩獨不選王次回詩，至引孔子删《詩》，首《關雎》而不去《鄭》、《衛》，論固大矣。思竊不謂然。書詞有云「《關雎》即艷詩也」，此語大謬。孔子曰：「《關雎》樂而不淫，哀而不傷。」《小序》曰：「《關雎》，太姒之德也。」《御纂詩義折中》曰：「《關雎》，文王之本也。」此古今聖賢定論，豈尋常寫艷可比？何得援此藉口！試觀次回《疑雨集》，果能不淫不傷否乎？孔子删《詩》，貞淫并録，貞者爲萬世法，淫者爲萬世戒，終不離乎「思無邪」之旨，非存「采蘭」、「贈勺」之句與後人學也。若沈公之選明詩，不過備一代詩格，爲學者取法，亦能如孔子之意，存次回作以爲戒乎？不存以爲戒，寧必存以爲法乎？次回艷詩自在，好之者選之讀之，自無不可。而沈公不以入選，持一家之論，亦未嘗不是。至作書難之，妄引聖人，甚不倫矣。抑《别裁》一集遺美頗多，不他之問，而是之問，何耶？書詞又云：「以求淑女之故，至於輾轉反側，使文王生於今，遇先生，危矣哉！」此徒取快意，復成何議論，謂足以折服沈公之心乎？余論詩，未嘗廢香奩一體。余非惡夫艷詩也，惡夫附會之言鄰於非聖，啓後生無忌憚之漸，故辨之。

唐人五律每參古節，但必成調乃佳。如儲太祝《題陸山人樓》起句云：「暮聲雜初雁，夜色涵早秋。」上句二、四字俱平，下句二、四字俱仄，故古而彌超。

王右丞《哭孟浩然》詩云：「故人不可見，漢水日東流。借問襄陽老，江山空蔡州。」王、孟交情無間，哭襄陽詩只二十字，而感舊推崇之意已至。盛唐人作近古如此，後人則尚敷衍。

王右丞《使至塞上》句云：「大漠孤烟直，長河落日圓。」「直」、「圓」二字極鍛鍊，亦極自然。後人全講鍊字之法，非也；全不講鍊字之法，亦非也。

右丞《終南山》結句云：「欲投人處宿，隔水問樵夫。」或疑與全體不稱，不知就一事結住，如畫家遠山一角，此消納法也，最是妙訣。

《三百篇》中多婦人思君子之詩，而周公勞士卒，亦叙其室家之情。蓋男女居室，人之大倫，不見而思，自是天理人情之正。吕新吾曰：「婦人所天，止有一夫，其饑寒疾病、起居衣食、離别患難，自宜關心。若於夫子無情，薄惡相報，則路人矣。」古人思夫未嘗不以爲賢，而世俗乃以爲耻，可歎！

老杜《擣衣》一律，託爲婦人思夫出戍之辭，篇幅雖小，而情見乎詞，當時之勤兵勞民自見。采之輶軒，不居然《國風》、《小雅》之遺乎？余故謂好詩無不可通於《三百篇》，此類可推也。

柳柳州《酬曹侍御過象縣見寄》云：「破額山前碧玉流，騷人遥駐木蘭舟。春風無限瀟湘意，欲采蘋花不自由。」按：《古詩》「采之欲遺誰，所思在遠道」，是欲遺末由，此則并欲采而不自由矣，用意更深。

李義山《訪人不遇留别館》云：「卿卿不惜瑣窗春，去作長楸走馬身。閒倚繡簾吹柳絮，日高深院斷無人。」明康德瞻《有感》云：「曉出看花到夕陽，歸來猶帶碧桃香。王孫不識春光好，夜夜鳴絲向曲房。」二詩意若相反，而各有見解，皆才子之筆也。德瞻，對山之兄，年十九卒，有神童之目。

仁和王九垓茂才學羲來遊吾粵，《宿大牙》云：「邀來明月行人少，亂落松花古墓多。」《宿熱水池》云：「花發温泉紅灼灼，鳥棲古木樂吾吾。」皆有幽艷之致。在香署，贈余句云：「無雙雅號黄江夏，大筆終歸晉永和。」

錢塘陳茂才謝駰《詠酒帘》云：「牛背夕陽驢背雪，梨花春雨杏花風。」九垓述。

新安黟邑朱約齋孝廉霈著有《望嶽樓詩》。句如「西風無静樹，落葉有歸心」、「水氣涼山骨，江聲抱佛樓」、「疾風迴野水，殘照戀平沙」、「懷人飛鳥外，弔古亂雲間」，皆清鍊可誦。

閩中張孟詞騰蛟以高才掇巍科，早喪。朱石君太傅深惜其才。詩不多覯，余嘗見其《無題》詩云：「明月流黄無見期，空傳鳳紙寫相思。買春休惜金如斗，竊藥難攀桂一枝。茅屋牽蘿人故在，雲鬟倚幌淚孤垂。年年荳蔻花開日，腸斷刀環破鏡詞。」

余弱冠後歸香山授徒，即主中台劉君鐈家。中台豪飲喜吟，課餘每共出遊，或拾翠芳郊，或垂綸別浦。嘗月夜同訪友溪，南行八九里，歸復治具，吟酌達旦。中台以事如羊城，余懷以句云：「月明人不見，江上柳初寒。」又云：「一從臨水別，開盡故園梅。」中台詩當日抽毫鬬韵，如烟雲過眼，都不復憶。但記其《和漁洋秋柳》句云：「永豐舞袖疊空箱。」押「箱」字韵甚穩適。

吾邑李菊水茂才遐齡，詩才清雋蒼健，尤工新樂府。譚康侯贈句有云：「嘉慶新翻長慶樂，白香山後李香山。」蓋吾粤詩人中不可多得者。菊水寄贈余云：「淹雅黄香石，名家自粤洲。身疑有仙骨，地早出人頭。遠到終千里，深談闊一秋。侍郎遺籍在，殘闕得無憂。」又記其有「月涼萬花醒」之句，甚工。

菊水從弟吉士明經藹元亦能詩，有句云：「一編幾餒若敖鬼，三月猶無司業錢。」「青蓮果是蓬蒿客，韋楚真爲山水朋。」《跋香山詩》云：「不是風流忘君國，白頭知足孰如公。」

嘉慶丙辰秋，張船山、伊墨卿諸名流讌集金尚書園。船山先生紀以四絶句云：「一肩魚酒醉相招，花底難尋舊板橋。過眼興衰誰領略，垂楊無語自魂消。」「水窗無紙更玲瓏，手拂蛛絲放草蟲。暫借竹床相枕藉，疏林消受萬枝風。」「持螯把酒即重陽，百福難消一日狂。笑看九衢冠蓋影，幾人安穩卧車箱。」「叢蘆摇曳不勝秋，沙水漫漫抱郭流。可惜斜陽催客去，入城鵝鴨也回頭。」韓桂舲中丞時在都時，亦有《載酒遊金園》詩云：「偪側城南尺五天，壺觴是處得安便。名花買去羞當石，新語傳來唤拍肩。風物可憐三月節，夢魂欲上五湖船。百年容易逢佳日，莫漫傷春泣杜鵑。」即此可想見輦轂詞人風流韻事之盛。其他遊金園詩尚多，不能備録。

伊墨卿太守繪有《金園載酒圖》，繫諸名公之作。在惠州郡齋，有《憶金尚書故園》詩云：「尺五城南地，笙歌醉狹邪。春深韋杜曲，客散竇田家。上榻還明月，填門有落花。青驄都識路，其奈渺天涯。」

方竹孫《讀陳白沙集》有句云：「春風魯曾點，秋菊晉陶潛。」比擬精切，「秋菊」句尤超。

鄺湛若《嶠雅集》首大書「藏之名山，傳之其人」八篆字。余嘗稱湛若爲「南中太白」，惟斯集爲不愧此八字耳。

明歐虞部大任，先文裕弟子也。有青衣李英字少芝，能詩，宗法主人。其詩見《明詩綜》、《粵東詩海》諸選中。嘉慶戊午晤劉未山廣文統基，出《北行草》相示，因言其僕□□能詩，《過紅梅驛》云：「鳥啼緑樹暮春暮，人度紅梅三月三。」《詠螢火》云：「一點靈明還自照，世人休笑出身微。」可知天之生才，不擇人而鍾，不幸爲傔從雜流，率多烟草湮没耳。

鐵城内西山寺，一名「第一峰」，有大木棉六株，宋時物也。僧法印題詩云：「山小更無雲出岫，臺高空有樹參天。」法印後住持羊城大佛寺，號能亮。

鄭板橋謂陸放翁直以山居、村居，了却詩債而已。又謂杜之歷陳時事，寓諫諍也；陸之絶口不言，免羅織也。不知陸所遇與杜相似，陸之詩亦爲杜嗣音。如「諸公尚守和親策，志士虚捐少壯年」，此類不時時形諸篇翰乎？觀其暮年《示兒》一絶云：「王師北定中原日，家祭無忘告乃翁。」以視浣花一飯不忘，何以加諸？板橋豈未讀《劍南集》耶，何以持此論？

《清綺集》有句云：「寒鴉守夕陽。」趙秋谷句云：「一林風戰葉聲乾。」「戰」、「守」二字，俱鍊得工。「萬井落花猶殢雨，六朝春草自凝烟」，家丹崖師日高尊人南浦公《譙集金陵》句也。公名廉，善書，作王渭川體。

後人寫景之句徒求工於字句，終不如《毛詩》之入神。如《葛覃》一章，方説「施于中谷，維葉凄凄」，忽插入「黄鳥于飛，集于灌木，其鳴喈喈」，閒閒點綴，無限天機，其妙真不可思議。後人能悟此，便是神筆。

造句如子建「修坂造雲日，我馬玄以黄」，太白「地崩山摧壯士死，然後天梯石棧相鈎連」，俱有神力。

詩用「欸乃」，可作「靄廼」。楊升庵詩云：「餘甘渡口斜陽外，靄廼漁歌雜棹謳。」

漁洋五律起調之工者，如「碧漢歇微雨，十二峰娟妙」及「凛凛歲云晏，我行淮楚間」等句是也；中聯之佳者，如「忽憶梅花發，清溪深萬重」、「千峰盤雪棧，數騎出雲林」、「蕭颯青林外，西風月滿樓」、「人稀春寂寂，事去雨瀟瀟」、「九折行人少，千峰落日寒」、「江寒風颯颯，猿嘯雨冥冥」、「冠古才難并，流波日易曛」、「凍雀柴門掩，寒烟古木齊」、「晏起翠微曉，開門黄葉深」、「積雪明鼉尾，浮雲下洞庭」、「大風過泗上，落日照彭城」、「雪雲數峰白，楓柏萬林丹」、「堂開數峰雪，目盡九江雲」、「割據無秦漢，滄江自古今」、「髮從五嶺白，山入百蠻青」、「黄河流底柱，白日下中條」等句是也；結調之妙，如「扶桑試晞髮，朝日萬山紅」、「雲峰將落日，立馬迥含愁」、「大峨天半落，相見一開顔」、「故國當三五，清輝亦自盈」、「戰場蕭瑟極，百感夜茫然」等句是也。若夫一氣揮灑，瀏漓頓挫之作，《百牢關》云：「全秦雄百二，南盡百牢關。人雜氐羌俗，天連彭濮山。漢臣傳諭蜀，唐計失征蠻。歷歷前朝事，孤雲落照間。」此可謂到之至矣。他如《女郎廟》、《中江縣》諸篇，皆純熟妙境，以此求漁洋真際，可得而見也。

阮亭雪詩最工。《二月二日大雪晨起懷愚山淵公耦長》云：「夢覺聞飄瞥，虚窗徹曉明。蕭條同委巷，悵望倚簷楹。寒色饑禽語，荒階折竹聲。雙羊風雪路，留滯遠含情。」又如《曉雪》及《雪中簡秦對巖》二首，皆五律中神到之作也。

阮亭《樊川桃花》云：「三月樊川路，紅桃散綺霞。終南青送黛，潏水碧穿沙。草色裙腰合，渠流燕尾叉。銷魂過杜曲，一樹最夭斜。」此種到極又别饒風韵，先生集中所少者。

初學學詩之法，須分體用功。每一體自古至今，必有數家專擅其長者，當各摘出。又就一家之中，選其至精到者讀之。專家之外，則采名篇以副之。如此雖不必盡讀古今之詩，而古今之擅長此體者已盡得之矣。擷其菁英，棄其糟粕，此精要之學也。

「風聲江攪浪，寒氣樹連烟」，同門鄺君振庭句。

仁和許菊船先生乃來，以名孝廉宰吾邑，大有政聲。時盜匪充斥，賴先生力，卒以寧謐。有《出洋捕盜》詩云：「莫辭險阻入雲烟，隊隊旌旗拂曉天。盜起萑苻慚太叔，槎乘溟渤學張騫。直追狡兔窮三窟，要斬潛蛟障百川。怪底將軍不好武，飛廬空自繞江邊。」時武弁懈弛，故末句諷之。

凌譽釗茂才揚藻善樂府，《白苧詞》云：「金風颯颯天氣清，晶簾露滴珍珠明。美人半臉紅未醒，纖歌欲作猶暫停。越羅纏臂輕且盈，雙眸宛轉迴明星。須臾軒舉臨前楹，鸞簫蛟瑟齊發聲，低徊顧盼無限情。勸君壽酒須頻傾，舉頭月浸芙蓉屏。」舉體明麗，雅近飛卿。

律詩貴音節清亮，白樂天有《盧侍御與崔評事爲予於黄鶴樓置宴宴罷同望》一律云：「江邊黄鶴古時樓，勞置華筵待我遊。楚思淼茫雲水冷，商聲清脆管絃秋。白花浪濺頭陀寺，紅葉林籠鸚鵡洲。

總是平生未行處，醉來堪賞醒堪愁。」錢蘀石云：「幾於一字一珠。」

元人七律無出虞道園之右者。《滕王閣》云：「城頭高閣插蒼茫，百尺闌干背夕陽。秋雨魚龍非故物，春風蛺蝶是何王。帆檣隱隱來彭蠡，車蓋童童出豫章。燈火自歸湖上路，隔籬呼酒説干將。」此類氣格宏整，時有唐音。

七律句中須有真氣，如少陵「海内風塵諸弟隔，天涯涕淚一身遥」，東坡「憶弟淚如雲不散，望鄉心與雁南飛」，其氣甚足，其音甚長。

羅履先天尺云：「安南河仙鎮有番官莫姓者，從賈客見余錫純詩，酷慕之，海舶歸，輒以土物易其新詠。又有蔗園居士，林姓，亦安南人，慕張河圖詩，欲見其人，自繪小影，付海船歸索張小影。二事皆海外佳話也。」余按：張有《十二樓詩》，膾炙人口，不入本集。二君詩選，家多有之。

孫西菴典籍工於集古，先雙槐公《歲鈔》記其《朝雲集句》一篇，驚才絶艷。詩多不録，記其絶句四首：「青山隱隱水迢迢，客夢都隨歲月消。惟有别時今不忘，水邊楊柳赤欄橋。」「與君約略説杭州，山外青山樓外樓。屈指别來經數載，愁心一倍長離憂。」「旅館寒燈獨不眠，湘波冷浸一枝蓮。何時最是思君處，月落烏啼霜滿天。」「紫烟衣上繡春雲，一樹繁花對古墳。辛苦無歡容不理，半緣修道半緣君。」

詩用「阿誰」，「阿」音「屋」，初學率讀作平聲，誤。

鄺湛若露《赤嬰母》十首，句如「舞愛玉環低絳袖，歌憐樊素囀朱櫻」、「飛瓊閬苑乘朱霧，小玉旋宫化紫烟。」翁山賞此四語。余尤愛其「隴首秋雲淹別夢，芳洲春草弔斜暉」，寫「赤」字倍有遠神。

黎美周遂球《黄牡丹》十首，句如「月華蘸露扶仙掌，粉汗更衣染御香」、「春風律應清平調，夜雨香留絶妙詞」、「燕銜落蕊成金屋，鳳蝕殘釵化寶胎」、「扶來更學靈妃步，睡起羞爲道士冠」，具見工麗。當時牡丹狀元，其榮過於狀頭，亦異矣。

趙秋谷自言好用馮氏法攻人之短。按：二馮評《才調集》，所託本不高，而秋谷主之，可知矣。秋谷固自有佳處，然其不能及阮亭，似不待知者而辨。

王、趙好尚既殊，而同嗜蓮洋，似不可解。謝理圃太史《讀飴山集》一律後半云：「死匿鈍吟金鑄像，生憎貽上佛稱尊。如何一卷《蓮洋集》，心折兩家無間言。」

明詩大率以復古爲事，議者嫌其習氣太重，惟吾嶺南詩人不爲所染。余讀區海目集，純乎唐音，亦無習氣。即此一家，已可貴矣。

七古用功，李、杜、韓、蘇後，不可不參以山谷。漁洋云：「山谷用崑體工夫而直造老杜渾成之境，禪家所謂『更高一著』也。」此論本朱少章。魚山先生申之曰：「非謂高於杜也，言其力倍於杜，始及杜耳。」余按：學崑體者輒斥江西派，學山谷者亦鄙西崑，豈知山谷固由崑體而造杜境者耶！人不喜山谷者以其槎枒，好山谷者或止得其生硬，此皆未窺其山谷也。

錢蘀石云：「山谷純用逆筆。」翁覃溪云：「坡公之外，又出此一種絶高之風骨、絶大之境界，造化元氣，發洩透矣。所以有『詩到蘇黄盡』之語。」馮魚山云：「自作祖。」又云：「杜有一斤，黄亦有十六兩。」又云：「起伏頓挫之妙，無以尚之。」

山谷《題圓熙師御書樓》句云：「三后在天遺御墨，百神受職扶琳宮。」可謂大筆。又云：「參旗斗柄掠欄楯，清坐耳聞河漢風。」可謂仙筆。《書磨崖碑後》句云：「臣結《春陵》二三策，臣甫杜鵑再拜詩。安知忠臣痛至骨，世上但賞瓊琚詞。」可謂沉著之筆。《聽宋宗儒摘阮歌》句云：「深閨洞房語恩怨，紫燕黄鸝韵桃李。楚狂行歌驚市人，漁父拏舟在葭葦。問君枯木著朱繩，何能道人意中事。君言此物傳數姓，玄璧庚庚有横理。」可謂精深華妙之筆。

山谷《觀劉永年團練畫角鷹》一首云：「劉侯才勇世無敵，愛畫工夫亦成僻。弄筆掃成蒼角鷹，殺氣稜稜動秋色。爪拳金鈎嘴屈鐵，萬里風雲藏勁翮。兀立槎枒不畏人，眼看青冥有餘力。霜飛晴空塞草白，雲垂四野陰山黑。此時軒然盍飛去，何乃巑岏立西壁。祇應真骨下人世，不謂雄姿留粉墨。造次更無高鳥喧，等閒亦恐狐狸赫。旁觀未必窮神妙，乃是天機貫胸臆。瞻相突兀摩空材，想見其人英武格。傳聞揮毫頗容易，持以與人無甚惜。物逢真賞世所珍，此畫他年恐難得。」此作起伏頓挫，又復沈著緊湊，咄咄逼人，殆欲與浣花老雲龍上下隨矣。

山谷之外，如廬陵、半山深於古者，皆可參觀。子才謂荆公之詩一生在門外，無乃輕議。

律詩可參以拗句，但有拗必有救；或用應句，應句亦是救也。如趙倚樓「鱸魚正美不歸去」，下無應句，雖是小疵，律法究未細。凡通體只拗一句者，謂之孤另之調。

唐人七律往往有平仄不頂者，以音節爲主也。如老杜《城西陂泛舟》第二句：「横笛短簫悲遠天」。下聯接云：「春風自信牙檣動，遲日徐看錦纜牽。」惟上句「悲」字必用平，故下聯可直用平聲接去。音節之妙，自可不拘平仄也。

詩有進退格，謂兩韵相間而用。如元遺山《聽姨女喬夫人鼓風入松》云：「白雪朱絃一再行，春風纖指十三星。雲窗霧閣有今夕，寶靨羅裙無此聲。瀟洒寒松度虚籟，悠揚飛絮攬青冥。胎仙不比湘靈瑟，五字錢郎莫漫驚。」庚、青二韵相間并用是也。然亦古人偶一爲之。四溟謂李賀已有此體，殆不可法。

七律以盛唐人爲極則，蓋一氣貫注之中又能手腕柔和，既不同零星複沓、支架不起者，亦不同劍拔弩張、聲從屋瓦中震者。錢擇石云：「腕軟筆頭重，最是難事。」此以書法喻之，最得三昧。

七律究以虚字少爲佳，能善用虚字者，惟少陵一人耳。

王阮亭選五古，自漢、魏、六朝以迄唐而止。其于唐則惟取陳伯玉、張曲江、李青蓮、韋蘇州、柳柳州五家而止。以復古爲主，自是五古正路。然學者正不妨參之老杜，以盡其變。

五古淡遠中亦須有沉著，若貌襲王孟，全無醖釀，非真淡遠也。此真僞之分，到不到之別。

覃溪先生教人讀五古從大謝入手。蓋以大謝爲千古通津，由漢魏轉入唐人之路也。

七古之法，有立筆、有拓筆、有蕩漾、有頓挫、有消納、有出路。如歐陽公《菱溪大石》詩「南軒旁列千萬峰，曾未有此奇嶙峋」，此立筆也；中間所陳異説，如「女媧」、「燧人」、「漢使」三段，是蕩漾法也；「盧仝韓愈不在世，彈壓百怪無雄文」四句，是頓挫法也；「天高地厚靡不有，醜好萬狀奚足論」，以「奚足論」三字消納之；「惟當掃雪席其側，日與嘉客陳清樽」，此是出路。至于起法，或直起，或冒起，或破空而來。在此詩是直起。

七古須是波瀾壯闊，方見大觀，然非縱筆大言之謂也。其中有至細者存，變化無端，而非野戰。如淮陰背水陣，亦在兵法中也。學者先講起訖承接、段落音節一定之法，而後神明之於規矩之外，則幾矣。

七古有收捲之筆，最是要訣。如東坡詩《子由新修汝州龍興寺吳畫壁》末段云：「力捐金帛扶棟宇，錯落浮雲捲新霽。使君坐歎清夢餘，幾疊衣紋數衿袂。」覃溪謂「幾疊衣紋」七字，收捲有萬鈞之力，自韓後無能爲之者。可謂精絶之論。

七古須得一「緊」字爲主，步步爲營，方能出神入化。若摇筆動輒數行，一篇之中可增可減，便非佳構。此體斷須以杜爲宗，以其極規矩方圓之至也。

七古對仗能大段對便得，不必如律詩之細。

七古當曉蓄勢，乃能盡噴薄之奇。如少陵《陪王侍御同登東山最高頂宴姚通泉晚携酒泛江》起段，叙述極緊，自「復携美人登綵舟」至「聽曲低昂如有求」，一路平叙，其勢蓄極。下陡接「三更風起寒浪湧」四語，便噴薄而出。此詩不長不短，而其波瀾之壯闊何如也！其筆路之嚴緊何如也！

李杜大篇，每每有極其迷離惝怳處，然實按之，皆有一段精切神理，與題相稱。若學之而失其故步，無理取鬧，乃是俗筆。初學摹太白，最易犯此病。

李杜短篇，每有大句鎮得紙住。

五律起手貴超，人皆知之，然必意在筆先方能超。

五律三、四宜於寫情，五、六宜於寫景。蓋三、四寫情，連上一氣易動盪；五、六寫景，易開張振拔。然亦非泥定一格也。

五律收句忌太平熟，若用尋常套頭，便是無聊之思。

五律有洒落動盪、一氣滚出者，必須氣足神完。若落粗豪，便失之。

凡詩，粗與雄有别，静與弱不同，辨之不可不細。

五絶一體，王、裴未爲盡致，必當溯源樂府。余《估客行》云：「估客遠行役，隨風到海隅。多緣賤異物，不貨大秦珠。」李秋田謂是盛唐人筆，兼有樂府神理。

七絶一體，固以語近情遥爲宗。然獨標神韵，亦未爲盡，須知有高調絶唱。如冷朝陽《送紅線》云：「采菱歌怨木蘭舟，送客魂消百尺樓。還似洛妃乘霧去，碧天無際水空流。」此便是高調。張靈《對酒》云：「隱隱江城玉漏催，勸君須盡掌中杯。高樓明月清歌夜，知是人生第幾回？」此便是絶唱。

懷人之作，貴言有盡而意無窮，不重填其人故實也。温飛卿《經故翰林袁學士居》云：「劍逐驚波玉委塵，謝安門下更何人？西州城外花千樹，盡是羊曇醉後春。」痛心之言，音流簡外。王新城《寄陳伯璣金陵》云：「東風作意吹楊柳，緑到蕪城第幾橋？欲折一枝寄相憶，隔江殘笛雨瀟瀟。」此并非空隨意舉似，可以類推。

套，所謂「不著一字，盡得風流」。

李青蓮《上皇西巡南京歌》有云：「六龍西幸萬人歡。」又云：「雙懸日月照乾坤。」雖立言之體應爾，但此時豈先生上壽時耶？少陵必不作此語。由此觀之，詩品終在杜下。

斷句終以情深者爲妙。情深則自然流露，沁人心脾。如元微之《春曉》云：「半欲天明半未明，醉聞花氣睡聞鶯。狌兒撼起鐘聲動，二十年前曉寺情。」此種絶詩固難得其風調清蒼，其實只是情深，自然流露耳。

魚山先生藏古字畫真蹟甚夥，非真賞者不輕以相示。乙丑春正二日，余過先生，承示新詩，并出所藏遍觀焉。先生成一絶句云：「詩成喜有詩人到，畫古還同畫手看。此是發春真勝事，不須重問五辛盤。」前輩之風流可見。

武林趙柳浦誠槖筆遠遊，足跡幾遍天下，獨黔、滇、西蜀未到耳。然性少僻，故所如多不合。壬戌冬，在香署，同余遊留霞寺，和余韵云：「餐霞霞不落，留在此山中。有客皆高士，逢僧即遠公。海邊寒景異，湖上晚秋同。行處皆堪畫，丹青君最工。」并贈余詩云：「山谷才名又大癡，風流三絶畫書詩。妬他嘯侣看山外，頃刻吟成妙好辭。」

林和靖詩，余最喜其五言，如「夕寒山翠重，秋净雁行高」、「水風清晚釣，花日重春眠」、「酒病妨開卷，春陰入荷鋤」、「村路飄黄葉，人家濕翠微」、「竹老生虚籟，池清見古源」、「江流富春闊，山沓括蒼危」、「静鐘浮野水，深寺隔春城」、「天形孤鳥晚，烟色大江深」，品格高逸，即此可接柴桑。

門人番禺龐生茂榮，年僅弱冠，詩格甚清，尤工五言。《寄跡》云：「雲流在高樹，星影落寒塘。時有清風至，微聞古桂香。」《寄陳芳洲》云：「昔人重離别，别久愈情深。明月誰同我，還雲知此心。」《秋菊示友》云：「酒憐吾意淡，花爲故人香。」《孤雁》云：「蒹葭秋意老，關塞夕陽稀。」方竹孫皆最賞之。

宗友蒼崖司馬喬松，少共筆研。長余數歲，以兄呼之。《遊峽山寺》云：「天割峰巒一角青。」寫景峭蒨。童時即工吟詠，猶記其有「群山四望走青螺」之句，甚佳。

亡友仕梅，蒼崖弟也，亦少年同學，早卒。《詠蟬》句云：「三更露冷叢祠外，五月風和水驛前。」《無題》句云：「天遠竟難通尺素，淵深何處覓雙魚。」「閒結緗桃盤繡𦃇，暗藏紅豆在香匳。」「感時怕數梧桐葉，作事憎看木槿花。」「畫得鴛鴦三兩幅，含情糊上碧紗窗。」「何因跨得秦樓鳳，天上人間恣去來。」遺草散佚，僅録數聯於此，如聞山陽之笛也。

及門羅生文俊《柳枝詞》云：「生憎嬝嬝垂絲緑，不解留人解送人。」《采蓮曲》云：「堪怪鴛鴦不解事，每隨儂處便雙飛。」「低頭私語同舟伴，可有漁郎在隔船？」言情具見風韻。劉生廷棟《夜泊》句云：「漁火點殘秋。」《早行》句云：「月落一村雞。」寫行旅早夜之景，各能繪神。孔生繼光《秋夜》云：「雁寒千里月，楓冷萬山霜。」《海棠》云：「新來種得香霏閣，共惜無詩杜少陵。」琢句亦工鍊。

番禺布衣陳紹堂華與余師西疇先生爲友，家貧，作客安南。旅中《謝人饋肉》詩云：「小人有母肥甘缺，對使低徊不忍嘗。」《月夜垂釣》云：「亦知魚不餌，爲愛此清流。」誦其詩，可想見其人。

有明諸公學杜者，未免貌似；惟歸季思子慕學陶，却能神肖。此之謂善學。

謝茂秦未嘗不教人研揣聲律，而獨出清標，别開生面。由是言之，終勝餘子優孟衣冠者。近日窮經談藝不少其人，惟用功理學者不易見。吾友鶴山吴仁齋秀才應嶽、陸蓢溪孝廉鐘亮，俱篤於信道，力行不惑。仁齋粹然名理，蓢溪尤長經濟。二君皆好余詩。仁齋嘗以余詩爲得第一義，余甚愧也。

秦小峴先生瀛廉訪吾粤時，風清政肅，頌遍民間。公退之餘，不廢篇詠。後擢浙藩，入覲馮魚山、劉樸石兩先生，偕吾輩數詞人，繪圖賦詩，餞於珠江、花田之間。先生爲留連久之，臨别，顧吾輩云：「明日此時，相思都在迷離烟雨中矣。」賦二詩誌别：「出自城南門，將與粤人辭。粤人意何殷，羅拜盈中逵。不忍舍之去，含淚向路歧。張帆珠海上，五兩南風吹。行行到花田，高館臨芳圻。炎洲兩太史，祖席方在兹。并偕二三子，爲我陳酒卮。流連衹片晷，終當遠别離。所感群公誼，惻惻入心脾。」「花田古勝區，飛甍在晻靄。從來送行者，於此集冠蓋。群公澹蕩人，襟懷出塵壒。謂我非俗吏，世態盡陶汰。論詩半簦笠，讀畫緩巾帶。花藥滿階前，延翫豁曚昧。忽聞津吏喧，執手動深慨。相期崇令名，詎久隱蓬艾。朝廷正需賢，彈冠赴良會。」時同祖席者，番禺張南山同年維屏、鶴山吴雁山孝廉應逵、靈山梁蓼圃明經炅、番禺劉月鋤明經廣禮、葯房先生令子無山秀才思齊、魚山先生令子子坦秀才士履。

益都李南磵文藻稱吾粤詩人有四君之目：張葯房太史錦芳、家虛舟廣文丹書、黎二樵明經簡、吕石騆明經堅也。張、黄、黎、吕，一時號齊名。張、黎、吕三君俱刻集。近歲虛舟已歸道山，而遺集尚未梓。前虚舟爲余書扇二絶句，存之以見一斑。題爲《馮魚山比部爲余畫蘭題》二首：「風檣陣馬臨池罷，賸墨圖來葉葉鮮。不必魏公三轉法，善游人自解操船。」「筆妙曾窺薅石翁，畫書詩悟一源同。與君相對忘言處，緑意滿庭生澹風。」

或曰觀子之論，多談風格，竟不以性情爲主耶？余應之曰：詩本性情，夫人皆知之。性情不假外求，夫人自有之。直無可説，何必終身號於人曰性靈云者，始謂之性情乎？不自詡性情，正主性情之至也。至于風格，自《三百篇》後屢變不一。數千年來，體制大備，其源流格律，不言固不能知也。即言之，亦豈能盡。不過各就所知，略舉一隅，以俟學者之善悟而已。蓋性情本天分，風格由學力。既有性情，即不能無風格。性情、風格合而并到，則詩工矣。雖有矢口成聲，自鳴天籟，然此偶得，不可爲訓。若全靠率臆而吟，眼前掇拾，縱描畫得幾件零碎景物，得幾聯佳句，遇嗜痂者采録，亦足取快一時，而求之古大家、名家中，不知位置何所矣。吾願聰俊之士，志在扶輪大雅，不必屑屑作此等纖小伎倆也。

大匠教人，必以規矩。能與人規矩，不能使人巧，吾聞之矣；不與人規矩，而能使人巧，未之前聞也。

詩不可無靈氣，非必輕靈之謂也。沈著中亦有靈氣。

譚康侯《短歌行》第一解有云：「百年可憐，酒酣仰天。白日出入，星稀月圓。」神理之高，直逼漢魏。《覽銅柱圖懷馬伏波》云：「飛將下天來，横戈瘴霧開。南交見銅柱，東漢失雲臺。裹革平生志，攀鱗不世才。如何傷薏苡，千載使人哀。」自是盛唐風格。

康侯嘗有絶句云：「驢背年年有所思，東皋南陌去尋詩。於今只覺詩尋我，萬象天聲是我師。」此自道其所得。從事於詩者，皆不可不知此意。

程鄉宋芷灣編修湘天分過人，詩多從靈腑中流出。《韓江樓題壁》云：「十丈扶雲石，三盤俯水樓。時常千樹雨，日夜一江流。有客來吹笛，看山不轉頭。獨憐僧茗意，留嘯海天秋。」《重聞雁》云：「後雁續前雁，前鳴催後鳴。追飛應不遠，急響若爲情。月塞千山迥，霜天一夜明。如何北遊者，不解向南征。」其論詩謂：「人皆議少陵絶句爲短，予以少陵自不肯爲人之所長。」此語是其所見之高也。繫以句云：「豈果開元天寶間，文章司命付梨園。諸公自有旗亭見，不愛田家老瓦盆。」

南海朱翼廷維垣《蘇江晚望》云：「水流山動影，日落渚生寒。」二語甚工。《客舍聞雁》句云：「別恨忽從天末起，寒聲偏向客中聞。」又「此去莫多飛故國，免教兄弟憶離群」，意亦深摯。

元遺山選《唐詩鼓吹》，疑爲好事者僞託。其誤處，如編入宋胡文恭宿詩二十餘首。文恭歷事仁宗、英宗，爲時名臣，詳《宋史》本傳。余嘗得讀《四庫》重刊《文恭集》四十卷，除賦及古文外，詩凡三百餘篇，殊有唐人風格。遺山所録諸詩大半在集内，且其中有和朱況一首，其人即胡氏壻。《提要》引據甚詳，爲之覆審，方知舛錯至此，而國朝考證之精也。至厲樊榭《宋詩紀事》搜羅至博，所采文恭詩亦祇從志乘掇拾，未及見本集。操選一事，良不易耳。

「漁樵秋草路，雞犬夕陽村」，謝茂秦句也。自謂五言詩皆用實字者，要含虚活意乃佳。李西涯嘗論「雞聲茅店月」二句，亦同此意。李西涯「萬古乾坤此江水，百年風日幾重陽」，夏正夫稱其善用虛字。余謂十四字中，填塞「萬古」、「百年」、「乾坤」等字，最是膚廓。不善學杜者動輒用之，甚屬可厭。學者當以爲戒。

陸機《文賦》曰：「詩緣情而綺靡。」識見甚卑。好《才調》、《香奩》者，輒奉此語爲圭臬。謝榛曰：「綺靡重六朝之弊。」徐昌穀曰：「陸生之所知，固魏詩之查穢耳。」余謂李詩「自從建安來，綺麗不足珍」，持論何止上下床之别。

大家出筆，如丈夫大踏步出去，不同兒女子多少裝裹。然其功夫未嘗不精細，少陵所謂「老去漸於詩律細」是也。

《四溟詩話》謂字有兩音，各見一韵，作詩宜審擇。如賀知章「少小離鄉老大回，鄉音無改鬢毛衰」，此灰韵「衰」字作支韵「衰」字，誤矣。按：四支「衰」字是「盛衰」之「衰」，十灰「衰」字是「斬衰」、「齋衰」之「衰」。至其論「逢」字，謂二冬，遇也；一東音「蓬」，《大雅》「鼉鼓逢逢」。按：《字典》及《佩觿》等書，「相逢」之「逢」從「丰」，鼓聲之「逄」從「牛」，更自有辨。翁覃溪先生謂明代人不知考證耳。

黎鴻源秀才鴻，南海夏教鄉人，著有《守真子稿》。中年卒，未竟所學。其弟允源持其遺稿，丐余點定。性情甚真，五言兼講風格。《冬蘭》云：「我有古琴操，攜將寒谷遊。芳蘭感此意，破雪吐清幽。心不怨遲暮，香偏憐寡儔。讀《騷》撫巖石，梅下共淹留。」他如《七夕》云：「神仙欲渡何難事，豈假人間駕鵲橋。」《老猿》云：「歷盡許多腸斷後，更無塵夢到人間。」《掃庭花》云：「一簾風細欲飛香。」皆警句也。

詠物詩有以議論見寄託者，元遺山《杏花》云：「一般疏影黄昏月，獨愛寒梅恐未平。」可謂善於持論。黎鴻源集《引流園品梅》云：「非極清流評不定，是真知己識何難。任憑甲乙歸詩句，花總無言傲歲寒。」如此著論寓意，亦見身分。

程鄉葉秋嵐同年蘭成，茹古功深，爲人倜儻，平生風義，尤篤師友。嘉慶己巳公車南還，搜其行篋，得詩數頁，全稿别藏於家。余愛其《藍關》一律，有奇傑之氣，摘録於此：「山忽斷如玦，四風争一門。蕭森韓子廟，依倚給孤園。日射榕髯古，雲來石氣昏。趹踋聊小憩，魄動怒濤奔。」

錢撵石先生詩大約不拘唐、宋，空所依傍，生面獨開。或議其别調，不知仍從小心入扣來，非無故掀翻也。其七律之獨到者，體大思精，字字真實沉著，洗盡矜浮之氣，非絺章繪句之徒專事皮相者所能望見。《到家作》四首録二云：「豫章趨浙路非賒，實荷皇恩感復嗟。白髪爲官長戀闕，青山省墓暫還家。先公舊種多梅樹，老圃全荒有蘚花。同塾諸郎聞已盡，比鄰翁媪訪應差。」張南山云：「此結法至今日竟爲《廣陵散》矣。明七子如李于鱗尚偶得之。」其二云：「久失東墻緑萼梅，西墻雙桂一風摧。兒時我母教兒地，母若知兒望母來。三十四年何限罪，百千萬念不如灰。曝檐破襖猶藏篋，明日焚黄祇益哀。」張南山云：「三、四已具萬鈞力，五、六乃更有萬鈞力，所謂硬弓開到十分足者也。不知者乃曰此似無難。」又云：「此等七律，不必問其似不似，總是少陵嫡派。香山、放翁則雁行耳。」又《宜亭新柳》六首，蓋完顔松裔少宰招集宜亭所命題。其時先生因悼汪孝廉豐玉、陳明經乳巢，未及往，後補作者。詳於自撰小序。其第四首云：「賨花倉口起東風，雞唱星懸賦《惱公》。笛裏關山今是淚，梢頭明月本來空。一聲玉折《涼州》怨，萬里雲陰杜宇紅。歸去傷心原有路，依然水驛緑烟中。」張南山云：「聲氣、格調、神韻，無美不具，而實在心窩裏一團心血與性情一滚而出，乃與一味在屋瓦上發聲者迥别。」其中警句，如「驅車欲去驚寒食，走馬歸來已夕陽」、「豈意公家園裏樹，翻爲賤子卷中《騷》」，皆非凡之筆。又《紅心驛哭文端公》二首，亦余所心賞者，不能備録矣。

阮亭《秋柳》之作以風神取勝，膾炙一時，然呰之者亦不少。其實細按，不免有稍空處。若擇石《宜亭新柳》詩，即景思人，言中有物，則洵得騷人之旨矣。

阮雲臺先生有《秋柳》詩云：「盧龍塞内古漁陽，秋柳蕭蕭一萬行。邊馬歸來猶戀影，曉烏啼後漸飛霜。還思歷下西風裏，又過琅琊大路旁。況是淮南悲落葉，隋堤千樹接雷塘。」筋摇脉動，氣浮紙上，不意阮亭後乃有此作。

「一鳥入寒色」，吴穀人先生句。余少愛此語，偶憶録之。

李義山《宿晉昌亭聞驚禽》結句云：「失群掛木知何限，遠隔天涯共此心。」深得風人比興之旨。趙秋谷《紙鳶》云：「傷鴻病鶴知多少，息羽垂頭合讓君。」是脱化其意者。

南海龐子芳孝廉藝林有《雁聲》句云：「人起中宵月一樓。」甚工。其母梁孺人亦能詩，有句云：「雨亂花飛檻，雲寒月滿樓。」孺人字思静，先君同年曜石先生擎之妹也。

李東田明經士楨，少作《舟泊三山》云：「一棹三山十里餘，三更將入二更初。零烟漠漠秋蒹緑，月色江聲聞打魚。」爲邱東河所賞，黎二樵亦每爲人書之。

香石詩話卷四

香山黄培芳

國朝聲教，遠暨屬國，詩人輩出。近見朝鮮貢使朴齊家，字次滫，官本國軍器寺正兼内閣撿書，能詩。《重陽直摛文院》云：「一夜砧聲禁苑東，飄摇柳葉御河風。身忙不管秋全暮，官冷常愁酒易空。鎖院荷衫渝舊緑，朝天蠟炬澹晨紅。茱萸插帽人間事，斷送金門豹直中。」又有「地潔明孤鶴，天清煦百花」之句，并佳。

甲子座主錢塘陳荔峰先生，丙寅復視學吾粵，提倡古學，英才宿彦，皆入珊網。試士廣州，擬作《消寒四詠》，一時誦遍。《紙帳》云：「雲藍細剪巧無雙，人倦初移焰焰釭。熨貼也如詩思好，清寒兼使睡魔降。輕捶蕉葉風千片，亂寫梅花月半窗。慚媿夔州苦吟客，孤舟歲晚卧滄江。」《蘆簾》云：「君平門巷最清嚴，秋色條條掛影孅。恰稱高人能擁絮，錯疑小室竟堆鹽。一宵風雨新寒減，十載江湖舊夢添。只羡玲瓏圓月上，晶簾却下了無嫌。」《負暄》云：「紅影三竿上曉暾，起來曳杖倚柴門。熱如炙手嫌芒刺，快欲開襟唤蝨捫。寸草有心終報答，敝裘無恙與温存。扶桑照耀神山外，鼇戴同銘挾纊恩。」《索笑》云：「花香人意共蕭閒，高格新妝淺淡間。獨把清矑横冷月，憑將晝靨鬬春山。癯仙老去風情惡，鏖味參來笑口慳。浪説嶺梅千萬樹，衝寒可許一開顔？」甲子同典試者閩縣陳恭甫師，榜後謁見，甚稱余試帖。張南山同年呈詩卷，即爲製序。是科張翰山岳崧以己巳第三人及第，先後入詞館者相望，時人頌冰鑑焉。

番禺學博莫善齋元伯，高要人。爲人狷而和，詩品清真。五言近陶，時臻獨到。《新築小園》云：「身世苦形役，一勤百不荒。藐兹灌溉地，卒歲同皇皇。春來種瓜蔬，秋至築禾場。時復率婦子，拮据不敢康。老母扶杖來，指揮高樹旁。人生無長少，艱苦須備嘗。」「老母」二語，已入神境。五言佳句如「涼雲斷曙河」，七言如「秋夢如雲半在山」，皆秀絶人區。

論古詩，必跌深一層，乃有意味。莫善齋《登風度樓》句云：「靈武中興諸將力，論功誰記徙薪謀。」《緑珠》句云：「太息身緣知己死，珍珠十斛未爲恩。」余《詠留侯》句云：「豈有英雄耽辟穀，不遭夷僇即神仙。」亦用此法。

滕王閣詩，古今名作如林，然求其到恰好處，亦不易得。張南山詩云：「高閣俯長川，斜陽此泊船。水天終古在，詞賦幾人傳。都督亦知己，江風原偶然。我來成獨立，鄉思落霞邊。」彈丸脱手，不爲題縛，用本事尤有水中著鹽之妙。

南山佳句，五言如「春江流客夢，夜雨滴鄉心」、「曉霧白萬瓦，夕陽黄半篷」、「疏樹意中畫，孤雲心外禪」、「山磬出寒碧，野泉流碎紅」、「草香飛鳳子，水暖長魚苗」、「小雨月光濕，微風松葉香」、「河聲驅落日，山勢壓全徐」、「客飯曉星下，車行流水間」、「霧氣侵窗濕，河聲到枕寒」、「暮色瓜洲樹，秋心北固鐘」、「烟活山如笑，風豪樹欲飛」、「學以多思誤，情緣小别深」，七言如「西窗剪燭歌紅豆，南浦停舟贈緑楊」、「短棹烟波侵袂碧，小樓燈火隔花紅」、「曲欄夜静花眠月，小院春寒柳拜風」、「烟昏一水浮天去，風利千帆帶月飛」、「平田草乾老牛寢，獨樹果熟饑禽争」、「柳外一旗沽酒店，橋邊雙槳賣花船」、「漠漠濕烟經雨重，濛濛寒樹到雲無」、「孤墳月小妖狐拜，破寺風多老佛愁」、「瘴江毒霧開銅柱，仙觀靈風起石羊」、「老僧雙眼碧於水，枯樹半身奇似人」、「謀生易使英雄困，論古翻疑紀載訛」、「天生我輩書爲命，身在人間骨欲仙」，皆能自出新裁，警鍊可誦。

詩用「牛」字，易入鈍俗。厲樊榭「十里斜陽子母牛」，極典雅。又徐薌圃茂才本義《麥》詩云：「遠風香送一牛歸」，亦新穎。

番禺姚匠門茂才廷掄《淮陰侯》句云：「一飯尚能酬漂母，三分何忍負高皇。」一時膾炙人口。余更喜其「野雲多在水，山雨欲成烟」、「波光摇岸白，山勢入雲青」之句。

何又山學書，歙縣人，數峰明府令嗣也。屢赴棘闈不遇，遂以鹽知政宦遊吾粤。有《籠鳥》句云：「飛何曾萬里，鳴已不三年。」蓋自喻也。余愛其《玻璃燈》云：「人間不識玻璃脆，盡道西夷是化工。」託意遥深。

羊城東郊之北十五里而遥，曰梅坳，有百花塚，明季名妓張小喬墓也。小喬本吴人，生而慧麗，有詩才，所與遊皆一時名士。年十九，夢二王神聘爲妃，未幾遂卒。黎美周爲墓誌銘，甚悉。其銘曰：「艶如火水之妃，是耶非耶？嗟乎噫嘻，麗人之不朽者乃在斯。」彭孟陽日貞輯麗人遺稿，繪其小像，刊行於世，曰《蓮香集》。復撰《幽芳記》，其小序云：「彭子既葬麗人於梅坳，地接雲林，勝兼泉石。但白楊衰草，易生長夜之悲；萬紫千紅，尚識春風之面。於是復與社人，共植名花百種，週遭斯壟，俾登陟者稱爲金粉福地焉。期示謝於樵蘇，詎關情於開落。余每一手植，輒題二十字，命曰《幽芳記》，鎸於碑陰。」按：此百花塚的由名也。譚康侯有《百花塚詩并叙》，有云：「嘉慶辛酉，陳仲卿遊焉、修焉。馮孟紀焉，墨池張氏圖焉，屬余作歌。」「媧皇補天天無迹，五朵雲光散花石。張星垂手度天河，静婉環腰低一尺。天花一片葬東風，嶺雲蜀魄啼飛紅。羅襦舞蝶迴春空，旋波抱月幽夢中。靈香絲絲月漉漉，又見新紅點娥緑。烟綿草色碧於天，窈裊春姿斷痕續。梅花照水寒無聲，生天但願天有情。鸞箋角角題香名。」

鶴山易秋河宏閉門讀書，年二十，尚未知名。嘗遊海幢寺，題詩壁間，有「十年王謝半爲僧」之句。大司馬吴留村見之，遂以禮延入幕府。時元夕春雨，幕客王楚臣、周萬山，江南名士也，秋河至，吴命聯賦《粤臺春雨詩》，遲者罰依金谷酒數。秋河得句最捷，二客幾困。吴連舉觴，飲秋河曰：「以酬君捷也。」既而吴遷瀋陽，挾之以行。所過名山大川，無不留題。五岳遊者四。抵晉之日，爲張侯廟作碑。張侯者，東莞張家玉字玄子，崇禎進士，由翰林歷兵部侍郎，年二十七，以身殉國，贈增城侯，謚文烈。先是，聞喜縣有妖祟，病民害稼。侯之神爲驅之，遂祀於其土。曾立碑，爲神所仆。後數十年，秋河乃過其廟，以爲張桓侯也。而司祝已預知其姓字，跪捧柬，請爲廟記。曰：「夜夢神告云，晨有吾鄉易君至，習知吾事，請其記，足不朽矣。」秋河驚異，爲之記。有云：「侯忠義在天壤，文章在方策。宏記何足重，而侯以之命余者，侯亦知人間有宏矣。」秋河之文至動鬼神，亦奇事也。秋河《詠白牡丹》句云：「醉倚東風玉一圍。」又「月色無痕一片香」，余最賞之。

余研友番禺劉湘華熊，少工吟詠。《小寒日濂泉探梅》句云：「無多風雪春先賞，不盡谿山晚更探。」越華山長李繡子庶常黼平稱爲梅花絶調，覺「雪後園林」、「水邊籬落」猶著痕迹，可謂賞之至矣。又《夜遊白雲山》句云：「山深風送一聲鐘。」亦善於寫景。

胡同謙孝廉亦常，順德人，年二十五，著有《賜書樓詩草》。《浴日亭》云：「夜色赴高亭，烏輪躍渺冥。寒趨暘谷轉，潮湧海門青。元氣迴群動，神功滙百靈。寅賓職羲仲，翹首帝堯庭。」神氣完足，有盛唐人筆意。《疑塚》云：「七十荒墳總莫憑，漳南漳北暮烟凝。可憐麥飯逢寒食，只有人知上惠陵。」著語蘊藉，得風人之旨。

石門馬嵰山師俊良主講越華時，賦有《水中梅影詩》一帙，句云：「難從鏡水騰雲去，曾向瀛洲濯魄回。」「今日流波疑幻相，幾生明月是前身。」「描來《左傳》寫生手，讀到《南華》《秋水》篇。」「湖開瀲灔孤山路，波走琉璃桂隱堂。」「匪同倩女離魂去，爲賦《風》詩涉厲深。」朱石君太傅爲評云：「『自是君身有仙骨，幾生修得到梅花』，吾欲以贈此編。」同時作者甚衆，余尤愛番禺李東田明經士楨句云：「氣韵生時吾學畫，色香忘處爾逃禪。」東田亦朱太傅所賞士也。

東田詩才奇艷，不作凡近語，其得力於古深矣。五言古最勝，小詩如《東郊晚立》云：「室在茹藘占石田，草薰溪碧養花天。鷓鴣滿翅紅霞影，一髮青山看木棉。」《山行絶句》云：「山日白生凍，松風吹細沙。漸聞啼鳥樂，前路放橙花。」俱别饒風趣。

余一夕乘月行粤秀山塘間，見有野花數枝，離披水際，因誦韓致光句「一枝一影寒山裏，野水野花清露時」，始歎古人寫景之工。

「馬牧來降地，鷹盤古戰雲」，余幼誦此二語，喜其高壯，誌之。今偶忘爲誰作。

屈華夫《攝山秋夕》句云：「風林無静樹，葉落鳥頻驚。一夜疑風雨，不知山月生。」寫風林山月之景，令讀者如聞其聲，如親其境，真化工也。

五律通體充盛者，結句尤須語盡意不盡，乃有餘味。南山《滹沱河》云：「一派滹沱水，征人立馬看。帝王當草昧，麥飯亦艱難。風捲河聲壯，天圍野色寬。故鄉行更遠，前路又桑乾。」可謂「篇終接混茫」矣。

康侯有《論詩》句云：「按圖無天馬，善陣非神兵。所以古真人，飄然凌紫清。」又云：「巨手摩鴻濛，文章得天成。蒼蒼覺空闊，一一歸研精。」又云：「仙才謫塵寰，猶以謝鮑驚。悠悠我所思，十二樓五城。」又云：「緬懷工倕初，亦以規矩耳。及夫人巧極，天工乃尺咫。元精貫當心，萬物在我指。」又云：「奇肱製飛車，寧復眂塵軌。離婁公輸般，要是人間子。」持論甚高，中材未易幾及，而其天資學力亦可見矣。

康侯又有與余論詩一紙云：「李多源《風》，而《古詩》五十首源《雅》；杜多源《雅》，而五言近體多源《風》。歐出於韓，而氣象不及，篇終每少餘韻。王半山五言古近體皆優於七言。蘇不學杜，兼李、韓之長而不没其天真，故能自成一家。『滄海横流』之語，妨其流弊耳，不足爲蘇病也。黄遜於蘇，然優於歐，即小蘇、大晁，俱不逮黄。以其慘澹經營，自成結構也。黄山谷《戲書秦少游壁》一首、晁補之

《鸞車引》一首，俱樂府體，在其集中爲變格。遺山取材於李、杜、蘇，而用筆太縱。山谷取法於杜，而又失之太拘。黄太著力，陸放翁、晁補之、元遺山又太不用力。虞道園邊幅過狹，又不逮山谷遠甚。而漁洋專取其題畫詩，豈此外别無可録耶？是不可解。吴淵穎有句法無篇法，氣骨有餘而變化不足。《古詩選》五言不收右丞、工部，七言不收香山，亦偏。」

康侯樂府，如《定情謡》第三解云：「裁君身上衣，自得長相依。與君一身爲一心，輾轉左右隨君施。」下二句南山評云：「佳人才子、忠臣義士，同此十四字。」《廣州樂》第二首云：「青鬟十五女，纖手抱郎腰。愛郎百寶帶，愛儂千種嬌。」是《清商》《讀曲》之遺。

長白恭蘭岩先生泰督學吾粤時，余受知補弟子員。嘗在馬嵰山師處見公詩一卷，甚清越，今俱不復記憶。惟誌其《遊峽山寺》一首，以示不忘：「坐對翠屏幽，開軒俯碧流。我來方苦熱，到此始知秋。雲氣縹幡嶺，鐘聲伏虎樓。徘徊不盡興，留夢到扁舟。」

方竹孫《感秋》詩云：「涼風動高樹，庭際落葉多。撫景惜時邁，我懷悵如何。」神理之高，乃近晉人。

吴山帶孝廉文煒，南海人，著有《金茅山堂詩集》，梁藥亭作序。山帶工寫竹石，朱竹垞先生遊粤將歸，作《竹墨卷子》贈行，并題句云：「未得便留山屐駐，羅浮晴看紫蘢葱。」論者謂此卷不減徐文長風韵。山帶原名韋，《曝書亭集》中《集五層樓》詩有吴韋者是已。

同年番禺家春帆位清《秋樹》詩云：「秋來不知處，一樹緑無依。欲唱《哀蟬曲》，亭皋雁正飛。」二十字深得唐人三昧。又有句云：「酒債到寒連日有，詩情因雨幾宵無。」甚佳。

交道之不終，每因名心太重，或緣勢位相隔。始而標榜，繼相攻擊，王、李、四溟，嘖有煩言，可鑒也。李秋田《書四溟集後》云：「布衣亦足玷騷壇，白雪樓中起暮寒。此地雲泥揮手別，當年風雨對床歡。一生俠骨高王李，五字長城逼杜韓。驟與盧枏脱幽獄，山人名已動長安。」此詩可爲山人吐氣。

秋田又有絶句云：「些些睚眦莫相論，尚有壺飧未報恩。昨夜空堂坐彈劍，一天霜月澹羈魂。」言之慨然，忠厚之旨，有關交道。

程鄉處士吴同岑鰲，畸人也，博覽群書，性迂僻，好放遊。走粵西十年不返，鬼門、銅柱之區，縋鑿殆遍。《自題畫漁父》云：「五湖空闊大，無處下漁竿。」其落落難合如此。與李秋田爲友，秋田懷以句云：「石甕腥風弔人鮓，鬼門關畔十星霜。」

「人語暗傳林外屋，犬聲寒吠海邊山」，布衣陳紹堂句。

順德龍山鄉漏鼓，一更三鳴，三更九鳴，四更後始如數。秋田《冬夜示馮心海》句云：「興隨軟飽三杯後，話到寒更九鼓餘。」

始興江口，茅屋數家，風景清絶。杭堇浦有「一角妙峰盤翠髻，兩隄青草學羅裙」之句。先君子亦有二十字云：「一水自渦漩，湍流不可艤。江畔夕陽斜，蘋末秋風起。」詩人會心不遠，自有同情。

吾粵先輩重風節、薄聲華，故潛德幽光，往往不顯。番禺韓橋村先生海嘗館某家，以主人坐次偶亂，遂辭去，不計其家即日斷炊烟也。舉鴻博不就，爲當道敦迫，賦《采蓮詞》云：「欲待移根歸太華，須尋十丈藕如船。」知不可强，乃止。

胡金竹先生方，字大靈，新會明經，潛心理學，或以爲白沙後一人。《周易》、《四書》、《莊子》、唐詩，皆有注。自撰《鴻桷堂詩文》一集、《制藝》一集。何西池注其《梅花四體詩》，謂皆寓言。講學如白沙子之以詩爲教也。學使惠天牧士奇訪文行耆儒，廉得其人。巡部經其里，欲破關防訪之，堅辭不可。試竣，乃獲覯止。取其制義，合明季澄海謝進士元汴、番禺梁孝廉朝鐘共三家，刊爲《嶺南文選》。將復命，乃特疏薦其「積學力行，一介不苟，五經盡通，能書工詩。注《易》及《四書》多所發明，尤精舉子業。今年近衰老，不能效奔走之用，請恩錫命服，并依古養老之禮，令有司月致酒粟以寵異之，俾通省士子知有道而文者，後必獲報。」會公回都，以事謫去，所請遂寢。先生答公詩，有「欲學王生報廷尉，其如方厭美名高」之句。又送惠公詩云：「玉皇香案舊清班，出入均勞亦載閒。仁壽孟堅須作長，承明莊忌促教還。主知預恐蒼生寄，使事兼陳赤子艱。便道雁門歸許白，謝公情更繫東山。」李南澗嘗撰先生傳，知者以爲多所闕略云。

唐邵大學謁五言亞於曲江，如《望行人》云：「登樓恐不高，及高君已遠。」《古别離》云：「願爲陌上土，得作馬蹄塵。願爲曲木枝，得作雙車輪。」皆深於風旨。温飛卿主試，榜其詩三十餘首，聲譽大振。甫釋褐而卒。五代詩有邵謁鬼降巫詩一首云：「青山山下少年郎，失意當時别故鄉。惆悵不堪回首望，隔谿遥見舊書堂。」豈有才無命，死後猶結習未除耶？

或問：嶺南三家與江左三家孰勝？或答曰：論詩各有所長，論品似以嶺南爲優。

沈宗伯論詩，每主元氣，是其高人一等處。譚康侯佳句，如「白雲低樹影，黄葉絶人聲」，又「高樹露華滿，中宵人影清」，自謂是其本色語，我寧作我云。

李菊水《答人問詩口占三律》云：「吾雖不善吟，差識作詩心。興會偶然到，性情於此深。莫解眼前拾，徒勞天外尋。《風》、《騷》良楷在，請自覓金針。」「陶韋鏘遠韻，韓杜邁雄辭。造境逾人境，多師是汝師。横琴答山水，快劍斫蛟螭。萬卷今朝破，看君下筆爲。」「磊磊軒天地，斯人豈異人。波瀾百家壯，根柢六經親。才伯曾私淑，心聲漫失真。可憐昌獨嗜，無補費精神。」「才伯」謂先文裕公也。魚山先生嘗稱菊水「詩筆甚蒼」，蓋「蒼」之一字，先生不易許人者。今觀此論詩之作，其造詣可知矣。

史春林善長有《落花》詩甚工，其一云：「選詞空唱《鎖南枝》，十萬金鈴强護持。司馬青衫容易濕，佳人白髮竟難期。柔情旖旎成前度，别意闌珊盡此時。明日望春樓上望，滃雲微雨最相思。」句如「記曾坐處留三日，盼到開時又一年」，「風定簾櫳清似水，春深庭院悄無人」、「不須更爲韶華惜，福慧人間幾個全」，皆能以情韵勝。春林嘗爲人排難解紛，酬以數千金不顧。語人曰：「受千金，即千金可以役我；受萬金，即萬金可以役我矣。」其倜儻如此。嘉慶丙寅端陽前一日，春林買舟治具，大招詞人，預作蘭湯之會。是日以「千里鏡」命題，余得句云：「月裏山河不覺深。」爲同遊諸君所賞。

番禺李東皋明輝，朗川孝廉仲瑜祖也，與韓橋郇、張海門、馮同文、侯大谷諸先輩相友善。世居羊城之東郭，有「騷壇東主」之號。《蛙鼓》句云：「輕雷細雨春三月，芳草寒烟水一池。」又《鵲橋》句云：

「銀漢若須憑鵲渡，客槎應不犯星河。」用意翻新。

近日遊方之外者，余得交二道人：酥醪觀江瀛濤、三元宫黄越塵也。瀛濤以豪邁好客，越塵以沖淡可人。越塵能詩，五言如「澗幽雲氣重，風急鳥聲沉」、「曉露滋新竹，殘雲戀遠山」，七言如「好山常恐被雲封」、「纔見桃花欲問津」、「藕花風裏淡斜陽」，其見雅人深致。

余童年歸邑城應考，題詩寺壁。方竹孫見而異之，即日過訪，遂成莫逆，以古交相勵。少時論詩，惟竹孫最相契。其《贈友》詩云：「朋友本來吾性命，詩書況共爾生涯。」即竹孫可見矣。

李子長先生，白沙子高弟也。今城南高第里是其故居，即以先生得名也。性高潔，一介不取。坊刻傳其《貧居百詠》，有「挑燈細讀《錢神論》，清白何曾愧魯褒」之句，蓋自喻也。又云：「舟人不識寒儒事，日日登門問買魚。」「囊中若有錢將百，便向江頭唤酒船。」其風流又可想。先生兼工畫，白沙子題其畫云：「青山影裏人家少，緑樹陰中石徑微。偶出洞門回首望，白雲何處有柴扉？」子長又有「衣帶雲霞竹木香」七字，合白沙詩觀之，見其逸致。

段伯芳廷蘭，段生佩蘭之兄也。家近粵秀山，有「屋枕青山不隔城」之句。雅好吟詠，時有新意。《家居雜詠》云：「問字山妻驚是客，時時相娱不相過。」《訪友人山居》云：「年年過訪逢春日，花襲衣香蝶送歸。」風致翩翩，皆可誦也。

陸春圃有《柳影九青不複韵》四首，余最賞其「鶯簧遥似隔雲聽」之句。南海羅柳湖祖乾、體三世常亦有《柳影》詩。柳湖云「洗盡深青别有春」，體三云「悮得差池雙燕剪，幾回低掠試新翎」，皆佳句也。

同門友順德邱秀楠茂才士超，著有《信芳館集》，詩賦俱佳。馬嗛山師嘗采刻《嶺海遊囊》中。《禰衡鼓》句云：「聽來賓客皆臣子，誰覺聲中哭漢家。」《過張家渡懷文丞相》云：「玉斧劃河天有道，白鷳歸海宋無權。」《虞美人草》云：「霸業當年成底事，美人終古尚留名。」《觀海》云：「竟爾生徐福，寧真死魯連。」皆長於運事。

羅履先孝廉天尺，順德人。所居里名石湖，因以自號。世稱「後石湖」，謂前有吴郡范石湖也。先田西疇師云：「粤詩代守唐音，至石湖始别開面目，近宋人矣。」著有《瘦暈山房詩鈔》。句如「樹交常礙馬，峰轉却疑雲」、「放雲穿峒濕，看日宿山多」、「島嶼浮天白，魚龍撼日黄」、「瀧流飛箭下，苗嶺插天高」、「雪沉衡岳白，天接洞庭青」、「對棋秋瀑裏，得句暮鐘前」、「寒暑榕陰雨，升沉海市鐘」、「山勢從天截，河流入夜傾」、「雨深裘欲重，橋小雪將埋」、「不飲非名士，難遊爲老親」、「白日簾邊樹，青山飯後燈」、「鳥難求好友，花自重朝榮」、「馬磨當户樹，犬吠看碑人」、「地開彭蠡闊，天入楚山孤」、「魚龍争拜浪，風雨蹴浮天」，皆筆力嶄然，不同凡近。羅章山元焕《懷石湖》詩云：「江東叔父我曾呼，詩筆争傳後石湖。耆舊譜中摇落盡，魯靈光殿巋然孤。」石湖并著有《五山志林》，其博核足以媲美《廣東新語》。

惠天牧先生士奇視學時，最賞識者有「八子」之目，石湖其首選也。

惠門八子，羅石湖外，則有南海何西池監州夢瑶，著有《匊芳園詩鈔》，其他著述等身，旁通百家，雖醫宗、算法，亦有成書；南海勞阮齋明府孝輿，乾隆薦舉鴻博，著有《阮齋詩鈔》及《春秋詩話》等書；順德蘇瑞一孝廉珥，有詩文集未梓，求其文并得其書者，稱爲二絶；順德陳時一徵君世和，獨漉先生之孫、詩人士皆孝廉之子也，有《拾餘子草》；順德陳鰲山學博海六；南海吴南圃世忠，山帶前輩之從子；番禺吴竺泉秋，胡金竹高弟，亦其壻也。八子中，竺泉年最少，而早卒云。

何西池《珠江竹枝詞》有云：「看月人誰得月多，灣船齊唱浪花歌。花田一片光如雪，照見賣花人過河。」杭大宗有《和西池竹枝》六首，此原唱之一也。

「馬足兼泥滑，雞聲帶雨寒」，陽春謝孺人方端句。孺人著有《小樓吟稿》，令嗣薌谷廣文世馨亦以詩名。

明代五律當推吾粤區海目、鄺湛若、屈華夫三家，雖以直接李、杜、王、孟之後，可也。

梁藥亭七古能開生面。

趙甌北論七律，獨推陳元孝《鎮海樓》「五嶺北來峰在地，九州南盡水浮天」一聯爲法，以爲杜之畏友，可謂獨具隻眼。論國朝詩，推重查初白，甚有卓識。田西疇先生亦素持此説，暗相印合。

漁洋七絶自是我朝之龍標、供奉。

桑間、濮上之音，自古有之。宣尼取以爲戒，良有以也。若夫褒美孌童，形之篇詠，未免太濫矣。所望於主持風雅者，挽人欲之横流，毋開罪於名教。

《詩》亡，然後《春秋》作。詩與史相爲表裏，此詩史所由名也。詩人之筆顧不重耶！先子《杜工部》句云：「寧甘憂憤名詩史，不願疏狂學酒徒。」深得少陵身分。

詩，天地之元音也。樂貴人聲，亦以詩爲主。迨樂失其傳，後儒不得成於樂，猶賴此詩歌一綫，發其天機、消其渣滓。或以末藝少之，似是迂儒之見。

初學作詩，押韻最是要著。押韻能老熟，則功夫思過半矣。作古詩，固有通轉之例，但寬韻尚可用通轉，狹韻則專宜用本韻，方見才力。古人如韓、蘇，亦往往如此。

詩貴超悟，是詩教本然之理，非禪機也。孔子謂商、賜可以言詩，取其悟也。孟子譏高叟之固，固正與悟相反也。

少陵詩聖，太白詩仙，固已。乃朱紫陽持論，于杜頗有遺議，而嘗謂太白聖於詩者，則太白亦可稱詩聖矣。道援堂《采石題太白祠》所謂「千載人稱詩聖好，風流長在少陵前」是也。

程鄉李繡子吉士黼平，由庶常館請假歸，主越華講席，刻有《著花庵集》。古體擅勝，有大家風味；近體亦出筆老重。《開封寄京師故人》云：「問子歸棹越黄河，到處淹留似伏波。懷縣故人飛蓋別，汴州愁思閉門多。圖書南渡閒中憶，塵土東華夢裏過。賴有樊家新釀熟，醉來憑上嘯臺歌。」手腕純熟，兼得聲韻之妙。他如「夜聲聞海嘯，春檻落天陰」、「月放愁中白，燈移夢後青」、「迴飈翻石動，斜日陷江寒」、「故山遼絶無歸夢，名士貧來有宦情」、「關山數叠來時路，親友中年別後心」、「雲移玉署神仙氣，風送珠崖笑語聲」，警句皆此類也。

許菊船先生上祖水香公維新，著有《鶴峰集》十五卷，不戒於火，僅存第五卷，刊之，并附録遺句。有云「桃花將謝過清明」，余謂可與「滿城風雨近重陽」比美。又有「草頭風軟立蜻蜓」之句，寫眼前景，不愧放翁。許氏屢世能詩，南六公機有《萍影集》，石蘭公鉞有《積厚軒集》，與《鶴峰集》俱刻於粤。余曾與參校之役，今俱已行世，故不備録。

仁和女史孫碧梧雲鳳《題積厚軒集》云：「雙聲叠韵等閒看，得句家庭勝得官。今我學吟思聽講，九天風露月高寒。」

孫碧梧女史尤長古體，《媚香樓歌》一篇，不減元白風致。有句云：「奄黨纖兒想納交，纏頭故遣狡童招。那知西子含顰拒，更比東林結社高。」居然史筆，不止爲香君增長聲價。他如「秋風三峽水，暮雨百蠻烟」、「晚風牛背笛，殘雨馬頭雲」、「蟲聲黄葉路，人影夕陽山」、「籃影知漁市，茶烟認草亭」，皆寫景佳句。

劉知幾以才、識、學論史，余謂爲詩亦宜兼此三長。

試帖五言長律，至國朝可謂極此體之能事，有非唐人所能及。近人有九家之選，九家中又以吴穀人爲最。

李秋田選閨閣詩一集，名曰《鴛鴦繡譜》，性情、風格俱備。他時繡板，教兒女子者購一部，洵佳本也。

七古、七律，較他體尤難成。即古來名家，亦往往於此二體有歉。乃淺學反易言之，真門外漢也。

《五山志林》有論獨漉三世詩，謂其子士皆孝廉勵著有《東軒集》，其孫時一明經世和著有《拾餘子草》。其實陳氏不止三世能詩，獨漉父巖野先生邦彦，明季盡節，謚忠愍。著有《雪聲堂集》，近日温謙山舍人搜刻之。李秋田贈謙山詩云：「巖野老孤貞，厓山月并明。著書傳後死，壽世得先生。舊册搜兵火，空堂弔雪聲。都歸梨棗下，遺恨一時平。」即謂此也。又有復齋太學華封，亦獨漉孫，時一從兄也。居羊城育賢坊晚成堂，與杭堇浦太史酬唱，附見《嶺南集》中。太史贈以詩云：「育賢坊路近，喜得半千孫。習懶時欹枕，甘貧早閉門。醉看雙樹直，吟對碧池渾。坐久關心問，遺書幾卷存？」其子次蕃舉甫成童，亦已能詩云。

國初吾粤詩人，三大家外，則推程周量可則、方九谷殿元可以方駕。周量與王阮亭輩稱詩日下，名重一時。重刊《海日堂集》，後賢有雌黄太過者，或以爲非定論。方九谷則沈宗伯稱其高華伉爽，依傍一空，品不在三家下。又如王邦畿、王準、伍瑞隆、梁無技諸君，亦如驂之靳矣。後此則羅石湖諸君爲一輩人，張菂房、黎二樵諸君又爲一輩人。巍然一大宗者，則推馮魚山先生，而劉松崖廣文亞之。

程周量《汨羅江望三閭大夫廟》云：「自識《離騷》賦，長憐澤畔吟。山川過雨雪，祠廟失登臨。江闊黄沙暗，天寒白日沉。如何非賈誼，流涕亦沾襟。」陳伯磯云：「『不才明主棄，多病故人疏』，昔人謂此襄陽極不得意之時，却是極得意之詩。吾于周量亦云。」他如「朝行青山頭，暮歇青山曲。青山不見人，猿聲聽相續。」覃溪先生所最賞。又「柳色依人欲上樓」之句，亦膾炙人口。余謂周量之佳，正不止此種耳。

七律一體，劉公馘譬之如開硬弓。方九谷七律極見力量，亦能開硬弓手。如《舊邊詩·榆林》云：「赫連臺北是榆林，四望黄沙朔氣森。憂國正憐余御史，防秋直過漢雕陰。官鹽近日停輸粟，邊食誰人議折金。烟草又迷河套路，年年枵腹共丹心。」嘗鼎一臠，未爲不知味。

李秋田於明先輩，最服膺黎美周作，謂兼有太白、飛卿之勝。余謂前有孫西菴，後有黎美周，皆才子之最也。

絶句有出筆娟麗、風神絶世者。方九谷《青谿夜泛》云：「玉簫金管自參差，直接秦淮不斷吹。水月桃花三五曲，不知何處小姑祠？」

絶句有清空如話，自見性靈者。施愚山、查蓮坡二家詩話，俱引唐僧景雲《畫松》一首云：「畫松一似真松樹，且待尋思記得無。曾在天台山上見，石橋南畔第三株。」田西疇先生又常誦「山中何物可留君，紫蟹黄魚次第分。尚有鼈裙羹未煮，留君一宿伴儂云」，所謂「非關學問」者，此也。

吾邑方孝廉華，子谷之父也。《聽某山人彈琴》云：「明月初入窗，一室生幽怨。遂令静者聞，雲山起方寸。露華意多寂，清風故吹蔓。平昔鷗鷺心，泠泠共飛遯。」具見胸次高妙。今子谷之子師訓，亦能以詩世其家。

未能作詩，先學作題，命題總以簡當爲貴。至宋人始多長題，東坡最講此法。初學不能究，不若以簡爲貴。其不能明者，另撰小序可也。鄭板橋譏人滿紙人名，雖名流之集，亦不廢此。但人名太多，終屬爲累。近時如杭大宗《嶺南集》登臨、讌集之題，凡同遊同作者附其詩於後，總標同作二字。題目内既不用多列人名，其詩亦可并傳，是亦一例也。至於詠物題，祇可偶存一二，以備一格。若太纖小俗題，則斷不可入集矣。

詩以言懷，或以紀事，不妨先有詩，而後有題。俗子不先命題，即不能成詩，殊爲可笑。天地間光景常新，惟詩亦然。但必須真切，方能常新，非必求新之謂。如今日對此人此景，即有此詩；明日對某人某景，又有某詩。不增減，不假借，此謂之真，此謂之新。若製一詩，數十年以前與數十年以後皆用得著，便失之套。漁洋往往犯此病。惟子才知此意，而有意求新，以致流於纖率，亦未爲得也。

番禺梁又深以壯，著有《蘭扃集》。卷首繪小像，篆書題八字云「盱衡百代，懷抱千秋」，其式略如《嶠雅集》。五言高淡，《尋梅》云：「人烟離漸遠，心已覺香温。路入春消息，山通夜夢魂。霏霏仍小雪，漠漠又孤村。幾折湖橋路，相留到月昏。」

番禺車蓼洲先生騰芳，康熙庚子孝廉。乾隆丙辰，薦舉博學鴻詞，至京後期，未預試。爲邑山長廿餘年，成就人才甚衆。先君子曾執弟子禮。殿撰莊滋圃一門昆弟，皆所受業。後官海豐學博，兼主講惠陽書院。時梁瑶峰相國爲惠潮觀察，吴雲巖視學至惠，過從甚歡。共賦詩投贈，吴詩先成，束梁以趣之，有「眼青敢道因吾輩，頭白何期識此翁」之句，可謂傾倒之至。先生著有《螢照閣集》，傳於世。

鍾鐵橋明府獅，乾隆丁巳進士，丙辰與車蓼洲同徵鴻博者。自著有集，詩亦見《詞科掌録》。祖居番禺之蘿岡，其地夏荔冬梅，俱以萬計。説者謂蘿岡看梅之盛，甲於天下。李東田《懷人》句云：「蘿岡洞品梅千樹，縞袂相逢盡美人。」

明季南海逸士岑霍山徵，甲申之變，棄諸生服，隱居西樵山。著有《選選樓詩稿》，詩筆甚壯。《欽州》五律云：「天通側貳域，路遶馬援營。山勢偏趨海，江流曲抱城。酒帘叢賈客，候火集傜兵。信宿蠻烟裏，還家夢不成。」

詩中神理，每得託筆始出。高要彭東郊學博輅《暴風折庭竹十餘竿》有句云：「從此柴門不覺深。」神理爲之躍然。

莫善齋廣文爲言高要兩布衣，其一爲其族人莫小山朝士，清貧至無几案，以竈陘安筆硯，終日吟哦不輟，怡然自樂。其一爲陳琢山其章，生平最重氣骨，遇清高之士，即酣歌高詠；值有富貴氣者，默不發一語。蓋皆狷者流也。小山五言如「久别生新愛，相逢有好言」，意味甚佳。又有「風葉下秋堂」之句，妙極自然。七言如「村雞日暮閒相喚，沙鳥春寒嬾不飛」，又「地暖香瓜半上棚，人在横塘喚鴨聲」，俱能自抒所見。琢山著有《澹如齋集》，尤長于集古，自爲一卷。《閒居》云：「閒地心俱静，柴門客過稀。鈎簾逢鶴度，枕石待雲歸。水映寒光動，風清暑氣微。窮居那復恨，魚鳥自相依。」《舟行》云：「春水六七里，溪邊四五家。深林聞社鼓，迎櫂舞神鴉。細雨猶開日，江雲欲變霞。船窗一尊酒，爛醉是生涯。」中有主氣貫之，故佳。又《足杜句過善齋》云：「到此應常宿，相留可判年。形骸忘老醜，踪跡混群賢。飲德談經席，看詩過雨天。坐無有拘忌，去住得悠然。」亦見懷抱。

《蓮坡詩話》謂烟草前人無詠之者，備録海寧陳文貞公四律，如「味從無味得，情豈有情牽」、「吸虚能化實，嘗苦有餘甘」，是其警句。至於烟筒，則尤鮮詠之者矣。朱輔文衣有《竹烟筒》詩云：「截取淇園竹，烟霏妙莫名。雲隨呼吸現，火藉齒牙生。繡閣消寒倦，文齋助筆情。個中真氣味，雅俗共逢迎。」輔文，朱生文溥之父也，早卒，爲録存之。

朱生又誦其祖仰泉老人秉淵《讀史絶句》云：「興亡千古事，披覽甚分明。爲問登場客，緣何覆轍行。」有感之言，可作箴銘讀。

劉月鋤廣禮有「花如人病亦須扶」之句，極新雋。

程鄉葉五希菴鉉，秋嵐同年從弟，石亭解元鈞之胞弟也。能吟，有乃兄風。《金陵》云：「沽酒人歸桃葉渡，看花客上秣陵船。」五言如「花草隨車轍，山河入酒杯」、「客行萬里内，春盡一帆中」，皆秀傑之句。

從兄虚谷先生謙，邑諸生。爲人孝友沖和，廉隅自勵。韵語能自寫襟懷，《暮春》二章云：「薄遊郊郭，偕我良朋。惠風遠條，子懷其興。亦有高山，云胡不登。游心萬象，斧彼葛藤。」「觀物觀我，推陳出新。好音且諧，鳥懽嘉辰。古狂曾子，想其爲人。時乎不再，勿迷問津。」《舟中即事》句云：「十里桃花春意滿，香風隨我渡前川。」皆學道有得之言。

從兄瑞谷芝有句云：「道從天地觀消息，詩到温柔見性情。」又有「人禽清夜分」之語。瑞谷兄少有「遠山出没漾寒烟」之句，余少時亦有句云「山出寒烟次第青」，與之相近。

劉樸石師前過宿余書齋，題壁句云：「絶妙詩篇燈下讀，無聲河漢望中流。」

詠史詩須識解超悟，乃能自出新意。南山《詠史》十餘首，效《西涯樂府》。其詠介之推事，結云：「身將隱兮焉用文，吁嗟乎！母偕隱兮焉可焚。」此意未經人道。詠蘇武事云：「窮廬凍餓分内事，麟閣署名非武意。君看圖中第一人，何曾持節風沙地。」命意甚超。

南山《晚渡珠江》云：「一帶炊烟吹不散，人家十萬夕陽西。」詩中有畫。余《應元宫春曉》句云：「先生似住神仙界，萬井春烟一望中。」同是寫羊城之景也。

己巳冬杪，方竹孫宿應元宫，夜夢與余遊山，見一峰壁立如削。延緣而上，至山腰，路狹甚，復曲折。余先登，竹孫攝衣從之。忽逢一洞，深窈不可測，洞門石刻，分書一聯：「絶頂高懸新日月，重岩深秘古烟霞。」極似劉三山筆云。

粵詩選本舊有《嶺南文獻》及《文獻續集》、《廣東文選》、《五朝詩選》、《廣東詩粹》等集，俱未盡廣博。近順德温謙山舍人汝能有《粵東詩海》之刻，自是鉅觀。蓋以「海」爲名，則大自鯨魚之跋浪，細及珠琲之媚淵，無所不有，正足見其汪洋浩漾也。

門人輩録余詩，合張南山、譚康侯爲一編。漫賦一律云：「諸生多愛誦儂詩，更喜張譚得並時。清廟風和聞瑟奏，南山。銀河秋净倚笙吹。康侯。不嫌臭味差池别，漫擬雲龍上下隨。平實縱横吾豈敢，正聲千載足相師。」程鄉顔大崇衡題余詩卷云：「解道《風》、《騷》有正聲，最平實處見縱横。」落句故及之。翁覃溪先生爲撰《粵東三子詩》序。

方伯曾賓谷先生宏奬風流，吾粵知名之士皆被其容接。嘗與余論詩云：「江、浙固多才，然尚有落派者。惟粵人詩，能以古爲法，各開生面，爲不可及也。」

跋

吾粤風雅，前明爲盛，南園五先生傑出，黄泰泉先生繼之，南園後五先生皆其弟子。朱竹垞稱其領袖之功不可没。故吾粤論詩，每推泰泉先生。香石夫子爲泰泉先生雲孫，以著述世其家。所撰《香石詩話》四卷，持論之正、闡發之精，多前人所未發，深有功於初學。至其采録之廣，則自父兄師友，以至海内名流，上自宗藩，下迄屬國，旁及方外、雜流、閨閣、仙鬼，耳目所逮，片長必録。而其取法謹嚴，不涉佻薄泛濫，實得詩教之正，有非近時詩話之所可及也。海内多以詩話行世，惟吾粤尚少見。即粤西蔣文定有《瓊臺詩話》，南海勞阮齋有《春秋詩話》，亦僅爲一人一代而作，搜羅尚未廣及。夫子此書，獨能博采見聞，抒以議論，開吾粤詩話之始，匪特風雅提倡，足繼泰泉先生以詩鳴於嶺海已也。嘉慶庚午秋日，番禺受業門人龐茂榮頓首敬跋。

（吴忱、楊焄、朱洪舉、王天覺點校）

粤嶽草堂詩話

粵嶽草堂詩話提要

《粵嶽草堂詩話》二卷，據宣統二年《繡詩樓叢書》（第九種）本點校。撰者黄培芳，生平見《香石詩話》提要。按此書有門人孔繼勳序，謂《香石詩話》後復作此二卷，然未署年月。觀全書記事仍未出嘉慶年間，似應作於《香石詩話》後不久，非必如其侄孫映奎跋謂爲晚年之作也。惟稿藏甚久，刊行則遲至其身後。旨趣亦一如前作，如謂藩石齋論詩精到，「漁洋後當推先生，歸愚不能及也」；藩石詩真樸動人，勝於漁洋之研鍊爲工；評施愚山五律之作，引漁洋之語，謂不愧《古詩十九首》，進而申論「此種風格，吾粵前輩最夥」；又主張七古「尤須有己在」，仍不取元、白長慶體叙客觀他者之法。又記《香石詩話》刊行後極得翁覃溪賞識，四卷皆加評點，復寄示條牋，專論王漁洋、虞道園。然覃溪每於論袁子才處輒譏云「門外漢」，香石則不甚謂然。要之，此書乃《香石詩話》之緒餘，不曰香石而曰粵嶽者，乃尊羅浮、崇粵望也。香石另有《詩法舉要》一種，乃符葆森、陳徽言、凌揚藻、岑澂等四家之香石詩選本，由其孫應奎合成，刊行於咸豐四年。詩凡一百六十餘首，各首附簡評，意欲使人窺其詩法，實詩選也，故不收。

序一

嘗讀《明史·藝文志》，詩話自爲一類，一代成書者不數覯，良以揚扢風雅，鼓吹休明，未易才也。至吾粤之有詩話，自吾師《香石詩話》始。其書持論甚正，既深爲翁覃溪先生所許，而發明七古詩法，尤有功學者。昔趙秋谷求詩法於阮亭尚書，阮亭秘之，乃發憤求諸古名作，著爲《聲調譜》。然專論聲調，古詩法仍未備。讀《香石詩話》，庶可得正路乎。先生近復撰《粤嶽草堂詩話》，多所表彰，更宣精蘊。此雖先生之餘事，亦足爲熙朝鼓吹、藝林揚扢之一端也。「粤嶽」者，羅浮之別號，先生結廬處。羅浮號粤嶽，亦自先生始也。受業門人南海孔繼勳頓首謹識。

序二

香山香石先生爲黄文裕公八世孫，翁覃溪學士嘗與番禺張南山、陽春譚康侯並稱「粤東三子」者也。先生早歲著《香石詩話》，傳誦海内，覃溪尤深擊節。後復撰此二卷，以《粤嶽草堂詩話》名之，已見《香山藝文志》，惜未付刊。徵文考獻者，恒以未睹爲憾。歲在庚戌，先生姪孫日坡明經考職赴闕，道出香江，袖此見眎。余忻喜讚歎，以爲得未曾有，亟印入拙輯《繡詩樓叢刻》中，藉慰明經保存先集苦心，亦以見越裳翠羽、南海明珠，終有發采揚輝之日。至斯編揚扢風雅，鼓吹休明，前喆流徽，去人未遠，覽者宜自得之，無俟鄙人贅述云。宣統二年庚戌二月，饒平陳步墀序。

粤嶽草堂詩話卷一

香山黄培芳香石撰
饒平陳步墀子丹編

余尊羅浮爲粤嶽，崇粤望也。後見湯臨川賦，亦偶用「粤嶽」二字，但尚未顯正其名耳。伊墨卿太守秉綬贈余句云：「誰能開闢洪荒後，肇錫羅浮粤嶽名。」則余豈敢。

孟子曰：「《詩》亡，然後《春秋》作。」説者謂變《風》終於陳靈而《詩》亡。新寧鄧機環先生曰：「陳靈以後，未必無詩。世愈下，俗愈瀧，其美未必合於公是，其刺未必出於公非。孔子因其可删而删之，其義無可存也。審是，達而在上，作爲《雅》、《頌》，固足賡颺功德；窮而在下，公其美刺，亦足維持世風。」故古人之《詩》，與《春秋》爲始終；後人之詩，亦可與國史相表裏。此詩之正宗也。若泛作酬應，徒爲貢諛梯榮之具，漫然失實，豈復可傳哉！

宋戴氏溪謂《摽梅》爲女父之擇婿，《有狐》爲國人之憫鰥。嚴氏粲謂《干旄》之「良馬四之」、「良馬五之」，非良馬之數，乃乘良馬四五輩，見好善之多；《中谷有蓷》非以蓷之暵喻夫婦相棄，乃以歲旱草枯，由此而致離散。凡若此類，皆深得詩人本意。

或問曰：「五言古必情景相稱乎？」曰：「此不必泥。謝景多於情，陶情餘於語。」

陶公句云：「若不委窮達，素抱深可惜。」語意深至，不止耐人十日思。

孟郊《古别離》云：「欲别牽郎衣，郎今向何處？不恨歸來遲，莫向臨邛去。」此詩非泛寫離情，末句不著一字，而相如、文君之失自見。借詠古人，用意最爲深婉。

吾友張南山最喜黄仲則「不知何事忙，但覺有所待」二語，謂可比美古詩「所遇無故物，焉得不速老」。吾邑趙筠如孝廉允菁又喜仲則「似此星辰非昨夜，爲誰風露立中宵」一聯，謂香匳措語，難得如許渾妙。皆可稱知言。

七古一體，固貴議論間架，壁壘森嚴，而登臨憑眺之作，尤須有己在。如昌黎《謁衡嶽廟》有云：「廟令老人識神意，睢盱偵伺能鞠躬。手持杯珓導我擲，云此最吉餘難同。竄逐蠻荒幸不死，衣食纔足甘長終。侯王將相望久絶，神縱欲福難爲功。」東坡《海市詩》有云：「重樓翠阜出霜曉，異事驚倒百歲翁。人間所得容力取，世外無物誰爲雄。率然有請不我拒，信我人厄非天窮。」此類皆有己在，所謂一篇之骨也。趙秋谷《見海市》之作云：「當年蘇夫子，雄詞自炫驚海王。慚余本凡才，未敢縱筆相頡頏。不請亦得睹，失喜欲發狂。巨川細流兩無拒，信知大海真難量。」並窺此秘。余《粤嶽觀日歌》，竊亦以韓、蘇爲師者。

昌黎《石鼓歌》句奇語重，古今巨製，代不數人，人不數篇，七古所必問之津。其中「陋儒編《詩》不收入，二《雅》褊迫無委蛇。孔子西行不到秦，掎摭星宿遺羲娥」四語，前人多悮解。《容齋隨筆》謂「《三百篇》皆如星宿，獨此詩如日月」，以爲矜誇過實，此大非也。沈確士謂「陋儒指當時采風者」，固也，亦尚未盡。余謂公言當時陋儒采入二《雅》之詩頗褊迫，孔子又未嘗到秦，故止録《車鄰》、《駟鐵》

諸篇，而遺宣王《石鼓》之詩。蓋以星宿比《秦風》，日月比《石鼓》也。

老杜《上兜率寺》句云：「江山有巴蜀，棟宇自齊梁。」一「有」字縱横數千里，一「自」字上下數百年，前賢已極推之。又如太白「清景南樓夜」一首，亦推絶唱。余謂選李、杜五律一二首，即當選及，乃沈歸愚《唐詩别裁集》二詩均不入選，何耶？甚矣，操選政之難也。

少陵《題桃樹》一律云：「小徑升堂舊不斜，五株桃樹亦從遮。高秋總餽貧人實，來歲還舒滿眼花。簾户每宜通乳燕，兒童莫信打慈鴉。寡妻群盜非今日，天下車書正一家。」此與白太傅《晚桃花》之作同一機杼，皆七律中進一格者。此詩注家或謂不可解，惟世傳虞伯生《杜律注》解之甚詳，發明其感今懷舊、仁民愛物之指，最得作者意。漁洋《論詩絶句》云：「杜家箋傳太紛拏，虞趙諸賢盡守株。」虞、趙之注似未可盡非。

東坡詩上繼太白，下開放翁。能作太白仙語而較切實，能如放翁體物而有天趣。蘇句：「醉翁行樂處，草木皆可敬。」用「敬」字極新警，若易「愛」字便庸。要亦本詩人「維桑與梓，必恭敬止」之意。

奎芝圃通政耀喜陸詩，嘗語余云：「義山、放翁，皆善於學杜者。義山沈博絶麗，固矣；放翁雖稍弱，而從容博大，斷推大宗。識放翁之自在，即知明七子之非。」亦可謂善言陸詩者矣。

趙秋谷《談龍録》謂：「朱貪多，王愛好。」而竹垞詩如「寒潮天外落，秋草渡頭生」，固是天然妙語。阮亭謂秋谷尊奉馮鈍吟，幾欲範金事之，爲不可解。余初亦不解，既而思之，秋谷之才，不可羈勒，恐其泛駕，故收束令入法度。馮氏評《才調集》頗細，故一見喜之，以其足以相資也。此前輩補偏救弊，善於用功處。且秋谷先求詩法於阮亭，未能驟得；得見馮氏法，遂有所憑藉。此當是早年先入爲主，無足怪也。

秋谷《送吴天章之太原》起四語云：「秋雨勢不已，秋風動萬山。送君薊門路，計日井陘關。」此足與馬戴、温岐争席。

翁覃溪先生三任粤東學政，振興文教。最推先文裕公，有「安得諸生盡楷模」之語。時先君司鐸石城，先生曾爲點定一二小詩。先伯兄式方沃楷亦受知門下。嘉慶辛未，先生在都門見拙刻《香石詩話》，謂持論極正，四卷皆加評點，最擊節者不下數十條。中有與先生暗合者，尤激賞，以爲妙合。又手書論王阮亭、虞道園二條寄示。後每見吾粤公車入都者，輒訊余近況，增刻詩稿幾許？先生爲海内魯靈光，嘉惠厚意，良不可負。備録其論於後。論阮亭云：「漁洋先生於詩，上下古今，各體俱透徹，極上層矣。惟於五古分别界限，此則仍是明代李滄溟格調之説未化也。漁洋選五古陳伯玉五家，而無右丞；其選《唐賢三昧》，則有右丞而無前五家。蓋其意以陳伯玉五家爲古調，以右丞、左司爲唐調也。且甚至視杜、韓以下五古皆爲變調，則畦畛未化之弊，不可勝言矣。此事徹上徹下，並無二理，斷未有專以淡遠一格爲主者。必須知杜公之所以然，然後中晚唐、宋、元諸家，皆就一貫；然後上而六朝，再上而漢、魏，再上而《三百篇》，皆就一貫矣。雖以白香山《遊悟真寺》、杜牧之《張好好詩》，皆風雅正矩，初不與陶、韋短篇區分格調。《周頌》『天作高山』、『時邁其邦』，皆極簡古；而《商頌》『受小球大球』、『莫敢不來享』，轉縱筆爲之，此豈可以篇句之長短爲界限乎！所以此事必須透徹杜公之所以然，則漁洋《三昧》所謂『羚羊挂角』、『不著一字』，正即是此理，無如先生自生分別耳。」

又論虞道園云：「虞道園不可目爲窄狹。蘇、黄以後，元遺山、陸放翁二家皆得坡公遺意，而未能造其精微也。坡公極縱放而極精微。再上則李玉溪以金粉移宫换羽，而却極精微，此皆杜之真秘。所以此事深關學問，並不要用經史，而書卷之精華，盎盎然飛動於筆端，方是詩也。豈以篇句長短耶？虞道園深入經訓之奥，而詩法奄有六朝。唐、宋以後，真詩惟此而已。明朝人則皆假詩耳。國朝惟王、朱、查三家詩，得力皆正。近日厲樊榭亦造微，此則極精，而終不及道園。却有嫌其窄窘者，錢蘀石集所刻太多也。」

太白《秋浦歌》云：「白髮三千丈，緣愁似個長。不知明鏡裏，何處得秋霜。」幼即熟此詩，時未能解，不知此乃言愁之辭，非歎老之作。白髮安有三千丈者？髮緣愁白，言白髮之長，即以形愁之長耳。末二句不過用掉筆，以足其意。乃三句皆言老，「愁」字只第二句一點，做得工妙，使人不覺。

崔顥《長干曲》云：「君家住何處，妾住在横塘。停舟暫借問，或恐是同鄉。」語極淺，意甚深。辭雖屬意同鄉，實不僅屬意同鄉也。且同鄉已足慰，而猶恐其非同鄉也。

同年張指山編修岳崧跋馮魚山先生敏昌《小羅浮草堂詩鈔》，述先生論詩大旨曰：「師有云：『詩不可不守繩尺，亦不可徒涉舊窠；不可顯恃性靈，亦不可浪逞博洽。必深悉古人堂奥，而究其離合淺深，然後自闢一境，以附古人之後。』又云：『凡大家詩，寧質毋浮，寧拙毋巧，寧秃毋纖，而尤要在陶淑性行，讀書窮理，乃能爲正大洪達之音，有合温柔敦厚之旨。』」

鄺湛若論詩曰：「詩貴聲律，如聞中宵之笛，不辨其詞而遶雲流月，自是出塵之音。」王説作則謂：「君等少年，如新華乍開，光艷動人，然不久當落耳。必斂華就實，如果熟霜紅，甘美在中，悦目不足，而適口有餘，乃可貴也。」二説各有妙諦，善會之，不可偏廢，而可相濟。

詩必以物比興，其志益顯，其情愈深。吾師番禺田貢庭先生上珍《夏日曉起即事》云：「忽覩新荷緑滿池，却憐春去已多時。杜鵑啼盡枝頭血，燕宿雕梁總未知。」《偶感》云：「屏跡雲山户懶開，芒鞋久不踏蒼苔。無端却被松間鶴，引向塵寰半日來。」皆寄託遥深之作。又《春閨詞》云：「階前新緑上莓苔，簾捲東風倚鏡臺。燕子亦知人意懶，桃花開盡不飛來。」寓物言情，深得風人之旨。

靖安布衣舒白香夢蘭云：「風人託物起興，不貴遠引，亦不貴泛作莊語。試思《周南》之首，美開國聖母之德，亦止以小鳥起興，而竟目之爲『窈窕淑女』；至文王求女不得，又直書其『輾轉反側』。脱泛以字面訾之，雖直坐以不敬聖母、譏誹文王之罪，恐詩人亦無辭也。睢鳩則曰『關關』矣，荇菜則曰『參差』矣，采之則曰『左右』矣，求之則曰『寤寐』矣，重重複複，只此數句，又全無節義高品之言，微乎妙哉。正所謂風也，聲也，如絲桐之泛音也。意篤而語重，言近而指遠。夫近莫近於兒女之情，而遠莫遠於《周南》之化，皆婦人也。吾故謂《風》、《騷》之旨不出閨房，亦不貴遠引莊論。假使冬烘作此詩，則必曰：『關關鳳凰，聖女端莊。求之不得，寐無反側。』豈不令人腸痛哉。」

六義中「興」字最重神。興超超然，不拘是何體格，詩必上乘。

余與同志築雲泉山館於白雲、濂泉間，伊墨卿太守撰記，并爲之銘曰：「盤谷樂獨，峿臺懷開，孰若雲泉。南園興焉，七子詩壇，傳百千年。」七子者，番禺張南山維屏、陽春譚康侯敬昭、番禺家蒼厓喬松、林月亭伯桐、段生紉秋佩蘭、南海孔生熾庭繼勳暨余也。

穿雲徑爲山館二十境之一，家蒼厓詩云：「人行雲亦行，人住雲未住。杳不見行人，但見雲來去。盤曲入層雲，人聲落空翠。」

余最喜林月亭「森森風露催華月，閃閃星河近素秋」二語繪出夜天。用「森森」字，尤奇妙。雲、月，無聲之物，善用之，雖謂有聲也可。譚康侯句云：「隔水呼雲雲有聲。」又云：「風掃寒塘月有聲。」

「頑雲堅似石，怒雨急於潮」，張南山句也。善寫難狀之景。

孔生熾庭《花田懷古》句云：「滿江花月汝成仙。」吐屬之妙，能脱窠臼。

余舟行有句云：「野水上郵舍，寒烟生古城。」段生紉秋亦有句云：「斷雲歸別浦，微雨入孤城。」皆得於英韶道中。景物相仿，故句調亦近。

太白祠多名作，如施愚山云：「山月長清夜，江雲無盡時。」最得絃外音。又順德胡同謙孝廉亦常《登太白樓》云：「至今此樓上，天地落空青。自昔無同調，舉杯余復停。悠悠漢陽水，歷歷長庚星。明日拂衣去，狂歌入杳冥。」頓宕歷落，直逼青蓮。孔熾庭此題亦有句云：「黄河天際落，明月古來看。」亦善於摹寫胸次。

仁和魏春松侍御成憲主粤秀講席，與南山及余同遊雲泉山館。題句云：「白雲得二妙，明月成三人。」語極自然。雲泉山館在羊城，負郭十里，而近擅林壑之美，至者歎爲仙山樓閣。吴蘭雪舍人嵩梁嘗與余門人儀墨農克中乘興夕遊，信宿流連，兼攬白雲之勝。蘭雪《由越秀山夜至雲泉山館》云：「歌舞岡前路，層樓又夕暉。江光浮地動，雲勢挾山飛。策蹇攜瓢酒，驂鸞借羽衣。勝懷吾不淺，臨眺欲忘歸。」「暝色赴林壑，秋笻殊未還。聽鐘知古寺，踏月徧寒山。樹色深沈處，泉聲遠近間。欲循前路出，籬栅夜來關。」「磵水來何處，淙潺繞榻流。已將風篠亂，兼以露蛩幽。萬籟久逾寂，一燈吟未休。不知林月墮，凭徧最高樓。」句如「白日有時凍，緑天何處晴」、「澗草黄蝴蝶，籬花紫杜鵑」、「雲盤仙鶴頂，石透古榕根」、「怒笋高於竹，孤松墜有花」。蘭雪自賞，終以「風篠」一聯爲最，不至其境，不知其妙也。又《白雲紀遊》云：「飛鳥斜陽外，山於鳥背青。蕩胸迴大海，低手摘寒星。吾道雙蓬鬢，浮生一斷萍。仙詩太飄渺，吟與九龍聽。」墨農句云：「夜孤疑坐雨，寒重欲沈山」、「雲墜知樓迴，山浮悟月升」、「樹影忽上壁，蟲聲多在天」、「江光補山缺，雲影動天根」、「徑隨飛鳥下，山隔落霞看」。又《白雲寺題壁》云：「寺與雲俱古，僧來不記年。窗開嵐化水，帆没海迴天。疏磬流空翠，仙鷄唱暝烟。新茶前日采，一試九龍泉。」皆一時興到之作，境與詩俱仙矣。

順德詩人陳苧邨埜句云：「雲共鳥争樹，月先人上樓。」語極雋妙。若云「鳥共雲争樹，人先月上樓」，便凡近矣。此可悟做句之法。

會稽王笠舫進士衍梅著有《緑雪堂詩鈔》。《登越王臺》云：「隱然若敵高皇帝，惜不相逢馬伏波。」著論最工。《夜半大風》句云：「月氣一林隨。」善於體物。

世之詩人，好矜才使氣，藻繪爲工，惟恐不稱才子。不知一落才子窠臼，即詩家次乘，蓋語雖工，而客氣重也。試觀陶、謝、李、杜各大家，何嘗不是才子，有此種習氣否？無他，彼皆深造自得，浩然出之，非苟爲悦一時之目已也。張船山詩如《寶雞驛題壁》諸作，是其最高之境。王笠舫《書船山集》云：「名場斷送狂生易，詩境消除霸氣難。」芝圃通政謂船山：「詩趣最佳，而猶有習氣。」似皆有所見。

大興朱潤齋別駕澍，太傅文正公從孫也。由辛酉拔萃出官吾粤，攝黄岡司馬篆，多惠政，有清於秋水之頌。性爽直篤摯，賦詩尤工七字。聞太傅扶病垂老，將辭職歸省，留别同人云：「來何草草去忽忽，走馬天涯類轉蓬。不謂卑田辭委吏，只因東閣有衰翁。身經滄海三山雨，帆挂春潮萬里風。珍重諸君休惜别，嶺南回首意惺忪。」又《郡齋夜坐寄内》云：「一事可傳人似鶴，半生只倩吏鈔詩。」《除夕》云：「恩受兩朝家萬里，一宵四十四年人。」《排悶》云：「過眼浮雲銷案牘，訟庭花裏自彈琴。」又「静女風懷醫俗藥，名山心事治生經。」

震澤任心齋徵君兆麟，釣臺先生曾孫也。刊有《心齋十種》、《三代兩漢遺書》，余爲序其所輯《宋五子書》。詩有静致，余尤愛其「一聲殘磬出深竹，溪上白雲人獨來」二語。《偶題》云：「一從故人别，想念忽經歲。徑草含微馨，林月生空籟。欲往訪玄蹤，寒山白雲外。」詩品在孟、韋之間。

詩、樂自古相通。任心齋解聲律之學，輯有《絃歌古樂譜》，又有《河間樂記》一種。此書《四庫》所無，藏書家詫其所獲，蓋從先祖泰泉先生所撰《樂典》纂出者。《漢·藝文志》云：「武帝時河間獻王與毛生等，采《周官》及諸子言樂事者，作《樂記》。王定傳之，以授王禹。成帝時獻二十四卷。」先祖《樂典》述之，謂北齊信都芳鳌爲九卷，今去其繁雜，定爲九篇，倣《小戴記》例，合爲一篇。而各存其目，云《樂氣》第一、《樂體》第二、《樂類》第三、《樂物》第四、《樂聲》第五、《樂律》第六、《樂音》第七、《樂風》第八、《樂歌》第九。此經先祖删定，心齋從而摘刊，被以河間之名，不忘其朔也。亦足見心齋家藏博贍、讀書得間矣。先祖始爲《樂典》時，夢孔子告以知崇禮卑之説，積思二十年始成，凡三十六卷，感白雉下降之祥。學士張治覩此書，曰：「《簫韶》九成，可復聞也。」

陳雲伯明府極賞墨卿太守二語：「月華洞庭水，蘭氣瀟湘烟。」屬船山太史書爲楹帖。船山則取其「幾株松蓋屋，一夜水平橋」，宋芷灣太史則取其「花氣穿紗出，香烟著水沈」，魚山先生則取其《畫松》云「才大豈難用，歲寒方有聲」。墨卿前與南山書，以余《詩話》少收其詩爲憾。墨卿海内知名，豈藉拙刻以傳者？兹爲補録群賢所賞之句，令人益深腹痛之感。

馮魚山先生崇祀鄉賢，鄭貫亭侍御士超則有是議而未行。墨卿詩云：「一夕兩亡友，同升夫子堂。」蓋得之傳聞之誤。嘉慶乙亥秋，墨卿亦捐館于揚州矣。

唐人詩最重風格，其淵源相傳，謂之「授格法」。如包何曾師事孟浩然，授格法。嚴維於郵亭見章八元詩，謂之曰：「爾能從我授格乎？」曰：「素所願也。」少頃遂發，八元已辭親矣。皆見辛文房《唐才子傳》。後人師心自用，鮮有傳授，是以不古若也。

覃溪先生點閲余《詩話》，每於論袁子才處輒評云：「子才門外漢耳。」子才本是偏師，七古往往有落調而不自知，其他體疵謬亦不少，故先生等於「自鄶」。然自有獨到處。余嘗擬選一精約之本，以表其長。

歸愚尚書論詩，可謂一代正宗。然於七古一體，似未透徹。即如對仗，係七古要訣，歸愚每評此等處，皆作擬議窺測之辭，未能直捷拈出。

錢擇石先生載畫、詩、書擅三絶之稱，而論詩尤精到，直透大家閫奥，深得此事真消息。惜無刻本，世鮮知之。阮亭尚書後，當推先生，歸愚宗伯不能及也。

張南山七律，鯨魚碧海、翡翠蘭苕，合爲一手。録其《都門秋思》，以備吟哦：「崑崙中脉遠峥嶸，翼翼山河拱帝京。雙闕雲盤龍虎氣，九關風肅鸛鵝聲。玉虹跨石飛泉浄，金爵騰空日月明。何事崆峒談道訣，至尊宵旰念蒼生。」「天半清霜壓怒鵰，嵯峨樓觀倚丹霄。白河雁去傳秋信，紫禁人歸賦早朝。夢裏蓬蒿蝸舍遠，眼中塵土馬蹄驕。思鄉懷古愁如海，轉覺名心似落潮。」「百年六合一郵亭，多少飛蓬與斷萍。南海月華今夜白，西山雲氣古時青。逢人漫逞談天技，望遠思翻縮地經。丘壑高深隨處有，世間難得少微星。」「刀剪能傷獨客心，授衣時節怕登臨。千林葉脱群鴉舞，五夜風來萬馬吟。種地幾人收白璧，築臺從古重黄金。哀絲豪竹朱門裏，秋老都成變徵音。」

順德張玉洲孝廉錦麟《度庾嶺》起句云：「連山塞天南，鄉路忽中斷。」大句壓題，極有神氣。仲則稱玉洲之才如栝柏豫章之蟠大地而摩青蒼，不虚也。玉洲與胡同謙交最篤，其《哭同謙》詩云：「不知南斗精，一散何年聚。」未幾亦卒。

玉洲五律超絶，《秋風》云：「秋風吹贛水，雲氣結層陰。夜雨楓人樹，空山木客吟。關河未摇落，天地已蕭森。此際無人會，泠然調玉琴。」

同謙《席中呈謝参戎廉菴》絶句云：「酒酣日落動檀槽，坐上將軍北調高。入破一聲纔出塞，兩行賓客看霜刀。」風調高壯，何減唐賢。

廣州光孝寺，又名訶林，有菩提樹、達摩井。杭堇浦太史句云：「樹葉翠含梁代雨，井波涼漱海門秋。」曾賓谷中丞燠時爲方伯，題句云：「六代風烟訶子樹，五更鐘磬海門潮。」地迺虞仲翔故宅，方伯於寺内重建仲翔先生祠，親撰碑，集諸詞人，落成之既各賦詩。是日，席上復限「訶林」二字爲韵。余句有云：「十五人來同酹酒，一千年後有知心。」蓋會者十五人，紀實也。

嘗集賓谷方伯之賞雨茅屋。江南江石生孝廉之紀豪飲，與余對舉十餘觥，仍導飲，余謝之。旁有戲余者曰：「南風不競。」余笑謂之曰：「解愠阜財，何嘗用『競』？且江南、嶺南，不皆南耶？」坐中爲之解頤。石生，慎修先生族孫，工詩，著有《白圭堂集》。

武進湯雨生闓戎貽汾詩生氣湧出，《采石題太白祠》云：「一生大醉朝天子，千古奇冤竄夜郎。豈愛詩名壓工部，獨拌功業與汾陽。當樓明月從君死，出窟蛟龍畏客狂。只有三間是知己，兩人都作水仙王。」雨生大父緯堂大奎，官臺灣鳳山令，林逆之變殉難。時長君楚儒荀業死孝，即雨生父。有《與竹居棄稿》。夫人楊亦能詩，苦節撫孤。仲君例得恤蔭，乃義讓雨生。余嘗謂雨生曰：「忠孝節義，萃君一門。文章其餘事。」

詩家有天然本色語。元人方叔淵句云：「新月入人家。」最耐人玩味。嘗於葉雲谷民部夢龍處見其墨蹟卷子。

番禺丁晙山明經晸有「山圍重海碧無名」七字，可稱名句。

雜體中有小律一體，謂六句一章也。高季迪啓《皋橋賦得五言小律》云：「閶門啼早鴉，拂面見飛花。綠水通螭舫，紅橋過犢車。誰尋伯通宅，只問泰娘家。」程松圓嘉燧《聞等慈師在拂水賦寄七言小律》云：「經年不見東林遠，聞住峰頭看瀑飛。古寺正如昏壁畫，層湖都作水田衣。相逢不厭陶潛飲，細倒松肪貌翠微。」

詩主性靈固佳，然須醞釀深厚。昭文孫子瀟庶常原湘，著有《天真閣集》，純任性靈。略其有餘味者於此。五言句：「山被雲圍住，圍雲更有山。」「明月都成水，梅花半是雲。」「一山飛綠下，萬樹擁秋來。」「泉烹晉祠雪，樹拂太行雲。」「月色不到地，江聲如上天。」七言句：「溪多乳鴨邨知近，岸有桃花路不遥。」「二月看花空走馬，一城飛絮又啼鶯。」「老屋偏支秋水外，嫩晴纔漏斷雲邊。」「人如不俗終難富，事果能癡便可傳。」「淮南雞犬飛騰易，江上魚龍變化難。」「淮南」一聯，有慨乎其言，而能出以蘊藉。又《曲阜》云：「萬世不經烽火地，一城多是聖人孫。」皆能饜閱者之心。

韵押「州」字，如「蘇州」、「揚州」，不善用則俗。孫子瀟《抵郡》絶句：「細雨輕寒人未醒，賣花聲裏到蘇州。」此可與「綠楊城郭是揚州」並傳。

詩貴清真，尤在氣味。如孟襄陽、白太傅俱不著一字，而襄陽則氣逸而味腴，太傅則氣和而味厚。

若無氣味，徒語清真，恐流於卑率淺薄，一覽無餘耳。

孫子瀟室人席道華佩蘭工詩，閨秀中之翹楚也。子瀟鄉會試名皆第二，道華寄以詩云：「温嶠仍居第二流。」

錢塘陳雲伯大令文述著有《碧城仙館集》，才藻艷發。近復刊《頤道堂詩選》，絢爛之極，漸歸平淡。然余所賞，仍在其風懷之作。《碧城三首自題碧仙夢圖》云：「碧城深處隱紅霞，十二闌干屈曲遮。神女峰前雲是夢，嫦娥天上月爲家。春呼白鳳栽靈藥，曉乞青鸞掃落花。小録名箋知第一，詩成親自寫瑶華。」「吹笙其奈曉寒何，清淺蓬萊水又波。綃帳三生餘白石，紅墻一抹是銀河。閑抛珠珮歌《長恨》，曾曳霓裳詠大羅。最好芙蓉樓畔住，玲瓏玉樹總交柯。」「雲英拜後拜雲翹，侍女雙鬟擁絳綃。冰縷冷調銀杜瑟，瓊花春放紫屏簫。白榆種作相思樹，烏鵲填成宛轉橋。一片飛鸞盡霞采，碧天如水易魂銷。」所謂美人香草，足供黄口拾誦也。

玉溪生以杜作骨，變蒼鬱爲風華，然正未嘗不沉頓，斯爲善學。後人學玉溪生，徒得其風華，而骨格全非，皆坐不能沉頓，此但學《蘭亭》面耳。

陳雲伯有選明詩之役，馳書阮芸臺制府，覓取區海目、鄺海雪諸集。余家藏有初印海目集，并録先祖雙槐、粤洲、泰泉三先生詩，畀許青士太史乃濟轉寄。時余與青士同在志局，預修吾粤《通志》也。既而青士攜歸，遭回禄，遂爲六丁取去，殊可惜。而青士《求己齋二集詩》亦在劫中。余北行與青士聯舟，嘗手録其佳句，今識於此。《病起》云：「秋夢入修竹。」《桂林篇》云：「足繭不可到，白雲秋沈沈。」

《東昌道中》云：「棗新嘗樂氏，梨脆説哀家。」《壩頭河憶舊》云：「果熟能供客，花開不辨名。」《集半畝居逭署》云：「澆花添午課，煮笋當朝餐。」《王家營》云：「野棚支酒旆，驛壁黯弓衣。」《詠紈扇》云：「抛向西風渾未忍，美人猶有舊題詩。」《口占》云：「病經小愈身疑劫，詩涉新愁句轉神。」《立秋日復患小病》云：「才本無多經病減，愁方不盡況秋來。」《留別同人》云：「萬感無如知己切，百年只覺得才難。」「客裏吟懷渾草草，病餘傲骨轉錚錚。」《泊舟楊莊》云：「扁舟夜傍魚龍宿，猶是黄河以北人。」《湖上有贈》云：「兒家門巷依流水，認取城南第二橋。」《寄人廣陵》云：「無限秋懷銷不去，二分明月六朝山。」《贈别陳曼生》云：「少即知名如早達，客無虚坐豈長貧。著書久自盈三篋，餘技猶堪了十人。」《久旱》云：「白衣枉作爲霖想，赤地誰爲澤物才。」《閑居》云：「簾幕微寒中酒後，樓臺薄暝上燈初。」《壽梁山舟九十》云：「海内更無前輩在，田間猶拜國恩多。」

青士絶句時有白香山風味。《荔枝灣》云：「絳衣仙子緑雲隈，萬樹垂垂畫障開。手折一枝供飽啖，南行多半爲伊來。」《初得家書》云：「努力應加别後餐，書來珍重説平安。情知函内無多語，却向燈前反覆看。」

嘉興吴澹川文溥謂：「詩之道，可以養性情，化氣質。初，性氣粗急，不諧於衆。及讀韋蘇州詩，繹其佳句，如『落葉滿空山，何處尋行跡』、『草木雨餘長，里閭人到稀』、『緑陰生晝静，孤花表春餘』、『林下器未收，何人適煮茗』、『微雨夜來過，不知春草生』數聯，覺胸中油油淡淡，一種太和之氣自性根流出。隨得句云：『秋風先我至，江上落芙蓉』、『烏飛風未定，人語月初生』、『别浦流春水，閑門落古花』、『黄花溪女珮，江樹野人扉』、『暮雨啼禽緩，殘春過客稀』。自後遇耕夫牧豎，皆我詩友；觀林鳥池魚，皆吾詩趣。積習頓捐，新機莫遏矣。」余謂詩到自然，便近有道者氣象，故可移情。古今詩境極自然者，無過韋蘇州，朱子嘗極推之。

孟襄陽「微雲淡河漢，疏雨滴梧桐」，當時固稱絶唱，而劉原父「涼風起高樹，清露墜明河」，亦足爲亞。

韋、孟門庭，自有真際。若徒以篇幅之短、聲味之淡，遂謂得之，優孟衣冠，不值一噱。初學少年，須知別裁僞體。

陳白沙先生嘗曰：「論詩當論性情，論性情先論風韵。無風韵則無詩。」又曰：「欲學古人詩，先理會古人性情是如何。有此性情，方有此聲口。」王元美《書白沙集後》云：「公甫詩不入法，文不入體，又不入題。而其妙處，有超出於法與體及題之外者。」又云：「余少學古，殊不相契，晚節始自會心。偶然讀之，或倦而躍然以醒，不飲而陶然以醉，不知其所以然也。」牧齋、漁洋皆深推先生之詩，謂不獨爲道學詩人之宗，實詩人之詩也。

白沙子詩如「時雨日夕來，郊原藹新緑。白雲被重崖，下映寒塘曲。情結竹上言，魂銷井邊躅。三年隔瀟湘，書至不可讀。」《有懷世卿》。「遠樹晴堪數，孤雲暝欲遮。自憐江海跡，能到友生家。落日明江色，輕風動麥花。相看吾鬢白，不必問年華。」《至陳冕家》。「醉眠山影裏，恨不與君同。松下泉來冷，鷄鳴日過中。就牀梳白髮，開户納清風。起視滄溟暮，孤鴻没遠空。」《次韵秋興感事寄東所》。「閑眠閑坐或閑行，身老溪雲病亦輕。客至正當秋釀熟，船來莫待晚潮生。江山偶得三人對，風月還添一榻清。昨日書來張主事，頭顱空訝老無成。」《邀馬元真》。「船中酒多少，船尾閣春沙。恰到溪窮處，山山枳殼花。」《訪客舟中》。「邨南邨北此宵同，好景難消一老翁。在處恐妨年少樂，踏歌歸去月明中。」《元夕》。句如「碧草東西埭，黄鸝遠近山」、「時依當户竹，閑數上墻花」、「乳鴨争嬉水，寒牛不出邨」、「時候花先覺，陰晴鳥自知」、「折花潮没屐，吹笛月隨船」，皆性情、風韵並臻者。至如《厓山大忠祠》一律，則氣雄力厚，直追老杜，《麓堂詩話》所謂「和者皆不及」也。

秀才聽榜，大抵心頭鹿鹿。白沙子《秋夕偶成明日鄉試揭榜》詩云：「缺月不滿簾，南窗聊隱几。猶聞户外春，斷續秋風裏。犬子試初畢，老妻浪驚喜。滔滔中夜心，四海皆名利。」此詩不遠於人情，已足砭俗。

鴛鴦多情之鳥，亦有貞烈者。觀於物，可以興也。成化六年十月，淮安鹽城大蹤湖漁人見鴛鴦交飛，獲其雄烹之，雌戀戀飛鳴，竟投湯沸中而死。漁人悲其意，爲棄羹不食。先祖雙槐先生瑜稱曰「烈鴛」，爲賦《烈鴛謡》云：「烈鴛可悲，雄已死，雌依依。寧同鑊中烹，不向湖上飛。生來相隨不相舍，如今奮翅同所歸。何事楚宫嬌不語，露桃脉脉東風裏。」一結長於諷喻，有關風教之作。句如「淮流山外碧，燕樹日邊黄」、「風生松院不知暑，雲浄竹房空見山」，具見高格。先生與白沙子爲莫逆交。《明詩綜》祇選先生二詩，《明音類選》則采二十餘篇。

海忠介生平不好吟詠，謂徒費精神，無益於事。峽山寺特題一絶，云：「峽山奇勝擬蓬萊，想是當年欲建臺。天恐此方窮土木，故令神物特飛來。」却不失風人諷誡之義。錢起「窮達戀明主，耕桑亦近郊」二語，忠厚之至，令人玩味不置。與孟浩然之「欲尋芳草去，惜與故人違」，亦復深情無盡。二詩讀之，足增君友之思，覺《三百篇》去人未遠。

「僧敲月下門」，古稱名句，然不如李秋浦鱗「客與松風共打門」尤有幽致。秋浦又有「山色渡江青」、「江城曲抱小於郵」之句，皆入妙。秋浦，南海布衣。

「寒星徹夜疏」，明布衣胡宗仁句；「星繁暑氣深」，田貢庭師句。寫星之寒暑，各極其妙。

桐城姚石甫瑩與余訂交白雲山中，爲余序《嶺海樓稿》，尤喜余《雲泉隨札》。石甫以名進士出宰閩中，負經濟才，長於古文，工詩。《惠州西湖謁東坡遺像》云：「可憐玉局風流地，春水春烟我獨行。除看江山更何事，不爲宰相恨先生。男兒自古有萬死，白鶴於今無再鳴。想見登樓飽飯後，滿湖倒浸碧天清。」寫得高曠落穆，擺脱皮毛。

奎玉庭少宰照有句云：「寒生旅館青帘外，人在斜陽緑水間。」可謂詩中有畫，屬余繪作小景。「秀絶不知江水深」，新會鍾鳳石孝廉啓韶《過金山》句，一時膾炙人口。

鍾仰山學士昌，少即工吟詠，十三歲有句云：「雲濕寺鐘遥。」吴蘭雪最擊節。

粵嶽草堂詩話卷二

香山黄培芳香石撰
饒平陳步墀子丹編

詩可覘人福澤。阮吾山葵生《茶餘客話》載吾粵莊滋圃殿撰有恭朝考《春蠶作繭》詩云：「經綸猶有待，吐屬已非凡。」謂此狀元宰相語也，後果協揆。嘉慶己未禮闈，詩題《鳴鳩拂其羽》，時桂文敏侍郎芳結句云：「豈知温室樹，自有鳳鸞聲。」總裁朱文正公珪謂此軍機大臣語，後果居樞要。文敏，吾粵馮魚山先生弟子也。胡文恪公高望提學湖北，以「宵雅肄三」命題試士，周蓮塘大宗伯兆基句云：「苹香君子酒，花撲使臣鞍。」文恪公云：「此當屢掌文衡。」後果如言。大宗伯亦出魚山先生門下。乾隆癸卯京兆試，詩題《清露明珠》，蔣礪堂尚書攸銛句云：「夜静珠騰采，天高露洗秋。」主試劉文清公墉甫見此二語，即曰：「二十年太平宰相，不待閱文，已命中矣。」今尚書歷任封疆，嚮用方殷，言必有驗。又周蓮塘大宗伯提學浙江時，以「十聯詩在御屏風」試拔萃科，余門人許滇生乃普句云：「才子宫中唤，詩名下界聆。」大宗伯云：「此蓬山頂上人語也。」嘉慶庚辰，滇生果以第二人及第。

連平顔惺甫尚書檢，詩品澄淡和平，五言古體雅近陶公，又好白傅、坡翁，皆學焉得其性之所近。著有《衍慶堂稿》千餘首，手書小楷十餘軸。余嘗於友人案頭見其《白泉偶詠》卷子。《雨中燾兒赴興隆寺》云：「春歸留不住，春雨復多情。巖岫野雲合，村橋溪水生。樹添深淺緑，禽囀兩三聲。笑爾尋僧去，途艱半里程。」興隆寺在易州，令子魯輿太史讀書處也。句如「樹得春光緑，山留雨意寒」、「寺遠暮雲近，山低新月高」、「鳥啼知樹密，花落惜風多」，讀之翛然意遠。

翁覃谿先生《石洲詩話》云：「曲江公婉悉深秀，遠出燕、許諸公之上。阮、陳而後，實推一人，不得以初唐論。」又云：「明順德薛岡生序南海陳喬生詩，謂『粤中自孫典籍以降，代有哲匠，未改曲江流風，庶幾才術化爲性情，無愧作者』。然有明一代，嶺南作者雖衆，而性情才氣，自成一格。謂其仰企曲江則可，謂曲江僅開粤中流風則不然也。曲江在唐初，渾然復古，不得以一方論。」余按：《石洲詩話》，先生視學粤東時撰，久已失去。葉雲谷農部偶於燕市得之。乙亥歲，先生因寄其門人蔣礪堂制府，仍梓於粤。

崔清獻公與之嘗書劉皋語銘座右云：「無以嗜欲殺身，無以貨財殺子孫，無以政事殺人民，無以學術殺天下後世。」公生平行實，大抵不出此數語。李大酉題其集端曰：「東海北海天下老，亦有盍歸西伯時。白麻不能起南海，千載以下非公誰？」此表公晚節不欲事宋理宗之微旨，言有大而非夸。今雲泉山館祀東坡、清獻，暨先泰泉三先生。

陳秋濤宗伯子壯論吾粤明詩云：「太史公謂齊魯文學其天性，粤於詩則有然矣。我國家以淮甸爲豐、鎬，則粤應江、漢之紀。《風》之所爲，首二《南》也。五先生以勝國遺佚，與吴四傑、閩十才子並起，皆南音。風雅之功，於今爲烈。」歐楨伯虞部云：「明興，天造草昧，五嶺以南，孫蕡、黄哲、王佐、趙介、李德五先生起，軼視吴中四傑遠甚。百餘年來，經術貴而聲詩絀，一振於弘治、正德，大都、三河、東西秦之産，淮南、江左稍稍嚮應。當世宗皇帝時，泰泉先生崛出南海，其持三尺以號令魏、晉、六朝，而指揮開元、大曆，變椎結爲章甫，闢荒薙穢於炎徼，功不在陸賈、終軍下也。」

《列朝詩集》云：「才伯究心理學，而修詞掞藻，傑然藝苑争雄。嶺南人在詞垣者，瓊臺、香山，後先相望。南越之文學，彬彬然比中土矣。」才伯，先泰泉先生字。

丘瓊臺濬《嚴子陵圖》詩云：「長笑劉歆頭，不及嚴陵足。厥角稽首勢若崩，況敢横足加帝腹。嚴先生，何壯哉，釣臺豈但高雲臺。清風遼絶一萬古，落日頹波挽不回。」起語特創，足以激濁揚清，通體氣格亦奇古。

《粤東金石略》，翁覃溪先生撰，録先文裕公《峽山寺達摩石》詩刻云：「凌空飛錫結嶙峋，薝蔔香中草自春。鳥度雲移今此世，鴻冥天闊我何人。羲娥斷送千年夢，龍象終成一聚塵。便合拈花發微笑，滄波無語月華新。」款署「泰泉黄佐作」，徑寸草書。覃溪先生論吾粤詩，有云：「勤哉香山翁，復奏《簫韶》闋。」稱之至矣。

國朝諸公論吾粤詩，先後推許，如出一轍。濟南王漁洋云：「余嘗語程職方曰：君鄉粤東，人才最盛，正以僻在嶺海，不爲中原、江左習氣薰染，故尚存古風耳。」《池北偶談》。浙江朱竹垞云：「南園詞客多無恙，暇日争扶大雅輪。」《曝書亭集》。近賢如江西蔣心餘則云：「仙方出嶺海，孔雀東南飛。」《忠雅堂集》。江南洪稚存則云：「尚得昔賢雄直氣，嶺南猶似勝江南。」《更生齋詩》。之數公者，皆當世哲匠，持論如是，微以文章公器，不存畛域之見也。至「尚得昔賢雄直氣」一語，尤有卓識。

吾師劉樸石太史，選有《嶺南群雅》，自序云：「國朝鉅手迭興，迨魚山、葯房、二樵諸公崛起，研鍊諸體，各擅所長。獨七言古詩專以李、杜、韓、蘇爲之師，引氣必盛，隸事必實，運思必沈，矢音必洪，置陣必奥，彬彬乎大家堂奥，有起衰式靡之功。粤中詩教，於斯稱極盛焉。」

贈行詩固須貼切，尤貴有姿致。馬秋藥侍御履泰《送伊墨卿出守惠州》一律云：「嶺南不到豈詩人，况是行頒五馬春。句漏丹砂紅箭鏃，羅浮蝴蝶繡車輪。官非昔日東坡謫，湖似儂家西子顰。同把一麾俱出餞，皋雲激壯爾清新。」自注云：「言皋雲同時出守夔州。」

檀默齋萃著有《楚庭稗珠録》，有云：「南園後五子詩，近順德歐佐儒聖門所刻。聖門蓋虞部之遠孫也。五先生中，歐、黎、梁、吴俱從黄泰泉遊，而吴蘭皋詩最少。選中合古今體僅十七首，又無傑出之作。疑蘭皋之稿已失傳，而後人代爲捉刀耳。李少偕七律，格高調逸，可以追逐滄溟。先輩風流，迥非後來所能及。惜此集無佳序弁之耳。」據此，以爲後五子惟四人及先祖之門，少偕不與。乃余按家藏《李駕部集》，固曾受業，且嘗爲先祖撰詩序，歷歷可證，并見《四庫全書提要》。是南園後五子皆出泰泉先生門下，默齋失考也。

《四庫》著録《泰泉集》十卷，祇公自存之詩，李少偕序即此本。公身後合刻詩文全集六十卷，最爲賅洽，惜尚未登天府。少偕序作古駢體，有西京人吐屬。因止序詩，故全集卷首未録。

先祖粤洲先生畿隱居羅浮，潛心性理，注《皇極經世》。《玉鵝峰》云：「仙山藏翠宇，神女寄靈蹤。螺黛長封蘚，霓衣盡化松。步隨金線草，飛度玉鵝峰。知爾停鸞馭，瑶臺第一重。」饒有古艷。泰泉先生《羅浮道中》云：「獻歲羅浮約，偕遊及仲春。紅芳隨馬翼，綠草帶龍津。雨磴躋攀捷，烟巒變態神。回看早炊處，獨樹更無鄰。」此六朝、初唐人筆意。

湯雨生都尉貽汾奉檄至博羅，易道裝入羅浮，便於遊山，且易訪察也。出山後，鐫小印曰：「羅浮半月黃冠客。」詩以自嘲云：「纔自神仙窟裏來，烟霞滿面絶塵埃。仙官天上今嫌冗，特把黃冠挂一回。」

湯雨生羅浮詩不食人間烟火。五言：「犬吠得遊客，鐘聲消落花。」七言：「洞雲先我前山去，鳥夢遲人片刻醒。」「酒傾千日白雲醉，花落九天春雨香。」九天，觀名。「看雲坐對流泉語，得句吟教古蝶聽。」「碧雲滿地竹窗静，白雀一聲松影寒。」《贈瀛濤外史》云：「赤脚道人耕秫地，白頭弟子掌仙糧。」《訪梅谷之勝聞余擬結廬見懷》云：「此地何曾通屐笻，故人先我種青松。等閑十笏休相妒，我占南峰爾北峰。」《羅浮雜詩》云：「仙兄新葺小蓬萊，乞得琅玕不會栽。日暮何人肩笠至，朱明洞裏寄書來。」《明月寺與瀛濤話别》云：「尚有招提一飯緣，荷衣還汝自家穿。漫因明月留聽笛，且趁斜陽去櫂船。送客仍攜看雲杖，到家猶酌在山泉。自注：見貽卓錫泉。回頭笑屬烟霞侣，得句煩呈葛稚川。」

猺人弋一鶴，雨生豢之，瀛濤飲以藥，三日創發而死，裹以隕蘀，殉以落花，瘗于酥醪觀旁斗臺之松下。雨生題「鶴冢」二字刻石。後夢羽衣人來謝，因屬瀛濤築鶴笑亭以祀其靈。雨生句云：「却教三百黃冠拜，不與頑仙一度騎。」又云：「竹徑松門亭四角，幾人曾見鶴祠堂。」亦山中韵事也。

武陵龔竹雲承牧《望羅浮絶頂》云：「白雲癡不歸，片片宕寥泬。」不必寫其高曠，而高曠自見。

《酥醪觀》云：「夕陽千樹合，空翠一庭陰。」能狀其境。《忘機石》云：「會心忘物我，山鳥亦親人。」亦有餘味。竹雲遊幕增城，兩遊羅浮。見余《浮山小志》，亟馳尺素，以通殷勤。及來羊城，往還不值，竟緣慳一覿。

「賣書鑄劍酬知己，碎錦裁詩贈美人」，番禺呂石飄堅句，英雄兒女，并集筆端。

德慶温莊亭明經承恭言吾粤理學、經濟、文章皆大有人，惟英雄一輩頗少。如東莞伯何真、袁督師崇焕暨熊飛將軍，或庶幾耳。莊亭素以王景略、陳同甫自命，與余論政談兵，最爲莫逆。其言皆可見之施行，惜未用於世。當川、楚之役，有投筆之志，幾度入川，卒無所遇。譚康侯寄以詩云：「懷袖三年札，籌邊百尺樓。」余近送其入蜀，有云：「肝膽易傾真倜儻，悲歌誰與論英雄。」時平道路無豺虎，萬里重看入蜀中。」蓋皆謂此。其子陶舟孝廉颺有父風，童時句云：「生民有欲誰能滿，天下無人不易安。」固已卓然不凡。

莊亭詩稿，自存不過百餘首，名《踏鴻集》，皆二十餘年蹤跡十五省之作，大抵以老杜爲宗。嘗論山川形勝，謂吾粤川迴谷隱，無平原大野可以曠覽；即金陵、錢塘，六朝金粉，湖山信美，亦僅當一盼耳；惟出長江，始稍開胸次；行歷秦、晉、川、陝，然後令人意氣頓增。《咸陽懷古》云：「縱火亡三户，窮兵畢六王。」《望太華》云：「地成秦四塞，天入嶽三峰。」《出潼關》云：「地就黄河劃，城當紫氣來。」《渡滹沱河》云：「風吹涼雨濕輕襟，趙北燕南古渡尋。過此何時無駿馬，有誰骨買價千金。」均句堅字響，而襟期之雄邁，亦見一斑。

陽湖惲子居敬過粵，首與余定交。序余詩有云：「今世爲儒者，詩多質勝文，詩人則文勝質，兩家遂不能相通。今子實世爲儒，善矣，而詩又善，詩人之詩也。由於其爲學也，儒與詩分而習之，故其爲詩，非猶夫爲儒者之詩也。夫道一而已矣，然必分習之，而後得其合。故儒可以揚道之永，而詩可以既道之實。能如是，庶幾通儒與詩兩家之蔽焉。」此語余不敢當，而持論甚名通，故録之。南山謂子居古文皆言中有物，如果有核。余謂此時海内古文家，子居當推第一流。

老杜《詠懷古跡·明妃》一首，起句似與題不倫。張南山獨有妙解，謂「群山萬壑赴荆門」一語，包却無數英雄豪傑在裏許；第二句只用「尚有村」三字折到本位。後見惲子居復論及此詩，謂前後數章，忽列入《明妃》一首，儕於英雄名士之間，於是濡染大筆，已忘其爲巾幗矣。此論與南山相表裏，皆深於詩理者也。又按：王棫《秋燈叢話》謂「荆門」前人未經詳注，謂即今之荆門州。但州去秭歸三百餘里，於義未合。其地在歸州東北四十里，有山名荆門，群峰聳峙，惟此山低且中凹，類蜂腰。山下有村，名香溪，當年産明妃處云。

《唐詩别裁》五律選劉綺莊「桂楫木蘭舟」一首，注云：「未詳，從詩話中采之。」按《漁洋詩話》謂楊升菴極稱此詩，亦未詳其何許人。《吴中人物志》：「劉綺莊，崑山尉，研窮古今，作類書一百卷，號《崑山編》云。」確士生漁洋後，殆偶失考耶？

近人《九家試帖》有「開門見山」一題，注家不詳出處。門人徧檢類書，亦不能得，問于余。余檢《滄浪詩話》云：「太白發句，謂之開門見山。」

韓詩：「日出潼關四扇開。」前人聚訟。王凝齋槭云：「潼關有東西兩門，裴晉公破蔡州回，東西門俱闢，故云『四扇』也。」

妓呼「女校書」，自薛濤始。元衡嘗奏授濤校書郎。胡曾贈詩云：「萬里橋邊女校書，枇杷樹下閉門居。掃眉才子知多少，管領春風總不如。」

「薄日緒風新羽扇，紅棉緑草碧弓鞋」，張崖山總章《踏春詞》。崖山與何紅藥稱岡州兩詩人。

陳元孝《鎮海樓》句：「五嶺北來峰在地，九州南盡水浮天。」趙甌北稱爲杜之畏友。新會何紅藥明經殿春《浴日亭觀海》起句云：「五嶺地盡南溟空。」七古得此發端，自足雄壓一切，視元孝一聯，復能簡鍊出之。

不善學漢、晉人語，往往塵羹土飯，即蕭《選》已足窘步，由其襲貌遺神也。陳元孝《夏初郊行》云：「僕本草澤人，信宿滯城闕。出郊見蒼翠，超然百憂失。連峰上不窮，衆芳渺如一。凝雲遠樹雜，冒水新苗出。升高望海郡，千里何飄忽。極浦映霞明，滄流際天畢。曠心既以怡，素交復投漆。揮杯酹流光，百年偶兹日。」自注：「同程周量、梁藥亭。」此詩古澤如新，何嘗一字蹈襲漢、晉，而無非漢、晉人意味。

道援堂五律超邁絶倫，起調尤卓。寫山水者有如「隔水見山影，微風吹有無。不知玉屏上，誰與白雲孤」，「松風無大小，吹得石樓飛。一片水簾影，紛紛落翠微」，「峰路時時斷，翻嫌瀑布多。水浮蒼樹出，山逐白雲過」；贈送者有如「姑蘇明月夜，歌舞亂如雲。我亦吹簫至，吴王不可聞」，「拂衣西雁宕，濯足大龍湫。豈敢爲高尚，孤雲何所求」；其遊歷者有如「五年遊五岳，三度下三湘。今夕衡陽宿，依然風露凉」，「流落真無計，依人古所難。自憐因老母，不敢謝長安」，「天曉滁陽望，蒼茫大野開。風威肅人馬，烟色慘墩臺」；詠物者有如「雁門無數雁，一夜盡南飛。我憶羅浮暖，難將雨雪違」，「一聲風葉亂，教我草堂凉。不是居高樹，從何見夕陽」，皆真氣磅礴。姚伯山明府柬之論國初諸老詩，以道援堂爲冠，良有以也。

七律有一句數層意，格最爲沈著。如道援堂「無多骨肉貧猶别，不盡關山老更遊」是也。梁藥亭《客吴門寄王説作》云：「萬重山外千重水，追憶同君舊入林。爲友過於兄弟誼，望余兼有父師心。春晴誰信無鶯語，秋氣偏來迸客吟。又是一年時節了，吴門楓落大江深。」此所謂大踏步沈頓動宕，卓然大家。起調斤兩之重，足與東坡「亂山環合水侵門，身在淮南盡處村」相頡頏矣。

小家數只是不解一「重」字，多讀杜、韓詩便知。

粵謳，古風人之遺，近人有擬其體者。宋芷灣太史湘句云：「那得細絲連夜雨，草青留馬馬留人。」情韻獨絶。

絶句有第三句點正意、第四句以景物襯託出之，彌覺深致動人。明閨秀馬閑卿《寄升菴》云：「懶把音書寄日邊，别離經歲又經年。郎君自是無歸計，何處青山不杜鵑。」潮州謝五娘《感懷》云：「四面簾垂碧玉鈎，重重深院鎖春愁。天涯行客無歸信，花落東風懶下樓。」二詩異曲同工。

香匳詩非大手莫辨，一涉描畫，直女郎詩耳。如錢蒙叟《讀梅村宫詹艷詩有感》四律云：「上林珠樹集啼烏，阿閣斜陽下碧梧。博局不成輸白帝，聘錢無藉貰黄姑。投壺玉女知天笑，竊藥姮娥爲月孤。凄斷禁垣芳草地，滴殘清淚灑蘼蕪。」「靈瑮森沈宫扇迴，屬車轣轆殷輕雷。山長水闊欺魚素，地老天荒信鴆媒。袖上唾看成紺碧，夢中泣忍化瓊瑰。可憐銀燭風前淚，留取胡僧認劫灰。」「撾鼓吹簫罷後庭，書帷别殿冷流螢。宫衣蛺蝶晨風舉，畫帳梅花夜月停。銜壁金釭憐旖旎，翻階紅藥笑娉婷。水天閑話天家事，傳與人間總淚零。」「銀漢依然戒玉清，行宫香爐露盤傾。石碑銜口誰能語，棋局中心自不平。禊日更衣成故事，秋風紈扇是前生。寒窗擁髻悲啼夜，暮雨殘燈識此情。」以禾黍之思，寫幽艷之致，其力厚，其味濃，此境固不易臻。

王介甫七律筆斂氣蒼，如「江月轉空爲白晝，嶺雲分暝與黄昏」、「濕濕嶺雲生竹菌，冥冥江雨熟楊梅」、「他日若能窺孟子，終身何敢望韓公」、「山水雄豪空復在，君王神武自難雙」等聯，俱見風力。彼筆驕氣浮者，可以藥之。

「白髮」、「青山」，詩人常語。惟宋荔裳琬「白髮來如不速客，青山應笑未歸人」，天然湊泊，真摯動人，意在筆先也。

譚康侯《迷樓曲》云：「解道真僊也自迷，高樓上壓五雲低。可憐博得雷塘土，依舊空梁落燕泥。」以翻筆運典，彌復蕴藉風流。

東坡以「藻荇交横」寫月中竹柏影，最爲得神。吾友方竹孫繩武寫疏林月影亦如繪，句云：「閑軒得月多，妙處在葉縫。微風一以吹，葉動光亦動。」余《雨後玩月》絶句云：「雨後開門雲乍披，青天明月欲來時。空庭夜静涼如水，寫出牆陰竹數枝。」亦同此體物。

施愚山《送梅子翔》五律云：「朔風一夜至，庭樹葉皆飛。孤宦百憂集，故人千里歸。岱雲寒不散，江雁去還稀。遲暮兼離别，愁君雪滿衣。」此種風格，吾粤先輩最夥。漁洋以爲雖是近體，不愧《古詩十九首》，推之至矣。乃劉復燕竟不收入《六家詩鈔》，豈果微之識碔砆耶？余又喜其《七里山尋徐九》云：「谷口逢僧問，山頭見爾廬。編籬門逕曲，面圃野堂虚。半嶺存孤寺，諸泉到一渠。桃源成獨往，莫使故人疏。」此是真王、孟。

靈山梁蓼圃孝廉炅曉上中宿峽見懷之作云：「峽山自蒼翠，峽水益清深。獨抱别離意，來聽琴筑音。日高光未顯，風急響初沈。誰與愜幽賞，聊爲江上吟。」泠泠清音，最爲高調。蓼圃篤學君子，魚山先生高弟，而予之執友也。嘗點定余少作，藉砥礪之功。

羅浮之勝，以雲水爲絶。雲之妙，猶他山所有；水之多，當無踰此。志稱凡百八十瀑布、七十二長溪、大小二水簾。余六度往遊，頗窮幽深。如黎二樵簡句云：「静極入山客，雲水勞未已。」屈華夫句云：「峰路時時斷，翻嫌瀑布多。」皆以反筆形容其妙。

姜白石《望嶽》詩云：「小山不能雲，大山半爲天。」如不經意，而閲者已恍然在目。余《舟中望粤嶽》亦有句云：「空青壓船頭，峨峨欲横天。」

順德黎楷屏應鍾精養生家術，自號步蒙子。在羅浮物色得一處，俗名「山背水」，狂喜，題句云：「上下十三疊，縱横七八支。」即易名艮泉，并拓爲十二境，築室於此，將有終焉之志。繪爲圖，屬余撰記，海内詞人題詠甚夥。其配陳孺人亦好道，可與偕隱，葛、鮑之流風未艾歟？

吾友東莞鄧粹如徵君淳前母林恭人，翰林學士蒲封女，御史大林配也。年二十五卒，著有《小山樓詩草》。《閨中閑樂詞》云：「紅闌曲曲映清渠，閑取綸竿傍曉舒。先戒小鬟揺樹影，恐驚争餌樂游魚。」清空如話，言外得物我相忘之意。又句云：「夢裏不知魂化蝶，醒來身在廣寒遊。」《暮春》句云：「未識春歸今幾許，珠簾深護日遲遲。」皆可想見貞静標格。粹如著有《家範》諸書，亦足傳也。

德清閨秀王潄蘭和玉，幼即能詩。年二十一，適同里金仲梅淦。親執家苦，曾至燕臺。廿六而卒，無子。嘗夢遊仙山，見靈妃玉女侍者，持寶鏡示之曰：「此汝昔日所司也。」著有《寄生樓遺稿》。五言如「驅馬日邊路，浮雲天外山」，七言如「春愁似夢還非夢，山鳥呼人又避人」、「杏花作雨辭寒食，燕子移家到草堂」、「夕陽古樹歸鴉急，秋草寒山到客稀」，頗有唐人風致。《出閣口占》云：「解得上清淪謫意，未容歡喜未容瞋。」尤見到語。凡懷才不遇者，皆當作如是觀。

吴蘭雪姬人岳緑春《茉莉》句云：「花有美人香。」五字寫此花身分已足。緑春善畫蘭，早逝。

順德仇竹嶼巨川《古風》有云：「一元計其歲，不滿十口頭典、眼前語，一經詩人點化，遂成妙解。三萬。幸不去學仙，而免殀札患。山中七日促，世已千載判。爲仙僅三歲，瞬見天地爛。況今始成仙，元會去過半。短哉神仙命，能得幾昏旦。」以子之矛，陷子之盾，令人啞然。使秦皇、漢武見之，亦可以悟。

朱竹垞《齋中讀書》五古數章，以考訂議論爲詩，爲後來趙甌北濫觴。如云：「國僑賦《褰裳》，晉爲退師旅。《木瓜》美齊桓，情豈係男女。詩教原人倫，誨淫何獨許。」又有云：「男女一相悦，情迫莫自持。不聞桑中契，先以定情詩。雞鳴風雨夜，奔者亦可危。執袪遵大路，豈不畏人知。丘中有麻麥，兩雄共一雌。雙雙李樹下，寧免相詬訾。立言詎可訓，説者宜再思。無邪尼父教，用告童子師。」又如：「同門有不善，一一具書之。由求予亢賚，言失不可追。揆諸朋友義，情得徇其私。寧形弟子短，但以尊先師。試觀孟子徒，克丑亦若斯。後儒不曉事，吹毛務求疵。倡論輟從祀，平反者爲誰？」皆足開拓萬古心胸，益人神智。

新會李勺海先生潮三，字大章，乾隆丙子舉於鄉，官湖南醴陵令。與先君子、馮魚山先生爲至交，少日聯吟無間。先君在瓊州官舍捐館，培芳正髫年，先生哭先君詩云：「凄涼窮海三千里，憔悴遺孤十二齡。」又書寄魚山先生，繫以句云：「天涯海角何曾遠，秋入銅魚雁幾行？」皆情見乎詞，不忍多讀。著有《一柏堂詩集》，凡數千篇，以卷帙過繁，至今尚未剞劂。隨録一二章，以誌其概：「節序相驚大火流，涼生午夜暑全收。風迴人語來深院，雨歇蟲聲上小樓。白雁遠傳千里信，青燈閑共一庭秋。不知何事堪惆悵，猶有蘭臺宋玉愁。」《同魚山夜坐》。「兩年空染帝京塵，萬里勞勞笑此身。莫向曲江池上過，杏花零落不成春。」《都中感懷》。曲江不在燕者，詩人寄託之辭，不必泥也。

劉三山華東句云：「碧落有塵皆玉化，青洲無草不烟生。」南山謂不食烟火語，讀之能洗胸中穀肉氣。三山生有奇氣，故筆無俗塵。嘗爲名教出力，士林翕然稱之。

番禺陳仲卿曇著有《海騷》，名其室曰鄺齋，蓋欲與海雪山人相視而笑也。余偶憶其二語云：「麒麟消壯志，鶯燕亂春愁。」自一才子語。

憑眺之作，能倜儻，便不陳。余喜倪秋槎《渡江》句云：「倦眼幾人看北固，殘山一路送南朝。」秋槎名濟遠，南海進士，官粵西。

余最愛邵子京明經詩「客帆隨意下，江水自然秋」十字，可謂妙絶千古。伯子芝房明經詠有句云：「微潮京口月，疏樹廣陵烟。」亦妙。

吾粵有「雹白三邵」之名，謂芝房、子京兄弟，其尊人雲菴學博天眷也。學博工五律，《自三水趨雄州道中有感》云：「作客三千里，離家四閱旬。可堪逢上巳，不欲見殘春。天氣愁於我，山容懶似人。誰憐堤草色，日夜幾番新。」

嘉慶戊寅，邵芝房來羊城，一見如故。其世父諱天顯者，乾隆己卯鄉薦，與先君同年，本世好也。其輓虎門黄元戎標句云：「兒啼淝水思文遠，巷祭巴山哭武侯。」隸事工切，言大非夸。芝房古文修潔，兼精篆刻，槐黄期近，猶鐫名印贈余，足見雅人深致。

浦江周蒭雲上舍爲漢詩筆奇創，句如「石崩亂泉赴，松倒諸藤救」、「巖空受雲貪，花冷吐香吝」、「敝裘輕似楮，殘燈小於錢」、「一螢燈小徑，雙竹雨孤村」、「心静不嫌門若市，僧忙翻學客如禪」、「無金尚想揮如土，有酒當拌醉似泥」、「能容寒士惟應佛，得作閑人便是仙」、「家貧骨肉渾難聚，身賤文章便不工」，皆見所著《枕善齋稿》。蒭雲客秦最久，潦倒半生以終，所謂「窮而後工」者耶？

周蒭雲有「暗窗蠅打紙，膩盞犬窺燈」之句，家蒼厓亦有句云：「小龙奔雨吠，飢鼠闖人過。」俱善摹寫物態。

李、蘇之句，有偶爾涉筆，自然奇妙者。如太白「緬彼鶴上仙，去無雲中迹」，東坡「小語輒響答，空山白雲驚」，仙才信不可思議。

青蓮五古一體，《古風》外，余好舉其遊泰山數首，教學子三復之，自有生氣拂拂，從十指間出。老杜五古，如《送樊二十三侍御赴漢中判官》、《送從弟亞赴安西判官》等篇，格力最大，造句具千鈞之力。熟讀之，漸可識大家面目，視彼描頭畫角者，真蟬噪耳。

字有兩音者，詩人沿用，不必過拘。如「經過」之「過」宜平聲，而太白「輕舟已過萬重山」，則讀去聲。此類甚多。

家庭骨肉，詩愈真樸愈動人。錢蘀石哭其幼孫善元，追叙雜事，有云：「日前汝來問我字，我曰此字當讀某。汝疑恐我錯，謂母教則否。却走告母乃改之，依依成誦在窗牖。」若漁洋《悼亡詩》專以研鍊爲工，讀者以爲轉少真意。

勞莪野先生潼，學宗陸清獻，以《孝經》、小學訓人，教授羊城。弟子著録，歲恒數百人。詩不多作，其門人、余同年陳司炳誦其《過湘潭》一律云：「回首長沙百里程，思鄉懷古共關情。地當楚澤多秋氣，水到湘江作恨聲。孤嶼雁低霜月冷，遥山木落暮雲平。爲言明日重陽近，孤負東籬有落英。」

「窗宜話雨添疏竹，屋爲看雲築短墻」，同年張南山尊甫繡山先生炳文句也，書作楹帖絶佳。先生純孝宿學，吟詠其餘事。

葉秋嵐同年蘭成《題曾賓谷中丞賞雨茅屋圖》有云：「萬古秋士心，釀出幽雨滴。一氣彌八荒，寸寸古愁碧。」數語蒼翠欲滴，要是題圖詩，故妙。

潘伯臨比部正亨少作有「故人行處多春草」之句，絶佳。又有「逆浪去如還」五字，未經人道。

方竹孫《安期岩》句云：「囊裏不分秦帝藥，山中却笑子房書。」著論最高。擬鎸楹帖，懸白雲仙祠。

詩有理趣，即小可以喻大。劉樸石師尊人心齋先生善士有《蝶投蛛網解之飛去感賦》云：「浮世多塵網，憐他粉翅侵。幸全輕薄命，不死冶游心。栩栩穿花徑，翩翩過柳陰。莫誇生意滿，前路緑蘿深。」此詩爲輕薄少年戒者深矣。

放翁最善狀眼前景，如「病蔬傷蠹半青黄」、「好風時捲市聲來」等句是也。吴川林辛山同年聯桂亦有句云：「漁燈入水星浮出，山影沈江樹倒生」、「争渡人喧鄉語雜，打漁船過市風腥」，此物此志也。

鎮洋盛子履廣文大士人品沖雅，博學多才，著述甚富。從林辛山同年處見余畫，即採入《溪山卧遊録》。嘉慶己卯，始訂交於都門。其《對月偶成》一律云：「梯引初桄月上弦，浮雲咫尺判晴天。從來倦睡非關酒，此後春情欲化烟。漸遠星河勞悵望，最高樓閣病嬋娟。洪喬枉訂遊仙約，寂歷山陰不放船。」子履詩稿裒然，此爲余書便面者。造響清微，寓懷藴藉，已足窺見一斑。

古藤書屋在京師宣武門外海波寺街，有紫藤二本，百餘年物，爲竹垞先生故居。當時集諸名流聯句，送梁藥亭南歸，即是處也。今爲吾粤順德邱舍，家小舟太史玉衡每逭暑消寒，集此觴詠。當日下風流稍歇之時，得此足以維風振響。己卯初夏，集同人，兼餞盛子履歸江南，粤客爲譚康侯敬昭、吴秋航梯、林辛山聯桂、張南山維屏、家香鐵釗、小舟曁余也。詩多不録。秋航《送子履》詩云：「浮雲滿帝京，落日動吴旌。白髮還家夢，青衫去國情。烟霞東岱色，風雨大江聲。寫入詩篇去，何由意氣平。」子履稱爲盛唐格律。

家香鐵詩筆雄秀，《同子履南山出南新門》一律云：「車箱飛滿六街塵，出郭忻然眼界新。展黛青山圖静女，折腰楊柳拜風人。遥天雲暝還疑夢，遠樹烟多不見春。莫笑東華但冠蓋，九州吟侶自相親。」

宋於潛令樓璹創《耕織圖》，自始迄終，各二十三事，繫之以詩，而獻於廷。世久，邑志失載，或有詢其事而茫然者。余同年順德何藜閣太青由庶常改官，出宰是邑，興廢舉墜，聿修志乘，迺敬摹聖祖仁皇帝《耕織圖詩》，附以樓作，合爲一卷，冠於編首。可謂知本矣。

都中棘闈號舍有前朝磚刻，翁宜泉先生樹培入闈時，手自拓之。張船山太史貽以詩云：「棘枝圍屋瓦鱗鱗，紅燭三更泣鬼神。十萬諸生齊嘔血，墻陰偏有搨碑人。」先生爲覃溪先生哲嗣，陳荔峰師房考，精金石之學，又嘗拓有《銅權册》。

仁和女史孫仙品雲鶴《渡十八灘和許滇生韵》云：「兩岸山仍在，重來客獨看。雲深知有雨，水滿欲無灘。離思兼程遠，春江過午寒。何時理歸楫，於此復憑闌。」余戊寅冬過此灘，始知其第四語之確，而「春江過午寒」五字尤工。仙品與門人滇生有戚誼，此得之滇生少時手録。

黄公灘爲十八灘之一，東坡改「黄公」爲「惶恐」，以對「喜歡」，後文文山亦以「零丁」屬對，遂成故實。余過此，水平石見，絶無險阻。竊謂當仍舊名，口占二絶句云：「嘉名偶易自坡翁，予姓曾聞舊與同。水石本無惶恐意，此灘應復號黄公。」「文山蘇子兩孤臣，飄泊艱虞歎一身。我自扁舟安穩過，始知身是太平人。」

同年新興陳雪漁在謙詩長於七言，有《河伯冢》一篇，甚奇瑋，又有「不倚秋陰瘦似人」之句。「春風淡淡吹新麥，細雨濛濛開杏花」吾邑何哲堂大令文明句。

嘉應吴石華學博蘭修輯《女文選》一書，爲古人所未有。尤工詩餘，有「風雨小心歸」之句，湯雨生最擊節。又《詠貓》云：「伸腰懶過，水晶簾外，一兩三聲。」《寄内》云：「雖寄尺書情萬程，平安一半將伊哄。」《黄金縷》云：「一味多愁，只恐非長策。葬罷落花無氣力，小闌干外斜陽碧。」皆余所深賞。吴蘭雪嘗謂余曰：「海内工倚聲者，若石華其選也。」

紅棉産於嶺表，古無故實。前人詠之者，亦不甚多。番禺王逸樵士鏜句云：「時平不合呼烽火，樹老居然閲霸王。」殊妙。宋芷灣太史則云：「祝融以德火其木，雷電成章天始春。」尤有奇傑氣，能狀此花之神。嘉慶壬申暮春，家蒼厓開紅棉詩社，各賦七律十首，將以踵黄牡丹、赤鸚鵡之韵事。作者七十餘人，余亦效顰賦十首。

玉庭少宰喜吟詠，暇時輒招詞人學士集適園，分題刻燭。嘗詠「十聲」、「十影」詩，在座皆琳瑯滿目。余尤愛張同莊大令珍臬《鶴影》句云：「揚州月有痕。」得象外之神。

和平徐曉初農部旭曾有句云：「枯樹移凍禽，虛簷落殘果。」二語幽峭獨絕。一日特過余，曰：「向贈所刻八種，《香石詩話》未及覽，於粤秀講院無事細玩，始深悉其妙。生平所見詩話，此爲愜心。論大家門徑，如工部、山谷七古，尤發前人所未發云。」噫！此亦嗜痂之癖者也。

覃溪先生寄題雲泉山館七古已勒石，同時邀芷灣太史同作。芷灣改用律體，寄余與南山云：「遠聞山館築雲泉，此地曾遊二十年。北播番禺大都會，南來清淑越山川。仙人只許飛前住，名士猶能深處眠。莫笑出山泉已濁，歸心長逐暮雲還。」吴巢松太史慈鶴撰有駢體記，亦工。

嘉慶二十五年庚辰春，高麗使臣李鶴秀恭和聖製詩云：「德化相隨若合符，要荒皮幣在庭衢。九成《韶》自民謳始，萬國春從御翰敷。禁樹未華先有氣，仁天不雨亦能濡。幸逢寶甲重回日，遐祝洋洋拱北樞。」又正使洪義臣句云：「天庥滋至三元泰，惠澤旁流四海敷。」偶用「三元」二字，本無成心，而越月春闈，粤西陳君蓮史繼昌竟以三元及第。國家得人之慶，已爲之兆。

跋

右《粵嶽草堂詩話》二卷，先叔祖考香石先生晚年所著也。先叔祖考曾撰有《香石詩話》，經北平翁閣學覃溪鑒定，久已風行海内。惟《粵嶽草堂詩話》著成後，稿藏於家者數十年，未付剞劂。前南海孔少唐比部曾擬借刊，番禺陳古樵師亦擬刻入《學海堂叢書》中，惜皆未果。暇日偶檢遺著，見是書鈔稿日就殘缺，甚懼先人心血湮没不傳，亟欲釐正，以付手民。適饒平陳子丹明經睹斯集，慨任剞劂。余感其續先人未竟之業，敬誌數語於後。宣統二年歲次庚戌二月望日，侄孫映奎敬跋。

（吴忱、楊焄、王天覺點校）

魚計軒詩話

魚計軒詩話提要

《魚計軒詩話》一卷，據民國五年刊《適園叢書》本（第十二集）點校。撰者計發，字發之，浙江烏程人。庠生。按此卷所録康、雍、乾人詩，多饒情韵，所謂「韵人韵事須以韵語傳之」，頗可見盛世文人生活不離所謂「詩瓢酒盞茶鑪」、琴棋書畫妓樂之趣，如記閩人鄭方域得一陳無己手製墨，作長歌示友；湖州薛晉侯造方鏡極精，杭世駿首咏，同人疊韵至十卷之類。所録頗有佳作，如嚴遂成《後梅花詩》四首，即不在歷代梅詩下也。他如記才人佳麗所適不偶等，筆致曲折，宛如小説。論詩亦通達有識，往往能一語中的，如論應酬詩「果能貼切，未有不脱套者，昔人所謂實則新也」，則應酬能佳，他題無不能佳矣。亦偶有不確者，如謂漁洋《秋柳詩》「沈宗伯痛詆其不切」，則誤趙秋谷爲沈歸愚矣。作者鄉梓情深，所録詳於吴中一帶風情。末則乃嘉慶九年甲子春補録者，時寓周莊，故急録潘耒、吴錫麒詠南潯詩數首，以「不忘故鄉」。藉此略可知此卷所作之時與地也。

魚計軒詩話

烏程計發發之

昔人以詩之佳句書於團扇，然書其語不如畫其意也。雲中鮑西岡鈐賦《秋曉》，有「露溼秋延樹，天清巷見山」之句，紫幢王孫愛之，爲畫詩意於便面，納刺脊齋紀以詩云：「羼提軒主西岡別號也。句堪傳，五字天清巷見山。誰爲紫幢團扇上，秋窗著意寫孱顔。」又德水田山薑雯《濟南絶句》云：「鞭絲帽影黄岡路，十里烟村近濟南。底事重來看不厭，迎人華嶕正堆藍。」李莪村中丞賞之，畫於扇頭。後脊齋客中丞署，賦詩訂交，云：「吟詩驢背記黄岡，華嶕堆藍句不忘。曾向謝公團扇上，鞭絲帽影認田郎。」事正相類。

詠水仙花昉自山谷老人。近搜得絶句三首，皆可喜者。歸安沈鳳于爾燝云：「青磁文石護嬋娟，移傍銀鐙倍可憐。應是祝融峰上女，夜深環佩下温泉。」自注：「祝融女丁芊嫁元冥之子壬夫，共學水仙，居於温泉。」又前輩董若雨説云：「肌膚冰雪縞衣裳，洛水神妃試淡妝。不用花名重錫賚，獻之舊有《十三行》。」董南谷浩云：「碧玉叢中短短枝，緑衣素面大寒時。水仙祠對孤山面，本與梅花有舊知。」

寧陵縣有棗最甘，無核。沈鳳于《剥棗》絶句云：「纂纂霜林葉底尋，甘於崖蜜嫩於金。勸歡莫學寧陵種，嘗盡甜頭少赤心。」

揚州紅橋之名，自王文簡爲司李時與諸名士觴詠而著。閲數十年，而鹺使盧雅雨官其地，首倡

《紅橋修禊》詩四首，和者甚衆。歸安茅湘客應奎有句云：「惟應王後盧前日，冷落風流螢苑中。」引用二姓恰合。

會先後同年，最爲昇平盛事。王文簡有句云：「得第重逢辛卯歲，刪詩斷自丙申年。」然竟以卧病，不果會也。康熙庚午，公會在宫詹黄昆圃先生齋。宫詹賦詩五章，今記其二：「蘂榜新開敞盛筵，漫勞車馬問衰年。雀羅門巷群相訝，鶴髮重聯桂籍仙。」「微名竊忝際時昌，弱植新莖接御香。老媿無聞同敝帚，何堪群奉魯靈光。」時宫詹年蓋七十有九矣。

閔湘人南仲居晟舍，爲冢宰某公諸孫，天姿超絶，書一過目，終身不忘。世變後家苦貧乏，幾無以自存。嘗詭他姓，偕其配自鬻於唐棲大姓。所著有《碎金集》、《寒玉居集》，潘太守尚仁刻於淮陰。詩特悽艷動人，其《自遣》云：「子規聲裏歎無家，古劍宵鳴月似沙。入夢屏幃憐夜玉，借人庭館看朝霞。鴛鴦獨立同根藕，蛺蝶單飛並蒂花。怪底狂生多感慨，最悲涼處見繁華。」又《與歌者王郎》云：「撩翠修眉絳點脣，内家裝束倍消魂。波寒雨淡春憔悴，此夜因君一半温。」「舞散歌闌缺月明，海棠春困不勝情。風流第一難忘處，説罷芳庚説小名。」誦之如秋林夕照，哀蟬抱葉而啼也。

大隱朝市，非有道者不能。高念東侍郎寓居松雲庵，一日馮相國溥見過，因成斷句云：「户倚雙藤禪宇開，無人知是相公來。相看一笑忘朝市，風味依然兩秀才。」彼身居通顯輒意氣自憙者，亦獨何哉？

京師宣武門外永慶寺最爲卑陋，獨正殿一區門常閉，禪師文然居之。宋牧仲在都時時過訪，見其道韵高深，以爲東南禪窟所未有也。後牧仲再至都，師已示寂，乃作詩弔之曰：「古巷如空山，幽絶招提境。春風扣禪扉，斜日林閒静。小别二十年，依然磬聲泠。不見白頭僧，閑階蹋花影。」詩致清絶，洵足爲禪師寫照。

吴江孫孟樸淳經營復社，不辭勞瘁。晚築梅綰居於南潯，以詩自娱。其《塞下曲》云：「寒雲萬里肅秋霜，羌笛吹殘柳葉黄。寄語閨中莫相憶，從軍幾個得還鄉。」詞意警策，正使偷唐人不堪並對。《梅綰居存草》内删卻此詩，何也？

凡前賢墳墓，最宜加意修築，使不至於淪没。從祖改亭先生東嘗在鄴城遍尋謝茂秦葬處，得之南門外二十里，頹墮荒草中。固請當事爲封土三尺，禁樵牧其上，立石誌之曰：「明詩人謝茂秦之墓」。因作詩以弔之云：「鄴中懷古正秋風，詞賦深慚謝氏工。生欲移家辭白雪，殁隨疑冢對秋楓。諸王禮數何嘗絶，七子交期竟不終。自是貴遊多薄倖，布衣未必歎飄蓬。」按王、李始推茂秦爲盟主，後稱「眇山人」以黜之，見交道之不古也。沈文慤《論詩絶句》云：「眇目山人足性靈，詩盟寒後苦飄零。後來誰弔荒墳者，衹有吴江計改亭。」此種詩可以敦薄。

改亭先生有《排悶》詩云：「自落風塵二十年，心如膏火夜常煎。羞吟北里《無愁曲》，未解《南華至樂篇》。白髮老親雙淚裏，緑衣小婦一鐙前。秋來河朔悲風急，每對征衣一惘然。」此詩見魏惟度《百家詩選》，今集中有拗體《排悶》，一首兩見，乃此首之誤也，當改正。

吴江吴柳塘祖修有僕楊清，《題琉璃河關壯繆廟》云：「鐵槍不爲朱温死，此地如何廟壽亭。」柳塘謂鐵槍忠勇，正未易得，乃反其意曰：「世間何限偷生輩，此地還應廟鐵槍。」余以鐵槍雖忠勇，其如朱温篡弑之賊，不直爲死，楊詩畢竟是正論。

邵僧彌，姑蘇人，性孤癖，詩畫極爲吴人所重，隱于瓜疇，自號「瓜疇老人」。張瑶星遺題其《秋水圖》云：「蒹葭秋水一船移，自對空江玉笛吹。好景見前誰寫得，月痕猶識邵僧彌。」

世亂時多奇女子，《别裁集》載有畢著，其一也。著字韜文，江南歙縣人。父守薊丘，與流賊戰，死，屍爲賊擄。著即於是夜率精鋭入賊營，手刃其渠，衆潰，多自相踐蹋死，乃輿父屍還，葬於金陵。時二十歲女子也。《紀事》詩云：「吾父矢報國，戰死於薊丘。父馬爲賊乘，父屍爲賊收。父死不能報，有媿秦女休。乘賊不及防，夜進千貔貅。殺賊血漉漉，手握讐人頭。賊衆自相殺，屍横滿阬溝。父體輿櫬歸，薄葬荒山陬。相期智勇士，慨焉賦同讐。蛾賊一掃清，國家固金甌。」一詩中機智、義勇、忠孝備見之。後爲崑山王聖開室，裙布釵荊，白首相莊以没。有《村居》詩云：「席門閒傍水之涯，夫壻安貧不作家。明日斷炊何暇問，且攜鴉觜種梅花。」視前詩如出二人。

朱柔則字道珠，仁和沈方舟室。方舟客紅蘭主人所，久而不歸，遥寄《故鄉山水圖》，主人作詩，有「應憐夫壻無歸信，翻畫家山遠寄來」之句。方舟旋歸，當時傳爲佳話。道珠有《寄遠曲》云：「恨少垂楊柳，殷勤繫玉鞍。夕陽鴉背暖，春雪馬蹄寒。入世逢迎拙，依人去住難。癡兒啼向我，昨夜夢長安。」「獵獵風初勁，沈沈雨未闌。因憐兒被薄，轉憶客衣單。棲雁將雛苦，征鴻失侣寒。居家與行路，同是一艱難。」「聞説燕臺路，生涯亦可憐。恥彈門下鋏，誰乞廣文錢。久客非長策，歸耕有薄田。一棺痛慈母，急爲卜牛眠。」少陵風格，不圖於閨閣見之。

杜茶村濬有《茶喜》詩，引曰：「七月之望，余將南旋，同蔣子前民下瓜渚。微雨放船，秋光可掇。中途雨止，相與登岸散步，尋道旁桂園，折得數枝。入舟，一水之香，直達三徑。詰朝，金風戒露，晴昊洞然。既夕，圓魄東升，著地碧色。漏下之後，蝕而愈明，街鼓告寂，閉門淵永。蔣子吟慨有會，徐出茗飲余，素瓷若空，微馨絕類。余少呷而沁心焉，遽驚視蔣子不能言。良久，問蔣子何由得此。蔣子云：『此吾久澂秋水，濯洞岕精英，躬親潔器、察火而有此也。雖然，豈緊非天，蓋他日未嘗若是矣。』余嘗論惟茶有四妙：曰湛、曰幽、曰靈、曰遠，用以澡吾根器，美吾智意，改吾聞見，導吾杳冥，今果具是乎！賞豫之餘，僅得一詩，詩離乎茶，而志曰『茶喜』，然則奚用而繫之茶，又奚用而繫之喜耶？嗟夫！」詩云：「維舟折桂花，香色到君家。露氣澂秋水，江天卷暮霞。南軒人去盡，碧月夜來華。寂寂忘言説，心親一盞茶。」夢了道人評曰：「《離騷》、《莊子》、《華嚴經》，覺李、杜光燄蔑如矣。」

書齋雅供，茶具爲先。至名工所作，如供春時大彬諸壺，價高不易辨。江陰周伯高高起嘗著《陽羨茗壺系》，裁別矜慎，又旁蒐殘缺，於好事家用自怡悦。詩以解嘲云：「陽羨名壺集，周郎不棄瑕。尚陶延古意，排悶仰真茶。燕市曾收駿，齊師亦載車。也知無用處，攜對欲殘花。」用涓人買駿骨、孫臏刖足事喻殘壺之好，非真賞鑒家不能。

朱子青緗，歷城人，大司馬宏祚子。有警句云：「殘星數點月將落，老屋一鐙門未開。」較之趙倚樓，未知誰爲伯仲？

夏玉崖名鼐，字元夫，潯谿名醫也。既殁，而遠近猶稱道其術不衰。有李翁者，病且殆，中夜愁苦，謂其子曰：「安得起夏先生救我危疾乎？」適里中扶乩，子亟往請方，有降乩詩云：「長日動薰風，調元鼎鼐中。要知余姓氏，祇在四時中。」衆相驚歎，謂夏先生已成仙矣。立書一方，服之霍愈。

吴江金士吉去疾《題桃源圖》二絶云：「山合疑無路，花開卻有源。一從聞晉魏，洗耳欲忘言。」「避世桃花裏，怡然樂此源。漁郎太多事，復與外人言。」以視吕無黨，吕云：「何不將上二句彼此互換，更覺機警。」士吉深服之。

長洲吴南村廷楨以北籍被斥，聖祖南巡獻詩，召試御舟。時聞玉漏聲悠然自内出，一黄門報云：「吴江界了。」遂得句云：「簾内一聲清磬響，計程應已到吴江。」詩稱上意，復還舉人。明年，成進士。

聖廟幸南海子，捕魚賜群臣，命賦詩。查初白慎行時爲編修，供奉内廷，詩云：「笠檐蓑袂平生夢，臣本烟波一釣徒。」稱旨。内侍傳「烟波釣徒查翰林」，蓋同時有「淡遠學士昇」也。可與「春城無處不飛花韓翃」同爲佳話。

王漁洋《秋柳》詩四首，百年來膾炙人口，而沈宗伯痛詆其不切。高郵殷桐高嶧次韵四首最佳，其一云：「緑波春草愴離魂，曾與攀條出國門。解説腰支能鬬舞，祇今眉黛漸銷痕。幾聲沙雁風前影，一帶斜陽水外村。腸斷蘭成《枯樹賦》，江潭摇落不堪論。」庶幾在離即之間。

明季，歸安茅止生元儀居花林，擁厚貲，雄才俠氣，睥睨一時。童年赴試，郡守以歲歉，出簿勸捐。止生即援筆注云：「助米一萬石。」弱冠遷居秦淮，於萬曆己未五日創舉大社，分贈遊資千二百餘金，又人各予一金、一妓、一庖丁、酒筵一席，計二千金。是日，舉金陵之妓女、庖人、遊舫，無不畢集。止生時年僅二十有五也。其族孫湘客應奎《金陵感興》云：「一麾萬石齓髫年，日食寧論二萬錢。自注：公飲噉兼數人。宛叔草書能入聖，楚生彩筆解昇仙。謂楊、陶二姬，楊工草書；陶卒後降乩云：已復證仙，爲西元洞主。金釵列隊專房佔，公先後侍姬凡八十餘人，晚節獨重宛叔。玉腕持郎過馬便。陶兼有勇力，嘗與公並馬出郊，馬逸幾墜。陶扶過馬上，獲免。小袖雲藍逸韵盡，孫枝一葉賸誰邊。公後已不可考。」往予見湘客，述止生遺事，真娓娓可聽。

「高山流水詩千軸，明月清風酒一船。借問阿誰堪作伴，美人才子與神仙。」此黄九烟周星詩也。九烟爲前明進士，上元人。鼎革後流寓吾潯，年七十，忽感愴于懷，自撰墓誌，作《解脱吟》十章，縱飲盡一斗，大醉，自沉於水，時爲五月五日。往余有《五日追弔九烟》詩，末云：「嗚呼九烟真進士，同時多少曳朱紫，狗苟蠅營何足齒。先生之魂長在水，先生之名且不死。」

沈文慤《明妃詞》：「毳帳琵琶曲，休彈怨恨聲。無金酬畫手，是妾誤平生。」評者謂其怨而不怒，爲此題絶唱。然國初魏惟度憲詠此題云：「婉轉辭明主，迢遥嫁異鄉。青蛾傷漢月，紅粉染胡霜。暫得恩波日，徒成怨别腸。無金酬畫士，是妾誤君王。」自誤誤君，同一不罪畫工意。第沈作絶句，所謂青出於藍而碧於藍也。

董若雨先生有《怨鶴行》，事既悽斷，詩亦古雅絶倫。序云：「客有南州生，少年遠遊、不得意，流館西吴。閩人鬱鬱以殁，一日託形野鶴，飛集生館。值生醉甚，對鶴訴愁。鶴忽墮淚，生閟絶。既而嗚咽，爲閨人語曰：『君不如歸去，我死矣，魂魄渡江，尋君至此。』言訖而蘇，鶴亦飛去。余聞其事，爲作《怨鶴行》，復成《白鶴怨》二首。」「白鶴復白鶴，獨立兀如醉。驅汝汝不飛，那作仙人驥。一解。不飛亦不舞，斜陽傍行子。低頭語白鶴，惆悵儂如爾。二解。白鶴長鳴，行客沾裳。白鶴淚垂，一何琅琅。鶴鳴尚自可，鶴淚愁殺我。三解。呼郎前來，念郎愁苦。儂不慕封侯，願君還故宇。欲知腸斷絶，衣上吴山雨。四解。夜逐巫山雲，摇蕩五湖裏。天風知妾恨，吹渡蘋洲水。五解。」「幾回夢裏度金微，此夜蘋洲唤客歸。與君化作鴛鴦鳥，越水吴山衹共飛。」「怨鶴啼痕染客衣，愁魂歷歷是耶非。從今添入相思譜，不羨當年老令威。」

宣城梅耦長庚《落梅》詩云：「背城花隝得春遲，凍雀銜殘尚未知。聞説緑珠堪絶世，我來偏見墜樓時。」《漁洋詩話》稱之。近陳玉田撰《黄孏餘話》，以此本廣平《梅花賦》「有如緑珠，輕身墜樓」，且宋人《落花》詩已有「緑珠樓下堪惆悵」之句，於耦長爲數見不鮮。竊謂耦長詩佳處全在數虚字用得跳脱，遂覺神味無窮。若引喻緑珠，自是常見，不足爲耦長詫也。

「養汝如雛鳳，年荒值幾錢。辛勤宜自愛，不比在孃邊。哭盡眼中血，灑汝身上衣。孽緣如未斷，猶望夢來歸。」此賣子女詩，可以泣鬼，特不知何人所作。山右荆蔭南太守嘗刊以示人。

董南谷浩登庚子科賢書，才名籍甚，無故得奇疾，卧牀第七八年，齎志而殁。其《春日枕上書懷》云：「擊楫吾曾泝大江，依然破硯守蓬窗。療飢難煮書千卷，呵凍空頽筆十雙。身困藥鑪眠病鶴，户盈債屨吠寒尨。壯懷僵折如梅榦，雪壓霜欺勢欲降。」「哀鴻本爲稻粱謀，黄鵠今成籠内囚。拔宅有天看舐鼎，立錐無地且居樓。形骸散木非梨果，身世坳堂任芥舟。一卷《南華》真枕祕，逍遥吾欲夢中遊。」「八窗洞達對春妍，悶絶重簾障眼前。籠裏書生非一日，帷中新婦已三年。遊山祇許夢廬嶽，訪友無能泛剡川。枕席何堪淹歲月，坐令絲髮漸盈顛。」「儉歲簞瓢亦孔艱，談何容易欲希顔。典衣賤似鬻齊屨，貸粟難於請鄭環。無補空糜醫藥費，多情休怨友朋慳。詰朝喜動家人色，縷縷炊烟上屋山。」四詩寫盡貧病無聊之況。

《竹枝》本出于巴渝，劉禹錫作新辭九章，教里中兒歌之，由是盛於貞元、元和之間。近仁和杭堇浦太史嘗在嶺南作《珠江竹枝詞》六首，風流淡蕩，一洗塵氛，備録之：「樹裏歌聲水面腔，阿儂生小住珠江。淩波祇恐塵生步，不著鴉頭韈一雙。」「緑榕陰處月微黄，艇子沿流接翅長。水際刺篙沙際宿，天然畫出野鴛鴦。」「觶鬟垂鴉宿粉殘，早潮迴夢怯衣單。爲憐江上遥峰少，方便長眉借客看。」「論斛量珠買得無，魚珠争及蚌珠麤。若將江作珠胎比，儂是江心一顆珠。」「不見蓴絲翠帶長，絶無露葦更風楊。生來祇識相思樹，著意江邊種一行。」「海珠寺外月如銀，肯照三更倚舵人。妾是水萍郎墮絮，天生一樣可憐春。」

乾隆時，嶺南欖谿麥氏以「昌華苑懷古」題開社，得詩千首。順德潘守戎憲勳獨冠一軍，其潤筆則《東坡全集》，而以銀杯、綫紗、薦茗、紙筆副之，亦數十年來一盛事也。守戎招同人集鏡巖山房賦詩以紀，杭堇浦太史得絶句三首云：「苑冷昌華鬱古情，潘郎才調壓群英。月泉枉自誇吟社，忍笑清翁潤筆輕。」「《東坡七集》七璠璵，異代思公涕有餘。讓爾一時新换得，風流留與采風書。」「嶺南詩社劇紛麻，蜑唱蠻謳盡作家。祇有鏡巖風格好，筆鋒掃處即生花。」

古今詠梅花詩無慮充棟。嚴海珊刺史遂成有《後梅花詩》四，云：「東風取次返離魂，妝點江南水一村。自入山來皆雪意，最無人處有烟痕。攜琴未許鶴爲子，拄杖忽聞僧在門。歸路冷香收滿袖，月斜牆角正黄昏。」「縞衣仙子玉華宫，曲牖疏簾面面通。卻立偏於人影外，餘情都付水聲中。即空是色休疑月，在遠能香不畏風。忍著嫩寒看未厭，一天微雨又濛濛。」「獨抱冬心凍不枯，欹斜未許緑陰扶。忽飛雙鳥對相語，微礙一雲疑欲無。若入詩評爲島瘦，即論畫格亦倪迂。老來禁斷揚州夢，夢去孤山雪滿湖。」「酸鹹味外隔塵緣，管領將昏未曉天。殘笛一聲涼在水，遠峰數點碧於烟。驢鞍斜挂橋邊路，鶴氅横披竹外船。知有人家住深處，落英流出第三泉。」此四詩傳播京師，推爲絶唱。又鳳陽方明經潤蒼有句云：「淡處已成姿絶世，冷時剛許艷横生。」亦頗得歲寒後凋意。

前輩紀白雲深嘗論作詩須有遠神，讀者亦須有遠神以會之。蓋遠則淡，淡則真，真則入於妙矣。記其《郡中即事》云：「零星小雨人初起，寂寞微風燕未回。城市不知春已半，賣花擔上草蘭開。」可以撲去俗塵三斗。

「雲邊屋角樹邊扉，窈窕疏籬夕照圍。黄犬經年無客吠，青山盡日等人歸。榆添酒價錢頻落，柳贈春寒絮特飛。笑引君來須款步，穿林猶有釣魚磯。」此新昌毛錦來詩，想見山莊之勝。

宋嵋庵家烏程之新浦，出遊四方，值三藩未靖，感事傷時，發爲詩歌，有豪邁之氣。集中七言如「林壑常開新杖履，湖山猶照古鬚眉」、「時危兵甲憂鄉井，家在菰蘆樂釣磯」、「乾坤無恙留詞客，尊繪多情憶故鄉」、「客路間關聞戰鼓，故人消息問漁竿」、「黃葉路深迷斷碣，白頭僧在話前朝」，數聯宛然出陳臥子手。

「花憐昨夜雨，茶憶故山泉」，錢塘閨秀顧啓姬句也。顧爲鄂幼輿室人，宋牧仲撫江西時，幼輿過訪，牧仲口占以贈云：「閨中有高詠，茶憶故山泉。似此驚人句，難爲贈婦篇。畫眉君暫輟，下榻我相延。賦就滕王閣，靈風促轉船。」

汪鈍翁《說鈴》載慈仁寺東廊下有無名氏題兩絕句，云：「故宮高與白雲齊，無數垂楊接御堤。玉輦不來花落盡，晾鷹臺上鳥空啼。」「新甃湯泉咽不流，繚垣欹側野棠秋。月明深鎖長生殿，夜半無人誓女牛。」按先生晚年所定《堯峰文鈔》備録此二詩，當即其自作也。

鍾、譚一派，詆之者至目爲鬼趣、爲兵象、爲詩妖，亦太甚矣；而況詆之者正未嘗不效之也。淩絨亭樹屏《偶作》云：「辛苦爲詩兩竟陵，縱然別派也澄清。阿誰爛把《詩歸》讀，入室操戈汝太能。自注：錢牧齋少時頗亦取逕《詩歸》。」「新城重代歷城興，清秀贏將牧老稱。自注：時謂阮亭爲「清秀李于鱗」，錢牧齋顧亟稱之，何耶？細讀羼提軒裏句，又疑分得竟陵鐙。自注：新城詩有絶似鍾、譚者。」明眼人定不肯隨聲附和耳。

柳如是，盛澤之歸家園人也，今求其故居，不可復得。順德羅天尺思弔柳詩有「地下黃門悔亦遲」之句，蓋指人中斥辱事。淩絨亭謂柳特妓女之放誕者耳，即其殉身夫己氏亦祇同類相死，不足語於緑珠之死石、關盼盼之死張較甚，何緣悔人中乎！因作二絶句以反之：「粉蹟鍼痕若個邊，漫從芳草憶嬋娟。當時若逐黄門死，也合珠鄉有井傳。」「關盼曾聞死建封，蘼蕪近亦殉錢翁。詎知出塞蒼涼日，共著胡貂别漢宫。自注：如是嘗與其夫各改裝王昭君、毛延壽，出南都門。」風刺彌深，要爲正論。

雪痕鴻爪，人之蹤跡無常，每因重到，輒感慨係之。長興令鮑西岡鈖既以事去任，踰十載，復來爲令於斯，乃取劉夢得《玄都觀》詩語，字其署内小池，曰「劉郎泊軒」、曰「前度軒」，而綴以詩云：「亭館荒涼已半摧，池心孤嶼鬱崔嵬。行藏偶爾成前度，面目於今尚本來。水鳥樹林皆説法，兔葵燕麥若爲媒。不妨題作劉郎泊，閑語昆明劫後灰。」

奸佞之臣亦自有才藝。馬士英畫學董北苑，而能變以己意。黄俞郃題以絶句云：「半閒堂上草離離，賸有遺蹤寄墨池。猶勝當時林甫輩，弄麞貽笑誤書時。」調侃不少。嘗考南都阮大鋮以私怨欲盡殺東林、復社諸人，士英不欲，賦詩云：「蘇蕙才名千古絶，陽臺歌舞世無多。若使當時不相妒，也應快煞竇連波。」事稍釋。是士英不但能畫，且能詩矣。

阮大鋮有《詠懷堂詩集》，今略其七言之佳者，如「一官遠寄霜鴻外，合郡秋聞橘柚香」、「花村到處有人住，訟閣閑來唯鳥鳴」、「夏淺涼隨新雨至，吟悽人在夜猿先」、「江近嘉魚隨市得，官閑修竹繞衙生」、「黄葉路從湘水闊，青山爲道逐臣尊」、「夜久禽聲翻月樹，露涼蟲響抱秋花」、「逃名尚畏漁樵著，息影寧逾薜荔賢」、「亂來野菊難爲色，愁至霜楓易入聞」、「素影杯流天柱月，秋聲句挾廣陵濤」，皆新警峭拔，迥異凡庸，當不以人廢。

古來慷慨從軍，不必盡鬚眉男子。明石砫司女將秦良玉帥師勤王，御製詩以旌之，有「桃花馬上請長纓」之句。董若雨説云：「追奔一點繡紅旗，夜響刀環匹馬馳。製得鐃歌編樂府，姓名肯入《玉臺》詩？」讀之殊有風雲之氣。

按鳥有名「王母」者，其尾五色，長二三丈許，飛則翩翩如旗狀，出粵西。明猺女雲彈孃美而饒智勇，手握兵符，能以少擊衆，諸猺盡服。每盛飾登壇，望之若神人。鄺湛若遊西粵，彈孃客之，俾主記室。湛若見猺中王母裘織成錢文，以爲西王母服也。彈孃笑曰：「君不聞『子規夜啼山竹裂，王母晝下雲旗翻』耶？」注：王母，水鳥也。其文雅多識如此。

《張憶孃簪花圖》，康熙初年楊子鶴筆也，卷中題詠幾及百人。目存上人睿云：「莫摘濃香壓鬢鴉，嬾從時世鬭鉛華。他年得入維摩室，不許簪花衹散花。」語最超脱。又吾里董若雨云：「墮馬新鬟髮半垂，海棠片片溼臙脂。簪花自愛花間影，休向旁人問可宜。」董本諸生，後出家，名南潛。

何樾巢鞏道，香山相國仲子。偶見一友人婢甚好，欲買之不可得。友人曰：「能終夜百詩，當與君。」曰：「可。」友念某人才捷，可敵樾巢，復要之曰：「吾約某同君作，君先彼成，即與君。」曰：「可。」半夜而百詩成，某但半之耳，即以婢歸之。傳其《詠簾》句云：「每當月到通花氣，不待風來作水痕。」

《漁洋詩話》謂益都孫文定《詠息夫人》「無言空有恨，兒女粲成行」，諧語令人頤解；杜牧之「至竟息亡緣底事，可憐金谷墜樓人」，則正言以大義責之。余按《列女傳》：「楚伐息，破之，虜其君，使守門。楚王將妻其夫人而納之於宮。夫人出見息君，賦詩訣別，遂自殺。」與《左傳》絶異。又息夫人稱桃花夫人，以廟在漢陽大別山下，有桃花洞故也。或即以桃花目夫人。如唐劉長卿云：「寂寞應千載，桃花想一枝。」宋徐照云：「一樹桃花發，桃花即是君。」殊失考矣。特作二詩正之：「自向君前灑血馨，細腰深鎖幾曾經。如何中壘空搜輯，祇解從盲左乞靈。」「小祠下有桃花洞，便説桃花即是君。寫照豈無松與柏，故將俗艷擬清芬。」

康熙間江都吴薗次綺以水部郎出守吾湖，爲治簡静。其《吴興》一闋有曰：「詩瓢酒盞茶鑪，是閑中簿書。」又性喜賓客，四方名士過從無虚日，卒以是解任去。吴梅村贈詩云：「官如殘夢短，客比亂山多。」青眼高歌，唾壺欲碎矣。

梁棠村清標領尚書事，每退朝，即簾閣静坐，嘯詠自娱。嘗構蕉林書屋，自題絶句云：「半船坐雨冷蕭蕭，仿佛江天弄晚潮。人在西窗清似水，最堪聽處是芭蕉。」又云：「淡烟晴日滿簾櫳，春色依然上小紅。客爲看花頻載酒，海棠開否問東風。」殆少陵所謂「静者」耶？

凡朋友投贈之作，要以有所勸勉爲貴。昔龔端毅歸葬太夫人，禮畢北行，杜于皇送之詩云：「康濟誰能盡，功成退步寬。鹽梅留淡味，霖雨慎波瀾。毫素深心託，榮華道眼觀。古來光史册，知止最爲難。」見者咸謂龔公方晉官，奈何爲此言，而公顧深賞之。至走别時，尚出其詩於袖中，曰：「謹佩厚意。」

改亭先生自海陵歸，渡江，會大風雨，舟不得發。同行者垂首歎惋，先生坐舵樓下，手阮亭詩讀之，至《論鄭少谷絶句》云：「三代而還盡好名，文人從古善相輕。君看少谷山人死，獨有平生王子衡。」哭失聲，既乃大喜，拭涕起坐雪中，觀江濤澎湃，吟嘯自樂。少谷山人鄭繼之與王廷相子衡未謀面，乃有詩曰：「海内談詩王子衡，春風坐遍魯諸生。」王見之，有知己之感，於鄭死後，數千里入閩，經紀其喪云。

董若雨一夕與其二子樵、耒論詩，耒偶吟唐人「軍敗鼓聲死」之句，因復拈「死」字，令各呈句。以詩都不得佳，遂口占云：「旗紅閃落霞，甲麗明秋水。馬上響刀環，輕軀爲君死。」可稱警絕。

厲樊榭孝廉有愛姬字月上，烏程人，姿性明秀，年二十四亡。樊榭悼之以詩，多至數十首，録其一云：「一場短夢七年過，往事分明觸緒多。搦管自稱詩弟子，散花相伴病維摩。半屏涼影頽低髻，幽徑春風曳薄羅。今日書堂覓行跡，不禁雙鬢爲伊皤。」後樊榭卒，杭堇浦太史哭之，有句云：「地下祇應尋月上，斷風零雨説相思。」倘亦深知其幽恨歟？

金陵獻花寺祖師洞内有一石，「佛」字宛然。阮大鋮題云：「巖花常吐天人供，春草難遮佛字痕。」王阮亭《送人之金陵》云：「杖笠飄然又白門，百城烟水歷朝昏。祖堂寺裏生春草，萬古難遮佛字痕。」後二句正用阮詩也。

清福不易享，張文敏横山西廬有静長書屋，蓋取唐子西詩意。《歸省題壁》云：「壺中長日静中緣，我亦曾經四小年。不及蒼髯牆外叟，梅花看到菊花天。」

查蓮坡爲仁居津門水西莊，往來名士之盛，不啻玉山諸勝。一日，商蒼雨編修盤過訪，蓮坡出歌者演劇。蒼雨留詩曰：「記得東華甲夜長，九枝絳蠟膩歡場。誰知碎雨零烟後，又聽朝來翠袖涼。」「重簾消息隔傾城，相見翻疑面目生。不用掩羞裁月魄，當年著眼已分明。」又「錦屏銀燭夜闌時，細細風懷脈脈知。結習猶煩大迦葉，麗情都付小《楊枝》。司空相見何曾慣，學士休言不合宜。禪榻茶烟惆悵在，頻教雙鬟忽成絲。」可謂忍俊不禁矣。

横塘居士文欽明思，其先高麗人，國初入京師，兩傳而富峙頓、陶。一夕招查蓮坡過其家，出歌姬百餘人佐酒，粉圍香陣，眩蕩心目。而諸姬色藝，互相角勝，絲竹迭陳，竟至達曙。中有雙鬟歌一絶云：「含烟浥露一枝枝，半拂闌干半映池。最恨年年飄作絮，不知何處繫相思。」詢之，即雙鬟自作《柳枝詞》也。蓮坡爲擊節不置，居士即以此女贈之。固辭，乃已。後此女不數月而卒。

餘姚謝洲字文若，寓居南潯，著有《散木詩集》。五言如「宿雲凝暮色，小雪釀春寒」、「得意時開卷，尋歡偶出門」、「醉憑村酒力，涼受古槐恩」、「平隄成遠步，涼月趣微吟」、「炊烟隔茅舍，啼鳥在高林」，皆静正雅淡，有唐人風味。

陳無已，人知其刻苦攻詩，而不知其雅善製墨也。閩鄭石幢方域有長歌贈友，中云：「我有古墨色紅紫，煉丹九轉銷青烟。簡古亦非今人手，光澤觸眼尤渾堅。上標天魂更書款，自注：墨名「天魂」，有陳無已書款。細字一一皆精妍。延緑齋中真好事，自注：墨旁有「延緑齋」三字。製作將欲垂千年。」夫墨爲陳無已手製，故足寶；而墨名「天魂」，尤新異。

歸安徐芷堂司馬德元在京師賦《秋海棠詩》四首，和者自王公大人以下，至方外、閨秀，殆無慮數百家，刻成集。後在金川軍幕，重賦四首，和者又數十家。秋海棠亦何幸而遇芷堂歟！記其後四首之一：「何年擁髻對秋光，偶現前身未足傷。曉鏡忽然舒笑靨，鬢雲深怕染秋霜。由來耐冷偏成性，自小工愁别有腸。寂寂輕陰人不見，桂花叢畔是虚堂。」

陳眉公水墨秋海棠絹本，墨痕濃淡，生韵天然，真逸品也。上有董思翁題詩云：「裊裊青蛾帶露幽，水邊階下幾枝愁。墨痕不借燕支重，淡掃輕妝媚素秋。」「幽姿放曉淡猶鮮，冷艷依依最可憐。秋雁不聞人事静，悠然無語倚欄邊。」又跋云：「乙卯秋七月，齋前海棠初放，邀眉公同賞，索眉公作畫筆，余爲戲題二詩於上，所謂『蒹葭倚玉樹』也。徐芷堂述。」

桑弢甫水部買得《元人百家詩》，後有小戕黏詩云：「典及琴書事可知，又從案上檢元詩。先人手澤飄零盡，世族生涯落魄悲。此去雞林求易得，他年鄴架借應癡。亦知長别無由見，珍重寒閨伴我時。」跋云：「丁巳又九月，廚下乏米，手檢《元人百家詩》付賣，以供饘粥之費。手不忍釋，因賦一律賸之。陳氏坤維題。」厲樊榭孝廉次韵和云：「姓氏深閨豈易知，偶傳紙尾賣書詩。難追寫韵仙家事，應共牽蘿絶代悲。彤管更添《高士傳》，墨卿别注有情癡。迴腸似共緗縑往，惆悵令人展卷時。」蓋典鬻書籍，昔人謂殺妾烹子，慘不過是。乃以故家才婦，適罹此厄，良可悲也。

韵人韵事，須以韵語傳之。沈心齋學士涵贈其弟允升攜眷看梅棲賢云：「從來高士擁梅妻，羨爾花間舉案齊。粉艷照時肩並倚，暗香濃處手同攜。一家喜得人天護，兩日曾無風雨迷。好趁晴光歸緩緩，倡隨長共玉湖西。」

釋溥畹字蘭谷，滇南人。康熙間嘗被召至京師，供奉内廷，既而還山終老。著有《象外軒集》，舒雲亭明府刻于浙東。集中《題雲窩》詩云：「獨向雲窩去，雲窩雲正深。雲無戀窩意，窩有駐雲心。窩小雲偏静，雲歸窩自陰。雲窩有雲客，長嘯復長吟。」殆司空表聖所謂「不著一字，盡得風流」者耶？

詩人筆墨，正不拘于一格。制府崔拙圃應階《岳陽樓懷古》云：「十年有夢在瀟湘，落日維舟上岳陽。秋滿洞庭天似水，雲歸巫峽月如霜。殘碑斷碣蘼荒草，枯柳寒鴉遍女牆。道士不來誰復醉，哀鳴空有雁行行。」氣韵沈雄，髣彿幽、燕老將。及讀其《暮春有懷》云：「五年三度惜離群，千里關山轉憶君。春色暗銷巫峽雨，夢魂空逐楚山雲。漫將清淚隨花落，好織相思入錦紋。今夕畫闌卿倚處，露涼應浥石榴裙。」又何減少陵「香霧」、「清輝」之句。

大同任伯卿承恩詩有逼真韋、孟者。其《夜坐彈琴》云：「清夜理鳴琴，長松動高閣。神閒境若虚，聲正情自託。借問知音誰，美人在嵩洛。相思碧海深，一寄孤飛鶴。」

湘潭張少廷尉璨嘗言：古人歌謡出于天性，故妙。近日楚中小兒《求雨謡》云：「青龍頭，白龍尾，小兒求雨天歡喜。大雨落在田隴中，小雨落在花園裏。」未嘗不可播之樂府也。

延安府南四十里有牡丹山，又曰花原頭，樵者以牡丹爲薪。有人作詩云：「一枝豪屋人争賞，何似延安花滿山。」此可换明珠彈雀事。

本朝册封琉球國王，必妙選詞臣以充使。前此送行之什刻入《别裁集》者，亦既彬彬矣。近周贊善煌出使琉球，紀心齋太僕復亨以四律送之云：「春融喜氣指龍荒，稽首群瞻竹册光。萬里使星懸地極，五更曉日耀天章。高帆展盡蓬瀛翠，腥霧重開翰墨香。破浪壯懷憑報國，真看乘去好風長。」「天子臨軒定品題，玉函跪捧出璇閨。恩垂異域歌還舞，才選中朝璧與圭。島岸日暄游巨鬣，汀洲潮落集飢鵜。遥聞鼓吹迎黄詔，城外晴雲簇仗齊。」「祝融擁護拜冠纓，海色天高颭旆旌。放眼始知輿地大，恬波直作坦途行。風清樓櫓騰鐃吹，氣静魚龍見水城。自識使臣風采後，百蠻讋服倍心驚。」「禮成修貢出鮫宫，玉帛梯航仰會同。灑遍中山仙掌露，攜歸兩袖舵牙風。水籤記里常馳北，斗柄回程又指東。海外文章稱夙昔，定知手筆擅坡翁。」不爲奇險之語，自覺高秀，故佳。

温陂田進士謁選得大冶，紀太僕送之詩云：「天扶樓閣浩茫茫，曾向西風繫野航。山合百蠻開大別，水分九派下尋陽。雲蘿舊恨羊公石，秋冷疏烟雁户糧。此日送君君有意，都來今古浄琴張。」時刑部郎中吴桐村爲作畫幅以贈，太僕復用前韻題云：「暗水遥岑接混茫，尋幽悵少渡頭航。劇憐比部增離思，寫送仙郎到漢陽。夜静幾時同聽雨，山深無吏换輪糧。風光藹藹林居樂，合向琴堂素壁張。」三君生同里，故相好也。年來已先後下世。

錢唐袁簡齋太史《題秦淮水榭》云：「板橋緑柳春移舫，水閣紅鐙夜讀書。」令人神往。「坑灰未冷山東亂，劉項原來不讀書」。唐人《題焚書坑》句，已稱警絶。王曉荞錫闡云：「若使陳吴皆識字，揭竿大澤又何人。」翻進一層，真堪絶倒。

桐鄉魏更生舒，本鳳鳴寺僧，善詩，以事下獄。邑令舒雲亭先生愛其才，特釋之，俾返服。于是武林諸詩老集瓶花齋，各分韻賦七律一首以贈。更生得「東」字，即席賦謝云：「尊前短鬢影茸茸，共許忘形臭味同。一字定交初返服，十年揮麈誤談空。鞭笞已媿非良馬，拂拭猶能荷鉅公。從此西泠吟社裏，真披蓑笠佐烟篷。自注：黄山谷《招覺範詩》：「脱卻衲衣著蓑笠，來佐涪翁刺釣船。」」後數年，更生病卒，雲亭爲刻其遺稿。

雲亭先生以少年上第，出宰桐鄉。嘗于七月十五夜赴武林，同諸名士泛舟西湖分韵。時管弦迭奏，翰墨横飛，先生詩有「金波蕩漾秋千頃，玉宇空明夜二更」。桂子荷香何代語，酒鎗檀板此時情」之句。又如「游魚聽曲隨鐙出，宿鷺驚人掠槳飛」，金江聲志章句；「柳邊夜笛清逾迥，山際秋鐙淡欲無」，厲樊榭鶚句；「回首西峰好螺髻，夜深臨鏡學梳頭」，梁蕺林啓心句；「露華沾席休辭醉，鷗鳥依人亦忘眠」，顧寸田之麟句；「月色漸高峰影見，秋聲初滿暑痕消」，吴鷗亭城句；「十里菰蒲驚宿鷺，萬山風露動清尊」，施竹田安句；「荷氣半銷橋以外，鐘聲初起寺之南」，張鐵珊雲錦句；「涼思有時添篛笠，歌聲何處度玲瓏」，釋焸虚明中句。皆極清警。

蝦過清明，始换軟衣；前此皆老殼，不中膳品。而吴俗以清明後一日爲黄明，淩絨亭有句云：「市到黄明上軟蝦。」

淩絨亭以名進士歷任咸陽、岐山縣令，改教後，嘗戲爲一聯云：「吾豈匏瓜繫，天將木鐸爲。」

東洋離南海萬餘里，自廣東開船，半月餘可到。嶺南陳法乾嘗至其國，凡數閲月，作長篇紀其事。中云：「國人多是好樓居，樓上檐牙列八隅。畫壁層層披錦繡，雕題往往飾金珠。風俗輕男惟重女，婚媾多在女家處。夫婦長如比翼禽，出門便當連臂去。衣裳綺麗似雲霞，洋婦容顔羞落花。青髮曼垂光奪目，薰沐奇香益蒨華。青樓紅粉多殊色，芙蓉嬝嬝嬌無力。帷裳縹緲曳仙衣，鸞帶冰綃本鮫織。玉指玲瓏畫不成，香茗浮杯頻勸客。媚人一事更銷魂，茗椀先將香髮拭。薌澤常沾齒頰芬，伽南氣味生餘瀝。腰支結束真天人，百萬纏頭輕一擲。」末云：「向晨勤作向午息，午後閉門人闃寂。黄昏鐙火徹通宵，市肆行人重貿易。門門開處綺羅叢，香氣潛來紫陌風。樓閣千家翠箔卷，綺寮遠射燭光紅。直至雞鳴人始静，一日分爲兩日永。一年七百二晝宵，應惜流光難駐景。」蓋外夷風景之異如此，廖古檀述。

閔敦甫孝廉文山客揚州，偶嬖一僮，名阿龍。後以事辭去，孝廉念之，每見於吟詠。其《無題》詩云：「辛夷樹底撲秋蚊，伴我清吟坐夜分。閑指蒲葵徵往事，班家紈扇怕伊聞。」「生衣著著暗傷神，無計留伊似燕身。蠟淚尚垂香尚娲，曉風殘月送歸人。」又「拍空寒浪燕飛斜，誰遣孤蹤滯水涯。憑檻無聊思掬月，隔牆何意又攀花。纏綿多謝三春約，懊惱分攜一載賒。但得伊身真似燕，明年社日也還家。」皆爲阿龍作也。

杜紫綸太史賦《簾波》詩，有「銀蒜小垂風漾去，玉鈎斜掛燕飛來」之句，遂得姬侍。閔孝廉《過無錫懷杜》詩云：「蓉湖客感今無盡，杜叟奇緣古亦難。偶爾關心賦銀蒜，居然落第上金鑾。傾城容易歸名士，浮世依稀現宰官。似我青衫尤失意，重吟麗句淚汍瀾。自注：「誰謂青衫多失意，每拈紅豆一銷魂」，亦杜句。」

昔人論體物詩全在一「離」字傳神，至「落花」、「落葉」諸題，尤要翻脱前人窠臼。譬之畫山水，其烘託多以雲氣爲有無，所謂「意在似，意在不似」也。余少時與表弟崔渠珊各賦《落花》數首，崔有句云：「細雨藥欄人獨倚，薄寒小閣燕雙飛」、「此别誰爲餞婪尾，再開我亦恐華顛」、「南浦銷魂愁少别，六朝如夢話殘春」、「半環睨日静無語，滿院春愁深閉門」。余亦有「中來邵子先天數，譜入唐人下第圖」、「小院客來貧似洗，綺窗人静日如年」、「一牀簾影空於水，滿地苔痕緑可人」、「繡户不開春畢静，竹籬數掩日平西」等句，皆能于「離」字傳神，不落前人窠臼者。

溧水王秋凝廷奏嘗自楚中寄視余《川遊吟稿》一卷，其《荆州》云：「争戰三分國，興亡六代秋。山川劃吴楚，蟲鶴變孫劉。草没羅含宅，沙平杜若洲。附庸臣拓拔，自注：後梁蕭詧事。千載尚含羞。」《白帝城》云：「千載公孫壘，昏騰殺氣寒。風雲魚腹浦，波浪虎鬚灘。廟貌靈旗暗，武侯廟。宫墟碧瓦傳。永安宫。至今悲蜀帝，魂魄恨偏安。」淋漓悲壯，真令人一讀一擊節。

同安張氏有二女，姊曰順娘，妹曰安娘，皆能詩。安娘嫁郭言半載矣。順娘原許字李某，未嫁身故。李某素聞安娘才而美，混指控縣，賄媒證袒之。郭言懦怯，審不能辨。時觀察朱性齋以能折獄聞，安娘乃爲言作狀具控，并録安娘所作《待命詩》二首云：「琴瑟和諧半載餘，同枝零落幾悲吁。移桃换李緣何事，不道羅敷自有夫。」「同衾同穴死生關，肯比明珠去復還。石爛海枯情不斷，願將頸血濺人間。」性齋得之，訪知安娘與順娘皆才女，當順娘生時，有《送安妹》詩，即安娘出嫁郭言時作也。詩云：「幾番緣會阻星津，一縷紅絲悟夙因。玉杵不歸消息斷，雲翹容易作夫人。」性齋謂此用雲英、雲翹姊妹事也。雲翹先雲英而嫁，觀此則安娘之爲言妻已無疑義，遂發縣鞫之，某不能逞其狡。言與安娘完聚如初。

沈雲華璠爲海鹽武生某妻，雅善吟詠。恒以所適非偶，殊不自得，而慕里中周生之才，遂越禮焉。

所寄周生詩甚多，有「去年此日正悲秋，秋上心來便是愁」之句。一夕，瞯其夫醉卧，僞作《絶命詞》置於几上，云：「爲向迴塘夜問津，擬將心跡訴潮神。明知巨浪兼天湧，何處風波不駭人。」蓋託言蹈海以死，而實與周生逃匿去他所，其夫亦不疑。會周生外父搜得雲華所寄詩箋，首於官，乃緝獲治罪。往余在鹽署檢閲舊卷，見雲華手寫詩牋，書法亦娟娟秀好，竟爲一客竊易去。

雲間廖古檀景文令合肥，歸嘗御板輿至其嗣君福安官舍，九秋鐙下，見黄花散影，明月窺窗，酒酣，賦詩曰：「竹杖芒鞵樂此生，優游官廨有餘清。一官報稱憑兒輩，手製《衢歌》祝太平。」「斜川吟卷是吾師，飲酒高風亦遜之。只有堯天與舜日，風光絶勝義熙時。」誦之想見太平胸次。

楊孟載以「六朝舊恨斜陽裏，南浦新愁細雨中」之句，人目爲「楊春草」。近平湖張鐵珊雲錦嘗作《春草》詩數首，其佳句如「斜日蹋來人影瘦，好風吹去馬蹄驕」、「韋曲凄迷花自落，御溝掩映水空流」、「芳時已入池塘夢，生處多爲蛺蝶媒」，極爲嚴陵方樸山所賞，贈詩曰：「楊春草後張春草，他日應將合傳傳。」

「詩草未完先許看，觥心已凸尚教斟」，華亭繆雪莊謨贈友句，真令人魂銷意絶。

余於辛卯秋闈第二場識婺源程香茨，彼此顛倒。迨次日昏時，兩人已完卷，遂秉燭縱談風雅，終夜忘寢。淩晨見一空號，壁間畫蘭絶妙，余題以絶句云：「紙窗竹屋槿籬東，手和山泥種幾叢。誰向棘闈辛苦地，一枝畫出夕陽紅。」程君亦援筆題云：「髣髴移根自沅湘，誰將淡墨寫垣牆。憑君小試生花筆，方信風檐有國香。」已而，兩人各納卷出場，不復相見。迄今常想其風致，殆脱盡塵俗者。

雍正元年四月恩科，福州士子召仙，競問得失。有李生者，疑而往觀之，路折芭蕉一葉，納左袖中。甫至壇下，仙即書云：「左袂攜來一片青，知君意不問功名。可憐今夜瀟瀟雨，減卻窗前數點聲。」李始驚服，及歸寓，二鼓後果雨。

詩之佳者，或湮没不傳，最爲可惜。余嘗於故紙堆中拾得古體詩一首，題是《送高廣文北上》，竟不識何人手筆也。今鈔于此：「西家有貧女，作苦起常早。東家有淑媛，肯事姊妹好。分我四壁明，喜我勤灑掃。貧女已許字，愆期十年老。淑媛成六禮，容輝月浩浩。夫壻新貴人，百輛迓周道。珊瑚飾魚軒，明珠雜瑪瑙。尚念西家女，相過敘懷抱。爲惜貧苦姿，形容漸枯槁。服我舊布裙，荆釵少時寶。牆邊立斯須，願言永爲保。年來苦徵求，績紡心獨擣。妹壻列貴近，可否籲蒼昊。試看蠶絲空，機杼倚秋草。」通首潔修自好，駸駸上逼佳人，末更寫出一種悲憫心事，豈苟然而已。

《寶雲詩集》爲董若雨先生出家後所著，其從子芝筠翁漢策序云：「先生糠粃世緣，冥跡高蹈，瓶錫所至，唯恐人知，故去而不留。即所作詩，亦湔浣紛華殆盡。」又云：「楚齒落梅，静睇鴻雪，則有《畫石編》、《西荒編》；操艇凫蕩，摇藤霤雪，則有《洗藥池編》；船子往來，倏忽無礙，松飄紅墮，聲冥太空，則有《積雨編》、《夕香編》、《挂瓢集》、《拂烟集》。」可謂得其意匠矣。

成都武侯祠有張道人，名清夜，字子還，所居特室三楹，在修篁叢桂閒。制府尹公繼善嘗屏騶從過訪，談竟日，爲序所著詩名《潭東草》。豫章邊鏞贈詩云：「落落修篁曲徑通，小軒幽寂自玲瓏。蒼苔滿地無人掃，茗椀鑪香傲赤松。」想見蕭然自得之趣。

宗室紅蘭主人禮賢下士，嘗選郊、島詩，以示不棄寒儉之意。又嘗自製《揚州夢》傳奇，遍招日下諸名流賞之，會者百餘人。內有少年王生善集唐，即席詩成，結句云：「十年一覺揚州夢，唱出君王絶妙詞。」主人大喜，以黄金十四錠、白玉卮三，奉酒爲壽，曰「一字一金」也。

歸安沈秀君生芝《秋堂夜雨》云：「幾叠米家山，微茫隔烟水。風聲挾雨聲，亂入修篁裏。中有夜吟人，疑是歐陽子。」覺清氣滿紙。

窮措大正有未可量者。德清蔡殿撰啓傳未第時公車北上，中途匱乏，時同年某方爲丹陽令，遂往訪之，冀有助濟。某拒弗見，直批其名帖曰：「候查。」蔡拂衣去，竟以是科大魁天下，乃爲絶句寄某云：「蕭蕭策馬上長安，行路誰憐范叔寒。寄語丹陽賢令尹，查名須向榜頭看。」余以蔡公寄詩，差足吐寒士之氣，然亦不必。

有士人落魄維揚，遇達官，聞其苦吟，令賦「梔鐙」，口占云：「百尺竿頭蠟炬懸，絳紗籠罩火珠圓。仙人掌上一輪日，太華峰高十丈蓮。紫氣漸沖霄漢表，文光直射斗牛邊。巨查貫月朝天闕，正是台星達帝前。」達官嗟賞，遂厚禮而歸。按堯時有巨查浮于西海，光若星月，常繞四海，名「貫月查」，一名「挂星查」，見《拾遺記》。

「鏡殿青春祕戲多，玉肌相照影相磨。六郎酣戰明空笑，隊隊鴛鴦漾緑波。」鐵崖此詩太淫褻否？沈鳳于云：「控鶴新除琢玉郎，恩宣鏡殿對君王。巫山雲雨空朝暮，不及屏中春晝長。」斯爲雅製。

同里前輩王谿堂起鵬，少負詩名，後以明經出宰清澗，卒於任。五言如「輕風翻燕子，小雨放梨花」、「風隨寒漏曉，月向亂山低」、「竹韵春晴後，茶香穀雨前」，七言如「草將野色連荒岸，雲放斜陽過別村」、「社雨一番江燕至，春寒十日杏花稀」、「三年寄夢秋風外，一榻看山暮雨中」，皆佳句也。

月函大師嘗和《江村乞米》詩云：「烟蓑一領學漁師，趁著柑黄霜翠時。飽喫江村冷焦飯，篷窗對和叩門詩。」冷韵孤垂，幽標獨拔。同時碓庵和尚曉青愛之，遂和韵至七十首，題曰《江村攟韵編》。如：「冰雪清懷老此師，貧無錐立歲寒時。齏鹽自飽空山腹，素債敲門半爲詩。」「烟江萬頃一鷗師，句裏雲濤怒立時。末代斤斤守繩墨，書生原自不知詩。」其傾倒至矣。

詩之起句，最難得佳，月函師詩《詠蒲扇》云：「能使山堂下，江湖風浩然。」發端警策，不意得之小小題。

唐人多贈女道士詩，今則比丘尼盛行，而投贈之詩絶少。偶見吴閶朱幼安瀾爲梵蓮作《尸羅雜偈》，因筆之：「曾叩雲門第幾峰，五更禪定石牀空。移來一種菩提樹，吹落巫陽細雨中。」「珠兜玉裹小時身，明月梨花滿院春。不向昔年瓔珞伴，卻來紅袖逐西鄰。」「多情情盡轉無情，空閉蘭閨春草生。最是朝雲腸斷處，柳陰歸棹飯僧行。」「不爭林下致無雙，詠雪詩魔一例降。參到如來權教法，忽抛情語倚文窗。」「呼歸元鳦畫簾低，錦套紅綾軸軸齊。檢取一椿公案在，自通消息叛曹溪。」「誰挂維摩五色幢，樓頭親見白衣裳。多生漸解無生趣，金粟秋風入衆香。」「鳴磬空山落葉聲，窈孃親伴寫金經。而今始證無生話，執拂迴廊獨自行。」「木鴨欄邊新柳枝，多將秋水洗軍持。藥房侍女香雲夢，哭向招魂舊《楚詞》。」「路入曹溪鐘夜鳴，上堂參語悟雲英。重來一證風旛辨，此後藍橋去不成。」「半窗蕉影弄文紗，夢向秋原送落花。今日道旁連理樹，一枝新雨宿楞迦。」「大士西來窈窕妝，不妨金體委匡牀。這回莫祝如雲髮，留取人間悟趙郎。」

趙文敏夫人嘗畫竹於天寧寺無塵殿壁，有無名氏題詩云：「數枝密葉數枝疏，露壓烟啼秋雨餘。宋室山河多少淚，略無半點上林於。」託諷遥深，故是佳句。而適閲《簪雲樓雜説》載其詩，謂夫人胸中不徒有渭川千畝，是以詩爲夫人自題，殊堪發陸生之疾。

嚴海珊《明史雜詠》於太祖猜忌及累朝瑺禍、殺諫臣處，三致意焉。由拳朱浣桐方伯一蜚題云：「讀罷殘鐙擊唾壺，秋聲在樹夜啼烏。小長蘆去風蕭瑟，重見人間鬼董狐。」「錢賨江山事渺然，劫灰盡出百年前。孝陵松柏魚鐙閉，秋雨秋風泣杜鵑。」「漢家張趙宋童梁，祖制宫官禁濫觴。一自燕飛江北岸，鐵牌移樹内書堂。」「鐵券丹書誓不申，閣中往往戮麒麟。漢高未算心腸薄，祇及韓彭一二人。」「午門掄杖血模黏，補牘連章諫果蠃。聖主優容猶薄怒，金瓜拆肋箭傷顱。」慷慨悲歌，如聽桓、伊撫箏，能使雅量人亦爲之流涕。

有釋子，忘其名，賦《鐙花》云：「的爍垂珠露，葳蕤入夜妍。寸心愁不亮，傾吐向君前。」

杭堇浦太史嘗夢至一處，流水桃花，迥非凡境，仙犬遥吠，谿外有客示詩八句。覺記其半云：「桃樹沿山種，桃花夾澗流。遥遥仙犬吠，行過水西頭。」竊謂祇此已足，何以多爲。

「生來不帶趨炎性，老去彌增憚暑心」，前輩殷兹在赤珠句。蓋炎歊爲虐，最是損人佳趣。乃如國初僧悟塵净覺云：「休言炎太酷，自有冷來時。」語到了徹，恍置身清涼國土。

嘉興有長水，俗名「還鄉水」，郡人之仕於朝者，往往生還其鄉。宫傅錢香樹先生致仕，蒙恩賜詩寵行，有「予告遂頤和，還鄉諺如約」之句。又先生《自敍》詩云：「無能自喜遇良時，門對還鄉水一規。病不廢詩成且嬾，老方知過悔偏遲。俗諧未敢矜奇服，趣領何妨謝衆知。一事平生真厚幸，得依聖主作明師。」

詩不厭改，徐芬若蘭有《出居庸關》詩云：「將軍此去必封侯，士卒何心更逗留。馬後桃花馬前雪，出關争得不回頭。」已膾炙人口，然上二句終嫌平弱。《别裁集》改云：「憑山俯海古邊州，旆影風翻見戍樓。」筆力雄健，下二句乃越振得起。

宫贊趙秋谷執信於國卹時讌飲觀劇，爲御史所劾去官。時年尚未壯，乃縱遊狹邪，更不自檢束。嘗著《海漚小譜》，以敍其在津門所遇者。中有《不忘詩倣微之雜憶體》云：「迢迢銀漢事難期，冉冉朝雲路易迷。不忘半窗聞小語，花陰孎孎獨來時。」「朝光晃朗久侵（簾）〔奩〕，雲影低迷乍挂檐。不忘妝成心自賞，雙持明鏡映疏簾。」「玉盤的皪貯清冰，滢照雲鬟彈枕稜。不忘搴帷窺午睡，雪膚欲向簟紋凝。」「新蟬嘒嘒送斜陽，小蝶翩翩過短牆。不忘臨行還卻坐，滿頭花映讀書牀。」蓋爲妓仙姿作也。

歙縣曹薺原文埴《題胡書巢碧腴齋稿》詩：「賈而多財可潤屋，聰而審律可吹竹。非大匠不斲名材，非良工不雕美玉。得性情正始言詩，豈爲紛紅與繁緑。如皓月照傲岸松，如飛泉鳴窈窕谷。如琴絃洗箏笛耳，如冰綃奪錦繡目。書巢太守備得之，卓卓可垂金石録。示我新詩一百篇，胸拂積塵腸砭俗。尚太華山之數峰，亦洪河水之一曲。但令窺豹方見斑，頓若聞《韶》不知肉。惜哉未許入承明，雅擬文王頌於穆。」可謂古硬得生趣。

金壇于相國視學浙中，校士日唱名最早，命題書明鐙上，光照通場，名曰「題鐙」。多士得之，因即以命題試士。錢唐王進士三曾常擬作二首云：「玲瓏透徹一竿提，時甫殘更有試題。影射三條傳上下，光摇兩廡徹東西。熒熒待吐江毫彩，閃閃疑分太乙藜。相閒號鐙纔及曉，吟哦聲滿雜鳴雞。」「風檐列坐自層層，堂上分題朗一鐙。筆走龍蛇窺聖奥，旨探膏馥映川澄。千軍待戰凝眸視，四照光騰共日升。面面空明星欲曙，試憑高處快同登。」

《落葉詩》一編，總漕楊公錫紱作也。公初詠落葉，得「逝者如斯流水似」之句，屢求强對而未愜心。全椒金棕亭兆熊時爲揚州掌教，對以「後來居上積薪同」，公賞絶。迨詩成付梓，不肯掠美，特爲敘明。而予以出句内「如」、「似」二字相犯，欲改「一去不還流水似」，較更穩耳。

作應酬詩果能貼切，未有不脱套者，昔人所謂實則新也。常熟蔣南沙相國五十，錢唐宋百穀獻壽詩，中二聯云：「乾坤清奠臣何力，風雨和甘物自知。年甫五旬孫有子，官居一品鬢無絲。」相國激賞特甚，且謂「宋非久在吾門，恐無此警句。」

吴殿撰鴻奉使東粤時，偶眷一潮伎。伎持紙乞詩，即書一絶云：「濤箋親捧翦輕霞，小立當筵蹙錦靴。莫訝老坡難忍俊，祇因無奈海棠花。」此伎聲價頓增，人因呼爲「狀元嫂」，蓋粤伎稱「阿嫂」也。

吴中宏奬風流，數十年來斷推張匠門大受，韵語尤清新獨出。其視學黔中，《贈田端雲榕》詩云：「龍標清句謫仙杯，渚鳥林猨中古哀。靄靄江山靈氣在，瀟瀟風雨美人來。一編鏤琢聲敲玉，百韵掀翻勢走雷。自到荆南誰共語，爲君低首覺懷開。」「《曝書亭集》《精華録》，海内詩名兩共傳。今日見君真妙絶，老夫懷舊益悽然。文章元氣無時熄，富貴浮雲幾輩賢。慚媿采風逢此客，吹嘘無力上青天。」二律之高，上掩大復，而公之和氣謙德，並可見矣。

詩可爲媒，如王蒙《宮詞》：「南風吹動《采蓮歌》，夜雨新添太液波。水殿雲房三十六，不知何處月明多？」仁和俞友仁見之，遂妻以其妹。高季迪年十八未娶，婦翁周仲達見其所題蘆雁圖云：「西風吹折荻花枝，好鳥飛來羽翮垂。沙闊水寒魚不見，滿身風露立多時。」即擇吉以女妻焉。皆二十八字媒也。至本朝屈翁山游秦隴，作《華嶽》百韻詩，固原守將某見而慕其才，以甥女華姜妻之，國色也。媒亦夥矣。

金娥墓在無錫縣東南六十里，南唐李煜妃墓也。乾隆初年，居民耕地得甎，上篆四字云：「唐王寶印」。風雨之夕，常有女鬼見形，且泣且歌曰：「日侵削兮三尺土，山川已改兮衆余侮。」

有通判妾爲大婦所苦，縊死桃樹下，忽憑一老婦，取琵琶，彈且歌云：「三更風雨五更鴉，落盡夭桃一樹花。月夜望鄉臺上立，斷魂何處不天涯。」音調悽惋，歌畢，擲琵琶，瞑目坐，移時起立，依然蠢老婦也。

紅顔薄命，憑地傷心。新嘉驛距兖州府四十里。一日，施愚山至驛，見有女子題詩於壁，有「恰似梨花經雨後，可憐零落不成春」之句。愚山特徵遺事，有一老驛卒出應曰：「萬曆四十七年，有某將軍過宿，旦發甚早，身實司供，具收器物，失一錫鐙檠，後得之屋角牆陰石碣上，則詩在焉。蓋其女是夜秉以題壁，即置其處也。」愚山爲文記之，并和其詩。徐虹亭太史釚詩云：「郵亭雨過緑苔生，使者風流萬古情。白髮五朝存驛卒，紅顔雙淚溼鐙檠。燒殘銀燭心同死，題罷新詩日漸明。往事徘徊何限恨，神宗時節本昇平。」

牡丹狀元者，番禺黎美周遂球也。美周嘗浚井，得一石，上有「牡丹狀元」，天生自然。越十年，揚州鄭超宗影園黄牡丹盛開，大會諸名士賦詩，送吴中錢宗伯第之。揭曉時，一甲一名則美周，遂得金罍之賚。超宗共諸名士用鮮服錦輿飾美周，導以樂部，徜徉於廿四橋間。士女駢闐，看者塞路。美周年少，丰姿儁上，氣豪興會，冠帶逼真，咸羡爲三百年來無此真狀元也。于是聲滿吴越矣。美周南歸，鄉人争艷其事，製錦衣一襲，聯畫舫數十，郊迎者幾千人。美周被錦袍，坐畫船，軒幌盡祛，采菱初發。選蜑妹之慧麗者，霞帔雲妝，兩行列侍，如天女共擁神仙。細樂前陳，簫管競奏，榜人緩棹，紆徐而行。臨岸高樓，紗窗齊啓。美人粲齒，笑指狀元。綵鷁拍厓，顯輿臯擁，迎入南園。金罍中坐，肴槅四陳，妙俊歌伶，次第上壽。當是時，身之者與親之者，不知其不狀元也。此一段出《楚庭稗珠録》，摹寫如畫。狀元詩十章，今録其最奇警者：「花陣縱横紫翠重，木蘭金甲繡盤龍。團圓月照蓮心苦，廿四風圍柳帶鬆。涿鹿戰場雲結幟，穀城兵法怒蟠胸。嬌嬈亦有侯王骨，一笑功成學赤松。」嘗鼎一臠，可知其全味矣。

新城二王，天性友愛，每見於吟詠，尤多佳句。西樵《寄漁洋》云：「覆觴醉惜斷鴻飛，遠約連牀事竟違。遲我悠悠初共被，送君草草又沾衣。白沙風急愁無那，建業帆輕望易非。乖隔衹今緣世網，何時同采故山薇。」評者謂其澹婉澄鮮，如秋水自瀾，晴雪時舞，良然。

錢虞山之於柳如是，龔合肥之于顧横波，其惑溺有相同者，每爲後人談柄。近丘鐵香學敏有墨癖，錢唐黄小松易贈以兩尚書墨，一則陽書「秋水閣」、陰書「門人吴聞詩上牧翁老師真賞」；一則陽書「門人范琦上芝翁龔老夫子珍藏」、陰書「北山堂」，合裝一匣内。因賦詩云：「北山秋水名相亞，古墨生香一樣新。記取芸窗拈素手，尚書傳裏兩夫人。」「白門烟柳舞東風，江上蘼蕪態不同。衹有西園舊桃李，春來得氣美人中。」「先生寶墨如寶賢，隃麋百二羅窗前。古人親蹟摩娑遍，此樂人間便是仙。」

鄭板橋燮，興化人，雅善書法，真行俱帶篆籀意，所畫蘭草竹石亦峭蒨有别致。詩内所云「時時作畫，亂石秋苔。時時作字，古與媚偕」者是已。詩則自出靈竅，可以蕩滌塵坌。

董耻夫偉業，江都人，不羈之才。其《揚州竹枝詞》九十九首，鄭板橋序曰：「廣陵風俗之變，愈出愈奇；董子調侃之文，如銘如偈。招尤惹謗，割舌奚辭；識曲憐才，焚香恨晚。」今略載數首：「廣陵濤水日東流，芳草年年長玉鈎。萬頃不如紅一點，膏腴賣盡買温柔。」「夜舞朝歌結病胎，牀頭金盡色如灰。莫嫌苦口無良藥，明日人參客到來。」「萬樹松栽費萬錢，萬松亭在萬松間。更添勝景超前輩，另鑿平山第五泉。」如此類，亦自有意致。

地不限人，人自限之。黔，故鬼方舊壤，僻陋在夷。周桐野起渭獨以其詩鳴，既以進士高第入史館，歷宫詹，才名籍甚。江都史蕉飲中義云：「孰與夜郎争漢大，手攜玉尺上金臺。」其傾倒如此。

查初白慎〔餘〕〔行〕序其弟查浦嗣瑮詩曰：「古人倡酬之富，無若眉山蘇公。顧二蘇晚年一存一亡，欲尋對牀風雨之樂，了不可得。余與弟乃獲邀天幸，年皆七十以外，倡和不減兒時。較之前賢，反若有過之者。」其言如此。未幾而家難作，全家赴詔獄，禍且不測。查浦長流陝右，初白送以詩云：「吾衰虞死別，汝健必生還。或者詩成讖，他時一破顏。」後初白放歸，未兩月而卒。查浦竟歿戍所，永無見期。其死生契闊之思、患難流離之苦，有什倍於眉山者矣。

人生知己之感，每飯不忘。張匠門生有異才，好學特甚，爲汪堯峰、韓慕廬、朱竹垞三先生所賞識。其《秋夜書懷》詩云：「堯峰許領東南俊，吏部容先弟子行。更感白頭朱檢討，苦將塵劍拭光芒。」俯仰深情，如侯喜之所云「死不恨也」。

紀伯紫有《真冷堂詩集》。按《莊子》「舜之將死，真冷禹曰」，注謂「真冷」乃「其命」之誤。嶺南許廉舫憲《生辰誌感》詩末云：「訓佩書紳真冷在，居家宜儉仕宜廉。」正用《莊子》也。

鄞縣萬開遠承勳年未弱冠，遘家難，踉蹌出門，馳驅萬里，嘯歌而歸。嘗以小除夜半呼門入，出行篋所有，朗誦母前。母且泣且笑曰：「兒即榮我以告身，無踰此樂也。」又嘗夜吟，至「病愁殘臘斜陽短，寒對西山積雪長」句，其母聞之，歎爲不祥。俄二親連逝，家愈蹙云。

世不少奇傑，往往迷於佛、老而不出。近時有鴨上人者，住羅浮，與羅天尺咫遊，因歌以傳之，詞曰：「天地生人人不一，有貴有賤有仙佛。鴨上人，牧羊啞僧其前身，劈破混沌跳乾坤。翻身捕逃之下吏，借面射狼之將軍。猛然轉一念，萬劫兼千塵。妻死攜子入山去，髡頭跣足棲飛雲。鴨上人，日五斗米菜十斤，直張大口如鯨吞。光孝寺中千人鑊，鑊頭香飯思平分。一日可食十日食，十日不食仍精神。食飽歌弋陽，一任戒僧嗔。歌罷作小詩，時與文人親。上無山衲下無裩，卧無方牀坐無裀。醒醒不昧四十春，胖體任飽蝨與蚊。上人何奇哉，非仙非佛，非黠非呆，他人厄如已罹災。去年乞米朱明回，石龍渡口聞喧豗。侯門猛僕如狼虎，亂下尊拳雞肋摧。平民力爭不得脱，上人提之似嬰孩。刀鋸亦不怕，不受官奴罵。拂袖歸來湖水東，猢猻九尺烟雲空。與我湖東一握手，長歌大笑開鴻濛。」

吾湖薛晉侯造方鏡極精，杭堇浦太史世駿首成四韵八章，又叠韵八章。同時屬和，莫不探秦廷之祕事，徵晉苑之舊聞。積成十卷，可謂盛矣。要以侔色揣稱，窮形盡相，才力富健，無若太史原唱及叠韵諸篇。今摘其「光」字韵如「煇煌素壁真無翳，較量元珪惜少光」、「海上仙壺歸一照，地中陰澤有輝光」、「四際不知春似海，兩間真見日重光」、「鎔錢鑄範剛爲孔，遇雪成珪便映光」、「萬象静涵千丈影，四游横放九秋光」、「全憑玉尺裁量正，欲奪金壺浸潤光」、「地角四環呈異影，天田一曜耿孤光」、「兩邊透照成三影，四角迴中稱五光」諸聯，「塘」字韵如「巧製薛家籠玳匣，新磨苕水汲銀塘」、「十幅遠山開畫册，一泓秋水翦迴塘」、「金輪春老空開殿，鑑曲波澄未滿塘」、「秋露有情飄玉井，東風無力解冰塘」、「萬頃銀濤歸尺幅，一天青氣吸横塘」、「碧水翦瞳清照座，紅芙如面爛盈塘」、「繁星散彩掠書幌，秋雪作花迷野塘」、「心平轉笑彈棊局，影動疑臨躍劍塘」諸聯，洵所謂徽徽溢目，英英流爽，令人摩抄周翫，不能釋手。

同里董凡夫民傑與余爲詩友。庚戌仲春，麻溪徐臨皋寄視余《梅花》新課六首，余既如數次和，凡夫見之，歎賞不置。及病革，手書四絶句相訣别，末章云：「潯西老友是詩仙，拈出《梅花》句極妍。籠壁有香時觸鼻，故應垂死聳吟肩。」不數日而易簀矣。短箋猶在，每檢閲，輒令我心如割。

姚礪圃汝金，烏程人，中辛酉副榜。有句云：「雕刻千言雙鬢苦，挽回一命萬牛難。」長歌可以當哭。

祁山陳緪橋繩祖，文肅公仲子也。縱情詩酒，薄遊吴興。時肯庵李公堂守吾湖，與緪橋生同里，相得甚歡，倡和無虚日。及緪橋旋里，有《寄懷吴興李太守》云：「扁舟水宿白蘋春，耆舊何須問主賓。忽趁桃花渡江去，一時難忘謫仙人。」「公擇風流舊擅名，笙歌坐擁可憐生。回頭樂事成塵去，但有雙谿與濯纓。」「六客堂虚夜不扃，畫圖相見眼猶青。無端更聽山陽笛，淒絶中郎有典型。自注：李嘗以《後六客圖》見示，時鈕西齋已謝世矣。」「燭跋尊闌語漸多，圖成三客訂重過。臨風寄語吴興守，奈此鵝谿素絹何。自注：時李欲以宋比部梯雲與余繪《三客圖》，未就而别。」「令伯陳情苦未休，屢請終養。築隄捍水尚勤求。十年老守心如鐵，不遣三江坐斷流。自注：時三江淤塞，震澤不能宣暢，李建議疏濬，以去就争之。」「陌上人歸草自薰，故山猿鶴媿移文。秋風定作長安客，何日重來一御君。」數詩情致欲絶，而太守之賢，並可見矣。

閔峙庭先生鶚元任安徽巡撫時，風采甚著。其《發五谿登望華閣和王陽明壁間韵》四首，忠愛之心，溢於楮墨之外，與留連光景者迥别。備録之：「烟樹微茫月一鈎，晨光欲上碧雲流。臨谿傑閣涵空翠，入座涼風似好秋。媿乏經綸虚報稱，肯教身世共沉浮。前賢芳躅遺篇在，卓爾人高百尺樓。」「功成静結名山契，漫説香生楚地花。但使精誠消謗慝，未妨蹤跡付烟霞。五谿九子如逢舊，晚筍新茶正吐芽。識得先生真面目，光風霽月浩無涯。」「勝地重經别意深，谿山如面鬢霜侵。老來漸得清虚味，曉起猶争分寸陰。貝葉聲中傳静籟，日華動處見香林。羨他小築風光好，日擁寒泉對遠岑。」「生來骨格冷於秋，仿佛空山一比丘。不慣因人來作熱，可堪立脚怕隨流。主恩尚許容衰老，民瘼寧忘繫隱憂。瘦馬伶仃愁道遠，餘情肯此戀清遊。」

江右仝玉山先生瓛，以字行，舉壬申鄉試，筮仕得浙之泰順。未幾罷去，流寓無定所，竟卒於閩。詩以窮而愈工，記其《都門客況》云：「典質循環又一年，那堪子母倍相權。身除短劍無餘物，篋賸歪詩不值錢。命豈吟窮如白傅，貧因産破似青蓮。近來不戀杯中物，猶省旗亭費十千。」

詩以寫景逼真，不同湊泊爲佳。長沙鄧蘭坡枝麟、其友黄石櫓湘南同舟過洞庭南觜湖，望中得句云「山趨南觜盡」，黄對以「水接洞庭寬」，因互相稱賞，各成一律。鄧云：「輕舸泛澄碧，蒼茫生暮寒。山趨南觜盡，水接洞庭寬。傍渚漁歌歇，排雲雁陣殘。湖心一棲泊，莽覺客情難。」黄云：「午發沅江路，微風一棹安。山趨南觜盡，水接洞庭寬。極浦澹空翠，芳洲生暮寒。蕭條驚歲晚，天外雁聲殘。」二詩亦工力悉敵矣。

潘稼堂《遂初堂集》有《題御書閣》詩三首，注：「閣在南潯明義庵，有宋高宗《畫鷹》及趙子昂《滚馬圖》，今亡。」「南遷草草宋思陵，駐舫拈毫尚畫鷹。何似鷹揚揮上將，掣韝萬里縱飛騰。」「王孫懷古此逍遥，滚馬留圖紙價高。輸與開元老曹霸，南薰殿上畫拳毛。」「墨妙銷沉不可攀，前賢遺跡尚班班。甲第朱門幾遷改，長存誰得似禪關。」《酬陳霽山詩》：「栗里遺民去不還，剛逢一老水雲閒。著書富欲追《繁露》，琢句清堪步□山。世味淡時堅道骨，機心盡後駐蒼顔。五君向秀須參預，不共山王一例删。」吴穀人《南潯舟中同問渠叔作》:「東西水柵市聲喧,小鎮千家抱水圓。敗齒印沙沽酒屐,橛頭鈔路送租船。清風橋口三年夢,大尉城邊一笑緣。點綴荒寒賴烏桕,小梅花壓幾稍偏。」

甲子春寓周莊,與青浦熊仁叔其英比屋而居,因相結契。借伊《潘稼堂集》及《有正味齋集》,因附録此數首於後,時不忘故鄉,因急録之。

《魚計亭詩話》一卷，計發撰。發字發之，烏程庠生。鋭志讀書，尤刻苦作詩。嘗館劉氏晝扇樓，以古學誨其弟子，愛獎掖後進。此書於詩學極深，嘗論：「作詩須有遠神，讀者亦須有遠神以會之。蓋遠則淡，淡則真，真則入於妙矣。」又云：「詩以寫景逼真，不同湊泊爲佳。」又云：「鍾、譚一派，詆之者目爲鬼趣、爲兵象、爲詩妖，亦太甚矣。況詆之者正未嘗不效之也。錢牧齋少時頗亦取逕《詩歸》，新城詩有絶似鍾、譚者。」均未經人道語。所采詩亦多戛戛生新語，僻壤老儒，才名未達，存此一帙，藉慰苦心耳。歲次柔兆執徐六月，吴興張鈞衡跋。

（吴忱、楊焄、王天覺點校）

瓶水齋詩話

瓶水齋詩話提要

《瓶水齋詩話》一卷，據光緒十二年重刊《瓶水齋詩集》本點校。撰者舒位（一七六五——一八一五），字立人，號鐵雲，直隸大興人。乾隆五十三年恩科舉人，九試進士不第，寄身幕府，潦倒以終。有《瓶水齋詩集》。按此書據其子舒昌枚跋，謂爲壯年之筆，四十以後不復作矣。檢之卷中記事，最晚爲壬戌年（嘉慶七年）與席世珍聯軌南下事，時方三十七八，可證不虚。此卷藏諸篋笥，或未爲所重，歿後始獲刊行。實則舒氏詩有名於時，評詩亦具眼識。如於當朝詩重袁與蔣，尤重袁之七律，斷爲老杜、義山與放翁後之第四變，開後世此評之先聲；又引其先祖語，謂司空圖之七絶乃白香山之「清」變，而爲該體一大家，似此皆關注於七言近體之後來居上者。又注意及陳其年七言長歌從梅村體來，獨賞王曇之七古而録之不吝篇幅，亦屬此趣，而人多未及之。於漁洋稍有微詞，而許趙秋谷爲知詩者，亦關彼時詩壇之聲息。所録同時人詩，奇麗質樸，不主一格，存人亦存詩，每令人惜其擱筆早早、卷帙之不富也。

瓶水齋詩話

長洲蔣編修恭棐，先祖檢討公乙未所取士也。既而先祖下世，蔣亦乞假南歸。又十年，余伯父蔗堂公、先君子進峰公同入縣庠，蔣寄詩爲賀。其題曰：「舉主舒先生太夫人今歲壽六十，孫某某年十三四，同補博士弟子員，作詩寄賀，并爲某誌勉。」其曰某者，皆直書名，於此猶見古風。詩曰：「木落霜凄後，陽和忽轉旋。孫枝春又茂，碩果剥還全。翟茀先朝賜，熊丸再世傳。慚無儲老筆，六十紀長筵。」自注：甲午，太夫人壽四十，先生初入史館，宜興儲會元六雅作壽序，盛傳輦下。「鼓篋三詩肄，垂髫有父風。天憐老節母，人羡小神童。矻矻須勤學，硜硜乃固窮。他年見叔弼，真喜似歐公。」二詩皆紀實語。先生工古文，詩不多作。有《西原草堂文集》行世。

詠史詩不著議論，有似彈詞；太著議論，又如史斷。余最愛蔡嵩林《金陵》一聯云：「同室干戈稱靖難，先王宫殿號陪京。」十四字中斧鉞衮冕都有，而於向者二病則皆無之，近人詠古詩之罕見者。蔡名環黼，德清貢生，博雅能文，老而不遇。余於京師識之。

陳俯躬，秀水人。沉潛於學，品詣孤絶。嘗一赴學使者試，不得，即棄去，不復出。賦詩有云：「自有蔗根甜不過，何須更吃蜜橙糕。」蓋禾俗，生童赴試，皆携蜜橙糕以自食也。惜其終老布衣，詩文不傳，人亦罕知其名者。然余聞四川雷先生視學浙江時使人聘陳，至挾之上座，乃下拜之曰：「吾聞陳先生名久矣，不圖今日得見之。」夫雷先生以理學自居，而獨加禮于陳先生，即陳先生可知矣。文之傳不傳，人之幸不幸耳！

隨園先生曰：「『崇山幽都何可偶，黄鉞一下何處所』，光武語也；『懷仁附義天下悦，阿諛順旨要領絶』，嚴子陵語也。皆七古中生硬句。二人少同學，故語相似。」余謂光武「仕宦當至執金吾，娶妻當如陰麗華」，亦七言古詩之佳者。又李太白「生不願封萬户侯，但願一識韓荆州」，亦定是詩人之文。

元遺山《和党承旨雪詩》：「水風清鶴夢，月露洗蟬腹。」不似烟火人語，當與林和靖梅花句子一樣清絶。蓋高唱易震，微悟難參。即王、孟、韋諸公，但得其神，未領其趣。故不著一字處，往往至于空濛虚廓而無精意，反使人意致索然，其弊遂至於不讀書。大抵此種最佳而最難佳，可一而不可再。所謂「文章本天成，妙手偶得之」，執此意以求此種詩，便可領會，否則癡矣。唐稚川《咏燕》詩曰：「杵臼雙傭作，江湖一使星。」句法意法直逼工部。余往在都下作《新燕》詩，思有以勝之而弗能也。然稚川與余各有寄託，其高下要不在工拙間。因附録余詩於後：「新燕誰能話舊愁，别時還是去年秋。南歸錦字仍千里，東海烏衣更九州。枳棘豈真鸞鳳宿，稻粱猶作雁鴻謀。何時王謝堂前飲，折取花枝當酒籌。」

孫編修星衍之室王采薇能詩，早世，僅傳其「四山花影下如潮」之句。

按畢秋帆制府選《吴會英才集》，共十人，采薇殿末。今云「僅傳」者，蓋時未有刻本耳。男鎮樓謹識。

鉛山蔣太史詩才横絶，鮮所儔伍。自蕭公渡覆舟後，手稿零落，今所刻《忠雅堂集》纔十之七耳。余曾記其二律于册子，皆警鍊可誦。集中不載，因録于此。《題沈皆金洞庭秋泛圖》曰：「洞庭七百里秋光，醉煞巴陵一夜霜。遷客來過多瑟瑟，壯懷到此亦茫茫。已知豪氣吞雲夢，便買扁舟下岳陽。難覓仙人試龍笛，君山螺髻水中央。」《天章寺尋六函葬處》曰：「六陵寶玉一時收，飲器公然用髑髏。月下争抛牛馬骨，函中尚少帝王頭。青衣不返龍荒蜕，白浪空沈海國舟。此是趙家乾浄土，寺門宫樹泣鵂鶹。」

餘姚徐琰，乙酉拔貢生，自號四雨山人。工爲詩，與先君子交最久。嘗自書詩一卷寄先君子，題曰《紅豆懷人吟》。余束髮時每愛誦之，後在粤西，有祝融氏之厄，此卷燼矣。今徐下世已久，其詩散佚無存。録余昔時記憶數首于簡，以誌梗概。《題張若虚乘槎圖》曰：「洞庭木葉下，眇眇正愁余。張子賦《枯樹》，秋風唱《步虚》。黄河無日夜，碧落有門閭。莫問支機石，歸來讀道書。」《讀三國志》曰：「益州王業竟何如，大耳雄姿志未舒。無命關張空號虎，得才管樂果猶魚。青梅座上殷雷震，白帝城邊劫火餘。最恨腐儒仇國論，到頭只解草降書。」右蜀。「贅閹遺醜檄誰彈，治世能臣亂世奸。敢比周文邀賜履，終令漢帝築禪壇。星烏慷慨林枝盡，銅雀岧嶤春夢殘。疑冢紛紛身後計，何如三馬任盤桓。」右魏。「生子當如孫仲謀，長江天險望中收。父兄世業雄南服，蜀魏分疆拱上游。不惜赤烏遲作帝，未聞碧眼早扶劉。再傳王氣金陵黯，一片降帆出石頭。」右吴。又有《踏青詞》六首，記其一曰：「接袖紛紛佛閣登，佛前深禮許香燈。鬢傍金鈿郎家贈，不肯隨緣施與僧。」亦有《竹枝》遺響。

先祖論詩有云：「司空表聖七絶，猶七律之有玉溪也。幽深怨咽，不名一狀，而同歸風雅。三閭變態，乃至此乎？」又云：「表聖全祖樂天。」又云：「香山之清變。」余按表聖《修史亭》詩曰：「烏紗巾上是青天，檢束酬知四十年。誰信半生臂鷹手，挑燈自送佛前錢。」所謂「三閭變態」是已。大抵詩家晚節矯然者，其詩必傳，傳者多佳，如晉陶潛及金之元好問、元之楊維楨，皆是。

錢唐毛稚黄先舒《怨歌行》：「南陌提籠葉始生，西堂秉杼錦旋成。郎心若是黄梅雨，看過春蠶便少晴。」

「梅花高館落，春草斷垣生」，嘉興沈山子進句。

虎丘山塘有白傅舊隄，其碑爲居民埋遷，汪松蘿掘得之。錢塘沈方舟用濟賦詩云：「片石苔封閲歲華，憑君磨洗認龍蛇。從今覓得春風路，送與吴娘踏落花。」

秦淮裙屐之勝，歌咏最夥。余獨愛卓人月兩句云：「雨絲風片有時有，雲黛烟鬟無日無。」蕩魂銷意，綺羅如在。王阮亭《雜詩》「十日雨絲風片裏，濃春烟景似殘秋」，即此意也。按「雨絲風片」四字，未見前人引用，唯湯若士《牡丹亭》樂府云：「雨絲風片，烟波畫船。」

袁海叟《題蘇李泣别圖》云：「猶有交情兩行淚，西風吹上漢臣衣。」久爲世所傳誦。嘉興譚元孩一絶尤佳，所謂深人無淺語也。詩云：「都尉臺前起朔風，節旄落盡海西東。不知别淚誰先落，同在河梁夕照中。」

當湖陸清獻公有《題南寨村佛寺》一絶云：「亦是聰明奇偉人，能空萬念絶纖塵。當年可惜生西土，未聽尼山講五倫。」儒者氣象，開口要自不凡。

徐秋檀孝廉，己酉春宿商家林旅店，聞隔壁有二客相語。一云：「王右丞詞客畫師，何至從安禄山作賊！」一云：「此公少時曾屈身作伶人，入公主第，彈琵琶見賞，因得關節作解頭，則又何事不可爲？且詩畫與品行原不可合看。」又曰：「唐時此種風氣久不能除，李商隱《聖女祠》結句云：『玉郎曾此通仙籍，憶向天階問紫芝。』即刺若輩也。士君子進身之始，求諸關節，已屬可耻，況謀及婦人女子，裙帶拜官，而天下尚有耻種耶？」彼客曰：「如子所論良是，然未免近獃。」答曰：「耻種子既斷，獃種子必不可絕。如足下之不獃者，又何嘗得作解頭？人自不知有命耳。」秋檀甚韙其言，聽其聲，似是卧談，因未過訪。至四鼓而二客先脂車去，竟不知誰何氏也。是年秋，余自京師送客至任丘，於旅壁見一絕云：「棖棖孤響撥金槽，月午花深調轉高。不是王維與康海，爲誰彈出《鬱輪袍》。」不書姓名，玩其語意，疑即此客。所謂天涯海角，有緣當得相見。必非尋常行路人也。

陳其年七言長歌，道勝國時事，激昂悲慨。觀其《酬許元錫》云：「二十以外出入愁，飄然竟從梅村遊。」則知其詩派所由宗矣。通籍後，所作多近宋體，然猶是梅都官集中上乘。而世顧艷稱其詞，真不可解。裘文達曰修《題填詞圖》云：「文如徐庾當時體，詩比蘇黄一輩賢。却被曉風殘月誤，頭銜甘署柳屯田。」可謂迦陵知己，爲文苑定評。

「尚書北闕霜侵鬢，開府江南雪滿頭。當日朱顏兩年少，王揚州與宋黄州」。此阮亭《寄宋漫堂》詩也。然兩公詩格絕不相似，且宋實非王敵。邵青門合刻二家之詩，意在尊宋，適足以形宋之短耳。

然漫堂詩亦自有佳句，如「哀雁去樓不盈尺，修竹摇風纔數竿」，殆非烟火人語。

會稽董暘元休《寶月堂》詩：「孤臣此地幾兵戈，賸水殘山近若何。誰唱《滿江紅》一闋，斜陽低處晚霞多。」「千山萬疊翠烟含，此夕登臨意渺然。兀坐四更方吐月，有人松下唤漁船。」

北道題壁詩罕見佳者。阮吾山司寇《茶餘客話》載桃源驛一絶句云：「走馬張弓四十年，封侯無路且歸田。芭蕉夜雨梧桐露，注到孫吴第幾篇？」吴胥石孝廉在桃花口見一絶云：「紅粉飄零懷舊恩，深燈薄袖話黄昏。明朝又作天涯别，殘夢依依月到門。」余戊申歲在白溝河見壁上一律云：「東西溝水兩無涯，擁髻重來史鳳家。欲取青棠安角枕，先抛紅豆記琵琶。折腰似戀三升豆，繫臂難尋一縷紗。我是玄都癡道士，替人前度種桃花。」

余庚戌冬與宋茗香助教宿阜城，偶爲詩題壁，末句云：「他日重尋東道主，碧紗紅袖兩難論。」本是偶然。及癸丑計偕，重宿其地，則前度題詩宛然在壁，因重爲長歌紀之：「前年驅車阜城驛，醉裏曾題雪色壁。祇疑過眼等雲烟，那知留却飛鴻迹。急召主人深謝渠，爲吾護持詩與書。主人言非愛公作，比年屋破懶掃除。又言昨有二客在此宿，一客昂頭向壁讀。彼客移燈往就之，此客匆匆即鈔録。問渠客自何方來，云是北指黄金臺。姓名未及叩某某，身長七尺多鬚眉。我聞此言重歎息，疇昔交游無此客。天涯莽莽風蕭蕭，得一知己不相識。人生知己誠難得，相思一夜頭應白。」

趙秋谷嘗乞漁洋爲《觀海集》序，未允，遂相詆諆。又著《談龍録》，皆非服人之論。秋谷有《論詩絶句》云：「畫手權奇敵化工，寒林高下亂青紅。要知秋色分明處，只在空山落照中。」此詩似爲漁洋而發，而此論則知詩者也。近蔣心餘先生論漁洋云：「蘭麝繞珠翠，美人在金屋。以之待姬姜，未免傷幽獨。唐賢臨晉書，真意苦不足。」可爲定論。

方靈皋謂曹操「對酒當歌」一首是爲孔北海而作，篇中「但爲君故，沈吟至今」，蓋欲殺之心久矣。李安溪解工部《秋興》「同學少年」二句，謂少陵豈歆以五陵衣馬者？蓋言我欲抗疏則功名既薄，欲傳經而心事又違，幸此同學少年皆不賤，我所欲爲而不能爲者，可以望之諸君，而諸君轉不過以衣馬輕肥自相馳逐長安，何所賴耶？如此解詩，頗有餘味。二公皆不工詩，故世不傳其説。

唐稚川以封負儁才，久困場屋，故其詩多幽怨之音，好爲寄託。《閨怨》云：「辟穀只餐三秀草，戒寒猶御五銖衣。」《掌教琅琊書院》云：「三日羹湯新手爪，十年針綫舊衣裳。」讀之輒喚奈何。

毛西河於詩本非專家，又頗以多爲貴，以速爲工，故所作少真切語，亦乏蕭散閒遠之致。當去其太似唐人之處，而西河之真詩固有在也。如《西里先生》云：「西里先生白苧衣，園花開落舊柴扉。不關好酒長收秫，時有高歌戀采薇。暮雨客彈《飛雉操》，春江人在釣魚磯。戴逵入剡將投老，六十年來一少微。」此則雅澹可誦，無平日應酬牘語。

王文簡《馬嵬》絶句：「巴山夜雨却歸秦，金粟堆邊草不春。一種傾城好顔色，茂陵終傍李夫人。」沈歸愚評曰：「傷其不得並金粟堆也，以李夫人形之，便曲而有味。」然阮亭此意，實本陳鴻《長恨傳》中語，非創造也。沈頗不覺耳。

太倉崔華以「黃葉聲多酒不辭」句得名，漁洋目爲「崔黃葉」；歸安沈龠翁先生少時咏《白蘋》詩，人呼「沈白蘋」。「黄葉」、「白蘋」，天然絶對。平湖陸陸堂集中有稱朱竹垞爲「朱斜陽」者，則不知所指《曝書亭》中何句。又會稽羅蒼山世芳作《湘波》詩，絶調深情，一時有「羅湘波」之目。詩曰：「湘波如淚落迢迢，夜月初生夜聽潮。誰采芳馨遺下女，一天秋影蕩蘭苕。」

沈綸翁晚年賦《紅豆》詩，尤雅麗可誦，云：「摩詰新詞唱未工，湘潭愁絶老伶工。廿年纔結三生願，紅豆廿年一實。千里遥憑一點通。玉合揀來珠有暈，錦囊盛處淚初融。個人只在銀屏底，揭起簾衣仗好風。」又鄭炳也太史一聯云：「偶回倦眼看成碧，欲寄閒愁賦《比紅》。」

袁簡齋以詩、古文主東南壇坫，海内争頌其集，然耳食者居多。惟王仲瞿游隨園門下，謂先生詩惟七律爲可貴，餘體皆非造極。余讀《小倉山房集》一過，始歎仲瞿爲知言。嘗論七律至杜少陵而始盛且備爲一變，李義山瓣香於杜而易其面目爲一變，至宋陸放翁專工此體而集其成爲一變，凡三變。而他家之爲是體者，不能出其範圍矣。隨園七律又能一變，雖智巧所寓，亦風會攸關也。

袁、蔣兩家詩實是勍敵。袁長于抒寫情性，蔣善于開拓心胸；袁之功密于蔣，蔣之格高于袁。各有擅場，不相依附也。蔣詩之雄者，如《西岳題壁》云：「萬馬西來野色寬，蓮花開出古長安。」此起句也。《送人入陝》云：「桃花馬上胭脂雪，去看秦雲似美人。」此結句也。中間如《讀南史》云：「六代文章莊虎豹，百年花月醉鴛鴦。」《薦福寺》云：「不關天地非奇困，能動風雷亦壯才。佛子堂空秋雨寂，英雄墳老野花開。」此類集中尤夥，讀之有鐵如意擊唾壺意氣。亦有香艷如温、李者，如「銀鈎字小教親記，金扣環鬆許暗開」、「江湖緑鬢丁年改，樓閣紅窗子夜開。」晚年專宗山谷，少此風致矣。又送某進士歸班云：「一第還家無限好，十年從政未嫌遲。」此聯藴藉含思，亦與袁公詩無異。

梅聖俞愛嚴維「柳塘春水漫，花塢夕陽遲」十字，謂「天容時態，融怡駘蕩，如在目前」。而劉貢父以爲「『夕陽遲』則繫花，『春水漫』不關柳」，如此論詩，已爲可哂；而苕溪漁隱并謂「『夕陽遲』乃繫於塢，初不繫花」，以此言則「春水漫」不必柳塘，「夕陽遲」豈獨花塢？此全不知詩之説矣。蓋此聯之得力固在「花」、「柳」二字，從柳想到春水，從花想到夕陽，則春水、夕陽正從花、柳處生情。因情生景，佳句隨之。而「漫」字、「遲」字，乃詩眼也。若云兩岸無柳，春水未嘗不漫，一塢無花，夕陽未嘗不遲，則彼自漫耳、遲耳，何地無水，何日無夕陽？只須作「塘中春水漫，塢内夕陽遲」足矣。試問尚堪傳誦耶？貢父本不知詩，漁隱亦鮮傳作，刻舟膠柱，不直唐人一笑。

天津沈峻詩有奇氣。予從龍雨樵鐸處録得數首，皆其塞外所作。《放言》云：「共工頭觸山，女媧手補天。此身殆萬丈，死葬百頃田。骨節猶專車，逐日窮虞淵。短小僅孫輩，何足與比肩。爾時世人少，已塞宇宙偏。玉帝頗厭之，揉土如飛烟。墜地爲衆庶，五尺乃秩然。立功贊化育，扶世稱聖賢。始知從古拙，貽歎《齊諧篇》。」《遺懷》云：「我有遺愁法，冥心歷仙境。五城十二樓，晃漾白日静。崇岡炫碧桃，藻井墮紅杏。蹁躚子晉來，群姬擁而迎。雙成捧玉臺，緑華戛玉磬。欻然登飈車，去一訪鮑靚。海天鋪紅橋，俯視月在鏡。游戲日不足，何者爲性命。洞府愛文字，娜嬛備使令。偷寫度人方，永脱老苦病。」《雜詩》云：「六經無主名，小儒乃拘墟。漢雖置博士，初不名其書。史遷贊孔子，六藝表厥閭。夫子行《孝經》，未聞稱其餘。兒寬帶而鉏，果易《詩》《書》歟？經乃訓常道，焉可混魯魚。

無怪誣麟經，太息將何如？」《戲作》云：「南海不遇觀世音，西天不見如來佛。舉頭戴斗身在邊，三萬里程肯叫屈。自注：謂自粵至此也。」「少年矢願游西湖。未逢白老坡仙俱。略啖荔支便遭謫，偷得蟠桃誰喚粗？」「崑崙雪冷王母去，青鳥多情留我住。花宮一卧三千春，起看帽脱衣裳蠹。」「爲問蘇卿安在哉，舊妻未去新婦來。上林射雁何太晚，羝羊旁有蓮花開。」

會稽姜鐵夫梗《相府蓮》樂府云：「渌水映蓮花，馬蹄不動落平沙。白璧堂開宰相家，重門不啓啼早鴉。門前人來掃曙霞，隱隱軋軋駐羽車。嗱嗱鼓吏鼓三撾，望塵羅拜登仙槎。嗚呼，丈夫生不五鼎烹，死當五鼎食。性豈徒勞州郡職，仰面從人借顔色。君不見范睢一言傾蔡澤，富貴自取非人力，平生所輕程不識。」又有句云：「青山吟鮑謝，紅袖寫《莊》《騷》。」爲漁洋所賞。

山陰周子固炳曾《贈潛庵增注東坡海外詩》：「窮髮之南一角蝸，文章豈少没鷗波。玉堂手自天邊落，金石篇於海外多。秋水何人同向秀，聽雲再世即東坡。魚蟲注解渾閑事，山水情懷並不磨。」

山陰宋長白俊《謁禹陵》第二首：「無餘廟祀歷綿綿，拜手先王玉座前。花鳥共沾新雨露，人民誰識舊山川。書傳蒼水來何日，舟負黄龍去幾年？欲倩巨靈開嶂峽，横分三十六青蓮。」

嘉興王言遠庭嘗作《棧道中》詩云：「人行山上高，天在山中小。負暉易沈夜，初陽遲報曉。」「馬走山樹巔，飛鳥出其下。雲連深洞迷，石缺危橋架。」「七盤飛險途，三秋足清景。日夕流泉聲，誰能辨喧静。」摹寫棧道，可謂盡其概矣。

仁和吴雯清，號魚山，嘗入法華山，夜宿石人塢，有詩云：「散步入深林，山山作秋語。香逕别孤笻，蒼翠自成雨。籬落烟火微，樵斧向前路。徘徊桑畝間，閒閒得吾素。竹徑通深扉，古木自盈互。明月空谷中，石人影相顧。」

武義朱慎，字其恭，工詩。既卒，李梧岡鳳雛挽之曰：「江東詩好誰如爾，天上樓成只爲渠。」挽詩云：「揮成一賦千金易，持得霜螯八座輕。」原注：「其恭飲余酒，方擘螯，閽者報有八座拜。其恭曰：『不以八座易八脚矣。』」

嘉興高百雉維城有佳句云：「月色水鋪地，雁聲霜滿天。」又「蕭然行李桃花渡，何處佳人燕子樓」，爲時所稱。

徐昭華受業於毛大可，《蕭山任千子辰旦》詩云：「誰知咏絮庭前句，猶是扶風帳裏人。」

錢唐吴慶百農祥《松木場香市》詩：「松木場邊春水生，緑楊紅樹隱高城。上方鐘磬珠林迥，十里笙簫畫舫明。芳草雉媒嬌夜雨，雜花鳩婦妒新晴。武林車騎如流水，閑倚青溪聽歎聲。」山陰俞鹿柴樵《海上》詩云：「澳門一線鎖蛟宫，獅子漾開估舶通。龍馭日輪飛浩蕩，蜃吹海市結虚空。三千童女扶桑外，一代君臣絶島中。親見戈船來出將，可憐誰不計奇功。」

山陰徐伯調緘《鏡湖竹枝詞》：「勾踐城南春水生，水中鬬鴨自呼名。楊花飛遲燕飛急，郎進城時儂出城。」《流螢篇》云：「井幹星螢數點流，美人腰細不禁秋。水晶簾外梧桐月，幾度黄昏便白頭。」《烏栖曲》云：「青釭熒熒角枕爛，烏雀争枝夜將半。共言妾貌如羅敷，羅敷有夫妾不如。」皆便娟婉約，善於言情。

山陰錢去病霍《長門怨》云：「十度漢宫秋，不曾聞促織。一朝入長門，蟲聲始唧唧。盛年羞别離，掩面空悲啼。静夜疑妾心，傾耳聽車音。春殿昭陽歌舞空，玉階白露起秋風。還把鏡中顔自看，阿嬌仍是少年紅。」

去病詩避俗超新，如《送遠》云：「故人萬里涉龍庭，回首愁瞻北斗星。莫道春風吹不到，昭君墓上草青青。」始覺「馬後桃花馬前雪」，猶是「春風不度玉門關」舊話也。

東陽盧商衡選有句云：「僧歸竹院烹茶緑，人坐花陰對酒紅。」

秀水曹次典偉謨《秦淮絶句》：「舊院蘭房曲曲深，珠簾步障晝沈沈。花香斷處衣香接，一寸光陰一寸金。」「藩邸初來樂府奢，中官四出選良家。一朝馬上琵琶去，井底從無張麗華。」「戲演魚龍夜不眠，梨園牌號阮家編。輕輕斷送南朝事，一曲《春燈》《燕子牋》。」

宋謝皋羽、明倪鴻寶之詩，從無一字猶人，似於此道用力極深者。二人偉人，事在家國，名在千秋，詩乃其餘事。如是賢者固不可測也。

張文溍「斜日兩岸眠犢晚，春波一眼去鳧寒」之句，爲晁無咎所賞。

臧獲傭保，作勞于晝，晚飯既飽，引枕即卧，稍焉而鼻息宫商矣。此輩不唯難醒，亦並無夢。詰旦盥漱出户，與之語昨日語，則已曠如隔世。吾儕每至夜分，神氣獨旺，或就枕，必輾轉移時始寐，頗有羡於若輩。或閲范石湖六言絶句一首云：「卧聞赤脚鼾息，樂哉栩栩蘧蘧。病夫心口相語，何日佳眠如渠。」真得我心語。

范石湖有《爲浄慈顯老爲衆行化且示余所寫真戲題五言絶句就作畫贊》云：「孤雲野鶴本無求，剛被差充粥飯頭。擔負一筐牙齒債，鐘鳴鼓響幾時休？」「冒雪敲冰乞米迴，齋堂如海鉢單開。衆中若有知恩者，一粒何曾咬破來。」「千里馳驅出爲人，顔容稍瘦老於真。食輪轉後無餘事，莫學諸方轉法輪。」「何時平地起浮圖，化得冬糧便付厨。推倒禪牀並拄杖，飢來喫飯看西湖。」「殿中泥佛已丹青，堂上禪師也畫成。笑我形骸枯木樣，無禪無佛太粗生。」石湖此詩晚歲所作。余讀之，以爲范詩七絶之冠。或問好在何處，曰無一好處，無一不好處。

南唐劉洞以《夜坐》詩得名，人稱「劉夜坐」；宋劉一止嘗賦《曉行》詩甚工，當時亦稱「劉曉行」。「夜坐」、「曉行」，劉家絶對。

丁未秋夜，在丁受五元采家食蟹，作詩用「簖」字。偶閲陸放翁詩：「水落枯萍粘蟹椵。」自注：「鄉人植竹以取蟹，謂之蟹椵。」則余詩正用其字，書「椵」爲是。貴陽寓次記。

《幕府燕閒録》云：「盛文肅夢朝上帝，見殿上執扇有題詩，句云：『夜闌更秉燭，相對如夢寐。』意其天人詩，識之。既寤，以語客，乃杜甫詩也。」余謂二句甚佳，以書上帝之扇則頗不類。

《後山詩話》云：「鮑照之詩，華而不弱；陶潛之詩，切于事情，但不文耳。」以淵明詩爲「不文」，吾不識後山所謂「文」者何等也。

《冷齋夜話》曰：「老杜『白鷗波没蕩』，今誤作『浩蕩』，非惟無氣，亦分外閒置『波』字。」冷齋如此解詩，直未夢見耳。

此則有誤記，是「没浩蕩」或作「波浩蕩」耳。獻識。

虞山席子偘孝廉世珍，品學醇雅，有「叔寶神清」之目。詩不多作，然亦無門外語。壬戌歲與余聯軌南下，記其見和之作云：「買就扁舟脱却驂，一帆烟月指東南。窮途得遂還家願，多病從求真訣參。露布軍門降鬼子，風帆海市討童男。此行許遂豪情後，醉折花枝歎共簪。」「元白才名世早知，同聲吹徹玉參差。家居烟水相通地，歸趁蓴鱸正好時。鸞鳳争調佳耦戀，珊瑚欲拂釣人絲。功名一映浮雲外，那得長留幾卷詩。」吐屬温雅。天不假年，忽作古人，如埋玉樹。覩斯酬酢，若聽鄰船吹笛時也。

王仲瞿七言古詩别有天地，以余所見，儕輩之作罕遇其敵。然頗不自收拾，今録數首，足見一斑。《解孝子行》云：「解孝子，入火抱棺身不死。冒火而出，風反火走，火冷於水。火之神矣，可以炙逆臣之臍，而不燒解孝子。一解。明哉神哉，曰城隍尊。嚙血一紙，爪髪代親。臺駘可祟，二豎不靈。神乎神乎，活孝子之父，而不奪孝子之年，呼神曰天。二解。黄泉之水，入于母棺。母棺不燥，子淚不乾。哭水生魚，哭竹生筍。吾歌孝子之德，天慘而不歡。三解。」《將進酒贈南屏小顛上人》云：「濟公一生醉如鼈，死作靈山去來佛。濟公不生酒不清，濟公不死佛不滅。醒中三昧醉中春，酒字南山大法門。山前失却瓢壺帚，三十七代無兒孫。顛師大演西來法，酒竿打起門前刹。三千魔女醉來呵，五百僧人醒來喝。一家衣鉢挂南屏，提出千年老酒瓶。旁邊署個醍醐字，可似《楞嚴》十卷經。酒爲功德水，能澆煩惱薪。阿難不喫酒，呼作驢入群。目蓮不喫酒，終古沙蟲一細民。伽羅龍，好兒女，要湖要海杯中取。香醪布作大慈雲，醇飲吹成法華雨。只勸阿顛飲，不勸阿顛止。文殊不出女兒定，何況酩酊醉男子。但恐罔明没眼老鬼瞎，勘破機關笑人死。人勸阿顛止，阿顛口不開。一杯復一杯，彌勒何時來？打穿洞底盛槽具，脱下娘生當酒材。東家喫酒西家醉，如此針鋒少人對。儂是天官大酒人，一瓻送上龍華會。」《善才生二十五月矣計識得二百五十餘字示以詩》云：「阿爺四歲識千字，一一形書曉其義。兒今三歲識二百，他日爲文定奇特。人間識字天上嗤，阿爺自誤還誤兒。兒莫學，阿爺知書娘道好，只今餓死無人保。夷齊廟裏要香烟，誰捧藜羹到門禱。阿爺配食兩廡去，賴爾門庭來洒掃。秦王燒書黑如炭，豫讓吞之不當飯。魚鹽作相盜作將，天下功名在屠販。兒不聞蒼頡作字鬼神哭，從此文人食無粟。又不聞黄帝軒轅不用一字丁，風后力牧爲公卿。」《弄書行示善才》云：「書不弄兒兒弄書，愚公之子如公愚。牢把一册愛如命，撇得《中庸》便《論》《孟》。睡來不放醒叫呼，阿兒餓死前生定。人家一蟹生一蟹，生到蟛蜞骨不改。不然龍生九子子子别，弄水噴雲性還在。仲尼少小愛俎豆，千秋廟食尊彝侑。子輿生長託黌宫，到今血食黌門中。但願吾兒讀書讀貫上下古，不願吾兒一科一甲呼吾父。」《登翠微亭作》云：「中江日落衣帶圍，西風吹人人不歸。水禽膞膞水中落，有翅不得空中飛。拍手呼山山欲笑，老馬銜枯向空叫。君不見晨風兒，布穀飛來呼爲鴞。朝游武昌雲，暮踏海西石。滿山紅樹一江風，萬里長空遮不得。」《獨秀峰歌》云：「須彌之尻昆侖骨，面目峥嶸性情倔。穿山伏地四千年，偶向南屏露髣髴。盤王運斧君向逋，女媧大索天下無。君藏君顯世不測，神物肯與凡人奴。天公命汝龍蛇蟄，太白昏荒夜星落。鵂鶹惡鳥避空山，風雨一聲鬼神作。願君勿化雲，化雲雲笑君。洞庭小龍女兒子，赤脚咤嚓如有神。君勿化爲雨，化雨須隨雨師舞。不如兀兀坐巖阿，月帽風裙好千古。君不見秦王纜石天下桀，一朝斷化黄金佛。百年香火何有無，至今頭帶共工血。」

《對雨》云：「男兒少不成名三十許，日日浪浪聽山雨。雨聲不住人耳聾，抬頭不見天上龍。一蛟盤天受天語，魚鱉蛙鰍半空舞。三十六鄉都是雲，白日一照天下春。河伯外臣日之使，何不捫天洗天水。雲中妖蛟有時墮，吾亦登天見龍子。」

《大雨搨禹廟窆石題名紙溼不得上石》云：「空山一聲泥滑滑，兩脚渾泥雨中没。鬼神不許瞰山文，大隊雲師怒唐突。女媧昇東補天漏，禹廟中心天有竇。虚空水孔大于盂，雷公一鳴小龍吼。姒王好治地上河，功成不剗天河波。秤槌石上人名姓，洪水年間擔水婆。」

至其《棋盤山爲大風所倒》一首，尤極奇肆俶詭，云：「春衫砉砉風礪刀，東塍西塍看紅桃。燒香女兒顔色嬌，招我來看棋石高。仰而望之山如尻，笏立兩石中火窑。窑間之僧老且妖，啁嚨閣閣聲如潮。似云正月初四朝，神風刮我庵頭茅。又云天公大怪南斗北斗不管事，日來手談坐隱山之椒。金星招之不肯罷，下遣雷公撤取棋盤燒。燒之不肯熱，礮斧不敢敲。雷公奏帝此石乃是混沌未闢一大局，下管十二萬陽九百六，一隻無可饒。一局復一局，雖有五星日月炁孛羅計難逋逃。南斗輸一隻，五湖如旋飆。北斗輸一隻，三王四帝争滁濠。秦皇漢武局中一隻劫，昆明赤土三重焦。一隻不到處，魚頭赤子湯火澆。當今閻浮天子彌勒下世萬萬歲，日兄月姊親同胞。老天不變道不變，此局破碎當掣銷。天公聞言大歡喜，旁邊玉女投兩梟。華山巨靈，蜀山五丁，渠是地大力小昇不動，道是六州之鐵生鑄牢。風姨娘子貌如春花一十八，手弄風輪綠。口宣玉皇旨，脚踏南山腰。三呼復三吸，百人輿一瓢。三百六十子，連瓜帶蒂抹入南塘坳。南斗罷去北斗走，有如鴉翻鵲亂歸雲霄。唯有煌煌北極實是定盤心中第一子，口傳二十八宿，司宫司度守定唐堯朝。吾是爛柯山樵老，士骨難换人未死。胸中一盤十七史，粒粒覆棋手可指，上山下山拾死子。」此作可謂奇想天開，使賀知章見之，當許其泣鬼神矣。

《池北偶談》云：「吴惟信中孚，湖州人，寓吴嘉定之白鶴村。吴有縻先生，於九經注疏悉能成誦。嘗見中孚賦絶句云：『白髮傷春又一年，閒將心事卜金錢。梨花落盡東風軟，商略平生到杜鵑。』亟下拜云：『天才也。老夫每欲效顰，則漢高祖、唐太宗追逐筆下矣。』」此正余所謂「高唱易震，微悟難參」也。

《菊磵小集》云：「餘姚高九萬翥《觀思陵墨本》詩云：『淡黄越紙打殘碑，盡是先皇御製詩。白髮内人和淚看，爲曾親見寫詩時。』」

《過平原故相宅》云：「拂曉官家簿録時，未曾吹徹玉參差。旁人不忍聽鸚鵡，猶向雕籠唤太師。」蒼涼沈鬱，裂破風景矣。

録李竹懶太僕題畫絶句，得十首，每誦一過，輒想見其人。《寓武林昭慶寺懷陸伯成倚醉樓寫此見適》云：「雨後溪聲吼似雷，高樓倚醉想銜杯。段橋秋色無多遠，只隔蘼蕪緑幾堆。」《題畫》云：「霜落蒹葭水國寒，浪花雲影上漁竿。畫成未擬人將去，茶熟香温且自看。」《爲王宰甫畫》云：「黄葉坡深隱釣舟，蓼花瑟瑟水悠悠。鸕鷀睡熟魚翁醉，偷取瀟湘一色秋。」《寒江待别圖》云：「雲去蘭亭雁影孤，陳〔凍〕痕漸漸上蘼蕪。噓呵滴得梅稍〔梢〕雪，爲寫《寒江待别圖》。」《題畫與曹允大》云：「黄石堆牆竹掃雲，澗深花落去紛紛。讀書聲到樵人耳，樹擁風迴又不聞。」《題畫小卷》云：「江上孤吟欲暮天，一舟横渡草芊綿。柳花飛盡黄鸝啞，只好枝頭聽杜鵑。」《題畫與沈子廣》云：「雨寒松閣恣高眠，夢入金陵涉索烟。七十二峰多忘却，聽泉剛記到開先。」《與沈翠水論繪事因題所畫便面》云：「烟沙漠漠夕陽餘，野樹酣霜水滿渠。何處秋兒閑入夢，琵琶亭子對匡廬。」《白描梨花》云：「雨香雲淡月霏微，薄薄鉛華淺碧衣。却似道山春燕罷，水晶簾下拜真妃。」《題畫紙絹小幅》云：「柳絮波空春事遲，雨晴剛得曬鸕鷀。社回故作閒風調，醉手臨歧顫釣絲。」

先君子擅詩名三十年，有集十八卷，今春已刻于淮南。外有《乙亥年詩》一卷、《雜組》一卷、《瓶水齋詞》兩卷、《制藝》一卷、《曲譜》兩卷、《兩漢識小録》兩卷、《外著》兩卷、《詩中有畫録》一卷，均未刊行。唯此《詩話》一卷，爲壯年之筆，迨至四十以後，不復爲此。藏諸篋笥經年，卷帙大半散零，吉光片羽，掩卷生香。今日月有時，名存身殁，鈔撮既就，宜付棗梨，因識之於簡末。

嘉慶二十一年八月之朔孤子昌枚、鎮樓、祖椿恭校

（吴忱、楊焄、王天覺點校）

乾嘉詩壇點將録

乾嘉詩壇點將録提要

《乾嘉詩壇點將録》不分卷，據宣統三年葉德輝重刊本點校。撰者舒位生平見《瓶水齋詩話》提要。按明末王紹徽以小説《水滸傳》人物比附東林黨人，造爲一百零八人之名録，以供魏忠賢排黜忠良之用，題作「點將録」。舒氏此作則用此體於品評一代詩家，變邪爲正，所謂「爰效東林姓氏之録，演爲西江宗派之圖」也（自序）。當時流傳，未署真名，至光緒、宣統間，葉德輝刻此書，已不明撰者誰氏矣。考道光間王汝玉《梵麓山房筆記》曾記始末云：「舒鐵雲仿《東林點將録》爲《詩壇點將録》，因遊戲之筆，未免略肆雌黄，故未明著姓氏。其親筆原本爲葉調生明經所得，余亦假而録一副本。」述其原委甚明確。近趙婧又發現舒氏致蕭掄信札一封，有「戲將詩壇録編序，興會所至，忍俊不禁」等語，可謂確證。又同治間藍居中鈔本《記後》謂「舒鐵雲、陳雲伯大令當時與二三名下士」所作，則參與者又非一人也。此體貌若游戲不經，然鐵雲才識高明，竟能妙藉天罡、地煞一〇八將之座次，繪就乾嘉盛世一代詩壇主客之圖，以袁枚（宋江）、錢載（吴用）爲首，排定一百四十餘位大家、名家之數，比附之肖，定位之確，令人嘆服。而當代人寫當代史之諸多不便，亦竟在忍俊不禁中得以稍免。此作尚屬初創，故頗有擅改梁山泊原定座次以方便寫作之處，其中如「毛頭星」偶誤李調元爲李鼎元等，皆不免小疵。後汪辟疆《光宣詩壇點將録》等後出之作，則轉爲精密矣。

乾嘉詩壇點將録序

夫筆陣千人，必謀元帥；詩城五字，厥有偏師。故登壇而選將才，亦修史而列人表。遂覺星辰可種，借其説於九百《虞初》；將使風月常新，和其聲於三千《雅》《頌》。或蓋棺而論定，或盍簪而勿疑，或廉藺之無猜，或尹邢之不避。爰效東林姓氏之録，演爲西江宗派之圖。嗟乎！雙淚墮南州，叔子不如歌妓；一尊傾北海，中郎何似老兵。此則汝南之評，不遺孟德；元祐之籍，未列歐陽。豈曰以下無譏，實乃於斯爲盛。文章千古，玉帛萬重，蓋惟善將將者，始可與言詩也已矣。鐵棒欒廷玉。

重刊詩壇點將録序

聖清乾、嘉之世，文人號爲極盛。當其時海宇承平，公卿縉紳，各以壇坫主盟，迭執牛耳。無名人傳有《詩壇點將録》一書，乃以《水滸》一百八人配合頭領，或肖其性情，或擬其行止，或舉似其詩文經濟，以人人易知者，如沈歸愚之爲托塔天王，袁子才之爲及時雨，畢秋帆之爲玉麒麟。始一展讀，即足令人失笑。今距其時百餘年矣，故書雅記，文獻就湮，諸家詩文集之流傳，固非二三寒畯所能遍閱；而藏書好事者或不能分別源流、究心掌故，故讀是編而知其月旦之真者蓋寡。余於諸家之書雖未全覩，然十得八九，可以推求。竊謂是書比擬之工，較明閹之《東林點將録》，不獨人才有消長之分，抑亦世運有盛衰之别。每慨古今黨禍，皆以小人傾陷君子，清流網盡，國不旋踵而亡。如東漢之《黨錮傳》、元祐之黨人碑，皆魏閹之前事也已。宏惟我朝聖神嗣統，天子當陽。康熙、雍正兩朝，文治光華，震鑠今古；乾、嘉繼盛，論者謂比隆漢、唐。諸文士歌詠太平，涵濡雅化。仿張爲《主客》之圖句，溯鍾嶸《詩品》之濫觴，固詩家得失之林；即較之講學家漢、宋詬争，亦可謂群而不黨之君子矣。夫魏閹《點將》，據以收拾東林；宣和盜魁，藉以討平群寇。今録附於後，並考《水滸》諸人原始，以待後之人知其人而尚論之。《儒林外史》之迷亂其姓名，《紅樓夢》之隱約其事實，固不如是録之明白痛快、可以發皇耳目也。光緒丁未八月中秋後十日長沙葉德輝序。

乾嘉詩壇點將録鈔訖記後

《點將録》世無傳本，咸豐戊午，需次吴門吟社，契友樊曉康埭尊酒間偶爲話及，特鈔藏本見贈。據云舒鐵雲孝廉、陳雲伯大令當時與二三名下士以遊戲三昧，效汝南月旦，取《水滸》中一百八人，或揄揚才能，或借喻情性，或由技藝切其人，或因姓氏連其次，靡不褒溢於貶，亦復毀德於譽。苟能深悉録中人顛末者，讀之未有不擊節失笑也。猶憶初獲此時，蘇中詩人于辛伯續刻所著《柳隱叢談》，來吴見之。録中惟通臂猿太倉畢子雲先生耄耋獨存，喜而作詩郵寄，并屬余和韵，旋又假去，録存一册。兹鈔所録，不禁昔時風雅之盛云。同治己巳長至子相藍居中。

題詞

江湖姓氏記傳聞，高築詞壇領冠軍。猛士詩人雜龍虎，一時吟嘯起風雲。
孰是鸞皇孰野狐，一編評騭尚模糊。試看漢上英雄記，即是江西宗派圖。

無學居士題韓崇

從古文章有霸才，舊家壇坫孰雄恢。相知自應都亭夢，讓爾横行一世來。
千佛名經是導師，江湖東下衍分支。功成别築麒麟閣，大將麾幢望裏知。
一樣圖憑主客看，休同碑爲黨人刊。居然獨擅龍門筆，合傳何妨老與韓。

寒夜被酒率題三絶句

吴香庵主程庭鷺

誰司月旦汝南評，草竊居然善將兵。白傳昔曾推教主，劉郎誰敢犯長城。荒唐野史英雄記，標榜詞壇黨籍名。轉恨聲華登鬼籙，輸他黄面證無生。謂彭尺木。

癸卯仲春古夊道人戲題釋祖觀即覺阿

兩朝誇月旦，壇坫耀星辰。聲價名千佛，詞鋒敵萬人。簿休嗤《點鬼》，榜類演《封神》。一串牟尼外，遺珠試再掄。

詞場署元帥，豪傑此蒐羅。牛鬼蛇神幻，標題藉不磨。千金駿馬死，一卷鯽魚多。鼙鼓興思際，投壺盡雅歌。

海上樂道人題藍居中字樂人

清時重品藻，疇以汝南賢。壇坫東南盛，文章遊戲傳。長城壘不壞，大將幟高懸。豪氣儒酸洗，爭看月旦篇。

天水老人題

從來幽怪爭奇光，好事乃以詭誕彰。鏤肝鉥膽偪神肖，能令鬚髮俱開張。世間何物非遊戲，那用一一求真妄。漆園傲吏見空色，寓言十九庸何傷。我謂作詩如將將，運用一心神劇王。又謂作詩如作賊，橫行方能躋險絶。短兵狹巷風蕭颸，信手刀刀俱見血。月黑風高縱所如，笑看驪珠頸前得。乾嘉壇坫盛東南，筆陣雲雷戰氣酣。爛如河朔縱橫甚，固似山東氣勢憨。四千年事浩滾滾，一百八衆齊眈眈。園林歌宴招賓客，江山六代生顔色。驅使今古奔腕下，吹嘘俊筆飛烟墨。占盡昇平全盛年，而今墓草紛蕭瑟。一代風花逝水流，熢塵澒洞無消息。我輩餘生苦恨遲，感時撫事還追思。猛士疇堪守疆埸，詩人猶足張偏師。論文論戰有心法隨園語，想見颯爽來英姿。風流争鬬亦云已，文采依然跨青紫。後來作者問姓名，嚆矢憑誰繼餘子。荒唐野史陽秋筆，鐵棒公然稱教習。頗有微詞寓褒貶，獨具隻眼看今昔。東林姓氏久消磨，尚説西江宗派嫡。揭來溽暑百無事，城北蕭條尋古寺。偶逢趙叟受迫促，漫以斯編屬題字。我欲題詩淚盈眥，推遷世運風輪駛。朱門酒肉尚如山，領袖無人花月死。沈袁畢趙競淪亡，後起舒陳感自傷。苦將一代芬芳蹟，譜入英雄草澤狂。盡捲儒生廢文史，追逐冠蓋紛披猖。策馬何須痛華屋，盈鬬由來如轉燭。莫從廊廟論英才，尚許山林親卷軸。君不見黄金十萬卷甲來，八百孤寒抱書哭。

樗園先生題

重刻詩壇點將録叙

《詩壇點將録》，余幼從先世楹書中見之，當時不知爲何物，但聞塾師云是乾嘉兩朝詩人事跡耳。稍長，讀《水滸》小説，見諸人綽號皆梁山盜名，意甚駭怪。又久之，得袁枚《隨園詩話》、王昶《湖海詩傳》、洪亮吉《北江詩話》、張維屏《國朝詩人徵略》，略得諸人出處交際，始嘆其比喻之工。迨公車偕計，過夏都中，每從廠甸搜求國朝詩文集部，於是一朝詩派源流，了然在余心目。欲求此録重刻，則久已遺失，不可復見。光緒丁未，從長沙舊書攤購得同治己巳巾箱本，遂付梓人刊行。旋獲傳鈔武進莊氏舊藏足本，較余本少訛字，諸人里貫仕跡亦較余本稍詳，然所缺者猶多。據吴鼎雯《詞源考鏡》、李富孫《鶴徵後録》，及郡邑詩選、各省志乘、諸人詩文本集集中碑傳文字補之，而是書遂臻完善。餘有詳略及集名異同，則二本可以參觀，不贅補也。前刻附考宋江事尚有未盡者，如宋張忠文叔夜招安梁山泊榜文云：「有赤身爲國，不避凶鋒，拏獲宋江者，賞錢萬萬貫，雙執花紅；拏獲李進義者，賞錢百萬貫，雙花紅；拏獲關勝、呼延綽、柴進、武松、張清等者，賞錢十萬貫，花紅；拏獲董平、李進者，賞錢五萬貫有差。」王文簡士禎《居易録》引之云：「今鬭葉子戲有萬萬貫、千萬貫、百萬貫花紅遞降等，採用叔夜榜中語也。又傳中方臘賊黨吕師囊，台州仙居人，亦非杜撰。但賊所陷，乃杭、睦、歙、處、衢、婺六州耳，詳《泊宅編》。」據此，則國初時此等小説亦自風行，不僅明季閹黨以此厚誣東林諸公也。夫善善惡惡，人有同心；是是非非，各持一見。人而君子，不妨加以盜跖之惡名；人而小人，終無益於莽操之美號。故雖遊戲之作，能使讀者於百世之下想像其生平，斯固月旦之公評，抑亦文苑之别傳矣。近世盜賊横行，逋逃海外，當局者循私交之請，往往藉詞黨禍，以開倖免之門。不知東漢之黨錮，宋之元祐黨碑、慶元僞學，以及明之《東林點將》，大抵爲小人指目君子而名，初非諸人自立黨幟，以羅禁網。今則二三新進標舉名義，擾亂紀綱。録之既非才，散之則煽亂，而欲引爲漢、宋黨人之比，誠不知當事之持議者何所見而云然。《逸周書》載穆王作《史記》以自警，曰：「昔有果氏好以新易故，新故不和，内争朋黨，陰事外權，有果以亡。」嗟乎！穆王去今遠矣，而諄諄於黨争之爲誡。居今日而追原禍始，有國者其可輕言變易乎？余於此録一再校刊，非徒如龔聖予之圖贊、杜古狂之畫像取悦一世之耳目，將以遠稽乾、嘉文治之根本，諸君子聲氣之應求，俾言治者曉然於黨有君子、小人之分，有虚名、實禍之異。然則是録雖小，不幾古今之龜鑒歟？宣統辛亥四月葉德輝序。

乾嘉詩壇點將録

玉鑪三澗雪山房贊

詩壇都頭領三員

托塔天王沈歸愚。德潛，字確士，長洲人。乾隆己未進士，官至禮部侍郎，予告加尚書銜，贈太子太師，謚文慤。著《歸愚文鈔》、《竹嘯軒詩鈔》。

衛武公，文中子。《風》《雅》有篇，隋唐無史。然而築黄金臺以延士者，則必請自隗始也。吁嗟乎！東溪村，曾頭市。沈文慤生於康熙中葉，猶及見尤西堂先生。故新城王文簡公稱「横山門下尚有詩人」，指文慤而言。然其薦舉制科，則在乾隆元年鄉、會，通籍則在三年。四年，高宗純皇帝御書「詩壇耆碩」四字賜之。詩壇首列文慤，實遵宸翰之寵題，洵備詞場之定論。

及時雨袁簡齋。枚，字子才，錢塘人。乾隆己未進士，官江寧知縣。著《隨園三十種》。

非仙非佛，筆札唇舌。其雨及時，不擇地而施。或膏澤之沾溉，或滂沱而怨咨。

玉麒麟畢秋帆。沅，字湘蘅，鎮洋人，自號靈巖山人。乾隆庚辰狀元，官湖廣總督。著《靈巖山人詩集》四十卷。

智勇功名，天下太平。盧俊義夢中見此四字。

掌管詩壇頭領二員

智多星錢蘀石。載，字坤一，又號瓠尊，秀水人。乾隆壬申恩科進士，官至禮部左侍郎。著《蘀石齋詩文集》。

遠而望之幽修漏，熟而視之瘦皺透。不知者曰老學究。

入雲龍王蘭泉。昶，字德甫，號述庵，青浦人。乾隆十八年進士，官刑部右侍郎。著《春融堂詩文集》。

盛名之下，一戰而霸。《湖海詩傳》，《隨園詩話》。

參贊詩壇頭領一員

神機軍師法梧門。式善，字開文，號時帆，原名運昌，蒙烏吉氏，蒙古正黄旗人。乾隆庚子恩科進士，官侍讀。著《存素堂詩文集》、《清秘述聞》、《槐廳筆記》。

前有李茶陵，後有王新城。具體而微，應運而興。在師中吉，張吾三軍。其機如此，不神之所以神。

掌管詩壇錢糧頭領一員

小旋風阮芸臺。元，字伯元，儀徵人。乾隆己酉進士，官大學士，加太傅，謚文達。著《揅經室集》。

宗廟之事願爲小，其旋元吉，其風肆好。

馬軍總頭領三員

大刀手蔣心餘。士銓，字苕生，號清容，鉛山人。乾隆丁丑進士，官編修。著《忠雅堂詩文集》。

四十斤者魏朱亥，十萬兵者漢樊噲。巨刃摩天揚，則不如輕裘緩帶。

豹子頭胡稚威。天遊，字雲持，山陰人。雍正癸卯副貢生，乾隆丙辰薦舉鴻博。著《石笥山房集》。

十八武藝俱高强，有時誤入白虎堂。

霹靂火趙甌北。翼，字雲松，陽湖人。乾隆辛巳恩科探花，官至貴西道。著《甌北集》、《十家詩話》。

熛以赤，雌霹靂。

馬軍正頭領十四員

雙鎗將邵夢餘。颿，字無恙，山陰人。乾隆舉人，四庫議叙知縣，歷任江南知縣。有《鏡西閣詩選》、《歷代宫闈雜詠》。

兒女英雄，天下健者惟董公。

雙鞭蕭子山。掄，太倉州人，貢生。有《樊村草堂詩集》。

堂堂之陣，正正之旗。是孫武子，是傅修期。

没羽箭舒鐵雲。位，字立人，小字犀禪，大興人，原籍長洲。乾隆戊申預行正恩科舉人。著《瓶水齋集》、《湘靈館雜鈔》。

棄爾弓，折爾矢，高固、王翦有如此。似我者拙，學我者死，一朝擊走十五子。

小李廣陳雲伯。文述，字退庵，錢塘人。嘉慶庚申舉人，官江南知縣。有《頤道堂詩集》，又《外集》、《補遺》、《戒後詩存》。

無雙國士飛將軍，孰爲前身孰後身。昨夜彎弓射猛虎，詰朝視之石飲羽。

金鎗手彭甘亭。兆蓀，字湘涵，鎮洋人。諸生，道光初舉孝廉方正，不就。有《小謨觴館詩集》。

鈎鐮鎗，若是班。連環馬，不復還。家藏雁翎之甲最精妙，竊此者誰鼓上皁。

撲天雕楊蓉裳。芳燦，無錫人。拔貢生，授知縣，官户部員外郎。著《吟翠軒稿》、《芙蓉山館詩鈔》。

鏤金刻玉，落雕都督。

病尉遲孫子瀟。原湘，昭文人。嘉慶乙丑進士，官翰林院庶吉士。著《天真閣集》。

恃一鞭，鬥呼延。

青面獸張船山。問陶，字仲冶，遂寧人。乾隆庚戌進士，官萊州知府。有《船山詩草》。

殿前制使，將門子弟。可惜寶刀，用殺牛二。

美髯公姚春木。椿，字子壽，婁縣人。國學生。有《通藝閣詩稿》。

隨陸無武，絳灌無文。未若髯之絶倫軼群。

插翅虎查梅史。揆，字伯葵，海寧人。嘉慶甲子舉人，官薊州知州。有《菽原堂初集詩》。

虎頭萬里飛食肉，何如朝吸湖光飲山緑。

九紋龍嚴麗生。學淦，丹徒人。嘉慶甲子舉人。有《海雲堂詩集》。

瓦官寺前，少華山上。誰曰翩翩少年，不敵幽燕之老將？

急先鋒周箌雲。爲漢，字心渠，浦江人。官湖北縣丞。

長槍大戟，震動一切。

没遮攔許周生。宗彦，字積卿，德清人。嘉慶己未進士，官兵部主事。著《鑑止水齋文集》十二卷、詩八卷。

結客少年場，春風滿路香。

井木犴翁霽堂。照，字朗夫，初名玉行，字子静，江陰人。國子監生，乾隆丙辰舉博學鴻詞。有《賜書堂集》。

青松磊落白鶴瘦，謙謙君子應列宿。

步軍先鋒正頭領二員

花和尚洪稚存。亮吉,字北江,陽湖人。乾隆庚戌榜眼,官編修。著《卷葹閣》、《更生齋詩文集》。

好個莽和尚,忽現菩薩相。六十二斤鐵禪杖。

行者黄仲則。景仁,字漢鏞,武進人。諸生,四庫館議叙主簿。著《兩當軒詩鈔》。

殺人者,打虎武松也。

步軍衝鋒挑戰正頭領一員

黑旋風王仲瞿。曇,原名良士,秀水人。乾隆壬申恩科舉人,著《烟霞萬古樓集》。善劍術。一日忽無疾卒,後嗣争産,不殮。俄而屍蹶然起,怫然曰:「汝等嗜財如此,致同室操戈,何不念仁親爲寶乎!」遂出門棄家,爲汗漫遊,不知所終。

牛而鐵,風則黑。突如其來,如學萬人敵。

步軍衝鋒挑戰副頭領一員

浪子郭頻迦。麐,字祥伯,吴江人,諸生。有《靈芬館集》。

東京燕，東林錢。合傳之體司馬遷。

水軍總頭領一員

混江龍姚姬傳。鼐，字夢穀，桐城人。乾隆癸未進士，官刑部郎中。著《惜抱軒文集》十六卷、《文後集》十二卷、《詩集》十卷、《今體詩鈔》十六卷。

家住潯陽江上，欸乃一聲，有時絶唱。

相士頭領一員

紫髯伯翁覃溪。方綱，字正三，大興人。乾隆壬申恩科進士，官内閣學士。有《復初齋集》。

滄江夜夜虹貫月，惟有玉蟾蜍，清淚滴。

探信接賓四酒店頭領四員

摸著天盧雅雨。見曾，字抱孫，德州人。康熙辛丑進士，官兩淮鹽運使。有《出塞集》。

石將軍李味莊。廷敬，字寧圃，滄州人。乾隆乙未科進士，官蘇松太兵備道，有《平遠山房集》。

雲裏金剛曾賓谷。燠，字庶蕃，南城人。乾隆辛卯進士，自號西溪漁隱。官至貴州巡撫。有《賞雨茆屋集》，撰《江西詩徵》九十四卷。

旱地忽律程魚門。晉芳，字蕺園，歙縣人。乾隆辛卯進士，官吏部主事，以校勘《四庫全書》，加官編修。著《蕺園詩集》十卷、《近詩》二卷、《勉行堂詩集》十卷。

八百孤寒三大白，豈有酖人難再得。

管理文報頭領一員

神行太保戴金溪。敦元，開化人。乾隆庚戌恩科進士，謚簡恪。

一作全謝山。祖望，字紹衣，鄞縣人，乾隆丙辰恩科進士。著《鮚埼亭集》。

飛行絕跡，其言不出。

水軍副頭領五員

立地太歲劉芙初。嗣綰，陽湖人。嘉慶戊辰會元，官編修。著《尚絅堂詩集》。

短命二郎樂蓮裳。鈞，字原淑，臨川人，嘉慶辛酉舉人。有《青芝山館詩集》。

一作楊六士。夢符，字西鱸，號與岑，浙江山陰人。進士，官刑部員外郎。

活閻羅吴蘭雪。嵩梁，江西東鄉人。嘉慶庚申舉人，由中書官黔西知州。有《香蘇山館詩鈔》。

船火兒吕叔訥。星恒，陽湖人。貢生，官新陽縣訓導。有《白雲草堂詩集》。

浪裏白條錢竹初。維喬，武進人。乾隆壬午舉人，官鄞縣知縣。有《竹初詩鈔》。

不平則鳴，如水上之風行。

馬軍護衛二員

小温侯高東井。文照，字潤中，武康人。乾隆甲午舉人，有《闃清山房詩鈔》。

賽仁貴陳梅岑。熙，秀水人。國學士，議叙官安徽、河南州判，歷官至郡丞。有《騰嘯軒詩鈔》。

步軍護衛二員

毛頭星袁湘湄。棠，字甘林，吴江人。國學生，嘉慶初舉孝廉方正，有《秋水池塘詩集》。

一作李墨莊。（鼎）〔調〕元，字雨村，綿州人。乾隆癸未進士，官潼商道。著《童山詩集》、《雨村詩話》，輯《函海》。

獨火星袁笛生。鴻，字健磬，錢塘人，枚從父。

一作李凫塘。驥元，字稱其，綿州人。乾隆甲辰進士，編修，官至中允。有《雲棧詩鈔》。

水軍護衛二員

翻江蜃錢謝盦。枚，一字枚叔，仁和人。嘉慶己未進士，官吏部主事。有《齋心草堂集》。

出水蛟錢叔美。杜，字東生，錢塘人。嘉慶五年舉人，有《竹醉亭吟稿》。

管理軍政頭目一員

鐵面孔目王鐵夫。芑孫，字念豐，號惕甫，自號楞伽山人，長洲人。乾隆戊申舉人，著《淵雅堂集》。

斷斷不附和，顧公在座。

馬軍驃騎舊頭領十員

百勝將孫補山。士毅，字智治，仁和人。乾隆辛巳恩科進士，謚文靖。有《百一山房詩集》。

一作李鶴峰。因培，晉寧人，乾隆乙丑進士。

天目將趙璞函。文哲，字損之，上海人。乾隆壬午召試，賜内閣中書，殉難金川。有《媕雅堂》、《娵隅詩鈔》。

一作張少華。熙純，字棨時，上海人。乾隆壬午舉人，賜内閣中書。有《華海堂集》。

聖水將顧晴沙。光旭，字華陽，無錫人。乾隆十七年進士，官甘涼兵備道。有《響泉集》。

一作錢竹汀。大昕，字曉徵，號辛楣，嘉定人。乾隆甲戌進士，著《潛研堂集》。

神火將孫淵如。星衍，號季逑，陽湖人。乾隆丁未榜眼，官山東督糧道。有《岱南閣》、《平津館叢書》、《雨粟樓詩集》。

一作吴竹嶼。泰來，字企晉，長洲人。乾隆庚辰進士，賜内閣中書。有《浄名軒》、《硯山堂集》。

鎮三山吴穀人。錫麒，字聖徵，錢塘人。乾隆乙未進士，官祭酒。著《有正味齋集》。

醜郡馬夢文子。麟，正白旗人，號午堂，一號喜堂，西魯特氏。乾隆乙丑進士，授檢討，官至工部侍郎。有《大谷山人集》。

火眼狻猊張瘦銅。塤，字商言，吴縣人。乾隆三十年舉人，官内閣中書。有《西征》、《熱河》、《南歸》諸集。

一作史赤厓。善長，字仲文，一字仲芬，吴江人。諸生，有《秋樹讀書樓遺集》。

鐵笛仙趙味辛。懷玉，字億孫，武進人。乾隆庚子欽賜舉人，官青州同知。有《亦有生齋集》。

摩雲金翅伊墨卿。秉綬，字組似，寧化人。乾隆己酉進士，官惠州知府。有《留春草堂詩草》。

赤髮鬼查榕巢。禮，字恂叔，號儉堂，宛平人。乾隆十三年由監生爲户部主事，官至湖南巡撫。有《銅鼓書堂集》。

一作劉松嵐。大觀，邱縣人。貢生，官奉天寧州知州。有《玉磬山房詩鈔》。

小郁吕，大齊魯。迭長敦槃，各建旗鼓。

專治諸病頭領一員

神醫薛一瓢。雪，字生白，吴縣人。著《掃葉山房詩存》六卷、《一瓢詩話》一卷。

芒碭山舊頭領三員

混世魔王杭堇浦。世駿，字大宗，仁和人。乾隆丙辰鴻博，官編修。著《道古堂集》。

八臂那吒齊次風。召南，字瓊臺，號息園，天台人。乾隆丙辰鴻博，禮部侍郎。著《賜硯堂集》。

飛天大聖鄭炳也。虎文，號誠齋，秀水人。乾隆壬戌進士，授編修，官左贊善。有《吞松閣集》。

一作王西莊。鳴盛，字鳳階，號西沚，嘉定人。乾隆甲戌榜眼，官閣學。有《耕養齋集》。

登雲山舊頭領二員

出林龍吴竹橋。蔚光，字哲甫，昭文人。乾隆庚子進士，翰林，改禮部主事。有《素修堂詩集》。

一作祝宣臣。維誥，號豫堂，海寧人。乾隆丙辰舉鴻博，戊午舉人，官内閣典籍。有《緑谿詩稿》。

獨角龍吴巢松。慈鶴，字韵皋，吴縣人。嘉慶己巳編修，翰林院侍讀。有《吴侍讀集》。

一作祝芷塘。德麟，海寧人。乾隆癸未進士，官御史。有《悦親樓詩集》。

宋家莊舊頭領一員

鐵扇子袁香亭。樹，錢塘人。乾隆癸未進士，知縣，官至肇慶知府。有《紅豆村人詩稿》。

桃花山舊頭領二員

打虎將朱青湖。彭，字亦籛，錢塘貢生。有《抱山堂詩集》。

小霸王項金門。墉，錢塘人。貢生，候選州同知。有《春及堂詩集》。

枯樹山舊頭領一員

喪門神宋茗香。大樽，字左彝，仁和人。乾隆丁酉舉人，官助教。著《邗江雜詠》、《學古集》、《牧牛村舍外集》。

一作陳東浦。奉慈，德化人。乾隆庚辰進士，官江寧布政使。有《敦拙堂詩集》。

清風山舊頭領三員

錦毛虎盛青嶁。錦，字庭堅，吴縣諸生。有《青嶁詩鈔》。

一作徐尚之。書受，武進人。監生，官天台知縣。有《教經堂詩集》。

矮脚虎王芥子。太嶽，字基平，定興人。乾隆壬戌進士，授檢討，官雲南布政使。有《青虚山房集》。

一作王秋塍。復，字敦初，秀水人。監生，官偃師知縣。有《樹萱堂詩集》。

白面郎君方子雲。正澍，歙縣人，布衣。有《伴香閣詩集》。

少華山舊頭領二員

跳澗虎陳古漁。毅，字直方，上元人。有《古愚詩概》。

白花蛇何南園。士顒，諸生，江都人。著《南園詩集》。

後寨頭領三員

一丈青王介人。文潞，太倉人，諸生。有《羲亭詩鈔》。

母大蟲陳筠樵。聲和，字葉宫，昭文人，廪貢生。有《響琴齋詩集》。

母夜叉沈芷生。清瑞，字吉人，吴縣人。乾隆丁未進士，官知縣。著《群峰集》。

飛書走檄頭領二員

聖手書生吴澹川。文溥，嘉興人，諸生。著《南野堂集》。

玉臂匠陳曼生。鴻壽，字子恭，錢塘人。嘉慶辛酉拔貢，官溧陽知縣，江南海防同知。著《種榆仙館詩鈔》。

行刑劊子頭領二員

鐵臂膊錢南園。灃，字東注，昆明人。乾隆辛卯恩科進士。

一作謝薌泉。振之，字一之，湘鄉人，乾隆庚子恩科進士。有《知耻齋詩文集》。

一枝花尤二娱。維熊，字祖望，長洲人。乾隆庚辰拔貢生，官雲南知縣。有《二娱小廬詩鈔》。

一作胥燕亭。繩武，鳳臺人。貢生，官萍鄉知縣。有《晉浦山房詩鈔》。

步軍協理頭領二十六員

病關索王夢樓。文治，字禹卿，丹徒人。乾隆庚辰探花，官臨安知府。著《夢樓詩集》。

一作邵二雲。晉涵，字與桐，自號南江，餘姚人。乾隆辛卯恩科會元，官編修。

拚命三郎毛海客。大瀛，字又葌，寶山人。諸生，官簡州知州。勦賊殉難。

一作徐朗齋。鑅慶，原名嵩，金匱人。乾隆丙午舉人，官蘄州知州。著《玉山閣集》。

錦豹子楊荔裳。揆，無錫人。乾隆庚子舉人，由中書官四川布政使，贈太常卿。著《桐花吟館集》。

一作楊笠湖。潮觀，字閎度，金匱人。乾隆丙辰舉人，官瀘州知州。有《吟鳳閣詩鈔》。

金錢豹子石琢堂。韞玉，吴縣人。乾隆庚戌恩科狀元，有《獨學廬稿》。

一作顧立方。敏恒，金匱人。乾隆丁未進士，官蘇州府教授。有《笠舫詩鈔》。

轟天雷侯夷門。嘉繙，臨海人。貢生，上元縣丞。

一作謝蘊山。啓昆，號蘇潭，南康人。乾隆庚辰進士，授編修，官廣西巡撫。有《樹經堂詩集》。

神算子蔣藕船。知讓，字師退，鉛山人，士銓次子。召試舉人，官唐縣知縣。有《妙吉祥室詩集》。

一作潘榕皋。奕雋，字守愚，吴縣人。乾隆三十四年進士，官户部主事。有《三松堂集》。

鐵叫子陶篁村。元藻，字鳧亭，會稽人，諸生。有《泊鷗山房集》。

一作秦小峴。瀛，字淩滄，號遂庵，無錫人。乾隆三十九年舉人，官湖南按察使。有《小峴山人集》。

玉旛竿汪劍潭。端光，江都人。乾隆三十六年舉人，官廣西府同知。有《沙江》、《晚霞》、《才退》諸集。

一作鐵梅庵。保，字冶亭，東鄂氏，滿洲正黄旗人。乾隆壬辰進士，官山東巡撫。有《惟清堂詩文鈔》。

兩頭蛇徐龍友。夔，長洲人，諸生。著《西堂集》、《淩雪軒詩鈔》。

一作周迂村。準，字欽萊，長洲人，諸生。有《虛室吟稿》。

雙尾蠍李客山。果，字碩夫，長洲人，布衣。有《石閭集》、《詠歸亭詩鈔》。

一作張粲夫。錦芳，號藥房，順德人。乾隆五十四年進士，官編修。

小尉遲陳桂堂。廷慶，奉賢人，字兆桐。乾隆辛丑進士，官辰州府知府。有《古華詩鈔》。

一作孫蓮水。韶，江寧人，諸生。著《春雨樓詩略》。

病大蟲趙艮甫。函，震澤籍，諸生。著《樂潛堂詩文集》、《菊潛庵賸稿》。

一作蔣立厓。業晉，字紹初，長洲人。乾隆丙子舉人，官漢陽同知。有《立厓詩鈔》。

金眼彪屠琴塢。倬，字孟昭，錢塘人。嘉慶戊辰翰林，官九江知府。著《邪溪漁隱詞》、《是程堂集》。

一作范瘦生。起鳳，字紫庭，竇山人，諸生。

鬼臉兒薛香聞。起鳳，字皆山，吴縣人，乾隆二十五年舉人。有《香聞居士稿》。

一作楊簣山。之灝，婁縣人，諸生。

催命判官沙門初。維枃，長洲人，布衣。有《耕道堂集》。

一作黎簡民。簡，字二樵，順德人。有《五百四峰草堂詩鈔》。

中箭虎宗芥帆。聖垣，會稽人。乾隆甲午亞元，有《九曲山房詩鈔》。

一作崔幔亭。龍見，永濟人。乾隆二十六年進士，官荆宜施道。

花項虎嚴道甫。長明，號東有，江寧人，官侍讀。有《秋山紀行詩》、《金闕攀松集》、《玉井搴蓮集》。

一作英夢堂。廉，字計六，漢軍鑲黄旗人。雍正十年舉人，官至文淵閣大學士，謚文肅。有《夢堂詩鈔》。

没面目金壽門。農，字冬心，錢塘人，布衣。有《冬心先生集》。

一作張浦山。庚，號瓜田，秀水人。監生，舉鴻博。有《强恕齋詩集》。

青眼虎李載園。符渭。

一作鄭楓人。澐，字晴波，儀徵人。乾隆二十七年舉人，官浙江糧道。有《玉鈎草堂詩集》。

笑面虎詹石琴。應甲，字鱗飛，號湘亭，吴縣人。乾隆戊申舉人，官湖北知縣。有《賜綺堂集》。

一作吴白華。省欽，南匯人。乾隆癸未進士，官左都御史。有《白華詩鈔》。

通臂猿畢子筠。華珍，太倉人。嘉慶丁卯舉人，官浙江知縣。

一作王載揚。藻，吴江人。號梅洪。監生，乾隆丙辰薦舉博學鴻詞。著《鶯脰湖莊集》。

操刀鬼汪小海。淮，桐鄉人。有《小海自定詩》一卷。

一作屈悔翁。復，字見心，蒲城人。有《弱水集》。

菜園子童二樹。鈺，字二如，改二樹，號璞岩，會稽人。著《竹嘯集》、《抱影廬詩鈔》。

一作金棕亭。兆燕，全椒人。乾隆丙辰進士，官國子監博士。有《棕亭詩鈔》。

小遮攔許青士。乃濟，字作舟，仁和人。嘉慶己巳進士，官太常寺少卿。

一作沈雲椒。初，字景初，平湖人。乾隆癸未榜眼，歷官至户部尚書，謚文恪。有《蘭韵堂集》。

活閃婆林遠峰。鎬，龍巖人，布衣。有《雙樹生詩草》。

險道神鄭板橋。燮，字克柔，興化人。乾隆丙辰恩科進士，濰縣知縣。著《板橋詩鈔》。

隱姓埋名頭領四員

金毛犬

白日鼠

九尾龜

鼓上皁

額外頭領附録

黄面佛彭尺木。紹升，字允初，長洲人。乾隆己丑進士，有《二林居士》、《觀海》等集。

（吴忱、楊焄、姚蓉點校）

耕雲書屋詩話

耕雲書屋詩話提要

《耕雲書屋詩話》不分卷，據嘉慶刻本點校。撰者吴壽平，字格齋，湖北通城人。由拔貢中舉人。有《漱六堂文集》。按卷首引言題作「二刻詩話」，書名亦題「二編」，蓋曾有舊作，已不存。書中所記多爲嘉慶九年事，引言署十年乙丑，即此年新撰也。吴氏持論雖似平平，實甚有本，開卷「古人詩未有無故而發者」，「若未樂而笑，不哀而哭」，則「不如不作，作來亦無動人處」云云，即上據「詩言志」，而屬乾隆詩壇「詩中有我」之主流聲氣也。又引同時戴笠山人「詩有别膽」之説，以批評無興勉强之作，亦人所未道。其長處略在具體之評詩、録詩，不拘古今小大，信手拈來，捉對比試，而能言皆有當。趣味大抵與隨園、漁洋近，於沈歸愚則時有指責。然評蘅塘退士《唐詩三百首》能出「作者精神」，而嫌歸愚諸選「有過高反淺處」；又從人之説，謂山谷非學杜，乃學蘇而遜其才力之類，則不免村學究之陋矣。

二刻詩話引

余舊編詩話，業不恤爲梨棗災矣。今年春中，山齋積雨，花事尚未，爰舉話所未竟者，仍編録焉。附以近日見聞，隨意涉筆，漫無倫次。引述多所訛舛，猶前此也。其往歲拈示子弟生徒輩者，亦竝輯之，故論作詩之法頗多。愚者一得，未知有當大雅否？既成册，又付梓氏，藉質高明。率臆之談，蓋不嫌至於再耳。從吾所好，豈必曰以是鳴哉？

嘉慶乙丑初夏旬有五日，格齋自記於漢皋客舍。

耕雲書屋詩話 二編

格齋吴壽平衡召

《虞書》曰：「詩言志。」《大序》曰：「詩者，志之所之也。在心爲志，發言爲詩。」此數語已道出作詩之旨。古人一章數節，未有無故而發者。若未樂而笑，不哀而哭，勉强應訓，與自家志趣無干，此等詩不如不作，作來亦無動人處也。

詩者，持也。維持風教，全在長言短詠中。晉唐以來，一代所尚皆可於詩覘之。古人所以有感發懲創之論。如此作詩，方不孤負筆墨。如徒矜艷麗，自詡風流，直是詩中外道。韓致堯輩之無當於大家者，以此。

阮公《詠懷》，胸中别有天地，自具寄託。相其品地，大有「春風沂水」之致，所謂狂也。後來伯玉、曲江差堪接武。太白古詩不襲蹊徑，而風味約略相近。

潁濱云：「文者氣之所形。」詩之與文一也。漢魏之詩静穆，六朝之詩雅淡，唐詩渾灝，宋詩排放，皆有真氣存乎其間，不特於陰陽開合、風雲變化内求之也。難言之矣。

頗見老先輩高談制義，謂聲韵之學别是一家，有妨舉業，禁其子弟不令作詩。此真酸腐也。無論詩文同源，即淺而言之，詩中起伏照應、承接轉捩、頓挫抑揚、淺深虚實，何者不與制義相同？善悟者，即詩即文。不善悟者，即教之作文，猶茫如耳。余謂子弟有性情嗜好於詩近者，以詩法訓之，令其因詩悟文，爲徑甚便。毛西河以試律分配八股，正爲此輩説法。其實古風、近體莫不皆然。《懷麓堂詩話》卷帙無幾，而力追大雅，不墜楚風，茶陵之優於竟陵、公安在此。竟陵刻意孤行，論詩多得秋氣，猶是雲山《韶護》遺響，但專於叩寂求奇耳。公安才力既薄，恐難爲元、白後勁矣。

孫月溪先生語余云：「《詩歸》一編，頗爲談詩者所訾，然極可醫庸熟之病。善讀之當有得力。」此可爲易言聲韵者告也。

意不必新而語自妙者，漢魏六朝之詩也。語意俱到者，唐詩也。意求新而語平易者，宋詩也。卓吾云人知畫工之爲工，而不知化工之無工。此古詩所以不可及。傳奇、野乘中多可採之作，以作者不著名，故不入選本。大概北宋派爲多，最上者不能出晚唐範圍，亦骨格不高之故。

嚴瀨園，名首昇，華容人。明亡，棄諸生，爲在家僧。自負其詩古，爲不朽之業，然沿公安氣習未除也。其《明妃怨》有云：「却憶君王鑑似水，倉皇記得畫中人。」語特雋妙。又《十九姪遊滇粵歸詩》云：「路窮知骨肉，遊久失鄉音。」亦極真至。

劉青田詩沉雄渾古，一洗宋元闒茸之習，在明初亦如唐有射洪，開風氣之先也。《題釣渭圖》云：「璇室群酣夜，璜溪獨釣時。浮雲看富貴，流水澹鬚眉。偶應非熊兆，尊爲帝者師。軒裳如故有，千載起人思。」氣象宏整，望而知爲王佐之才。

少陵《遊何將軍山林十首》除首尾二作外，中間浦二田謂非成於一時，皆即景之詠，信然矣。其

「萬里戎王子」一章，特以異種而賦之，有指爲含諷禄山者，求深反淺。少陵雖眷念君國，必不如是。

黄静軒别業曰植桂山房，有亭池花木之勝。高樓望遠，山川入畫。春時繡壤交錯，嫩黄新緑，尤多深趣。余《登樓晚眺》句云：「挑菜人歸芳草路，牧牛笛奏夕陽時。」一時即景，張墨田推爲佳句。

康對山《邨舍留飲》詩：「野老支筇數問余，桃花飛處即吾廬。尚思漉酒呼村伎，可暫偷閒駐小車。指點盃盤無別物，坐談筐篋有農書。雙顴豁落衣冠古，爾雅安閒我不如。」描寫田舍風味，令人羡煞。

涪翁《簡履中南王》句云：「與世浮沈惟酒可，隨時憂樂以詩鳴。」意沈鬱而語勁健。余《寄二鶴山人》句有云：「道屬艱難惟仗酒，天多風雨易成秋。」頗探其意而用之。

譚曉墀先生《寄和劉南赤》詩末章云：「十里長亭是舊居，三年薄宦興蕭疏。勞君勒馬回頭看，紅樹深深一草廬。」蓋南赤來札有「曾過先生里門」語也。詩成，自不愜，意欲易去。余謂爲色調自然，不事藻飾，遂録以寄之。

王、裴輞川唱和，旗鼓相當，大有山林泉石之趣，後來作園林詩者不逮也。孫退谷評李伯時《五柳圖》，謂非三十年優游林泉，豈能追摹至此？余於輞川詩亦云。

唐人詠馬嵬事者，當以少陵爲得體，爲尊者諱，固應爾也。飛卿之「不及盧家有莫愁」語太淺率，即鄭畋之「景陽宫井又何人」亦儗於不倫，然皆未直紀其事也。温又有《過華清宫》句云：「玉顔辭翡翠，霜仗駐驊騮。艷笑雙飛斷，香魂一哭休。」叙次雅倩，允稱風人之筆。

詞家語不可入詩，猶曲家語不可入詞。此中色相分別，非老斲輪不解。以詩語入詞，詞愈高朗。以詞語入曲，曲愈冶逸。詩語入詞，「亂石穿空、驚濤拍岸」之類是也。詞語入曲，「嫩緑池塘藏睡鴨，淡黄楊柳帶栖鴉」之類是也。若「雪浪拍長空，天際秋雲捲」一曲，格調雖高，究非當行本色。

唐代宗以僕固懷恩女爲崇徽公主，嫁於迴紇，泣別時手把石上，遺痕不銷。六一居士題云：「故鄉飛鳥尚啁啾，何況悲笳出塞愁？青冢芳魂知不返，翠崖遺跡爲誰留？玉顏自昔爲身累，肉食何知與國謀？行路至今空太息，野花巖草自春秋。」朱子謂「玉顏」一聯第一等議論、第一等詩也。按：坡公言居士詩賦似李，此詩却學杜。但復字屢見，亦是不曾檢點處。

仙人橋在湘邑萬山中，上有石刻詩云：「鄉村十里少人家，手掬清泉嚼細茶。洞口春深却無酒，故人相贈以桃花。」余曾過之，書亦工，不知誰作。

俞紫芝句云：「有時俗事不稱意，無限好山都上心。」有兀傲自得之况。許彦周以狷目之，何歟？盛次仲《詠雪》詩有云：「看來天地不知夜，飛入園林總是春。」奇語未經人道，宜孔平仲之折服也。凡熟題，須有此思致。

吴匏庵《雪後入朝》詩：「六街晴雪映朝冠，緩步頻扶白玉闌。爲語後人須把滑，正憂高處不勝寒。饑烏鎮日餐應盡，馴象當墀踏又殘。莫便盈庭誇瑞氣，近郊或恐有袁安。」此真藹如仁者之言。唐人「銀杯」、「縞帶」等語，得不畏後生耶？

癸亥初秋，崇邑宗雯沚生歸自河南，過余於塗館，話及山川勝跡。計余庚戌遊後，十四載矣。感賦一律，曰：「天外黄河影自流，白雲無際望中州。曾依北斗瞻佳氣，獨對西風數勝遊。日月漸驚雙鬢改，山川都付一囊收。重吟舊句增惆悵，鴻雪參差十四秋。」山林朋友之樂，造物信不輕以予人耶？《尤西堂集》中刻湯卿謀《湘中草》，比之長吉，令附以傳也。卿謀玄心冷韻，時有奇氣，誠無愧鬼才。其不永年也固宜。

明將軍鄧子龍征苗克捷，勒詩於郴之飛山，書亦勁拔可觀。詩云：「南來倚劍上岧嶤，滿眼烽烟望裏銷。神器自知無鬼蜮，嫖姚何處有天驕？雨催瀑氣來深洞，風送鐘聲下遠苗。西望四百八十六，我欲一掃歸天朝。」在武人中亦不多得。

隨州羅菊農名世材。己未春闈畢，口占題號舍壁云：「青衫破帽又重來，棄甲歸時笑于思。三十六番燒畫燭，流將蠟淚也成堆。」羅多髯，春秋計十二試故也。翌日李小松太史於館中爲衆誦之，盛傳都下。是科成進士。羅又有《白登懷古作》云：「漢皇唱罷大風歌，三尺躬提又渡河。六國叛王膏斧鑕，百年驕子弄干戈。」亦太史嘗誦者，不能全記。

余别佩香校書者四載矣。甲子冬寄我一函，語意纏緜，云近學爲詩，作蘭竹小幅。附二絶云：「中林自昔慕清標，幾度春風對寂寥。紉佩有香何處寄，憑將鸞翼到迢遥。」「清言滿座每留香，墨瀋淋漓映粉墻。願託同心投臭味，莫令夜雨怨瀟湘。」語雖婉弱，甚有思致。余用韵報之云：「枇杷花裏記丰標，賴有魚書慰寂寥。八百洞庭天樣闊，翻疑弱水路非遥。」「筆生風韵墨生香，尚憶微吟倚短墻。修竹叢蘭都好在，教人清夢繞江湘。」

趙松雪詩筆清婉，政如其書。蓋性分中流出，非作而致也。蘇、黄之詩亦然。

往余謁于忠肅公墓，見墓門有王文成手書聯云：「赤手挽銀河，公自大名垂宇宙；青山埋白骨，我來何處哭英雄？」楷法嚴整，令人生敬。余詩之二云：「雨帝謡徵象緯傾，勢輸孤注已難争。舊君竟得還南内，異變誰知起有貞？社稷以安心則悦，先生不死事無名。稜稜白骨埋荒草，血洒西風寫墓銘。」同遊木蘭萬宛溪謂爲叙次明净而有斷制。

楊孟載《岳陽樓》詩：「秋色醉巴陵，闌干落洞庭。水吞三楚白，山接九疑青。空闊魚龍氣，嬋娟帝子靈。何人夜吹笛，風急雨冥冥。」渾老明秀，近代諸作當無能駕其上者。

書有中鋒，詩亦有中鋒。沈勁渾古，意餘於言，如春在花，無象可指，在吟壇中爲純粹之品。韓、蘇多以側筆取勢，使人見其力量所在。此子敬所以不逮右軍也。

樂府小詩另是一種才思，大家自青蓮、摩詰外，往往無兼長者，豈非其魄力有餘、不堪拘促乎？半庵謂獅子搏兔用全力，畢竟是獅子拙處。良然。

義山、樊川才餘於氣，情餘於詞，在中晚間高張兩幟，以匹太白、少陵，則不足視，錢郎輩則羞伍絳、灌也。二子文章亦工，有太白、子美所不及者。

坡老愛司空表聖「棋聲深院静，花影石幢高」之句，以爲得味外味。此特静者之言耳，坡公豈不能到耶？永叔才盡「禪房花木深」亦是如此。涪翁所謂文章亦如女色，好惡止繫於人也。

東湖楊可大有俊才，以優貢終。其《峽江對雨》云：「密雲一望碧於油，雨氣氤氲送客舟。岸上猿聲巫峽暮，烟中樹色楚臺秋。風喧石瀨波逾折，霧亞蒲帆濕未收。愛趁漁歌新霽後，篷窗曉日度黄牛。」洪素人師賞之，刻入《江漢風騷録》。

陳小翠，漢上倡家女，韶秀艶冶。年十七，悦江右車氏子，以身許之，誓不見客。車生重爲父言，未能即如願。假母日凌逼之。甲子八月六日，自經死。先夕招生，告曰：「妾不負君也。」生莫喻其意，至是大慟，求諸能詩者弔之。是冬，余客漢皋，爲賦四絶，云：「狼籍桃花十七春，殘紅片片委輕塵。翻憐金谷樓頭女，值得珍珠碎此身。」「憔悴爲郎苦雉經，花枝空復憶亭亭。癡兒畢竟誰連理，一種傷心過小青。」「并無脂粉寄多才，百劫情魔鎖不開。夜夜寒風吹漢水，子規啼血爲伊哀。」「隨風飄墮已堪憐，況爲多情損少年？我是揚州書記客，却輸薄倖與人傳。」時作者數十人，車生哀之爲《泣花詩》，將付梓。程雲莊二語判斷最允，云：「到底郎還成薄倖，可憐卿亦太癡真。」詩卷今存饒小坡處。

惠椿亭尚書嘗從事塞外，詩有韵致，不爲悲颯語。余記其《果子溝作》云：「山勢嶙峋水勢西，過溝百里屬伊犁。斷橋積雪迷人跡，古磵堆冰礙馬蹄。驛騎送迎多舊雨，征衫檢點半春泥。數間板閣風燈裏，猶有閒情倚醉題。」

童時夢人邀至一山，四周皆水，竹樹葱翠，花藥秀發。園林數處，皆具酒果爲供。問之，曰：「此洞庭山也。」遊已，索詩爲别。余賦云：「洞庭自昔有仙山，祇在虚無縹緲間。上有仙人杜蘭香，雲鬟嬝嬝佩珊珊。竹枝自拈風中立，細雨沾衣衣不濕。山下相逢問蹇修，折寄梅花枝一一。山有堂兮水有梁，欲往從之路阻長。扁舟招我山溪曲，風風雨雨暗雲房。蒹葭蒼蒼露未已，所謂伊人在秋水。寄聲世上問津者，桃源之路迷久矣。」詩頗可誦，及今猶能記之。

明季崇陽王北垣，名應斗，起家進士，以中丞歸老。有詩文集甚富，板燬於火，今僅有存者。其文博大昌沛，過於詩。余見手書《臺山對雨由絶頂降於龍窩作》云：「長嘯高峰天半孤，林巒一夜雨中逋。千巖樹色濃於澱，萬壑烟容淡似湖。逼仄漫憑磐石拄，傾危擬藉片雲扶。龍窩清磬聲聞裏，野鶴疎鐘引客騶。」詩版今在龍坡庵壁，主僧未能免俗，竟不知護惜也。

先大父翰堂公，諱芳橼。教余爲詩，每言詩須使人誦之如水瀉地，一氣貫注，千萬點總歸一源；又須如輕烟直上，隨風摇曳，若斷若連，無迹可見，此即前輩自然高妙之旨也。公不好作詩，而談詩之精到如此。

潘東柳國祚書學趙吴興，詩學陸放翁，皆有逼肖處。乾隆初年鄂中人也。同時祝高山，名希賢，書畫秀傑，亦善詩。今二老遺墨，江漢間多有之。

毛客山流寓大别山麓，遺址即今香瑞庵後，墓亦在焉，而著作竟無裒存之者。余僅見所書斷句，云：「道乎跡自高，心遠居無陋。我有紫霞想，曠然小宇宙。」書亦洒落不羈。香瑞庵額是其遺筆。

謝皋羽詩於宋末獨標質榦。其效孟東野云：「閒庭竹柏影，荇藻交行路。忽忽如有人，起視不見處。牽牛秋正中，海白夜凝曙。野風吹空巢，波濤在高樹。」又《子夜吴歌》云：「玄髮照秋水，茱萸香未歇。風吹夜合花，露濕衣上月。」此等詩思致幽遠，幾於石古路細矣，而終若一往無餘，豈真氣運使之歟？

劉翰，宋之長沙人。有《石頭城作》云：「離離芳草滿吴宮，緑到臺城舊苑東。一夜空江烟水冷，石城明月雁聲中。」語意與「烟籠寒月」一作相近。

元裕之在金源中，奄有一代，直接三唐。傑句如「紫氣已沈牛斗夜，白雲空望帝鄉秋」；又「老來行路先愁遠，貧裏辭家更覺難」；又「疏星澹月魚龍夜，老木清霜鴻雁秋」；又「春風碧水雙鷗静，落日青山萬馬來」；又「樂事漸隨花共減，歸心長與雁争先」。即置之唐人集，無多讓也。其古體長篇，尤有奇横蒼老之概，那得不爲後來一大家？

劉静修《秋蓮》詩三、四云：「不堪翠減紅銷際，更在江清月冷中。」著墨不多，自爾清絶，非塗澤家所曉。

鄭板橋言作詩不貴不盡之意、有餘之音，要以鋪張揚厲、層出無窮爲佳。此與其述詩宗旨不同，特歌詠叙次之一體耳。若以此爲詩，必滋粗淺累重之病矣。大抵作詩者詞可盡而味不可盡。

寶陀巖釋雪幢，古憨之弟子也，受具足戒。後遍參吴越，爲詩能不墜家風。嘗脱稿數紙於問濤禪者處。余録其《山居》云：「乍覺山居好，風光擬帝堯。截筒分澗水，春餅沃花苗。野老泥沾膝，書童篋繫腰。已能忘朴略，或亦補漓澆。」《雜吟》云：「水碧山青處，相將寄此生。截藤扶卧榻，破竹起花棚。酒熟新磁甕，蔬烹折脚鐺。自來安素分，也當戀虚名。」又：「一椽移絶境，盡日廠吟窗。竹裏多邀客，花邊數吠厖。暮雲幽興極，春雨壯心降。選石留題久，潺湲聽碧淙。」《旗峰途中》云：「露濕芒鞋趁早程，溪清橋斷緑楊横。隔岸幾家修竹裏，書聲遥帶紡車聲。」「翠色重重山外山，風泉石磴自迴環。絶頂一呼花雨散，琅琅疑是破天關。」「成叢花木擁香臺，翹首青天一線開。泉漱院門横略彴，片雲飛過短墻來。」數作擺脱拘苦，具有粗服亂頭之致，所謂天趣自成者。往年有寄我一律，不逮此也。《游宦紀聞》載汪彦童詩云：「一春略無十日晴，處處溪雲將雨行。野田春水碧於鏡，人影渡旁鷗不驚。桃花嫣然出籬笑，似開未開最有情。茆茨烟暝客衣濕，破夢午雞啼一聲。」此篇不惟詞意清麗，聲調亦琅琅可聽，宜其擅名一時。

趙秋谷著《聲調譜》，自謂得漁洋不傳之秘，其辨古律句法界限最明。然按之前人合法者，殊寥寥也。余意作律體須講聲調，聲調不協，不能入律。古體則天籟自鳴，以氣味古淡爲主。若拘於平仄，恐古作者不如是耳。且古體一氣旋折，節奏自然，故或有全平全仄之句，或有平仄間用之句，要皆意到筆隨而已。必謂上句當如何，下句當如何，與詞曲譜何異？大概字音之啞者不能入耳，凡平仄皆有之。高詠微吟，自能體會，無可譜也。

韓昌黎云：「惟陳言之務去。」故其於詩取「横空盤硬語，貼妥力排奡」之作，東坡、山谷皆此體也。然如漢魏人作，脱口如生，天真爛漫，有後人百鍊不到者。則硬語盤空，固不如眼前景、口頭話矣。但過於熟，又恐流入平庸一派。是必錘鍊功深，於生中覓熟，熟處取生，乃稱作手。

杭堇浦編《榕城詩話》，述山水之勝爲多，中頗綴韵語。披玩之際，不啻卧遊圖也。譚遠溪丈遊閩歸，得詩一卷。余勸之以山水點綴爲話，續堇浦之遊。方病嬾，未遑命筆。

參寥杭州小詩云：「城隈野水緑逶迤，裊裊輕舟掠岸過。欲採芸蘭無覓處，野花汀草占春多。」此公風韻，正復不淺。

竇進士翰題雪庵壁云：「當初何不解漁樵，卜得龍門避世高。別有乾坤生晝夜，更無江海作波濤。持齋諒是慚周粟，説法惟聞誦楚騷。鐵石心腸誰識得，豈無太史筆如刀？」雪庵與衣葛翁、補鍋匠輩同爲建文遺臣。姓字雖無確據，忠藎實不可泯。即遜國後，諸踪跡著於滇黔者，亦歷歷可考。必以附託疑之，使中宵血淚化爲天外浮雲，何哉？

陳蘧卿夢瑗，崇陽諸生，性不諧俗，善病。壯歲即棄去進取，著述自娱。扃齋兀坐，泊如也。余在《都門雨夜雜懷》有云：「名山一卷雨兼風，寫得離思付塞鴻。省識從來筝笛耳，文園著述爲誰工？」蓋爲蘧卿作。有寄余都中，末章云：「落落天涯憶故知，别來太瘦强吟詩。看君更奪驪珠去，不待雙鬟唱曲時。」其見許如此。數年來余浪跡無定，未獲把晤，不知所進當奚若也。

熊芝岡再起，經略遼東，時國事已不可爲矣。《赴召》詩曰：「四郊多壘大夫羞，况以賊貽君父憂。本擬星言馳闕下，敢煩天語到江頭。妻兒聽説吞聲哭，父老環觀拄杖愁。犬馬也知筋力盡，忍將大業付悠悠？」鞠躬盡瘁之志已決於此。余又嘗見公遺墨，雄風俊彩，有辟易萬夫之氣，信是人豪。乃屢掣其肘，自壞長城，誰之咎哉？

詩人以忠孝爲根柢固已，然亦視所處如何。范文正所謂居廟廊則憂民，處江湖則憂君是也。若置身山林輒念朝局，出門百里即傷屺岵，毋乃口頭忠孝耶？獻芹負曝，雖是忠愛之忱，終成爲野人之見耳。

指斥時事含譏帶訕，最是風雅所忌。身在魏闕，便當昌言，不應隱諷。若未登仕籍，自有應盡之分，且多得自傳聞，恐蹈訕上之罾耳。古人做秀才便以天下爲己任，殊不如此。

友人劉崇山嘗言：「詩人之心，自具造化，鎔鑄萬類，隨端起滅，不著跡象。蓋當其興會所至，無意得之，非先有成見而後落筆也。」此言與漁洋所謂彈指即現者同，可爲勉强應酬者藥之。崇山又云：「作詩固須一氣呵成，然亦有偶得一二聯而足成者。祇要安頓得法，不見凑泊之痕，亦是佳什。」此真善爲初學説法。

瞿存齋爲詩多晚唐、南宋之體，自負風雅，未足抗衡青田、青丘也。所著《歸田詩話》採宋元間事爲多，亦可觀。

曹翰侍宋太宗宴，自稱能詩。上命作「刀」字韵，即賦云：「少小從戎學六韜，英名常得預時髦。曾因國難披金甲，不爲家貧賣寶刀。臂健尚嫌弓力軟，眼明猶識陣雲高。庭前昨夜秋風起，羞見團花舊戰袍。」翰在宋初無詩名，而詩有據鞍慷慨氣象，斯亦奇矣。武人能詩者，自曹景宗外不多傳，於明則有郭定襄、戚南塘、袁臨侯。

甲子三月晦日，與友人飲於漢上劉氏酒樓。座有雛鬟，能爲新聲，歌悔庵《讀離騷》、《弔琵琶》二曲，音調激楚。諸友樂之，浮白無筭。漏下已三鼓矣。余即席賦云：「銀燭光浮裊碧烟，高樓分送酒如泉。却憐此夕春歸去，猶有春情在四絃。」「酴醾暗送晚來香，一刻千金夜許長。莫向尊前彈楚調，惹人幽怨到瀟湘。」飲罷，爲解繡巾書之。

聖歎亟賞湯若士「酒是先生饌，女爲君子儒」一聯，點化成語，屬對精絶。詩中如此運化，直如聖藥王草根木葉，皆是藥料矣。若士又有一聯云：「名爲國色，實守家聲。」語意流走，字對工整之極，此天然巧妙也。

流水對法，唐人每多，蓋以古入律也，用之頷聯尤宜。詩中得此，無患板拙矣。若長排中用之，更覺全身靈動。

竇陁巖爲竷禪師道場，山石嶙峋，巖如覆釜。李忠定綱南遷過此，手書「竇陁巖」三字，勒石以誌，今猶未泐也。曹震亭詩云：「山深種樹易成圍，夾路松濤響碧漪。龍伯幢旛空際現，鴿王瓔絡洞中垂。寒泉出隖分雙澗，落日銜巖隱半規。猶有鼉趺光怪在，靈猿來讀蝕殘碑。」

山居春深，積雨初晴，日光如洗，野花競發，五色迷離，香風交送，信是詩人境界。記舊人句云：「宿雨閣雲千嶂碧，野花弄日一村香。」二語先得我心，惜忘爲誰作。

元臨川何太虚《宿田家》詩：「村暗烟火生，林深雞犬静。麥花如積雪，月色澹相映。鄰家夜汲歸，寒蟲滿幽徑。」清致不減王、孟。又有「落葉半藏路，清風時滿溪」之句，真能學古澹者。

嚴儀卿論詩具有功力。今《滄浪集》所傳，亦未造到至處也。要之，味澹聲希者可以貌襲，鯨掣鼇騫者不能假託，此中有虚實之判。

初盛唐人應制之作，宏麗典重，無美不具。中晚帝王既無意風雅，廷臣亦覺才盡矣。歌詠隆盛，鼓吹休明，又安可少耶？

蘇長公《廬山漱玉亭》、《棲賢橋》二作極意摹擬太白，《韓幹馬》、《贈寫御容》二作極意學杜，《石鼓歌》、《金山詩》極意仿韓，雖神韻氣度各自天成，不可假借，亦見此老腕下無所不有。

杭州蔣芥孫喜談詩，所作甚有格調。其《曉過金山》句云：「萬古天連無際水，孤舟風入一聲鐘。」沈歸愚宗伯亟賞之。

笠翁論詞曲有高調、低調，填譜者當知區擇。蓋龍吟虎嘯，不入管絃花柳之場；燕語鶯啼，難登慷慨悲歌之席，所謂聲歌各有宜也。廣平鐵石心腸，而《梅花賦》嫵媚如許。相題爲之，才人固應爾。余《過五人墓作》云：「三尺孤墳身不死，五人千載恨難平。祇將一擊伸公道，豈以微軀市義名？光岳但能留正氣，扶持何必定儒生。從來都説吴兒軟，猶有英風在庶氓。」語雖粗豪，庶幾與題相副。

《浩然齋雅談》載無名氏《公子行》云：「少年公子出皇都，勒馬中途倒玉壺。却問路旁耕稼者，夜來風雨損花無？」真有言外之意，《三百篇》所謂直陳其事而美刺自見者也。聖歎評少陵「渼陂泛舟」詩全是此旨，而用意較深。

「書當快意讀易盡，客有可人期不來」，陳無己句也。清齋寂坐，時展一編，覺二語曲中人意。

陶靖節詩無意求工，而語意天成，非復人工可到。只如：「傾身營一飽，少許便有餘。」「採菊東籬下，悠然見南山。」「一觴雖獨進，杯盡壺自傾。」「日暮天無雲，春風扇微和。」此種語未嘗經營，慘淡古意在筆墨之表，蓋性情所發，不假巧妙。東坡稱爲「質而實綺，癯而實腴」，不虚也。

梁伯鸞《五噫》、張平子《四愁》，皆發源《三百》，自攄其志，不覺矢口成韵。後人無端擬爲，拙俗可笑。隨園「點點蠟燭」數語，殆亦有「歷塊過都見爾曹」之意。

坊刻《牛家詩》中多俚鄙之作，特便鄉塾童蒙傳誦耳。相傳爲謝叠山選，恐嫁託也。叠山文章軌範，具見手眼，豈於詩而目迷五色乎？

世所傳王荆公《百家選》決擇紕繆，不似荆公手眼，蓋僞本也。或謂公拂人之性，故示矯强，此論亦似有理。

往嘗與張墨田論詩，言須有清氣，不貴塗澤，漁洋所云「五字『清晨登隴首』，羌無故實使人思」也。若作詠物小題，尤要點染生動，不滯色相。墨田因以「菜花」屬題，余立綴云：「萬畝千畦別樣姿，黄金滿地最憐伊。恰逢春事穠華日，不待桃花凈盡時。和雨和泥憑燕啄，有香有色總蜂知。天公著意濃芳染，儘遣東風淡淡吹。」自謂頗無沾滯，未知深識者以爲何如。

作詩有一氣單行、似對非對、脱去畦封者，太白往往有之，由其筆力之高也。余嘗極力追摹，殊不愜意。惟《久無劉崇山徐笠亭書至》一首云：「江上匆匆别，伊人隔草廬。如何經歲久，不見一行書？鄂渚花光淡，晴川樹影疏。近聞湖水長，應爲遣雙魚。」又《鄂歸寄古憨上人》云：「不見融公久，塵氛掃未開。秋風辭鄂渚，落月夢蒼苔。何日經巖下，重來謁辨才？雲箋先此寄，不待折寒梅。」後篇曾爲月溪先生所許，終未敢爲滿志也。

虞美人花傳爲虞姬所化。題詠者多以「竹是淚痕花是血，情緣不死兩重瞳」及「喑啞有靈須訟帝，急將舞草變鴛央」二絶爲思路靈活。江夏友人周鶴亭句云：「結草難開兵十面，年年原上盼重瞳。」亦見關合之巧。

漁洋《登浴日亭》詩：「乘槎興不盡，復欲帆南溟。夕次扶胥口，朝登浴日亭。島夷紛破碎，天水倒空青。一望窮廖廓，真堪小洞庭。」雄渾之至，逼肖唐音矣。近宫景亭《登岳陽樓作》云：「昨夢登黄鶴，今朝艤岳陽。樓頭坐超忽，日脚下青蒼。可以窮三楚，因之攬八荒。誰能便飛渡，振袖嘯雷硠。」氣象與漁洋作亦何相似。

顔延之《登巴陵城樓》句云：「清雰霽岳陽，曾暉薄瀾澳。」鮑照《還都道中》句：「絶目盡平原，時見遠烟浮。」摹寫景色俱有遠意。「老莊告退，山水方滋」，好句固不止二謝矣。

蔣心餘太史才力奇横，一時無匹。隨園欲以淹博駕之，每作不滿之詞。究竟以詩格論，低昂自在也，深心此道者當有具眼。

竇叔向《宿表弟宅》詩：「夜合花開香滿庭，夜分微雨醉初醒。遠書珍重何由達，舊事凄凉不可聽。去日兒童皆長大，昔年親友半凋零。明朝又是孤舟别，愁對河橋酒幔青。」詞意款至，情文並茂，此真淳樸境界也。叔向五子常、牟、群、庠、鞏，皆成進士，有詩名。今世稱五竇者，但知有宋而不及唐，可謂子誠齊人也已。

倪雲林《題雅宜山房圖》云：「靈巖静對雅宜山，穹林巨石凌蒼灣。若翁遯跡山之麓，有子讀書常閉關。伏苓白石煮可食，佳鳥簷前飛復還。寫來不足補長句，白雲紅杏青斕斑。」句法堅蒼挺特，填詞家所謂不著襯字者。

「同到春殘日，江城滿落紅。愁看枝共葉，細數雨兼風。香國夢難盡，美人思不窮。最憐癡寶鞏，無計喚東東。」「自有文章在，情銷又一年。秋香真可戀，春老倍堪憐。綠襯灘頭草，青浮水面烟。怪他冰雪裏，不葉占春先。」右尚香雪《落花和人》二作，常爲余書扇，甚有别調。

黄蘗嶺在閩之清流，林深山合。過之，寒氣砭人。山花間發，鷓鴣争啼，使人鄉思轉增也。余有詩曰：「谷口松陰合，山途漸次深。誰知黄蘗苦，總是旅人心。古路雲初斷，孤亭蘚半侵。鷓鴣啼不住，行矣露沾襟。」

趙北口在燕趙界，湖水交環，葦蕭彌望，漁艇蟹舍，宛似南中。於黄塵道上忽過此間，大快平生雨簑風笠之願。余詩云：「客枕生凉起暗潮，荒雞催我駕征軺。朝暾映水行人少，曉色西風十二橋。」此景時在余懷也。

林梅嶼，宋時人。有《汴河》一絶云：「一千八百隋家路，兩岸青青入帝都。可惜翠華南渡後，舊時楊柳一株無。」詩人有此轉掉，方能不死句下。法雖極淺，而拙滯者不知。

岳忠武學甚高妙，其《翠微亭》詩云：「經年塵土滿征衣，得得尋芳上翠微。好水好山觀未足，馬蹄催趁月明歸。」清拔之氣，兩宋名家莫是過也。又《滿江紅》詞有云：「三十功名塵與土，八千里路雲和月。」二語大似辛、蘇。

集古之體，從來有之，未有專編爲集者，自施匪莪以此擅名，而繼起者多。貞可齋詩，集宋優於集唐。大抵集句，須以我運古，不見斧鑿之跡爲妙。近來適園《侯鯖集》無體不備，洵爲大觀。邱紹武

《鶴樓集唐百篇》亦有佳聯可採。

余最不愛和韵詩，譚曉翁亦然。皮陸、蘇黄每韵至於數和，出奇無窮，究不免俯仰隨人也。贈送之什情意相近，偶和或屬無妨，每見有以「登臨即事」等題遍索和章者，身地既異，則性情自不相屬，安得有佳句哉？

余過虎爪石，夜謁熊泰崍都諫祠，詩云：「嗚呼！有明天啓當未造，國是紊裂乾維摧。委鬼執其威斗柄，撩亂滿地茄花開。偉哉應山掀髯起，欲排閶闔挽奔頽。惜乎擊之一不中，滿腔碧血點蒼苔。勳臣戮盡忠臣死，東林黨禍逮君子。百僚結舌拜璫門，惟有泰崍所爲極難耳。五夜諫疏撼天闗，此身初不冀生還。帝曰貸汝以不死，薄宦迢遥謫荒山。棲皇遠竄萬里路，孤憤丹誠誰與訴。盈盈湘江吟《離騷》，忠魂隔世應相遇。乃知天意厚忠臣，殺之固以成其仁，全之亦以保其身。不然何以不爲應山續，而令遷客老埋輪。祠堂蒼鬱周槐柳，拜以瓣香薦清酒。燈下淋漓讀彈章，仰見寒光摇北斗。」都諫，名則禎，崇陽人。少貧力學，五十餘成進士，官御史。時魏奄弄權，楊、左諸君子已死，公再疏劾之，謫廣西縣尉，憂憤而卒。崇禎初，贈原官，加二級。祠右居者邑諸生某，公裔孫，以遺集及誥命相示，朱墨如新也。公事跡備於家譜、邑乘，而《明史》、《楚志》皆失載。秉筆者闕略如是，可爲一歎。

張曲江《望月懷遠》云：「海上生明月，天涯共此時。情人怨遥夜，竟夕起相思。滅燭憐光滿，披衣覺露滋。不堪盈手贈，還寢夢佳期。」王斳山言見曉月便苦離别，見夕月便苦相思，情之所鍾，正在我輩。張公一代偉人，亦復爾耶？

「觀志流神三奇靈，行間無事心太平。」《外景經》語也。《法華經》内有「鼻功德」偈，余拾爲聯，云：「藕花香處鼻功德，松影定時心太平。」以道藏與釋典作對，差云相當耳。

沔陽李肯庵堂、時坪基兄弟皆負奇才。肯庵修髯，號「髯李」，進士，守湖州。時坪長眉，號「眉李」，明經，訓江陵。譚曉墀數稱道之。余所見詩數紙，皆應酬之作，無大過人處。肯庵未有集，時坪有《江峰集》，亦未獲睹。曉翁不輕許可者，當非譽詞也。

歐陽素庵，秦之布衣。家頗裕，任俠好遊。余於衡嶽遇之，初未知其能詩也。而浩落可喜，亦不甚談詩文。後同登祝融峰，觀日出，見所作有「半輪出水山光紫，萬里無天海氣紅」之句，乃大異之。

康與之詩云：「越王山下千樹梅，逐客年年走馬來。寒玉滿枝風色裏，不受暖靄輕烟催。故人千里復萬里，折香欲寄生徘徊。孤吟獨醉常夜半，山月野風騎馬回。」人第知其工詞，而不知詩亦清麗若此。與之初上《十策》，大有經濟才，後以樂府希進，遂爲江孔之續，名利之中人如是。

嘗見古梅山人畫竹，題一絶云：「把筆怦然百感生，東風摇曳最多情。三年水閣秦淮上，曾聽西墻戛玉聲。」此與景卿題杏花作同一風韻。

《談龍録》論本朝詩，推王阮亭、朱竹垞爲大家。又指其微瑕云：「朱貪多，王愛好。」此信有之。而秋谷自作亦不無二者之病也。豈非文人相輕自古然歟？或謂秋谷與漁洋不相能，作《談龍録》誚之，此未必然。《録》中推服漁洋至矣，何所爲言外之刺乎？

余客秦淮，每過芷薌校書水閣。校書丰韵秀整，言詞温雅，劇好翰墨。彩箋文具雜置鏡臺間，過之者必索贈句，裝爲巨册。余記其絶佳者，雪村云：「拜月歸來卸晚粧，披襟遥借水風凉。釵邊茉莉濃於雪，半枕敧雲夢亦香。」葯農云：「花香依約玉人前，雲影斜籠月半天。客緒不禁秋意好，静中人月影俱圓。」覺亭云：「天涯倦客易銷魂，秋入秦淮第幾村。何處游絲牽别夢，幾人芳草怨王孫。新愁荏苒臨江浦，往事凄凉感白門。此夕相逢迴鬢影，可堪尊酒又重論？」自注：「余往遊白下，芷卿尚垂髫也。」余贈詩云：「水閣臨風晚最凉，鬢雲不倚露華香。月明深夜爐烟細，一曲清歌似楚湘。」「分花拂柳漫相尋，自展雲箋細細吟。我亦飄零能作賦，問卿可直幾黄金？」

曾茶山言淵明之詩隨時寓意，不留於物，故「悠然見南山」，子瞻以爲决非「望南山」也。此説最得陶詩之秘。又王荆公多用陶而反其意，如「柴門雖設要常關」、「白雲無心能出岫」，「要」字、「能」字著跡，非陶公本意也。而性情之殊，亦可覩矣。近孫鹿儕有詩數卷，自謂學陶。第淡遠有餘，醇古不足，恐難與韋蘇州分席。

「郵堠眠岸有閒意，老樹著花無醜枝」，宋人句也。静坐誦之，使人蕭然自遠。

甲子春，二鶴山人再遊襄陽，歸以行草一册相示。警拔雄麗，又進於前，知得助江山者不淺也。余記其數首，云：「丹黄楓桕滿汀洲，野色驚心悄入眸。鷗侣盟堪尋隔歲，人間别最不宜秋。杵砧凉月誰家院，兒女清宵何處樓。青鏡鬢眉輸燕頷，此行非爲覓封侯。」又：「拂面凉颸酒易醒，坐看落日下寒汀。烟昏澤口欲沈紫，山斷荆門無可青。鄉國故人勞午夢，鴻行知己望晨星。襄陽耆舊多堪憶，指點幽踪羡孟亭。」又：「嬌娃一散大堤空，衰樹蕭騷葉打篷。時序又看移北斗，岸花不似醉東風。貧疑傲骨因詩瘦，壯愧塵顔藉酒紅。郢上繁華愁極目，數聲牧笛楚王宫。」又嘗以素箋爲余寫《鹿門山圖》，筆墨亦不減於詩。

才大者心無不細。詩才至李、杜、韓、蘇極矣，規矩法度，燦然可尋，神明變化，乃其才力有餘，於法度中縱横馳驟，無不如意，非必强圓者使方、抑上者使下也。聖歎謂《莊子》、《史記》之文謹嚴，正是此意。今人舍法則而言巧力，粗惡鄙野，正不得以碧海鯨魚、巨刃摩天藉口。

顧黄公《白茅堂集》沈博絶麗，當與牧仲、初白諸公竝驅中原。乃《十家詩》布滿海内，黄公名不出蘄黄數百里。茶村謂楚人不善爲名，信夫。

文之難得者真，非是則浮藻也。詩之難得者雅，非是則艷語也。每讀古詩，見其沈吟往復，令人尋之不盡，而遺詞敷色絶無華穠之習，知國色天香勝人處，不在濃粧艷抹也。

龍門謂「《國風》好色而不淫，《小雅》怨誹而不亂」，真善讀詩者。此中分别無幾，而高下之判在焉。若太白之風流蘊藉，可謂不淫矣。若子美之徘徊眷戀，可謂不亂矣。唐祚之危而不亡者，機兆於是。孰謂詩教無與於國運哉？

《南宋雜事詩》徵引繁富。其詠韓、史交構及葛嶺等篇，真可補正史之未備。第有摭拾野乘、與史相戾處，詩人好事，不必其傳信也。

近日作小楷者，取光圓匀潤爲佳作，試律之尚館閣體亦然。其以此擅長者多不能作古體。頤園師謂學隸有益於楷，余則謂學古詩有益於試律。以隸法作楷，鋒必藏；以古詩格作試律，品必高。試律特近體之分派，從試律入手以學爲詩，韓子所云「航斷潢絶港，以求至於海」，必不能矣。舉業家能讀大家文者，必不向腐爛考墨中討生活，其致一也。能畫山水者，作人物花鳥別有一種神色氣味，義亦如此。

有向余問作詩者，余每語以多作五律。蓋詩衹五言成句，須屈折以達意，不同七言可用襯字。熟此，則詞句自鍊，體格自高，無患窘逼矣。唐人七律儘有拖沓處，而五律此弊絶少，可見五律工夫須到，不能隨意爲之。

如皋黄艮男理《秋花四十詠》，有最秀雅而神韻具足者，《零陵香》云：「畫欄曲曲影亭亭，露入清秋葉亦馨。怪底西風吹不斷，黄昏幾點雨霖鈴。」《蘆花》云：「水共長天一色秋，月明露冷拂行舟。此中人最悲蕭瑟，不爲離情也白頭。」《美人蕉》云：「緑上窗紗小樣栽，嬌紅歷亂點蒼苔。美人不比悲秋客，也自芳心展不開。」皆不假故事，而設色自然也。

鍾記室《詩品》，蓋詩話之權輿也。品第未必悉當，而詞采焕發，彬郁可觀，且善爲偶句。其謂康樂「内無乏思，外無遺物」，謂茂先「兒女情多，風雲氣少」，則較然不易矣。在六朝中亦是傑出之才。

戴叔倫《題三閭大夫廟》詩：「沅湘流不盡，屈子怨何深。日暮秋風起，蕭蕭楓樹林。」二十字中無限蒼凉感慨，風度又復清俊，正使弔屈長篇無能出其範圍，此真精鍊之至。

蘅塘退士選《唐詩三百首》，評論儘有前人所未發者。如少陵《寄韓諫議》詩、太白《牛渚懷古》詩及少陵諸律詩，皆能指出作者精神。此讀本最善者，不得以簡而置之。

歸愚宗伯選本爲騷壇圭臬，然亦有過高反淺處。如《古詩源》所載古歌謡之一句兩句者，本簡陋無深味，而重爲推許，豈古歌盡不朽者乎？唐人「萬里人南去」一絶，意盡詞中，而以爲自然難到；明人「天荆地棘行路難」一首，而以爲意味無窮，此等處真所不解。隨園誚之固屬有意譏刺，即余亦未免吹求耳。

元微之《遣悲懷》詩，讀之使人惻然增伉儷之重，語到至處自能感人也。義山悼亡諸篇，哀艷有餘，詞多掩意，難與方駕矣。阮亭《悼亡詩》亦然。悔庵《哀絃集》中頗有深情語。大抵作此種詩，著不得些子色澤。情真意摯，語自纏綿，不待於遣詞布局中求工也。

就當前景色翻起一層，自有佳句，不必節外生枝也。如「勸君更盡一杯酒，西出陽關無故人」，本送人而翻到無人。「故鄉今夜思千里，霜鬢明朝又一年」，本思鄉而翻説鄉中思外。「來時萬里同爲客，今日翻成送故人」，本客中而翻若爲主。「無端更渡桑乾水，却望并州是故鄉」，本憶咸陽而翻憶并州。此皆於本位剥出，意義轉深。其法總於對面、側面、反面著筆，不落呆相。

「悲莫悲兮生别離，登山臨水送將歸。武昌無限新栽柳，不見楊花撲面飛。」比韋蟾於别筵集句，而武昌妓續之也。别離意在不即不離間。當時伎能作此語，詩學之盛可想。

明關中趙子函著《石墨鐫華》，攷核碑版爲詳，蓋嗜古之士也。後附詩一卷，乃其遊山訪古刻時即事之作，古秀可愛。余録其《莊河村》云：「落日牛羊嶺上村，誰開三徑召王孫？山容似黛斜侵檻，水字如巴曲到門。野客行藏無揖讓，田家賓主有盤樽。欲將谷口烟霞色，並向桃源洞裏論。」《昭陵》

云：「衆山忽破碎，突兀一峰青。地脉蟠千里，神功闢五丁。風雲行殿合，松柏翠華停。寂寞攀髯者，何人問夜扃？」《茂陵》云：「黄山歷盡見孤城，城上高樓眼倍明。芳樹寢園今北望，暮雲宫闕舊西京。芙蓉晝冷仙翁露，苜蓿春閒宛馬聲。回首長楊誇獵地，何人得似馬卿名？」《華嚴寺》云：「杜陵原上草樹遮，華嚴寺傍山水涯。浴凫飛鷺水田迴，過雨留雲山色賒。老僧施食去扃户，童子乞火來烹茶。法堂東閣半沈寂，讀罷殘碑坐日斜。」數作皆不見於明詩選本，知前人佳什不傳者多矣。滄海明珠，安能網羅使盡耶？

唐明皇最善寫景，如云：「澗泉含宿凍，山木帶餘霜。」「灌木縈旗轉，仙雲拂馬來。」皆妙於鍊字。至云：「草依陽谷變，花待北巖春。」則氣局更宏麗矣。失國而復興，豈無故歟？

《玉嬌梨小傳》有《新柳》詩三首，中如：「畫橋烟淺詩魂瘦，隋苑春融舞影垂。」又：「已添深恨猶嫌細，拚斷柔魂不亂垂。」又：「嫩色陌頭應有悔，畫眉窗下豈無思。」皆好句也。余曾和云：「烟靄初收雨歇時，小橋綽約見枝枝。有情挂月腰纔細，無力臨風影半垂。乍可横斜縈别恨，那堪攀折送相思？情長情短憑誰問？待汝青添萬縷絲。」

《古今詩話》言《竹枝詞》多詠風土，《柳枝詞》專詠柳。余謂皆樂府之一體耳，不必定詠誰某也。作者須亦古亦律，亦文亦俚，品在詩詞之間，乃爲能事。記薛蘭英、蕙英《蘇臺竹枝》有云：「翡翠雙飛不待呼，鴛央並宿幾曾孤。生憎寶帶橋頭水，半入吴江半太湖。」「楊柳青青楊柳黄，青黄變色過年光。妾似柳絲易憔悴，郎如柳絮太顛狂。」皆即景言情之句，曾爲楊鐵崖所賞，何嘗專有所詠乎？

棲真寺在臺山之麓，山水環抱，隱秀杳匝，嚴寄庵稱爲「桃溪禪域第一所」。今頽落甚矣。余過舅氏山莊，宿此，得詩曰：「佛燈明滅䬴幢幢，欹枕微寒仗酒降。夜半月沈梟叫屋，山深風急虎窺窗。春迴客夢驚荒寺，水逗吟情響石矼。一夕棲雲來絶境，清心真喜跡俱雙。」章蘋江謂爲出語幽奇，六一居士所云石齒漱寒瀨者。

前輩論文曰：「人棄我取，人詳我略。」此即詩家鍊意鍊局訣也。所云取與略，亦非故故求奇，祇是在人耳目間一轉便新，又適如人意中耳。余嘗見流輩文字，於義理亦無盭繆，按之却少動人處，緣不知詳略棄取，故爾不見警策。杜生秋坻以詩相質，余爲題卷端，有云：「妙手自來無過熟，却愁熟處滑而平。火色青青經九變，始信精良百鍊成。」此非見聞廣者亦不能到。

「我志在删述，垂暉映千春」，此太白自道語。「爲人性僻耽佳句，語不驚人死不休」，此子美自道語。二子所志若此，安得不爲千古大家？或曰：「陶公無意爲詩，詩何以高？」余曰：「陶公詩亦從學力來，觀其擬古之作，豈無意爲詩者所能乎？特筆墨高妙，人莫窺琢鍊之跡耳。」

《國策》云：「簡鍊以爲揣摩。」作詩固須自古初以及本朝無所不窺，而瓣香總在一二家，涉筆時方有蹊徑，循之既熟，然後取他家好處參之，乃爲鑪錘在手。若此篇學李，彼首效韓，窮畢生之功，祇成優孟衣冠而已。

汪水雲詩云：「愁到濃時酒自斟，挑燈看劍淚痕深。黄金臺迴少知己，碧玉調高空好音。萬葉秋聲孤館夢，一窗涼月故鄉心。庭前昨夜梧桐雨，勁氣瀟瀟入短襟。」水雲從宋少帝至元，乞爲黄冠而歸，此其和王昭儀作也。周介如謂水雲有荆卿、漸離之志而未遂，誦此亦可以悲其遇矣。

小青《焚餘詩》載《西湖志餘》，柔媚哀楚，宛見香口。有疑爲贋者，恐無此捉刀人也。尤愛其「冷雨幽窗不可聽，挑燈閒看《牡丹亭》。人間亦有癡於我，不獨傷心是小青」，及「西陵芳草騎轔轔，内信傳來喚踏春。杯酒自澆蘇小墓，可知妾是意中人」二斷句，滿襟幽怨無可告訴，不得已寄懷古昔，此即《緑衣》詩「我思古人」之意。至其「何處雙禽集畫闌，朱朱翠翠似飛鸞。如今幾箇憐文彩，也向春風鬥羽翰」之句，不惟負色，亦且矜才。具此風韵而不免命薄，豐茲嗇彼，使天下才子佳人一齊墮淚也。周君建有和作云：「休將薄命與天争，絶代風流絶代名。修得來生配才子，鴛央枕上喚卿卿。」小青其可自慰矣。余在西湖訪小青墓詩云：「芊緜碧草葬香痕，片片愁雲鎖墓門。配食水仙真不愧，莫將啼血怨芳魂。」又：「凄凉坏土映清波，薄命由天奈若何？儘遣梅花都變血，也應未抵淚痕多。」皆用韵作。

余邑舒錫崖方伯有吏才，爲文磊落浩瀚。曾見其《防海議》、《水災疏》、《論轉餉疏》，皆有濟於用，不爲儒生空談。與後七子遊最善。今邑乘所登詩數首，平平耳。豈遺集被熸，纂録者代作竄入耶？

「郊寒島瘦」固已，而清刻處自不可及，其見重於昌黎有由也。特清刻之甚，不免寒、瘦。二子有才無命，職此之故。然詩家不可無此一派，如天地之有春夏必有秋冬耳。

白香山以詩集置寺中，王漁洋亦云陳香泉爲寫集付某禪寺，蓋欲藉佛力以永其傳也。余謂二家集即佛教盡滅亦傳耳。才人好名如此，可笑亦可見世人之好佛也。《駱丞集》在靈隱寺，彼處有稱爲祖師者，附會尤可笑。

漢皋後湖向爲荒野，邇年茶竈、酒帘列置上下，亭館數十椽，間植花柳，湖光野色，點綴可觀，豪竹哀絲，夜分不斷，士女争昌丰，居然勝地。壬戌三月二日，余與沔陽余輝山及黄生懋之、紹之踏青二律云：「午景初長候，邀朋過大堤。烟痕湖水落，黛色柳條齊。酒醒茶宜瀹，歌闌鳥間啼。尋春興不極，未覺夕陽西。」「漸喜重三近，高城未斷烟。梨花寒食節，芳草暮春天。聽曲傷流水，多愁損少年。莫令幽興減，江景付歸船。」又《晚遊後湖遇雨》二律云：「柳岸淡斜暉，微凉上短衣。江帆隨日落，湖鳥背烟飛。煮茗香初發，眠琴興不違。莫愁歌未竟，軟語促人歸。」「月横纔到樹，雲起倏迷天。幾點催詩雨，都迴送酒船。鬂香愁路滑，袂薄任風顛。忽喜長空浄，歸逐趁晚烟。」蓋亦未能免俗也。

後湖茶社之勝，首推第五泉，次則翠薌湧金。每名花發時，争先購植，以娱遊人。漢上同人於此聯詩會焉。嚴石舫《第五泉看梅》一聯云：「美人舞罷歌喉潤，高士吟成舌本香。」用季廸詩，巧於闘合。徐笠亭《看菊》有云：「何妨此處招陶令，酒渴詩成倒一甌。」亦得無中生有之趣。

劉心畬《和二鶴冒雨尋菊》聯云：「勁須到晚方成節，瘦已如秋不改顔。」本舊人意，而加以推敲。是爲工於用舊。

右軍《禊帖》乃在會時所書，後復作數十本，終無以易初寫，蓋興會所到，非矜持而致。作詩亦然。當前有會，即是佳詠，異日再作，又是一番境界矣。或謂此説與所言詩不厭改似異。曰：所謂改者，祇在字句中，如洗刷烹鍊而已。命意立局，全憑機興得來，豈庸更改？

歸愚謂律詩難於起，余謂尤難於結。舊詩儘有起高超而結蕭索者。要以言有盡而味無窮，有返照餘霞之態，有臨崖勒馬之勢，有中流自在之象，乃使全神生動，不僅以收束完整爲能。

《唐音統籤》編有諧謔詩，國朝《全唐詩》亦有之，蓋當時取人姓字、形體作韵語爲笑端耳。褚稼軒《堅瓠集》所收亦皆善戲而不爲虐，固無戾風雅也。近來有以此爲長者，掎摭瑣事，類於攻發陰私，殊非詩人忠厚之旨，所宜深戒。

明高皇未嘗學問，而《早行》聯云：「兩三點露不爲雨，七八箇星尚在天。」七字成句，亦新亦俊，文士尠此風力也。所製皇陵碑文，樸老真摯，非操觚家藻飾文字，而古色盎如。聰明天亶，其信然矣。

劉叔儗《登岳陽》詩：「八月書空雁字聯，岳陽樓上俯晴川。水聲軒帝鈞天樂，山色玉皇香案烟。大舶駕風來島外，孤雲銜日落城邊。東南無此登臨地，遣我飄飄意欲仙。」此作大氣鼓盪，儼爾唐音，曾見於《桯史》，亦宋詩所未選者。

江南李後主書宮娥扇云：「風情漸老見春羞，到處消魂感舊遊。多謝長條似相識，强垂烟態拂人頭。」昔人謂陳後主、隋煬帝作翰林自是本色。似此風流，又豈愧玉堂之選？

每見古人詩集，必有大題長篇。或時事典章，或名山巨川，或感懷覽古，題既宏整，詩自別具氣象，不惟性情呈露，即編次亦壯觀瞻，鴻章鉅手是之謂矣。若但取贈送、題詠等篇爲集，縱極工緻，未足語於大觀。

唐人詩篇多達朝宁。明皇聞「山川滿目淚沾衣」，以李嶠爲才子。德宗愛「春城無處不飛花」，以韓翃知制誥。文人際遇，不特奪錦袍、和玉笛，傳爲盛事也。憲宗時，吐蕃犯順，廷臣有以魏絳五利爲言者，上曰：「朕記有一人《詠史》詩云『漢家青史上，計拙是和親』，其言深達國體。」廷議乃息。此戎昱句也。詩之有益於國計若此。

徐天池題石田畫云：「不負青天睡這場，松花落盡尚黄粱。夢中有客刳腸看，笑我腸中只酒香。」二十八字狂態可想。

蟂磯在大江之北，與蕪湖對。上有蜀漢孫夫人廟。蓋猇亭之敗，訛傳帝崩，夫人於此祭奠，自沈以殉也。有聯云：「思親淚落吴江冷，望帝魂飛蜀道難。」傳亦天池生所題。余詩云：「江上碑殘字有稜，貞名合似練江澄。錦帆日暖花光動，繡幄風寒劍氣凝。宛有清操依赤帝，更饒雙淚洒黄陵。魂歸化作嚦鵑去，峽口哀猿欲與膺。」

邵二泉一作文衡山。《陳情未允》詩：「乞歸未許奈親何，帝里風光夢裏過。三月春寒青草短，五湖天遠白雲多。征囊衣在縫猶密，驛路書來字欲磨。聖主恩隆臣分淺，百年心事兩蹉跎。」情詞悱惻，是真至性人語。余落莫，頻年浪跡天涯，忠孝兩無所與，讀此輒復三歎。

朱竹出粤中，大葉似竹，實非竹也。初生青翠，漸紫，老則紅潤可愛。《海帆集》有詩二首，余獨賞其「瀟湘淚盡終餘血，淇澳花繁不是春」之句，爲寫照自然。「裁簫競比紅兒曲，截笛留吹赤帝歌」一聯巧於烘染，然此物係草本，不凋，不適於用也。至「亂擘桃花」、「斜批鶴頂」等句，太涉跡象矣。劉崇山曾詠之云：「白盎青盆護異根，虚疑有斐出淇園。新篁映日看成碧，大葉留春訝未温。阿閣鳳來文自耀，瀟湘人去血猶存。石家漫詡珊瑚重，比似丹邱影已繁。」穠纖得宜，枯題中所僅見也。

《青箱雜記》載蘇爲嗜吟詠，在湖州有詩數十首。其絶唱云：「野艇閑撑處，湘天景亦微。春波無限緑，白鳥自南飛。柳色濃垂岸，山光冷照衣。時攜一壺酒，戀到晚凉歸。」此特明浄完好之作，何遂以「絶唱」目之？宋人所尚如此，詩所以不逮唐也。

涪翁詞多嫵媚語，而詩乃故逞粗豪，蓋涪翁之學得力蘇門者多。陳伯常謂翁學杜而變其面貌，其實學蘇而遜其才力也。坡公天才踔厲，時有蹶張，而氣足以馭之。嘗公讌時，問佐酒者以己詞與柳七詞孰佳，伎對曰：「學士詞須大力將軍彈丈六琵琶，鐵綽板唱『大江東去』，柳郎中詞只須二八女郎，紅牙檀板，低唱『曉風殘月』耳。」公大笑。論者或以此定優劣。究之「枝上柳綿吹又少，天涯何處無芳草」，坡公能爲之。而「破帽多情却戀頭」及「爲使君洗盡蠻烟瘴雨，作霜天曉」等語，耆卿不能道。許彦周言詩有力量，猶之挽弓，力不及處，分寸亦不可强。不其然乎？

燕都東嶽廟有石壇，元時繞壇多杏花，虞道園每與歐陽圭齋、陳衆仲、揭曼碩諸公遊焉。詩云：「明日城東看杏花，丁寧兒子早將車。路從丹鳳樓前過，酒向金魚館裏賒。緑水滿溝生杜若，暖雲將雨少塵沙。絶勝羊傅襄陽道，歸騎西風雜鼓笳。」後告歸，賦詞寄柯敬仲，有「報道先生歸也，杏花春雨江南」句，一時盛傳之，今都中勝遊多在城西，東郊半冷落矣。余有句云：「紅粧零落委黄埃，古寺荒園鎖緑苔。昨夜暖雲將雨過，幾人騎馬看花來。」葛邏禄易之詩：「最憶奎章虞閣老，白頭騎馬看花來。」江南詞翰都堪憶，塞北塵沙若爲催。往日風流成好事，石壇無主長蒿萊。」同遊者莊菊潭，粤中才士也，和道園《風入松》詞云：「東風駘蕩影沈酣，散髪漫抽簪。尋芳愛結吟詩侶，東郊外、緩策征驂。試茗剛逢新雨，買樽宜典春衫。 茸茸細草碧於藍，燕語漸喃喃。 種花道士歸何處，石壇外、樹老苔緘。 只有山光水色，春情頗似江南。」菊潭有《雲海遊草》，不爲放浪之習。 曾以贈余，己未失之閩中，遍索不得，幸詞箋猶存篋衍，爰録之。

弔岳王墳者，佳篇不少。 近見徐菊莊一律，甚有逸氣，録之。 云：「帆挂西泠隱畫橈，岳王墳上草蕭蕭。 頻年羌笛吹孤月，盡日垂楊鎖六橋。 石馬夜嘶荒殿雨，水犀春漲浙江潮。 登臨休問前朝事，只有南枝恨未消。」不點綴事跡，而感慨見於輕描淡寫中，是減竈復炊、不因人熱手段。 作詩者解此，何至落窠臼耶？ 菊莊又有《題柳村漁樂圖》絶句云：「鵶啼屋角柳藏烟，一帶人家住水邊。 最愛春晴三月暮，夕陽斜繫釣魚船。」柳村在恒山下。 詩爲梁治湄作，亦輕倩可誦。

聯句肇於柏梁，當時各自成句，意多不相屬，特以聯上下之情而已。 後人踵而爲之，或人各一句，或各一聯，或互相首尾，要須工力悉敵乃可，否則續貂畫蛇所不免矣。 詩成又必加以潤色，斯如出一人之手。 昌黎集中聯句一卷，李雲坡謂皆昌黎删削而成者，是也。《琴譜》言百衲琴雖盡屬美材，而有補綴之迹，文理不能盡合，彈之聲必不諧和。 此可參觀。

潘安仁《河陽縣》詩云：「曲蓬何以直，託身依叢麻。 黔黎竟何常，政成在民和。」頌令宰者多用河陽事，而安仁政蹟究無所表見也。 此四語洞達治體，可爲司民社者訓。

詩至齊梁間，古風漸替矣。 如文通「玉柱空掩路，金樽坐含霜」；休文「千仞寫喬樹，百丈見游鱗」等句，音雖未諧，對仗已切。 若「晨趨游建禮，晚沐卧郊原」；「唼流牽弱藻，斂翮帶餘霜」等，音韵亦無不諧。古變而律，風氣自然，作者不自知。俞長城題半山稿，謂「天藉人而成，非人代天而作」，知言哉。

賀方回《訪僧不遇》絶句云：「破冰泉脉漱籬根，壞衲猶疑挂樹猿。蠟屐舊痕渾不見，東風先爲我開門。」王荆公極愛之。當時第稱其善詞耳，而詩亦輕妙，曾載於《吴下紀聞》。

陳亦亭，西江人。幼從父客山左，家焉。好讀書，不慕榮利。父没，以家事付弟，出遊名勝。余與遇於都城西郊極樂寺，談論相洽，遂爲文字交。其詩若不經意，而有研鍊，蓋行萬里路，見見聞聞，得助爲多也。燕地少梅，有自南中攜去者，置之江亭，密室護之。亦亭《看花作》云：「風緊塵飛雪又催，尋芳得得步瑶臺。果然薊北梅花少，何日江南驛使來？毳幙尚能留暖住，幽香不惜冒寒開。此時庾嶺春光動，猛憶鄉關首重回。」又《劉諫議蕡祠》句云：「豈有才人真下第，是何世事竟危言？」《文信國祠》云：「三年如一日，一死足千秋。」《雁門元日》云：「草樹新春色，風沙古戰場。」《大同》云：「黄沙那有秦時月，青草猶留漢代墳。」傑句多不勝摘。戊午秋，余南來，亦亭云將自隴、蜀、滇、粵以達江淮。星霜屢更，未識萍踪何所也。

詩以自適其性，即同人社會，亦必興到乃可爲之。蘭亭、金谷有以無詩受罰者，豈真不能成篇耶？作而不佳，不如即時一杯，猶得藏拙也。每見駑乘强與騏驥騁步，倘所稱「詩有别膽」乎？「詩有别膽」，語出戴笠山人《風雪登岳陽樓記》。

曹孟德疑冢，詠者多笑其愚，或歎其詐。惟「七十二墳秋草碧，更無人表漢將軍」二語冷欲冰骨，直令老奸無地容身也。余詩云：「濟世賴英才，忠孝乃不朽。厥心既已亡，遺蜕於何有？咄哉一世雄，身後同鼠首。未死神先滅，機謀祇益醜。既知厥德回，胡弗尹且耦。形骸縱倖保，如刀史臣手。」菊潭見之，云：「字字刻削，足褫老瞞之魄。」菊潭有《鄴中》句曰：「三馬竟能符噩夢，一家可惜負奇才。」語殊雋雅。

立法貴嚴，行法宜恕，治家國者皆然。余謂閲詩當如是。門逕太高，評論過刻，使人望而却步，不敢爲詩矣。余每遇作者，有一得處，輒爲奬進，採録亦從所長誌之，不以瑕而棄瑜也。附著於此，以爲發凡。即許氏論道當嚴、取人當恕之義。

詩最忌庸腐。意庸而詞艷，猶可塹快人目，詞庸則俗不可耐矣。或問：「何以免俗？」曰：「鹿柴論畫云：『多讀書，則書卷之氣上升，塵俗之氣下降。』此語最好。少陵言：『讀書破萬卷，下筆如有神。』精能之至，幾於仙矣，豈惟免俗？」

古人不朽之業，皆其精神所寄，足以永之。精神到，則性情自呈。若率意落紙，精神不振，一望荼靡，視之無色，和之不能成聲矣，安得斯愛斯傳耶？故曰可以逾時不作，不可一字苟作。然此爲入户升堂者言，在初學，正不嫌於多作，但不可率意耳。

張半亭《相見坡早行》句云：「詰曲穿山猿擇木，朦朧見日馬銜雲。」語能狀山路之險。蒼山云：「雲開猶地暗，雨霽亦天低。」山勢之高可想。半亭，滇池人。有詩一卷，多不蹈前人而自成奇語。

天下事入其中者深，則言之親切有味。李伯時自作馬形，夫人窺之，宛然馬也，故所畫精妙入神。

世有一知半解好逞議論者，所言必不中肯綮。崇山《題雪樵黄山圖》有云：「莫訝寫來都逼肖，只緣久住此山中。」周公謹謂作宫詞，非身在禁籞者不能以意爲摹擬，亦此義也。易其言者可以戒矣。

詠牡丹詩無慮數千首，唐人中共推李正封「國色朝酣酒，天香夜染衣」爲佳句。余謂太白之「一枝濃艷露凝香」七字尤覺粧束自然也。韓琮云：「曉色遠分金掌露，暮香深惹玉堂風。」亦頗典麗。其他或過於濃郁，或失在妖冶，總緣筆底拋不却「富貴」二字耳。若羅鄴之「買栽池館恐無地，看到兒孫能幾家」，自具感慨，又當别論。

南嶽釋雲隱《謝人送牡丹》句云：「天香不是優曇種，清供偏宜古佛廬。」用本色點染，亦有致。

崔珏以《鴛央詩》得名。然如五六句以瓦、錦分賦，是象形，非水中鴛央也。詩話謂此詩以情字爲血脉，此一聯則不貫注矣，且與尾聯不能叫應。歸愚指爲旁襯，亦襯得無神理，不逮鄭鷓鴣作也。若老杜詠鷹、諫馬之作，異樣神駿，又非崔、鄭所可及。

余前論詠物詩，舉老杜爲標準，固已。但集中如《花鴨》、《梔子》等作，意致索然，語言亦拙，當是未曾經意之筆。學者宜分别觀之，不得以其大家，浪爲推許倣傚耳。

漢上詩社《春草》七律四章，以平湖風光爲韵，第五泉滿壁皆新什也。李詩愚一聯云：「新水繞時波襯緑，落花依處影摇紅。」余與問濤禪者循覽一周，得此不禁詫絶。於前人「六朝舊恨斜陽裏，南浦新愁細雨中」之後，又以寫景取勝也。

淦川黄生開昭初學詩，頗有清氣。其家園花稱盛，牡丹數本，五色具備。開時輒邀賓朋玩賞累日，有詩云：「小園日日尋芳信，開到花王有大觀。真色祇宜金屋貯，買春應挈玉壺看。飛來瓊島宵經雨，浴罷華清曉耐寒。那得夢中傳彩筆，孤伊片片映朱欄。」通體描摹，差云不落迹象，使能深造，所就當有可觀者。

《谷音》一卷，所取多味淡聲希之作，蓋求音於空寂，不沾沾烹鍊，而實烹鍊之至也。但力追古淡，終不足於深厚。竟陵俎豆而有《詩歸》之選，遂爲後人所訾議。此中庸，所以難能也。

詩學之興數千載，而足推大家者代不數人，且亦無兼長各體者。才力心思，雖能籠罩餘□，要各有性之相近，不能强同耳。今人才力難跨前人，而自詡爲出群之雄，究其底藴，不過偷竊休文、撏撦義山而已。「大雅久不作」，青蓮已歎之矣。

（姚蓉點校）

修竹廬談詩問答

修竹廬談詩問答提要

《修竹廬談詩問答》二卷，據嘉慶二十一年刊本點校。撰者徐熊飛（一七六二—一八三五），字渭揚，號雪廬，浙江武康人。嘉慶九年舉人，曾入阮元幕，掌教平湖書院，晚授翰林典籍銜。有《白鵠山房集》。按修竹廬係徐氏友人邵澍家廬名，徐氏嘉慶十年自都門下第南歸，即借寓廬中，日夕與邵童溪、陸坊談詩論藝，筆録而成此篇。雖篇幅不大，然問題多切初學，答亦深入淺出，評古論今，不乏見識。如不以義山、山谷學杜爲然，推李夢陽高出何大復、吴梅村等明清以來詩人，改趙執信「朱貪多，王愛好」之同貶而爲朱遜王一籌等。其論七律以唐人爲正軌，東坡只是參考，與翁方綱不同，顯然悖於七律發展之勢矣。

序

乙丑夏，下第南歸，假榻邵子雨修竹廬，與邵童溪、陸野橋昕夕相對。庭前圓桂一叢，幽竹數挺，暇輒論詩其下，命邵生榆載筆録之，凡若干則。徐熊飛識。

修竹廬談詩問答

平湖陸坊野橋問

武康徐熊飛雪廬答

問：元之元遺山，明之徐迪功、何大復、李崆峒，本朝之吴梅村、施愚山，僕以爲入之唐賢中，亦不當在弟子之列。是否？

答：遺山、崆峒自是大家，起衰之功甚偉。迪功守而未化，大復尚沿元習，梅村頗患才多，愚山邊幅窘狹，皆非二家匹敵也。

格律，猶規範也；性情，猶爐錘也。運我爐錘，而又不畔於古人之規範，其道何由？

性情，素也；規格，絢也。以素加絢，則功力要哉。譬如作書，步武前人法帖，初欲其合，繼欲其離。能合而不能離，與能離而不能合，皆弊也。孫武兵法，武侯變爲八陣，李藥師變爲六花，斯爲學焉而得其神明者。如學唐肖唐，學宋肖宋，猶未盡善也。

一人有一人之性情，一時有一時之境遇，水流花開，神動天隨，此物此志也。若無所感而發，縱出經入史，與帖括應酬之作何異。然否？

性情與境遇相輔而成，達之使工，有人事焉，則功夫之謂也。否則烏能神動天隨哉？若無所感而爲詩，不作可也。○抑又有説：體物、懷古、論史、隸事之作，雖無關於性情，然足以引伸才情，淬厲丰骨，故前人所不廢，特不可專從此類生活耳。

李、杜函蓋一切，尚已。有唐二百九十年，豈竟無才力大如二公者？甘盡處牢籠之内，抑别有取爾也？

李、杜之外，如高、岑、韓、白，皆萬人敵。特不肯依傍門户，故獨出手眼，自標一宗耳。其餘諸家，才力差減，性情初無二致，故皆各造其極。至專以李、杜爲大家，而以諸子爲名家，則高廷禮一人之私言也。○詩有一意爲之者，李、杜、高、岑是也；有無意求工、自然妙合者，王、孟、韋、柳是也。李詩本《風》本《騷》，杜詩本《雅》本《頌》，皆與史事相表裏，故能函蓋一切。其餘諸賢，則具體而微耳。

郊寒島瘦，元輕白俗，自是定論。然使謂李、杜出則非僅四子不足道，外間百家騰躍，並可屏之門牆之外，竊所未安。又唐人選唐詩，都不登李、杜，何也？

統三唐詩合觀之，李、杜猶棟梁也，諸家猶楹楣榱桷也。謂有棟梁可無榱桷者非，謂但存榱桷而可無棟梁者亦非。必當相輔而成，然後禮明樂備也。至《百家詩》不選李、杜，猶《才調集》不選少陵意耳。此意荆公以爲别自有説，王漁洋論之詳矣。○郊寒島瘦，元輕白俗，皆舉其弊而論，若數公得力處，俱不媿《風》《騷》苗裔也。○賈島又當别論，島非三公匹敵也。

元之楊鐵崖，明之鍾、譚，固屬詩道中魑魅魍魎，然何以傾動一世如此？或尚有可取者否？

元詩大率以纖麗爲工，其末也，楊鐵崖以側艷奇譎之詞别標宗派，一時靡然從之。明詩後七子流弊，往往入於麤豪陳腐，鍾、譚以尖新幽峭變其習氣，一時亦靡然從之。人情厭故而喜新，自古然也。然鐵門盛而元以亡，鍾、譚盛而明以亡，則以背畔《風》《雅》，失其性情之正。救鐵崖之弊者，高、劉諸公也。救鍾、譚之弊者，黄門、梅村諸公也。今其集具在，合而觀之，不特足徵《風》《騷》正軌，亦可以見國運盛衰之故矣。○鐵崖論史小樂府如老吏斷獄，動中肯綮，别成一種奇格，又當分别觀之。若鍾、譚則毫無足取也。

古來大奸大慝，儘有可傳之詩。若忠臣義士、老師宿儒，或辭不達意，甚有流爲笑柄者。所謂「言之無文，行而不遠」也。審是，則詩主性情之説謬歟？

僉壬小人，其詩非無可傳者，以其當爲詩時能冥搜力索，用志不紛耳。《鈐山堂》、《咏懷堂》二集較勝於定山、白沙兩先生，一則刻意求工，一則信口而出故也。然以五言、七言定人之邪正善惡，往往不驗。宋之問、陳子昂之流，人品卑不足道，其詩何嘗不獨步一時哉。蓋詩者，性情所寄託，非心術所見端也。性情同而心術異，故賢者不必皆工，工者不必皆賢。宋人論詩，動以王荆公爲堅僻、爲執拗，皆隔膜之談耳。即詩而論，未見荆公之奸慝也。

近體自有繩墨，古詩信口而出，非有繩墨之可循。故尚格調者，動言近體難於古詩。然行乎其所不得不行，止乎其所不得不止，此中要有繩墨在，否則洋洋纚纚，倚馬千言，求之古人，吾見亦罕，豈今人之才果遠勝古人歟？抑別有説歟？

無論近體、古體，皆有一定之繩墨，特不可爲繩墨所縛，反至夭閼性情耳。古體繩墨如草蛇灰線，看似無迹，其實離合頓挫，皆有天然湊泊之妙。譬如李貳師、郭汾陽士卒游行自在中，未嘗不隊伍森嚴也。若捨棄繩墨，以跅弛馳突自詡，其與任華、劉叉相去幾何矣。才力雖强，不足法也。

國初名家林立，推獎後進者，北莫如漁洋，南莫如竹垞。竹垞才情奔放，如淮陰將兵，多多益善，其失也叢雜。漁洋如天女散花，令人可愛而不可狎，其失也修飾。究其所造，各有淵源。當今之世，霸才無主，有志風雅者，將安所適從哉？

朱貪多，王要好，趙秋谷之論當矣。然二家各有所從入，亦各有所從出。竹垞生當明季，惡鍾、譚之幽僻，聞陳黄門之風而興起焉。故少年所作，皆規格矜嚴，才情閎麗，與西泠十子相爲羽翼。中年以後，遂參宋格，意以生新雋永爲工。合觀前後諸集，其合作皆足與唐宋接迹比肩，雅非曹、李諸公所及。惟應酬牽率之章，淘汰未盡，又一題必有一詩，一詩必有一類，故典憧擾筆端，故性情或爲隸事所掩耳。漁洋心知季木詩派之不正，幼與其兄西樵沿波討源，力崇正軌。其初從王、孟、韋、柳、錢、劉、温、李入手，中年擴而充之，又深得嚴儀卿妙悟之旨，神明變化。故其詩清而腴，典而遠，以神詣而不以迹求，以此繼軌唐人，洵無多讓。然矜持太過，或失之庸；超潔太過，或流爲空；娟秀太過，或傷於弱，亦不能無弊也。大率竹垞才勝於情，漁洋情勝於才。才勝者多外心，情勝者有餘旨。朱雖廣博，終遜王一籌。

讀元、白詩令人悦豫，讀王、孟、韋、柳詩令人閒適，讀郊、賀詩令人不歡，讀高、岑詩令人膽壯，讀太白詩令人飄飄欲仙，讀少陵詩令人胸襟開拓，其所動人者，不知其所以然也。若於此則動，於彼不動，斯人也，非囿於門户，僕以爲必氣稟之偏者矣。

詩未有不動人者。若其不動，此必不知詩者也。楊大年不喜杜詩，毛西河不喜蘇詩，近時袁子才不喜漁洋詩，皆有心樹幟，爲私意所錮蔽，豈是定論！

今之評詩者，有曰「詩人之詩」，有曰「才人之詩」。夫詩以言志，如山之雲、水之波、蟲鳥之鳴聲，自然而出，無關造作。若飾智矜愚，誇多鬬靡，以爲押韵之類書則可矣，於風雅之道何居？

自然而出，無關造作，此化境也。化境多從無心得之。詩道本源，必深造以臻其神，窮神以達其化，則化境乃不落空。若未能盡神而遽欲達化，未有不背而馳者。此《三昧》一集可與參變，未可與肇始也。情不能自達，必才以運之；才不可馳驟，必法以範之；法不可固執，必神以詣之：數者皆不可偏廢。至今多鬬靡爲押韵類書者，其於《風》《騷》之道本未窺見，何足齒數？

「緣情綺靡」，固吾家士衡之失言。然與其失之俚，寧失之華，或差近美人香草之旨否？詩以情爲體，以詞爲用。「緣情而綺靡」，猶言情深而文明。《國風》、《離騷》其情婉而深，其詞麗以則，所謂「緣情綺靡」也。大陸之言，本無差謬。徐迪功、沈歸愚誤以「緣情」爲淫思蕩意，以「綺靡」爲柔媚艷冶，遂節外生枝，增出議論，皆未得其命意所在也。過於質與過於文，俱不能無弊。文質相生，剛柔迭用，是在善學詩者。

愚山自評其詩如築浮圖，步步踏實地，似已。至謂漁洋如華嚴樓閣，彈指即現。臻此境者，其惟青蓮乎？竊恐漁洋不足以當之。

詩之爲用，運實於虛，無所謂彈指樓臺也。愚山所言，正其不滿漁洋處。青蓮詩，讀之似虛，按之皆實，何嘗逞弄神通哉？

山林之詩澂淡，廊廟之詩華贍，亦其境會然也。然華贍者漸趨肥重，澂淡者漸流枯寂，雖古作者或不免焉。當何法以救其弊？

二者皆本乎性情所近，然與其過於華贍，毋寧過於澂淡。蓋華贍者外心多，澂淡者氣體潔也。故廊廟之什，不妨參以山林；山林之作，必不可雜以廊廟耳。

修竹廬談詩問答

平湖邵澂童溪問

武康徐熊飛雪廬答

問：王、孟二家，雙峰並峙。然摩詰多禪家語，間作軒冕語；而襄陽則青山白雲，一塵不染。孟似較勝於王，然否？

答：王、孟詩皆極超潔，大闢山林蹊逕。然王詩純以神詣，雖時作軒冕語，而松風之夢故在。孟詩較王更爲清發，特邊幅狹小，時有痕迹。雖王、孟並稱，其實不及也。至漁洋以孟爲未能免俗，此不可解。

達夫、嘉州雄猛處俱近少陵。少陵多滯句、拙句，或有不可解句。而高、岑通體完善，無懈可擊。

昔人謂大家之詩不妨瑕瑜互見，二公之不逮少陵者以此。此語終覺未安。

譬如營造宫室，少陵如建章九成，千門萬户，變化無窮；高、岑非不雄駿，正苦一覽易盡耳。若以瑕瑜互見爲大家，乃宋人囈語。少陵之瑕，必不可效也。

大曆十才子頗有優劣，何以當日齊名相善？抑古人實有可傳之作，或散失莫考歟？

大曆十子皆以虚響標勝，錢、劉而外，不足數也。蕭子顯云：「苟無小變，不能代雄。」錢、劉之獨闢門户者以此，其不及盛唐諸公者亦以此。

青蓮之七律，襄陽之七古，錢、劉之歌行，韓、孟之絶句，俱非所長，故亦不多作。至宋元以後，諸名家無體不備，無美不臻，似後人勝於前人。請申其旨。

青蓮諸公皆獨開門户，不肯依傍古人。且能自知其短，故不欲兼擅衆長。宋元以後諸家，意欲無體不工，反致落人牙後耳。鍾、王法書多拙筆、渴筆，後世學書者皆矯而去之。然以爲善學鍾、王則可，以爲遽出鍾、王之右則不可。

唐人五言絶句，如「三日入廚下」、「打起黄鶯兒」、「自君之出矣」諸作，俱膾炙人口，然兒女聲情，諵諵可厭，令人不耐多讀。終當以王、裴雜咏及祖咏《終南殘雪》、孟浩然《建德舟次》等詩爲大雅正宗。然乎？否乎？

五絶有二體，其一原本樂府，其一出於古詩。《新嫁孃》、《遼西曲》，樂府之變也；裴、王雜咏，古詩之流也。各臻其妙，未可軒輊。

七律之上者，曰渾厚，曰雄健；其次曰綿遠，曰倜儻；又其次曰清新，曰風趣，曰生辣。東坡之律詩，足下所極口稱道者，果居何等乎？

四唐詩如朝廟衣冠，舉動皆中儀節。東坡仙風道骨，雖葛巾野服，意度自爾不凡。東坡不能爲唐人之莊嚴，唐人亦不能爲東坡之瀟灑也。然七律正軌，究以唐人爲宗，參之東坡，以窮其變可耳。

足下又謂東坡仙才，當於字句外求之。夫求之於字句外者，謂言盡而意不盡，如王、孟之酬答，儲光羲之田家等作是也。若東坡，則一篇之中翻覆淋漓，無一毫不盡，又何字句外之足求乎？

唐人詩惟恐意盡，宋人詩惟恐意不盡。惟恐意不盡者，語必繁重，意必冗雜。惟東坡則能蕭然出塵，所謂「無窮出清新」也。譬猶周、秦、兩漢之文，讀之既久，捨而讀《南華》、《楞嚴》，未有不抃且舞者。此其得意忘言之妙，豈從言語文字來哉！然以古法律之，多不相合。元裕之所以有「滄海橫流」之歎也。且東坡詩有得亦有失，其得處在超曠，在新俊，其失處則率直，俚鄙在所不免。又當分別觀之。

昔人謂玉溪生學杜，黄山谷亦學杜。今二公詩集具在，取而讀之，各有面目，如馬牛之不相及。

善學古者不襲其貌，果如是之同源而異流乎？

玉溪學杜，惟《隨師東》、《籌筆驛》之類七律數首耳，其餘不盡然也。山谷學杜，僅得其《村居》一體，閒適之中參以清雋孤潔，遂開西江宗派，宋人所謂「小樣杜陵詩」也。若其閎深頓挫諸作，山谷尚未夢見，後人以之配饗少陵，謬矣。

讀《南華》令人樂，讀《離騷》令人哀，讀無名氏《十九首》、阮籍《咏懷》，下至李、杜、王、韋、韓、孟、元、白，無不有以動人。讀東坡詩，於何動之乎？古詩之不能動人者正復不少，東坡係一代大家，故屢問及之。

若讀畫然，飽看大小李將軍巨幅後，忽對倪、黄山水，無不神爽情怡者，此即東坡之所以動人也。

學西崑而不成者，柔曼而不莊雅；學西江而不成者，生澀而少綿遠。學者入門，從何取舍？西崑、西江皆非詩中正軌。學者入門，當於高、岑、王、孟求之。

古人讀書萬卷，目空今古，往往低首於一二尋常之語。如顧況之於「春風」、「野火」，歐公之於「禪房花木」，此類殊多。豈古人亦有性情之偏耶？抑實有妙詣，後人不能窺測耶？

興趣所到，無迹可求。山澤之臞，往往無心得之，學士大夫竭力追仿，失之愈遠。此嚴滄浪所謂才之心不啻飢渴之於飲食，故推獎不無過當耳。「妙悟」也。昌黎心折於閬仙，歐陽傾倒於常尉，東坡極口於參寥，一則因天機不可湊泊，一則古人愛

作文與作詩不同：事關家國，語及君臣，文品之正軌也；寓物留題，言近旨遠，詩情之綿邈也。混而同之，體裁兩失。然乎？否乎？

唐人以作詩之法作文，宋人以作文之法作詩。二者互有得失，視用之何如耳。然工文者不盡工詩，工詩者不盡工文，事固不能兼擅也。

言之無文，聖人不取。宋自楊、范諸公屏棄浮華，專事本色，於是牧童村嫗之語無不入詩，當時學者靡然從之。豈新奇之足以動人乎？抑名高望重者類能轉移風氣乎？

刻意求文，易近華縟。浸淫漸被，山林隱逸之士皆爲臺閣文章，此楊、范諸公所以寧拙毋巧、寧俚無華也。然末流之弊，其失則均。風雅淵源，自有中正之途在。捨是不窮，而隨聲附和，所謂「不造其堂，不嚌其胾」者也。

修竹廬談詩問答後序

予友徐雪廬視風雅如性命，凡詩之經過其目者，皆有選録。而於山澤之癯及賣漿儈告、鼓刃帶索者流，尤極留意，一韵之工，一篇之善，表揚如恐不及。所輯《雲山集》，阮芸臺師據以採入《兩浙輶軒録》，潛德幽光，油然焕發矣。乙丑五月歸自都門，與予論詩渚涇村舍，記録問答數條。尋應都統西公之聘，櫜筆戎幕。復有《春雪亭詩話》一卷，以應談藝者之求。若夫師友之淵源、交遊之篇什，皆未盡載，則以此卷乃一時興會所至，隨見隨録，不及備詳也。閲者諒之。平湖陸坊。

（吴忱、楊焄、王天覺點校）

春雪亭詩話

春雪亭詩話提要

《春雪亭詩話》一卷，據管庭芬輯《花近樓叢書》本點校。撰者徐熊飛生平見《修竹廬談詩問答》提要。按此是嘉慶十年客乍浦都統西將軍幕時所作，春雪亭即軍中之讀書處。此一卷與《談詩問答》不同，以存人録詩爲主，故云詩話。篇幅亦無多，所録多爲浙中一帶詩人。作者曾參與阮元《兩浙輶軒録》之編輯，此卷即其補遺耳。又曾以所録寄法式善，入選其《熙朝雅頌續集》。

春雪亭詩話

武康徐熊飛雪廬

嘉慶十年冬，客乍浦都統西將軍幕府，友人以詩卷相質，零篇斷什，信手登記，並出京時所見郵亭題壁，拉雜書之。春雪亭者，軍中讀書處也，即以顏其端云。

乙丑五月，偕潘恒軒廷錫出京，自劉智廟至曲律店，丘陵蒼然，漸有山意。日午停驂旅舍，憶漁洋舊句，補書於壁：「曲律店子黄河厓，朝來一雨清風霾。青松短壑不能住，馬蹄又踏長安街。」復用其起句和之：「曲律店子黄河厓，人家臨水開荆柴。小車絡繹過橋去，入山便覺林泉佳。」恒軒亦題一絶云：「曲律店子黄河厓，土牆一帶圍松齋。好風吹送緑陰滿，晝長山鳥鳴喈喈。」時五月二十日也。後閱詩話，知漁洋詩亦題於五月二十日。

垜莊卸馱，日已薄暝，索燭讀壁間詩，有《秀峰》一絶云：「長隄隱隱柳鬖鬖，月落烏啼送曉驂。涼氣侵衣天欲曙，馬蹄聲裏夢江南。」此詩不知何人所作，李墨莊先生鼎元筆記亦載之。

停驂紅花埠，旅店幽敞，紅窗緑箔，摇蕩日影。窗隅暗塵凝壁，有絶句云：「天門曉霞紅上衣，阿甄夜跨雙鸞飛。玉樓夢斷縷金雁，十二畫屏山翠微。」

淮南水溢，塘岸悉圮。舟行洪澤河中，渾茫不辨涯涘。舟中以《紀災》詩眡恒軒，恒軒題其後云：

「㔶社湖中放短舲，故人詩句走雷霆。老夫不敢高聲誦，恐有蛟龍出水聽。」讀之恍在烟波兀兀時也。

昔予録郁心哉詩，並述其爲人，已采入《兩浙輶軒録》矣。今又得丁半閒，半閒名曙英，居乍浦城西隅，一椽湫溢，與傭保雜處。喜爲詩，清新無俗韵。吴鑑湖自清溪移居西郭，半閒題其壁云：「半椽容膝下江鄉，插槿編籬護草堂。三徑菊栽陶靖節，一船書載米襄陽。招邀舊侣開吟社，消受清風坐碧篁。我亦南村耦耕者，相將朝夕話農桑。」

戊午春夏間，攜内子陸素心蘭垞讀書上水村之松風樓，蓬門雙掩，青苔滿牆，深得山居之樂。時邵童子樸方九歲，亦相隨授章句。樸穎悟，能爲小詩，嘗有句云：「屋上松風響，蕭蕭作雨聲。開門人不見，山月一池明。」爲蘭垞所賞。蘭垞有《村曉絶句》云：「西風陣陣襲衣裳，曉色當窗鬢影涼。獨向枳籬疏立處，一村秋露稻花香。」又作六言詩口授兒子金鏡云：「滿院桃花開落，重來燕子蕭條。一片斜陽細雨，黄昏聲在芭蕉。」予頗怪其凄颯。是秋，蘭垞謝世，樸歸平湖，即於其冬殤逝。殆詩讖也。

邱静齋名永安，甘肅迪化州綏來縣人。官乍浦巡檢司。善寫蘭竹，得顧定之、吴仲圭遺意。嘗作《土山登高記》，雅潔不減汪堯峰。土山在乍浦北，平蕪一簣耳。其圖則潘雪子作也。雪子名晨暉，乍浦人。畫格奇逸，在胡飛濤、顧松仙之間。乍浦登高者皆向九峰，雪子獨與其友披翦草蔓，就土山登焉，蓋不屑苟同乎人也。昔與宋茗香丈客西泠，適遇重九，茗香欲矯舊俗，訪極低之地往遊。客曰：「低則無若東嶽廟地獄中者。」則大喜，與客攜酒往，極歡而歸。故予《題雪子土山圖》云：「鵝池翻却登高局，地獄曾窺變相圖。争似群公齊拍手，眼看秋色落平蕪。」一時諧謔，皆可入《啓顔録》者也。

妹婿陸秋圃聯奎詩才清逸，與姚素園五庸、家兩山元炳稱「前溪三子」。嘗客塘栖，作《水西消夏詞》，傳誦一時。《雪夜偶得》絶句云：「夜來急霰打窗紗，襆被孤眠鄉夢賒。未識前溪深雪裏，明朝幾處有梅花。」李松庄廣文深賞之。未幾秋圃死，此詩遂成絶筆。

予弱冠客授柳溪，時同邑駱寓翁先生鴻裘客溪南，平湖陸香樹先生鏹蕙居溪東。二先生與予有師資之助，每相見，輒以學術砥礪，前輩古道，不可及也。寓翁以岐黄術託迹村舍，治病之暇，輒下簾讀書，五經各有發明，積稿草盈櫝。嘗有《村舍》絶句云：「芭蕉陰陰青入簾，朝來忽失南山尖。滿林宿霧欲成雨，時有鵓鴣啼過檐。」香樹居清溪田舍，即沈南渟黑蝶齋故址，憶其《題村店壁》云：「雪花一丈壓倒牆，西家黄犢凍欲僵。野夫赤脚出門去，獨木橋邊新酒香。」雲臺夫子輯《輶軒録》時，予求二先生遺集不得，即以此二詩入之。

海鹽陳芳華善彈詞，以其術著名江湖間。嘗屬畫師寫《玉溪品泉圖》，陸梅谷先生題云：「可惜江湖老此身，品泉歲歲玉溪春。不然談笑金門側，亦是詼諧絶世人。」

新溪姚前鑑，號半帆，年甫弱冠，以行賈客乍浦。學詩於朱雅山，清超入格。《秋柳》四首，寄託高遠，一時稱爲絶唱。他如「林皋纔鶴警，露草遍蛩吟」、「鶯調風舌暖，火鑽柳烟新」、「春深水國蛙成市，香暖花房蝶作家」、「茶能苦口真良友，竹抱冬心是我師」、「一峰翠隔東西寺，萬竹深藏斷續鐘」諸句，皆不失唐、宋人遺意。又《題畫菊》云：「滴來竹露清如許，洒作秋花瘦可憐。絶勝去年重九日，淡烟疏雨矮籬邊。」又嘗作《蛩聲賦》，纏綿凄切，似陳、隋人風格。

陸鏞號水如，乍浦人，亦學詩於朱雅山。風格峻潔，與姚半帆並妙。《秋思絶句》云：「紅藕花殘野渚秋，夜涼簾影半垂鈎。滿庭明月清於水，蟋蟀聲中獨倚樓。」若漁洋山人見之，應亦賞其超絶也。又《探梅》云：「雪霽野橋露，風香仄徑深。」《懷友》云：「孤村一雨後，幾處亂蟬鳴。」《訪友》云：「溪水緑環户，秋花香隔籬。」《咏緑陰》云：「嫩晴村落烟中辨，薄暝田家畫裏看。」《晚歸》云：「梵鐘送客入深隖，歸鳥先人過小橋。」《登山》云：「天開曙色分諸嶺，海捲寒聲落午潮。」皆清新入妙。後受業於予，改名鎔，號春林。

昔予客天風海濤樓，滿州吴牛录來訪，讀其詩而異之。今客軍幕，亟訪其遺集，公子托恩多以一卷出眡，題曰《筆耕集》，皆官筆帖式時所作也。有《午日絶句》云：「老屋嚴城畔，榴花映戰袍。軍中方禁酒，飲水讀《離騷》。」奇氣横溢，與昔所見「風色壓邊城，悲歌氣不平。千金買駿骨，西去訪荆卿」，二首同一雄健。公名常清，滿洲正白旗人。

王策字竹君，海鹽武生。僑居乍浦，以租運破其家，行賈自給。嘗有《草鞵詩》云：「東芻遥翦水雲寒，不借編成兩兩看。嬾托豪門陪錦舄，慣隨野叟狎黄冠。板橋秋曉霜初滑，泥路春深雨乍乾。却稱老僧行脚健，一肩行李陟平巒。」予戲之爲「王草鞵」。竹君詩與祝樵雲齊名，然佳處實出其右。如《曉過丹陽》云：「鄉夢斷雞聲，征帆兼客程。櫓篙新事業，詩酒舊經營。曉日奔牛鎮，山花吕子城。前途京口水，一笑大江横。」《東平道中》云：「夕陽明曠野，秋色滿平沙。棗落禿村樹，風高揺葦花。瘵飢紅豆飯，夾路白騾車。僮僕偏承意，揚鞭指酒家。」《西疇即目》云：「數畝平疇水一渠，老農分穀播來初。阿誰贏得工夫在，不事農桑愛讀書。」「花發荼蘼興已饒，緑楊隄外酒帘高。遊人不解農人苦，醉聽春耕響桔槔。」例此數首，皆非樵雲所及。樵雲姓祝，名萬壽，善畫、工吟咏，嘉善縣武生。

昔自都門南歸，於垛莊旅店壁見《臨江仙》詞云：「山雨綿綿泥滑滑，停車到處淹留。簷聲點滴幾曾休。濃雲如墨，天也替人愁。已報歸期期又誤，有人望斷高樓。輕帆何日挂扁舟。夢魂千里，夜夜大江頭。」詞後不書姓名，絶似北宋好手。

車過張夏，於食店見絶句云：「滿山車走嶔崎路，行過前村大道平。旋轉雙輪沙磧裏，有時拉石作雷聲。」又蒙陰旅店題壁云：「高原長夏雲山静，馬前飛過鷺鷥影。風塵忘却在他鄉，一簑烟雨江南景。」二詩皆不識姓名，大抵皆踏槐花者作也。

圓通庵僧闊堂，陸孝廉錫嘉兄也。嘗結夏柳溪庵，與予多所倡和。謝世二十年矣。所著詩稿，散佚無存。記其《消夏絶句》云：「木魚聲歇黄昏静，月浸寒潭白髮香。一點禪心照蘿薜，淡然相對若相忘。」

予友朱雅山鐘貧苦自勵，嘗作《除夕食豆渣爲内子解嘲》詩，遠近傳爲佳話。其詩云：「笑從菽乳擷餘芳，也向齏盤細較量。淡佐簞瓢清況減，春回餖飣雪花香。嘗新那許肥甘口，吟苦聊充枯澀腸。莫漫誇他方丈食，他家夫婿侍長楊。」「未輸苜蓿先生饌，雅稱蓬蒿處士風。惜處竟如雞肋棄，辨來可與菜根同。略添況味糟糠外，别署頭銜淡泊中。轉卹饉年治廢圃，朝朝抱甕灌葵菘。」予和之云：「玉屑霏微得飽遲，貧家終歲是齋期。聊同茗粥朝朝供，略伴藜根頓頓宜。滋味辨從糧盡後，盤飧陳對雪晴時。忍飢細嚼梅花片，説與屠門恐不知。」「三旬九食耐長貧，土銼無烟畏及晨。著意鳴蘆霜片潔，有時鑠釜雪花勻。齋厨淡泊難爲味，臟腑清虚不染塵。枯槁浮生堪一笑，在家渾似出家人。」二詩不存稿，偶於故紙中檢得，因並録之。

予初客平湖，即與朱雅山、邵童溪以詩相砥礪，左驂右靳，各不相捨。童溪《方滋集》行世已久，雅山詩予於壬戌春爲刊行數十首，皆神妙之作也。童溪所居後園幽竹環繞，嘗於筍熟時招雅山及予集遠山一角亭。明日，予與雅山至平湖招陸野橋來，舟中命僕人煮魚燒笋，同醉弄珠樓上，乘興題壁云：「海上畸人朱雅山，荷花池畔掩柴關。前身合是霜林鶴，吟對秋風兩鬢斑。」「平生不肯因人熱，老屋無烟日影趖。難得童溪邀吃筍，獨乘餓餓一來過。」「東湖片水往來便，湖上魚蝦不值錢。捫蝨船窗共樽酒，大風吹破老晴天。」「野橋近爲吟詩叟，更與招尋就緑陰。相對不知誰主客，水天樓閣共登臨。」一時狂態，可想見也。

陸野橋來往蕁鄉，以詩振起後學，得其指授者措語皆有法度。嘗以馬雲屏、李晴峰詩卷寄予，皆超潔入微，得《三昧集》氣韻。予一爲題詞，一作序歸之。頃又寄干槎人、林海坨兩君詩。槎人《山中曉行》云：「亂山行不盡，月落曉雲昏。草暗若無路，雞鳴知有村。古泉喧石澗，修竹護禪門。客道三千里，風烟勞夢魂。」海坨《村居》詩云：「柳條烟暖正新晴，簾底風和鳥亂鳴。紅杏數株含宿雨，纔過上巳又清明。」

予既定吴牛录詩成集，參領玉瑶臺亦持其曾祖善公詩屬爲編次。善公名泰，官乍浦營協領，所作詩名《草竹軒集》，卷帙甚多。公子常松保亦能詩，有《自怡集》三卷。善公《探梅》詩云：「小小山頭寺，寥寥一個僧。疏花寒帶雪，瀑水凍成冰。古佛無人禮，荒岡覓路登。暗香何處發，乘興策枯藤。」常公《吴興道中》云：「如此溪山引客心，滿篷風雨過南潯。秋來新酒家家熟，一隻閒鷗伴醉吟。」皆超出埃壒。予與吴牛录詩並録數卷，寄法時帆師，選入《熙朝雅頌續集》。

壬戌冬，客褚涇卒歲，除日與邵子雨、鍾山子、邵童溪分題戲作咏物詩。暇日閲之，皆堪絶倒。予《咏門神》云：「猛氣射庭户，迎年復送年。當關聲勢大，由竇世情便。蕡燭陳新酒，桃符散曉烟。鬚眉空似戟，骯髒倚門前。」子雨《咏毽子》云：「蹴踘翻新戲，雄雞斷尾長。一錢爭得失，五步判低昂。曲踊分馳道，歡呼溢看場。憐渠矜捷足，意氣正飛揚。」童溪《咏紙爆》云：「餘響振林樾，問君何不平。青雲看直上，白晝忽長鳴。鳥雀窺簷避，兒童掩耳驚。可憐無實用，惟解盜虚聲。」山子《咏面具》云：「本色未諧俗，鬚眉點綴宜。那能驚鬼魅，不自辨雄雌。臘鼓登場後，村童得意時。此中真面目，畢竟有人知。」

慈谿羅適齋名有道，幼客吾鄉，精於青烏之術。事親有孝行，嘗重趼胼手葬其先人，屬予爲文誌之。有《過虞氏別業》絶句云：「山影牆頭斷復連，園林竹樹景蕭然。何時赤脚驅黄犢，簑笠平蕪學種田。」《秋江待渡》云：「月冷江空天隕霜，蕭蕭木葉下秋塘。潮聲未至挑鐙坐，賓燕南飛更幾行。」《野外》云：「齾齾青山接遠空，鷓鴣聲斷夕陽中。芒鞵閒踏溪邊路，最愛清涼雨後風。」

韓伯水鍾與予樓居相比，僅隔一垣。嘗於雪夕隔牆談詩，申旦忘倦。詩致清越，不屑苟同流俗。

偕予遊永馥庵，題壁云：「竹遶柴門翠積池，隴頭春信燒痕知。暖風開遍寒梅樹，客話僧寮花熟時。」其他古今雜體，皆本色天然，多可喜者。

長生庵在武康萬山深處，林泉窅窱，人迹都絶。姚素園避雨投止，三宿而去，有題壁絶句云：「窗前幽竹寫秋音，階下寒潭印佛心。一個山僧伴詩客，空堂瓢笠白雲深。」「一夕林中客夢長，僧雛三上佛前香。他時記取閒眠處，黄葉空山雨滿廊。」

仲興集，古鍾吾地。予下第南歸，曾題二詩於旅舍之壁。門人景蘭臺歸自都門，解鞍客店，見予詩尚未漶滅，亦題其後云：「老梅花底黄茅屋，鴻爪匆匆印雪泥。席帽隨身人被酒，三千里外感輪蹄。」「河流殷地此停驂，雪滿羊羔酒不酣。明發扁舟公路浦，櫓聲摇夢到江南。」蘭臺名文，順天府學諸生。

邱静齋官乍浦司巡檢，門庭蕭然，賞賣畫自給。予曾見其《土山登高記》，頗得南宋人風致。近以詩一卷投贈，皆清新出塵，絶句更有餘韵。《題墨竹送人》云：「西湖烟水六橋寒，未向離亭送玉鞍。寫作琅玕圖一幅，寄君聊作柳條看。」《墨蘭》云：「一卷《離騷》寄託深，國香零落到如今。明知未合幽人意，且與空山結素心。」

楊梅溪名一鴻，江蘇人。詩集甚富，吴孝廉肇昶誦其《題河東君小像》云：「向來烟月總難摹，放誕依然見畫圖。共説前身是楊柳，曾聞小字唤蘼蕪。絳雲樓杳珠空墮，紅豆莊荒樹已枯。誰與春風留鬢影，漆還如髮雪如膚。」

友人劉瑞圃潮好文，喜賓客，家有卷勺園，擅亭池水石之勝。樵李蔣花隱浩、東湖葉亘峰恒皆爲之圖，一時名人俱有題詠。嘗客杭州，觸暑訪小顛於南屏，訪澄谷於理安寺。吴鑑湖贈以絶句云：「到來匆匆二十日，不是尋詩便訪僧。記取歸時作圖畫，雲山添我一枝藤。」「半月相將曲澗東，湖邊話别又匆匆。祇餘一事真堪惜，未看前山楓葉紅。」花隱復作《南澗訪僧圖》贈之。

路擇齋守管居乍浦西郭，枳籬蘿屋，花木葱蘢，顔其室曰「稻香居」，客至輒留連忘返。同里錢海香椒題其壁曰：「碧玉溪流更向西，山光林影望中迷。衡門兩板掩深翠，一鳥破烟花外啼。」擇齋爲蘭江先生子，讀書好義，間即蒔灌蘭菊，花時必招一二窮友，吟嘯永日。嘗作《雨中雅集圖》，屬予爲文記之。

前輩林漢閣中麒作《乍浦竹枝詞》百首，紀述風土，曲盡纖細。猶子雪巖壽椿詩致清麗，與陸春林、姚半帆、錢海香齊名。《題秋意圖》云：「獨坐桐陰背夕暉，秋庭涼透碧羅衣。不知團扇隨風墮，驚起花間蛺蝶飛。」

金山莊霞軒名一飛，積學能文，爲沈文恪公所賞。嘗肄業國子監，以副貢考職，未補官即策蹇歸，著作不輟。曾以詩稿寄予，句如「夜風多犬吠，村雨少人聲」、「墟落人烟少，湖田地勢低」、「鳥栖秃樹疑添葉，雪舞迴風盡作花」、「荷葉香清烟雨後，竹林風好夏秋時」諸聯，皆清新雋永，非風塵人所能道。霞軒婿顧五溪，名善，亦能詩。有「暮鴉争秃樹，秋色上孤城」之句，爲一時傳誦。

馬布衣錫燦號西麓，精於六書，善鐵筆。嘗客於青龍江上，與何聊生作《龍灣唱和詩》，屬予作駢體序之。西麓豪於酒，醉輒擊節狂歌，目空一世。顧其詩鍛鍊工細，如《隋宮》云：「殘冬翦綵花交樹，清夜吹簫月滿橋。」《憶得》云：「燕壘泥香春入室，蜂銜花暖蜜成家。」《宫詞》云：「堪憐同是金莖露，飛作鴛鴦瓦上霜。」諸語皆深得西崑之妙。至《咏劍》云：「不知異日爲誰用，看汝徒增意氣來。」則又生氣横溢矣。

昔讀馬雲屏詩，愛其文外獨絶，曾作詩題其卷端，然僅見五言一體耳。其絶句深得宋人三昧者，如《過田家》云：「迢迢秋水映清霞，茅屋柴門三兩家。村犬吠人隨路轉，豆花籬外板橋斜。」《約友遊九峰不果復訂吴興之遊》云：「峰泖前期踐未能，扁舟且復訂吴興。不然猿鶴應騰笑，負却空山老大藤。」《宿横溪村舍》云：「翦鐙殘夜話低徊，門外寒潮帶雨來。酒醒不知天已曙，捲簾黄葉落成堆。」《登香芸閣》云：「雲開雨霽水平溪，村樹重重欲望迷。詩思忽來吟未穩，數聲啼鳥過林西。」皆語淺韵流，即之靡盡。雲屏弟子治勤學早世，曾作《三江圖考》，能補前人所未及。亦工詩，《午日絶句》云：「經雨園林緑影交，銜泥燕子補新巢。江村風景又重午，坐覺茶烟出竹梢。」雲屏名銓，子治名鏞。

當湖陸一帆敦倫年未三十，才氣雄鷙。易梧岡大令鳳庭極器之。《老梅》詩云：「曉看庭外半林雪，未識老梅何處開。酒熟喜憑高閣坐，詩成恰好故人來。暗香風約出林表，古樹月明無塵埃。遥憶寒山冰壓谷，一枝孤映水邊臺。」又《西湖》句云：「明月有情常在水，好雲無處不遮山。」「山圍古寺青千疊，江入遥天白一痕。」皆磊落嶔崎，一空依傍。

葉亘峰詩格淵雋，謹守池西家法。尤以丹青著名，嘗仿古作小册，介予入琅環仙館。雲臺師題其端云：「《石林燕語》記陳編，文采依然見昔賢。想像玲瓏山下住，晴窗蘸筆寫雲烟。」「風物江南幾度來，溪山如髮水如苔。不知粉墨春秋裏，可似蕭疏萊楚材。」亘峰淑配朱蘭貞，亦工六法，以寫生花鳥稱於時。

嘉興武秋樵承烈居漢塘市中，閉關下鍵，與吴翁肇璒相倡和。曾刻《秋樵詩鈔》一卷，爲遠近傳誦。未刻稿中佳句甚多，如「春暖曬蠶子，風香焙野茶」、「蘆喧飛野雀，岸囓長春潮」、「潮水貫池滿，山雲壓竹斜」、「天晴禽語亂，山午樹陰圓」、「雞鳴桑葉樹，午飯菜花田」、「隔岸野桃落，過牆桑葉青」諸聯，皆深入唐人三昧，非皮附王、孟者能及。吴翁布衣市隱，熟精諸史，年踰七十，猶纂述不休。著有《諸史窺斑》、《竹香偶著》等書。嘗題《高青丘集》云：「孝陵人比漢高皇，翦艾群雄帝業昌。功狗但傳誅信越，不聞隨陸遘餘殃。」詩集甚富，秋樵爲刻什一，行於世。

陸柳漁明經嗣鏊能文，有義行。嘗與同人建瓦山普福庵，掩埋無主骸骼；築白沙亭，爲往來遊觀之所。渡江訪友，有《曹娥廟》詩云：「千秋曹孝女，遺廟在江隈。香草埋碑字，荒烟冷石臺。雨隨淚痕滴，潮帶哭聲來。誰薦婆娑舞，神絃日暮哀。」幽峭戍削，絶似潘逍遥「久客歸桐廬」之作。

雪廬先生未舉鄉薦時，極爲阮協揆元所契重。蓋阮門諸子無不沾名趨利，聲氣之士，半出其中；惟先生能恬澹自守，不失書生本色。及館乍浦軍幕，一以古學訓迪後進，從遊者化之。此卷論詩，率歸雅正，不染隨園之習。因録存，以誌所企。時聞巨寇因祠山社會潛踞廣德，恐四安隘口亦難禦守矣，危哉！咸豐庚申二月十四日庭芬記。

（吴忱、楊君、姚蓉點校）